BESTSELLERWORLDBOOK 60

부 활下

톨스토이 지음 / 장정희 옮김

소담출판사

아름다운 세상, 아름다운 이야기는
먼 곳에 있지 않습니다.

VOSKESENIE

by L. N. Tolstoi

이제 그가 무엇을 생각하건 어떤 행동을 하건 그의 마음의 기초를
이루는 것은 그녀에게만이 아니라 모든 사람들에 대한 연민과
감동의 감정이었다.

제2부

1

이 주일 후에 상소가 대심원에서 재심될 것이 예상되었으므로 그 때까지 네흘류도프는 페테르부르그에 가서 대심원이 기각하는 경우, 상소장을 작성한 변호사의 말대로 황제께 탄원서를 내기로 굳게 마음먹고 있었다. 그것도 기각될 경우에는 변호사의 의견으로는 상소하는 이유가 아주 미약하므로 그것에 대한 각오도 해 두어야 한다는 것이지만——카튜샤를 포함한 유형수 무리가 6월 초에 시베리아로 떠날 예정이었으므로 네흘류도프는 굳게 마음먹고 있었던 것처럼 카튜샤를 따라 시베리아로 떠나려면 미리 그 준비를 해 두어야 했기에 그는 지금 곧 시골로 가서 자기의 토지 문제부터 정리해야 했다.

네흘류도프는 먼저 쿠즈민스코예 마을로 향했다. 이 곳은 그의 영지 가운데에서 가장 가까운 흑토 지대의 드넓은 땅으로, 그의 수입의 주요한 근원이 되고 있었다.

그는 이 곳에서 유년 시절부터 청년 시절까지 지냈고, 그 뒤에도 두 번이나 찾아갔었다. 한 번은 어머니의 부탁으로 독일인 관리인을 데리고 가서 경영 상태를 조사한 적도 있었기 때문에 그 영지의 상태나 농민과 관리 사무소, 즉 농민과 지주의 관계도 이미 전부터 잘 알고 있었다. 농민과 지주의 관계는 좋게 표현하면 농민이 관리 사무소에 완전히 종속되어 있는 상태, 즉 털어놓고 말하면 관리 사무소의 노예나 마찬가지였다.

이것은 1861년에 폐지된 농노제와 같은 현실적인 예속, 곧 특정 주인의 소유물은 아니지만 토지를 안 가졌거나 아니면 조금밖에 가지지 않은 농민 일반의 대지주 일반에 대한 예속, 특히 때로는 지역적으로 주변 지주들에 대한 주종적인 관계였다. 네흘류도프는 그것을 알고 있었다. 모를 까닭이 없었다.

왜냐 하면, 이 예속의 바탕 위에 경영이 성립되고, 그 경영을 확립시킨 것은 다름아닌 그 자신이었기 때문이다. 더욱이 네흘류도프는 그것을 알고 있었을 뿐만 아니라, 그것이 옳지 못한 잔혹한 일이라는 것도 알고 있었다. 그는 그것을 학생 때부터 알고 있었다. 그 무렵 그는 헨리 조지의 학설을 믿고 따라 그 보급에 힘썼으며, 그 학설을 바탕으로 오늘날의 토지 사유는 50년 전의 농노 소유와 마찬가지로 죄악이라고 생각하고, 아버지에게서 물려받은 토지를 농민들에게 나누어 주었던 것이다.

그러나 군대에 들어가 1년에 2만 루블이나 되는 돈을 쓰는 생활에 익숙해지자, 이러한 학문적인 지식들은 그의 생활 신조의 자리에서 이탈하여 잊혀져 갔다. 그는 한동안 사유 재산에 대한 자기 태도라든가, 어머니가 보내 주는 그 많은 돈이 어디서 나오는 것인가 하는 문제는 전혀 자기에게 상관없는 일로 치부했을 뿐만 아니라, 그런 것은 애써 생각지도 않았다.

그러나 어머니가 죽고 유산을 상속받아 자기가 재산을 관리하게 되자, 다시금 토지 사유에 대한 자기의 태도라는 문제가 그의 앞에 제기되었다. 한 달 전의 네흘류도프였다면, 현행 질서를 바꾼다는 것은 내 힘이 미치지 못하는 곳이며, 영지를 관리하는 것은 내가 할 일이 아니다 하고 스스로에게 말하며——영지에서 멀리 떠나 살며 돈만 수령하는 것으로써 다소나마 자기를 위로했을 것이다.

그러나 지금의 그는 시베리아행과 감옥이라는 특수 사회와의 복잡하고 미묘한 관계를 눈앞에 두고 돈이 필요하다는 것은 알고 있었지만, 그래도 역시 문제를 지금까지와 같은 상태로 그대로 내버려 둘 수는 없으며 자기가 희생해서라도 새롭게 개선해야 한다고 다짐했다. 그러기 위해 그는 농장을 자기가 경영하지 않고, 싼 값으로 농민들에게 빌려 주어, 그들에게 지주로부터 독립할 수 있는 가능성의 길을 열어 주기로 했다. 네흘류도프는 지금까지도 몇 번인가 지주와 농노 소유자의 상태를 비교해 본 결과, 농노들에게 경작을 시키는 형식을 개선하여 농민들에게 토지를 임대해 준다는 것은, 농노 소유자들이 해 온 부역을 연공(年貢)으로 바꾸는 것과 별 차이가 없다는 식으로 보아 왔다. 그것은 폭력의 보다 야만적인 형태에서 덜 야만적인 형태로 전이되는 것이었다. 그는 그렇게 실마리를 풀어 가기로 굳게 마음먹었다.

네흘류도프는 정오가 다 되어서 쿠즈민스코예 마을에 이르렀다. 그는 모든 사소한 부분부터 간소화하기 위해 전보로 알리지도 않고 역에서 두 필의 말이 끄는 여행 마차를 빌려 탔다. 마부는 젊은 남자로 남경 무명으로 된 소매 없는 겉옷을 입고 있었다. 그는 긴 허리의 아래쪽 주름이 잡힌 곳에 띠를 졸라 매고, 마부석에 모로 비스듬히 걸터 앉아 손님과 열심히 이야기를 나누고 있었다. 그래서 그들이 이야기하는 동안 기진맥진하여 절룩거리는 흰 주마와 처음부터 숨을 헐떡거리는 여윈 부마는 늘 그들이 원하는 속도로 천천히 달릴 수가 있었다.

마부는 뒤에 탄 손님이 이 고장의 주인인 줄은 모르고 쿠즈민스코예 마을의 관리인에 대한 이야기를 했다. 네흘류도프는 일부러 자기 이름을 말하지 않았다.

"부리기를 좋아하는 사람입니다요."

하고, 도시에서 살며 소설깨나 읽은 듯한 마부가 말했다. 그는 앉은 채 몸을 반쯤 손님 쪽으로 돌리고, 긴 채찍의 손잡이와 채찍 끝을 번갈아 바꾸어 쥐며 손으로 만지작거리면서, 틀림없이 자기 교양을 자랑하는 듯했다.

"밤색 말 세 필이 끄는 마차를 사서 부인과 타고 다니는데, 그다지 보기 좋은 모양새는 아닙니다요!"

하고 그는 말을 이었다.

"지난 겨울에는 크리스마스 트리를 세워 놓고, 나도 손님을 태워 드렸지만,

꼬마 전구를 잔뜩 달아 꾸며 놓고……, 이 현에서는 구경할 수 없을 만큼 호화로웠답니다요! 돈을 잔뜩 빼먹고 말입니다——대단한 놈이라구요! 무서운 게 없답니다. 아무튼 모든 것이 제 세상이라니까요. 말을 듣자하니, 기름진 땅을 샀다고들 합디다요."

네흘류도프는 독일인이 영지를 어떻게 관리하든, 어떻게 이용하든 자기로선 상관할 바가 아니라고 생각하고 있었다. 그러나 젊은 마부의 이야기를 들으니 몹시 기분이 언짢았다. 그는 화사한 봄날에 가끔씩 태양을 가리며 흘러가는 짙은 구름이며, 곳곳에서 농부들이 귀리밭을 갈고 있는 들판이며, 종달새가 날아올랐다 내렸다 하는 짙은 초록빛 채소밭과 때늦은 참나무를 빼놓고는 이미 신록으로 뒤덮인 숲이며, 소와 말이 점점이 놀고 있는 목장이며, 밭을 가는 농부들이 보이는 경작지를 황홀한 기분으로 바라보고 있었지만 이따금 왠지 모를 그림자가 마음 한자리를 차지하고 있다는 생각이 들었다. 그리고 그것이 무엇일까? 하고 스스로에게 반문해 볼 때마다 생각나는 것은, 독일인 관리인이 쿠즈민스코예 마을에서 제멋대로 행동하고 있다는 마부의 말이었다.

그러나 쿠즈민스코예 마을에 이르러 일에 손을 대자, 네흘류도프는 그러한 마음의 그림자를 지워 버리고 말았다.

관리 사무소의 장부를 일일이 조사해 보거나, 또 농민들은 얼마 되지 않는 토지밖에 갖고 있지 않아 모두 지주의 토지로 둘러싸여 있기 때문에 매우 유리하다고 늘어놓은 관리인의 되지 못한 이야기를 듣고 있을 때, 네흘류도프는 영지의 관리를 그만두고 농민들에게 토지를 몽땅 빌려 주겠다는 마음을 더욱 확고히 했을 뿐이었다.

관리인과 농부의 말에 따라서, 네흘류도프는 예전과 같이 기름진 땅의 3분의 2는 개량된 농기구를 써서 고용한 농민들에게 경작을 시키고, 나머지 3분의 1은 1헥타르당 5루블의 노임으로 농민들에게 경작시키고 있다는 것을 알았다. 즉 5루블의 노임으로 농민은 1헥타르의 농토를 1년에 세 번 갈고, 세 번 고르게 손질하고 세 번 씨를 뿌리고, 거두어들여서 묶은 다음 탈고장으로 운반해야 하는 것인데, 이것은 자유 노무자의 싼 임금으로 치더라도 적어도 1헥타르에

10루블에 해당되는 노동이었다. 더구나 농민들은 관리 사무소에서 지급되는 모든 필수품에 대해서는 가장 비싼 값을 노동으로 치르고 있었다. 그들은 목장의 풀이며, 숲의 나무며, 감자 잎사귀를 얻기 위해 일을 했으며 거의 모든 농부들이 관리 사무소에 빚을 지고 있었다. 그리고 농민들에게 싼 임금으로 경작시키는 먼 경지에서, 그 땅값의 5퍼센트의 금리로 얻는 것으로 1헥타르에 4배나 되는 이익을 챙기고 있었다.

네흘류도프도 이러한 일을 지금까지 상세히 알고 있었지만, 그는 지금 이것이 새로운 일처럼 절실히 느껴져 자기가, 그리고 자기와 같은 입장에 있는 모든 사람들이 어째서 이런 이상한 관계를 그대로 내버려 두고 있었던가 싶어 그저 놀랄 뿐이었다. 토지를 농민들에게 거의 돈을 받지 않고 빌려 준다면, 말과 농기구가 필요없게 되고, 팔려고 해도 원가의 4분의 1에도 팔리지 않을 것이며, 농민들이 토지를 못 쓰게 해 버릴 것은 뻔한 일이고, 네흘류도프가 얼마나 손해를 볼지 모른다는 관리인의 설득은, 농민들에게 토지를 빌려 주어 거두어들이는 돈의 대부분을 잃더라도 양심에 부끄럽지 않을 일을 하겠다는 네흘류도프의 각오를 더욱 단단하게 만들어 줄 뿐이었다.

그는 이 문제를 지금 이 마을에 머물러 있는 동안 처리하려고 마음먹었다. 씨뿌린 보리를 거두어들여서 팔거나, 농기구와 필요없게 된 설비를 치워 버리거나 하는 모든 자질구레한 남은 일들은 그가 떠난 뒤에 관리인에게 위임해도 된다. 그래서 네흘류도프는 자기의 뜻을 설명하고, 농민들에게 빌려 주는 토지에 대한 임대 조건을 결정하기 위해 쿠즈민스코예의 영지 근교에 있는 세 마을 농민들의 모임을 내일 소정할 수 있게 관리인에게 부탁했다.

관리인의 주장에 꺾이지 않고 농민들을 위해 스스로 희생하겠다는 결심이 굳어진 것을 상쾌한 기분으로 맞이하면서 네흘류도프는 관리 사무소에서 나왔다. 그리고 해결한 문제를 이것저것 생각하면서 집 옆에 있는 올해 들어 황폐할 대로 황폐해진 꽃밭 둘레며(관리인 집 앞에 있는 꽃밭은 깨끗이 손질되어 있었다.), 꽃상추가 무성한 테니스 코트며, 보리수가 즐비하게 늘어선 가로숫길을 거닐었다. 이 가로숫길은 그가 곧잘 엽궐련을 피우면서 산책하던 길로, 3년 전에 어머니

집에 초대되었던 아름다운 키리모바가 그를 만나자고 유혹한 곳도 이 가로숫길이었다. 내일 농민들에게 설명할 요점을 머릿속에 정리하고 나서 네홀류도프는 관리인에게로 되돌아가 다시 한 번 경영을 모두 바꿔 버릴 문제에 대해 이야기를 나눈 뒤, 이 일에 대해서는 완벽하게 마무리를 하고 그를 위해 준비된 안채의 방으로 들어갔다. 그 곳은 손님을 위해 마련되어 있는 방이었다.

멋진 베니스의 풍경화가 걸려 있고, 창문 사이에 거울이 끼워져 있는 이 아담한 방에는 깨끗한 침대와 물병과 성냥, 소등기를 얹어 놓은 조그마한 머리맡 위에는 뚜껑이 열린 채로 그의 트렁크가 놓여 있었다. 그리고 트렁크 안에는 화장 세트와 그가 가지고 온 책들이 들여다보였다. 《범죄의 여러 법칙에 대한 연구》라는 러시아 어로 된 책과, 같은 주제를 다룬 독어 및 영어책이 저마다 한 권씩 있었다. 그는 여행을 하는 동안에 한가한 시간을 이용해 그 책들을 읽을 생각이었으나, 오늘 밤은 읽을 겨를이 없었다. 내일 일찍 일어나 농민들과 이야기할 준비를 하기 위해 오늘은 일찍 잘 작정이었기 때문이다.

방 한쪽 구석에는 금박 장식이 달린 마호가니제 낡은 안락의자가 놓여 있었다. 그것을 보고 있으니 어머니 침실에도 그것과 똑같은 것이 있었다는 생각이 나자 네홀류도프의 마음에 뜻밖의 감정이 일어났다. 그는 갑자기, 결국에는 허물어지고 말 이 집이, 황폐해질 정원이, 나무가 뽑히고 말 숲이, 축사가, 마구간이, 농기구 창고가, 농기구가, 말이, 소가 모든 것이 아깝게 여겨졌다. 이것들은 모두 그 자신의 손에 의해서는 아니더라도, 굉장한 노력에 의해 이루어졌고 고이 지켜 온 것이다. 그는 그것을 알고 있었다. 이제까지는 이런 것들을 모두 쉽사리 버릴 수 있을 것 같은 기분이었는데, 갑자기 그 모든 것들이, 토지와 들어오는 돈의 반감까지도 아깝게 느껴졌다. 하물며 이제부터 돈이 많이 필요하게 될 것은 뻔한 사실이었다. 그러자 농민들에게도 토지를 빌려 주어 재산을 없애 버린다는 것은 바보 같은 일이고 해서는 안 된다는 생각이 그의 뇌리를 엄습했다.

'나는 토지를 소유해서는 안 된다. 그러나 토지를 소유하지 않는다면, 이만한 저택은 꾸려 나갈 수가 없다. 하지만 나는 지금부터 시베리아로 가려 하고 있지 않은가. 그러면 집도 영지도 필요없게 된다.'라는 생각도 들었다. 한편 '그건 그렇다.'라고 다른 생각도 들었다. '하지만 너는 시베리아에서 평생을 보내지는 않는다, 게다가 카튜샤와 결혼하게 되면, 아이도 낳을 것이다. 네가 영지를 물려받았듯이, 그것이 토지에 대한 의무다. 모든 것을 남에게 주거나 없애는 것은 아주 쉬운 일이지만, 그것을 만들어 낸다는 것은 그야말로 어려운 일이다.

무엇보다도 중요한 것은——자기의 인생을 잘 생각하여 어떻게 갈 것인지 잘 정하고, 그에 따라 자기의 재산을 처리해야 한다. 그런데 너는 지금 그 결정을 잘 내리고 있는가? 다음으로——너는 진실로 양심에 부끄럽지 않은 일을 하고 있는가, 아니면 사람들 때문에, 다시 말하여 남들에게 자신을 과시하기 위해서 이 일을 하려는 것은 아닌가?'

이렇게 네흘류도프는 스스로에게 물었으나, 사람들이 어떻게 말하고 생각하느냐 하는 것이 그 결정에 영향을 주고 있다는 것을 인정하지 않을 수 없었다. 그리고 생각하면 할수록 차츰 더 의문이 생겨나, 그것은 더욱 더 해결하기 어려운 것이 되어 갔다.

이러한 생각에서 벗어나기 위해 그는 깨끗한 침대에 누워 지금 얽혀 있는 온갖 문제는 내일 개운한 머리로 풀어야지 생각하면서 잠을 청하려고 했다. 그러나 그는 오랫동안 잠을 이룰 수가 없었다. 열려 있는 창문으로 상쾌한 밤 기운과 달빛과 함께 꾀꼬리의 가느다란 노랫소리가 들려 왔다. 한 마리는 바로 창 밑의 라일락 숲 속에서 울고 있었다. 꾀꼬리의 노랫소리와 개구리의 합창을 듣고 있는 동안, 네흘류도프는 감옥 소장의 딸이 치고 있던 피아노 소리가 생각났다. 소장을 생각하니 카튜샤를 생각하게 되고, '이런 일을 이제 깨끗이 집어치워 주세요.'라고 말했을 때 개구리가 우는 것처럼 입술이 파르르 떨리던 일이 생각났다.

그러는 동안 독일인 관리인이 개구리가 우는 쪽으로 내려갔다. 가게 해서는 안 된다는 생각이 들었지만 이미 내려가 버렸고, 게다가 갑자기 카튜샤로 변해서 '나는 유형수, 당신은 공작님이에요.' 하고 그를 원망하기 시작했다. '아니다, 져서는 안 된다.' 하고 생각하는 순간 잠에서 깨어났다. 그리고 스스로에게 물었다. '대체 내가 하고 있는 일은 좋은 일인가, 어리석은 일인가. 그러나 아무려면 어떤가. 아무래도 좋아. 지금은 다만 잠을 자 둬야 할 뿐이다.' 그 자신도 관리인과 카튜샤가 내려간 쪽으로 내려가기 시작했다. 그러자 그대로 어둠 속에 빨려 들어가고 말았다.

2

이튿날 아침 네흘류도프는 9시에 잠에서 깨어났다. 그의 시중을 들기로 한 젊은 사무원이 그가 일어나는 기척을 듣고, 지금까지 그래 본 적이 없을 만큼 반짝거리게 닦은 구두와 샘에서 길어 온 깨끗하고 차가운 물을 준비해 놓고, 농민들이 벌써 모여 있다고 알렸다.

네흘류도프는 그제야 문득 생각이 나서 벌떡 일어났다. 토지를 나눠 주고 재산을 처분한다는 것을 아깝게 생각했던 어젯밤의 기분은 이제 흔적도 없이 사라졌다. 지금 그 생각을 하니 이상한 기분마저 들었다. 지금 그는 눈앞에 닥친 일에 기쁨을 느끼고, 본의 아니게도 그것을 자랑하는 기분이 되어 있었다.

창문으로 꽃상추가 무성한 테니스 코트가 보였고, 거기에 관리인의 지시로 농민들이 모여 있었다. 지난 밤에 개구리가 울어 대더니 하늘은 잔뜩 흐려서 아침부터 바람 한 점 없이 촉촉하고 따뜻한 가랑비가 내려, 나뭇잎과 가지와 풀잎에 빗방울이 반짝거리고 있었다. 창문 사이로 신록의 향기에 섞여 비를 빨아들인 흙냄새가 흘러 들어왔다. 농민들은 한 사람 한 사람씩 모여서 서로 모자와 수건을 벗고 인사들을 주고받으며 지팡이에 몸을 기대고 빙 둘러섰다. 놀랍도록 큰 단추가 달린 녹색 양복을 입은 뼈대가 늠름하고 다부진 몸매를 한 젊은 관리인이 네흘류도프의 방에 들어와서, 모두 모이기는 했으나 기다리게 할 테니 먼저 커피나 홍차부터 천천히 마시도록 하라고 권했다.

"아니, 그보다도 먼저 내가 그들한테 나가기로 하지."

눈앞에 다가온 농민들과의 대화를 생각하니 자기로서는 전혀 예상치 못했던 위축감과 부끄러움을 느끼면서 네흘류도프는 말했다.

그는 이런 일이 실현될 줄은 꿈에도 생각지 못했던 농민들의 지극히 간절한 소망——싼 값에 토지를 빌려 준다는 것——을 이루어 주기 위해 걸음을 재촉했다. 그들에게 선행을 베풀기 위한 걸음걸이었지만, 왠지 그는 약간 부끄러웠다. 드디어 농민들이 모여 있는 곳으로 다가가서 모자를 벗은 농민들의 황갈색 머리며, 고수머리, 대머리, 백발 머리 등이 나타나기 시작하자, 그는 그만 어리둥절해져서 한동안 아무 말도 할 수가 없었다. 여전히 가랑비가 부슬부슬 내려, 농민들의 머리와 턱수염과 외투 위에 물방울이 대롱대롱 맺혔다.

농민들은 주인을 바라보며 무슨 말을 꺼낼지 기다리고 있었으나 그는 몹시 당황하여 아무 말도 하지 못했다. 이 어색한 침묵을 깨뜨려 준 것은 자신 만만하고 침착한 독일인 관리인이었다. 그는 러시아 농민의 심리를 잘 알고 있을 뿐만 아니라, 러시아 어까지도 유창하고 정확하게 할 줄 알았다. 기름진 좋은 식사를 함으로써 건장해진 이 사나이는, 네흘류도프 역시 그랬지만, 여위어 주름진 농민들의 얼굴과 외투 겉으로도 뚜렷이 드러나 있는 앙상한 어깨와 놀라운 대조를 이루고 있었다.

"지금부터 공작님께서 당신네들에게 좋은 일을 하시겠답니다. 그러니까 토지를 빌려 드리겠답니다. 당신네들에게는 분에 넘치는 일이지요." 하고 관리인이 말했다.

"어째서 분에 넘치나요, 바실리 카를로이치! 우리가 당신을 위해 일을 하지 않았다는 말인가요? 우린 돌아가신 마님한테 정말 큰 은혜를 입었습죠. 아, 천국에 계신 영혼께 평안 있으라. 그리고 공작님께서도 고맙게도 저희들을 버리시지 않으셨습니다." 하고 붉은빛 머리칼을 가진 입담 좋은 농사꾼이 말했다.

"여러분을 여기 모이게 한 것은, 여러분이 원하다면 토지를 모두 나누어 드릴까 하고 생각했기 때문이오." 하고 네흘류도프는 말했다.

농민들은 잘 알아듣지 못했는지 또는 믿지 못하겠는지 잠자코 있었다.

"그게 무슨 뜻입니까, 토지를 나누어 주신다뇨?" 하고 반코트를 입은 중년 농부가 물었다.

“토지를 여러분에게 빌려 드려서, 여러분들이 싼 땅값으로 농사지을 수 있도록 해 주려는 거요.”

“거 참 고마운 일입니다.” 한 노인이 말했다.

“땅값만 우리네 힘으로 낼 수 있다면야.” 하고 딴 사람이 말했다.

“땅을 빌려 주신다는데, 거절할 사람이 어디 있겠습니까요!”

“그거야 두말할 필요도 없는 일입죠. 우리는 땅으로 먹고 사니까요!”

“나리께서도 그 편이 속편하실 겁니다. 그저 땅값만 받으면 되니까요. 그렇잖으면 걱정거리가 끊이지 않습죠!”

하는 소리도 들렸다.

“그건 당신들이 정확하지 못하기 때문이오.”

하고 관리인이 말했다.

“당신들만 일을 잘 하고 정해진 것을 제대로 지켜 준다면야…….”

“우리를 원망하는 건 너무 심해요. 바실리 카를로이치!”

코가 뾰족하고 여윈 노인이 말했다.

“왜 말을 보리밭에 들어가게 했느냐고 당신은 말하지만, 누가 그러고 싶어서 그랬나요? 나는 온종일, 그야말로 하루가 1년 같은 생각으로 풀 베는 낫을 열심히 휘두르고 있단 말이오. 너무 힘들어 야경 때엔 그만 깜박 잠이 들 때도 있다구요. 그랬더니 말이 당신네 보리밭에 들어갔다고 막 야단을 치더군요.”

“정해진 규칙을 지키기만 하면 되는 거요.”

“당신은 상관없죠. 규칙을 지키라고 말로만 하면 되니까요. 하지만, 우리는 힘에 겨워서 어쩔 수가 없단 말이오.”

키가 크고 머리가 까만 털보 같은 중년의 농부가 대들었다.

“그러니까 말하지 않았어, 울타리를 치라구.”

“그럼 울타리 할 나무를 주시오.”

뒤쪽에서 작고 초라한 농부가 끼여들었다.

“지난 여름에 울타리를 만들려고 했더니, 당신은 나를 감옥에다 처넣어서,

석 달 동안이나 이가 들끓게 만들지 않았소. 울타리를 만들려고 하면 그런 꼴을 당한단 말이오."

"그건 도대체 어떻게 된 일인가?"

하고 네흘류도프가 관리인에게 물었다.

"저놈은 마을에서 으뜸가는 도둑놈이랍니다."

하고 관리인은 독일어로 말했다.

"해마다 숲속에서 나무를 하다 잡히고 있답니다. 이봐, 남의 것을 소중히 할 줄 알아야 해!"

하고 관리인이 나무랐다.

"아니, 우리가 당신을 소홀히 대했단 말인가요?"

하고 노인이 말했다.

"당신을 소중히 않고 어떻게 우리가 배겨내나요? 목덜미를 단단히 쥐고 있는 당신인데. 우리들을 어떻게 하건 당신 마음대로가 아닌가요?"

"당신들을 못살게 하려고 하는 게 아니잖소. 기를 쓰고 너무 그러지 마시오."

"무슨 말이오, 실컷 괴롭히고 있지 않았소! 이번 여름에는 내 따귀를 때리지 않았소? 그래도 나는 아무 말도 못 했소. 돈을 가진 사람과는 재판관도 피해 간다니까요."

"규칙대로 했으면 안 그렇지."

이런 식으로 말다툼이 계속되었으나 본인들도 무엇 때문에 무엇을 지껄이고 있는지 잘 모르는 것 같았다. 단지 알 수 있는 것은 한편에는 힘에 억눌린 증오가 있고, 한편에는 우월감과 권력 의식이 있다는 것뿐이었다. 네흘류도프는 이런 말을 듣고 있기가 괴로워서 땅값과 돈을 치르는 날짜를 정하는 용건 쪽으로 이야기를 돌리려고 애썼다.

"자, 그러면, 토지에 대한 얘기인데, 토지 모두를 빌려 준다면, 땅값은 얼마면 되겠소?"

"나리의 것이니까, 나리가 정하십시오."

네흘류도프는 값을 말했다. 언제나 그렇지만 네흘류도프가 내놓은 값은 농민들이 1년 동안 지불하고 있는 값보다 훨씬 적었으나, 농민들은 비싸다면서 흥정하기 시작했다. 네흘류도프는 자기의 제안을 기꺼이 받아 줄 것으로 알고 있었는데, 농민들의 얼굴에서는 반가운 기색을 전혀 읽어 볼 수 없었다. 네흘류도프가 자기 제안이 그들에게 유리하다고 확인할 수 있었던 것은 누가 토지를 빌리느냐, 곧 마을 전체가 빌리느냐, 아니면 농민들끼리 조합을 만들어서 빌리느냐 하는 말이 나왔을 때였다. 일을 잘 하지 못하여 돈을 지불할 능력이 없을 것 같은 사람들을 조합에서 제외하려는 농민들과, 제외당할 것 같은 농민들과의 사이에 심한 말다툼이 벌어졌기 때문이다. 결국 관리인이 중간에 끼여들어 땅값과 그것을 치를 날짜가 정해졌다. 농민들은 왁자지껄하게 떠들면서 산기슭 마을로 돌아갔다. 네흘류도프는 관리인과 계약서의 문안을 작성하기 위해 사무실로 갔다.

모든 것이 네흘류도프가 바라고 기대한 대로 되었다. 농민들은 그 주변에 있는 토지 값보다 30퍼센트나 싸게 빌리게 되었다. 네흘류도프의 토지 수입은 거의 반 이상이 줄었으나 살림을 판 돈이 들어왔고, 농기구를 팔았기 때문에 그것만으로도 충분했다. 그런데 모든 것이 잘 된 것같이 생각되면서도, 네흘류도프는 왠지 꺼림칙한 생각이 떠나지 않았다. 농민들 중에 몇 사람은 고맙다고 말하고 있었지만 거의 대부분이 불만을 내보였으며, 더 많은 것을 바라고 있다는 것을 그는 알았다. 요컨대, 그는 많은 것을 잃었지만 농민들의 기대에는 어긋났던 것이다.

이튿날, 가계약서에 서명을 하고, 대표로 찾아온 노인들의 배웅을 받으며 네흘류도프는 무언지 석연치 않은 언짢은 기분으로, 역에서 올 때 마부가 말한 관리인의 멋진 세 필의 말이 끄는 유개 마차를 타고, 의심에 찬 눈으로 불만스레 머리를 갸웃거리고 있는 농민들에게 작별 인사를 한 다음 역으로 향했다. 네흘류도프는 뭔가 석연치 않은 기분이었다. 무엇이 석연치 않은지 몰랐으나 그는 줄곧 무언지 우울하고 왠지 부끄러운 느낌이 들었다.

3

네흘류도프는 쿠즈민스코예 마을에서 고모들로부터 유산으로 받은 영지로 향했다. 그가 카튜샤를 알게 된 마을이다. 그는 이 곳에서도 쿠즈민스코예 마을에서 정한 것처럼 토지 문제를 해결할 작정이었다. 그리고 카튜샤에 대한 일과, 그녀와 자기 사이에 태어난 아이에 대한 것을 할 수 있는 데까지 알아보고 싶었다. 아이가 죽었다는 것이 참말인지, 어디서 어떻게 죽었는지?

아침 일찍 그는 파노보 마을에 도착했다. 집 안으로 마차를 타고 들어갔을 때 무엇보다도 그를 놀라게 한 것은, 모든 부속 건물들, 특히 안채의 황폐하고 퇴락된 모습이었다. 예전에는 파랗게 빛나던 함석 지붕이 언제부터인지 칠을 하지 않은 채 내버려 두어서 녹이 슬어 빨갛게 되어 있었으며, 비바람 때문인지 몇 장은 뒤집혀 있었다. 안채의 판자 벽은 군데군데 떨어져 나갔다. 떨어지기 쉬운 곳부터 떨어져 나가 못은 녹이 슬어 구부러져 있었다. 현관 층계도, 바깥 문도, 특히 그에게는 잊을 수 없는 뒷문도 삭아서 발판이 떨어지고 뼈대만 남아 있었다. 창문은 몇 개인가 유리 대신 판자로 갈아 끼워 있었고, 관리인이 살고 있던 별채도, 부엌도, 마구간도 모두 낡아서 잿빛으로 바래 있었다.

다만 앞뜰만이 황폐하지 않고 풀과 나무가 무성하고 꽃이 만발해 있었다. 울타리 너머에는 흰 구름 같은 앵두와 능금과 자두꽃이 가득했다. 라일락 산울타리는 11년 전 그 그늘에서 네흘류도프가 16살 난 카튜샤와 술래잡기를 하다가 넘어져서 쐐기풀에 찔렸을 때와 똑같은 아름다운 꽃이 활짝 피어 있었다. 소피아 이바노브나가 안채 옆에 심은 낙엽송은 그 당시에는 말뚝만 하던 것이 지금은 대들보로도 쓸 수 있을 만큼 큰 아름드리로 자라 부드러운 솜털 같은 황록색 잎들에 덮여 있었다. 개울물은 기슭 사이를 조용히 흘렀으며, 물방앗간에 떨어지는 물만이 요란스러운 소리를 내고 있었다. 개울가 맞은편 목장에는 농가의 온갖 색들의 가축들이 한가로이 풀을 뜯고 있었다.

관리인은 신학교를 중퇴한 사람으로 얼굴에 싱글벙글 웃음을 지으며 네흘류도프를 관리 사무소로 안내하고는, 그 웃음으로 무슨 특별한 약속이나 하듯 웃는 얼굴로 칸막이 벽 뒤로 사라졌다. 칸막이 벽 뒤에서는 무언가 속삭이는 소리가 나더니 곧 조용해졌다. 마부는 술값을 받고 방울 소리를 딸랑이며 뜰에서 나갔다. 그리고 주위는 물을 끼얹은 듯이 잠잠해졌다. 마차에 이어 창밖으로 수놓은 셔츠를 입고 귀고리를 한 맨발의 계집아이가 달려갔다. 그 계집애를 쫓아, 다져진 오솔길에 장화 바닥의 징소리를 요란스레 울리면서 한 농부가 달려갔다.

네흘류도프는 창가에 앉아 뜰에 눈길을 주기도 하고 소리나는 곳에 귀를 기울이기도 했다. 양쪽으로 열려진 조그만 창문으로 상쾌한 봄바람이 그의 땀이 난 이마에 흘러내린 머리칼을 스치고, 칼자국이 난 문틀에 놓인 메모 용지를 한들한들 날리면서 파헤쳐진 흙의 향기를 싣고 왔다. 냇물 쪽에서는 여자들이 방망이로 빨래를 두드리는 소리가 간간이 들려 오고, 그 소리가 햇빛에 반짝이는 맑은 물 위에 퍼져서 이쪽 저쪽으로 흘러갔으며, 사이사이 물방앗간의 물 떨어지는 소리도 느릿하게 들려 왔다. 파리 한 마리가 귓전을 스치고 날아갔다.

네흘류도프는 문득, 이런 풍경과 똑같이 벌써 오래 전에 그가 아직도 젊고 순진했을 무렵, 역시 여기서, 냇물 쪽에서 물방앗간의 단조로운 물소리 사이사이에 젖은 빨래를 두드리는 방망이 소리를 들었으며 역시 마찬가지로 산들거리는 봄바람이 그의 땀이 난 이마에 흘러내린 머리칼을 간질이고 칼자국이 난 돌출창의 문틀에 꽂혀 있는 메모지를 한들거렸으며, 역시 깜짝 놀란 파리가 귓전을 스쳐간 일이 있었던 생각이 떠올랐다. 그리고 그는 자기를 그 무렵처럼 18세 소년으로 생각한 것은 아니지만 자신이 그와 똑같은 젊음과 순결과 무한한 가능성에 가득 찬 미래를 갖고 있는 것처럼 느껴졌다. 그러나 동시에 꿈 속에서 흔히 있듯이, 그것은 이미 오래 전에 잃어버린 일이라는 것을 그는 알고 있었다. 그는 못 견디게 서글퍼졌다.

"식사는 언제쯤 하시겠습니까?"

관리인이 싱글벙글 웃으면서 물었다.

"언제든지 좋소. 별로 배고프지도 않으니까. 지금부터 마을을 좀 돌아보고 오겠소."

"그보다도 안채를 한번 둘러보시지 않겠습니까? 방 안은 깨끗이 정리되어 있으니까요. 보아 주십시오. 혹시 밖에서 보시고……."

"아니, 나중에 보기로 하지. 그보다도 물어 보고 싶은 게 있는데, 지금도 마트로나 하리나라는 여자가 이 근처에 살고 있소?"

그녀는 카튜샤의 이모였다.

"있습니다, 마을에. 그 여자만은 도저히 어떻게 할 수가 없습니다. 술을 몰래 팔고 있지요. 저도 모르는 척할 수 없고 해서, 고발하겠다고 협박했습니다만, 고발한다는 것도——불쌍해서요. 늙은데다가 손자들도 있기 때문에."

관리인은 여전히 미소를 지으면서 말했다. 그 웃음에는 주인에게 좋은 느낌을 주자는 희망과, 자기와 마찬가지로 네흘류도프도 모든 것을 알고 있으리라는 확신이 나타나 있었다.

"집이 어디 있지? 좀 들러 보고 싶은데."

"마을 끝인데, 끝에서 세 번째 집입니다. 왼편으로 벽돌집이 보이고, 그 바로 뒤에 있는 오막살이가 그 집입니다. 그보다 제가 모셔다 드리죠."

하고 기쁜 듯이 웃으면서 관리인은 말했다.

"아니, 친절은 고맙지만, 혼자 가 보겠소. 그보다 자네는 농민들을 모아 줘. 토지에 대해서 할 말이 있으니까."

쿠즈민스코예 마을에서와 마찬가지로 이 곳에서도 농민들과 가능하면 오늘 밤에라도 토지에 대한 이야기를 끝내고 싶은 심정으로 네흘류도프는 말했다.

4

문을 나서자, 네흘류도프는 알록달록한 앞치마를 두르고 귀고리를 단, 굵은 종아리에 맨발로 땅을 힘차게 디디면서, 질경이와 유채꽃이 가득 피어 있는 목장 안의 다져진 오솔길을 서둘러 오는 시골 처녀와 마주쳤다. 처녀는 왼손을 앞으로 내저으면서 오른손으로는 붉은 수탉 한 마리를 배에 꼭 부둥켜안고 돌아오는 길이었다. 수탉은 빨간 볏을 흔들거리면서 안심한 모습으로 눈만 껌벅거리면서 까만 한쪽 발을 줄곧 오므렸다폈다하며 처녀의 앞치마에 걸린 발톱을 빼내려 하고 있었다. 처녀는 주인 쪽으로 가까이 감에 따라 차츰 걸음을 늦추어 종종걸음에서 보통걸음이 되더니, 드디어 엇갈리게 되었을 때는 멈추어 서서 머리를 반듯하게 세우더니 꾸벅 절을 했다. 그리고 그가 지나가고 나자 다시 수탉을 부둥켜안고 걸어가기 시작했다. 네흘류도프는 우물 쪽으로 향해 가다가 꾀죄죄한 속옷을 입은 구부러진 등에 무거운 물통을 이고 올라오는 한 노파를 만났다. 노파는 조심스레 물통을 내려놓고 아까 그 처녀가 한 것처럼 머리를 꼿꼿이 세우고는 절을 했다.

우물을 지나자마자 곧 마을이었다. 화창하게 갠 더운 날이라 아침 10시인데도 몹시 후텁지근했다. 이따금 구름이 몰려와서 태양을 가릴 뿐이었다. 한길 가득히 코를 찌르는 지독한, 그러나 불쾌하지는 않은 거름 냄새가 떠돌고 있었다. 이것은 산으로 통하고 있는 수레바퀴로 반짝반짝 빛날 정도로 다져진 산길을 줄지어 올라가고 있는 짐마차에서도 풍겨 나왔지만, 그보다도 네흘류도프가 지나가는 길 옆의 집집마다 열어제친 대문으로 흘러나오는, 파헤친 뜰의 거름 냄새였다.

짐마차 뒤에서 거름으로 얼룩진 셔츠와 바지를 입고 맨발로 따라가는 농부들이, 회색빛 모자의 비단 리본을 햇빛에 반짝이면서 번쩍거리는 손잡이에 옹이가 많고 윤이 나는 단장으로 걸을 때마다 땅을 짚으며 마을길을 향해 올라가는 키가 큰 주인의 모습을 신기한 듯이 줄곧 돌아보았다. 들에서 돌아오는 농부들은 성급한 말이 끄는 빈 마차의 마부석에 앉아 흔들거리면서 깜짝 놀라 모자를 벗고 낯선 신사를 향해 눈을 크게 떴다. 여자들은 문간과 처마끝으로 달려나와 서로 손가락질하면서 그의 뒷모습을 바라보고 있었다.

네흘류도프가 네 번째 집 문 앞에 도착했을 때 거름을 산더미처럼 실은 짐마차가 덜거덕거리는 바퀴 소리를 울리며 나와서 그의 앞을 가로막았다. 거름 위에는 사람이 앉도록 가마니가 깔려 있었다. 그 뒤에서 6살쯤 된 사내아이가 마차에 타는 것이 신이 났는지 맨발로 달려나왔다.

젊은 농부가 성큼성큼 걸어나오면서 말을 문 밖으로 몰아 냈다. 다리가 긴 잿빛 망아지가 그 뒤에서 깡충깡충 뛰어나오다가 네흘류도프를 보고는 깜짝 놀라 짐마차에 몸을 부딪혔다. 그리고는 무거운 짐을 문간으로 끌어 내며 불안스레 나직이 콧소리를 내는 어미말 곁을 지나쳐 앞으로 달려갔다. 다음 마차를 끌고 나온 것은 바싹 말랐지만 힘이 세어 보이는 노인이었는데, 그는 맨발에 줄무늬 바지를 입고 더러운 긴 셔츠 바람으로, 등 아래쪽에 여윈 엉덩이뼈가 튀어나와 있었다.

말들이 말똥이 타고 난 재처럼 잿빛을 띠며 흩어져 있는 단단한 길로 나가 버리자, 노인은 문간으로 되돌아와서 네흘류도프에게 인사했다.

"여기 마님의 조카님 아니십니까요?"

"그렇습니다."

"잘 오셨습니다. 그러시다면 마을을 돌아보시려 오셨나요?"

하고 노인은 수다스레 말했다.

"그렇습니다. 그런데 어떠신가요, 지내시는 형편은?"

어떻게 말을 해야 좋을지 몰라 네흘류도프는 이렇게 물었다.

"산다고 할 수도 없습죠! 이보다 못한 생활이 어디 있을라구요?"

마치 만족스러운 듯이 노래를 부르는 것처럼 말을 끌면서, 이야기를 좋아하는 노인은 말했다.

"왜 그렇지요?"

네흘류도프는 문 안으로 들어서면서 말했다.

"글쎄, 이런 생활이 어디 있겠습니까? 정말 말씀이 아닙니다."

하면서 노인은 네흘류도프를 따라 문 안으로 들어서서 거름 부스러기가 치워져서 땅바닥이 드러난 처마 밑으로 갔다.

네흘류도프도 그 뒤를 따라 밑으로 들어갔다.

"저기 보시다시피 제 식구는 12명이나 된답니다."

노인은 두 여자를 가리키면서 말했다. 여자들은 머릿수건을 어깨에 늘어뜨리고, 땀투성이가 되어 옷자락을 걷어붙이고 종아리 중간까지 드러낸 다리를 거름으로 더럽힌 채, 아직 다 채우지 못한 산더미 같은 거름 속에 쇠스랑을 들고 서 있었다.

"다달이 1백 킬로그램이나 되는 밀가루를 사야 하는 형편인데, 무슨 수로 그것을 사겠습니까?"

"영감님 밭에서 나는 걸로는 모자라나요?"

"제 밭요?"

노인은 어처구니없다는 듯이 엷은 웃음을 띠었다.

"우리 집 토지로는 세 사람이 먹는 게 다지요. 올해는 보리 여덟 단밖에 거두어들이지 못했습죠. 크리스마스까지도 못 갈 겁니다요."

"그럼, 어떻게들 지내시나요?"

"그래 할 수 없이 자식놈 하나를 머슴으로 내보내고, 나리 사무실에서 빚을 냈습죠. 그것도 대재일(大齋日) 전에 다 써 버려서 공물도 못 낼 형편이랍니다."

"공물은 얼마나 되나요?"

"우리 집에서는, 17루블씩 1년에 세 번 물어야 합죠. 아, 정말 비참한 생활이라 어떻게 꾸려 나가야 할지, 도무지 손을 쓸 수가 없습니다요."

"노인 집에 들어가 봐도 괜찮겠습니까?"

네흘류도프는 깨끗이 쓸어 놓은 자리에서 뜰로 나가 아직 손도 대지 않은 거름과 쇠스랑으로 파헤쳐져 고약한 냄새를 풍기고 있는 황갈색 거름더미 쪽으로 걸어갔다.

"괜찮구말구요, 어서 들어오십시오."

노인은 이렇게 말하고 맨발가락 사이로 거름물이 질컥질컥 삐져 나오도록 거름을 밟고 성큼성큼 네흘류도프를 앞질러 가서 문을 열었다.

여자들은 흘러내린 머릿수건을 고쳐 쓰고 치맛자락을 내리고는, 소매에 금단추가 번쩍이는 멋있는 신사가 자기들 집에 들어가는 것을 신기한 듯이 조심스럽게 바라보았다.

집 안에서 더러운 속옷 차림의 소녀 둘이 뛰어나왔다. 네흘류도프는 모자를 벗고 허리를 구부려 좁고 더러운 방으로 들어갔다. 방 안에서 시큼한 냄새가 풍겨나왔으며, 베틀이 좁은 방 안을 꽉 차지하고 있었다. 부뚜막 곁에는 소매를 걷어올린 노파가 비쩍 마른 두 팔을 드러내고 서 있었다.

"나리께서 우리 집을 찾아 주셨어."

하고 노인이 말했다.

"아이구, 잘 오셨습니다."

걷어올렸던 소매를 내리면서 노파가 상냥하게 말했다.

"댁의 살림살이를 좀 둘러보고 싶어서요."

하고 네흘류도프는 말했다.

"네, 그저 보시는 대로지요. 보세요, 집은 금방이라도 무너질 것 같아서 언제 누가 깔려 죽을지 모른답니다. 하지만 영감은 이래도 좋다고 하니까 이대로 그럭저럭 사는 거죠 뭐."

성격이 괄괄해 보이는 노파는 머리를 바쁘게 흔들면서 말했다.

"지금부터 점심 준비를 할 참이었죠. 일꾼들 점심을 먹여야 하거든요."

"어떤 것을 드시나요?"

"어떤 것을 먹느냐구요? 우리 집 음식은 대단하죠. 먼저 빵을 먹고 크바스를 마시고, 그리고 또 크바스를 마시고 빵을 먹는답니다."

절반쯤 삭을 대로 삭아 버린 이를 보이면서 노파는 말했다.

"아니 농담이 아니라, 여러분이 어떤 것을 드시는지 보여 주시오."

"먹는 것을 말입니까요?"

하고 노인이 웃음을 지으면서,

"우리 음식은 간단합죠. 이봐, 나리께 보여 드려요."

노파는 머리를 흔들었다.

"우리 농민들이 뭘 먹고 사는지 보시겠다는 건가요. 참, 나리는 호기심이 많으시구려. 뭐든지 알고 싶어하시니. 제가 말한 대로랍니다. 빵에다 크바스, 그리고 수프. 어제 며느리들이 먹을거리를 뜯어 와서 그걸로 수프를 끓였죠. 그리고——감자."

"그것뿐인가요?"

"나머지는 우유로 맛을 들이는 것뿐이죠 뭐."

노파는 히죽히죽 웃고는 문 쪽으로 눈길을 보내며 말했다.

문은 열려 있고, 문간에 사람들이 잔뜩 모여 있었다. 사내아이, 계집아이, 젖먹이를 안은 여자들이 문간을 가득 메우고, 농부의 음식을 낱낱이 물어 보고 있는 이상한 신사를 지켜 보고 있었다. 노파는 주눅 들지 않고 나리를 상대할 수 있는 자기 솜씨를 자랑하고 있는 눈치였다.

"정말 지독한 생활이랍니다, 나리! 밑바닥입죠. 말도 할 수 없습니다."
하고 노인은 말했다.

"저리들 가 있어!"

그는 문간에 득실거리는 사람들에게 소리쳤다.

"그럼, 안녕히 계시오."

네흘류도프는 어색함과 부끄러움을 느끼면서 말했다. 왜 부끄러운지는 잘 알 수가 없었다.

"일부러 들러 주셔서 정말 고맙습니다요."
하고 노인은 말했다.

문 어귀에 몰려 있던 여자와 아이들이 서로 밀치면서 그에게 길을 비켜 주었다. 그는 밖으로 나가서 길 위쪽으로 올라갔다. 그 뒤를 쫓아서 두 사내아이가 맨발로 달려왔다. 형인 듯한 아이는 본래는 흰 것인 듯한 더러워진 셔츠를 입었고, 또 한 아이는 색이 바랜 허름한 분홍빛 셔츠를 입고 있었다. 네흘류도프는 아이들을 돌아다보았다.

"이번엔 어디로 가세요?"

흰 셔츠를 입은 사내아이가 물었다.

"마트로나 하리나네 집에 갈 거야."

하고 그는 그 소년에게 말했다.

"어딘지 아니?"

분홍빛 셔츠를 입은 조그만 아이가 무엇이 우스운지 히죽히죽 웃기 시작했다. 큰아이는 점잖은 얼굴로 되물었다.

"마트로나라뇨? 할머니요?"

"그래, 할머니다."

"아하!"

하고 큰 아이가 말을 길게 뺐다.

"그럼, 세묘니하 할머니구나. 마을 끝에 있는 집이에요. 우리가 안내해 드릴게요. 가자, 페지카, 아저씨를 데리고 가자, 응?"

"말은 어떡하고?"

"뭐, 괜찮아!"

페지카는 고개를 끄덕였다. 세 사람은 윗마을 쪽으로 걸어가기 시작했다.

5

네흘류도프는 어른들과 이야기하기보다 아이들은 상대하는 편이 한결 마음이 편했다. 분홍빛 셔츠를 입은 작은아이도 웃음을 멈추고 형에게 지지 않고, 영리하게 또렷이 말했다.

"그래, 이 마을에서 누가 제일 가난하니?"

하고 네흘류도프가 물었다.

"누가 제일 가난하냐구요? 미하일도 가난하구, 시몬 마카로프도, 그리고 마르파도 몹시 가난해요."

"그보다 아니샤가 더 가난해. 아니샤는 소도 없잖아. 그래서 얻어먹구 지내잖아."

하고 페지카가 말했다.

"소는 없지만, 그 대신 세 식구밖에 없단 말야. 마르파는 다섯 식구라고."
하고 큰아이가 반대했다. 작은아이는 아니샤 편을 고집했다.

"그렇지만, 아니샤는 과부야."

"넌 아니샤가 과부라구 하지만, 마르파도 과부나 마찬가지야."
하고 큰아이는 우겼다.

"역시 남편이 집에 없잖아."

"남편은 어디 갔는데?"

네흘류도프가 물었다.

"감옥에서 이를 기르고 있죠."

흔히 어른들이 말하는 표현을 흉내내면서 큰아이가 대답했다.

"지난 해 여름 지주네 숲에서 자작나무 두 그루를 몰래 잘랐대요. 그래서 감옥에 들어갔대요."
하고 작은아이가 얼른 말했다.

"벌써 반 년 가까이나 돼요. 그래서 그 집 엄마가 밥을 얻으러 다녀요. 애가 셋이나 있구, 병신 할머니가 있거든요."
하고 제법 어른스럽게 말을 했다.

"어디에 있니, 그 집은?"
하고 네흘류도프가 물었다.

"바로 저 집이에요."

손가락으로 한 집을 가리키면서 사내아이가 말했다. 네흘류도프가 걸어가는 그 집 앞길에 머리가 희끄무레한 어린 사내아이가 심한 밭장다리로 겨우 몸을 의지하고 비틀거리며 서 있었다.

"바시카, 이 녀석아, 총알처럼 어디로 뛰어나가는 거야?"
하고 외치면서 재라도 뒤집어쓴 듯한 더러운 잿빛 셔츠를 입은 여자가 집 안에서 뛰어나왔다. 그리고 깜짝 놀란 얼굴로 네흘류도프 앞으로 달려오더니, 마치 아이를 해치기라도 할까 봐 겁먹은 듯이 다짜고짜 아이를 끌어안고 부리나케 집

안으로 들어가 버렸다.

그녀는 네흘류도프의 숲에서 자작나무를 두 그루를 훔치고 감옥에 들어간 사람의 마누라였다.

"그럼 마트로나는 어떠냐? 역시 가난하냐?"

이미 마트로나의 오두막에다 온 다음에야 네흘류도프는 아이들에게 물었다.

"가난하다구요, 술을 팔고 있는데."

분홍빛 셔츠를 입은 작은아이가 잘라 말했다.

마트로나의 집에 도착한 네흘류도프는 아이들을 남겨 놓고 문을 열고 안으로 들어갔다. 마트로나의 초라한 오두막은 길이가 4미터 남짓밖에 되지 않았으며, 화덕 뒤에 있는 침대는 큰 남자라면 발을 오므리지 않고는 잘 수 없을 정도였다.

'저 침대 위에서 카튜샤는 아이를 낳고, 병이 들었구나.'

그는 문득 이런 생각을 했다. 한 대의 베틀이 집 안을 다 차지하고 있었다. 네흘류도프가 문간의 낮은 문살에 머리를 부딪혀 가며 들어갔을 때, 노파는 큰 손녀와 함께 막 베틀을 차려 놓은 참이었다. 다른 두 손녀가 네흘류도프의 뒤를 따라 집 안에 들어와서 문기둥을 붙잡고 서 있었다.

"누구를 찾으시나요?"

베틀에 얽힌 실이 잘 풀리지 않자 짜증을 내고 있던 노파가 성난 듯이 말했다. 게다가 술을 몰래 팔고 있었기 때문에 노파는 낯선 남자를 몹시 경계하는 눈치였다.

"나는 여기 지주인데, 할머니한테 좀 물어 볼 말이 있어서 왔습니다."

노파는 찬찬히 살펴보면서 잠시 머뭇거리더니, 갑자기 태도가 확 바뀌었다.

"아이구, 젊은 나리시네. 나 좀 보게. 바보같이, 알아뵙지도 못하구서. 지나가는 사람인 줄만 알았지 뭡니까요."

노파는 짐짓 상냥한 목소리로 말했다.

"정말 잘 오셨어요. 안녕하셨어요?"

"할머니랑 둘이서 이야기하고 싶은데."

열려 있는 문 쪽을 보면서 네흘류도프가 말했다. 문턱에는 아이들이 서 있고, 그 뒤에 얼굴이 해쓱한 여자 하나가 넝마 조각으로 만든 두건을 씌운, 병 때문에 얼굴이 창백한 어린애를 안고 서 있었다. 어린애는 말라빠진 얼굴이었지만, 그래도 방긋이 웃고 있었다.

"무슨 일만 있으면 얼굴을 내미는구나. 때려 줄 테다. 그 몽둥이 이리 줘!"

노파는 문 어귀에 서 있는 여자와 아이들에게 소리 질렀다.

"어서 문을 닫지 못해!"

아이들은 달아났다. 어린아이를 안은 여자가 문을 닫았다.

"정말 누구신가 했어요. 주인 나리께서 오시다니, 황송해요. 정말 훌륭하게 되셨네요."

하고 노파는 수다스럽게 지껄이기 시작했다.

"이렇게 누추한데 싫어하시지도 않구. 정말 잘 오셨습니다. 아주 훌륭해지셨어요! 자 이리 들어오세요, 나리. 어서 앉으세요."

노파는 앞치마를 들어 판자로 만든 긴의자를 닦으면서 말했다.

"난 또 어떤 나쁜 놈이 왔나 했죠. 설마 나리께서 찾아오신 줄은 꿈에도 몰랐거든요. 이 바보 같은 늙은이를 용서해 주세요. 눈이 어두워서요."

네흘류도프는 긴의자에 앉았다. 노파는 그 앞에 서서 볼에 오른손을 대고 왼손으로 그 뾰족한 팔꿈치를 누르면서, 마치 노래라도 부르는 듯한 소리로 다시 지껄이기 시작했다.

"하지만 나이가 드셨네요, 나리. 우엉꽃처럼 아름다운 도련님이었는데, 전혀 다른 모습으로 변했군요! 근심 걱정이 있으신가요?"

"실은 할머니한테 알고 싶은 게 있어 왔는데, 카튜샤 마슬로바를 기억하십니까?"

"카테리나 말씀이세요? 잊을 리가 있어요——제 조카인 데……어떻게 잊을 수 있겠습니까? 그애가 가여워서 얼마나 울었는지. 저는 죄다 알고 있어요. 그야 나리, 이 세상에 죄없는 사람은 없답니다. 누구나 실수라는 건 있는 법이에요! 젊은 탓이죠. 차를 마시는 동안에라도 불쑥 그런 마음이 생기거든요. 함께 있으면 어쩔 수가 없는 일이랍니다. 이 일만은요! 나리는 그애를 버렸지만 그만한 대가는 치르신 셈이죠. 1백 루블이나 되는 돈을 주셨으니까요. 하지만 그애가 한 짓을 생각하면, 머리가 돌아 버린 거죠. 제 말을 들었더라면, 솔직히 말씀드리면 행실이 좋지 않은 계집애였어요. 저는 그 때 그 일이 있는 뒤, 좋은 일자리를 구해 주었답니다. 그런데 주인 말을 듣지 않고 마구 대들었으니, 우리네 신분으로 주인한테 대들다니, 그게 어찌 있을 수 있습니까요. 물론 쫓겨났죠. 그 뒤에도 모처럼 산림 감독 댁에 들어갔었습니다만, 거기도 오래 있지를 못했답니다."

"나는 아이에 대한 것을 알고 싶은데, 여기서 애를 낳았다죠? 그애는 지금 어디 있습니까?"

"아이 때문에 저도 그 때 골치를 앓았답니다, 나리. 산후가 몹시 나빠서, 일어난다는 건 도저히 생각도 할 수 없었습니다. 그래서 저는 아이에게 풍습대로 세례를 받게 해서 남에게 주기로 했죠. 어머니가 죽어 가는데, 천사 같은 조그만 영혼까지 괴롭힌다는 건 너무 불쌍해서 말이지요. 세상에는 낳아서 젖도 먹이지 않고 내버려 두는 바람에 말라 죽는 아이가 많이 있답니다. 그래서 저는 생각했죠. 그럴 수는 없다고. 그보다는 귀찮더라도 남에게 맡기는 편이 낫다. 마침 돈이 있어서 그렇게 할 수가 있었죠."

"그래, 맡길 곳은 있었나요?"

"있었죠. 그런데 그 여자가 말하더군요. 데리고 가자마자 곧 죽어 버렸다구."

"그 여자가 누군데."

"그 여자 말이에요? 왜 그 스코로드뇨에 살고 있던 여자 말입니다요. 그런 일을 직업으로 하는 여자였죠. 이름이 마라니야라고 했는데, 지금은 죽었어요. 영리한 여자였죠——이를테면 말이죠. 이렇게 했답니다. 아이를 데리고 오면 자기 집에서 맡아서, 양육원으로 보낼 날짜가 다 될 때까지 기르는 거죠. 그리고 세 명이나 네 명이 모이면 같이 데려가는 거예요. 집 안도 예쁘게 꾸며서, 부부 침대만한 커다란 요람에다가 아이를 이리저리 뉠 수가 있었죠. 조그만 손잡이까지 달려 있어 그 속에다 네 아이를 서로 머리가 부딪히지 않게 발을 가운데서 모아 누인답니다. 이렇게 한꺼번에 네 아이를 돌봐 주는 것이지요. 젖꼭지만 물려 놓으면 모두 얌전히 있거든요."

"그래서 어떻게 되었나요?"

"카테리나의 아기도 그렇게 해서 데려가 주었답니다. 그 여자 집에는 2주일 정도 두었을까요. 아이는 그 때 벌써 쇠약해졌답니다."

"그래, 귀여운 아이였던가요?"

"그럼은요. 얼마나 귀엽던지, 어디를 찾아봐도 그렇게 예쁜 아기는 없었을걸요. 나리를 꼭 닮았대요?"

노파는 눈을 깜박이면서 덧붙였다.

"왜 쇠약해졌을까요? 아마 젖먹이는 게 나빴던 모양이지요?"

"젖이고 뭐고 먹이는 게 있었나요! 어느 아이고 똑같이 다루었죠. 그야 뻔하죠. 제 자식이 아니니까요. 어떻게 해서든 살아 있는 동안에 데려다 주기만 하면 그만이었습니다. 돌아와서 하는 말을 들어 보니, 모스크바에 닿자마자 금방 죽어 버렸다나요. 증명서까지 받아 왔습니다. 빈틈없는 말이에요. 참 영리한 여자였죠."

네흘류도프가 자기 아이에 관해서 알 수 있었던 것은 이것이 전부였다.

6

들어갈 때와 같이 머리를 부딪히면서 네흘류도프는 밖으로 나왔다. 잿빛으로 더러워진 흰 셔츠와 분홍빛 셔츠를 입은 두 아이가 문 밖에서 기다리고 있었다. 그 밖에 새로 온 아이들이 몇명 더 모여 있었다. 그 속에는 넝마 조각으로 만든 두건을 씌운 창백한 어린애를 가볍게 안은, 아까 그 바싹 마른 여자도 섞여 있었다. 그 어린아이는 늙은이처럼 시든 조그만 얼굴에 온통 주름을 짓고 줄곧 기분 나쁜 웃음을 띠고는 힘을 주어 구부린 엄지손가락을 바들바들 떨고 있었다. 네흘류도프는 그것이 고통의 웃음이라는 것을 알았다. 그는 아이들에게 그 여자가 누구냐고 물었다.

"아까 말한 아니샤예요."

하고 큰아이가 말했다.

네흘류도프는 아니샤에게 말을 걸었다.

"어떻게 지내고 있나요?"

하고 그는 물었다.

"무엇을 먹고 살죠?"

"어떻게 먹고 사느냐고요? 얻어먹고 지내죠 뭐."

하고 아니샤는 말하더니 그만 울음을 터뜨렸다.

늙은이 같은 어린아이는 온 얼굴에 웃음을 띠고, 고구마 벌레처럼 가느다란 다리를 오므렸다폈다했다.

네흘류도프는 지갑을 꺼내어 10루블짜리 지폐 한 장을 여자에게 주었다. 그러자 그가 채 두 걸음도 가기 전에 어린애를 안은 다른 여자가, 이어 노파가, 다시 또 한 여자가 따라 왔다. 저마다 가난을 호소하며 도와 달라고 애걸하다시피 했다. 네흘류도프는 지갑에 있던 잔돈 60루블을 몽땅 꺼내서 그들에게 나누어 주고는, 우울하고 슬픈 마음에 잠겨 자기 숙소인 관리인 별채로 돌아갔다. 웃는 얼굴로 관리인은 네흘류도프를 맞으면서, 오늘 밤에 농민들이 모인다고 알렸다. 네흘류도프는 고맙다고 말하고는 방으로 들어가지 않고 뜰로 나가, 방금 직접 보고 온 일들을 생각하며 무성한 풀 위에 하얀 능금 꽃잎이 떨어져 있는 오솔길을 거닐기 시작했다.

별채 주위는 처음 한동안 조용하더니, 관리인 집 쪽에서 무엇을 가지고 싸우는지 화가 나서 소리치는 두 여자의 목소리와, 그 사이에 이따금 관리인의 웃음을 머금은 듯한 온화한 목소리가 들려 왔다. 네흘류도프는 귀를 기울였다.

"내 힘에 넘친단 말이에요. 어째서 목에 건 십자가를 빼앗는 것 같은 행동을 하나요?"

하는 성난 여자의 고함 소리가 들렸다.

"잠깐 들어갔을 뿐이잖아요."

하고 또 한 여자의 소리가 말했다.

"돌려 줘요. 이대로 내버려 두면 암소도 말라 죽고, 아이들한테 우유도 못 먹이게 된다구요."

"돈으로 갚든지, 일을 해서 갚든지 알아서."

관리인의 온화한 목소리가 대답했다.

네흘류도프는 뜰을 돌아나와 현관 쪽으로 걸어갔다. 입구 계단 아래에 머리를 풀어헤친 두 여자가 서 있었는데, 한 사람은 임신한 것 같았다. 계단 중간에는 외투 주머니에 두 손을 찌른 관리인이 서 있었다. 지주를 보더니 여자들은 입을 다물고 머리에서 흘러내린 수건을 만지작거리기 시작했다. 관리인은 주머니에서 두 손을 빼고 웃는 얼굴을 보였다.

관리인의 말에 의하면, 농민들은 송아지나 암소를 일부러 지주의 목장으로 들여 보낸다는 것이었다. 이번에도 이 여자들의 암소 두 마리가 목장에서 잡혀 끌려왔던 것이다. 관리인은 한 마리에 30코페이카씩 보상하든지, 그것이 싫으면 이틀 동안 일을 해서 갚으라고 여자들에게 요구하고 있었다. 여자들의 주장은 첫째 암소가 잠깐 들어갔을 뿐이라는 것, 둘째 돈이 없다는 것, 셋째 일할 것을 약속할 테니, 아침부터 먹이도 주지 않고 울 속에 갇혀서 슬픈 비명을 지르고 있는 암소를 당장 풀어 달라는 것이었다.

"그만큼 다짐해서 부탁하지 않았나."

관리인은 증인이 되어 달라는 듯이 웃는 얼굴로 네흘류도프를 돌아보면서 말했다.

"풀을 뜯어 먹이려고 내놓았으면, 자기 소의 감시쯤은 잘 해야지."

"아기한테 잠깐 갔다 왔더니 그 사이에 달아나 버린 거라구요."

"소를 본다면서 그 자리를 떠나서야 되나."

"하지만, 어린애 젖은 누가 먹여요? 당신이 먹여 줄 거예요?"

"정말 목장을 못 쓰게 만들었다면 차라리 괜찮죠. 배는 안 고플 테니까요. 하지만 잠깐 들어갔을 뿐이잖아요?"

"목장이 온통 짓밟혔답니다."

하고 관리인은 네흘류도프를 돌아보며 말했다.

"사정을 다 봐 주면, 마른 풀이 없어지고 맙니다."

"흥, 거짓말 말아요!"

하고 임신한 여자가 소리쳤다.

"우리 집 소는 여태까지 한 번도 붙들린 일이 없다구요."

"그러게 이번에 붙들렸으니 돈을 내든가 일을 하든가 결정하란 말이야."

"알았어요. 일을 할 테니 암소를 내줘요. 먹이도 주지 않고 굶겨서 어쩔 셈이죠?"

임신한 여자가 신경질적으로 소리쳤다.

"그렇잖아도 밤낮 제대로 쉬지도 못하는 판인데. 시어머니는 병중이고 남편은 집에 붙어 있지를 않으니, 모든 일을 어떻게 다 혼자서 해낼 수 있나요. 이젠 아주 지쳐 버렸어요. 게다가 관리인은 일을 해서 갚으라고 들볶아대니!"

네흘류도프는 암소를 내주라고 관리인에게 이르고, 다시 뜰을 거닐며 자기 생각을 가다듬어 보려고 했으나, 이제 더 생각할 것이 없었다. 지금의 그에게는 모든 것이 너무나 선명했고 이처럼 선명한 것이 왜 세상 사람들에게는 보이지 않는지, 그 자신 역시 마찬가지로 어째서 이처럼 오랫동안 모르고 지냈는지 새삼 의아해하지 않을 수 없었다.

'농민들은 죽어가고 있다. 더구나 자기들이 죽어가고 있다는 사실에 대해 무감각해져 버렸다. 그들 사이에는 죽음에 홀린 듯한 생활 태도가 만들어져 있다——아이들의 죽음, 여자들의 힘겨운 노동, 모든 사람들의, 특히 노인들의 식량 부족. 더구나 서서히 이런 상태에 젖어 왔기 때문에 농민들은 자기들의 이 무섭도록 찌든 생활이 보이지 않았고, 불평조차 하지 않는다. 그러므로 우리는 그런 상태가 자연스럽고 당연한 양상이라고 생각하고 있다.'

지금 그는 농민들의 가난한 주된 원인이, 농민 자신이 의식하고 늘 내세우는 참된 원인이, 농민의 생활을 지탱해 나갈 수 있는 유일한 것인 토지를 지주들에게 빼앗긴 데 있다는 것을 명백하게 깨닫게 되었다.

또 아이들과 노인들이 죽어가는 것은 우유가 없기 때문인데, 우유가 없는 것은 가축을 기르고, 보리나 마른 풀을 만들 땅이 없기 때문이라는 것은 불을 보듯 환한 사실이었다. 그리고 농민의 모든 빈곤이, 또는 적어도 빈곤의 주된 원인이, 농민을 먹여 살려 주는 토지가 농민의 손이 아니라 토지 소유권을 이용하여 농민의 노동으로 생활하고 있는 사람들의 손에 쥐어져 있기 때문이라는 것도 명백히 드러난 사실이었다. 토지가 없기 때문에 사람들이 죽어가야 할 만큼, 그만큼 농민에게 필요한 토지가 지나치게 가난한 농민들에 의하여 경작되고 있기는 하지만, 그러한 노동력의 대가는 그 땅에서 나는 보리가 외국으로 팔려 가서 토지 소유자들의 모자나, 단장이나, 마차나, 유기 제품 등을 살 수 있도록 하기 위해서였다.

그는 이제 모든 것을 또렷하게 알 수 있었다. 울 안에 갇힌 말이 발 밑의 풀을 다 뜯어먹었을 때, 밖으로 나가서 다른 곳의 풀을 찾아 먹게끔 허락되지 않는다면, 말라 비틀어져서 굶어 죽게 되는 것과 똑같은 이치였다. 이것은 무서운 일이다. 그런 짓을 해서는 안 되며, 있어서도 안 된다. 그런 일이 없어지게 하기 위해서, 아니면 적어도 그런 일에서 자기는 벗어나기 위해서 어떤 방법을 찾아야만 한다.

'나는 반드시 그 방법을 찾아 내고야 말 테다.'

그는 가까이 있는 자작나무 가로숫길을 왔다갔다하면서 생각했다.

'학회나 정부 기관이나 신문 같은 데서는, 농민의 빈곤 원인과 농민의 생활을 향상시키는 방법이 줄곧 논의되고 있다. 그러나 농민 생활을 보다 향상시키는 하나의 절대적인 방법, 곧 농민들에게 필요한 토지를 농민들에게서 빼앗는 것을 그만두는 방법만은 모두 입을 다물고 회피만 하고 있다.'

그러자 그는 헨리 조지의 기본 이론과 자기가 전에 그것에 깊이 몰두했던 일을 생각하고는 어쩌다가 그것을 잊고 있었던가 하고 이상한 생각까지 들었다.

'토지는 사유의 대상이 될 수 없다. 물이나 공기나 햇빛과 마찬가지로 사고 파는 대상도 될 수 없다. 토지와 토지가 사람들에게 주는 모든 특전에 대해, 사

람은 모두 같은 권리를 지니고 있다.'

여기서 그는 이제야 쿠즈민스코예 마을에서 행한 자기의 처사를 돌이켜보고, 왜 부끄러움을 느끼지 않을 수 없었는지 그 까닭을 알 수 있었다. 그는 스스로 자기를 기만하고 있었던 것이다. 인간은 토지에 대한 소유권을 가질 수 없다는 것을 알면서도 그는 그 권리가 자기에게 있다고 인정했고, 마음속으로는 그 권리가 없다는 것을 아는 것의 일부를 농민들에게 나눠 주었던 것이다. 이제 그는 그와 같은 짓을 하지 않을 것이며, 쿠즈민스코예에서 한 것도 바꿀 참이었다. 그래서 그는 머릿속에서 나름대로의 안을 만들었다. 그 안은 농민들에게 땅값을 정하여 토지를 빌려 주되, 그 돈을 농민들의 자금으로 인정하고 세금이나 공공사업에서 모자라는 부분을 이것으로 메우겠다는 것이었다. 이것은 단일세는 아니었으나, 현행 제도에서 할 수 있는 가장 가까운 방법이었다. 그리고 무엇보다 가장 중요한 점은 그가 토지 소유권 행사를 포기한다는 것이었다.

그가 집에 돌아가니 관리인이 유난히 반가운 듯이 싱글벙글 웃으면서 식사를 권했는데, 그 얼굴에는 아내가 귀고리를 단 계집아이에게 일손을 빌려 만든 요리가 너무 졸았거나 타지 않았을까 하는 불안이 나타나 있었다.

식탁에는 빳빳한 식탁보가 덮여 있었고, 수놓은 수건이 냅킨 대신 얹혀 있었으며, 손잡이가 떨어져 나간 색슨 도자기로 된 수프 접시에는 감자가 담겨 있었고, 까만 발을 안타깝게 버둥거리던 그 수탉이 자잘하게 썰어져 군데군데 털이 남아 있는 채로 떠 있었다. 수프 다음에는 털을 대강 뜯은 채 구운, 같은 수탉고기와 버터와 설탕을 듬뿍 친 밀크케이크가 나왔다. 모두 맛없는 것뿐이었지만 네흘류도프는 무엇을 먹는지도 모르고 정신없이 먹었다. 마을에서 마음에 품고 돌아온 그 시름을 한꺼번에 해결한 자기의 생각에 완전히 넋이 나가 있었다.

귀고리를 단 계집아이가 조심조심 요리 접시를 식탁에 나를 때마다, 관리인의 아내는 문 뒤에서 걱정스레 지켜 보았으나, 관리인은 아내의 요리 솜씨가 자랑스러워 더욱 싱글벙글 웃고 있었다.

네흘류도프는 식사가 끝나자 억지로 관리인을 붙들어 앉힌 다음, 자기를 시험하는 동시에 이처럼 마음을 사로잡고 있는 일을 누군가에게 이야기하기가 위해서 토지를 농민들에게 빌려 준다는 안을 설명하고 거기에 대해 관리인의 의견을 물었다. 관리인은 싱글벙글 웃으면서 그와 같은 것을 자기도 오래 전부터 희망하고 있었는데, 그런 말을 들으니 몹시 반갑다는 표정을 지어 보였지만, 사실은 아무것도 모르고 있는 눈치였다.

그것은 네흘류도프의 설명이 어려워서가 아니라, 이 안에 의하면 네흘류도프가 농민들의 이익을 위해 자기 이익을 포기하는 결과가 되지만, 그러나 사람은 누구나 남의 이익을 희생시켜서 자기 이익을 차지하는 법이라는 진리가 관리인의 의식 속에 깊숙이 뿌리박고 있었기 때문이었다. 토지에서 나오는 수입은 모두 농민들의 공동 자금이 되어야 한다고 네흘류도프가 말했을 때, 관리인은 무언가 석연치 않은 생각이 들었다.

"알았습니다. 말하자면, 그 자금의 이자를 받으신다는 말씀이군요?"
하고 관리인은 얼굴 표정을 환히 하면서 말했다.

"아니, 그런 게 아니야. 토지는 개인 소유의 대상이 될 수 없는 거야. 이해 못 하겠소?"

"그렇습니다!"

"그러니 토지에서 나오는 모든 것들은 여러 사람의 것이 되는 거지."

"그러면 나리의 수입은 없어지지 않습니까?"

관리인은 웃음을 거두고 물었다.

"그렇지. 나는 그것을 포기할 생각이야."

관리인은 무거운 한숨을 쉬고, 다시 웃는 낯으로 돌아왔다. 그는 그제야 깨달았다. 네흘류도프가 약간 정상이 아니라는 것을, 그리고 곧 토지의 권리를 포기하겠다는 네흘류도프의 계획에——개인의 욕심을 채울 무슨 교묘한 방법은 없을까 생각하면서, 나눠질 토지를 잘 이용할 수 있게끔 꼭 무슨 까닭을 붙여야지 하고 속으로 되뇌었다.

그것도 할 수 없다는 것을 깨달은 그는 금방 실망해서, 지주의 계획에 더 관심을 갖는 대신 다만 주인의 기분을 언짢게 하지 않기 위해 계속 웃는 낯을 지었다. 관리인이 이해하지 못하는 것을 알고 네흘류도프는 그를 내보냈다. 그리고 칼 자국과 잉크로 더러워진 테이블 앞에 앉아 자기 마음속에 다짐한 안을 종이에 써 내려가기 시작했다.

태양은 이제 가까스로 싹이 트기 시작한 보리수 뒤로 저물어 갔고, 모기가 떼를 지어 방 안으로 날아들어와 네흘류도프를 물었다. 그가 메모를 다 하고 났을 때, 마을 쪽에서 가축떼의 울음소리와 삐걱 하고 문 열리는 소리와 집회에 모여든 농부들의 말소리가 들려 왔다.

네흘류도프는 관리인을 불러, 농부들을 사무실로 부를 필요 없이 자기가 마을의 집회 장소로 가겠다고 말했다. 관리인이 권하는 차를 마시고, 네흘류도프는 서둘러 마을로 떠났다.

7

촌장 집 뜰에 모인 농민들은 와글와글 떠들고 있더니, 네흘류도프가 가까이 가자 말소리가 딱 그치고 농부들은 쿠즈민스코예 마을에서와 마찬가지로 차례차례 모자를 벗었다. 이 고장 농부들은 쿠즈민스코예 마을의 농부들보다 훨씬 검소했다. 처녀들과 아낙네들은 약속이나 한 듯이 귀고리를 달았으며, 농부들도 하나같이 모두 나막신을 신고 집에서 짠 셔츠에다 농부 외투를 입고 있었다. 그들 중에는 곧장 들에서 돌아왔는지 맨발에 작업복 차림인 사람도 있었다.

네흘류도프는 스스로를 위로하면서, 토지를 몽땅 농민들에게 나누어 준다는 자기 계획을 설명하기 시작했다. 농부들은 잠자코 듣고 있었다. 그들의 표정에는 아무런 변화도 일어나지 않았다.

"왜 그러냐 하면."

하고 네흘류도프는 얼굴을 붉히면서 말했다.

"그 토지에서 일하지 않는 사람이 토지를 소유해서는 안 되며, 누구나 토지를 이용할 권리가 있다고 나는 생각하기 때문입니다."

"당연한 일입니다요. 그야 틀림없이 나리 말씀대로입죠." 하고 농부들의 말소리가 들렸다.

네흘류도프는 말을 계속했다. 토지에서 나오는 수입은 여러 사람들에게 고루 분배되어져야 한다. 그러므로 토지를 사용하는 사람은 다 같이 정한 대로 땅값을 치르고, 그것을 공동 자금으로 하여 여러 사람들이 쓰도록 하면 어떠냐고 제안했다. 찬성과 동의하는 소리가 간간이 들렸으나 농민들의 엄한 얼굴은 차츰 더 무섭게 굳어질 뿐, 지주의 얼굴을 보고 있던 눈들이 차츰 내리깔리기 시작했다. 그것은 마치 지주의 교활한 속셈을 다 알고 있으니까 그런 것에 속지는 않지만, 그것을 겉으로 나타내 지주에게 창피를 주고 싶지는 않다는 태도 같았다.

네흘류도프가 잘 이해하도록 설명해도 농부들은 그의 말을 알아듣지 못했으며, 또한 이해할 수도 없었다. 관리인이 오래 납득하지 못한 것과 마찬가지로 이해하지 못했다. 사람은 누구나 자기 이익을 지키는 것이 옳다고 그들은 굳게 믿고 있었다. 이미 몇 대에 걸친 체험으로, 지주들이란 언제나 농민에게 손해를 끼쳐 가며 자기 이익을 챙기는 족속이라는 것을 그들은 뼈저리게 깨닫고 있었다. 그러므로 지주가 그들을 모아 놓고 무슨 새로운 제안을 하면, 그것은 어떻게 해서라도 더 교활하게 자기들을 속이려는 속셈임에 틀림없다고 그들은 생각하고 있었다.

"그래, 땅값을 얼마로 정하면 좋겠습니까?"
하고 네흘류도프가 물었다.

"어떻게 저희들이 결정합니까요? 그럴 수는 없습니다. 땅은 나리의 것이니까, 어떻게 정하든 나리 마음대로죠." 하고 농부들 속에서 누군가가 대답했다.

"아니, 그렇지 않아요. 그 돈은 여러분 자신이 공동 자금으로 쓰게 되는 것이니까."

"그럴 수는 없습니다요. 공동 자금은 공동 자금이고, 이건 이것대로 다릅니다요."

"전혀 알아듣지 못하는군."

네흘류도프를 따라온 관리인이 사정을 이해시키려고 웃으면서 말했다.

"잘 들어 봐요. 공작님은 땅값을 정해서 토지를 당신네들에게 빌려 주시지만, 그 돈은 다시 당신네들의 공동 자금으로 쓸 수 있게 되돌려 주시겠다는 말씀이라구."

"그건 잘 알고 있어요."

다소 성급해 보이는 이 빠진 노인이 눈을 내리깐 채 말했다.

"은행 같은 것이겠죠 뭐. 다만 우리는 기한까지 돈을 내야 하잖아요. 그게 싫단 말입니다요. 그렇지 않아도 이 고생인데 그렇게 되면 아주 망한다구요."

"그건 질색이오. 우리는 그전대로가 나아요."

불만스러운 소리들이 여기저기서 쏟아져 나왔다. 난폭한 말까지 섞였다.

계약서를 만들어 그도 서명하고 그들도 서명해야 한다는 말을 네흘류도프가 꺼내자, 농부들은 한층 더 강력하게 반대하기 시작했다.

"무엇 때문에 서명을 하지요? 우리는 여지껏 이렇게 일해 왔습니다요. 앞으로도 똑같이 일해 나갈 겁니다요. 무엇 때문에 그런 짓을 해야 합니까요? 우리는 무식해서요."

"반대하겠어요. 도무지 들어 보지도 못한 얘기잖아요. 그전대로가 낫지 않습니까요? 씨앗만 따로 준비해 준다면."

하는 소리들이 들렸다.

씨앗을 따로 준비한다는 것은 지금 제도로는 수확의 절반을 지주에게 바치는 밭에 뿌리는 씨앗이 농민들 부담으로 되어 있는데, 그것을 지주의 부담으로 해 달라는 것이었다.

"그럼, 여러분은 토지를 빌리고 싶지 않다는 말인가요?" 하고 너덜너덜해진 농부 외투를 입은 맨발의 중년 농부를 보며 네흘류도프는 물었다. 그 사나이는 명랑한 얼굴을 하고 군인이 구령에 의해 벗은 모자를 받들듯이 왼팔을 정확히 구부려 떨어진 모자를 똑바로 들고 있었다.

"네, 그렇습니다."

분명히 군대 생활의 최면술에서 벗어나지 못한 듯한 그 농부가 대답했다.

"그럼, 다시 말해서 여러분은 토지가 충분히 있단 말인가요?"

"아니, 그렇지 않습니다."

군인 출신 농부는 희망자가 있다면 누구든지 갖다 쓰라는 듯이 다 떨어진 모자를 가슴 앞에 단정히 들고서는 일부러 꾸민 듯한 웃음을 짓고 말했다.

"어쨌든, 내가 한 말을 잘들 생각해 보시오."

네흘류도프는 어이없는 얼굴로 말한 다음, 다시 한 번 자기 제안을 되풀이했다.

"아무것도 생각할 게 없습니다요. 어차피 나리 말씀대로 될 테니까요."

이가 빠진 노인이 성난 듯이 말했다.

"나는 내일 하루 종일 여기 있습니다. 생각이 달라지거든 누구든지 심부름을 보내 주시오."

농부들은 아무 대답도 하지 않았다.

이렇게 하여 네흘류도프는 아무 소득도 없이 허무하게 사무실로 돌아왔다.

"정말 안됐군요, 공작님."

집에 돌아오자 관리인이 말했다.

"아무리 설명해도 소용없습니다. 완고한 사람들이라서요. 집회에 나오기만 하면 고집을 부리고 끄떡도 않습니다. 그것은 모든 것이 두렵기 때문이랍니다. 정말 그 농부들은――동의하지 않은 그 백발 할아범이나, 그 검은 머리나――모두 사리를 아는 사람들입니다. 사무실에 왔을 때 차라도 대접하면."

하고 관리인은 웃으며 말했다.

"혀가 풀려서 말도 잘 하고 어찌나 영리한지, 그야말로 장관 뺨칠 만큼 무슨 일이든 그럴 듯하게 판단을 내린답니다. 그런데 집회에 나오면 딴 사람이 된 것처럼 똑같은 소리밖에 않거든요……."

"그렇다면 그런 분별을 할 줄 아는 농부만 몇 명 부를 수 없을까?"

하고 네흘류도프는 말했다.

"그 사람들한테 알아 듣도록 설명해 보고 싶은데."

"그건 할 수 있지요."

생글생글 웃으면서 관리인이 말했다.

"그럼, 미안하지만 내일 좀 불러 줘."

"좋습니다. 내일 불러 모이도록 하죠."

하며 관리인은 더욱 흥이 나서 말했다.

"정말 빈틈없는 녀석이야!"

지금까지 빗질을 한 적이 없는 텁수룩한 턱수염을 제멋대로 기른, 얼굴이 검은 농부가 배부른 암말을 타고 끄덕거리면서, 말 다리를 묶는 쇠사슬을 철거덕거리며 나란히 말을 타고 가는 너덜너덜한 농부 외투를 입은 여윈 늙은 농부에게 말했다.

그들은 밤이 되어 큰 길거리로 말에게 풀을 뜯어 먹이러 가는 중이었는데, 그들은 늘상 지주네 숲에서 몰래 풀을 뜯어 먹게 하고 있었다.

"서명만 하면 거저 땅을 준다고? 여태까지 얼마나 속아왔다구. 흥, 어림도 없지. 이젠 우리도 그리 호락호락 넘어가지는 않아."

하고 얼굴이 검은 농부는 덧붙이고 나서 뒤처진 망아지를 부르기 시작했다.

"코냐슈, 코냐슈!"

그는 말을 세우고 뒤를 돌아다보며 소리쳤다. 그러나 망아지는 뒤쪽이 아니라 옆쪽에 있는 목장 안으로 들어가 버렸다.

"몹쓸 망아지가 지주네 목장에 들어가는 것은 또 언제 배웠누?"

승아 잎사귀를 부스럭거리면서 늪의 습기가 자욱한, 이슬에 젖은 목장에서 뛰어나오는 망아지 울음소리를 듣고 얼굴이 거무스름한 농부가 말했다.

"저 소리를 들으니 풀이 꽤 자란 모양이군. 노는 날 여자들을 시켜 풀을 베게 해야겠어."

하고 너덜너덜한 외투를 입은 여윈 노인이 말했다.

"그렇지 않으면."

"서명을 하라구?"

하고 턱수염의 농부는 지주의 말에 대한 자기의 생각을 끈질기게 물고 늘어졌다.

"서명만 해 보라지. 산 채로 잡아먹히고 말 테니까."

"그렇구말구."
하고 노인이 맞장구를 쳤다.

그리고 두 사람은 입을 다물었다. 단단한 땅을 밟는 말굽 소리가 들릴 뿐이었다.

8

네흘류도프는 집에 돌아오자 침실로 마련된 사무실에 높다란 침대가 놓여지고 깃털이불에 베개가 둘, 자잘한 꽃무늬가 있는 새빨갛고 폭이 넓은 새 비단 이불이 정리되어 있는 것을 보았다. 분명히 관리인 아내가 시집 올 때 가지고 온 것인 듯했다. 관리인은 그에게 먹다 남은 점심을 권했으나 거절하자, 식사와 방 준비가 변변치 못한 것을 사과하고는 그를 혼자 남겨 놓고 나갔다.

농민들의 거절은 털끝만큼도 네흘류도프의 결심을 꺾지는 못했다. 그뿐 아니라 쿠즈민스코예 마을에서는 그의 제안을 받아들이고 줄곧 고마워했는데, 이 곳에서는 믿지 못할 뿐만 아니라 적의까지 나타냈지만 그는 역시 침착했으며 기쁨을 느끼고 있었다.

사무실 안은 무덥고 지저분했다. 네흘류도프는 밖으로 나가 앞뜰로 갈까 했으나 그 무렵 그 날 밤의 일과 하녀방의 창문과 뒤쪽 계단이 생각나서——죄많은 추억으로 더러워진 곳을 거닐기가 싫어졌다. 그는 다시 현관 계단에 걸터 앉아 자작나무 떡잎의 짙은 향기를 들이마시면서, 어둠에 싸인 뜰로 오랫동안 눈길을 보낸 채 물방아 소리와 꾀꼬리 소리, 그리고 무슨 새인지 현관 바로 옆 수풀 속에서 단조롭게 울고 있는 새소리에 가만히 귀를 기울였다. 관리인 방의 창문도 캄캄했다. 헛간 뒤의 동녘 하늘이 떠오르는 달빛으로 창백하게 물들고, 먼 번갯불이 풀과 꽃으로 뒤덮인 뜰과 다 쓰러져 가는 집을 환하게 비추기 시작하더니 멀리서 우르릉거리는 소리가 들려 왔다. 하늘의 3분의 1 가량이 검은 비구름으로 뒤덮였다. 꾀꼬리와 이름 모를 새소리가 뚝 그쳤다. 물방앗간의 물소리 사이로 꽥꽥거리는 오리 소리가 들려 왔다. 이어 마을과 관리인 뜰 언저리에서 성급한 닭이 홰를 치기 시작했다. 천둥이 있을 듯한 무더운 밤에는 여느 때보다 빨리 홰를 치는 법이다.

네흘류도프에게는 이 밤이 단순히 즐거운 밤이라고만 할 수가 없었다. 그에게 있어 기쁨과 행복에 찬 밤이었고, 그의 상상은 순정어린 청년으로 지낸 그 행복했던 어느 여름을 떠오르게 하였다. 그는 지금 자기가 그 때만이 아니라 지금까지의 삶에서 가장 아름다웠던 순간의 모습으로 돌아간 것 같은 기분이 들었다. 14세 때, 진리를 보여 달라고 하느님께 기도했던 때의 자기, 아직 어렸을 때 어머니의 품에 안겨 어머니와 잠자리 인사를 하면서 늘 착한 아이로 결코 어머니를 아프게 하지 않겠다고 울며 약속했던 자기, 그러한 자기를 떠올렸을 뿐만 아니라 지금의 자기 속에서 그 때의 자기를 느꼈다. 그는 지금의 자기가 그 니코렌카 이르페네프와 서로 도와서 훌륭한 생활을 하고, 모든 사람들을 행복하게 해 주자고 맹세하던 시절의 자기와도 같다고 생각했다.

그리고 그는, 쿠즈민스코예 마을에서 유혹에 사로잡혀 집도, 살림도, 농장도, 토지도 없애는 것이 아까웠던 일이 생각났다. 그래서 지금도 그것이 아까운가 하고 자기에게 물어 보았다. 그러자 왜 아까운 생각이 들었는지 야릇한 생각마저 들었다. 그는 오늘 보고 온 모든 일을 다시 되새겨 보았다. 그의, 네흘류도프 집안의 산림에서 자작나무 두 그루를 훔쳤기 때문에 남편이 감옥에 들어가 있다는 그 아이를 안은 아낙네, 자기들 같은 여자는 나리 같은 남자의 정부가 되는 것이 당연한 일이라고 생각하는, 아니면 적어도 입으로는 그렇게 말하는 그 무서운 마트로나, 어린아이에 대한 그 여자의 차가운 태도, 아이들을 양육원에 데리고 가는 방법, 그리고 그 넝마 조각의 두건을 쓰고 늙은 노인같이 시든 얼굴로 웃고 있던 영양 실조로 다 죽어가는 불행한 어린아이, 일에 지쳐 굶주린 암소를 지키지 못했기 때문에 지주인 그에게 힘든 일로 갚아야만 하는 핏기 없는 한 임신부……이러한 사람들을 그는 생각했다. 그와 더불어 감옥과 머리를 깎인 죄수들, 감방, 코를 찌르는 악취, 쇠사슬, 그리고 그와 나란히——자기를 포함한 모든 도시, 수도의 상류 사회 사람들의 어처구니없는 호사스러움이 그의 기억에 되살아났다. 모든 것이 너무나 빤히 들여다보여 의심할 여지가 없었다.

보름달에 가깝도록 밝은 달이 헛간 뒤에서 솟아 올라, 뜨락 너머로 검은 그림자가 길게 뻗치고 기울어져 가는 집의 철판 지붕이 환하게 모습을 드러냈다.

그러자 이 빛을 놓치지 않으려는 듯이 앞뜰 쪽에서 숨을 죽이고 있던 꾀꼬리가 갑자기 가느다란 노랫소리로 울어 댔다.

네흘류도프는 쿠즈민스코예 마을에서 자기가 살아 온 생애에 대해 깊이 생각하고, 앞으로는 무엇을 어떻게 할까 하는 문제를 풀어 가려다가 핵심을 잃어버려 미처 해결하지 못한 것이 생각났다. 어느 문제나 생각할 것이 너무나도 많았다. 그는 지금 그 문제들을 곰곰이 생각해 보고는 모든 것이 너무나 간단한 데에 놀라지 않을 수 없었다. 왜 간단한가 하면 그는 지금 자기가 어떻게 될까 하는 문제에 대해서는 생각지 않았기 때문이다. 그리고 그런 문제는 그의 관심을 끌지도 않았다. 그는 다만 무엇을 어떻게 해야 하느냐 하는 것만 심혈을 기울여 생각하고 있었다. 그러자 이상하게도 자기에게 무엇이 필요한가 하는 것은 그 자신이 아무리 해결하려 해도 되지 않았지만, 남을 위해 무엇을 어떻게 해야 하느냐 하는 문제는 또렷하게 실마리를 찾을 수 있었다. 농민들에게 토지를 나누어 주어야 한다. 왜냐 하면, 토지를 독점한다는 것은 나쁜 짓이라는 것을 그는 너무나도 똑똑히 알았기 때문이었다.

카튜샤를 그대로 방치해서는 안 된다. 그녀를 구하고, 그녀에 대한 자기 죄를 속죄하기 위해 무슨 일이라도 할 각오를 단단히 해야 한다는 것을 그는 똑똑히 알고 있었다. 남들이 보지 못한 그 무엇을 자기가 본 듯한 그 재판의 모습과 형벌의 모든 문제를 연구하고 분석하여, 이해해야 된다는 것을 그는 정확하게 깨닫고 알고 있었다. 이러한 것들에서 어떠한 결과가 파생될 것인지——그는 알지 못했다. 그러나 이 세 가지 일에 대해서만은 무슨 수를 써서라도 성취해야 한다는 것을 그는 또렷하게 알고 있었다. 이 굳센 확신과 믿음이 기뻤다.

하늘을 가리기 시작한 검은 구름이 완전히 퍼지고, 번개는 이제 먼 곳에서가 아니라 가까이에서 번쩍이며 뜨락과 다 쓰러져 가는 집과 허물어져 가는 바로 앞 현관의 계단을 비추고, 천둥 소리가 벌써 머리 위에서 들리기 시작했다.

새들은 모두 숨을 죽였으나 그 대신 나뭇잎이 살랑거리기 시작했으며, 바람이 네흘류도프가 앉아 있는 문 계단에까지 몰아닥쳐 그의 머리카락을 흩날렸다. 한 방울씩 후드득 소리를 내며 비가 날아와 우엉 잎과 철판 지붕을 때리기 시작했다.

하늘 가득히 섬광이 번쩍 비치더니 주위가 갑자기 조용해졌다. 그리고 네흘류도프가 셋을 채 세기도 전에 머리 바로 위에서 무엇인가가 무서운 굉음과 함께 터지는 소리가 나타나 순식간에 하늘을 울리며 굴러갔다.

네흘류도프는 집 안으로 뛰어 들어갔다.

'그렇다, 그렇다.'

하고 그는 생각했다.

'우리가 살아가는 동안 생겨나는 모든 문제를, 그 문제의 모든 의미를 나는 모르며 또 알 턱도 없다. 왜 고모들이 있었는가, 왜 니코렌카 이르체네프는 죽고 나는 살아 있는가? 왜 카튜샤라는 여자가 태어났을까? 나의 광기어린 행동은 왜 있는가? 왜 그 전쟁이 있었는가? 그 뒤에 나는 왜 방탕한 생활을 했는가? 이 모든 것을 받아들이고 하느님의 섭리를 섬긴다는 것은——내 힘으로는 어쩌지 못하는 일이다. 그러나 나의 양심에 새겨진 하느님의 뜻을 행해 나간다는 것——이것은 나의 의지로 할 수 있는 일이며, 그것을 나는 또렷이 알고 있다. 그것을 실행하면 틀림없이 마음의 평정을 찾을 수 있을 것이다.'

비는 갈수록 세차게 퍼붓고 있었다. 빗물이 요란한 소리를 내며 지붕에서 홈통으로 흘러 떨어지고 있었다. 정원과 뜨락을 비추던 번갯불이 차츰 뜸해졌다. 네흘류도프는 방으로 들어가 옷을 벗고 빈대가 달려들지나 않을까 걱정하며 침대에 누웠다. 낡아 떨어진 더러운 벽지를 보니 분명히 빈대가 있을 것 같았다.

'그렇다, 내 자신을 지주가 아니라 종으로 느껴야 한다.'

하고 그는 생각하면서 스스로가 이 생각에 기뻐했다.

그의 걱정이 딱 들어맞았다.

불을 끄자마자 여기저기에서 기어나온 빈대가 그를 물어뜯기 시작했다.

'토지를 내주고 시베리아로 가자. 벼룩, 빈대, 더러움……. 그까짓 것들, 상관없다. 그것을 참아야 한다면——참으면 되는 거야.'

그러나 그렇게 생각은 했지만 그는 아무래도 견딜 수가 없어, 창문을 열고 창가에 앉았다. 그리고 멀어져 가는 검은 구름과 다시 얼굴을 내민 둥근 달에 넋을 잃고 있었다.

9

새벽녘에야 겨우 잠이 들었던 네흘류도프는, 눈을 떴을 때는 꽤 늦은 시간이었다.

관리인이 부른 7명의 농부가 점심때에 사과밭에 모여 있었다. 사과나무 아래에 야외용 테이블과 의자가 준비되어 있었다. 농부들은 의자에 앉으라고 아무리 권해도 모자를 쓴 채 좀처럼 말을 듣지 않았다. 오늘은 깨끗한 각반을 치고 짚신을 신은 그 군인 출신의 농부는, 군대 장례식 때처럼 여전히 떨어진 모자를 의식대로 가슴 앞에 고이들고 있었다. 미켈란젤로가 그린 모세같이 반백의 곱슬곱슬한 턱수염을 기르고, 벗어져서 흙빛으로 탄 이마 언저리에 숱이 많은 백발이 굽이치고 있는, 커다란 모자를 쓴 잘생긴 다부진 노인이 새로 지은 농부 외투 자락을 떨면서 벤치 앞으로 나와 앉자, 그제야 다른 사람들도 간신히 따라 앉았다.

다들 앉자, 네흘류도프는 그들과 마주 앉아서 테이블 위에 두 팔꿈치를 짚고, 계획안을 쓴 종이를 꺼내어 보이면서 설명하기 시작했다.

농민의 수가 어제보다 적었기 때문인지, 아니면 자기를 잊고 문제에 모든 정신을 빼앗겼기 때문인지, 네흘류도프는 오늘은 조금도 당황하지 않았다. 그는 무의식중에 그들 중에서 반백의 곱슬곱슬한 턱수염을 기른 노인에게 질문하여 그의 동의나 반대를 들으면 되겠다고 기대하고 있었다. 그러나 이 노인에 대한 네흘류도프의 예상은 빗나갔다. 풍채 좋고 얼굴이 잘생긴 노인은 그 아름다운 가발 같은 머리로 끄덕이기도 하고, 다른 농부들이 반대하면 얼굴을 찡그리고 고개를 가로젓기도 했지만, 네흘류도프가 하는 말을 겨우 알아들은 듯, 그것도 다른 농부들이 그네들의 말로 고쳐서 말해 주지 않으면 전혀 모르는 모양이었다.

그보다도 훨씬 더 네흘류도프의 설명은 잘 이해한 사람은, 그 풍채 좋은 노인 곁에 앉아 있는 수염도 없는 애꾸눈의 노인으로 누덕누덕 기운 소매 없는 무명옷을 입고, 낡은 헌 장화를 신고 있었다. 나중에 안 사실이지만, 그는 난로를 놓는 직공이었다. 이 노인은 바쁘게 눈썹을 움직여 가며 세심하게 듣고 나서는 곧 네흘류도프가 한 말을 그네들 말로 고쳐서 다른 사람들에게 가르쳐 주었다. 흰 턱수염을 기르고 영리해 보이는 눈이 빛나는 키가 땅딸막한 노인 역시 이해가 빨랐는데 그는 기회만 보이면 네흘류도프의 말에 농담조로 비꼬는 말을 한 마디씩 해 댔다. 그는 아마도 그것을 자랑으로 여기고 있는 것 같았다. 군인 출신도 본디 말귀를 잘 알아 듣는 사람 같았으나, 군대에서 바보가 되어 쓸데없는 군대 용어를 써서 말을 알 수 없게 하는 나쁜 습관이 들어 있었다. 누구보다 진지하게 이 문제에 관심을 보인 사람은 집에서 짠 깨끗한 옷을 입고 새 짚신을 신은, 코가 길쭉한 농부였는데 그는 짧은 턱수염을 하고 굵직하고 낮은 목소리로 말했다. 그는 모든 것을 이해하고 있었으며, 필요한 때말고는 쓸데없이 지껄이지 않았다. 나머지 두 늙은이 가운데 한 사람은——어제의 집회에서 네흘류도프의 모든 제안에 정면으로 반기를 들었던 그 이 빠진 농부이고, 또 한 사람은——사람 좋은 얼굴을 한 키가 크고 해쓱한 절름발이 노인인데 농민화를 신고 가느다란 다리에 흰 각반을 단단히 치고 있었다. 이 두 사람은 열심히 듣고는 있었지만 처음부터 끝까지 거의 한 마디도 없이 가만히 있었다.

네흘류도프는 먼저 토지 소유에 대한 자기의 의견을 말했다.

"내 생각으로는 토지는." 하고 그는 말했다.

"팔거나 사거나 해서는 안 되는 것이라고 생각합니다. 왜냐 하면, 만약 팔아도 상관없다면, 돈 있는 사람이 그것을 모조리 사 모아서, 토지 없는 사람에게 사용하는 대가로, 뭐든지 자기가 좋아하는 것을 받아 가게 되기 때문이지요. 농민은 그저 그 땅 위에 서 있기만 해도 돈을 빼앗기게 되는 셈입니다."

그는 스펜서의 논증을 이용하여 덧붙였다.

"그렇게 되면, 날개를 달고 하늘을 날아가는 수밖에 없겠군요."

하고 흰 턱수염의 노인이 장난꾸러기 같은 눈으로 말했다.

"그건 옳은 말이야."

코가 유난히 긴 노인이 굵직하고 낮은 목소리로 말했다.

"그렇습니다."

군인 출신이 말했다.

"소에게 줄 풀을 좀 베었다고 붙잡혀서 감옥에 들어가는 형편이랍니다요."

사람 좋은 얼굴을 한 절름발이 노인이 말했다.

"우리 땅은 5킬로미터나 떨어져 있어서, 땅을 빌려 쓰고 싶어도 손을 내밀 수가 없는 입장입니다. 그렇게 비싼 값을 요구해서야 어쩔 도리가 있어야죠."

하고 빠진 이를 드러내며 화를 잘 내는 노인이 덧붙였다.

"우리야 마음대로 꽁꽁 묶여 있는 입장이나 다름이 없습죠. 옛날 농노 시대보다 더 나쁜 형편이니까요."

"나도 여러분들과 같은 생각입니다."

하고 네흘류도프는 말했다.

"토지를 한 사람이 다 소유한다는 것은 옳지 못하다고 생각합니다. 그래서 이렇게 여러분께 나누어 주려고 하는 것이지요."

"거참, 고마운 말씀이군요."

모세 같은 곱슬곱슬한 턱수염의 노인이 네흘류도프가 땅값을 받고 토지를 빌려 주려는 것인 줄 알고, 노골적으로 경계하는 빛을 드러내며 말했다.

"나는 그 때문에 온 것입니다. 나는 이 이상 더 토지를 소유하고 싶지 않아요. 그래서 어떻게 처리해야 좋을지 여러분과 잘 의논하고 싶은 겁니다."

"그러시다면 땅을 농민들에게 나눠 주시지요. 그러면 아무것도 귀찮게 하지 않을 테니까요."

하고 노인이 말했다.

네흘류도프는 이 말에 자기의 진지한 마음에 대한 모욕을 느끼고 기분이 몹시 언짢았다. 그러나 곧 마음을 고쳐 먹고 그 노인의 의견을 이용하여 말하려던 것을 이야기하기 시작했다.

"물론 기꺼이 주고 싶소."

하고 그는 말을 계속했다.

"하지만, 누구에게 어떤 식으로 주어야 하나요? 어떤 농민에게 얼마만큼 주나요? 왜 여러분 마을 조합에만 주고 제민스코예 마을 조합에 주어서는 안 된다는 말인가요?" (이것은 농도제 폐지 때, 얼마 안 되는 토지밖에 받지 못한 이웃 마을에 대한 말이었다.)

모두 잠자코 있다가 군인 출신만이 입을 열었다.

"말씀하신 대로입니다."

"그래서 말인데요."

하고 네흘류도프는 말했다.

"여러분의 의견을 듣고 싶은데, 만약에 황제가 지주들의 토지를 몽땅 몰수해 농민들에게 골고루 나누어 준다면……."

"아니, 그런 소문이 있습니까요?"

하고 이 빠진 노인이 물었다.

"황제가 그런 말을 할 까닭이 없지요. 예를 들어 한 말입니다. 이를테면, 황제가 지주들의 토지를 몰수해서 농민들에게 나누어 준다면, 여러분의 어떻게 하시겠소?"

"어떻게 하겠느냐고요? 그야 사람 숫자대로 똑같이 나누어 가지면 되죠 뭐. 농민도, 지주도 똑같이 말입니다."

재빨리 눈썹을 올렸다 내렸다 하며 난로 놓는 직공이 말했다.

"그렇게 할 수밖에 도리가 없습죠. 사람 수대로 나누어야죠."

흰 각반을 친 마음 좋게 생긴 절름발이 노인이 동의하듯 따라서 말했다.

모두들 흡족한 태도로 이 결정을 지지했다.

"사람 수라니, 무슨 뜻이지요?"
하고 네흘류도프가 물었다.
"머슴들한테도 일일이 나누어 주겠다는 것인가요?"
"천만에요."
되도록 명랑하고 활달한 표정을 지으려고 애쓰며 군인 출신이 말했다.
그러나 점잖아 보이는 키다리 농부는 이 말에 동의하지 않았다.
"나누어 준다면……모두 똑같이 나누어 줘야죠."
잠깐 생각하더니 그는 굵직하고 낮은 목소리로 말했다.
"그건 다르지."
하고 미리 반론을 준비해 가지고 있던 네흘류도프는 말했다.
"모든 사람들에게 똑같이 나누어 준다면 열심히 일하지 않는 사람, 즉 자기가 경작하지 않는 사람들은 모두——지주나 하인, 관리, 서기 할 것 없이 그리고 모든 도시 사람들은——자기 몫을 받아 가지고 그것을 부자에게 팔 것이오. 그렇게 되면 또 부자에게 토지가 모이게 됩니다. 그리고 자기 토지에서 일하는 사람들은 또 아이들이 늘어나는데 토지는 이미 매점되어 버려서 또 부자가 토지를 필요로 하는 사람들을 자기 손아귀에 쥐고 마음대로 하게 된단 말입니다."
"그렇습니다."
하고 군인 출신이 재빨리 맞장구를 쳤다.
"땅을 사고 파는 것을 금지하고, 자기가 스스로 농사 짓는 사람에게만 갖도록 해야 돼요."
군인 출신을 가로막으며 난로 직공이 화난 듯이 말했다.
이 말에 대해 네흘류도프는, 누가 스스로를 위해서 경작하고, 누가 남을 위해 경작하는지 분간하기가 힘들 것이라고 말했다.
그러자 점잖아 보이는 키다리 농부가 조합을 만들어서 경작하는 것이 좋을 것 같다는 제안을 내놓았다.
"그래 가지고, 경작을 하는 사람에게 나누어 주고, 경작하지 않으면 아무것도 안 주는 겁니다."

그는 굵고도 낮은 목소리로 말했다.

이 공산주의적인 의견에 대해서도 네흘류도프는 대답을 준비해 두고 있었다. 그는 그렇게 하기 위해서는 모든 사람들에게 농기구가 있어야 하고, 말도 똑같이 준비되어 있어야 한다. 그리고 누가 일을 먼저 하고 뒤로 하는 일이 없어야 하고, 모든 것을——말도, 가래도, 탈곡기도 그 밖의 농기구 모두를——모든 사람의 공동 소유로 해야 하는데, 그러한 제도는 모든 사람들이 의견을 함께하여 노력하지 않으면 안 된다고 말했다.

"마을 녀석들이 따라올 것 같습니까요?"

하고 화를 잘 내는 노인이 말했다.

"마을 곳곳에서 싸움판이 벌어지고 말 걸요."

하고 흰 턱수염의 노인이 장난꾸러기 같은 눈으로,

"아낙네들은 서로 으르렁거리며 얼굴을 할퀴어 댈 거구."

"그리고 또 땅의 질적인 문제는 어떻게 처리할 것인지?"

하고 네흘류도프는 말했다.

"무엇을 기준으로 해서 어떤 사람에게는 흑토를 주고 어떤 사람에게는 황토나 모래땅을 나누어 주지요?"

"그럼, 모두 공평하게 골고루 나누어 가지도록, 잘게 조각을 내죠 뭐."

하고 난로 놓는 직공이 말했다.

네흘류도프는 이 말에 대해서 한 마을에서만 분배하는 것이 아니라 여러 현에 걸쳐서 토지를 분배하는 것이 문제라고 말했다. 만약 토지를 대가 없이 농민에게 분배해 주는 경우, 무엇을 기준으로 어떤 사람에게는 비옥한 땅을 주고, 다른 사람에게는 나쁜 땅을 주느냐, 모두가 다 비옥한 땅을 원할 것이다라고 말했다.

"옳은 말씀입니다."

하고 군인 출신의 농부가 말했다.

다른 사람들은 조용하게 가만히 있었다.

"그러니까 이 문제는 생각하는 것만큼 그리 쉬운 일이 아닙니다."

하고 네흘류도프는 말했다.

"그리고 이 일은 우리만이 아니라 많은 사람들이 생각하고 있는 문제지요. 그런데 조지라는 미국인이 어떤 안을 하나 생각해 냈는데, 나는 그 안에 찬성하고 있어요."

"나리가 주인이니까 나리가 나누어 주면 되지 않습니까요. 긴 말 할 게 없어요. 나리 마음대로 하시라구요."

하고 화를 잘 내는 노인이 말했다.

노인의 이 폭언이 네흘류도프의 기분을 망쳐 놓았다. 그러나 이 폭언에 마음이 상한 것이 자기 혼자만이 아니라는 것을 알고 그는 기뻤다.

"잠깐만, 세뮈 영감님 나리의 말씀을 들어 봐요."

하고 점잖은 농부가 묵직하고 나지막한 목소리로 말했다.

이 말이 네흘류도프에게 커다란 힘을 주었다. 그래서 그는 헨리 조지의 단일세안(案)을 설명했다.

"토지는 누구의 것도 아니고 하느님의 것입니다."

하고 그는 설명하기 시작했다.

"그야 그렇죠. 맞는 말씀입니다."

몇 사람의 목소리가 호응했다.

"토지라는 것은——모든 사람이 함께 소유해야 하는 것이고, 누구나 다 토지에 대해서 동등한 권리를 가지고 있습니다. 그러나 토지는 질이 좋은 것도 있고, 나쁜 것도 있습니다. 그리고 누구든지 좋은 토지를 갖기를 희망합니다. 그러면 평등하게 분배하려면 어떠한 방법을 취해야 하는가? 그것은 이렇게 하면 됩니다. 말하자면, 좋은 땅을 갖는 사람이 그 땅의 가치에 해당되는 만큼의 값을 땅을 갖지 못한 사람에게 내어주는 것입니다."

하고 네흘류도프는 스스로의 물음에 대답하듯 말했다.

"그러나 누가 누구에게 지불해야 할 것인가 하는 문제를 정하기는 매우 힘든 일이고, 또 공공의 자산을 위해서 돈을 모아야 하기 때문에 땅을 가지고 있는 사람이 그 땅값을 여러 가지 공공의 자산에 보태기 위해서 조합에 지불해야 되는 것입니다. 그렇게 하면 모두가 평등하게 되는 셈이지요. 땅을 갖고 싶은 사람은 좋은 땅을 원하면 비싼 값을 치르고, 나쁜 것이라면 싼 값을 치르면 됩니다. 갖고 싶지 않다면 한 푼도 내지 않아도 되지요. 그리고 공공의 자산에 대한 경비는 그 사람 대신 땅을 소유한 자가 치르게 됩니다."

"옳은 말씀입니다요."

하고 난로 직공이 눈썹을 움직이며 말했다.

"좋은 땅을 가진 사람이 더 내면 되겠지요."

"그 조지라는 사람, 머리 한번 대단히 좋은데."

하고 곱슬거리는 수염을 대표하는 듯한 노인이 말했다.

"다만 그 값을 지불하는 데 무리가 없도록 해 주셨으면 좋겠는데요."

그제야 이야기의 결말을 눈치챈 듯 키다리 농부가 나지막한 목소리로 말했다.

"그 값은 비싸지도 않고 싸지도 않은 값으로 정해야 합니다. 비싸면 갚지 못하니까 손해가 될 것이고, 싸면 싼 대로 서로 사고 팔게 되어 결국 토지 거래를 하게 되거든요. 내가 여러분의 마을에서 함께 의논하고 싶어한 것은 바로 이겁니다."

"옳은 말씀입니다요. 그렇습니다요. 알고 보니 아무것도 두려워할 것이 없었는데." 하고 농부들은 말했다.

"정말 머리 좋은 사람이구나."

곱슬수염의 풍채 좋은 노인이 다시 말했다.

"조지라! 굉장한 것을 생각해 냈군."

"그럼 제가 땅을 갖고 싶다면 어떻게 하면 되지요?" 하고 관리인이 웃으며 말했다.

"빈터가 있으면 그걸 얻어 경작하면 되겠지." 하고 네흘류도프가 말했다.

"당신이 무엇 때문에? 그런 짓을 안 해도 배불리 먹고 살 수 있을 텐데."

하고 장난꾸러기 같은 눈을 한 노인이 말했다. 이것으로 모든 의논은 끝났다.

네흘류도프는 다시 한 번 자기 제안을 간단히 설명한 뒤에 이 자리에서 곧 결정하지 않아도 좋으니 조합과 의논하여 대답해 달라고 말했다.

농부들은 조합과 상의해서 대답하겠다고 말하고, 작별 인사를 건넨 후 신나게 이야기를 주고받으며 돌아갔다. 멀어져 가는 유쾌한 말소리가 언제까지나 들려왔다. 그리고 저녁 늦도록 농부들이 떠드는 소리가 마을 쪽에서 내를 건너 웅성웅성 들려왔다. 이튿날, 농부들은 들일을 나가지 않고 지주의 제안에 대해 의논했다. 조합은 두 파로 갈라졌는데, 한 파는 주인의 제안이 유리할 뿐이지 위험성은 없다고 했으나, 다른 파는 그 속에 함정이 숨어 있다고 보고 그 함정을 잡지 못해 더욱 그것을 겁내고 있었다. 그 다음 날, 그래도 모든 농부들이 제안된 조건을 받아들이는 데 의견을 모아 네흘류도프에게로 조합 전체의 결정을 알려 왔다. 모두가 의견을 함께하는 데 큰 힘이 된 것은 한 노파의 발언이었다. 그것이 노인들에게 받아들여져서 함정이 숨어 있을지도 모른다는 모든 근심 걱정을 깨끗이 떨어 버리게 된 것인데, 그것은 지주가 영혼에 대해서 생각하게 되었고 영혼 구제를 위해 이런 일을 한다고 설명했던 것이다. 그 설명은 네흘류도프가 이 파노보 마을에 머무르는 동안 많은 돈으로 도와 준 것은 여기 농민들이 처해 있는 생활의 가난함과 비참함을 비로소 알고 그 빈곤한 실상에 충격을 받았기 때문이며, 그런 일은 현명한 해결 방안이 아닌 줄 알면서도 돈을 주지 않을 수 없었던 것이다. 게다가 지난 해에 쿠즈민스코예의 산림을 판 대금과 농기구를 판 계약금이 있었기 때문에 지금은 특히 많은 돈이 수중에 들어와 있었다.

지주가 가난한 사람에게 돈을 준다는 소문이 퍼지자 사람들이, 특히 여자들이 여기저기서 몰려와 그에게 도움을 청했다. 그는 그 사람들을 어떻게 다루어야 좋을지, 무엇을 기준으로 누구에게 얼마를 주어야 좋을지 전혀 알 수가 없었다. 도움을 받으러 오는 어려운 사람들을 수중에 잔뜩 돈을 가지고 있으면서 도와주지 않을 수 없다는 것을 그는 느끼고 있었다. 그러나 바라는 대로 무턱대고 준다는 것도 무의미한 일이었기에, 이러한 상태에서 놓여 나는 가장 좋은 방법은 이 곳을 떠나는 것이라고 생각했다. 그는 빨리 떠나기로 했다.

파노보에 묵은 마지막 날, 네흘류도프는 안채로 들어가서 거기 남아 있는 물건들을 정리하였다. 그는 이것저것 뒤적이는 동안, 사자 머리의 청동 손잡이가 달린 마호가니제 헌 서랍 속에서 많은 편지 뭉치를 발견했다. 그 속에 사진이

한 장 끼여 있었는데, 그것은 소피아 이바노브나, 마리아 이바노브나, 학생 차림의 그 자신, 그리고 카튜샤와 나란히 찍은 사진이었다. 거기에 찍혀 있는 카튜샤는 청순하고, 싱싱하고, 생활의 기쁨에 가득 찬 아름다운 처녀였다. 네흘류도프는 안채에 남아 있는 많은 물건들 속에서 편지 다발과 이 사진만을 골라 정리했다. 나머지는 모두 싱글거리는 관리인의 주선으로 없애겠다는 약속 아래 파노보의 집과 가구를 보통 시세의 10분의 1쯤 되는 싼 값에 제분소 주인에게 넘겨 주었다.

그는 지금 쿠즈민스코예에서 느낀, 재산을 잃는 데 대한 아쉬워했던 마음을 돌이켜보면서 그 때는 왜 그런 마음이 생겼을까 하고 오히려 이상한 기분이 들었다. 지금의 그는 끊임없는 해방의 자유로움과 새로운 땅을 앞두고 여행자가 느끼는 새로운 것에 대한 기쁨을 맛보고 있었다.

10

이 여행에서 돌아오자, 도시는 이상하고 새로운 놀라움을 네흘류도프에게 주었다. 그는 저녁 무렵 불이 켜질 때에야 역에 도착해 자기 집으로 돌아갈 수 있었다. 아직도 방마다 나프탈렌 냄새가 배어 있었다. 아그라페나 페트로브나와 코르네이는 내 널거나 말려서 챙겨 두는 것밖에 쓸 일이 없어 보이는 물건들을 정리하느라고 녹초가 되어 있었으며 속이 상해서 말다툼까지 하였다. 네흘류도프의 방은 비어 있었으나 아직 정돈이 다 되어 있지 않았고, 복도에 트렁크가 어지럽게 널려 있어서 돌아다니기가 여간 어렵지 않았다. 네흘류도프가 지금 돌아온 것이 어떤 야릇한 타성에 젖어 버린 탓에 지금 이 집 안에서 벌어지고 있는 일에 방해가 된 것임에 틀림없었다.

네흘류도프는 전에는 이런 일을 거들었으나 시골의 빈곤함을 보고 온 그로서는 모두 어리석은 행동으로 여겨지고 불쾌한 기분을 금할 수 없었으므로 내일 호텔로 옮길 작정을 하고, 누이가 와서 집 안의 모든 물건을 처리하게 될 테니 그 때까지 아그라페나 페트로브나의 재량에 맡기기로 했다.

아침부터 집을 나온 네흘류도프는 제대로 돌아다녀 보지도 않고 감옥 옆에 몹시 초라하고 가구도 낡은 두 칸짜리 방을 얻어 놓고는 자기가 고른 얼마 안 되는 짐을 옮겨 놓으라고 이른 다음 변호사의 집으로 향했다.

밖은 몹시 싸늘했다. 봄비가 온 뒤면 으레 찾아드는 추위가 닥쳐온 것이다. 심한 추위에다 살을 에는 듯한 매서운 바람이 심하게 불어서 얇은 외투 차림의 네흘류도프는 몸이 꽁꽁 얼어 조금이라도 추위를 없애려고 걸음을 재촉했다.

그의 기억 속에는 시골의 농부들, 아낙네들, 어린이, 늙은이, 그리고 그가 이번에 처음으로 볼 수 있었던 가난과 고통, 특히 방긋방긋 웃으면서 비쩍 마른 다리를 흔들어 대던 늙은이 같은 갓난애의 모습이 되살아났다. 무의식중에 그는 그들과 이 도시에 살고 있는 사람들을 견주어 보았다. 그는 푸줏간, 기성복, 생선 가게 앞을 지나가면서 깨끗한 옷차림에 기름기가 번들거리는 살찐 상인들이 많은 것을 보고 새삼 놀라지 않을 수 없었다. 시골에는 이런 사람이 한 사람도 없었다. 이 곳의 상인들은 상품의 내용을 잘 모르는 손님들을 속여 먹으려는 그들의 노력이 결코 헛된 것이 아니며, 오히려 매우 즐거운 일이라고 굳게 믿고 있는 듯했다.

금테 두른 모자를 쓴 수위들도 살이 쪘으며, 머리를 지지고 앞치마를 두른 하녀들도 토실토실 살이 쪘다. 특히 눈에 띄는 것은 사륜마차에 거만하게 올라 앉아 오가는 사람들을 깔보는 듯한 음탕한 눈초리로 훑어보고 있는 마부들로 얼굴에 개기름이 번드르르했으며, 등에 단추가 달린 외투를 입고 큼직한 엉덩이를 빼기고 있었다. 이런 사람들 속에서 그는 시골 마을의 농부들, 곧 땅을 빼앗기고 도시로 흘러 들어온 시골 사람들을 보았다. 그 가운데 어떤 사람은 도시의 조건을 잘 이용해서, 나리들과 같은 위치가 되어 그 위치를 기뻐하고 있었지만, 어떤 사람은 시골에서 살 때보다 훨씬 더 비참한 생활에 빠져 있었다. 네흘류도프는 어느 지하실 구두 공장 창문으로 일하는 광경을 본 구두 직공들이 그런 비참한 사람들로 여겨졌다. 비누 냄새가 풍겨 나오는 세탁소의 김이 가득 찬 창문 앞에서 두 팔을 걷어붙이고 다림질을 하고 있는 창백하게 여윈 모습에 머리가 흐트러진 세탁부들 역시 비참한 사람들이었다.

그리고 네흘류도프가 지나가면서 본, 앞치마를 두르고 맨발에 구두를 신고 머리 꼭대기부터 발끝까지 페인트가 묻은 두 사람의 페인트공도 그런 부류에 속하는 사람들이었다. 그들은 팔꿈치까지 소매를 걷어올리고, 햇볕에 그을고 혈색이 안 좋은 앙상한 손에 솔을 쥐고 서서는, 서로 줄곧 욕지거리를 해대고 있었다. 얼굴은 지치다 못해 화가 난 표정들이었다. 건들건들하며 짐마차를 끌고 가는, 새까만 얼굴을 한 먼지투성이의 마차꾼도 같은 표정들이었다. 다 떨어진 옷을 들고, 어린것들과 함께 길모퉁이에 서서 구걸을 하고 있는, 얼굴이 푸석푸석한 남녀 거지들도 똑같은 표정이었다.

이러한 얼굴들은 네흘류도프가 지나가던 술집의 열려 있는 창문을 통해서도 볼 수 있었다. 술집 안에는 술병과 찻잔이 널려 있는 지저분하고 조그만 식탁 사이를 흰옷을 입은 종업원들이 몸을 비틀어 대며 누비고 다니고, 손님들은 술기운과 땀으로 빨개진 얼빠진 표정으로 앉아 소리를 고래고래 지르며 노래를 부르고 있었다. 창가에 앉아 있던 한 남자는 문득 무슨 생각이 떠올랐는지, 미간을 찌푸리고 입술을 삐죽이 내민 채 멍청하게 앞을 바라보았다.

'무엇 때문에, 대체 무엇 때문에 모두들 이런 곳에 모여 있을까?'

네흘류도프는 찬바람에 날려 온 먼지와 함께 사방에 가득 찬 덜 마른 페인트의 썩은 기름 냄새를 맡으며 생각했다.

어느 거리인가를 지날 무렵, 쇠붙이를 운반하는 짐마차가 뒤를 따라오고 있었는데 쇠붙이가 부딪쳐서는 쩔렁대는 소리가 울퉁불퉁한 길 때문에 더욱 요란스럽게 울렸다. 네흘류도프는 그 소리에 귀가 멍하고 머리가 욱신거리고 아파서, 그는 짐마차의 행렬을 앞질러 가려고 걸음을 서둘렀다. 그 때 철걱거리는 쇳소리 속에서 뜻밖에도 그의 이름을 부르는 소리가 들렸다. 그는 걸음을 멈춤과 동시에 저 앞쪽에 서 있는 경쾌한 마차 위에 콧수염을 뾰족하게 꼰 군인의 모습을 보았다. 그는 손을 흔들면서 유난히 흰 이를 드러내고 환하게 웃고 있었다.

"네흘류도프 아닌가?"

"아, 센보크!"

네흘류도프가 그의 이름을 부르며 느낀 것은 기쁨의 감정이었으나, 다음 순간, 기뻐해야 할 까닭이 전혀 없다는 것을 깨달았다.

그는 언젠가 고모네 영지에 찾아왔던 그 센보크였다. 네흘류도프는 오랫동안 그를 만나지 못했었다. 그는 많은 빚을 지고 있지만, 연대에서 제대한 뒤에도 줄곧 기병 장교 행세를 하며 용케 돈푼이나 있는 친구들과 어울려 다닌다는 소문을 들은 적이 있었다. 쾌활하고 자못 만족스러운 듯한 태도가 그 소문을 뒷받침하고 있었다.

"여기서 자넬 만나다니 마침 잘 됐군! 여긴 아는 사람이 없어서 말이야. 이젠 자네도 많이 늙었군 그래!"

하고 그는 마차에서 내려 어깨 언저리를 바로 펴면서 말했다.

"걷는 모습을 보고 바로 자네라는 것을 알았지. 식사나 같이 할까? 이 주변에 어디 먹을 만한 식당이라도 있나?"

"글쎄, 식사할 시간이 있을지."

네흘류도프는 어떻게 하면 친구의 감정을 상하지 않고 이 자리를 모면할 수 있을까 하는 궁리만 하면서 대답했다.

"그런데 이 곳에는 뭣 하러 왔나?"

"볼일이 좀 생겨서. 후견인 일이지. 난 요즈음 후견인 노릇을 하고 있어. 그 왜 사마노프 있잖나? 자네도 아마 잘 알걸? 난 지금 그 부자의 재산을 관리하고 있어. 그자는 멍청하지만 5만 4천 헥타르나 되는 땅을 가지고 있다구."

그는 마치 자기가 그 거대한 땅을 갖고 있기라도 한 것처럼 으스대며 말했다.

"그 재산 관리 상태가 지금 엉망진창이야. 땅을 모두 농민들에게 빌려 주었는데, 농민들이 땅값을 지불하지 않아 밀린 돈이 자그마치 8만 루블이야. 그 관리를 내가 맡아서 1년 안에 7할이나 수입을 늘려 주었지. 어때?"

하고 그는 의기양양한 듯 코를 실룩거리며 말했다.

그의 말을 듣고 나자 네흘류도프는 언젠가 얼핏 들은 소문이 떠올랐다. 센보크는 재산을 모두 탕진해 버리고 빚을 도저히 갚지 못할 상태에 처했는데, 그 때 우연히도, 어떤 연고로 쓰러져 가고 있는 어느 늙은 부자의 재산 관리인으로 임명되어 그것으로 먹고 산다는 것이었다.

'그런데 어떻게 하면 이 친구의 기분을 언짢게 하지 않고 벗어날 수 있을까?' 네흘류도프는 수염에 기름을 바르고 혈색이 좋은 그의 얼굴을 바라보면서 궁리했다. 어디 먹을 만한 식당이 없느냐는 말투의, 참으로 친구다운 사람 좋은 그의 수다와 후견인 노릇을 하며 발휘한 뛰어난 솜씨 자랑 같은 말은 한쪽 귀로 흘려 버렸다.

"그건 그렇고, 식사는 어디서 할까?"

"글쎄, 지금은 시간이 없어, 곤란한데."

네흘류도프는 시계를 보면서 말했다.

"그러면, 이따가 경마장으로 나오지 않겠나?"

"거기도 못 갈 것 같은데."

"꼭 오라구. 아는 사람이 전혀 없단 말이야. 그리쉰의 말을 내가 맡고 있잖아. 자네도 알지? 그 사람의 훌륭한 말을? 꼭 나와, 저녁 식사라도 같이 하게."

"미안하지만 저녁 식사도 힘들겠어."

네흘류도프는 씁쓸하게 웃으면서 대답했다.

"아니, 왜 그러나 자네? 지금 어디로 가는 중인가? 내가 태워다 줄까?"

"변호사한테 가는 길이야. 바로 저 모퉁이에 살고 있지." 하고 네흘류도프는 말했다.

"아, 참, 자네는 요즘 감옥에서 무슨 일을 하고 있다며? 그 감옥의 후원자라도 됐나? 코르차긴 댁 사람들한테서 얘기는 들었지." 센보크는 웃으면서 말했다. "그 댁 사람들은 이미 여기 없지만, 도대체 무슨 일인가? 설명이나 좀 해봐!"

"그래, 그 얘기는 전부 사실이야." 하고 네흘류도프는 대답했다. "하지만, 길거리에서 그런 얘길 어떻게 다 할 수 있나."

"하긴 그렇지. 그렇지만 자네는 옛날부터 좀 괴짜였으니까. 그러면, 경마장엔 오는 거지?"

"아니, 못 갈 것 같아. 시간도 없고 갈 기분도 안 나. 그렇다고 화내면 안 돼. 자네."

"왜 내가 화를 내나? 그런데 자네가 지금 살고 있는 집이 어디더라?" 그는 묻고 나서 갑자기 얼굴빛을 바로 하고 눈을 고정시키며 눈썹을 모았다. 기억을 더듬는 눈치였다. 네흘류도프는 그의 표정에서 조금 전 술집 창가에 앉은 남자가 그를 움찔 놀라게 한 표정, 눈썹을 치켜올리고 입술을 삐죽이 내민 그 남자의 얼굴에 나타나 있던 것과 똑같은 바보 같은 표정을 보았다.

"몹시 쌀쌀한 날씨구나!"

"정말이야."

"산 물건은 잘 가지고 있지?" 하고 센보크는 마부를 돌아보고 외쳤다.

"자, 그럼, 잘 가. 자넬 만나서 무척 반갑네." 센보크는 이렇게 말하며 네흘류도프의 손을 꼭 잡고는 마차에 뛰어올랐다. 그는 새로 산 흰 양피 장갑을 낀 큼직한 손을 번들거리는 얼굴 앞에 내저으며 유난히 하얀 이를 드러내고 씽긋 웃었다.

'나도 저랬을까?' 변호사의 집으로 발길을 돌리면서 네흘류도프는 생각했다. '그래, 꼭 저렇지는 않았겠지만 저렇게 되려고 했었고, 저런 식으로 일생을 살아갈 생각을 하고 있었던 것은 사실이다.'

11

변호사는 기다리던 순서를 무시하고 곧 네흘류도프와 만나 메니소프 모자 사건에 대해서 이야기하기 시작했다. 그는 이 사건의 기록을 샅샅이 들춰보고, 기소 이유가 확연하지 못한 데 몹시 분개하고 있었다.

"정말 말도 안 되는 사건입니다."라고 변호사는 말했다. "집주인 자신이 보험금을 타기 위해서 불을 지른 것이 확실합니다. 더구나 메니소프의 범행은 전혀 증명되어 있지 않아요. 증거가 하나도 없습니다. 이것은 예심 판사가 특별히 열을 올렸고, 검사보가 멍청하게 처리했기 때문입니다. 다만 재판을 지방에서 하지 말고 여기서 열면 좋겠는데, 그러면 꼭 이길 자신이 있습니다. 보수는 전혀 필요 없습니다. 그리고 또 하나의 사건인데, 페도샤 비루코바가 황제에게 내는 탄원서는 써 놓았습니다. 만약 페테르부르그에 가시게 되거든 직접 가지고 가셔서 제출하십시오. 그렇지 않으면 법무성으로 돌아가게 되고, 법무성에서는 귀찮고 번거로우니까 틀림없이 제멋대로 회답할 것입니다. 다시 말해서 기각되어서 헛일로 돌아간다는 말입니다. 그러니까 아주 높은 분을 만나서 청원해야 합니다."

"황제 말입니까?" 하고 네흘류도프가 물었다.

변호사는 크게 웃었다.

"그건 너무 높습니다. 최종심이거든요. 높은 분이라는 것은 청원 위원회의 서기나 의장을 말하는 것이지요, 자, 그럼 다 된 건가요?"

"아니, 실은 분리파 신도들이 이런 편지를 보내 왔습니다." 하고 네흘류도프는 주머니에서 편지를 꺼내며 말했다.

"그 사람들이 쓴 것이 사실이라면 이건 놀라운 일입니다. 나는 지금부터 그들을 만나 자세한 상황을 알아볼 생각입니다."

"공작님은 아무래도 감옥의 모든 불평이 흘러나오는 깔때기나 병 주둥이라도 되신 것 같습니다." 변호사는 웃으면서 말했다. "너무나 많습니다. 지나치게 안간힘 쓰지 마십시오."

"네, 하지만 이것은 놀라운 일입니다." 하고 네흘류도프는 말하고 짤막하게 사건의 처음과 끝을 설명했다. 어떤 마을에서 복음서를 읽기 위해 사람들이 모였는데, 경찰들이 몰려와서 그들을 쫓아 버렸다. 다음 일요일에 또 모이자, 이번에는 마을 헌병이 부르더니 조서가 꾸며지고 사람들은 기소되었다. 예심 판사가 신문을 하고, 검사보가 기소장을 작성하고 재판소가 기소를 인정하고, 마을 사람들은 재판에 회부되었다. 검사보는 유죄를 주장하고, 그리하여 그들은 유형을 선고받았다. "이것은 있어서는 안 되는 무서운 일입니다." 하고 네흘류도프가 말했다. "대체 이것이 사실일까요?"

"그래, 이 사건의 어떤 점에 놀라고 계시는 겁니까?"

"모든 것이지요. 글쎄, 헌병은 그런 대로 이해가 갑니다. 명령이니까요. 하지만 기소장을 만든 검사보, 그는 지식 있는 사람이 아닙니까?"

"바로 그 점입니다. 검사라든가 재판관 같은 사람들은 새로운 자유주의적인 사람들이라고 우리는 생각하기 쉬운데, 거기에 함정이 있습니다. 그 사람들은 한때는 그런 적이 있었지만 지금은 전혀 다릅니다. 지금의 그들은 20일의 월급날만 생각하고 있는 관리지요. 조금이라도 많은 월급을 받고 싶은 것이 그들의 생활 원칙입니다. 그래서 성적을 올리기 위해 누구든지 기소하고, 재판하고, 선고를 내리는 것이지요."

"하지만 어떤 사람이 다른 사람들과 함께 복음서를 읽었다고 해서 그 사람을 유형에 처해도 좋다는 법이 있습니까?"

"복음서를 읽어 줄 때, 정해진 것 외의 해석을 해 줌으로써 교회의 해석을 비판한 것이 입증되기만 하면, 유형뿐 아니라 시베리아 징역도 보낼 수 있지요. 공공연히 정교(正敎)를 비판하면 제196조에 의해 유형을 받게 되어 있습니다."

"그런 당치도 않은……."

"거짓말이 아닙니다. 나는 늘 재판관들에게 이렇게 말하고 있지요." 하며 변호사는 말을 계속했다. "나는 당신들에게 무한히 감사하고 있소, 하고 말이지요. 왜냐 하면 내가 이렇게 감옥에 들어가지 않고 있는 것은 공작님도 그렇고 우리 모두가 다 그렇습니다만 그것은 오로지 그들의 자비심 때문이니까요. 사실 우리네 시민권을 빼앗고 그리 멀지 않은 곳에 유형시키는 것쯤은 매우 간단한 일입니다."

"그러나 만약 그것이 사실이고, 그 모든 것이 검사나 법률을 마음대로 적용할 수 있는 사람들의 사고 방식 하나에 달려 있다면, 대관절 무엇 때문에 재판을 여는 겁니까?"

변호사는 유쾌한 듯이 껄껄대고 웃었다.

"거 참 대단히 좋은 질문이시군요! 그건 철학에 관한 명제입니다. 물론 그것도 좋은 논제거리가 되겠군요. 토요일에 방문해 주십시오. 학자, 문학가, 예술가들이 모입니다. 그 때 일반적 문제에 대해서 실컷 한번 논의하기로 합시다." 하고 변호사는 '일반적 문제'라는 말에 힘을 주어 비꼬는 투로 발음하면서 감격스럽게 말했다.

"제 처도 아시는 사이니 꼭 나와 주십시오."

"네, 가능하면." 하고 네흘류도프는 대답했지만, 자기가 거짓말을 하고 있다는 것을 느끼고 있었다. 그가 되도록 애를 쓰게 된다면, 그것은 그 날 밤 그를 찾아가 학자나 문학가나 예술가 들의 모임에 얼굴을 내밀지 않기를 바라는 것뿐이었다. 만약 재판관들이 마음대로 법률을 적용할 수도 있고 안 할 수도 있다면 재판은 의미 없는 게 아니냐는 네흘류도프의 의견에 변호사가 대답한 그 웃음과 '철학'이나 '일반적인 문제'니 하는 말에 담긴 그 비꼬는 투가 네흘류도프에게, 변호사와 어쩌면 모임에 나오는 친구들까지도 그와는 전혀 다른 눈으로 사물을 보고 있다는 것을 깨닫게 해 주었다. 그리고 그는 옛 친구들과 이제 완전히 멀어져 버렸지만, 그래도 변호사와 그 모임의 사람들은 그들보다 훨씬 더 먼 존재로 다가왔던 것이다.

12

감옥까지는 상당히 멀기도 했고 또 이미 시간이 늦었기 때문에 네흘류도프는 마차를 타고 감옥으로 갔다. 가는 길에 똑똑하고 선량해 보이는 마부가 네흘류도프를 돌아다보며 지금 공사 중인 굉장한 건물을 손으로 가리켰다.

"저것 좀 보세요. 굉장한 집을 짓고 있지 않습니까요?" 마부는 자기가 마치 그 건축의 책임을 조금이라도 맡고 있는 것처럼 자랑스런 말투로 말했다.

정말 그 건축물은 규모에 있어서나 그 독특한 건축 양식에 있어서나 엄청났다. 하늘로 치솟아 오르고 있는 건물을 버팀쇠로 엮은 장나무 비계가 둘러싸고 있었고, 얇은 판자로 공사장과 길 사이를 막아 놓았다. 비계 위에서 횟가루를 뒤집어 쓴 인부들이 개미처럼 움직이고 있었는데, 돌을 쌓고 있는 사람, 돌을 자르는 사람, 무거운 삼태기를 메고 올라가는 사람, 빈 삼태기를 끌고 내려오는 사람들로 웅성거리고 있었다.

뚱뚱하게 살이 찌고 신사복을 말쑥하게 차려 입은 건축 기사인 듯한 신사 하나가 비계 옆에 서서 블라디미르 출신으로 보이는 현장 감독에게 위를 가리키면서 뭐라고 지시하고 있었다. 현장 감독은 정중한 태도로 그 말을 듣고 있었다. 건축 기사와 현장 감독이 이야기하고 있는 옆을 빈 마차와 건축 자재를 가득 실은 마차들이 드나들고 있었다.

'일을 하는 사람이나 지시하는 사람이나 모두 이렇게 하는 것이 당연한 것으로 여기고 있다. 그들의 집에서는 애를 밴 마누라가 누더기 두건을 쓰고 힘겨운 노동에 시달리고 있는가 하면, 굶주림에 지친 어린 아이들이 뼈만 남은 앙상한 다리를 흔들며 늙은이 같은 얼굴로 히죽거리고 있지 않은가. 그런데도 이 일꾼들은 자기들을 약탈하고 착취하고 있는 어느 어리석고 무익한 자들을 위해서 그들에게는 아무 필요 없는 궁전 같은 집을 지어 주는 것을 당연한 일로 생각하고 있다.'

네흘류도프는 그 건물을 바라보며 생각했다.

"정말 어이없는 건물이군." 하고 그는 무의식중에 생각하던 것을 소리내어 말했다.

"왜 어이없는 건물이라고 하십니까요?" 마부가 불쾌하다는 듯이 말했다. "고마운 일 아닙니까? 덕분에 모두들 일자리가 생겼으니까요. 어이없는 일이 아닙니다요."

"내 말은 그처럼 큰 집 자체가 필요하지 않다는 말이오."

"하지만, 무슨 필요가 있으니까 짓지 않겠어요?" 하고 마부는 반박했다. "그 덕으로 많은 사람들이 먹고 살아가는 걸요."

네흘류도프는 입을 다물었다. 마차 바퀴 소리가 시끄러워 말하기가 힘들었던 것이다. 감옥 가까이에 다다르자 길이 자갈길에서 아스팔트 길로 바뀌었기 때문에 한결 말하기가 편해졌다. 마부는 다시 네흘류도프를 돌아보며 말을 건넸다.

"그런데 왜 사람들이 모두 도시로만 몰려들고 있습니까요. 정말 겁이 날 정도죠." 마부는 마부석에서 몸을 비틀어 맞은편에서 걸어오고 있는 어깨에 자루를 짊어지고 톱과 도끼를 손에 든 반코트를 입은 농민을 가리켰다.

"예전보다 많소?" 하고 네흘류도프는 물었다.

"많고 말고요, 요즈음은 어디를 가든지 저런 사람들이 거리를 가득 메우고 있습죠. 사람이 흔하니까 고용주들도 제멋대로 사람들을 무슨 나무 토막처럼 내팽개치듯이 다룬답니다. 가는 곳마다 사람들이 우글거리니까요."

"왜 그렇게 되었죠?"

"인구가 늘었으니까 그렇겠죠 뭐. 갈 데 없는 사람들이 얼마든지 있으니 말입니다요."

"인구가 느는 거야 어쩔 수 없는 일이지요. 문제는 왜 그냥 시골에 머물러 있지 못하느냐 하는 것입니다."

"시골에서는 할 일이 없거든요. 땅이 있어야죠."

네흘류도프는 자기의 아픈 곳을 찔린 듯해 마음이 뜨끔했다. 아픈 곳이란 어떤 경우에나 왠지 일부러 그 곳을 건드리는 듯한 기분이 드는 법인데, 그것은 정말로 아픈 곳을 손가락으로 쑤실 때와 똑같은 아픔이었다.

'어느 시골이나 정말 똑같은 상황이란 말인가?' 하고 그는 생각했다. 그리고 마부에게 고향은 어디이며, 마부의 집은 토지를 얼마나 가지고 있으며, 왜 시골을 떠나 도회지에 나와 사느냐고 물었다.

"우리 마을은 말씀입죠, 나리, 한 사람 앞에 토지가 1헥타르씩 돌아가죠. 저희 집은 3헥타르를 갖고 있습죠." 마부는 흥이 난 듯 싹싹하게 대답했다. "저희 집엔 아버지와 형님이 계십니다. 동생 하나는 지금 군대에 가 있습죠. 그래서 형님이 아버지를 모시고 농사를 짓고 있는 형편인데, 사실 농사래야 그다지 할 일이 많지 않으니까 형님도 모스크바로 나와 볼까 하고 궁리 중이랍니다."

"땅을 빌려서 농사를 지으면 되지 않소?"

"요즘 누가 토지를 빌려 줍니까? 예전의 지주들은 토지를 모두 없애 버리고 지금은 상인들의 손에 죄다 넘어갔는데 상인들은 땅을 안 빌려 주고 자기들이 직접 지어 먹거든요. 우리 마을의 토지는 대부분이 어떤 프랑스 사람 소유입죠. 예전 지주한테서 사들인 건데, 절대로 남에게 빌려 주지 않는답니다. 아예 말도 못 붙이게 한다니까요!"

"그 프랑스 사람은 대체 누구죠?" 하고 네흘류도프가 물었다.

"뒤파르라는 사람인데, 아실는지도 모르겠습니다요. 그 왜 극장 배우들이 쓰는 가발을 만들어 팔아서 한몫 톡톡히 챙겼다는 사람 있지 않습니까? 그 돈으로 우리 마을 여지주의 땅을 몽땅 사들인 것이죠. 그래서 지금은 그 프랑스 사람이 우리 마을 지주 노릇을 하면서 우리를 제 마음대로 부려 먹고 있는 형편입죠. 그래도 다행히 그 사람은 인간성이 괜찮은 편이지만 여편네가 러시아 여자인데 성미가 꽤 못됐거든요. 농민들을 어찌나 못살게 괴롭히는지, 모두 불만이 태산 같습니다요. 감옥에 다 왔습니다. 마차를 어디에 세울까요? 현관요? 아마 그렇게 못 하게 할 겁니다만."

13

감옥에 도착하자 오늘은 어떤 상태의 마슬로바를 만날 수 있을까 하는 생각과, 그녀에게도 있고 감옥 안 죄수들과의 연결 속에도 있는, 그로서는 알 수 없는 그 무엇을 생각하고는 가슴에 차디찬 두려움을 느끼며, 네흘류도프는 정문 초인종을 울렸다. 그는 나온 간수에게 마슬로바에 대한 것을 물었다. 간수는 명부를 뒤져 확인해 보더니 그 여자는 병원에 있다고 말해 주었다. 네흘류도프는 병원으로 갔다. 병원 문을 지키고 있던 마음씨 좋은 노인이 곧 네흘류도프를 들여 보내면서, 누구를 만나러 왔느냐고 묻더니 소아과 병동 쪽으로 갔다.

온몸에 소독약 냄새가 밴 젊은 의사가 복도에서 서성거리고 있는 네흘류도프에게 다가가서 무슨 일로 왔느냐고 무뚝뚝하게 물었다. 이 의사는 죄수들에 대해 별스럽지 않은 것은 너그럽게 보아 주기 때문에, 감옥의 윗사람이나 심지어 주임 의사와도 항상 불쾌한 신경전을 일으키고 있었다. 네흘류도프에게서 무슨 어려운 부탁이나 받지 않을까 하는 생각과, 어떤 사람에게도 예외적인 일은 아예 허용하지 않겠다는 것을 나타내려고 그는 일부러 딱딱한 태도를 보인 것이었다.

"여자는 이 곳에 없습니다. 소아과 병동이니까요." 하고 그 의사는 말했다.

"그것은 알고 있습니다만, 감옥에서 이리로 온 잡역부가 있을 텐데요."

"네, 두 사람 있습니다. 그래, 용건은?"

"나는 그들 중 한 사람인 마슬로바와 가까운 사람입니다." 하고 네흘류도프는 말했다. "그 여자를 만날까 해서 그럽니다. 그 여자의 사건 상소 때문에 페테르부르그로 가는 길인데, 이것을 전할까 하고요. 이 사진입니다." 네흘류도프는 주머니에서 봉투를 꺼내어 보여 주며 말했다.

"아, 그렇습니까? 좋습니다." 의사는 태도를 부드럽게 하더니 이렇게 말하고 흰 앞치마를 두른 늙은 여자를 보고 잡역부인 여죄수 마슬로바를 불러 오라고 했다.

"여기 좀 앉으십시오. 아니면, 응접실로 가실까요?"

"고맙습니다."고 네흘류도프는 말했다. 그리고 자기에 대한 의사의 태도가 부드러워진 것을 보고, 병원에서 일하는 마슬로바의 태도가 어떠냐고 물어 보았다.

"그럭저럭 괜찮습니다. 자기 입장을 의식해선지 비교적 잘 하고 있습니다." 하고 의사는 말했다. "아, 온 모양이군요."

한쪽 문으로 늙은 간호원을 따라 마슬로바가 나왔다. 그녀는 줄무늬 옷에 흰 앞치마를 두르고 있었고, 머리는 삼각천으로 완전히 감싸고 있었다. 네흘류도프를 보자 발그레 볼을 붉히며 주춤거리는 걸음을 멈추었다. 그러나 곧 눈살을 모으고 눈을 내리깔더니 복도의 깔개 위를 종종걸음으로 그에게 다가왔다. 네흘류도프의 곁에 와서는 그의 손에 손을 맡기고 한층 더 얼굴을 붉혔다. 네흘류도프는 그녀가 감정을 폭발했던 것을 사과한 그 면회 뒤로 한 번도 만나지 못했었다. 그리고 지금도 그 때와 같은 그녀이기를 바라고 있었다. 그러나 오늘 그녀의 표정에는 그 때와는 아주 딴 사람 같아 보이는 무언지 새로운 것이 깃들여 있었다. 조심스러운 듯한, 수줍음과도 같은, 그러면서도 그에 대한 어떤 적개심 같은 것을 네흘류도프는 느꼈다. 그는 의사에게 말했듯이 페테르부르그에 간다는 것을 그녀에게 알리고, 파노보에서 가지고 온 사진이 든 봉투를 건네 주었다. "이것은 파노보에서 찾아 낸 건데, 오래 된 사진이오. 당신한테는 반가운 것일지도 모르겠다 싶어서, 자, 가지고 있어요."

그녀는 까만 눈썹을 약간 치켜뜨고, '왜 이런 것을?' 하고 묻는 표정으로 그 사팔기의 눈으로 놀란 듯이 그를 보았다. 그리고는 잠자코 봉투를 받아 앞치마 속에 넣었다.

"그 곳에서 당신 이모를 만났지." 하고 네흘류도프는 말했다.

"만나셨어요?" 그녀는 냉정하게 말했다.

"여기 생활은 어때?"

"그럭저럭 잘 지내고 있어요."

"힘들지는 않소?"

"아니에요, 별로. 아직 숙달이 안 돼서."

"당신을 위해서 정말 잘 되었소. 거기보다는 훨씬 괜찮을 거요."

"거기가 어디죠?" 그녀의 얼굴에 붉은 핏기가 올랐다.

"거기지 뭐, 감옥 말이오." 네흘류도프는 빠르게 덧붙였다.

"무엇이 나은데요?" 하고 그녀가 물었다.

"여기 사람들이 더 낫잖소? 거기 사람들과는 좀 다를 거야."

"거기에도 좋은 사람들은 많이 있어요." 하고 그녀는 말했다.

"메니소프 모자의 일도 부탁해 놓았는데 아마 석방될 거요." 네흘류도프는 말했다.

"그렇게 됐으면 좋겠어요. 그렇게 좋은 할머니는 없어요." 그녀는 노파에 대해서 늘 하는 말을 되뇌고 살며시 미소 지었다.

"오늘 나는 페테르부르그로 갈 것이오. 당신 사건은 곧 재심이 열릴 텐데, 반드시 취소되었으면 좋겠소."

"취소되건 안 되건 이제는 마찬가지예요."

"이제는 마찬가지라니, 어째서?"

"그것은." 무엇을 물어 보는 듯한 시선으로 그를 보며 그녀는 말했다.

네흘류도프는 그 말과 그 눈길로 그가 약속한 것을 지킬 것인가, 아니면 그녀의 거절을 받아들여서 그것을 변경할 것인가 하는 것을 그녀가 알고 싶어한다고 풀이했다.

"난 모르겠는데, 당신한테 왜 마찬가지인지." 하고 그는 말했다. "하지만 나로서는 사실상 어느 쪽이건 상관없어, 당신이 무죄가 되건 안 되건, 난 내가 말한 것을 실행할 결심이니까." 하고 그는 명확하게 말했다.

그녀는 얼굴을 들고, 그 사팔기가 있는 까만 눈이 하나는 그의 얼굴에, 하나는 얼굴 옆에서 움직이지 않았다. 그리고 온 얼굴이 기쁨으로 가득 찼다. 그러나 그녀는 눈이 말하고 있는 것과는 전혀 다른 말을 그에게 하였다. "그런 말씀을 하셔도 소용없어요."

"나는 당신이 알고 있었으면 싶어서 하는 말이오."

"그 말씀은 언젠가 다 하셨잖아요. 이제 와서 다시 꺼내는 건 아무 의미도 없어요." 그녀는 간신히 미소를 참으면서 말했다.

무엇인지 떠들썩한 소리가 병실에서 났다. 아이의 울음소리가 들려 왔다.

"저를 부르고 있는것 같아요." 불안스레 소리나는 쪽을 돌아보며 그녀는 말했다.

"그래, 그럼 가야지." 하고 그는 말했다.

그녀는 그가 내민 손을 짐짓 못 본 척 외면했다. 그리고는 악수도 하지 않고 홱 돌아서서 자신의 승리를 숨기려고 애쓰면서 복도의 양탄자 위를 빠른 걸음으로 사라졌다.

'그녀의 마음속에 무슨 변화가 생겨났을까? 무엇을 생각하고, 무엇을 느끼고 있을까? 나를 시험하려는 것일까, 아니면 정말 용서할 수가 없는 것일까? 마음을 푼 것일까, 아니면 화가 나 있는 것일까?' 네흘류도프는 스스로에게 물어 보듯 중얼거렸으나 아무 대답도 찾아 낼 수가 없었다. 그러나 한 가지 사실만은 알 수 있었다—— 그것은 그녀가 변했다는 것, 그리고 그녀의 내부에, 그녀의 마음에 커다란 변화가 일어나고 있다는 것이었다. 이 변화로 인해 그를 그녀에게만이 아니라, 이 변화를 낳게 한 것과 결합시켜 주었고, 이 결합이 가슴 설레는 기쁨과 감동으로 그를 감싸안았다. 마슬로바는 어린이용 침대가 여덟 개 나란히 놓여 있는 병실로 돌아온 후 간호사의 지시대로 침대를 정돈하기 시작했다. 시트를 펴면서 너무 앞으로 구부린 탓에 미끄러져 떨어질 뻔했다. 회복기에 있는, 목에 붕대를 감은 아이가 그것을 보고 웃었다. 마슬로바도 그만 참을 수가 없어 침대에 앉아서 큰 소리로 웃어 댔다. 그 웃는 모습이 너무 우스웠는지 여러 명의 아이들이 덩달아 요란스레 웃었다. 그러나 간호원이 화를 내고 그녀를 꾸짖었다.

"뭘 그리 실성한 것처럼 웃어. 저 쪽에서 무슨 일이 있었는지 모르지만 여기는 병실이니 조심해! 밥상이나 가지러 가요."

마슬로바는 웃음을 멈추었다. 그리고 식기를 들고 식사를 차리는 방 쪽으로 나가다가 웃지 말라고 야단을 맞은, 목에 붕대를 감은 아이와 눈이 마주치자 킥킥거리며 웃었다. 이 날 그녀는 몇 번이나 혼자 남게 되면 곧 봉투에서 사진을 살짝 꺼내어 보곤 했다. 밤이 되고 당번이 끝나자 다른 한 사람의 잡역부와 둘이 지내는 침실에서 가까스로 혼자 있게 되었을 때, 마슬로바는 비로소 봉투에서 사진을 완전히 꺼내어 오랫동안 미동도 않고 얼굴과 옷과 발코니의 조그만 층계와 정원수와 그것을 배경으로 찍혀 있는 네흘류도프와 그녀와 고모들의 얼굴 표정 등을 하나도 놓치지 않고 눈으로 애무나 하듯 누렇게 빛바랜 사진을 들여다보았다.

그녀는 특히, 이마 언저리에 출렁이는 머리칼을 드리운 자신의 생기 있고 아름다운 얼굴에 넋을 잃어 아무래도 눈을 뗄 수가 없었다. 완전히 사진에 정신이 팔려 같은 방을 쓰는 잡역부가 들어오는 것도 그녀는 눈치채지 못했다.

"그게 뭐야? 그 사람이 준 거니?" 하고 뚱뚱한, 마음씨 좋은 잡역부가 사진을 들여다보며 말했다. "어머, 이게 너니?"

"그럼, 누구겠어?" 하고 마슬로바는 친구의 얼굴을 바라보고 웃으면서 말했다.

"그럼, 이건? 그 사람이야? 그럼 이이가 그의 어머니구나?"

"고모야, 어때, 나는 못 알아보겠지?" 하고 마슬로바는 물었다.

"그러게 말야, 아무리 봐도 모르겠는걸. 전혀 얼굴이 다르잖아, 아마 한 10년은 됐나 보지!"

"10년은커녕 아주 오래 전의 옛날 얘기야." 하고 마슬로바는 말했다. 그러자 갑자기 밝고 활기찼던 기분이 싹 가시고 말았다. 얼굴이 우울해지고 이마 언저리에는 주름이 생겼다.

"그런 곳의 생활은 행복했을 거야."

"그래, 행복했어." 하고 마슬로바는 눈을 지그시 감고 머리를 저으면서 되풀이했다. "하지만 감옥보다 더 나빴어."

"아니 왜?"

"왜라니, 밤 8시부터 새벽 4시까지, 이것이 날마다였거든."

"그럼, 왜 그만두지 않았어?"

"그만두고 싶어도 그럴 수가 없었어. 아, 내가 무슨 말을 하고 있지?" 마슬로바는 갑자기 벌떡 일어나더니 탁자 서랍에 사진을 던져 넣고, 간신히 원한의 눈물을 참으면서 복도로 뛰어나가 쾅 하고 문을 닫았다. 사진을 바라다보면서 그녀는 거기 찍혀 있는 예전의 자기로 되돌아간 듯한 기분에 사로잡혀, 그 무렵 자기가 얼마나 행복했던가 생각하면서 이제부터라도 그와 함께 행복해질 수 있을지도 모른다고 머릿속에 상상하고 있었다.

그런데 동료 잡역부의 말 한 마디가 지금의 그녀의 신세와 '그 무렵의 그녀의 생활을 떠오르게 했다——그 시절에는 희미하게 느끼고 있었지만, 또렷이 의식했어야 할 것을 스스로에게 허용하지 않았던 그 생활의 무서운 모습을 또렷하게 회상시켜 준 것이었다. 이제야 비로소 그녀는 그 모든 무서운 밤들을, 특히 그녀를 빼내 주겠다고 약속한 그 학생을 기다리던 사육제날 밤의 기억이 생생하게 기억났다.

그녀는 가슴이 확 트인, 술에 얼룩진 빨간 비단옷을 입고 헝클어진 머리를 빨간 리본으로 묶고는 녹초가 되도록 지쳐서 술에 찌든 몸으로 밤 두 시가 되어서야 손님을 돌려 보낸 다음, 춤 사이사이에 바이올린을 연주하는 앙상한 얼굴에 여드름투성이의 피아니스트 여자 곁에 앉아 신세 한탄을 늘어놓기 시작했다. 피아노 치는 여자도 자기 생활의 고달픔을 이야기하고, 이런 생활에 변화를 주었으면 좋겠다고 말하고 있는 판에 마침 클라라가 와서 세 사람은 오늘 밤이 마지막이라고 여기며 각자 자기 방으로 돌아가려 하고 있는데, 갑자기 문 쪽에서 취한 손님들의 왁자지껄 떠드는 소리가 들렸다.

바이올리니스트가 전주곡을 연주하기 시작했고 피아니스트는 카드릴의 제1절인 흥겨운 러시아 노래의 반주를 시작했다. 연미복에 흰 나비 넥타이를 맨 조그마한 사나이가 술 냄새를 풍기고 딸꾹질을 하면서 카튜샤를 안더니 제2절부터는 웃옷을 벗어 던졌으며, 역시 연미복을 입은 또 한 사람의 뚱뚱한 사나이는 클라라를 붙잡았다. (그들은 어느 무도회에서 돌아오는 길인 듯했다.) 그리하여 그들은 오랫동안 빙빙 돌며, 발을 구르고, 떠들어 대며 얼마나 술을 마셔 댔는지——이렇듯 1년이 지나고, 2년, 3년이 지나갔다.

어찌 생활이 타락되지 않을 수 있었겠는가? 그 모든 원인은 그에게 있었다. 그러자 그녀 내부 깊숙이에서 갑자기 또 그에 대한 사무친 원한이 치솟아 그를 욕하고 때려 주고 싶어졌다. 그의 정체를 알고 있기에, 하자는 대로 고분고분하지는 않는다는 것을, 그녀 육체를 농락했듯이 정신까지 농락당하지는 않겠다는 것을, 그의 자비심의 대상으로 그녀 자신을 삼지 말라는 것을 오늘 다시 한 번 그에게 말해 줄 수 있는 기회를 놓친 것이 그녀는 억울하고 분했다.

이렇듯 생각에 빠지자 자기 자신에 대한 이 애처로운 감정과 남자에 대한 부질없는 비난의 마음을 지워 버리기 위해 그녀는 술이 마시고 싶어졌다. 만일 감옥에 있었더라면, 그녀는 그와의 약속을 저버리고 술을 마셨을 것이다. 이 곳에서는 술을 손에 넣으려면 간호장에게 부탁하는 수밖에 없었는데, 그녀는 이 남자를 무서워하고 있었다. 그녀에게 끈덕지게 치근덕거렸기 때문이다. 남자들과의 관계가 이제는 진절머리가 났다. 그녀는 복도의 긴의자에 잠깐 앉아 있다가 방으로 돌아가 동료 잡역부에게는 대꾸도 하지 않고 자기의 망쳐진 생활을 생각하며 하염없이 눈물을 흘렸다.

14

네흘류도프는 페테르부르그에서 해야 할 일이 세 가지 있었다. 상원에 마슬로바에 대한 재심을 청하는 상소서를 제출하는 일과 청원 위원회에 페도샤 비루코바의 사건을 신청하는 일, 그리고 베라 보고두호프스카야한테 부탁받은 것으로, 헌병 사령부나 제3부에 슈스토바의 석방을 신청하는 일과, 역시 베라 보고두호프스카야에게 편지를 부탁받은, 감옥에 있는 아들을 어머니가 면회할 수 있도록 요구하는 일이었다. 이 두 가지 용건을 그는 하나로 묶어서 세 번째 일로 생각하고 있었다. 그리고 네 번째 일은 복음서를 읽고 해석을 다르게 했다는 이유로 가족과 헤어져 카프카스에 유형되어 있는 분리파 교도의 문제였다. 그는 이 문제를 해결하기 위해 자기가 할 수 있는 최선의 노력을 다하겠다고, 교도들에게보다 오히려 스스로에게 다짐하고 있었다.

네흘류도프는 지난번 마슬레니코프를 방문한 이후, 특히 농가에 다녀온 뒤부터 지금까지 자기가 안주해 온 환경에 대한 염증을 이성으로 받아들인 것은 아니지만 온몸으로 느끼고 있었다. 그런 환경 속에서는 몇몇 사람들의 행복과 쾌락을 보장해 주기 위해 수많은 사람들이 짊어지고 있는 고통이 엄청나게 감추어져 있기에 그런 환경 속에 사는 사람들에게는 고통이, 그리고 자기들의 생활의 잔혹성과 범죄성이 보이지 않고 또 볼 수도 없는 것이다. 네흘류도프는 이제 자기 자신에 대한 자책과 비난을 감수하지 않고는 그런 부류에 속하는 환경의 사람들과 가까이 할 수가 없었다.

그런데 타성에 젖어 버린 지금까지의 생활이, 친구 관계가 그리고 특히 지금 그의 마음을 차지하고 있는 문제를 해결하려는 그 일 자체가 그를 그 환경으로 끌어들였다. 마슬로바를 비롯해서 그가 구하려고 생각한 모든 고통받는 사람들을 위해서, 그는 존경할 수 없을 뿐 때로는 분개와 경멸을 느끼지 않을 수 없는 그런 환경의 사람들에게 도움과 수고를 청하지 않으면 안 되었다.

페테르부르그에 도착해 이모인 전 장관 부인 차르스키야 백작 부인 집에 여장을 푼 네흘류도프는 금방 혐오감을 느꼈던 귀족 사회의 한복판에 끼여들고 말았다. 그로서는 기분 상한 일이지만 어쩔 수 없는 일이었다. 이모 집을 피해 호텔에 묵게 되면 이모의 마음을 상하게 할 것은 당연한 이치였고, 또 이모는 폭넓은 교제를 하고 있어서 그가 힘써 보려는 모든 일에 얼마나 도움이 될지 알 수 없었기 때문이다.

"얘, 너에 대해서 어떤 소문이 떠돌고 있는지 아니? 뭔가 엉뚱한 짓을 하고 다닌다면서?" 그가 도착하자마자 곧 커피를 끓여 오면서 카테리나 이바노브나 백작 부인이 말했다. "박애주의자 하워드를 흉내내는 거냐! 감옥을 찾아가고, 죄수들을 도와 주고, 교화사 같은 짓은 짓을 하고 다니게……."

"아닙니다. 그럴 생각은 없어요."

"그래, 그렇다면 상관없지만 무슨 로맨스라도 있는 거 같은데, 어디 얘기나 좀 해 보려무나."

네흘류도프는 마슬로바와의 모든 관계를 있는 대로 이야기했다.

"그래, 그래 생각나는 것 같구나, 노처녀 고모네 집에 머물렀을 때, 엘렌(네흘류도프의 어머니)이 한심하다는 표정을 하고 말을 꺼낸 적이 있었지. 고모들이 너를 양녀한테 결혼시키고 싶어한다고(카테리나 이바노브나 백작 부인은 늘 네흘류도프의 고모들을 경멸했다.)…… 그럼, 그 여자로구나? 여전히 그렇게 예쁘냐?"

카테리나 이바노브나는 벌써 예순 살이었지만 건강하고, 명랑하고, 정력적이며, 이야기를 좋아하는 귀부인이었다. 큰 키에 뚱뚱하게 살이 쪘으며 윗입술의 거무스름한 솜털이 눈에 띄었다. 어릴 때부터 좋아한 네흘류도프는 이모 곁에 있으면 언제나 그 정력적인 활달함에 쉽게 물들어 버리곤 했다.

"아닙니다, 이모, 그건 이미 끝난 일입니다. 전 다만 그 여자를 구해 주고 싶을 뿐이에요. 왜냐 하면, 그 여자는 죄가 없거든요. 그리고 그 죄는 저한테 있습니다. 그 여자의 운명을 그렇게 바꿔 놓은 죄는 저의 책임이기 때문입니다. 그 여자를 위해서라면 무엇이든지 해 주는 것이 저의 의무라고 여기고 있습니다."

"그런데, 뭔가 이상하구나. 내가 듣기로는 네가 뭐 그 여자와 결혼하기를 원한다던데?"

"네, 저는 지금도 원합니다만 그 여자가 승낙해 주지 않습니다."

카테리나 이바노브나는 턱을 내밀고 눈을 내리깔며 기가 막히다는 듯이 잠자코 조카의 얼굴을 쳐다보았다. 그리고 갑자기 얼굴이 싹 바뀌더니 만족한 표정이 나타났다.

"그건 말이야. 너보다 그 여자가 영리하기 때문이다. 정말 너 못난이로구나! 진심으로 그 여자와 결혼하기를 원하니?"

"진심입니다."

"그런 과거가 있는데도."

"그러기에 당연한 것입니다. 모두 내 책임이니까요."

"그런 게 아니야, 다만 네가 바보일 뿐이다." 이모는 웃음을 참으면서 말했다. "한심한 바보같으니라구, 하지만, 나는 그런 너를 좋아한다. 한심한 바보라서 말이야." 그녀의 눈으로 본 조카의 지적, 도덕적 상태를 올바르게 표현해 주는 이 말이 특히 마음에 들었는지 그녀는 이렇게 되풀이했다. "네가 아는지 모르겠다. 마침 잘 됐구나." 하고 그녀는 말을 이었다. "아린이 매춘부들을 새로운 사람으로 만드는 시설을 운영하고 있어. 나도 한 번 다녀왔지만 정말 끔찍하더라. 돌아와서 손과 몸을 여러 번 씻을 정도였지. 그런데 아린은 그 일에 몸과 마음을 다 바치고 있거든. 그러니 그 여자도 갱생원에 맡겨 보자. 올바른 사람으로 바꿀 수 있는 것은 아린밖에 없는 것 같다."

"그렇지만 그 여자는 유형 판결을 받았는걸요. 제가 여기에 온 것도 그 판결을 제대로 바로잡기 위한 운동을 하기 위해서입니다. 이것이 이모께 부탁드리는 첫번째 용건입니다."

"그랬구나! 그래, 그 사건은 어디서 심의되느냐?"

"대심원입니다."

"대심원? 그래, 사촌동생 레부시카가 대심원에 있긴 하지만, 그는 바보들만 모여 있는 작위국에 속해서 현역에 있는 사람은 아는 사람이 없겠구나. 모두 누가 누구인지, 독일 사람이 많은 것 같은데, '게'니, '페'니, '데'니——첫 글자로 알파벳이 다 갖추어진 것 같고, 또 러시아 인도 이바노프다, 세묘노프다, 니키틴이다, 아니면 이바렌코, 시모넨코, 니키티코니 하는 기이한 이름만 요란스레 모여 있어 모두 딴 사회 사람들이거든. 어쨌든 이모부한테 말해 보자. 이모부는 그 사람들을 알고 계실 테니까. 이모부는 모르는 사람이 없으시거든. 내가 말할 테니 너도 옆에서 설명을 잘 하도록 해라. 내가 말해도 이모부는 이해를 못 하시고 투덜거리실 테니까. 내가 하는 말은 뭐든지 무슨 말인지 도무지 알아 들을 수 없다고 하시잖겠니? 덮어놓고 그렇게 말씀하신단다. 남은 다 아는데 네 이모부만 이해 못 하신다니, 정말 기가 막힐 노릇이지."

그 때 긴 양말을 신은 하인 한 명이 은쟁반에 편지 한 통을 받쳐들고 왔다.

"마침 아린한테서 온 편지구나. 이제 너도 키제베체르의 얘기를 들을 수 있겠다."

"누구죠, 키제베체르란 사람이?"

"키제베체르 말이냐? 오늘 저녁에 와서 보려무나, 누군지 알게 될 테니. 그의 얘기를 들으면 어떤 악당이라도 참회의 눈물을 흘리게 된다."

정말이지 신기하게도 카테리나 이바노브나 백작 부인은, 그 성격에 어울리지 않게 기독교의 본질은 속죄에 대한 신앙에 귀결된다는 가르침의 열렬한 신봉자였다. 그녀는 그 무렵 유행했던 이 가르침이 설교되는 모임에는 빠지지 않고 참석했고, 자기 집에서도 이러한 모임을 가졌다. 이 가르침은 모든 의식과 성상뿐 아니라 성례까지도 부정하고 있었는데, 카테리나 이바노브나 백작 부인의 집에는 방마다, 더구나 그녀의 침실에는 침대 위에 성상을 장식하고, 교회에서 요구하는 모든 것을 행하고 있었다. 그러면서도 백작 부인은 거기에 털끝만큼의 모순도 느끼지 않았다.

"너의 막달라 마리아에게도 들려 주면 좋겠다만, 그러면 반드시 마음을 바로 잡을 텐데." 하고 백작 부인은 말했다. "너 오늘 밤에는 꼭 집에 있도록 해라. 그이 얘기를 들을 수 있을 테니. 참 훌륭한 분이란다."

"저는 흥미없습니다, 이모."

"아니야, 반드시 흥미가 생길 거야. 꼭 있어야 해. 그런데 나한테 부탁이란 또 무슨 일이야? 다 말해 보렴."

"또 하나는 요새 감옥에 대한 일입니다."

"요새 감옥? 그래 거기는 크리그스무트 남작에게 소개장을 써 주면 되겠구나. 그 남작은 매우 훌륭한 분이란다. 너도 잘 알지 않니. 너의 아버지하고 친구였었으니까. 그분은 강신술에 깊이 빠져 있긴 하지만 별것은 아니다. 선량한 분이니까. 그래, 거기는 무슨 일이지?"

"거기 수감되어 있는 어떤 아들을 어머니가 만나볼 수 있도록 해 줘야겠습니다. 그런데 제가 들은 바에 의하면, 이런 것을 취급하는 것은 크리그스무트가 아니라 체르비얀스키라던데요."

"체르비얀스키라면 나를 싫어하지만, 마리에트의 남편이니까 그 여자에게 부탁할 수 있지. 내 부탁이라면 들어 줄 거야. 아주 상냥한 여자니까."

"또 한 가지, 어떤 여자에 대한 것을 부탁드려야겠습니다. 벌써 몇 달 동안 감옥에 수용되어 있지만 그 까닭을 아무도 모르고 있습니다."

"아니, 그럴 수가 있니? 본인은 뭔가 틀림없이 알고 있을 게다. 그런 여자들은 모든 것을 잘 알고 있단다. 허무주의 여자들에겐 그게 당연한 일이야."

"당연한지 어떤지 우리는 모릅니다. 그러나 그 여자들은 지금 고통을 당하고 있어요. 이모는 그리스도 교도시고, 복음서를 믿고 계시면서 어쩌면 그렇게 싸늘하게……."

"그런 것은 아무 상관 없다. 복음서는 복음서고, 싫은 것은 싫은 거니까. 나는 허무주의자들을, 특히 단발한 여자들을 진절머리나도록 싫어하는데, 좋아하는 척한다면 그 편이 훨씬 더 나쁘잖겠니?"

"왜 진절머리나게 싫어하시지요?"

“3월 1일 알렉산드르 2세가 암살당한 사건이 일어났는데도 왜 그러냐고 묻는 거니?”

“그러나 모두가 3월 1일 사건의 참가자는 아니지 않습니까?”

“마찬가지야. 왜 자기네들 일도 아닌데 간섭을 하지? 그런 일은 여자가 할 일이 아니야.”

“이모, 마리에트라면 그런 일을 해도 괜찮다는 말씀인가요?” 네흘류도프는 물었다.

“마리에트? 마리에트는 마리에트야. 그리고 출신도 알 수 없는 천한 여자가 사람들을 훈계하려고 들다니.”

“훈계하려는 것이 아닙니다. 단지 사람들에게 용기를 줘 도와 주자는 것뿐이지요.”

“그런 걱정을 안 해 줘도 누구를 도와 주어야 하고, 누구를 도와 주어서는 안 된다는 것쯤은 익히 알고 있어.”

“하지만 국민들은 가난에 쪼들리고 있지 않습니까. 저는 얼마 전에 시골에 다녀왔습니다만 농민들은 열심히 일을 해도 배불리 먹지도 못 하는데, 우리는 사치스런 생활을 하고 있으니 이래도 되겠습니까?”

이모의 다정다감한 마음에 끌려서 그만 마음속에 있는 것을 다 실토해 버리고 싶어진 네흘류도프가 말했다.

“그럼 너는, 지금 나더러 일을 하고 아무것도 먹지 말라는 말이냐?”

“아닙니다. 이모더러 잡숫지 말라는 것이 아니에요.” 자신도 모르게 빙그레 웃으면서 네흘류도프는 대답했다.

“다만 우리 모두가 일을 해서, 다 함께 먹을 수 있도록 했으면 하는 생각뿐입니다.”

이모는 다시 턱을 내밀고 눈을 내리깔더니 신기한 것을 보기라도 하듯 그를 열심히 보았다.

“불쌍하게도 네 인생이 고달프겠구나.” 하고 그녀는 말했다.

“아니, 왜요?”

이 때 어깨가 딱 펴지고 키가 큰 장군이 방 안에 들어왔다. 카테리나 이바노브나 백작 부인의 남편으로서 국무 장관을 지낸 사람이었다.

"여, 드미트리, 잘 지냈나?" 깔끔하게 면도한 볼을 네흘류도프 쪽으로 내밀면서 그는 말했다. "언제 왔나?"

그는 잠자코 부인의 이마에 키스했다.

"여보, 이애가 좀 이상한 얘기를 하네요." 카테리나 이바노브나 부인이 남편에게 말했다. "나더러 냇가에 가서 속옷이나 빨고 늘 감자나 먹으라고 하지 않겠어요. 한심한 바보 같지만 당신한테 부탁이 있다니까 좀 들어 주세요. 정말 어처구니없는 못난이예요." 하고 그녀는 말을 고쳤다. "당신도 들으셨어요? 카멘스카 부인이 몹시 낙심해서 생명이 위태롭다는 소문이던데요." 하고 그녀는 남편에게 말했다. "당신도 문병을 다녀오시는 게 어때요?"

"허, 거 참 안됐군." 장군은 말했다.

"자, 거기 가서 이애 말이나 들어 보세요. 나는 편지를 써야겠어요."

네흘류도프가 객실 옆방으로 나가자마자 백작 부인이 그 뒷모습에 대고 말했다.

"그럼 마리에트에게 편지를 쓸까?"

"네, 이모."

"그럼, 네가 허무주의 여자에 대한 것을 쓸 수 있도록 여백을 남겨 두마. 그러면, 그녀가 남편에게 말해 주겠지. 남편은 틀림없이 잘 해 줄 게다. 나를 야속하게 생각하지 말아라. 네가 걱정하고 있는 그런 사람들을 나는 아주 질색하지만, 그렇다고 내가 그 사람들이 불행해지기를 바라는 것은 아니야. 그저 관심없을 뿐이지! 그럼 다녀오렴. 저녁에는 꼭 와야 한다. 키제베체르 씨의 얘기를 들어야 해. 그리고 다 같이 기도하자. 순순히 따르기만 하면 많은 도움이 될 테니까. 정말이지 엘렌이나 너나, 이러한 일에는 몹시 관심없어한단 말이야. 그럼, 이따 보자."

15

이반 미하일로비치 백작은 전에 국무 장관까지 지낸 사람으로 매우 강직한 신념을 소유한 사람이었다. 이반 미하일로비치 백작이 젊은 시절부터 굳게 간직해 온 신념은 다음과 같은 것이었다. 이를테면 새가 벌레를 잡아먹고 날개와 털을 이용해 하늘을 날아다니는 것이 자연스러운 것과 같이, 자기도 고급 요리사가 만든 고급 음식을 먹고, 부드러운 멋진 옷을 입고, 가장 기분 좋은 훌륭한 마차를 타고 다니는 것이 가장 합당한 일이며 그러기에 그러한 모든 것들이 자기를 위해 갖추어 있지 않으면 안 된다는 것이었다. 그리고 한 걸음 더 나아가 이반 미하일로비치 백작은 국고에서 더 많은 돈을 받으면 받을수록 좋은 일이며, 훈장도 다이아몬드가 박힌 메달을 포함하여 많으면 많을수록 좋으며, 남녀를 가리지 않고 고귀한 사람과 만나 대화를 나눌 기회가 많으면 많을수록 더 좋다는 생각을 지니고 있었다. 이와 같은 근본적인 신념에 견주어 보면 그 밖의 모든 것은 가치없고 흥미없는 일로 보였고, 어떻게 되건 아무래도 좋았다. 이러한 신념에 따라 이반 미하일로비치 백작은 40년 동안을 페테르부르그에서 생활하고 활동했으며 결국에는 국무 장관 지위를 얻게 되었던 것이다.

이반 미하일로비치 백작이 그 자리에 앉게 된 주요한 자질은 첫째, 공문서나 법령의 의미를 잘 해석했고, 또 서투르게나마 제대로 서류를 꾸밀 줄 알았으며, 철자법에 어긋나지 않는 글을 쓸 수 있었다는 점이었다. 둘째, 그는 풍채가 매우 좋았고, 경우에 따라서는 감히 가까이 할 수 없을 만큼 자신에 찬 태도를 나타내는가 하면, 어떤 때는 이와 정반대로 야비할 정도로 비굴하게 아첨도 할 줄 알았다는 점이다. 그리고 셋째, 그는 윤리적인 면이나 국가적인 면을 막론하고 일정한 주의와 원칙이 전혀 없었기 때문에 필요에 따라서는 누구에게나 찬성할 수도 있었고 또 반대할 수도 있었다는 점이다.

그리고 그는 이렇게 처세해 나가면서 어떻게 하면 자기의 체면을 일관성 있게 지켜 나갈 수 있는가, 또 어떻게 하면 뚜렷한 자기 모순을 표출하지 않고 견딜 수 있는가 하는 점만 신경을 썼다. 그는 자기의 행위가 도덕적인지 비도덕적인지, 그리고 자기의 행위로 인해 러시아 제국이 가장 큰 이익을 보게 될 것인지 아니면 가장 큰 피해를 입게 될 것인지 그런 것에는 아예 관심을 가지지 않았다.

처음 그가 국무 장관이 되었을 때는 그의 세력 안에 있는 사람들뿐 아니라——그는 많은 사람들을 그 세력권 안에 포섭하고 있었다——그와 아무 상관이 없는 사람들은 물론이며, 심지어는 자신까지도 그를 매우 유능하고 총명한 국가적 인물이라고 생각했다. 그러나 그는 상당한 기간을 보내는 동안 아무 공로도 세우지 못했고 뚜렷한 수완을 발휘하지 못했으므로 마침내 생존경쟁의 법칙에 따라 그와 똑같이 서류나 작성하고 풀이할 줄 아는 무주의, 무원칙, 무절제한 다른 관료에게 자리를 건네 주지 않을 수 없게 되었다.

일이 이렇게 되자 모든 사람들은 비로소 그가 두드러지게 총명한 사람이기는 커녕 허세나 부리는 천박한 위선자로 보수적인 신문의 사설 정도의 식견밖에 안 가진 사람이라는 것을 뚜렷이 알게 되었다.

결국 그의 사람됨은 그가 밀어 낸, 자존심만 강할 뿐 교양도 없는 다른 관료들과 조금도 변함이 없는 인물이라는 것이 밝혀진 셈이다. 그는 자기도 그 점을 알고는 있었으나 그렇다고 그러한 사실이 해마다 막대한 연금을 받고, 예복에 달 훈장을 받는 것이 당연하다는 신념을 꺾지는 못했다. 그의 신념이 너무 강했기 때문에 그 누구도 감히 그 생각에 이의를 달거나 반대할 수 없었다. 그는 국가로부터 일부는 연금이라는 형태로, 일부는 정부 최고 자문위원회 봉급 형식으로, 그리고 나머지는 온갖 잡다한 명예직에 대한 보수로서 해마다 몇만 루블의 국고금을 받고 있었다. 그뿐 아니라 그는 그 이상 더 고맙게 생각할 수 없는 새로운 권리, 곧 어깨와 바지에 새 금줄을 장식하고 또 연미복에 새로운 수나 칠보 훈장을 달 수 있는 자격을 해마다 부여받았다. 그 때문에 어지간한 곳이면 이반 미하일로비치 백작과 줄이 닿았다.

이반 미하일로비치 백작은 전에 국장들의 보고를 받을 때와 같은 모습으로 네흘류도프의 얘기를 다 듣고 나더니 두 통의 소개장을 써 주겠다고 했다. 한 통은 대심원의 상소 심의부 의원인 보리프 앞으로 보내는 소개장이었다.

"이 사람은 여러 가지 소문이 나돌고 있기는 하지만, 참으로 성실한 사람이야." 하고 그는 말했다. "내 신세를 지고 있으니까 힘 닿는 데 까지 도와 줄 게다."

또 다른 한 통의 편지는 청원 위원회의 한 유력자 앞으로 써 주었다. 그는 네흘류도프의 말을 듣고 페도샤 비푸코바의 사건에 몹시 관심을 보였다. 네흘류도프가 황후 앞으로 탄원서를 낼 작정이라고 말하자, 그는 확실히 이것은 아주 감동적인 이야기니까 기회가 있으면 자기가 궁중에서 이야기해도 좋다고 말했다. 그러나 그는 그것을 약속할 수는 없었다. 탄원서는 역시 내는 것이 좋을 것 같았다. 그래서 만약 기회가 주어진다면 목요일에 소위원회가 열렸을 때, 거기서 이야기해도 나쁘지 않다고 그는 생각했다.

백작의 소개장과 마리에트 앞으로 쓴 이모의 편지를 챙겨들고 네흘류도프는 곧 그 사람들을 방문하러 나섰다.

먼저 마리에트한테로 갔다. 그는 가난한 귀족의 딸이었던 소녀 시절부터 알고 있었다. 그리고 처세술이 능숙해서 출세한 남자와 결혼했다는 것도 알고 있었다. 결혼한 남자에 대해서 그는 나쁜 소문을 듣고 있었는데 그가 들은 것은 주로 몇백몇천 명의 정치범에 대한 그의 잔인무도한 소행이었으며, 정치범을 괴롭히는 것이 그의 특수 임무라는 것이었다.

네흘류도프는 늘상 그랬지만 학대받고 있는 사람을 구하기 위해 학대하는 사람들 측에 서야 한다는 사실이 견딜 수 없는 고통으로 느껴졌다.

그는 어떤 특정한 죄수들에 대해서도 그들의 습관적인, 자기들은 느끼지 못하는 냉혹함을 약간 줄여 달라고 그들에게 청함으로써 그들의 행위를 합법적인 것으로 인정하는 듯한 기분이 들었다. 그럴 때면 그는 언제나 마음속의 혼란과 스스로에 대한 불만으로 부탁해야 하느냐 하지 말아야 하느냐 하는 갈등을 느끼지만 그 때마다 부탁해야 한다고 결심했다. 이를테면 마리에트와 그 남편을 만나 부탁한다는 것은 그로서는 어색하고 부끄럽고 불쾌하기는 하겠지만, 그 대신 독방에서 고통받는 한 가엾은 여자가 석방되고 그녀와 그의 친척들이 고뇌에서 구원받을지도 몰랐다.

자신은 저 쪽을 이제 자기의 동류가 아니라고 생각하는데도, 저 쪽에서는 그를 아직도 자기 편이라고 의식하고 있는 사람들에게 휩쓸려 일을 부탁하는 자기의 태도에 그는 허위를 느끼고 있었을 뿐 아니라, 크게는 이 사회에 들어서면 과거에 관습처럼 되어 온 길에 다시 끼여들어가 이 사회를 지배하고 있는 그 천박하고 불륜한 분위기에 저절로 휩쓸려들고 말 것 같은 기분이 들었다. 그는 카테리나 이바노브나 백작 부인 집에서 이미 그것을 경험했는데, 그는 오늘 아침에 벌써 그녀와 몹시 진지한 문제를 이야기하면서 어느 사이엔가 농담조가 되어 있었던 것이다.

그가 오랜만에 와서 보는 페테르부르그는 몸에는 활기를 주지만 정신을 우둔하게 만드는 듯한 인상을 그에게 주었다. 대체적으로 깨끗하고 쾌적하게 잘 정비되어 있었고, 특히 사람들이 조금도 도덕적으로 귀찮은 말을 하지 않기 때문에 생활이 유난히도 안이하게 느껴졌다.

아름답고 깨끗한 차림의 공손한 마부가 그를 태우고 아름답고 깨끗한 차림의 친절한 헌병이 서 있는 말쑥하게 씻겨진 포장길을 달려 아름답고 깨끗한 집들을 옆으로 보면서 마리에트가 사는 운하가의 집으로 그를 싣고 갔다.

대문 안에는 눈을 가린 두 필의 말을 맨 마차가 서 있고, 훌륭한 구레나룻으로 볼을 절반이나 덮은 영국인으로 보이는 마부가, 훌륭한 제복을 입고 채찍을 쥔 채 마부석에 거만스럽게 앉아 있었다.

"각하는 면회하실 수 없습니다. 부인도 마찬가지로 지금부터 외출하십니다."

네흘류도프는 카테리나 이바노브나 백작 부인의 편지를 건네 주고 나서, 명함을 꺼내어 내방자 명부가 놓여 있는 테이블 앞에 멈춰 서서 '만나 뵙지 못해서 대단히 유감입니다.' 하고 쓰기 시작했다. 그 때 갑자기 하인은 층계 쪽으로 가고 문지기는 현관으로 달려오더니 "마차를 돌려라!" 하고 소리쳤다. 당직 사병은 두 손을 바지 솔기에 바짝 갖다 붙이고 부동 자세를 취하더니 그 오만한 태도에 어울리지 않는 종종걸음으로 층계를 내려온 자그마하고 가냘픈 부인을 눈으로 배웅했다.

깃털이 달린 큼직한 모자를 쓴 마리에트는, 검은 옷에다 검은 망토를 걸쳤으며, 까만 새 장갑을 끼고 있었다. 얼굴은 베일로 가려져 있었다.

그녀는 네흘류도프를 보더니 베일을 걷어들고는 매우 귀여운 얼굴을 드러내면서 반짝거리는 눈으로 놀랍다는 듯이 그를 바라보았다.

"어머나, 드미트리 이바노비치 공작님!" 하고 그녀는 명랑하고 탄력적인 목소리로 말했다. "그분이 맞지요?"

"아니, 제 이름까지 기억하고 계십니까?"

"기억하고말고요. 동생이랑 둘이서 당신한테 열중했던 적도 있었는걸요." 하고 마리에트는 프랑스 어로 말했다. "하지만 많이 변하셨네요. 정말 유감이에요. 지금 외출하려던 길이거든요. 하지만, 잠깐 들어갔다 갈까?" 하며 그녀는 망설이듯 멈추어 섰다.

그녀는 벽시계를 향해 머리를 돌렸다.

"안 되겠어요, 카멘스카 부인 댁 장례식에 가는 길이거든요. 부인은 몹시 슬퍼하고 계신답니다."

"무슨 일이라도 있었습니까?"

"아직, 못 들으셨어요?……아드님이 결투하다가 죽었어요. 호젠하고 결투를 했어요. 외아들이었는데, 무서운 일이지요. 어머니가 어찌나 상심이 크신지 가엾어서……."

"네, 그 얘기는 들었습니다."

"가 봐야지, 안 되겠네요. 내일이나 오늘 밤에 다시 한 번 와 주실 수 없어요?" 하며 그녀는 가볍고 빠른 종종걸음으로 현관을 향해 걸어갔다.

"오늘 밤엔 약속이 있습니다." 그녀와 나란히 현관으로 나가면서 그는 대답했다.

"사실은 부인께 부탁드릴 일이 있어서 방문했습니다." 현관에 대기 중인 두 필의 밤색 말을 바라보면서 그는 말했다.

"무슨 일인데요?"

"이것이 이모님이 써 주신 편지로 그 얘기가 들어 있습니다." 머리 글자를 엮은 큼직한 마크가 새겨진 엷은 봉투를 그녀에게 내주며 네흘류도프는 말했다.

"읽어 보시면 아십니다."

"알고 있어요. 카테리나 이바노브나는 내가 남편 일에 큰 힘을 갖고 있는 줄 아시지만, 잘못 생각하신 거죠. 나는 간섭할 수도 없거니와 하고 싶지도 않답니다. 하지만 백작 부인과 당신을 도울 수 있다면, 물론 기꺼이 그 방침을 굽히겠어요. 그래 무슨 일이죠?" 그녀는 검은 장갑에 싸인 조그만 손으로 까닭없이 주머니를 뒤지면서 말했다.

"실은, 요새 감옥에 어떤 여자가 수감되어 있는데 그 여자는 병이 들어 있는데다가 더구나 사건에는 아무 관계도 없답니다."

"그 여자 이름이 뭐죠?"

"슈스토바라고 합니다. 리디야 슈스토바. 편지에 씌어 있습니다."

"그래요, 알겠어요. 말씀드려 볼게요." 그녀는 에나멜을 칠한 수레바퀴의 진흙받이가 햇빛을 받아 반짝이는, 폭신한 가죽 깔개가 깔린 마차에 사뿐히 올라앉아 파라솔을 폈다. 하인이 마부석에 앉아 출발하라고 신호했다.

마차가 움직이기 시작하자 그녀는 파라솔 끝으로 마부의 등을 가볍게 두드렸다. 고삐가 당겨진 다리가 늘씬하게 빠진 아름다운 영국 말이 미끈한 목을 움츠리며 날씬한 발을 재빠르게 바꾸어 밟으면서 멈추어 섰다.

"꼭 와 주세요, 네. 제발 용건 없이 말이에요." 하고 그녀는 방긋 웃었다. 그 미소의 힘을 그녀는 잘 알고 있었다. 그리고 연극이 끝나고 막이 내리듯이 얼굴에 베일을 내렸다. "자, 가요." 그녀는 또 파라솔 끝으로 마부의 등을 가볍게 쳤다.

네흘류도프는 모자를 벗어 들어 답례했다. 밤색 순종 말이 콧김을 내뿜고 발굽 소리를 울리며 포장길을 달리기 시작했다. 마차는 간혹 울퉁불퉁하게 솟아난 곳에 새 고무 바퀴를 가볍게 퉁기면서 힘차게 달려갔다.

16

마리에트와 서로 나눈 미소를 생각하며 네흘류도프는 스스로에게 고개를 갸웃거렸다.

'제대로 주위를 돌아볼 여유도 없이 벌써 이 생활에 다시 젖어들고 있구나.'

그는 자기가 존경도 하지 않는 사람들에게 도움을 청하지 않으면 안 되는 경우, 언제나 느끼는 모순과 의혹을 다시 느끼면서 문득 이렇게 생각했다. 그는 다시 돌아오는 일이 없도록 어디를 먼저 찾아갈까 하고 생각하다가 대심원으로 먼저 가기로 했다. 그는 사무실로 안내되었다. 그리고 그 번들거리는 훌륭한 실내에서 매우 친절하고 말쑥한 차림의 관리들을 많이 보았다.

마슬로바의 상소장은 처리되었으며, 이모부의 소개장을 받아 온 브리프 의원의 심리에 회부되었다고 관리들이 네흘류도프에게 전했다.

"대심원 회의는 이번 주 안에 열릴 예정이니까 마슬로바 사건은 이번 회의에 제출될지도 모르겠습니다. 부탁하신다면 이번 주 수요일 회의에 제출될 수 있지 않을까요?" 하고 한 사람이 말했다.

대심원 사무실에서 조사가 끝나기를 기다리고 있는 동안, 네흘류도프는 또 결투에 대한 이야기와 카멘스키 청년이 살해되었을 당시의 자세한 사정을 들었다.

여기서 그는 처음으로 페테르부르그 전지역을 휩쓴 이 사건에 대해 낱낱이 알 수가 있었다. 사건의 전후 상황은 다음과 같았다. 장교들이 요릿집에서 굴을 먹으며 평소 때처럼 술에 취해 있었다. 한 사람이 카멘스키가 근무하는 연대에 대해서 무엇인가 좋지 않은 말을 했다. 카멘스키가 그 사람에게 거짓말쟁이라고 욕을 했다. 그 사람은 카멘스키를 후려갈겼다. 결투는 이튿날 벌어졌는데 카멘스키는 복부에 총상을 입고 두 시간 뒤에 목숨을 잃었다. 죽인 자와 입회한 사람들은 체포되어 감옥에 들어갔으나 소문으로는 두 주일 뒤에 석방될 것이라고 했다.

대심원 사무실에서 나온 네흘류도프는 청원 위원회의 실력자인 보로비요프 남작을 찾아갔다. 남작은 매우 훌륭한 관사에 살고 있었다. 문지기와 하인이 면접일 외에는 남작을 만날 수 없을 뿐더러 오늘은 황제를 뵈러 갔고, 또 내일도 가게 되어 있다고 네흘류도프에게 알려 줬다. 네흘류도프는 편지를 건네 주고 보리프 의원 집을 향해 갔다.

보리프는 막 간단히 아침 식사를 마치고, 여느 때처럼 소화를 시키기 위해 엽궐련을 피워 물고 방 안을 서성거리고 있었는데, 그 모습 그대로 네흘류도프를 흔쾌히 맞이했다. 블라디미르 바실리예비치 보리프는 대단히 치밀한 인물이었다. 그는 자기의 이 치밀함을 높이 평가하고 그 높이에서 다른 사람들을 내려다 보았다. 그의 입장에서 볼 때 이 특질을 그토록 높이 평가할 수밖에 없었던 까닭은, 이 특질 덕분에 결국 자기가 원하던 지위를 얻을 수 있었기 때문이었다. 즉 말하자면, 그는 결혼으로 1년에 1만 8천 루블의 재산을 손에 넣었고, 끈질긴 노력의 결실로 대심원 의원의 자리를 얻게 되었던 것이다. 그는 자기 자신을 대단히 치밀한 인물이라고 믿고 있었을 뿐만 아니라, 스스로를 청렴 결백한 기사라고 생각하고 있었다. 그의 해석대로라면 청렴 결백이라는 말은, 개개인으로부터 남몰래 뇌물을 받지 않는다는 것이었으나, 정부가 요구하는 모든 업무를 노예같이 처리한 대가로 여비, 준비금, 대여금 등 여러 종류의 돈을 국고금에서 받는 것은 당연하게 생각했으며, 돈은 많을수록 좋다고 생각하고 있었다. 그리고 누군가가 자기 국민을 위하고 조상의 종교를 사랑한다는 미명하에 수백 명의 무고한 사람들을 파멸시키고, 가난 속에 빠뜨리고, 형에 처하고, 감옥에 가두는 일은 결코 파렴치한 행동이 아니며, 오히려 고결하고 정당한 애국적인 공로라고 여기고 있었다. 그는 폴란드 어느 지방의 총독 자리에 있을 때, 이와 같은 무모한 짓을 저질렀었다. 그 밖에도 그는 자기에게 반한 아내와 처제의 재산을 송두리째 빼앗고도 그것이 결코 파렴치한 행동이 아닐 뿐 아니라 오히려 재산을 관리하기 위한 어쩔 수 없는 현명한 행위였다고 판단할 정도였다. 블라디미르 바실리예비치의 가정에는 전혀 개성이라는 것은 찾아볼 수 없는 그의 아내와 처제와 (그는 이 처제의 재산도 몽땅 가로챘으며 그녀의 토지도 모두 팔아서 자기 이름으로 명의를 변경해 놓았다.) 얌전하고 마음이 여린 모자라는 딸 하나가 있었다. 이 딸은 외롭고 고통스런 나날을 보내고 있었는데 요즈음에는 기독교와 아린과 카테리나 이바노브나 백작 부인댁의 모임에 참석하는 일로 마음에 위안을 삼고 있었다.

블라디미르 바실리예비치의 외아들은 비록 사람이 좋아 보이기는 했으나 열다섯 살 때부터 턱수염을 기르고 술을 마시며 방탕한 생활을 시작해서 스무 살이 넘도록 학교 하나 제대로 마치지 못했고, 나쁜 친구들과 어울려 빚만 잔뜩 져서 아버지의 명예를 떨어뜨렸다는 이유로 마침내 집에서 쫓겨나고 말았다.

한 번은 그의 아버지가 2백 30루블의 빚을 갚아 주었고, 두 번째는 6백 루블을 갚아 주었다. 그 때 보리프는 아들에게, 이번이 마지막이니 마음을 바로잡지 않을 때는 집에서 쫓아 내고 다시는 상관하지 않겠다고 선언했다. 그러나 아들은 새 사람으로 변하기는커녕 1천 루블이나 되는 빚을 졌을 뿐 아니라 파렴치하게도 아버지에게, 아버지의 말이 아니더라도 이런 집에서 생활한다는 것은 고문을 받는 것보다도 더 괴로운 일이라고 대들었다. 그래서 블라디미르 바실리예비치는 아들에게, 이제부터는 서로 부자지간이 아니라고 선언하고 마음대로 하라고 집에서 쫓아 내 버렸다. 그 때부터 블라디미르 바실리예비치는 자기에게 아들이 없는 것처럼 행세했으며, 가족들도 누구 하나 그 앞에서는 감히 아들 이야기를 꺼내지 못했다. 블라디미르 바실리예비치는 이와 같은 결과를, 가장 좋은 방법으로 집안을 다스린 것이라고 굳게 믿고 있는 터였다.

보리프는 상냥하면서도 어딘가 조소하는 듯한 미소를 지었다——이것은 보통 사람들에 대한 자기의 우월감을 나타내는 평소 때의 그의 무의식적인 버릇이었다——그는 서성거리던 걸음을 멈추고 네흘류도프와 인사를 주고받은 다음 편지를 읽었다.

"앉으십시오. 실례입니다만, 나는 이대로 잠시 걸었으면 합니다……." 그는 두 손을 조끼 주머니에 넣은 채 깔끔하게 정돈된 훌륭한 서재 안을 대각선으로 가볍게 걸으면서 말했다.

"만나서 반갑습니다. 그리고 이반 미하일로비치 백작의 부탁은 될 수 있는 대로 가능하게 해 보겠습니다." 향기로운 하늘 빛 연기를 내뿜고 재가 떨어지지 않도록 조심스레 담배를 입에서 떼며 그는 말했다.

"저는 다만 사건의 심리를 빨리 해 주십사 하는 것을 부탁드리려고 왔습니다. 피고가 시베리아로 가게 될 것이라면, 하루라도 빨리 떠났으면 해서요." 하고 네흘류도프는 말했다.

"아, 네, 니지니에서 오는 첫 배편으로 가시려는 것이지요. 알고 있습니다."

언제나 상대방의 말이 채 끝나기도 전에 미리 짐작해 버리는 보리프는, 평소의 버릇인 그 거만한 미소를 띠며 말했다. "피고의 이름이 무어라고 했지요?"

"마슬로바입니다."

보리프는 탁자 가까이 가서 서류철 위에 펼쳐진 편지를 흘끗 보았다.

"네, 마슬로바라고 했지요. 좋습니다. 내가 동료 의원들에게 부탁해 두지요. 수요일에 심의하게 될 것입니다."

"그럼, 변호사한테 전보를 쳐도 되겠습니까?"

"허, 변호사가 있습니까? 무엇 때문에 일부러? 하지만, 바라신다면, 상관없습니다."

"상소 이유가 불충분할지도 모르겠습니다." 하고 네흘류도프는 말했다. "그러나 논고를 볼 때, 판결은 오해에서 비롯된 것같이 생각됩니다만."

"그렇습니까? 있을 수 있는 일입니다만, 대심원은 사건 그 자체를 검토할 수는 없습니다." 보리프는 담배 재를 보면서 잘라 말했다. "대심원은 법의 적용과 해석이 옳으냐의 여부를 심의할 뿐입니다."

"이 사건은 예외라고 저는 생각하고 있습니다만."

"네, 압니다. 어느 사건이든 모두 예외적인 것이니까요. 우리는 해야 할 일은 합니다. 그뿐이죠." 담배의 재는 아직 떨어지지 않고 있었지만 금이 가서 금방이라도 떨어질 것 같았다. "그래, 페테르부르그에는 자주 오십니까?" 보리프는 재가 떨어지지 않도록 담배를 들면서 말했다. 재는 아직도 떨어지지 않았다. 그가 살며시 담배를 재떨이 위로 가져가자, 거기에서 재가 떨어졌다.

"그나저나 카멘스키 사건은 참으로 끔찍한 사건이었어요!" 하고 그는 말했다. "좋은 청년이었습니다. 외아들이었지요. 특히 어머니의 입장이 되고 보면." 하고, 그는 그 무렵 페테르부르그에 떠돌고 있는 카멘스키 사건에 대해 그대로 말을 되풀이했다.

그리고 다시 카테리나 이바노브나 백작 부인의 얘기와 종교의 새로운 경향에 대해 부인이 열중하는 태도에 대해서 조금 이야기하고 나더니, 그는 초인종을 울렸다. 그는 그 종교의 경향을 비판도 긍정도 하지 않았지만, 그 새침하고 쌀쌀한 태도로 보아 틀림없이 그것과는 관계가 없는 것처럼 보였다.

네흘류도프는 작별 인사를 했다.

"괜찮으시다면 저녁 식사나 드시고 오십시오." 보리프는 악수를 하면서 말했다.

"수요일이면 좋겠군요. 확실한 대답을 드릴 수 있을 테니까요."

시간이 너무 늦었으므로 네흘류도프는 이모 댁으로 서둘러 갔다.

17

카테리나 이바노브나 백작 부인 집은 저녁 식사 시간이 7시 30분이었다. 그리고 식사는 네흘류도프가 알지 못하는 새로운 방법으로 행하여졌다. 요리를 식탁 위에 차려 놓고 하인은 곧 사라졌다. 그리고 저마다 자기의 요리를 덜어 먹었다. 남자들은 부인네들에게 쓸데없는 수고를 끼치지 않고, 강한 자의 입장에서 자기 것은 물론 부인들의 몫을 덜어 주기도 하고, 마실 것을 따라 주기도 하는 수고를 남자답게 맡아 하고 있었다.

하나의 큰 접시가 비면 백작 부인은 식탁 옆에 달려 있는 전기 초인종의 추를 눌렀다. 그러면 하인이 소리도 없이 들어와 재빨리 그릇을 바꾸어 놓은 다음 새로운 요리를 날라 왔다. 매우 정성들여 만들어진 요리는, 고급스런 술에 잘 어울렸다. 널찍하고 밝은 조리실에서는 프랑스 인 요리사와 두 명의 조수가 일하고 있었다. 식탁에 둘러 앉은 사람은 모두 여섯 명으로 백작과 백작 부인, 그리고 식탁에 두 팔꿈치를 세우고 무표정한 얼굴을 하고 있는 아들인 근위 장교와 네흘류도프, 대학 강사인 프랑스 여인과 시골에서 온 백작 집안의 총관리인이었다.

여기서도 화제는 역시 결투에 관한 것이었다. 황제가 이 문제를 어떻게 처리할 것인가 하는 것이 이야기의 중심이 되었다. 황제가 그 어머니를 몹시 동정하고 있다는 것과, 누구든지 어머니를 매우 가엾게 생각하고 있는 것은 틀림없었다. 그러나 동정은 하고 있지만 황제가 군복의 명예를 지킨 상대방 장교에게 엄하게 대하는 것은 원치 않는다는 것도 명백했으므로, 많은 사람들은 군복의 명예를 지킨 상대방 장교에게 너그러웠다. 카테리나 이바노브나 백작 부인만이 가볍고 얇은 자유 사상을 내세워 가해자를 비난했다.

"그렇다면, 앞으로도 술에 취해서 훌륭한 청년을 죽이는 일이 다시 생길 거예요. 절대로 용서할 수 없는 일이에요." 하고 그녀는 말했다.

"당신이 말하는 그 점을 나는 도무지 이해할 수가 없단 말씀이야." 하고 백작이 말했다.

"그러시겠죠, 당신은 내 말을 절대로 이해하지 못하시니까요." 하고 부인은 말한 다음 네흘류도프를 돌아보았다. "모두 다 아는데, 이 양반만 모르신단다. 나는 그 어머니가 불쌍하다는 거야. 상대방 남자는 사람을 죽여 놓고도 으스대고 있으니, 나는 도저히 용서할 수 없어."

그러자 그 때까지 조용히 듣고만 있던 아들이 가해자 편을 들며 어머니에게 그 장교는 그렇게밖에 행동할 수 없었다는 것, 그러지 않았더라면 연대에서 추방되었을 것이라고 제법 난폭한 말투로 설명했다. 네흘류도프는 이야기에 끼이지 않고 가만히 듣고만 있었다. 그리고 전에 자기도 장교였기 때문에 젊은 차르스키의 의견을 인정은 하지 않았지만 이해는 할 수 있었다.

그리고 그는 더불어 무의식적으로 사람을 죽인 그 장교와 싸움으로 상대를 죽이고 유형 판결을 받은, 감옥에서 본 그 아름다운 젊은 죄수를 나란히 놓고 비교해 보고 있었다. 두 사람은 다 술을 먹고 사람을 죽였다. 그 농부는 울컥 화가 치밀어 정신없이 죽였다. 그리고 아내와 가족과 친척 들과 떨어져서 족쇄를 차고 머리를 깎여 시베리아로 압송된다. 그러나 이 쪽 장교는 위병 본부의 훌륭한 방에서 맛있는 음식을 먹고 고급 술을 마시고, 책을 읽으며, 오늘이나 내일쯤은 석방되어 다시 예전의 생활로 돌아간다. 더구나 대단한 유명인이 될 것은 분명했다.

그는 생각한 것을 그대로 말했다. 처음에는 카테리나 이바노브나 백작 부인이 조카의 의견에 동의했으나 곧 입을 다물고 말았다. 그 자리에 있는 사람들은 물론 네흘류도프 자신도, 이런 이야기로 분위기를 서먹하게 만든 무례한 짓을 했다고 느끼고 있었다.

저녁 식사가 끝나자마자 넓은 홀에는 마치 강의실에라도 와 있는 것처럼 특별한 조각 무늬가 있는 높다란 등받이가 달린 의자가 몇 줄로 놓여지고 테이블 앞에는 설교자를 위한 안락의자와 물병을 얹은 작은 탁자가 준비되었다.

사람들이 모이기 시작했다. 곧 외국에서 온 키제베체르의 설교가 있을 예정이었다.

현관 앞에는 호화로운 마차가 몇 대나 줄지어 섰다. 큰 홀에는 비단, 우단, 레이스 등으로 몸을 휘감고, 대를 넣어서 머리를 높다랗게 빗어 올리고, 코르셋으로 허리를 졸라 맨 부인들이 값진 장신구로 몸을 치장하고 앉아 있었다. 부인들 사이에는 남자들도 끼여 있었다. 군인도 있고, 문관도 있고, 평민도 다섯이나 섞여 있었다. 정원지기 두 명과 상인과 하인 그리고 마부였다.

키제베체르는 야무진 몸매에 머리가 희끗희끗해지기 시작한 사나이로 영어를 썼는데 코안경을 쓴 마른 젊은 여자가 능란한 솜씨로 통역을 했다.

그는 우리의 죄업이 너무나 깊고, 그 죄에 대한 벌은 너무나 크며, 그리고 피할 수 없는 것이기 때문에 그 벌이 다가오기를 기다리면서 산다는 것은, 도저히 견딜 수 없는 일이라는 이야기를 했다.

"친애하는 형재 자매들이여, 우리가 자기 자신에 대한 것을, 자기 생활에 대한 것을, 우리가 무엇을 하고 있으며, 어떤 생활을 하고 있으며, 얼마나 은혜로운 하느님을 노하게 하고 있으며, 얼마나 그리스도를 마음아프게 하고 있는가 하는 것을 생각만 한다면, 우리에겐 용서가 없다는 것을, 헤어날 길이 없다는 것을, 구원이 없다는 것을, 그리고 우리에겐 모두 파멸이 운명 지어져 있다는 것을 깨닫게 될 것입니다. 무서운 파멸과 영원한 고뇌가 우리를 기다리고 있습니다." 하고 그는 눈물을 머금은 목소리로 흥분한 듯 떨면서 말했다. "어떻게 하면 구원을 얻는가? 형제 자매들이여, 어떻게 하면 이 무서운 화염 속에서 구원을 받을 수 있을까요? 이미 불길은 집을 둘러싸 버려서 달아날 길은 없습니다."

그는 입을 다물었다. 그러자 눈물이 뺨을 타고 줄줄 흘러내렸다. 벌써 8년 동안이나 그가 가장 좋아하는 설교의 이 부분에 이르면 한 번도 빠짐없이 그는 목에 경련을 느끼고, 코가 시큰거리고 눈에서 눈물이 흐르는 것이었다. 그러면 이 눈물이 다시 그를 감동시켰다. 홀 안에 감동이 퍼져 흐느껴 우는 소리가 들렸다. 카테리나 이바노브나 백작 부인은 조그만 모자이크 테이블 앞에 앉아 두 팔꿈치를 짚고 손으로 이마를 괸 채 그 살찐 어깨를 가늘게 떨며 흐느끼고 있었다. 마부도 놀람과 겁먹은 눈으로 독일인 설교자를 바라보고 있었다. 대부분의 사람들이 카테리나 이바노브나 백작 부인과 같은 자세로 앉아 두 손으로 얼굴을 가리고 있었다. 아버지를 빼닮은 보리프의 딸은 유행하는 옷차림을 하고 꿇어앉아 두 손으로 얼굴을 가리고 있었다.

독일인 설교자가 갑자기 얼굴을 들었다. 그리고 배우가 기쁨을 표현하는 것 같은, 자못 진실한 미소 같은 것을 얼굴에 드러내면서 달콤하고 부드러운 목소리로 호소하듯 말하기 시작했다.

"그러나 구원의 길은 열려 있습니다. 그것은 황홀하고도, 기쁜 구원입니다. 그 구원이야말로――우리들 대신 몸을 고난에 바친, 하느님의 유일한 아드님께서 우리를 위해 흘리신 피입니다. 그 아드님의 고통이, 이 아드님의 피가, 우리를 구원의 길로 인도해 주시는 것입니다. 형제 자매들이여." 그는 또 눈물을 머금은 목소리로 말했다. "그 유일한 아드님을 인류의 속죄를 위해 바치신 하느님께 감사드립시다. 그 아드님의 거룩한 피가……."

네흘류도프는 더 이상 견딜 수 없을 정도로 속이 메스꺼워져서 슬그머니 일어나 이맛살을 찌푸리고 금방 눈물이라도 흘릴 것 같은 부끄러움을 참으면서, 발소리를 죽여 홀에서 걸어나와 자기 방으로 올라갔다.

18

이튿날 아침, 네흘류도프가 옷을 갈아 입고 막 아래층으로 내려가려던 참에, 하인이 모스크바에서 온 변호사의 명함을 가지고 들어왔다. 변호사는 자기 볼일도 있고, 대심원에서 곧 마슬로바 사건의 심리가 열린다면 거기에도 참석해 볼까 싶어서 겸사겸사 온 것이라고 말했다. 네흘류도프가 친 전보는 서로 엇갈렸던 것이다. 마슬로바 사건의 심리가 언제 있고, 그 의원들이 누구라는 것을 네흘류도프에게서 듣고 변호사는 빙그레 웃음을 지었다.

"그렇다면 세 부류의 대심원 의원들이 모이게 되는군요." 하고 그는 말했다. "보리프는 페테르부르그형 관료이고 스코보로드니코프, 이 사람은 학자 기질의 법률가 그리고 베, 이 사람은 실무형의 법률가, 그 중에서 이 베라는 사람이 가장 수완이 좋습니다." 하고 변호사는 덧붙였다.

"이 사람한테 가장 기대를 걸 수 있습니다. 그런데 청원위원회 일은 어떻게 되었습니까?"

"지금부터 보로비요프 남작을 만나러 가려던 참입니다. 어제 만나지를 못했기 때문에."

"그 사람이 왜 보로비요프 남작인지 아십니까?" 하고 변호사는 네흘류도프가 이 외국의 칭호와 순수한 러시아 성을 붙여서, 좀 익살맞은 투로 발음한 데 대답하여 말했다. "그것은 파벨 황제가 무슨 공훈에 대해서 그 사람의 조부에게——아마 궁중의 하인이었다고 들었습니다만——이 칭호를 주었답니다. 뭔지는 모르지만 황제를 몹시 기쁘게 해 드렸던 모양이지요. 이자를 남작으로 삼는다는 조처에 이의를 제기하는 자는 용서치 않는다는 것이었지요. 이렇게 해서 보로비요프 남작이 생긴 것이지요. 그런데 그것을 또 굉장히 자랑하고 있거든요. 아주 교활한 사람이죠."

"그럼 그 사람한테 가 볼까요?" 하고 네흘류도프는 말했다.

"좋고말고요. 같이 가 봅시다. 제가 안내하지요."

두 사람이 출발하려고 현관을 나서자 하인이 마리에트에게서 온 편지를 가지고 쫓아왔다. 그 편지에는 프랑스 어로 이렇게 쓰여 있었다.

당신을 기쁘게 해 드리기 위해 저의 신조로 삼던 것을 버리고 당신이 보호하고 계시는 여자에 대한 말씀을 주인에게 부탁해 두었습니다. 아마 그 여자는 곧 석방될 거예요. 주인이 지금의 사령관에게 편지를 보냈습니다. 그럼 볼일이 없으셔도 한번 들러 주세요. 기다리고 있겠습니다.

"어떻습니까?" 하고 네흘류도프는 변호사에게 말했다. "무서운 일이 아닙니까? 그들이 7개월 동안이나 독방에 가두어 둔 여자가 아무 죄도 없는 것입니다. 그리고 그 여자를 석방하는 것을 한 마디로 처리해 버리다니."

"늘 있는 일입니다. 자, 이것으로 적어도 당신은 소망을 이룬 셈이군요."

"그렇습니다. 그러나 이런 해결은 나를 슬프게 만드는군요. 이러고 보니 거기선 도대체 무슨 일이 벌어지고 있는 것일까요? 왜 그들은 그녀를 가두었을까요?"

"그런 것은 너무 캐려 들지 않는 편이 좋을 겁니다. 그럼, 저와 함께 가시죠." 변호사가 타고 온 아름다운 마차가 두 사람이 현관을 나서는 것을 보고 층계 아래로 굴러 왔다. 변호사는 네흘류도프를 재촉했다. "보로비요프 남작댁으로 가시는 거지요?"

변호사는 마부에게 갈 길을 일러 주었다. 기운 찬 말은 곧 두 사람을 남작의 저택 현관 앞으로 실어 갔다. 남작은 집에 있었다. 첫 대기실에는 후골이 튀어나온 목이 엄청나게 길고 뛰어나게 몸이 경쾌한 약식 옷을 입은 젊은 관리와 두 부인이 있었다.

"성함은?" 후골이 튀어나온 젊은 관리가 놀란 만큼 빠르고 우아한 몸짓으로 부인들 곁을 떠나 네흘류도프 쪽으로 걸어 오면서 말했다.

네흘류도프는 이름을 댔다.

"남작께서도 공작님 말씀을 하고 계셨습니다. 잠깐만 기다리십시오!"

젊은 관리는 문을 열고 옆방으로 들어가더니 울어서 눈이 붉게 충혈된 상복 차림의 부인을 동반하고 나왔다. 부인은 눈물을 보이지 않기 위해 앙상한 손가락으로 헝클어진 베일을 내렸다.

"이 쪽으로 오십시오." 젊은 관리는 민첩한 걸음으로 서재의 문 앞으로 다가가더니 문을 열고 멈추어 서면서 네흘류도프에게 말했다.

네흘류도프가 서재로 들어가자 프록코트 차림을 한 머리를 짧게 깎은 중키의 다부진 사나이가 큰 테이블 너머의 안락 의자에 편안히 앉아 싱글싱글 웃으면서 이 쪽을 보고 있었다. 흰 콧수염과 턱수염 속에서 유달리 붉게 보이는 얼굴이 네흘류도프를 보더니 기분 좋은 미소를 지었다.

"당신을 만나게 되니 이렇게 기쁠 수가 없습니다. 아버님과는 오래 전부터 친밀하게 지내고 있었습니다만, 당신은 어렸을 때와 장교가 되었을 때 뵌 적이 있지요. 자, 앉으십시오. 그래, 무슨 볼일이신지 말씀하십시오." 네흘류도프가 페도샤의 이야기를 꺼내자 그는 짧게 깎은 백발머리를 흔들면서 말했다. "네, 잘 알았습니다. 그렇습니다. 그렇구말구요. 이것은 정말 감동적인 얘기군요. 그래, 청원서는 제출하셨습니까?"

"네, 준비해 왔습니다." 주머니에서 꺼내며 네흘류도프는 말했다. "그러나 당신에게 부탁드리고 싶었으므로 이 문제에 대해서 각별한 관심을 갖고 힘써 주셨으면 하는 바람입니다."

"참 잘 됐습니다. 틀림없이 내가 폐하께 말씀드리지요."

그 싱글거리는 얼굴에 전혀 어울리지 않는 동정의 빛을 억지로 꾸며 보이면서 남작은 말했다. "정말 가슴이 뭉클해집니다. 아마 그녀는 아직 어려서 남편의 태도가 난폭했기 때문에 그렇게 됐겠지요. 언젠가 때가 오면 서로 사랑하게 되겠지요……. 좋습니다. 내가 직접 폐하께 말씀드리지요."

"이반 미하일로비치 백작의 말씀입니다만 그분께서도 황후 폐하께 청원해 주시겠답니다."

네흘류도프가 이 말을 채 끝맺기도 전에 남작의 얼굴빛이 변했다.

"그것은 그렇고, 청원서는 사무국에 직접 내도록 하십시오. 나는 나대로 최선을 다해 보겠습니다." 하고 그는 네흘류도프에게 말했다.

그 때 젊은 관리가 그 몸짓의 경쾌함을 뽐내기라도 하듯이 서재로 들어왔다.

"조금 전에 나가신 부인이 드릴 말씀이 있다고 합니다."

"좋습니다, 그럼 들여보내요. 이봐요, 정말 여기 있으면 얼마나 눈물을 보게 되는지 그 눈물을 다 씻어 드릴 수만 있다면 얼마나 좋을까! 할 수 있는 일이라면 해 드릴 텐데."

부인이 들어왔다.

"저는 아까 부탁드리는 것을 잊었습니다만 그이가 아무쪼록 딸을 저버리지 않도록 해 주세요. 그렇지 않으면 무슨 일을 저지를지……."

"그러니까 내가 말하지 않았습니까, 해 드린다고."

"남작님, 제발 부탁이에요. 이 어미를 살려 주세요."

부인은 그의 손에 입을 맞추었다.

"바라시는 대로 해결해 드리겠습니다."

부인이 나가고 나자 네흘류도프도 작별 인사를 청했다.

"할 수 있는 데까지 노력해 보겠습니다. 법무부에도 조회해 보지요. 무슨 해결책이 있을 테니까요. 그래서 될 수 있는 대로 좋은 방법을 강구해 보지요."

네흘류도프는 서재에서 나와 사무국으로 갔다. 여기서도 역시 대심원에서 본 바와 같이 그는, 번들거리는 실내에서 화려한 차림을 하고 복장에서부터 말투에 이르기까지 공손하고 예의바르며 동작이 활발하고 엄격한 관리들의 모습을 보았다.

'무섭게도 많이 있군. 굉장히 많은 수다. 그들은 모두 윤기가 흐르고 자로 잰 듯한 깔끔한 셔츠를 입고 깨끗한 손을 하고 번들거리는 구두를 신고 있으니 대관절 누가 이렇게 시키고 있는 것일까? 뿐만 아니라 감옥 안의 죄수들은 물론이요, 농민들에 비해서도 얼마나 사치스러운 생활인가.' 네흘류도프는 어느 사이엔가 또 이런 것을 생각하고 있었다.

19

페테르부르그에 수감되어 있는 죄수들의 운명을 바꿔 줄 수 있는 권력은 독일의 어느 남작 집안 출신인 늙은 장군의 손에 달려 있었다. 그는 평상시에 옷깃 단추 구멍에 다는 백십자 훈장말고는 아무것도 달지 않았지만 사실은 많은 훈장을 가지고 있었으며, 공로도 있었으나 지금은 늙어서 조금 망령이 들었다는 소문이었다.

이 노장군은 장년 시절에 카프카스에서 근무할 무렵 그가 자랑하는 백십자 훈장을 받은 일이 있었다. 그것은 그가 머리를 짧게 깎고 군복을 입고 총검으로 무장된 러시아 농민들의 죄수 부대를 지휘하여, 자기들의 자유와 집과 가족을 지키려고 일어선 1천 명도 더 되는 주민들을 잔인하게 학살한 공로로 받은 것이었다. 그 뒤 폴란드로 전근된 뒤에도 그는 이 러시아 농민들에게 온갖 범죄를 자행하도록 강요했고 그 결과로 훈장과 군복 가슴에 달 장식을 수여받았다. 그는 그 뒤에도 몇 군데나 전근했으나 지금은 나이가 들어 훌륭한 저택과 수당과 명예를 지닌 현재의 지위에 앉게 된 것이다.

상관의 명령이라면 철저히 이행했으며, 또한 그렇게 하는 것을 가장 중요하게 생각하고 있었다. 또한 그에게 내려진 상부의 모든 명령에는 특별한 뜻을 부여하여, 절대로 어길 수 없는 일로 간주하고, 복종만이 있을 뿐이라고 생각하였다. 그의 직무란 정치범을 감방이나 독방 속에 가두어 두고, 그 죄수 가운데 반 이상이 10년 이내에 죽을 만한 상태에 방치해 두는 일이었다. 따라서 정치범들 중에 어떤 사람은 발광하거나, 폐병에 걸리거나, 단식을 행하거나, 유리 조각으로 동맥을 자르거나, 목을 매달거나, 아니면 분신 자살을 하기도 했다.

노장군은 이러한 모든 일을 낱낱이 알고 있었을 뿐만 아니라 실제로 자기 눈 앞에서도 그런 일이 가끔 벌어졌지만 그런 일들은 전혀 그의 양심에 가책이 될 수 없었다. 그것은 이를테면 벼락이 떨어졌거나 홍수와 같은 불행과 다를 바 없었다. 이러한 모든 일들이 상부의 명령, 즉 황제 폐하의 이름으로 행해진 결과로 생긴 일이었다. 그러므로 그 명령은 무슨 일이 있어도 실행되지 않으면 안 될 성질의 것이었으며, 따라서 그 명령의 결과를 생각한다는 것은 아무런 의미도 없는 일이었다. 노장군은 그런 문제에 대해서는 전혀 생각하지 않기로 했다. 그것은 노장군이 자기가 가장 중요한 직책이라고 믿고 있는 그 명령의 수행을 조금이라도 게을리하지 않기 위해서 그런 일은 아예 생각하지 않는 것이 나라를 위한 군인으로서 당연한 의무라고 확신하고 있었기 때문이었다.

일주일에 한 번씩 노장군은 감방을 일일이 돌아보면서 죄수들의 요구 사항을 듣기로 되어 있었으나, 죄수들이 말하는 온갖 종류의 요청을 냉정한 태도로 묵묵히 듣고만 있었지, 그것을 현실화시켜 준 적은 한 번도 없었다. 죄수들의 요구가 모두 규칙에 어긋나는 합당한 것이 아니었기 때문이었다.

네흘류도프가 탄 마차가 노장군의 집에 다다랐을 때 탑 위에 걸려 있는 종시계가 차임벨로 《주님의 영광이 함께 있을 때》라는 곡을 울리더니 곧 두 시를 쳤다. 이 종소리를 듣자 네흘류도프는 어느 데카브리스트(12월 당원. 1825년 12월 14일 황제의 반동 정치에 반기를 들었던 청년 장교의 일단)가 쓴 수기의 한 구절이 생각났다. 그것은 시간마다 반복되는 이 아름다운 음악 소리가 영원히 감옥에 갇힌 인간들의 마음에 어떻게 울려 퍼지는가를 밝힌 내용이었다.

네흘류도프가 노장군의 저택 차고 앞에서 마차를 막 내렸을 때, 마침 노장군은 어두컴컴한 응접실의 작은 탁자 앞에 앉아서 어느 부하의 동생이며 화가인 젊은 청년과 종이 위에서 접시를 움직이며 점을 치고 있었다. 화가의 가느다란 손가락은 땀이 배어 노장군의 굵직하고 뼈마디가 툭 불거진 손가락과 깍지 끼어져 손가락들을 알파벳을 가득 써 놓은 종이 위에서 엎어 놓은 찻잔 받침 접시를 돌리고 있었다. 접시는 노장군이 낸 문제, 즉 인간이 죽은 다음 그 혼백이 서로 어떻게 알아볼 수 있을까, 하는 질문에 대한 해답을 알아보고 있었다.

시중 드는 일을 하고 있는 병사가 네흘류도프의 명함을 가지고 들어왔을 때에는 마침 잔 다르크의 영혼이 접시를 통해 말하고 있을 때였다. 잔 다르크의 영혼은 알파벳의 문자를 한 자 한 자 이어서 '서로 알아볼 수 있다.'고 했다. 그래서 이 대답이 종이 위에 쓰여졌다.

병사가 들어왔을 때 접시는 'P'자 위에 잠시 멈췄다가 'O'자 위로 갔다가 다시 'S'자 위로 가서 멎더니 흔들거렸다. 두 사람이 서로 자기 앞쪽으로 끌어당겼기 때문에 접시가 흔들렸던 것이다. 노장군은 'S'자 다음에 올 문자는 반드시 'L'자여야 한다고 생각했다. 왜냐 하면, 그의 생각으로는 잔 다르크의 영혼이 모든 혼백은 지상에서 이미 자기를 순화시킨 뒤에야 비로소 서로 알아볼 수 있다고 하든가, 아니면 그 비슷한 말을 하려면 다음에 올 문자는 반드시 'L'자가 아니면 안 되었기 때문이었다. 그러나 화가는 다음 문자가 반드시 'V'자여야 한다고 믿고 있었다. 그렇게 되면 영혼이란 에테르와 같은 보이지 않는 몸에서 나오는 빛에 의해서 서로 알아볼 수 있다고 말하게 되기 때문이었다.

장군은 굵직하고 하얀 눈썹을 찌푸리고 손을 뚫어지게 노려보더니 접시가 마치 저절로 움직이기나 한 것처럼 접시를 'L'자 쪽으로 끌어당겼다. 얼굴빛이 창백하게 변한 젊은 화가는 숱이 적은 머리카락을 귀 뒤로 넘기며 생기 없는 푸른 눈으로 접시를 'V'자 쪽으로 확 잡아당겼다. 장군은 초대받지 못한 손님으로 인해 놀이가 방해받은 데 대해 다소 신경질적이 되어 몇 분이 지난 뒤에야 코안경을 쓰고 명함을 집어 들었다. 굵은 허리가 아파 신음 소리를 내고, 저린 손가락을 주무르면서 기지개를 켜고 자리에서 일어섰다.

"서재로 안내해라."

"각하, 괜찮다면 저 혼자 점을 쳐 보도록 하겠습니다." 하고 자리에서 따라 일어서면서 화가가 말했다. "저는 그 곳에 영혼이 있다는 걸 느끼고 있으니까요."

"좋아, 혼자서 해 보게." 장군은 엄격한 말투로 짧게 잘라 말한 다음 뻣뻣한 무릎을 끌며 서재 쪽으로 걸어갔다.

"잘 오셨소." 장군은 네흘류도프에게 사무용 테이블 옆에 있는 안락의자를 권하면서 굵직하고도 상냥한 목소리로 말했다. "페테르부르그에는 오신 지가 오래 되셨소?"

네흘류도프는 온 지 얼마 안 된다고 대답했다.

"공작 부인, 아니, 어머님께서도 건강히 지내시겠지?"

"어머님은 돌아가셨습니다."

"그것 참, 애통한 일이군요. 내 아들이 당신을 만났다고 하더군."

장군의 아들은 자기 아버지가 지나온 길을 그대로 걸어서 육군 대학을 졸업한 뒤 지금은 정보국에 근무하고 있었다. 그는 자기가 하고 있는 일을 몹시 자랑스럽게 여기고 있었으며, 그가 맡은 일이란 다름아닌 간첩을 감독하는 일이었다.

"난 당신 아버님과 함께 근무한 적이 있습니다. 친구이며 동료였지요. 그래 어디 근무하고 계시오?"

"아무 데도 나가지 않고 있습니다."

장군은 유감이라는 듯이 고개를 흔들어 보였다.

"실은 각하께 부탁드리고 싶은 일이 있어서 찾아왔습니다." 하고 네흘류도프는 말했다.

"좋소. 무슨 부탁이오?"

"혹시 제 청이 합당치 못한 것이라면 아무쪼록 용서해 주십시오. 그렇지만 꼭 부탁을 드려야만 할 입장이어서요."

"도대체 무슨 부탁이지?"

"각하, 이 곳 감옥에 지금 구르게비치라는 사람이 수금되어 있는데 그의 어머니가 면회하기를 원하고 있습니다. 만일 면회가 허락되지 않는다면 책이라도 반입시킬 수 있는 허가를 받으려는 것입니다."

장군은 네흘류도프가 한 말에 대해서 만족한 표정도, 불만스런 표정도 보이지 않고 다만 뭔가 골똘히 생각하는 듯, 고개를 갸우뚱하고 눈을 가늘게 뜨고 있을 뿐이었다. 사실 그는 네흘류도프의 청원에 대해서는 아무 생각도 하지 않았을 뿐만 아니라 관심조차 없었다. 자기는 법이 정하는 규칙대로밖에 대답할 수 없다는 것을 너무나 잘 알고 있었기 때문이다. 어쨌든 그는 그저 머리를 식히고 있을 뿐 아무것도 생각하지 않고 있었다.

"잘 아시겠지만 그건 내 소관이 아니오." 하고 그는 잠시 뒤에 대답했다.

"면회에 관한 일이라면 황제 폐하께서 정하신 규칙이 있으니 그 규칙에 어긋나지 않는 것이라면 허가해 드릴 수가 있소. 그리고 책을 들여 보내겠다는 것은 그 안에 도서관이 있어서 허가된 책만 볼 수 있도록 되어 있소."

"그렇지만 그에게 필요한 책은 전문 서적입니다. 공부를 좀 하고 싶다니까요."

잠시 침묵이 흐른 뒤 장군은 이렇게 말했다.

"그런 말은 믿지 않는 것이 좋을 것이오. 그것은 공부하기 위한 것이 아니라 그저 귀찮게 굴어 보겠다는 것뿐이니까."

"하지만 그들은 지금 괴로운 상황에 처해 있으니까 시간을 잊고 무엇인가에 집중할 일이 필요하지 않겠습니까?" 하고 네흘류도프가 되물었다.

"그들은 밤낮 불평이니까." 하고 장군은 말했다. 노장군은 그들 모두를 뭔가 특별히 좋지 않은 종류의 인간인 것처럼 이렇게 덧붙여 말했다. "그들의 근성은 내가 잘 알고 있소. 이 곳 감옥에서는 다른 데서 볼 수 없는 편의를 제공하고 있소."

그리고 마치 변명이라도 하는 듯이 이 곳의 죄수들이 받고 있는 편의에 대해서 속속들이 설명하기 시작했다. 그것은 죄수들을 살기 좋고 편하게 해 주기 위해서 이 감옥이 존재한다는 듯한 말투였다.

"예전엔 다소 가혹한 대우를 한 것이 사실이지만 지금은 아주 좋은 대우를 하고 있소. 식사는 세 종류인데 그 가운데에서 한 접시는 반드시 육류, 즉 크로켓이나 커틀릿이오. 그리고 일요일에는 고급 요리로 디저트도 있소. 사실 모든 러시아 국민들에게 이런 식사를 시켰으면 얼마나 좋을까 하고 생각될 정도요."

장군은 모든 평범한 노인들과 마찬가지로 자기가 잘 알고 있는 화제가 나오면 자기가 만족할 수 있을 때까지 그것을 몇 번이고 되풀이해서 말했다. 그리고 그는 죄수들이 얼마나 파렴치하고 감사할 줄 모르는 인간들인가 하는 증거를 늘어놓기 시작했다.

"죄수들에게는 종교적인 서적뿐만 아니라 낡은 잡지도 주고 있소. 우리 도서관에 가면 책이 얼마든지 준비되어 있단 말이오. 그렇지만 통 읽지 않거든. 처음에는 약간 흥미를 느끼는 듯하지만 곧 팽개쳐 버리고 말지요. 새 책은 반쯤 읽다가는 나머지 페이지를 그대로 내던져 버리고 또 헌 책은 헌 책대로 아예 손에 잡아 본 흔적조차 없소. 우리는 이런 행동에 대해서 가끔 시험을 해 보고 있지요." 노장군은 야릇하게 희미한 미소를 입가에 띠면서 말했다. "가령 책장 사이에 일부러 종이를 끼워 둔다거나 하는 거요. 그런데 그걸 빼낸 흔적도 없이 그대로 두고 있는 거요. 그리고 그들에게 글도 쓰게끔 해 주고 있소." 하고 장군은 다시 말을 이었다.

"석판과 백묵도 지급해 주고 있소. 무엇이든 마음대로 쓰고 지우고 할 수 있도록 말이오. 그렇지만 그들은 그것 역시 쓰지 않고 있소. 대체로 그들은 여기 와서 좀 있게 되면 살도 찌고 조용해진단 말이오. 처음엔 떠들어 대고 야단법석을 떨던 친구들까지도 말이오."

장군은 지금 자기가 하고 있는 말 속에 얼마나 무서운 의미가 담겨 있는지는 전혀 생각지도 않는 듯이 말했다.

네흘류도프는 그의 쉬어 꼬부라진 목소리를 들으면서 무관심한 태도로 그의 뼈만 남은 손발과, 흰 눈썹 밑의 생기 없는 눈동자와, 군복 깃까지 축 늘어져 있는 말끔하게 면도를 한 쭈글쭈글한 볼과, 잔인한 살육의 대가인, 유난히 자랑하는 백십자 훈장 따위를 천천히 바라보았다. 그리고 그는 지금 장군의 말을 반박하거나 그 말의 의미를 설명해 준댔자 아무런 소용도 없음을 깨달았다.

그는 억지로 용기를 내어 또 다른 용건을 끄집어 내었다. 오늘 아침 석방 명령 통보를 받았다는 슈스토바라는 여죄수에 관한 일을 물었다.

"슈스토바? 슈스토바라……잘 모르겠는데. 죄수가 하도 많아서 모두 다 이름을 기억해 둔다는 것은 도저히 불가능한 일이니까."

그는 마치 죄수가 너무 많은 것이 그들 탓인 양 비난하는 투로 말했다. 그는 초인종을 눌러 서기를 불러 오도록 명령했다. 그리고 서기를 부르러 간 사이에 그는 정직하고 청렴한 사람을(그는 자기도 그런 사람의 하나라는 사실을 은근히 강조했다.) 특히 황제 폐하께서 국가를 위해서 필요로 하고 있는 때이니만큼 네흘류도프도 어디에든 근무를 하라고 권하기 시작했다. 국가를 위해서라는 말은 다만 말을 꾸미기 위해 덧붙인 것뿐이었다.

"나는 비록 이렇게 늙은 몸이긴 하지만 그래도 힘껏 일하고 있소."

이윽고 서기가 나타났다. 그는 영리해 보이는 눈에 어딘가 불안하고, 기름기 없는 몸집에 뼈마디가 굵은 사람이었다. 그는 슈스토바라는 여죄수가 어느 이상한 요새에 수감되어 있으며 현재 이 곳에는 서류가 아직 도착하지 않았다고 보고했다.

"서류가 오면 우리는 그 날로 석방시킵니다. 그들을 붙잡아 두지는 않소. 남아 있어 봐야 골치만 썩이고 고마울 게 하나도 없으니까." 하고 미소를 지어 보였으나 그것은 다만 그의 늙은 얼굴을 찌푸리게 한 데 지나지 않았다.

네흘류도프는 이 무서운 늙은 영웅에 대하여 느낀, 혐오와 연민이 뒤섞인 감정을 얼굴에 드러내지 않으려고 애쓰며 자리에서 일어났다. 한편 노인 쪽에서는 그릇된 길을 걷고 있음이 분명한, 경박한 청년인 옛친구의 아들에 대해서 지나치게 엄격하게 다루어서도 안 되겠지만 그렇다고 해서 한 마디 훈계도 하지 않고 그냥 돌려 보내는 것은 좋지 않다고 생각했다.

"그럼, 조심해 가시오. 아무쪼록 나를 몰인정하다고 생각지 말도록. 나는 그저 당신을 위해서 말해 두는 것이지만 여기 갇혀 있는 무리들과 관계를 맺어서는 안 되오. 모두 죄가 있는 패륜아들이니까. 우리는 그들을 너무나도 잘 알고 있거든." 하고 의심할 여지조차 없다는 듯이 말했다. 실제로 그는 이 점에 대해서 조금도 의심하지 않고 있었다. 사실이 그래서라기보다도 만약에 그렇지가 않다면 자기는, 마음껏 훌륭한 생활을 누리려고 하는 존경받을 만한 영웅이 아니라, 자기의 양심을 팔아 왔고, 늙어서까지 줄곧 양심을 외면하는 한낱 악덕한에 지나지 않는다는 사실을 스스로 인정하지 않을 수 없는 결과가 되어 버리기 때문이었다.

"무엇보다 국가를 위해서 일을 해야지. 황제 폐하께선 결백한 사람을 필요로 하고 계시다오……그리고 국가에 대해서도." 또 그는 덧붙여 말했다. "가령 나나 다른 사람들이 모두 당신처럼 국가를 위해 일하지 않는다면 어떻게 되겠소? 우리가 제도를 비판이나 하고 정부를 도우려 하지 않는다면……."

네흘류도프는 심호흡을 했다. 그러고는 고개를 정중하게 숙이면서 너그럽게 내민 뼈만 남은 커다란 손에 악수를 하고 서재에서 나왔다.

장군은 불만스럽다는 듯이 고개를 설레설레 흔들고 나서 허리를 주무르면서 다시 응접실로 갔다. 그 곳에서는 잔 다르크의 영혼이 내린 답을 써 놓은 화가가 여전히 기다리고 있었다. 장군은 코안경을 쓰고 그것을 읽었다.

"몸에서 뿜어나는 에테르와 같은 빛에 의해서 영혼은 서로 인식하게 되리라."

"아아!" 장군은 눈을 지그시 감고 감격해서 말했다. "그렇지만 모든 영혼의 빛이 다 같다면 어떻게 서로 식별할 수 있지?"라고 장군은 묻고 나서 다시 화가와 깍지를 끼고 테이블 앞에 마주 앉았다.

네흘류도프의 마차는 문을 빠져 나왔다.

"여긴 음침한 곳입죠, 나리." 마부는 네흘류도프를 돌아보면서 말했다. "기다리다 지쳐 그냥 돌아가 버릴까 했습니다."

"정말이야. 사실 이 곳은 기분이 좋지 않은 곳이야." 네흘류도프는 깊숙이 숨을 들이마시고 마치 연기처럼 하늘에 떠 가는 흰구름 조각이며, 작은 배와 기선들이 지나간 뒤에 남는 네바 강의 반짝반짝 빛나는 물결 따위를 바라보면서 마부의 말에 맞장구를 쳤다.

20

이튿날 마슬로바의 사건이 심리될 예정이었으므로 네흘류도프는 대심원으로 갔다. 벌써 몇 대의 마차가 머물러 있는 대심원의 웅장한 현관 앞에서 네흘류도프는 변호사를 만났다. 웅장하고 화려한 계단으로 해서 2층에 올라가자 건물 구조를 잘 알고 있는 변호사는 재판법 제정의 연호가 새겨진 왼쪽 문으로 갔다. 파나린은 기다란 첫번째 방에서 외투를 벗고 수위에게서 의원들이 전부 참석했다는 것과 맨 마지막 의원이 방금 들어갔다는 말을 듣자 연미복과 하얀 셔츠 위에 맨 흰 넥타이를 살짝 매만지고 미소를 짓더니 자신감 있는 태도로 옆방으로 들어갔다. 그 방에는 오른편에 탈의실이 있고 그 칸막이 너머에 테이블이 하나 놓여 있었다. 왼편에는 나선형 계단이 있었는데 마침 그 때 제복 옷차림의 우아한 관리가 가방을 옆에 끼고 내려왔다. 실내에서 사람의 시선을 끈 것은 보통 양복에 잿빛 바지를 입은, 백발을 길게 드리운 장로같이 생긴 노인이었는데 그의 곁에 두 명의 부하 관리가 공손히 서 있었다.

백발 노인은 탈의실 쪽으로 가더니 그 안으로 모습을 홀쩍 감추었다. 그 때 파나린은 자기와 마찬가지로 연미복에다 흰 넥타이를 맨 동업자인 변호사를 보자 곧 두 사람은 열심히 이야기를 시작했다. 네흘류도프는 안에 있는 사람들을 둘러보았다. 방청객이 15명 정도 있었는데 그 가운데에는 부인이 둘 섞여 있었다. 한 사람은 안경을 쓴 젊은 부인이고 또 한 사람은 백발의 노부인이었다. 오늘 심리되는 사건은 신문에 실린 중상 기사 때문에 여느 때보다 더 많은 방청객이 모인 것이었다.

방청객은 주로 신문에 관계된 사람들이었다.

화려한 제복 차림의 혈색이 좋은 미남 정리가 메모 용지를 손에 들고 파나린 곁으로 걸어가서 어느 사건의 담당이냐고 묻고 마슬로바 사건이라는 대답을 듣자 메모 용지에 무엇인지 써 놓고 돌아갔다. 그 때 탈의실 문이 열리더니 아까 그 장로같이 생긴 노인의 모습이 나타났다. 그는 이제 양복이 아니라 가슴에 금줄과 휘장이 달린 화려한 정장으로 바꿔 입었는데 어쩐지 새를 연상케 하는 모습이었다. 이 우스꽝스러운 복장이 아마 입고 있는 본인을 쑥스럽게 만들었는지 노인은 보통 때보다도 빠른 걸음으로 입구와는 반대쪽의 문을 열고 사라졌다.

"저 노인이 베 씨입니다. 참으로 훌륭한 사람이지요." 하고 파나린은 네흘류도프에게 말했다. 네흘류도프를 자기 동료에게 소개하고 나자 그의 이른바 가장 홍미 있는 사건, 오늘의 소송 사건 이야기를 했다.

심의는 곧 시작되었다. 그래서 네흘류도프는 방청객들과 함께 왼쪽 법정으로 들어갔다. 파나린을 포함한 모든 사람들이 격자 칸막이 저 쪽의 방청석으로 들어갔다. 페테르부르그의 변호사만이 격자 칸막이 앞의 변호사석으로 들어갔다.

대심원의 법정은 지방 법정보다 좁고, 구조도 간단하며 다른 점은 의원들의 탁자가 녹색 나사가 아니라 금줄을 박아 넣은 새빨간 우단으로 덮여 있는 것뿐이었고, 신성한 법정에 없어서는 안 될 것, 즉 정의표와 성상과 황제의 초상이 똑같이 단정하게 장식되어 있었다. 역시 정리가 엄숙하게 개정을 선언했다. 마찬가지로 모두 일어났으며 법복 차림의 의원들이 들어와 등받이가 높은 의자에 앉아, 탁자 위에 두 손을 얹고 자못 자연스러운 자세를 취하려고 애를 썼다.

의원은 모두 4명이었다. 갸름한 얼굴을 말끔히 면도질하고 강철 같은 차가운 눈을 번들거리는 의장 니키친, 의미 심장한 표정을 하고 입을 꼭 다문 채 희고 화사한 손가락으로 서류를 뒤적이고 있는 보리프, 뚱뚱하게 살이 찌고 곰보인 학자풍의 법률가 스코보로드니코프, 그리고 맨 나중에 나타난 장로같이 생긴 노인 베였다. 의원들에 뒤이어 대심원 총무관, 이어서 검찰 차장인 중키의 젊은 남자가 들어왔다. 이 사람은 깨끗이 얼굴을 면도질한 여윈 사나이로서, 얼굴빛이 몹시 검고 음울한 눈길을 하고 있었다. 그 사나이는 이상야릇한 법복을 입고 있었는데, 이미 6년이나 만나지 않았지만 네흘류도프는 그가 대학 시절 친구 중 한 사람임을 알았다.

"검찰 차장은 셀레닌이라고 하죠?" 하고 그는 변호사에게 물었다.

"네, 왜 그러십니까?"

"내가 잘 알고 있는 사람이지요. 저 친구 좋은 사람입니다."

"네, 훌륭한 검찰 차장이지요. 수완이 좋습니다. 그런 줄 알았더라면 그에게 부탁할 걸 그랬군요." 하고 파나린은 말했다.

"그는 어떤 경우에라도 양심적으로 행동한답니다." 네흘류도프는 셀레닌과 자기와의 교우 관계와 우정을 생각하면서 그의 순진함과 성실함과 가장 좋은 의미에 있어서의 그 말씨의 고상함 등 사랑스러운 성격을 떠올려보며 말했다.

"그럼, 심의가 시작되었으니 나중에 얘기합시다." 파나린은 사건 보고가 시작되었으므로 그 쪽으로 주의를 집중시키면서 말했다.

지방 재판소의 결정을 아무런 수정도 없이 인정한 고등 법원의 판결에 대한 상소의 심리가 시작되었다.

네흘류도프는 보고를 들으면서 그것에 대한 의미를 이해하려고 노력했으나 지방 재판 때와 마찬가지로 아무래도 잘 이해할 수가 없었다. 왜냐 하면 가장 중요한 점에 대해서는 언급하지 않고 지엽적인 일에 대해서만 변론이 진행되었기 때문이었다. 어느 주식회사 사장의 배임 횡령을 폭로한 신문 기사에 대해서 논의되고 있었다. 아마도 중요한 점은 그 사장이 주주들의 신임을 저버리고 개인의 욕심을 채웠다는 것이 사실인지 어떤지 하는 문제인 것 같았고, 그와 같은 배임 횡령을 못 하게 하려면 어떻게 해야 하느냐는 문제에 대해서는 전혀 언급하지 않고 있었다.

변론은, 법률적으로 보아 신문 발행자가 사건 기자의 폭로 기사를 실을 권리를 갖고 있는지 없는지, 발행자는 이 기사를 실음으로써 어떠한 죄를 저질렀는지——명예 훼손인지 아니면 중상인지, 또는 명예 훼손은 그 속에 중상을 포함하는 것인지, 아니면 중상이 명예 훼손을 포함하는지, 다시 또 어떤 경무국의 여러 가지 논고나 판례에 대한, 일반인으로서는 통 알아들을 수 없는 몇 가지 문제에 집중되고 있었다.

한 가지 네흘류도프가 알 수 있었던 것은 사건을 보고하고 있는 보리프가, 대심원은 사건의 본질 그 자체에 간섭할 수 없다는 것을 어제 그에게 단호히 말했는데도 불구하고——이 사건에서는 분명히 고등 법원의 판결 파기에 유리한 보고를 한 일과, 셀레닌이 그 겸손한 성품으로는 도저히 생각할 수도 없을 만큼 갑자기 심한 반대 의견을 표명한 일이었다. 네흘류도프를 매우 놀라게 한, 언제나 조심스런 성격인 셀레닌의 이 심한 흥분은 그가 주식회사 사장의 돈에 대해 더러운 인간이라는 것을 알고 있었다는 것과, 더군다나 보리프가 심의가 있던 그 전날에 그 사장집에서 호화로운 만찬 초대를 받았다는 사실을 우연히 알았기 때문이었다. 그래서 지금 보리프가 몹시 신중하기는 했으나 틀림없이 일방적으로 사건을 보고하는 것을 듣자 셀레닌은 버럭 화가 나서, 보통 문제치고는 너무 지나치게 신경질적인 반응으로 자기 의견을 말한 것이었다. 셀레닌의 이 발언은 확실히 보리프를 화나게 만들었다. 그는 얼굴이 상기되어 몸을 떨었으나, 입밖에는 내지 않고 몹시 거만하고 화난 표정으로 다른 의원들과 평의실로 사라져 버렸다.

"아 참, 당신이 맡고 계시는 사건은 무엇입니까?" 의원들이 나가자 곧 정리가 다시 파나린에게 와서 물었다.

"아까 말씀드리지 않았습니까, 마슬로바의 사건이라고." 하고 파나린은 말했다.

"아, 그렇군요. 그 심리는 다음입니다. 그러나……."

"그러나, 뭡니까?" 변호사는 물었다.

"보시다시피 이 심리는 쌍방이 결석한 채로 진행되기 때문에 판결 선고 뒤에 의원들이 법정에 나오지 않을지도 모르겠습니다. 그러나 제가 보고해 보지요."

"그게 무슨 말인가요?"

"제가 보고하겠습니다. 말씀을 드려 보지요……." 그리고 정리는 무엇인지 메모지에다 써 넣었다.

의원들은 사실 중상 사건의 판결이 끝나면 마슬로바의 심리를 포함한 나머지 심리를 평의실에서 차를 마시거나 담배를 피우면서 처리할 작정으로 있었다.

21

의원들이 평의실 테이블에 앉자마자 보리프는 몹시 유창하게 본건은 원심이 파기되지 않으면 안 될 이유를 자세히 늘어놓기 시작했다.

의장은 본래 심술궂은 말을 잘 하는 사람이었지만 오늘은 특히 기분이 상해 있었다. 법정에서 변론을 들으면서 그는 벌써 자기 의견을 준비해 놓고 있었으므로 지금 보리프의 말에는 귀를 기울이지도 않고 자기 생각에 빠져 멍청히 앉아 있었다. 그의 생각이란, 오래 전부터 얻으려고 마음을 단단히 먹고 있었던 중요한 자리에 자기가 아니라 비라노프가 임명된 데 대해서 어제 자기 비망록에 쓴 것을 떠올리고 있었던 것이었다.

의장 니키친은 재임 시절 내내 교섭을 가진 가장 일급의 고급 관료들에 관한 고찰이 아주 중요한 역사적 자료를 이루는 것이라고 진심으로 믿고 있었다. 그는 어제 쓴 비망록의 기록에서 오늘날의 위정자들이 파멸로 치닫게 한 러시아를 구하기 위해 그가 공식화하려고 한 방법을 방해했다고 하여 몇 명의 고급 관료를 통렬히 비판해 두었지만——사실은, 단순히 그들이 그가 현재보다 더 많은 봉급을 받지 못하도록 방해했다는 것에 지나지 않았다. 그리고 그는 지금, 자손들에게 이러한 모든 사정이 전혀 새로운 해석으로 평가받게 될 것이라고 생각하고 있었다.

“그렇겠지요, 물론.” 그는 이야기를 듣고 있지 않으면서 보리프가 의견을 물으면 이렇게 말했다.

베는 테이블 위에 놓여 있는 종이에다 꽃잎을 몇 개나 그리고 지우면서 우울한 표정으로 보리프의 이야기를 듣고 있었다. 베는 가장 순수한 타입의 자유 사상가였다. 그는 60년대의 전통을 신성한 것으로서 철저하게 지켜 가고 있었으며, 만약 엄정한 중립에서 벗어나는 일이 발생한다고 친다면 그것은 자유주의 편으로 한정되어 있었다. 그래서 지금 이 심의의 경우도 중상을 호소한 주식회사 사장이 비열한 인간이었다는 것말고도, 이 신문 기자의 중상에 대한 상고가 언론 출판의 자유에 대한 압박이라는 이유로 베는 이 상고를 기각시키는 측에서 있었다.

보리프가 논고를 끝내자 베는 그리던 꽃잎을 채 다 완성하지도 않고 우울한 듯이——이런 뻔한 일을 설명해야만 한다는 사실이 그는 우울한 것이다——부드럽고 듣기 좋은 목소리로 간결하고 단호하게 상고의 이유가 빈약하다는 말을 했다. 그리고 백발 머리를 숙이고 꽃잎을 계속 그리기 시작했다.

보리프와 마주 앉아서, 굵은 손가락으로 콧수염과 턱수염을 입으로 당겨서는 질근질근 깨물고 있던 스코보로드니코프는 베가 말을 끝마치자마자 수염 씹는 것을 그만두고 커다랗게 찢어지는 듯한 소리로, 주식회사 사장은 참으로 더럽기 짝이 없는 사나이지만 그것은 그렇다 하더라도 만약 법적 근거가 있었다면 원심 파기의 입장을 취했을 텐데 그와 같은 근거가 없으므로 이반 세묘노비치(베)의 의견에 동의한다고 말했다. 그의 말투에는 보리프에게 따끔하게 침을 준 것을 좋아하고 있는 듯한 표정이 보였다. 의장은 스코보로드니코프의 의견을 따라 상고를 기각한다고 결정을 내렸다.

보리프는 불성실한 편을 든 것이 드러난 것 같은 꼴이 되었음이 몹시 기분을 상하게 했다. 그러나 태연함을 가장하고 다음 차례인 마슬로바 건의 상고서를 펼쳐 읽어 내려가기 시작했다. 의원들은 그 동안 급사를 불러 차를 가져오게 하고는 그 당시 카멘스키 결투 사건과 함께 온 페테르부르그의 화제를 휩쓸고 있던 사건에 대한 소문에 열중하기 시작했다.

그것은 형법 제995조에 해당하는 죄가 발각되어 체포된 어느 국장에 관한 사건이었다.

"정말 더러운 일이야." 하고 베가 기분 상한다는 듯이 말했다.

"어디가 나쁜가요? 현대 문학에도 씌어 있어요. 어느 독일 작가가 이것은 범죄로 치부할 것이 못 된다. 남자끼리의 결혼도 있을 수 있다고 단언하고 있는 형편인데, 뭣 하면 보여 드릴까요?" 스코보로드니코프가 손가락 안쪽 깊숙이 끼고 있던 구겨진 담배를 침과 함께 빽빽 소리내어 빨면서 큰 소리로 웃었다.

"그런 당치도 않은 일이." 하고 베는 말했다.

"보여 드리지요." 하고 스코보로드니코프는 말하더니 그 책의 이름과 펴낸 연도와 장소까지 설명을 들었다.

"말을 듣자하니 그 남자는 시베리아 어느 도시의 시장으로 임명되었다는 소문이던데요." 하고 니키친이 말했다.

"그거 잘 됐군. 주교가 십자가를 받쳐 들고 환영해 줄 테지. 그런 주교도 있어야 합니다. 내가 그 사람한테 그런 주교를 소개할까." 하고 스코보로드니코프는 말하더니 피우던 담배를 재떨이에 비벼 끄고는 턱수염과 콧수염을 잡히는 대로 잡아 입에다 틀어 넣고 지근지근 씹기 시작했다.

그 때 정리가 들어와서 마슬로바 사건의 심리를 방청하고 싶다는 변호사와 네흘류도프의 희망을 전했다.

의원들은 잠깐 상의하더니 담배와 차를 마신 뒤, 법정으로 들어가서 아까 그 사건의 판결을 언도하고 곧 마슬로바 사건을 심의하기 시작했다.

보리프는 그 가느다란 목소리로 아주 신중하게 마슬로바 사건의 상고 이유를 보고했다. 그의 태도에는 역시 공평함이 결여된, 틀림없이 원심 판결을 파기하는 듯한 말투가 드러나 있었다. "덧붙일 것은 더 없습니까?" 하고 의장은 파나린에게 물었다.

파나린은 일어나더니 넓고 새하얀 와이셔츠의 앞가슴을 쑥 내밀고, 항목마다 놀랄 만큼 설득력 있는 정확한 표현으로 원심에서 여섯 가지 항목이 법의 올바른 해석에서 크게 벗어나 있다는 것을 설명하고 다시 과감하게 간결하기는 하나 사건의 본질 그 자체에 대해 언급하고 나서 원심 판결의 당치 않은 불공정에 대해 말을 하였다. 간결하지만 힘찬 파나린의 표현력은 의원 여러분이 그 훌륭한 통찰력과 법에 대한 총명한 지식으로써 자기보다 훨씬 더 잘 보고 이해하고 있을 것임을 강조하고 그가 이런 말을 하는 것은 단순히 자기의 의무가 그렇게 하게끔 만들었기 때문이라고 사과하고 있는 것 같았다. 이 파나린의 변론이 있고 난 뒤, 대심원은 원심 판결을 기각하는 데 조금도 의심할 여지가 없다고 생각하게 되었다.

자기 변론을 마치자 파나린은 승리를 확신하고 미소지었다. 네흘류도프는 변호사의 일거수일투족을 눈여겨보고 있었는데 이 미소를 보자 이 상소는 이긴 거나 다름없다고 했다. 그러나 의원들을 보자 승리의 개가를 올리며 미소짓고 있는 것은 파나린 한 사람뿐임을 그는 알아차렸다. 의원들과 검찰 차장은 웃지도 끄덕이지도 않고 따분한 얼굴을 하고 '자네들의 말은 이제 싫증이 나도록 들었어. 그런 이야기는 아무 소용도 없는 헛소리야.' 하고 깨끗이 흘려 듣고 있는 것 같았다. 의원들은 모두 변호사가 변론을 마치고 그들을 붙들지 않게 되었을 때 비로소 마음을 놓은 듯한 표정이 되었다.

변호사의 변론이 끝나기를 기다린 의장은 검찰 차장 쪽을 돌아보았다. 셀레닌은 간단하게 그러나 정확하게 상소 이유가 불충분하므로 원판결대로 하겠다는 발언으로 말을 마쳤다. 이어 의원들은 일어나 평의실로 물러갔다. 평의실에서는 의견이 갈라졌다. 보리프는 원심 판결의 기각을 주장했다. 베도 사건의 진상을 이해하고 역시 원심 판결의 기각을 지지했으며 재판의 광경과 자기가 아주 올바르게 이해한 배심원들의 오해를 의원들에게 설명까지 해 보였다.

언제나 대체적으로 엄격함과 형식주의를 옹호하는 니키친은 반대 입장을 취했다. 문제는 스코보로드니코프의 한 표에 걸리게 되었다. 그러나 이 한 표는 반대측에 던져졌다. 그 유일한 이유는 도덕적 요구 때문에 그 여자와 결혼하려는 네흘류도프의 결심이 참으로 불쾌하다는 것이었다.

스코보로드니코프는 실리주의자로서, 다윈의 진화론 신봉자였으므로 추상적인 도덕적 행동이나 종교심 등의 모든 발현은 뿌리 뽑아 내야 할 미친 노릇일 뿐 아니라 스스로에 대한 굴욕이라고 여기고 있었던 것이다. 이 매춘부와의 지저분한 사건과 이 신성한 대심원에 매춘부를 변호하는 유명한 변호사와 네흘류도프가 있다는 것이 그는 아주 아니꼽게 생각되었다. 그래서 그는 수염을 물고 상을 찌푸리면서 아주 자연스럽게, 이 사건에 대해서는 아무것도 모르지만 단지 상소하는 이유가 불충분하다고 생각되므로 상소를 기각하겠다는 의장의 의견에 동의하는 것뿐이라는 식으로 말을 돌렸다.

상소는 기각되고 말았다.

22

"무서운 일이야!" 서류 가방을 든 변호사와 응접실을 나오면서 네흘류도프는 말했다. "이처럼 명백한 사실임에도 불구하고 그들은 형식에 얽매여 기각하다니. 정말 무서운 일이야!"

"이 사건은 원심에서 잘못된 판결입니다." 하고 변호사는 말했다.

"셀레닌까지 반대를 하다니, 무서운 일이야. 정말 무서운 일이야!" 하고 네흘류도프는 되풀이해서 말했다.

"앞으로 대관절 어떡하면 좋담?"

"황제께 상소합시다. 직접 제출하십시오, 여기 계신 동안에. 제가 써 드리지요."

이 때 작은 몸집의 보리프가 여러 개의 훈장이 달린 법복을 입은 채로 응접실로 나와서 네흘류도프 곁으로 다가왔다.

"하는 수 없군요, 공작. 이유가 불충분해서." 그는 얄팍한 어깨를 움츠리고 눈을 감으며 이렇게 말하고는 옆을 지나가던 길 쪽으로 걸어갔다.

보리프의 뒤를 이어, 옛친구인 네흘류도르가 와 있다는 말을 의원들한테서 듣고 셀레닌이 나왔다.

"여, 자네를 여기서 만날 줄은 미처 생각도 못 했네." 그는 입가에 잔잔한 웃음을 띠면서 네흘류도프 곁으로 다가와서 말했다. 그러나 그 눈은 여전히 우울한 빛을 띠고 있었다. "자네가 페테르부르그에 와 있는 줄은 몰랐네."

"나도 몰랐네. 자네가 검찰 총장인 줄은……."

"차장이야." 하고 셀레닌은 정정해서 말했다. "어떻게 자네가 대심원엘 다?"

그는 침울하게 지친 듯이 친구를 바라보면서 말했다. "자네가 무슨 일로 페테르부르그엘 다 와 있는가."

"내가 온 이유? 여기에는 정의가 존재하고 있어. 죄없이 벌을 받고 있는 가련한 여자를 구할 수 있을까 싶어서였지."

"어떤 여잔데?"

"방금 심의된 건일세."

"아, 마슬로바 사건이군." 하고 셀레닌은 생각이 난 듯 말했다.

"정말 이유가 불충분한 상소였네."

"문제는 상소에 있는 게 아니야. 죄없이 벌을 받고 있는 한 여자에게 있는 거야."

셀레닌은 한숨을 쉬었다.

"얼마든지 있을 수 있지, 그러나……."

"있을 수 있는 게 아냐, 틀림없이……."

"자네가 어떻게 이 사건을 아나?"

"그건 내가 배심원이었기 때문이지. 우리들이 어떤 점에서 잘못을 저질렀는지 나는 알고 있네."

셀레닌은 생각에 잠겼다.

"그걸 그 때 바로 신청했어야 할 걸 그랬네." 하고 그는 말했다.

"신청했지."

"재판 기록에 적혔어야 하네. 만약 그것이 상소장에 첨부되어 있었더라면 좋았을 걸……."

셀레닌은 늘 바빠서 대심원에 별로 붙어 있지 않기 때문에 네흘류도프의 로맨스에 대한 소문은 듣지 못한 모양이었다. 네흘류도프는 그것을 알고 있었지만 자기와 마슬로바의 관계를 굳이 말할 필요가 없다고 생각했다.

"그러나 이제라도 판결이 불합리하다는 것을 알았잖나?" 하고 그는 말했다.

"대심원은 그것을 말할 권리가 없지. 만약 대심원이 판결 그 자체의 공정성에 대한 자기 견해에 따라 원심을 기각한다면 모든 균형을 잃게 될 것은 말할 것도 없고, 정의를 실현하기보다는 오히려 그것을 침해할 위험을 저지르게 되겠지."

셀레닌은 지금 심의된 사건을 떠올리면서 말했다.

"그것은 내버려 두고라도 배심원들의 잘못된 결정이 그 모든 의미를 상실하게 될 걸세."

"내가 알고 있는 것은 그 여자가 완전히 무죄이고, 그녀를 부당한 벌에서 구해 낼 마지막 희망이 끊겼다는 것뿐일세. 최고 재판소가 완전한 불법 행위를 인정한 것이지."

"인정한 것은 아니야. 왜냐 하면 사실의 검토에는 들어가지도 않았고 들어갈 수도 없으니까 말일세." 하고 셀레닌은 눈을 가늘게 뜨며 말했다. "자넨 이모님 댁에 있겠지?" 그는 화제를 다른 쪽으로 돌리고 싶은지 이렇게 덧붙였다. "자네 이모님한테서 자네가 와 있다는 말을 들었지. 백작 부인한테서 외국서 온 선교사의 설교를 들으러 자네하고 같이 오라는 초대를 받았었네." 셀레닌은 입가에 웃음을 머금고 말했다.

"응, 가 봤는데 싫증이 자서 곧 나와 버렸지." 셀레닌이 이야기를 돌린 데 대해 불쾌함을 느끼면서 네흘류도프는 톡 쏘는 목소리로 말했다.

"허, 왜 싫증이 났나? 그야 단면적이고 이교도적이라고는 하나 역시 종교적 잠정의 표현이 아닌가."

"그건 하나의 야만적이고 어리석은 행동에 지나지 않아." 하고 네흘류도프는 말했다.

"아니 그렇지 않지. 우스운 것은 우리가 교회의 가르침을 너무 모른다는 것과 교회의 기본적인 교리를 무엇인지 새로운 발견처럼 생각한다는 것뿐이야." 셀레닌은 이 새로운 사고를 옛친구에게 재빨리 알리기나 하려는 듯이 말했다.

네흘류도프는 깜짝 놀라 주의깊게 셀레닌을 보았다. 셀레닌은 우울할 뿐만 악의마저 깃든 눈을 하고 네흘류도프의 시선을 피하려고도 하지 않았다.

"그럼 자네는 교회의 교리를 믿는가?" 하고 네흘류도프는 물었다.

"물론 믿지." 셀레닌은 생기 없는 눈으로 똑바로 네흘류도프의 눈을 바라보며 대답했다.

"놀랐는걸?" 네흘류도프는 한숨을 쉬며 말했다.

"그럼 나중에 이야기하기로 하세." 하고 셀레닌은 말했다.

"지금 갑니다." 하고 공손하게 다가온 정리에게 그는 고개를 끄떡였다. "꼭 만나세." 그는 한숨을 쉬며 덧붙였다. "만날 수 있을까? 난 저녁 7시에는 식사하러 돌아가 있네. 나제친스카에 있지." 하고 그는 주소를 댔다. "세월이 많이 흘렀군!" 그는 떠나가면서 다시 입가에 엷은 미소를 띠고 덧붙였다.

"여유가 있으면 가겠네." 네흘류도프는 이렇게 대답했으나 옛날에는 가장 가까운 친구였던 셀레닌이 이렇게 짧은 대화를 나누는 동안에 적이라고까지는 할 수 없지만 어쩐지 거리감이 느껴져 인연도 없고, 이해할 수 없는 타인처럼 여겨졌다.

23

네흘류도프가 알고 있는 대학 시절의 셀레닌은 올바른 젊은이였고, 성실한 친구였으며, 나이에 비해 교양이 풍부한 상류사회의 귀공자였다. 또한, 언제나 점잖게 행동했으며 용모가 단정하고 아주 정직했고 부정을 싫어하는 청년이었다. 그는 별로 열심히 공부하지 않아도 항상 성적이 우수했으며 논문으로 금메달까지 타고서도 조금도 우쭐대는 빛이 없이 겸손해했었다.

그리고 그는 말뿐이 아닌 행동으로 보여 주는, 실제로 남을 위해 봉사하는 것을 젊은 날의 목적으로 여기고 있었다. 그는 이 목적을 달성하기 위해서는 오직 국가에 봉사하는 길밖에 없다고 생각했으므로 대학을 마치자 곧 고등 법원 제2부에 들어온 것이었다. 자기가 온 정열을 바쳐 일할 수 있는 분야를 체계적으로 연구하기 위하는 아무래도 법률을 다루고 있는 이 곳에 들어가는 것이 가장 적합하다고 판단했기 때문이었다.

그러나 자기에게 요구되는 모든 일을 성실하고 정확하게 실행해 왔음에도 불구하고 그는 이 일에서 남을 위해 유익한 존재가 되려는 자기의 욕구를 충족시킬 수도 없었거니와 또 자기가 마땅히 해야 할 일을 하고 있다는 의식도 가질 수가 없었다. 이런 불만은 지나치게 천박하고 허세를 좋아하는 그의 직속 상관들과 의견 충돌을 일으킬 때마다 차츰 더 커지기만 했다. 그래서 결국 그는 고등 법원 제2부를 그만두고 대심원으로 옮겨갔다. 대심원은 그래도 좀 나은 편이긴 했으나 역시 이러한 불만을 해소할 수는 없었다.

그는 현실이란 자기가 기대했던 바와는 다른 것이며, 또 당연히 그렇게 되어야만 한다는 당위성과도 다른 결과로 나타난다는 사실을 언제나 뼈저리게 느끼곤 했다. 대심원에 있는 동안 그는 친척들의 주선으로 시종 무관이란 요직에 임명되었다. 그래서 그는 금줄이 달린 양복에 흰 린네르 셔츠를 입고 자기를 요직의 지위에 주선해 준 분들에게 마차를 타고 인사를 드리러 다니지 않으면 안 되었다. 그 때 그는 아무리 생각해 보아도 이런 일에 대해서 합리적인 이유를 발견할 수 없었으나, 현재의 그로서는 관청에 근무하고 있을 때보다도 무엇인가 더욱 더 잘못되어 있다는 점을 인식하고 있으면서도, 또 한편으로는 그를 만족할 만한 자리에 앉게 해 주었다고 믿고 있는 친척들에게 실망을 주지 않으려는 생각과 자기 마음속 한구석에 숨어 있는 비열한 근성을 충족시켜 주는 뜻에서 이 지위를 그냥 거절할 수가 없었던 것이었다. 그래서 금줄 달린 제복을 입은 모습을 거울에 비춰 보는 만족과 이 지위가 여러 사람들의 가슴에 불러 일으키는 존경을 이용할 만족감을 어느 샌가 그에게 주었다.

이와 똑같은 경우가 그의 결혼에서도 일어났다. 그는 사회의 일반적인 관점에서 보아 퍽 영광스러운 혼담이 이루어졌다. 그런데 그는 여기서도 역시 만일 그가 결혼을 거절한다면 그와 결혼하기를 원했던 신부에게 수치를 주고 슬프게 할 것이며, 물론 중매를 서 준 유력 인사들에 대한 모욕이 된다고 생각했다. 또한 젊고 귀여운 명문가의 딸과 결혼한다는 것은 그의 자존심을 한층 북돋아 주고 만족시켜 주는 것이기 때문에 결혼을 결심했다.

그러나 그는 이 결혼이 시종 무관이나 대심원 일보다도 더욱 자기 생각과는 거리가 먼 것임을 깨닫게 되었다. 그것은 아내가 아이를 하나만 낳고 나서 더 이상 낳기를 거부하고 사치스러운 사교 생활로 들어갔기 때문이었다. 그래서 결국 그는 이러한 아내에게 휩쓸려 어느 사이엔가 자기도 이런 사회에 말려 들어가고 말았다. 아내는 별로 미인은 아니었지만 남편에게는 정숙한 여인이었다.

하지만 남편의 생활을 망쳐 놓고 말았다. 게다가 그녀는 사교계에서 비상한 노력을 했다. 그러나 그 노력의 대가로 피로함밖에는 아무것도 얻는 것이 없었음에도 불구하고 그녀는 여전히 이 생활을 지속해 나갔다. 그는 이러한 생활을 청산해 보려고 온갖 정성은 다했으나 아내의 친척과 친지 들의 강력한 지원을 받고 있는 그녀의 강한 신념 앞에서 그의 정성은 산산이 부서져 버리고 말았다.

금빛 머리카락을 길고 늘어뜨리고 다리를 드러내고 있는 아직 어린 딸만 하더라도 그에게는 전혀 낯선 남의 집 아이처럼 여겨지곤 했다. 그의 생각과는 전혀 다르게 양육되고 있었으므로 그런 생각이 더욱 더 커져 가기만 했다.

그들 부부 사이에는 흔히 있는 의견 차이가 있었으며 서로에 대해 이해하려고도 하지 않았다. 더욱이 부부 사이에는 늘 예절에 억눌려 남의 눈에는 보이지 않는 말없는 갈등의 꼬리가 이어지고 있었다. 그러므로 그에게 있어서는 가정 생활은 참기 어렵고 몹시 괴로운 것이었다. 그래서 그의 결혼 생활은 직장 근무나 궁중에서의 지위보다도 더욱 더 그가 희망하던 것과는 거리가 먼 것으로 되어 버렸다.

무엇보다도 사이가 벌어진 것은 그의 종교에 대한 태도였다. 그는 시대를 같이하는 모든 사람들과 마찬가지로 고등 교육을 받았기 때문에 종교적 미신의 인연으로부터는 자기 자신도 모르게 아무 괴로움도 없이 해방되어 있었다. 그는 성실하고 올바른 사람이었으므로 젊은이로서 대학 생활을 즐기고 네흘류도프와 친하게 지냈을 때 자기가 공인 종교의 미신에서 해방되었다는 것을 감추려 하지 않았다.

그러나 세월이 흘러 자기의 지위가 차츰 상승함에 따라 사회를 갑자기 휩쓴 보수적 반동 사상의 거센 조류 앞에서 그의 종교적 자유는 방해받기 시작했다. 집안의 여러 가지 의식, 특히 아버지가 돌아가셨을 때와 그 추도식 때 어머니가 그에게 다른 사람들처럼 성사를 받으라고 요구했는데, 이것은 어느 정도 사회의 양식이 요구하는 행위였으므로 별도로 하고라도, 그는 직무상 늘 미사나 성찬식, 그리고 감사 기도 등에 참석하지 않으면 안 될 처지였다. 사실 그는 외면적인 종교상의 의식에 관계하지 않는 날이 거의 없었으며 또 그것은 피할 수도 없었다. 일단 이런 의식에 참석하는 이상, 태도는 두 가지밖에 없었다. 하나는 이 의식을 믿지도 않으면서 마치 믿는 것 같은 태도를 꾸미든가(그러나 이것은 그의 정직한 성격으로는 도저히 불가능한 일이었다), 또 하나는 이러한 모든 외면적인 형식을 거짓이라고 여겨지는 자리에 참석하지 않아도 되도록 자기의 생활에 변화를 준다든가 그 둘 중에서 하나를 고르지 않으면 안 되었다.

그러나 별로 중요하지 않게 보이는 일도 막상 실행에 옮기려면 여러 가지 어려움이 뒤따르게 마련이어서 그는 가까운 친척들과 항상 싸워야 했을 뿐만 아니라, 자기의 처지를 변화한다 하더라도 직무를 다 이행해야만 했고 또한 그가 지금까지 그 관직을 통해 사람들에게 공헌해 왔고, 또 앞으로도 공헌에 따르는 모든 유익함을 희생시키지 않을 수 없었다. 이런 일을 하기 위해서는 무엇보다도 자기 자신에 대한 확고한 신념을 가질 필요가 있었다. 역사를 알고 종교의 기원과 기독 교회의 기원 및 분열에 대해서도 대충 알고 있는 현대의 모든 교양 있는 사람들이 자기의 상식이 가장 타당하다고 생각하고 있듯이 그 역시 자기 자신을 올바르다고 굳게 믿고 있었다. 따라서 오류투성이의 교회의 교리보다는 오히려 자기의 건전하고 진실한 상식이 가장 옳다는 것만 믿었다.

그러나 생활 환경의 압력 때문에 성실한 사람인 그로서도 조그만 거짓을 용납하지 않을 수 없다. 불합리한 것을 불합리하다고 단정하기 위해서는 먼저 그 불합리한 대상을 연구해 볼 필요가 있다고 자기 자신에게 타일러 보는 조그만 거짓을 스스로에게 허락한 것이다. 이것은 조그만 거짓에 지나지 않았으나 바로 그것이 지금 그가 빠져 있는 큰 거짓으로 그를 인도해 갔다.

그는 자기가 태어나고 자라 온 이 러시아 정교의 세계, 주변 사람들로부터 믿기를 강요당하고 있는 그 신앙, 또 그 신앙 없이는 사람들을 위해 활동할 수가 없는 러시아 정교의 교리가 과연 정당한 것인가 하는 문제를 스스로에게 물어본 결과 이미 그 결론을 얻고 있었다. 그는 이 문제의 해결을 위해 볼테르, 쇼펜하워, 스펜서, 칸트 등의 저서를 읽지 않고 헤겔의 철학 서적과 뷔네와 호미아코프의 종교 서적을 읽음으로써 그 속에서 자라났고, 그의 이성이 오래 전부터 부정하고 있었지만, 만약 그것을 인정하지 않는다면 그의 모든 생활이 불쾌한 일들로 가득 차고, 인정한다면 그 불쾌한 일들은 모두 사라져 버린다는, 일종의 종교 보호론으로서 그는 이것에 의해 종교의 가르침을 안정시키고 정당화할 만한 것을 발견했다.

그리고 그는 사람들 저마다의 이성은 진리를 인식할 수 없으며 진리는 오직 모든 인간의 결합체에 의해서만 인식된다는 것, 따라서 진리 인식의 유일한 수단은 계시이며 이 계시는 교회를 통해서만 이루어진다는 따위의 통속적인 궤변을 깨닫게 되었다.

그는 그 때부터 아주 평온한 마음으로 별로 거짓을 행한다는 의식도 없이 태연하게 기도식이나 추도식에 참석하기도 했고, 성사라든가 성상을 향해 성호를 그을 수 있으며 사람들에게 유일함을 준다는 의식과 기쁨이 없는 가정 생활에 대한 위로를 그에게 주는 직장 근무를 해 나갈 수 있었다. 그는 자기 자신이 신앙을 가지고 있다고 믿으려 하면서도 한편으로는 무엇보다도 강하게 그의 신앙이 자기가 생각하고 있는 것보다 더 옳지 않다는 것임을 몸으로 느끼고 있었다.

그 때문에 그는 늘 우울한 눈을 하고 있었고, 자기 마음속에 이러한 거짓이 완전히 뿌리 내리기 전에 가까운 친구였던 네흘류도프를 만나자 순진했던 옛날의 자기로 되돌아갈 수 있었다. 그는 자기의 종교관을 네흘류도프에게 말한 뒤에는 더욱 더 그것이 무언가 '잘못된 것'이라는 것을 느끼고 그래서 어딘가 서글픈 생각이 들었던 것이며, 네흘류도프 역시 옛친구와의 뜻밖의 만남이 가져다 준 맨 처음 기쁨이 사라지자 이와 비슷한 기분을 느끼게 되었던 것이다.

그래서 그들은 말로는 다시 만날 것을 약속하면서도 만날 기회를 만들지 않았다. 그리고 네흘류도프가 페테르부르그에서 지내는 동안 그들은 끝내 서로 만나지 않았다.

24

대심원을 나오자 네흘류도프는 변호사와 나란히 걸어갔다. 변호사는 마부에게 뒤따라오라고 이르고 의원들이 얘깃거리로 삼고 있던, 죄가 폭로되어 법에 따르면 유형 판결을 받을 텐데 시베리아의 어느 시장으로 임명되었다는 그 국장 사건을 네흘류도프에게 이야기하기 시작했다. 재미있어 못 견디겠다는 듯이 오늘 아침에 둘이서 마차를 타고 지나는 길에 본 아직 미완성인 기념비 건립 기금으로 모은 돈을 고관들이 갈취했다는 경위를 이야기했다.

그는 모 인사의 정부가 주식을 사서 백만을 벌었다느니, 누구하고 누가 아내를 팔고 샀다는 이야기를 한바탕 하고 나서, 다시 국가 고관들이 직책을 모독하는 행위와 온갖 종류의 범죄를 저지르면서도 감옥에도 들어가지 않고 여러 관청의 요직에 앉아 있다는 새로운 화젯거리를 끄집어 냈다. 그는 이런 이야깃거리가 무궁무진해 보였고 그것이 변호사 자신에게는 큰 만족을 주었는지 아주 또렷하게, 변호사들이 돈을 벌기 위해 쓰는 수단 같은 것은 페테르부르그의 고관들이 하는 행태에 견주어 본다면 아주 정당하고 소박한 것이라는 뜻을 넌지시 풍겼다. 그런데 네흘류도프가 고관들의 범죄에 대한 빤한 이야기를 끝까지 듣지 않고 작별 인사를 하고 마차를 불러 강가에 있는 집 쪽을 마부에게 알려 주었을 때 변호사는 멍청하니 어리둥절해지고 말았다.

네흘류도프는 마음이 잔뜩 우울했다. 그가 어두운 슬픔에 잠기게 된 이유는, 대심원 기각이 죄없는 마슬로바에게 가해지는 그 까닭 없는 고통을 인정한 것과, 이 기각이 자기의 운명을 함께 하려는 그의 변함없는 결심을 더한층 힘들게 만들었기 때문이었다. 이 어두운 기분은 변호사가 자못 신이 나서 이야기한 그 지배악의 무서운 이야기 때문에 더욱 깊어졌다. 게다가 그는 전에는 상냥하고 개방적이고 품위 있었던 셀레닌의 그 심술궂고, 냉정하고, 경멸스런 눈길을 줄곧 떠올리고 있었다.

네흘류도프가 집으로 돌아오자 문지기가 기다렸다는 듯이 약간 업신여기는 듯한 태도로 편지 한 장을 건네 주었다. 문지기의 말로는 어떤 여자가 현관 옆 대합실에서 썼다는 것이었다. 그것은 슈스토바의 어머니가 쓴 편지였다. 그녀는 딸을 구해 준 은인에게 감사하다는 인사를 전하러 왔다는 것과, 바실리예프스키섬 5번 거리에 위치한 이러이러한 아파트까지 꼭 와 달라는 말을 적어 놓은 다음 베라 예블레모브나를 위해 꼭 만나 뵙고 싶다는 사연을 덧붙여 놓았다.

감사하다는 인사말로 괴롭히지는 않을 테니 염려 마시고, 감사의 말을 하지 않고 다만 만나 뵙는 기쁨을 갖고 싶을 뿐이라고 적어 놓았다. 가능하시다면 내일 오전 중에 와 주실 수 없겠느냐는 내용으로 맺어져 있었다.

또 한 통은 네흘류도프의 옛 친구인 시종 무관 보가트이로프한테서 온 편지였다. 네흘류도프는 자기가 작성한 분리파 신도가 황제 앞으로 낸 탄원서를 전달해 달라고 그에게 부탁해 두었었다. 보가트이로프는 크고 시원스런 글씨체로 약속대로 탄원서는 황제께 직접 보낼 작정이지만, 문득 생각난 것인데, 그러기 전에 네흘류도프 자신이 그 건을 담당하고 있는 고관을 직접 만나 부탁해 보는 것이 좋지 않겠느냐고 씌어 있었다.

네흘류도프는 페테르부르그에서 지내는 요 며칠 동안의 인상에서 아무것도 해결할 수 없다는 절망적 기분에 사로잡혀 있었다. 모스크바에서 만든 그의 여러 가지 계획이, 사람들이 첫 인생길에 들어가고 보면 반드시 환영을 느끼는 젊은 날의 그 헛된 꿈 같은 것으로 그에게 느껴졌다. 그러나 페테르부르그에 온 이상 그는 계획을 세워 온 것은 모두 실행하는 것을 자기 기본 원칙이라 생각하고 내일은 보가트이로프한테 가서 그의 도움 말대로 분리파 신도 문제를 맡고 있는 고관을 찾아가 보기로 마음먹었다.

그래서 그는 서류 가방에 넣어 둔 분리파 신도들의 탄원서를 꺼내어 그것을 다시 한 번 읽기 시작했다. 그 때 문 두드리는 소리가 나더니 카테리나 이바노브나 백작 부인의 하인이 들어와서 2층으로 차를 마시러 올라오라는 부인의 말을 전해 주었다.

네흘류도프는 곧 가겠다고 말하고 탄원서를 가방 속에 넣어 두고는 이모가 있는 방으로 올라갔다. 그는 층계를 올라가면서 얼핏 창 밖을 내다보고 한 길에 두 필의 밤색 말이 끄는 마리에트의 마차가 멈춰 있는 것을 보았다. 그러자 자기도 모르게 마음이 들떠 입가에 웃음이 절로 번졌다.

오늘은 검정빛이 아니라 좀 환한 색깔의 모자를 쓰고 화려한 얼룩무늬 옷을 입은 마리에트가 찻잔을 손에 들고 공작 부인의 안락 의자 곁에 앉아서 미소를 띤 채 아름다운 눈을 반짝이면서 달콤한 소리로 재잘거리고 있었다. 네흘류도프가 방으로 들어갔을 때, 마침 마리에트가 무엇인지 몹시 우습고 음탕한 말을 했던 참인 듯——네흘류도프는 웃음의 성질에서 그것을 눈치챈 것이지만——코 밑에 검은 솜털이 난 마음씨 좋은 카테리나 이바노브나 백작 부인이 뚱뚱한 몸을 흔들어 대며 배를 쥐고 요란스럽게 웃었다. 마리에트는 독특한 장난꾸러기 같은 표정을 띤 채 웃음으로 벌어진 입을 일그러뜨리며 정력적인 밝은 얼굴을 갸우뚱하고 잠자코 이야기 상대의 얼굴을 바라보았다.

네흘류도프는 그들이 나눈 몇 마디의 이야기를 들어 보고 두 사람의 화제가 페테르부르그의 제2의 뉴스, 즉 신임된 시베리아 시장의 에피소드를 이야기하고 있었다는 것을 알아차렸다.

마리에트가 여기에 대해 무엇인지 몹시 우스운 말을 했으므로 백작 부인은 한동안 웃음을 참을 수가 없었던 모양이었다.

"정말 사람 죽이는군요." 하고 그녀는 그 웃음을 그치려는 듯이 기침을 하며 말했다.

네흘류도프는 인사를 하고 두 사람 곁에 앉았다. 그리고 그가 마리에트의 경박함을 나무라려 하자 그녀는 그의 얼굴에 나타난 진지한, 약간 불쾌한 듯한 표정을 재빨리 눈치채고 순간적으로 그의 마음에 들게 하려고——그를 처음 보았을 때부터 그녀는 그것을 원하고 있었지만——얼굴 표정뿐 아니라 기분까지 싹 변화시키고 말았다.

그녀는 갑자기 얼굴빛을 바로하더니 자기의 생활이 불만족스러워서 뭔가를 찾으며, 뭔가를 향하여 마음을 갈구하고 있는 듯한 태도를 지었다. 더구나 겉으로만 그렇게 꾸미는 것이 아니라 실지로 네흘류도프가 젖어 있는 것과 똑같은 심정——하기는 그것이 어떤 심정인지 그녀는 말로는 절대로 표현할 수 없었지만——으로 스스로 젖어들었다.

그녀는 네흘류도프가 부탁했던 일이 어떤 결과로 끝났는지를 물었다. 그는 대심원에서 기각되었다는 것과 셀레닌을 만났다는 것을 말했다.

"아아! 정말 그분은 마음씨가 아름다운 분이에요! 그야말로 용기있는 흠 잡을 데 없는 기사지요. 그 깨끗한 마음씨란." 하고 두 부인은 사교계에서 셀레닌에게 주어지고 있는 판에 박은 찬사를 늘어놓았다.

"그의 아내는 어떻습니까?" 하고 네흘류도프는 물었다.

"부인 말씀이세요? 글쎄요. 난 이러쿵저러쿵하는 것을 삼가고 있어요. 하지만 그녀는 남편을 이해해 주지 않아요. 그건 그렇고, 그분까지 기각측에 섰나요?" 하고 그녀는 진심으로 동정어린 목소리로 말했다. "무서운 일이군요. 그녀가 정말 안됐군요." 하고 그녀는 한숨 섞어 덧붙였다.

그는 이맛살을 찌푸렸다. 그리고 화제를 돌리려고 요새 감옥에 갇혀 있다가 그녀의 도움으로 석방된 슈스토바 이야기를 꺼냈다. 그는 그녀가 남편을 움직이게 한 일에 대해서 감사를 표한 다음 그 여자와 가족들이 그저 아무도 관심을 기울이지 않았다는 까닭만으로 고생해야만 했던 것을 생각하니 정말 무서운 마음이 든다고 말하려 하자 그녀는 그가 채 말을 끝맺기도 전에 자기도 모르게 심한 분노를 드러냈다.

"그 말씀은 하시지 말아 주세요." 하고 그녀는 말했다. "풀어 줘도 좋다고 남편이 말했을 때 저도 같은 생각이 떠올라서 깜짝 놀랐어요. 그 여자가 무죄였다면 대관절 여태까지 왜 가두어 두었을까요?" 그녀는 네흘류도프가 하려던 말을 했다. "괘씸한 일이에요. 이런 일이 어떻게 일어날 수 있을까요?"

백작 부인은 마리에트가 조카에게 교태를 부리고 있는 것을 보았다. 그리고 그것이 그녀의 마음을 기분 좋게 만들었다.

"얘, 알겠니?" 두 사람의 말이 중단되자 그녀는 말했다. "내일 저녁에 아린한테로 오너라. 키제베체르가 올 거야. 그리고 당신도." 하고 그녀는 마리에트 쪽을 보았다.

"그분은 너를 인정하고 있더라." 하고 나서 그녀는 조카를 향해 말했다. "네가 한 말을 모두——내가 그분한테 설명했지만——좋은 징조니까 틀림없이 그리스도의 곁으로 갈 수 있을 거라고 말하더라. 꼭 오너라. 당신도 권해 줘요, 마리에트, 얘더러 오라구. 그리고 당신도 오세요."

"저 같은 것은 백작 부인, 공작님께 무엇을 충고할 권리가 전혀 없는걸요."

마리에트는 네흘류도프를 바라보면서, 그리고 그 눈길에 의해 백작 부인의 말과 복음 전도라는 것에 대한 태도의 완전한 합의 비슷한 것을 두 사람 사이에 확립시키면서 말했다. "그리고 또, 아시다시피 난 그다지 좋아하지 않기 때문에……."

"정말 당신은 언제나 뭐든지 남들과는 틀리게 자기 맘먹은 대로 하시니까."

"어머 마음먹은 대로라니요? 나만큼 단순한 여자는 이 세상 어디에도 없다고 생각하고 있는데요." 마리에트는 웃으며 말했다. "그리고." 하고 그녀는 말을 이었다. "나는 내일 프랑스 연극을 보러 가게 되어 있기 때문에……."

"아아! 당신 그 여배우를 보셨나요……그 왜 이름이 뭐라더라?" 하고 카테리나 이바노브나 백작 부인은 말했다.

마리에트는 유명한 프랑스 여배우의 이름을 가만히 일러 주었다.

"꼭 가 보도록 하세요. 굉장해요."

"어느 쪽을 보시겠습니까, 이모님? 여배웁니까, 아니면 전도사입니까?" 하고 네흘류도프는 놀리듯 빙그레 웃으며 말했다.

"그렇게 말꼬리를 잡는 게 아니에요."

"나는 먼저 전도사를 보고, 그 다음에 여배우를 보아야 한다고 생각하는데요. 그렇지 않으면 설교의 맛을 전부 상실해 버릴지도 모르니까요." 하고 네흘류도프는 말했다.

"아니에요, 그보다도 프랑스 연극을 먼저 관람하시고 나서 참회하시는 게 좋을 거예요." 하고 마리에트는 말했다.

"글쎄, 둘이서 나를 좀 놀리는 것 같은데요. 전도사는 전도사요, 극장은 극장이에요. 구원을 받기 위해서 얼굴을 일그러뜨리고 훌쩍거릴 필요는 전혀 없어요. 믿으면 되는 거예요. 그러면 마음이 상쾌해지니까."

"이모님, 이모님은 어느 전도사보다도 설교가 훌륭하십니다."

"물론이죠." 하고 마리에트는 잠깐 생각에 잠겼다가 말했다. "내일 우리들 좌석에 오세요."

"아마 시간이 허락지 않아 어려울 겁니다."

그 때 하인이 손님이 찾아왔다는 것을 알리러 들어왔기 때문에 이야기가 중단되었다. 손님은 백작 부인이 회장을 지냈던 자선 협회의 비서였다.

"이것 참, 따분한 손님이 왔군. 내가 저 쪽에 가서 만나는 편이 좋겠군. 이애한테 차를 서비스해 주세요, 마리에트." 백작 부인은 언제나의 버릇처럼 침착하지 못한 큰 걸음으로 빠르게 홀 쪽으로 나가면서 마리에트에게 말했다.

마리에트는 장갑을 벗고 약손가락에다 보석 반지를 낀 몹시 야무지고 납작한 손을 드러냈다.

"드시겠어요?" 그녀는 묘하게 짧은 손가락을 뻗치고 알코올 램프에 걸려 있는 은주전자에 손을 뻗으면서 말했다.

그 얼굴은 진지한 표정으로 변하더니 곧 우수를 띠었다.

"나는 그 의견을 존중하고 있는 사람들이, 나라는 인간과 내가 놓여 있는 환경을 같이 보고 있다는 것을 생각하면 언제나 말할 수 없이 괴로운 심정이 들어요."

그녀는 이 마지막 말과 동시에 금방이라도 울음을 터뜨릴 듯한 모습을 보였다. 잘 생각해 보면 그 말에는 아무런 의미도 없든가, 아주 애매한 뜻밖에 없었지만, 그러나 네흘류도프에겐 굉장한 깊이와 성실함과 선량함에 넘친 말같이 느껴졌다.

젊고 아름답고 화려한 차림을 한 부인의 이런 말과, 반짝반짝 빛나는 아름다운 눈길이 완전히 그의 마음을 빼앗아 버렸기 때문이었다.

네흘류도프는 잠자코 그녀를 바라보고 있었다. 그녀의 얼굴에서 눈을 돌릴 수가 없었다.

"내가 당신을, 당신의 내부에 소용돌이치고 있는 모든 일을 이해하지 못한다고 생각하세요? 하지만 당신이 하신 일은 누구나 알고 있잖아요. 이것이 공공연한 비밀이라는 거예요. 나도 감격해서 당신에게 아낌없는 찬사를 보내고 있답니다."

"별 말씀을, 감격하시다니. 아무것도 한 일이 없는데요."

"그건 마찬가지예요. 나는 당신의 마음을 알 수 있고 그녀의 마음도 이해하고 있어요……어쨌든 좋아요. 이 이야기는 더 하지 않기로 해요." 네흘류도프의 얼굴에 불쾌한 그림자가 스친 것을 보고 그녀는 스스로 삼갔다.

"나는 그 밖에도 다 알고 있어요. 당신이 감옥 안의 모든 고통과 거기서 행해지고 있는 무서운 일들을 보시고." 마리에트는 한결같이 그의 마음을 끌려고 여자다운 직감으로 그에게 소중하고 귀중한 것을 추측하면서 말했다.

"그렇게 무서운 고통을 겪고 있는 사람들, 세상의 무관심과 냉혹 때문에 고생하고 있는 사람들을 구하려고 하시는 것이지요. ……그런 일을 위해서라면 목숨을 바쳐도 좋다는 것쯤 나도 알고 있어요. 그리고 내 자신도 희생하고 싶을 정도예요. 하지만 사람에겐 저마다 자기 운명이라는 것이 있으니까요……."

"그럼, 당신은 자기 운명에 만족하지 못하시는 것입니까?"

"내가요?" 이런 말을 물어도 괜찮을까 하고 깜짝 놀란 듯이 그녀는 물었다.

"나는 만족하지 않으면 안 돼요. 그래서 만족하고 있어요. 하지만 벌레라도 눈을 뜰 때가……."

"그 벌레에게 잠을 재워서는 안 됩니다. 그것의 소리를 믿어야 해요." 그녀의 거짓말에 홀딱 넘어가 네흘류도프는 말했다.

그 뒤 몇 번인지 네흘류도프는 부끄러움을 느끼며 그녀와의 대화를 떠올리곤 했다. 그녀의 거짓말이라기보다는, 그를 흉내낸 말과 그가 감옥의 무서움과 시골에서의 느낌을 말했을 때의, 그녀의 감동에 젖은 듯이 조용히 듣고 있던 얼굴을 그는 훗날 수치심으로 얼굴을 붉히면서 떠올리는 것이었다.

백작 부인이 돌아왔을 때, 두 사람은 단순히 옛친구라는 것만이 아니라, 이해해 주지 않는 사람들 사이에서 두 사람만이 서로 이해하고 있는 둘도 없는 친구라는 듯이 다정하게 이야기를 주고받고 있었다.

두 사람은 권력의 부정에 대해, 불행한 사람들의 고뇌에 대해, 민중의 가난한 서글픔에 대해 이야기하고 있었다. 그러나 실지로는 이야기하는 사이사이 지그시 바라보는 두 사람의 눈동자는 줄곧 '나를 사랑해 주시겠지요?' 하고 묻고 '사랑하고말고요.'라고 대답하고 있었다. 그리고 성적 유혹이 전혀 생각지도 않은 무지갯빛 형태를 드러내며 두 사람을 끌어당겼다.

그녀는 떠나면서 언제든지 힘 닿는 데까지 그를 도와 주겠노라고 말했고, 한 가지 아주 중대한 문제가 있으니 내일 밤 잠깐 동안만이라도 좋으니 꼭 극장으로 찾아와 달라고 했다.

"언제 또 뵙게 될는지요?" 그녀는 이렇게 덧붙이며 한숨을 내쉬고 조심스레 반지로 덮인 손가락에 장갑을 꼈다.

"그러니까 오시겠다고 말씀해 주세요."

네흘류도프는 약속했다.

그 날 밤 네흘류도프는 자기 방에서 홀로 침대에 누워 불을 끄고 나서도 한참 동안 잠을 이루지 못했다. 마슬로바의 일, 대심원의 기각, 자기가 역시 그녀를 따라가겠다고 다짐하고 있는 일, 토지 소유권을 포기한 일 등을 생각하고 있으려니까 그의 머리에 갑자기 그들 문제에 대한 해답처럼 '언제 또 뵐 수 있을는지요?'라고 말했을 때의 마리에트의 얼굴과 한숨과 눈길과 그리고 미소가 떠올랐다. 너무나도 뚜렷이 떠올랐으므로 지금 눈앞에 있는 듯한 기분이 들어 그는 저도 모르게 미소를 지어 보였다.

'시베리아로 가는 것이 옳은 일일까? 재산을 포기하는 것이 옳은 일일까?'

그는 스스로에게 물었다.

그리고 이런 여러 가지 문제에 대한 해답은 느슨하게 드리워진 커튼 사이로 보이는 이 페테르부르그의 백야(白夜) 속에서 왠지 모르게 애매하기만 했다. 그의 머릿속에서 모든 것이 뒤죽박죽 엉키고 말았다.

그는 예전의 기분을 되살려 이전의 사상 경로를 돌이켜보았다. 그러나 이들 사상은 이미 이전과 같은 설득력을 갖지 못했다.

'별안간 이런 것을 생각해 냈지만, 이런 생활에는 견딜 수가 없을 것 같구나. 이러다간 좋은 일 한 것을 후회하게 되겠는걸.' 하고 그는 스스로에게 중얼거렸다. 그리고 이러한 의문에 답도 찾지 못하고 그는 벌써 오랫동안 알지 못했던 우수와 절망에 빠져 버렸다. 그는 이러한 문제를 마무리짓지 못한 채, 예전에 트럼프 놀이에서 크게 지고 난 뒤에 그랬듯이 괴로운 잠에 빠져 들었다.

25

이튿날 아침 눈을 뜨자마자 네흘류도프가 제일 처음 느낀 것은 어제는 무엇인가 꺼림칙한 짓을 했다는 것이었다.

그는 돌이켜 생각해 보았다. 꺼림칙한 일은 없었다. 좋지 못한 행위도 없었다. 그러나 좋지 못한 생각은 있었다. 그것은 그의 현재의 모든 계획——카튜샤와의 결혼과 토지를 농민들에게 나누어 준다는 것——이것은 모두 이루어지지 못할 헛된 망상 같아서 그는 도저히 견딜 수 없는 것이며, 이런 것은 모두 조작적이며 부자연스럽고 지금까지 살아 왔듯이 앞으로도 그렇게 살아가는 것이 필요하다는 좋지 못한 생각이었다.

좋지 못한 행위는 없었다. 그러나 좋지 못한 행위보다도 더욱 나쁜 것이 있었다. 온갖 좋지 못한 행위를 자아내는 온갖 생각이 있었다. 좋지 못한 행위는 후회하고 되풀이하지 않도록 할 수 있지만 좋지 못한 생각은 모든 좋지 못한 행위를 자아내게 한다.

하나의 좋지 못한 행위는 다른 온갖 좋지 못한 행위에의 길을 다질 뿐이지만, 좋지 못한 생각은 불가항력으로 그 길로 끌어들인다.

그 날 아침 잠시였지만, 머릿속으로 어제의 생각을 들추어 보고 비록 어떻게 그런 생각을 가질 수 있었던가 싶어 어이가 없었다. 그가 실행하려고 마음먹고 있었던 일은 아무리 새롭고 어려운 일일지라도 이것이 지금의 그에게는 단 하나의 구원 같은 삶이라는 것을 그는 알고 있었다. 그리고 이전의 생활로 돌아가는 것이 아무리 몸에 밴 안일한 일일지라도 그것이 죽음이라는 것을 알고 있었다.

지금의 그에게는 어제의 좋지 못한 유혹이, 흔히 사람들이 싫증이 나도록 자고 나서 이제는 조금도 잠은 오지 않지만, 그리고 그를 기다리고 있는 소중하고 기쁜 일을 위해 이미 일어나야 할 시간이라는 것을 알면서도 좀더 침대 속에서 따뜻하게 누워 있고 싶은 생각이 들 때가 있는데 꼭 그와 같은 마음이라고 생각되었다.

그 날은 페테르부르그에서 머무는 마지막 날이었으므로 그는 아침부터 바실리예프스키 섬에 있는 슈스토바네 집으로 향했다.

슈스토바의 집은 2층에 있었다. 네흘류도프는 문지기가 가리키는 대로 뒷문으로 들어가서 가파른 계단을 올라가 음식 냄새가 풍겨 나오는 무더운 부엌으로 들어갔다. 안경을 쓴 노파가 소매를 걷어 올리고 앞치마를 두르고 풍로 앞에서 김이 오르는 냄비 속을 젓고 있었다.

"누굴 찾으세요?" 그녀는 안경 너머로 들어온 사람을 힐끔 보며 따지듯이 물었다.

네흘류도프가 이름을 대자마자 갑자기 노파의 얼굴에 놀라움과 기쁨의 표정이 떠올랐다.

"아, 공작님!" 앞치마로 손을 닦으며 그녀는 소리쳤다. "그런데 왜 뒷문으로 오셨나요? 공작님은 저희들의 은인입니다! 저는 그애의 어미입니다. 하마터면 그애를 잃어버릴 뻔했어요. 당신이 구해 주시지 않았던들." 하고 어머니는 네흘류도프의 손을 잡고 그 손에 입을 맞추려고 했다. "제가 어제 댁을 방문했었지요. 동생이 가 보라고 해서요. 동생도 와 있습니다. 자, 어서 이리로 들어오세요." 슈스토바의 어머니는 좁은 문과 어두운 복도로 나가 걸으며 흐트러진 옷과 머리를 매만지면서 네흘류도프를 데리고 갔다. "동생은 코르니로바라고 합니다만 아마 들어 보셨을 거예요." 문 앞에서 발을 멈추더니 그녀는 작은 소리로 덧붙였다. "정치 운동을 하다가 붙잡혀 들어가 있답니다. 아주 영리한 애지요."

복도에서 문을 열고 슈스토바의 어머니는 네흘류도프를 조그만 방으로 인도했다. 방 안에는 테이블 앞 낡은 의자에 줄무늬진 무명 웃옷을 걸쳐 입은, 몸매가 작고 뚱뚱해 보이는 여자가 앉아 있었다. 어머니를 닮은 둥글고 창백한 얼굴은 금발의 고수머리로 감싸여 있었다. 그리고 그 앞에는 러시아식으로 깃에 수를 놓은 루바슈카를 입은 검은 수염의 청년이 몸을 구부리고 안락 의자에 앉아 있었다. 이 두 사람은 이야기에 빠져 있었던 듯이 네흘류도프가 문에 들어섰을 때에야 비로소 이 쪽을 향해 보았다.

“리지아. 네흘류도프 공작님이시다. 이분이…….”

얼굴이 창백한 리지아라는 여자는 귀 언저리에 늘어진 머리칼을 쓸어올리며 벌떡 일어나더니 놀란 듯이 그 커다란 잿빛 눈동자로 네흘류도프를 바라보았다.

“당신이 바로 그 위험 인물이군요, 베라 예플레모브나가 부탁한?” 네흘류도프는 빙그레 웃는 낯으로 손을 내밀며 말했다.

“네, 저예요.” 리지아는 입을 크게 벌려 예쁜 이를 보이며 기분 좋은 듯이 아이들 같은 순진한 미소를 띠며 생글생글 웃었다. “이모가 무척 선생님을 만나뵙고 싶어하셨어요. 이모!” 그녀는 문 쪽을 향하여 상냥한 목소리로 외쳤다.

“베라 예플레모브나는 당신이 수감된 것을 몹시 걱정하고 있었습니다.” 하고 네흘류도프는 말했다.

“이 쪽으로 앉으세요. 여기가 좀더 편할 거예요.” 리지아는 청년이 막 일어나, 낡아 속이 드러나긴 했지만 폭신폭신해 보이는 안락 의자를 가리키며 말했다.

“이 쪽은 제 사촌 자하로프예요.” 청년에게로 시선을 돌린 네흘류도프를 보고 그녀는 말했다.

청년은 리지아와 같이 마음이 선량해 보이는 미소를 지으면서 손님에게 인사를 하였다. 그리고 그가 앉았던 자리에 앉자 창가에서 의자를 가져다 그 곁에 놓고 앉았다. 이 때 다른 방으로부터 열여섯 살쯤 된 금빛 머리카락을 가진 중학생이 들어오더니 잠자코 창가에 앉았다.

“베라 예플레모브나는 이모와는 절친한 사이지만 저는 잘 알지도 못하지요.” 하고 리지아는 설명했다.

그 때, 옆방에서 흰 블라우스 위에 혁대를 맨 퍽 활달하고 똑똑해 보이는 여자가 들어왔다.

“안녕하세요? 이처럼 찾아와 주셔서 대단히 고맙습니다.” 그녀는 리지아와 나란히 소파에 앉으며 곧 말했다.

“베로치카는 어떤가요? 만나셨겠지요? 그 고생을 견디고 건강하게 잘 있는지요?”

"별로 불평은 하지 않고 있습니다." 하고 네흘류도프는 대답했다. "건강도 괜찮다고 하더군요."

"아아, 베로치카, 그렇다고 말했을 거예요." 이모는 미소를 짓고 고개를 저으면서 말했다.

"잘 이해해 주어야만 해요. 훌륭한 인격자지요. 언제나 남을 위해 일하고 자기 몸은 돌보지 않는답니다."

"그렇습니다. 그녀는 자기는 아무것도 바라지 않으면서 당신 조카만을 근심 걱정하고 있었습니다. 조카가 아무 죄도 없이 갇혔다며 늘 염려했었습니다."

"그렇구말구요." 하고 이모는 말했다. "참, 무서운 일이에요! 정말이지 이 애는 나 때문에 고생을 했지요."

"이모, 그건 옳지 않아요." 하고 리지아는 말했다. "이모가 말씀하시지 않았더라도 저는 그 서류를 맡았을 거예요."

"그래, 내가 더 잘 알고 있으니까 넌 가만히 있어." 하고 이모는 말을 계속했다. "그런데 말예요." 그녀는 네흘류도프를 향해 얼굴을 돌리며 말을 이었다. "어떤 사람이 저더러 그 서류를 좀 맡아 달라고 했는데 저에게는 방이 따로 없었기 때문에 여기 갖고 와서 이애한테 맡겨 두게 되었지요. 그런데 그 날 밤 가택 수색을 받게 되어 이애는 붙들려 지금까지 감옥에 갇혀, 서류를 맡긴 사람이 누구냐고 털어놓으라고 추궁받았던 거예요."

"그래도 저는 결코 말하지 않았어요." 리지아는 별로 방해가 되지 않는 머리카락을 신경질적으로 쓸어 올리면서 재빠르게 말했다.

"네가 털어놓았다고 말하는 게 아니야." 하고 이모는 말했다.

"미틴이 잡힌 건 결코 내가 일러바쳤던 탓이 아니에요." 리지아는 얼굴이 붉게 상기되어 불안한 듯이 주위를 돌아다보면서 말했다.

"리지아, 그런 말을 뭣 하러 하지? 그만둬." 하고 어머니가 말했다.

"왜요, 말하면 어때요?" 하고 리지아는 미소를 짓지 않고 얼굴이 빨개진 채 머리카락을 잡아당기지도 않고 그대로 손가락에다 감으면서 주위를 두리번거렸다.

"어제도 너는 그런 말을 하고는 그렇게 흥분하지 않았니?"

"글쎄, 가만히 계세요, 어머닌. 나는 아무 말도 하지 않고 침묵을 지켜 왔어요. 그들은 두 번씩이나 이모와 미틴에 대해서 추궁해 왔지만 난 아무 말도 하지 않았어요. 어떤 일이 있더라도 대답하지 않겠다고 결심했어요. 그러자 그……페트로프가……."

"페트로프는 헌병이고 스파이일 뿐만 아니라 지독한 악당이랍니다." 하고 이모는 조카의 말을 네흘류도프에게 설명해 주었다.

"그러자, 그 헌병 녀석이." 하고 리지아는 흥분해서 덤비며 말했다. "나를 설복시키려고 달라붙지 않겠어요? '네가 나한테 어떤 말을 하든 그것은 아무에게도 피해를 주는 게 아니야. 도리어……네가 자백하지 않으면 우리는 죄없는 사람을 계속 괴롭히게 될는지도 모른다.'느니 어쩌니 하면서 말예요. 그러나 나는 말을 않겠다고 침묵으로 일관했어요. 그랬더니 그는 '그럼, 좋아. 그러나 내가 하는 말을 부정해서는 안 돼.' 하고 여러 사람의 이름을 꺼내더니 나중에는 미틴의 이름을 지적해 냈어요."

"리지아, 그런 말은 이제 그만두래두." 하고 그녀의 이모는 말했다.

"왜 그러세요? 이모님, 제 말을 가로막지 마세요." 그녀는 머리카락을 여전히 끌어당기며 불안하게 옆을 두리번거렸다. "그런데 이것 보세요, 그 이튿날 뜻밖에도 옆 감방에서 벽을 두드리더니 미틴이 붙들렸다고 알려 주지 않겠어요? 제가 그 사람을 판 것같이 되었으니 저는 얼마나 고통스러웠겠어요. 정말 미칠 듯이 괴로웠어요."

"리지아, 그 사람이 붙잡힌 것은 네 탓이 아니었어." 이모가 말했다.

"그래도 나는 그런 줄 몰랐으니까요. 제가 그 사람을 일러바친 것이라고만 생각했지요. 감방 안을 거닐면서도 줄곧 그 일만 생각했어요. 제가 팔았다고 생각했지요. 자리에 누워 눈을 감아도 제 귀에는 속삭이는 소리가 들렸어요. '팔았지? 미틴을. 미틴을 네가 팔았지? 하고요. 그게 환상인 줄 알면서도 그 말에 귀를 안 기울일 수가 없었어요. 자려고 해도 잠이 오지 않고 생각하지 않으려 해도 안 할 수가 없었어요. 그건 참으로 무섭고 고통스런 일이었어요!"

리지아는 차츰 흥분이 더해져 한쪽 머리카락을 손가락에 감았다 풀었다 하면서 주위를 두리번거렸다.

"리지아, 그만 진정해라." 하고 딸의 어깨를 다독거려 주며 어머니가 타일렀다.

그러나 리지아는 이야기를 멈출 수가 없었다.

"더 무서운 일은……." 그녀는 무슨 말을 꺼내려다가 말을 다 끝내도 전에 울음을 터뜨리고는 벌떡 일어나 소파를 짚으며 밖으로 달려나갔다. 어머니가 그 뒤를 쫓았다.

"비겁한 악당은 죽여 버려야 해!" 하고 창가에 앉아 있던 중학생이 말했다.

"너, 그게 무슨 소리냐?" 하고 이모가 말했다.

"아무것도 아니에요……그냥 나는."이라고 중학생은 중얼거리고는 탁자 위에 놓인 담배를 집어 피우기 시작했다.

26

"정말 젊은 사람에게 있어서 독방에 갇힌다는 건 무서운 일이지요." 머리를 가로저으며, 역시 담배를 피워 물면서 이모가 말했다.

"누구든지 다 똑같다고 생각합니다." 하고 네흘류도프는 말했다.

"아니, 그건 그렇지 않아요." 하고 이모는 대답했다. "도리어 휴식처가 되고 안정이 된다더군요. 비합법적 활동가들은 언제나 불안하고, 물질적으로 궁하고, 자기를 위해서나 동지들을 위해서나 또 대의를 위해 공포 속에서 지내게 되지만 드디어 구속되고 보면 모든 게 끝나 책임이 없어지니까 이제는 가만히 앉아서 쉬기나 하자는 생각이 드는 거예요. 붙잡히고 나면 정말 오히려 안심이 되고 기쁜 느낌이 든대요. 그러나 젊은 사람이나 죄가 없는 사람에게는——언제나 리도치카와 같이 죄없는 사람들이 먼저 붙들리지만……누구나 겪는 처음의 쇼크는 아주 무서운 것이지요. 자유를 박탈당한다든가, 난폭한 취급을 받는다든가, 음식이 불결하다든가 공기가 나쁘다든가——모든 일이 부자유한 것이기는 하지만——그런 것은 아무 문제도 아니에요. 그런 부자유는 가령 세 곱이나 더하다 하더라도 처음 감옥에 들어갔을 때 받는 정신적 쇼크만 없다면 그런 건 얼마든지 참을 수 있을 거예요."

"그럼 당신도 경험이 있나요?"

"저요? 두 번이나 수감되었었지요." 이모는 슬픈 듯이 그러나 상냥하게 미소를 띠면서 말했다.

"처음 들어갔을 때는 아무 죄도 없이 붙들렸지만." 하고 말을 계속 이었다. "저는 스물두 살 때 애가 하나 있는데다 또 임신을 하고 있었지요. 그래서 그 때 자유를 잃고 아이와 남편과 떨어지게 되는 것이 몹시 괴로웠습니다만 내가 인간이 아니라 물건이 되어 버린 것을 깨달았을 때 느꼈던 그 심적 고통에 비추어 보면 아무것도 아니었지요. 딸아이와 작별 인사를 하려 하자 가서 마차나 타라고 하고, 어디로 가느냐고 물어 보아도 가 보면 안다는 거예요. 내가 무슨 죄가 있어서 데려가느냐고 물어도 대답조차 해 주지 않았어요. 그리고 붙잡혀 가서 조사가 끝나자 옷을 뺏더니 번호가 붙은 죄수복을 입히고는 끌고 가서 문을 열고 안에 집어 넣고는 열쇠를 잠그고 나서 가 버리는 거예요. 총을 멘 감시병만이 혼자서 아무 말도 없이 뚜벅뚜벅 걷다가는 때때로 감방 문 틈으로 흘끔 들여다보곤 했어요. 그 때의 무섭고 괴롭던 일이란 정말 잊혀지지 않는답니다.

그 때 무엇보다도 화가 치민 것은 취조할 때 헌병 장교가 담배를 피우고 싶지 않느냐고 묻던 일이에요. 이 사내는 사람들이 담배를 좋아하는 것을 알고 있었던 거예요. 사람들이 얼마나 자유를 사랑하며, 광명을 사랑하고 있는가를 알 것이며, 어머니가 얼마나 자식을 사랑하고 자식이 어머니를 사랑하는지 알 거예요. 그런데 그들은 어째서 인정도 없이 저를 이 모든 소중한 것들로부터 떼어 내어 짐승처럼 가둘 수가 있었을까요? 그런 못된 짓은 벌을 받아 마땅해요. 아무리 신과 사랑을 믿고 사람이란 서로 사랑하는 것이라고 믿고 있는 사람이라도 이런 일을 당하게 된다면 믿을 수가 없어지게 될 거예요. 저도 그 때부터 사람을 믿지 않게 되었지요. 그리고 미워하게 되었답니다." 이렇게 그녀는 말을 끝맺고 조용히 미소를 지었다.

리지아가 나가던 문으로 그녀의 어머니가 들어오더니 리지아가 마음이 몹시 혼란스러워져서 다시 들어오려 하지 않는다고 말했다.

"무엇 때문에 젊은 목숨이 보람 없이 고통받게 되는 것일까요?" 하고 이모는 말했다. "그리고 가장 가슴 아픈 일은, 어쩔 수 없는 일이긴 했지만 제가 그 원인이 되었다는 것이에요."

"아마 시골의 맑은 공기라도 마시면 좋아지겠지." 하고 어머니가 말했다.

"저애 아버지 있는 데로 보낼까 해요."

"정말 당신 도움이 아니었다면 그애는 아주 죽어 버리고 말았을 거예요." 하고 이모는 말했다. "정말로 고마워요. 제가 뵙고 싶었던 것은 베라 예플레모브나에게 이 편지를 전해 주셨으면 하는 부탁 때문이에요." 그녀는 주머니에서 편지를 꺼내며 말했다. "붙이지는 않았어요. 그러니까 읽어 보시고 찢어 버리시든지, 그대로 전해 주시든지 편하실 대로 하세요. 그 편지엔 보아서는 안 될 내용은 한 마디도 없으니까요."

편지를 건네 받은 네흘류도프는 전해 줄 것을 약속했다. 그리고 일어서서 작별을 하고 거리로 나왔다.

그는 그 편지를 읽지 않고 그대로 봉한 뒤 부탁받은 대로 전해 주리라 마음먹었다.

27

네흘류도프를 페테르부르그에 붙들어 둔 마지막 용건은 분리파 신도 사건이었다. 예전에 연대에 같이 있던 시종 무관 보가트이로프의 손을 빌려 황제께 청원서를 올리기로 되어 있었다. 그는 오전중에 보가트이로프를 찾아갔다. 때마침 그는 외출하려고 아침 식사를 들고 있었다. 보가트이로프는 키가 작달막한 사내로 무척 힘이 센——그는 말 편자를 구부릴 수가 있었다——선량하고, 정직하고, 부정을 싫어하는 게다가 솔직한 자유주의자였다.

이러한 성격임에도 불구하고 그는 궁정과 가까운 관계를 갖고 황제와 그 가족을 사랑하며 또 특별한 능력을 갖고 있어서 상류 계급 속에서 살면서도 그 좋은 면만을 보고 좋지 못한 일에는 조금도 관계를 갖지 않는 보기 드문 사나이였다. 결코 그는 남을 비난하거나 남이 하는 일을 모함하는 일이 없었다. 언제나 잠자코 있었지만 어쩌다 말을 할 때면 껄껄 웃으면서 커다랗게 외치는 듯한 소리로 할 말은 해치우고 게다가 때때로 큰 소리로 호탕하게 웃었다. 그러나 그의 이런 태도는 어떤 책략에서 나오는 것은 결코 아니었다. 그의 성격이 본디 그런 것이었다.

"아, 마침 잘 왔네. 아침이나 같이 들지 않겠나? 우선 앉게. 아주 맛좋은 비프스테이크야. 나는 언제나 실속부터 챙기자는 것이 내 주의거든, 하하하. 자, 포도주 한 잔 들게나." 그는 빨강 포도주병을 가리키면서 떠들어 댔다. "자네 일을 알고 있었지. 내가 맡겠네. 내가 직접 청원서를 내겠어. 염려없네. 그런데 그전에 자네가 토포로프한테 가 보는 게 좋지 않을까 하고 문득 생각했네."

토포로프라는 이름을 듣자 네흘류도프는 이맛살을 찌푸렸다.

"이 문제는 그의 권한이야. 황제도 그에게 물어 볼 것이니까 결국은 마찬가지일세. 그러니까 어쩌면 그가 자네의 청을 해결해 줄지 모르네."

"자네가 그렇게 권한다면 가 보지."

"잘 됐어. 그런데 페테르부르그는 자네에게 어떤 느낌을 주었나?" 하고 보가트이로프는 수다스럽게 말했다. "말해 보게, 응?"

"마치 최면술에 걸린 느낌이네 그려." 하고 네흘류도프는 말했다.

"최면술?" 보가트이로프는 되뇌이면서 껄껄 웃었다. "마시기 싫나? 그럼 맘대로 하게." 보가트이로프는 냅킨으로 입을 닦았다. "그럼, 그에게 가겠지? 만일 그가 우물쭈물거리면 나한테로 다시 오게. 내일 내가 내지." 그는 소리치듯이 말한 다음 의자에서 일어나 입을 닦을 때처럼 또 무의식적으로 성호를 긋고 나서 군도를 찼다. "자, 그럼 이젠 가 봐야겠네."

"같이 나가세." 네흘류도프는 흐뭇한 마음으로 보가트이로프의 넓적한 힘찬 손을 잡으며 이렇게 말했다. 언제나와 같이 유쾌하고, 꾸미지 않은 소탈한 인상을 받으면서 출입구 층계에서 그와 헤어졌다.

찾아가 봤자 별 효과가 있을 것 같지 않았지만, 하여튼 보가트이로프의 권고대로 네흘류도프는 분리파 신도 사건의 운명을 쥐고 있는 토포로프에게로 마차를 달렸다.

토포로프가 담당하고 직무는 윤리 의식이 없는 어리석은 사람을 제외한 누구의 눈에도 내부적으로 모순을 안고 있다는 것이 보였다. 토포로프는 두 가지 면에서 부정적인 성격을 가지고 있었다. 그가 담당하고 있는 직무의 모순이란, 그의 의견에 따르면 교회란 하느님이 세우신 것이어서 지옥의 문이나 어떠한 사람의 노력으로도 움직일 수 없는 것이라면서 그의 직무가 외부적인 수단과 압력에 의해서 교회를 지켜 나가고 보호하는 것을 그 사명으로 하고 있다는 것이었다. 즉 어떤 힘으로도 움직일 수 없는 신성 불가침한 신의 제도를, 토포로프가 우두머리로서 관리들을 구성하고 지배하는 인간 제도에 따라 보호하고 지켜 나가지 않으면 안 된다는 것이었다.

토포로프는 이 모순적 사실을 알지도 못했고 또 알려고도 하지 않았다. 그래서 그는 언제나, 지옥의 문도 움직일 수 없는 교회를 카톨릭 신부나 프로테스탄트의 목사나 분리파 신도가 부수지나 않을까 하고 무척 걱정하고 있었다. 토포로프는 근본적인 종교적 감정과 인류 평등, 박애 정신을 잃고 있는 모든 사람들과 마찬가지로 민중을 자기와는 전혀 다른 존재에서 비롯된 것으로 생각하며, 민중에게 반드시 없어서는 안 되는 것은 자기에게 전혀 어울리지 않는 것이고 그런 상관없는 것도 자기 생활에는 훨씬 편하다고 굳게 믿고 있는 것이었다. 이런 그의 마음속에는 신앙심이란 손톱만큼도 없었으며, 오히려 그러한 상태를 대단히 편리하고 마음 편한 것이라고 생각하였다. 그러나 만일 민중이 그렇게 된다면 큰일이라고 두려워하며 그들을 그러한 상황에서 구하는 것이 자기의 신성한 의무라고 생각하고 있었다.

어느 요리책을 보면, 새우는 산 채로 삶아지는 것을 좋아한다고 씌어 있는데, 그는 그와 같은 것을 비유로서가 아니라 요리책에 씌어 있는 그대로 믿고 있었다. 즉 민중은 미신을 좋아한다고 말하면서 그는 스스로 그것을 굳게 믿고 있었다.

자기에 의해서 보호받고 있는 종교에 대한 그의 태도는, 마치 양계업자가 썩은 고기로 닭을 치는 행동과 같았다. 썩은 고기는 대단히 불쾌하기 짝이 없지만 닭이 즐겨 먹기 때문에 먹이로 하는 것과 같았다.

물론, 이베르, 카잔, 스몰렌스크 성당 등의 성지는 어리석기 그지없는 우상숭배지만 민중이 그것을 좋아하고 그것을 믿고 있으므로 이러한 미신을 보호하지 않을 수 없다. 또, 민중이 미신을 좋아하는 것은 오로지 그와 같은 잔혹한 사람들이 언제나 있었고 지금도 있기 때문이라는 걸 그는 희미하게 깨닫고 있었지만, 그것을 고려해 보려고도 하지 않고 토포로프는 머릿속에서 그렇게 여기고 있었다. 그러나 자기 자신은 개화의 광명을 받고 있으면서도 이 광명을 마땅히 써야 할, 즉 무지의 어둠 속에서 빠져 나가려고 하는 민중의 의도하는 데에는 쓰지 않고 오히려 그 무지를 더하게 하는 데 이용하고 있는 토포로프와 같은 인간들이 끊임없이 있었다.

네흘류도프가 응접실로 들어섰을 때, 토포로프는 서재에서 귀족 출신의 씩씩한 수녀원장과 이야기를 나누고 있었다. 이 수녀는 지금 서부 국경 지방에서 정교로 개종을 강요하는 아우니아트파 사이에서 정교의 보급과 보호를 위해 전도 활동을 하고 있었다. 응접실에서 특별 임무를 맡고 있는 당직 관리는 네흘류도프의 용건을 묻고 분리파 신도 사건으로 황제께 청원을 드리기 위함이라는 것을 알게 되자, 그는 그 청원서를 좀 볼 수 없겠느냐고 물었다.

네흘류도프가 그 청원서를 건네 주자 관리는 그것을 가지고 서재로 들어갔다.

그러자 베일이 달린 두건을 쓴 수녀가 손톱이 깨끗하게 손질된 하얀 손가락에 황옥으로 된 묵주를 쥔 손을 가슴 앞에 모으고 베일을 나부끼며 검은 치맛자락을 끌면서 방에서 나와 문 쪽으로 걸어갔다. 그래도 아직 네흘류도프는 들어갈 수가 없었다.

토포로프는 청원서를 읽으면서 줄곧 머리를 가로저었다. 명확하고 힘있게 씌어진 그 청원서를 읽으면서 그는 불쾌감과 놀라움으로 기분이 나빠졌던 것이다.

'만일 이런 것이 폐하의 손에 들어가게 된다면 반드시 귀찮은 문제를 일으키고 의심을 받게 될 것이다.' 그는 청원서를 다 읽고 나자 이런 생각이 들었다. 그리고 그것을 테이블 위에다 놓고 초인종을 눌러 네흘류도프를 들어오게 하라고 일렀다.

토포로프는 그 분리파 신도들의 사건을 기억하고 있었다. 그는 이미 그들의 청원서를 받고 있었다. 그 사건은 이러한 것이었다. 정교에서 이탈된 어느 기독교도가 처음에는 설유(設諭)를 받고 재판에 회부되었으나 곧 석방되었다. 그렇게 되자 그 지방 주교가 현의 지사와 공모하여 서로 다른 종파와의 결혼이 합법적이 아니라는 것을 내세워 남편과 아내와 아이들을 따로 분리시켜 각기 다른 곳으로 유형을 시키려고 하였다. 그래서 그들의 아버지와 아내가 서로 생이별하지 않도록 청원했던 것이었다. 토포로프는 이 청원서가 처음 자기에게 들어왔을 때의 일을 떠올렸다. 그는 그 때 이 처분을 중지할 것인지를 퍽 망설였으나, 그 농민들의 가족을 저마다 따로 유형하는 데는 그다지 해로울 것이 없지만, 그들을 그대로 방치해 둔다면 정교 이탈 문제로 다른 주민들에게 악영향을 미치게 되리라고 생각했다. 게다가 주교의 주장도 그럴 듯했으므로 그는 이 사건을 본래 결정된 대로 허가를 내렸었다.

그러나 이제 페테르부르그 상류 사회에 깊은 관계를 맺고 있는 네흘류도프와 같은 후원자가 나타남으로써 그 사건이 마치 잔혹한 사건으로서 황제께 전해지게 되고 외국 신문에 보도될지도 모를 위험성이 있었으므로 그는 즉석에서 생각할 것도 없이 결정을 내렸다.

"아, 어서 들어오십시오." 그는 몹시 바쁜 듯이 사무적으로 말하고 선 채로 네흘류도프를 맞이하여 곧 본론으로 들어갔다.

"이 사건은 나도 잘 알고 있는 사건입니다. 잇달아 쓴 이름들을 보는 것만으로도 그 불행한 사건이 떠오르는군요." 그는 청원서를 집어들어 네흘류도프에게 그것을 보이면서 말했다. "이 사건을 다시 떠올리게 해주셔서 대단히 감사합니다. 이것은 현의 관리들이 좀 지나친…….” 네흘류도프는 창백하고 무표정한 가면 같은 그의 얼굴을 불쾌한 마음으로 바라보면서 잠자코 있었다. “곧 명령을 내려 이 처분을 철회시키고 그 사람들을 저마다 집으로 돌려보내도록 하겠습니다.”

“그럼, 그 청원서는 황제께 전하지 않아도 괜찮겠습니까?” 하고 네흘류도프는 물었다.

“물론이지요. 내가 약속드립니다.” 그는 ‘내가’라는 말에 힘을 주었다. 틀림없이 그는 자기의 약속과 자기의 말을 가장 확실한 보증으로 믿고 있는 듯했다.

“지금 곧 쓰는 것이 좋겠군요. 좀 앉으시오.”

그는 테이블 곁으로 가서 쓰기 시작했다. 네흘류도프는 선 채로 머리가 빠진 그의 번들번들한 뒷머리와 펜을 재빨리 놀리고 있는 굵고 푸른 심줄이 드러난 손을 내려다보면서, ‘이 사람이 어째서 이렇게까지 힘써 주는 것일까? 분명히 무슨 일에도 마음이 동요되지 않을 듯한 사나이가 대체 무슨 까닭일까?…….’ 하고 생각했다.

“자, 그럼.” 하고 토포로프는 그것을 봉투에다 넣으며 말했다. “이것을 당신의 보호를 받는 사람들에게 이야기해 주십시오.” 그는 미소를 지으려는 듯이 입술을 오므리며 말했다.

“대체 이 사람들은 무슨 이유로 지금까지 고생을 하고 있었던 것일까요?”

네흘류도프는 봉투를 받으면서 말했다.

토포로프는 고개를 들어 네흘류도프의 질문에 만족스러운 듯이 미소를 지었다.

“그것은 나도 어떻게 대답할 수가 없습니다. 그러나 이렇게만은 말할 수 있지요. 이를테면 우리들에게 보호되어 있는 죄수들의 이로움과 해로움은 매우 중대한 것이니까요. 신앙 문제에 대해서 그 도가 약간 지나치게 되는 것쯤은, 오늘날 퍼지고 있는 신앙에 대한 무관심한 풍토에 견주어 보면 조금도 무서운 것도 위태로운 것도 아니라고 말입니다.”

“그러나 종교라는 미명 아래 선의 기본적인 요구가 파괴되는 것은 무엇 때문일까요? 온 가족을 분리시켜 놓는다든가 하는……?"

네흘류도프의 말을 철없는 소리로 여겼는지 토포로프는 줄곧 너그러운 미소로 듣고 있었다. 네흘류도프가 무슨 말을 하든 그는 자기가 그보다는 위에 서 있다는, 넓은 국가적인 입장에서 모두 편협한 것이라고 생각하고 있음에 틀림없었다.

"개인적인 견해에서 본다면 혹 그렇게 생각될지도 모르지요." 하고 그는 말했다. "그러나 국가적인 견해에서 본다면 얼마쯤 달리 생각하게 되지요. 자, 그럼 오늘은 이만 실례하겠습니다." 토포로프는 머리를 숙이고 손을 내밀면서 말했다.

토포로프의 손을 잡은 네흘류도프는, 곧 그 손을 잡은 것을 후회하며 재빨리 밖으로 나왔다.

"죄수들의 이익이라구." 그는 토포로프가 하던 말을 되풀이했다. '자기의 이익이겠지. 자기만의 이익.' 하고 그는 토포로프의 저택을 뒤로 하면서 이렇게 생각했다.

그리고 정의를 부르짖고 종교를 보호하며 민중을 계몽하는 제도의 활동 대상이 된 사람들의 영혼을 떠올려 보았다. 밀주를 팔다 처벌된 노파, 절도범인 소년, 부랑죄의 방랑자, 방화범의 노부, 공금 횡령죄로 걸려든 은행가, 그리고 아무 죄도 없는데도 단지 필요한 정보를 얻을 수 있으리라는 필요에서 붙잡혔던 그 불행한 리지아, 정교 모독죄에 걸려든 분리파 신도들, 입헌 정치를 갈망했다가 벌을 받은 구르게비치 등을 상기하자, 네흘류도프는 분명히 깨달았다. 이들이 무슨 정의를 파괴하고 법을 어긴 까닭에 붙들리거나 수감되고 유형을 받았던 것이 아니라 다만 관리나 부자가 선량한 백성들에게서 탈취해 모은 재산을 간직해 나가는 데 방해가 되었다는 것뿐이라는 생각이 들었다.

밀주를 판 노파도, 거리를 방황하던 절도범도, 선전문을 보관했던 리지아도, 미신을 물리친 분리파 신도도, 헌법을 요구한 구르게비치도 모두 그들의 방해가 되었던 것이다. 여기서 네흘류도프는 이런 관리들——이모의 남편, 대심원 의원, 토포로프를 비롯하여 모든 관청에 근무하고 있는 말쑥하게 차린, 예의바른 관리들에 이르기까지——이들 모든 관리들이 죄없는 사람들이 고통받고 있는 것에 조금도 마음의 죄의식을 느끼지 않고, 다만 자기네의 위험을 멀리하는 데만 머리를 쓰고 있다는 것을 분명하게 알 것 같았다.

그러므로 죄없는 한 사람을 처벌하는 것보다는 열 사람의 죄 있는 자를 용서하라는 법칙을 지키지 아니하고, 도리어 그와 반대로 썩은 부분을 도려 내기 위해 건강한 살까지 베어 버린다는 식으로——한 사람의 위험 인물을 없애기 위하여 하나도 위험하지도 않은 열 사람을 벌한다는 수단을 취하는 것이었다.

네흘류도프에게는 이렇게 일어나고 있는 모든 일이, 아주 간단 명료하게 생각되었으나 이 간단하고 명료한 것이 도리어 그것을 인식하는 데 그를 주저하게 했다. 그처럼 복잡한 현상이 이렇게 간단하게 무서운 해석으로 바뀌다니, 그런 일이 있을 수 있을까? 정의, 선, 법률, 신앙, 신 등등이 가장 야비하고 탐욕적인 잔인성을 안고 있다니, 그런 일이 있을 수가 있을까?

28

네흘류도프는 그 날 밤으로 페테르부르그를 떠나고 싶었으나 마리에트와 극장에서 만날 약속이 떠올랐다. 가지 않는 것이 좋을 것이라는 생각도 들었지만 일단 약속한 것은 지켜야 한다고 여겼기 때문에 스스로 자기 마음을 억누르고 할 수 없이 가기로 했다. '나는 이 유혹에서 벗어날 수 있을까? 이것이 마지막이다. 실험해 보자.' 하고 그는 조금 호기심 같은 기분으로 장난처럼 생각했다.

그가 연미복으로 갈아 입고 극장으로 달려갔을 때는 수없이 공연된 '춘희'의 제2막이 막 시작된 때였다. 무대에서는 프랑스 여배우가 폐병을 앓는 춘희가 죽음에 다다른 장면을 새로운 형식으로 연기해 보이기로 되어 있었다.

극장은 대만원이었다. 네흘류도프가 도어보이에게 마리에트의 좌석을 묻자, 경의를 표하면서 곧 정중하게 안내했다.

복도에 서 있던, 예복을 입은 마리에트의 하인이 친숙한 손님을 대하듯 머리를 숙이고 문을 열어 주었다.

건너편 자리 주변에 걸터앉은 사람, 그 뒤쪽에 선 사람들, 맞은편의 수많은 좌석 가까이 등을 보이고 있는 사람들, 아래층 자리에 앉은 하얀 머리, 듬성한 머리, 대머리, 기름 바른 머리, 고수머리——이들 관객들의 눈과 귀는 모두, 비단과 레이스 옷을 입은 뼈만 남아 보이는 바싹 마른 여배우가 갈라지는 듯한 어색한 목소리로 독백하고 있는 장면을 열심히 관람하고 있었다. 문을 열자 주군가가 '쉬!' 했다. 찬 공기와 따뜻한 공기가 한꺼번에 흘러나와 네흘류도프의 얼굴을 스치고 갔다.

좌석에는 마리에트와 빨간 망토를 어깨에 두른 육중하고 큼직하게 머리를 틀어올린 귀부인과 두 사람의 남자가 앉아 있었다. 한 사람은 마리에트의 남편으로 매부리코에 엄격한 얼굴을 하고, 솜과 린네르로 부풀린 가슴을 군인답게 내민 키 크고 잘생긴 장군이었다. 다른 한 사람은 금발이 좀 벗어지긴 했지만 훌륭한 구레나룻에 턱수염을 깨끗하게 깎은 남자였다. 그리고 아름답고 정중하고 우아한 마리에트는 목과 어깨를 드러낸 야회복을 입어서 목에서 완만한 곡선을 그리며 내려간 탐스러운 어깨를 드러내고 있었으며, 목과 어깨 사이에 조그맣고 까만 점이 하나 보였다. 그녀는 흘낏 돌아보더니 네흘류도프에게 자기의 뒷자리를 부채로 가리키면서 환영과 감사에 넘치는 의미 심장한 미소를 지어 보였다. 그녀의 남편은 네흘류도프를 보자 언제나와 같은 침착한 태도로 가볍게 머리를 숙여 보였다. 그의 태도와 아내와 주고받은 눈길에는 자기는 이 아름답고 매력적인 여인의 주인이며 소유자라는 자랑이 노골적으로 드러나 보였다.

춘희의 독백이 끝나자 극장 안은 박수 소리로 떠나갈 듯했다. 마리에트는 일어나서는 사각사각 소리나는 비단 치마를 추켜 들고 자리 뒤로 나오더니 남편에게 네흘류도프를 소개했다. 장군은 끊임없이 눈에 미소를 머금고 만나 보게 되어 반갑다는 인사말을 하고는 조용히 입을 다물었다.

"나는 오늘 돌아갈 예정이었습니다만 약속을 했기 때문에." 네흘류도프는 마리에트를 돌아보며 말했다.

"저야 만나지 않으시더라도 저 멋쟁이 여배우를 안 보신다면." 그의 말에 담긴 뜻에 답하면서 마리에트는 말했다. "지금 그 마지막 장면은 정말 훌륭하지 않았어요?" 마리에트는 남편에게 말했다.

남편은 고개를 끄덕였다.

"나는 전혀 감동스럽지 않군요." 네흘류도프는 말했다. "나는 오늘 정말 불행한 일을 보고 왔으니까요."

"자, 앉으세요. 그리고 그 이야기를 좀 들려 주세요."

남편은 듣는 동안 차츰 눈가에 빈정거리는 듯한 웃음을 띠었다.

"나는 오랫동안 감금되었다 풀려 나온 그 여자를 만나 보았지요. 완전히 미친 사람 같더군요."

"그렇습니까? 그 여자가 풀려 나왔다니, 대단히 반갑습니다." 그는 고개를 끄덕거리면서, 네흘류도프가 보기에도 빈정대는 듯한 엷은 웃음을 콧수염 밑에 띠며 침착한 목소리로 말했다. "한 대 피우고 오겠습니다."

네흘류도프는 마리에트가 할 말이 있다고 하던 그 무엇인가를 기대하며 조용히 앉아 기다리고 있었다. 그러나 그녀는 아무 말도 하지 않고, 또 하려는 기색도 보이지 않고 농담과 연극 이야기를 할 뿐이었다. 그녀는 이 연극이 네흘류도프를 퍽 감동시켰으리라고 생각하고 있었다.

네흘류도프는 그녀가 자기에게 할 말이 있는 것이 아니라 다만 그 어깨와 까만 점을 드러내 놓은 매력적인 모습을 보이고 싶은 데 지나지 않았음을 깨달았다. 그는 즐거웠지만 아울러 불쾌한 기분도 들었다.

이런 모든 것을 가리고 있던 매력의 베일이 지금의 네흘류도프에게 있어서 모두 벗겨졌다고는 할 수 없었지만, 그 매력 밑에 무엇이 숨겨져 있는지는 알 수 있었다. 마리에트의 모습을 보고 있는 동안 네흘류도프의 마음도 그 아름다움을 눈으로 좇고 있었지만, 그러나 그녀는 수없이 많은 사람들의 피눈물과 생명을 희생시킴으로써 출세의 길을 재빨리 차지한 남편과 같이 살고 있으며, 그 남편이 하는 일쯤은 꺼리지 않는 사기꾼임을 알고 있었다. 어제 그녀가 말한 것은 모두 거짓말뿐이었으며 다만 그에게 자기를 사랑하게 만들고 싶다——그는 그 까닭이 무엇 때문인지 몰랐고 그녀 자신도 몰랐지만——는 생각뿐이었다는 것을 알았다. 그리고 그것이 유혹적인 감정과 불쾌한 감정을 한꺼번에 느끼게 했다.

네흘류도프는 몇 번이나 돌아가려고 모자를 집어 들었으나 그 때마다 머뭇거리고 말았다.

그 때 마침 그녀의 남편이 짙은 수염 사이로 담배 연기를 내뿜으면서 자리로 돌아와 네흘류도프는 안중에도 없다는 듯이 내려다보고 경멸하는 눈초리로 거드름으로 피웠다. 그는 열린 문이 닫히기 전에 복도로 나와 외투를 찾아서 극장을 나왔다.

네프스키 거리를 지나 집으로 향하는 길에 넓은 아스팔트 길 위를 날씬하고 선정적인 옷차림을 한 여자가 자기 앞을 걸어가고 있는 것을 그는 무의식적으로 보았다. 그 여자는 넓은 아스팔트 길을 조용하게 걷고 있었으나 얼굴부터 발끝까지에는 자신의 요염한 매력에 자신 있다는 자신감이 역력히 드러나 있었다. 지나가는 모든 사람들이 그 여자를 힐끔거리며 돌아다보고 지나갔다. 네흘류도프도 걸음을 재촉하듯 지나가면서 자기도 모르게 그 여자를 흘끗 돌아다보았다. 그녀의 얼굴은 짙은 화장을 했지만 무척 아름다웠다. 그 여자는 네흘류도프를 보자 살짝 미소를 지었다. 그러자 이상하게도 네흘류도프는 문득 마리에트가 생각났다. 극장에서 느꼈던 유혹과 추잡한 감정을 여기서도 느꼈던 까닭이리라. 걸음을 빨리 하여 그 여자와 간격이 멀어지게 되자 네흘류도프는 자기 자신을 힐책하면서 모르스카 거리를 꺾어 강변 길로 나섰다. 그는 헌병이 이상한 얼굴을 하거나 말거나 왔다갔다하면서 거닐기 시작했다.

'내가 극장에 들어갔을 때 그녀도 그렇게 미소지었다.' 하고 그는 생각했다. '그 미소나 이 미소나 의미는 다 마찬가지다. 다만 다른 점은 이 여자는 정말 솔직하게——필요하시다면 저를 가져 주세요. 필요치 않으시면 그냥 지나가세요, 하는 것에 비해 마리에트는 그런 것은 아랑곳하지 않는 듯한 표정으로 고상하고 우아한 자태로 생활하고 있는 것같이 보이지만 하지만 결국 속을 뒤집어 보면 둘 다 마찬가지이다.

적어도 이 여자는 정직하지만 그녀는 거짓투성이이다. 뿐만 아니라 이 여자는 가난 때문에 어쩔 수 없이 그런 짓을 하고 있지만 그녀는 자신의 아름다움을 다만 쾌락을 위해, 혐오스럽고 무서우리만큼 정욕을 즐기고 있다. 이 거리의 여자는 더러운 것도 생각할 여지없이 심하게 목마름을 느끼고 있는 사람에게 제공되는 악취가 풍기는 구정물 같은 것이지만, 그 극장 안의 여자 마리에트는 손아귀에 걸려드는 사람을 독살해 버리는 독약과도 같은 것이다.'

네흘류도프는 귀족 회장 부인과의 관계를 상기하자 수치스러운 여러 가지 장면이 물밀듯이 밀려왔다. '인간의 내면에 도사리고 있는 야수성이란 추악한 것이다. 그러나 그것이 우리 마음속에서 깨끗한 자세를 취하고 있을 때는 정신 생활이 높은 곳에서 내려다보며 업신여기게 되니까 타락하든 안 하든 그것은 본래의 모습 그대로 있게 마련이다. 그렇지만 이 야수성이 위장된 미적 감정이나 시적인 감정의 일을 쓰고 자기의 궤변을 요구하게 되면 이 동물적인 것을 신성한 것으로 보게 되고 매혹되어서 선악의 구별도 못 하게 된다. 그렇게 되는 것이야말로 진실로 무서운 일이다.'

네흘류도프는 지금 그것을 똑똑히 느끼고 보았다. 마치 주위에 널려 있는 궁전과 위병과 성새와 강과 보트와 거래소 따위가 구체적인 형태로 보이듯이 명확하게 인식되었다. 그리고 이 날 밤, 이 지상에는 마음에 안식을 주는 평온한 어둠은 없고 다만 막막하고 불쾌한, 어디에선지도 모르게 뻗어 오는 부자연스러운 밝은 빛만이 있듯이 네흘류도프의 마음에도 어느 새 안식을 주는 미지의 어둠은 사라졌다. 세상에서 소중하고 훌륭하다고 생각되는 것은 모두가 다 보잘것없고 더러운 것이며, 모든 광채와 사치는 이미 뭇사람들에게 만성이 되어서 죄의 대상도 되지 않을 뿐더러 인간이 생각해 낼 수 있는 온갖 매력으로 꾸며진 온갖 죄악이 잠재하고 있다는 것도 명백히 드러났다.

될 수 있는 대로 네흘류도프는 그런 것은 잊어버리고 싶었고, 보고 싶지도 않았으나 보지 않을 수가 없었다. 페테르부르그를 향해 비치던 빛의 근원도 알 수 없었지만, 그리고 그 빛이 그에게는 막막하고 불쾌하고 부자유스러운 것처럼 생각되었지만, 그는 이 빛에 의하여 눈앞에 계시되는 것을 보지 않을 수 없었다.

그리하여 그는 희열과 불안을 아울러 느끼게 되었다.

29

모스크바로 돌아오자 네흘류도프는 무엇보다도 먼저 감옥의 병원으로 향했다. 대심원에서 지방 법원의 판결을 시인했으므로 시베리아로 떠날 채비를 해야 한다는 슬픈 소식을 마슬로바에게 알려 주기 위해서였다.

변호사가 그에게 써 준, 황제에게 보낼 청원서는 마슬로바의 서명을 받아야 했으므로, 그가 지금 가지고 있지만 별로 기대는 하지 않고 있었다. 지금 그는 이상하게도 차라리 그 청원이 수용되는 것을 바라지 않았다. 그는 시베리아로 간다는 생각과 유형수와 함께 생활할 것만 생각했고 마슬로바가 석방된다면 그때는 자기의 생활과 그 여자의 생활을 어떻게 이룩해야 될 것인지 도무지 예측하기가 어려웠다. 그는 미국의 작가 소로가 아직 미국에 노예 제도가 존재하고 있을 당시, 노예 제도가 법적으로 보호를 받고 있는 국가에서 성실한 사람들이 살기에 적합한 유일한 장소는 감옥뿐이라고 말한 것을 기억해 보았다. 네흘류도프는 특히 페테르부르그에서 그와 같은 것을 느꼈던 것이다.

'그렇다, 오늘날의 러시아에서 성실한 사람에게 적합한 유일한 장소는 감옥뿐이다!'라고 그는 생각했다. 그리고 그가 탄 마차가 감옥의 높은 돌담 안으로 들어서자, 더욱 더 이것을 절실히 체험했다.

병원 수위는 그가 네흘류도프임을 알자 마슬로바는 이미 병원에 있지 않다고 말해 주었다.

"그럼, 어디 있소?"

"다시 감방으로 돌아갔지요."

"왜 돌아갔소?" 네흘류도프는 물었다.

"정말 그런 족속들은 말입니다, 나리." 수위는 비웃는 듯한 미소를 지으면서 말했다. "간호장을 유혹했기 때문에 병원장이 내쫓았지요." 마슬로바의 몸과 그 정신 상태가 이토록 자기에게 소중한 것으로 되어 있는 줄을 네흘류도프는 꿈에도 생각지 못했다. 이 소식은 그를 어리둥절케 했다. 뜻하지 않은 커다란 불행을 통지받았을 때 사람들이 느끼는 것과 같은 감정을 그는 느꼈다. 그는 몹시 가슴이 아팠다. 이 소식을 듣자 그의 가슴에 닥친 첫 감정은 수치심이었다. 무엇보다도 먼저 그에겐 그녀의 정신 상태가 변화된 것으로 생각하고 기뻐했던 자기가 우습게 여겨졌다. 그의 헌신을 받지 않겠다던 그 모든 그녀의 말도, 꾸짖음도, 눈물도――그것은 모두 가능한 한 교묘히 그를 이용하려고 노리는 타락한 여자의 능숙한 수작에 지나지 않았던가 하고 그는 생각했다. 지금 와서 생각해 볼 때 그는 마지막 면회 때 고칠 수 없는 마음의 편린을 그녀 속에서 똑똑히 보았던 것을 이제 새삼스레 느끼지 않을 수가 없었다. 그가 무의식적으로 모자를 쓰고 병원을 나왔을 때 이러한 생각이 퍼뜩 머리에 스쳤던 것이었다.

'그러면 나는 앞으로 어떻게 하면 좋단 말인가?' 그는 스스로에게 물었다. '그래도 나는 그녀에게 묶여 있는 것일까? 지금이야말로 그녀의 이런 행동으로 나는 해방된 것이 아닐까?'

그러나 스스로에게 이렇게 물어 본 그는 자기 자신이 해방되었다고 생각하여 그녀를 모른 체한다면 자기가 벌을 주려고 하는 그 여자에게는 벌이 되지 않고 오히려 자기가 벌을 받게 되는 결과가 되는 것임을 알자 무섭도록 소름이 끼쳤다.

'안 된다! 그런 일 있어도 그것이 나의 결심을 변경할 수는 없다. 다만 결심을 더욱 굳게 할 뿐이다. 그녀는 자기 마음대로 하도록 내버려 두자. 간호장을 유혹하건 말건 상관없다. 그건 그녀의 자유다. 나는 내 할 일만 양심껏 하면 된다.' 그는 자기 자신에게 이렇게 속삭였다. '나의 양심은 내가 지은 죄를 속죄하기 위해 자기의 자유를 희생하라고 요구하고 있다. 그러므로 형식적으로나마 그녀와 결혼하고 땅끝까지라도 그녀를 따라가려고 하는 나의 결심은 결코 변하지 말아야 한다.' 그는 고집스럽게 자기에게 말하고 병원에서 나와 단호한 걸음으로 뚜벅뚜벅 감옥 문을 향해 걸었다.

감옥에 가까이 가자 네흘류도프는 담당 간수에게 마슬로바를 만나고 싶으니 소장에게 전해 달라고 부탁했다. 간수는 네흘류도프를 알고 있었기 때문에 허물없이 감옥 안의 중대한 새 소식을 알려 주었다. 이전 소장은 이미 파면되었고 그 대신 아주 엄격한 다른 소장이 새로 취임했다는 것이다.

"그래서 요즈음은 엄해졌습니다. 어려운 일이에요." 하고 간수는 말했다. "마침 소장님이 지금 계시니까 곧 알리겠습니다."

감옥 안에 있었기 때문에 소장은 곧 네흘류도프에게로 왔다. 이 새 소장은 골격이 굵은 키 큰 사나이로 광대뼈가 불거져 나왔으며 동작이 몹시 느리고 음울한 얼굴을 하고 있었다.

"면회는 지정된 날에 지정된 장소에서만 하게 되어 있습니다." 그는 네흘류도프를 쳐다보지도 않고 말했다.

"황제께 드릴 청원서에 그녀의 서명을 받으려고 왔습니다."

"내게 맡기면 됩니다."

"직접 본인을 면회하고 싶습니다. 지금까지 늘 면회가 허락되었는데요."

"전에는 그랬었는지 모르지만," 하고 소장은 네흘류도프의 얼굴을 흘끗 스쳐보면서 말했다.

"나는 지사의 허가증도 가지고 있습니다." 네흘류도프는 그것을 꺼내며 말했다.

"보여 주십시오." 그는 여전히 상대편의 얼굴은 쳐다보지도 않고 집게손가락에 금반지를 낀 길고 하얀 손으로 네흘류도프가 내민 허가증을 들고 천천히 읽었다.

"그럼, 사무실로 오십시오." 소장은 말했다.

사무실 안에는 아무도 없었다. 소장은 면회에 입회하려는 듯 테이블 앞에 앉아서 서류를 뒤지기 시작했다. 네흘류도프가 정치범 보고두호프스카야를 만나볼 수 있느냐고 물어 보자 그는 일언지하에 잘라 말했다.

"정치범과의 면회는 허락되지 않습니다." 소장은 이렇게 말하고는 다시금 서류를 자세히 읽기 시작했다.

보고두호프스카야에게 전할 편지를 가지고 있던 네흘류도프는 마치 죄를 짓다 들켜 버린 범죄자처럼 낭패한 기분이었다.

마슬로바가 사무실 안으로 들어오자 소장은 고개를 들기는 했으나 마슬로바도 네흘류도프도 바라보지 않으며 말했다.

"자, 앉아서 면회하십시오." 그리고는 계속해서 서류를 읽어 나가기에 여념이 없었다.

마슬로바는 이전과 똑같은 하얀 웃옷에 치마를 입고 세모꼴 머릿수건을 쓰고 있었다. 네흘류도프 곁으로 다가와 싸늘하게 증오심을 품은 것 같은 그의 얼굴을 보자 얼굴이 빨개져서 웃옷 자락을 만지작거리며 눈을 내리깔았다. 네흘류도프에게는 병원의 수위 말을 확인하는 것과 같았다.

네흘류도프는 이전과 같은 태도로 대하고 싶었지만, 아무래도 악수할 마음이 내키지 않았다. 그토록 그녀가 추악하고 원망스럽게 여겨졌다.

"당신에게 좋지 못한 소식을 전해야 할 것 같소." 그는 여자를 바라보지도 않고 악수도 하지 않은 채 별로 내키지 않는 듯한 목소리로 말했다. "대심원에서는 그만 기각이 되었지."

"그렇게 되리라고 저는 생각했어요." 그녀는 숨이 찬 듯한 야릇한 음성으로 말했다.

예전 같으면 네흘류도프는 왜 그런 마음 약한 소리를 하느냐고 물었을 테지만 지금은 그저 힐끗 그녀를 한 번 쳐다보았을 뿐이었다. 그녀의 눈에는 눈물이 가득 괴어 있었다. 그러나 그 눈물도 네흘류도프의 마음을 부드럽게 하지는 못했고 도리어 그의 마음을 초조하게 만들 뿐이었다.

두 사람의 면회에 입회한 소장은 일어나서 방 안을 왔다갔다하면서 거닐기 시작했다.

마슬로바에 대한 심한 증오로 네흘류도프는 숨이 막힐 것 같았으나 대심원의 기각에 대해 위로의 말만은 해 두어야겠다고 생각했다.

"아직 낙심하진 마오." 하고 그는 말했다. "황제께 청원서를 내면 잘 될지도 몰라. 나는 기대를 걸고 있소……."

"하지만 저는 그 일 때문이 아니에요……." 마슬로바는 눈물에 젖은 사팔눈으로 안타까운 듯이 그의 얼굴을 쳐다보며 말했다.

"그럼 왜?"

"당신은 병원에 가서 저에 관한 이야기를 들으신 것 같군요."

"그래, 그게 어떻단 말이오? 그건 당신 자유인걸." 네흘류도프는 얼굴을 찡그리면서 냉담하게 말을 던졌다.

가라앉으려 했던 심한 모욕감이, 그녀가 병원에 대한 이야기를 꺼냄과 동시에 또다시 새로운 힘으로 가슴에 끓어 올랐다. '나는 훌륭한 귀족이다. 어떤 상류계급의 여자와도 결혼할 수 있는 행복한 사내다. 그래도 스스로 이런 여자와 결혼하려고 하는데 그것을 참지 못해 병원의 간호장 따위와 불미스런 행동을 하다니.' 증오에 찬 눈으로 그녀를 바라보면서 그는 생각했다.

"이 청원서에다 서명을 해요." 그는 말하면서 주머니에서 큼직한 봉투를 꺼내 테이블 위에 놓았다. 그녀는 머리에 쓴 수건 자락으로 눈물을 닦고 어디다 무엇을 써야 하느냐고 물으며 탁자 앞으로 다가섰다.

네흘류도프가 가르쳐 주자 그녀는 왼손으로 오른쪽 소매를 치켜 올렸다. 그는 마슬로바의 머리 뒤에 서서 슬픔을 이기지 못해 흐느끼며 어깨를 흔들고 있는 그녀의 뒷모습을 잠자코 내려다보고 있었다. 네흘류도프의 가슴 속에서는 선과 악, 그 상처받은 긍지와 마음 아파하는 그녀에 대한 애처로움, 이 선과 악의 두 감정이 서로 다투고 있었다. 결국 후자가 이기고 말았다.

그녀를 애처롭게 생각하는 마음이 먼저였는지, 아니면 자신을 먼저 생각하고, 그녀를 질책하는 것과 똑같은 자기의 비열함과 잘못과 추함을 생각한 것이 먼저였는지는 확실치 않았지만, 어쨌든 그는 자기가 죄가 많다는 것을 느끼는 동시에 그녀가 애처롭게 느껴졌다.

마슬로바는 청원서에 서명을 끝내자, 잉크가 묻은 손을 치마에다 문지르고 일어나서 그를 바라보았다.

"어떤 일이 일어나더라도, 나의 결심은 바뀌지 않소." 하고 네흘류도프는 말했다.

그녀를 용서하겠다는 생각은 그녀에 대한 애처로운 감정을 더해 주었다. 그는 그녀를 위로해 주고 싶었다.

"나는 내가 말한 것은 반드시 실행하겠소. 당신이 어디로 유형을 가든 나는 당신 곁을 떠나지 않겠소."

"쓸데없는 일이에요." 그녀는 얼른 그의 말을 가로막았으나 말과는 달리 갑자기 그녀의 얼굴빛이 밝아졌다.

"가는 길에 필요한 물건을 생각해 두어요."

"별로 없어요. 미안해요, 걱정을 끼쳐 드려서."

소장이 그들 곁으로 다가왔으므로 네흘류도프는 그가 지시를 하기 전에 그녀와 작별하고 지금껏 느껴 보지 못했던 고요한 기쁨과 마음의 평화와 모든 사람에 대한 사랑의 감정을 느끼면서 그 곳을 나왔다. 마슬로바가 어떤 짓을 하든지 그녀에 대한 자기의 사랑은 변할 수 없다는 깨달음은 네흘류도프를 한없이 기쁘게 하였고 일찍이 경험하지 못했던 고요한 감격으로 그를 끌어올렸다. 그녀가 간호장과 어떤 관계를 맺었건 그것은 그녀의 일일 뿐이다.

자기가 그녀를 사랑하는 것은 자기를 위해서가 아니라 그녀를 위함이요 신을 위함인 것이다.

그런데 마슬로바가 병원에서 쫓겨나고 네흘류도프까지도 진짜로 믿었던 간호장과의 관계라는 것은 하찮은 일에 불과했다. 그것은 마슬로바가 여조수의 심부름으로 복도 끝에 있는 약국으로 물약을 가지러 갔을 때, 오래 전부터 귀찮게 따라다니던, 키가 크고 여드름투성이인 간호장 우스티노프가 또 못살게 굴면서 껴안으려 하자 그를 피하려고 힘껏 떼밀었는데 그 옆 약장으로 간호장이 넘어지는 바람에 유리병 두 개가 깨졌던 것이다.

마침 이 때 복도를 지나가던 의사 과장이 유리가 깨지는 소리와 함께, 얼굴이 빨개져서 튀어나오는 그녀를 보자 성이 나서 소리 질렀다.

"이봐, 이런 데서 수상한 짓을 했다간 쫓아 보낼 거야. 대체 이게 무슨 짓이야?" 하고 그는 간호장을 안경 너머로 엄하게 쏘아보았다.

간호장은 싱글벙글 웃으며 변명을 하기 시작했다. 의사 과장은 그 말을 다 듣지도 않고 고개를 젖히고, 그것 때문에 안경 너머로 상대방을 내려다보듯 하면서 병실로 돌아갔다. 그리고 이 날 밤 소장에게 마슬로바 대신 다른 여죄수를 잡역부로 보내 달라고 소장에게 말했던 것이다. 마슬로바와 간호장과의 관계란 단지 이것뿐이었다. 그런 것을 사내와 품행이 좋지 못하다고 병원에서 쫓겨난 것은 특히 그녀에게 억울한 일이었다.

그녀는 오랫동안 진저리나는 사내와의 관계를 네흘류도프를 만난 뒤부터 더욱 더 싫증을 느끼고 있었다. 자기의 과거와 현재의 처지로 미루어 뭇사람들이, 더구나 그 여드름투성이 간호장까지 자기를 업신여기는 것을 당연하게 생각하고 자기의 거절을 오히려 이상하게 여기는 사실이 그녀에게 참을 수 없는 굴욕감을 안겨 주었다. 그래서 자기 자신이 불쌍하게 여겨져 눈물을 흘렸다. 금방 네흘류도프를 만났을 때도 그가 틀림없이 병원에서 들었을 이 억울한 사정에 대하여 말하려고 했으나 변명을 해도 곧이들어 줄 것 같지가 않았고 도리어 의심만 더 살 것 같은 생각이 들어 목구멍까지 울음이 솟구쳐 입을 열 수가 없었던 것이었다.

마슬로바는 두 번째의 면회 때 잘라 말했던 것과 같이 어디까지나 그를 용서하지 않고 증오하고 있다고 생각했었고 또 스스로 그렇게 믿어 왔다.

그러나 이미 그를 다시 사랑하고 있었으므로 보이지 않는 마력에 이끌리듯 네흘류도프가 요구하는 것은 무엇이나 어김 없이 실행하고 있었다. 그녀는 술도 담배도 끊고 교태도 부리지 않았으며 병원의 잡역부로 들어갔던 것이다. 그만큼 그녀는 그를 사랑하고 있었던 것이었다. 그녀가 이런 것을 모두 실행한 것은 그가 그것을 원하고 있음을 잘 알기 때문이었다.

그래서 네흘류도프가 자기 자신을 희생하면서까지 결혼하겠다고 말할 때마다 그처럼 거절해 온 것도, 한번 입 밖에 낸 오만한 말을 뒤집어 놓기가 싫은 자존심 탓도 있었지만, 자기 같은 존재와 결혼한다는 것은 그를 불행하게 할 것이라고 생각했기 때문이었다. 따라서 그녀는 그 희생은 절대로 받아들이지 않으리라고 굳게 마음먹고 있었으나, 그가 자기를 경멸하고 자기 마음속에 일어나고 있는 변화를 알아 주지 않는 것은 몹시 가슴아픈 일이었다. 지금도 자기가 병원에서 무슨 나쁜 짓이라도 한 것처럼 생각하고 있는 듯한 그의 태도가, 자기의 유형이 확정되었다는 통지를 받는 것보다도 더 큰 서글픔을 안겨 주는 일이었다.

30

마슬로바가 첫번째 호송대로 이송될 모양이었으므로 네흘류도프는 떠날 채비를 서둘렀다. 그러나 해결 지어야 할 일이 너무도 많아 웬만큼 자유로운 시간이 있더라도 그것을 모두 처리할 수가 없었다. 그 일이라는 것이 이전의 경우와는 전혀 다른 것이었다. 이전에는 무엇을 해야만 할 것인가를 생각해야 했고, 또 그 이해 관계에 있어서도 오로지 드미트리 이바노비치 네흘류도프 한 사람에 제한되어 있었다. 그리고 생활의 모든 관심이 드미트리 이바노비치에게 집중되어 있었음에도 불구하고 모든 일이 지루하기만 했다. 그러나 지금은 모든 일이 남에 관한 것뿐이고, 자기 자신과는 커다란 연관도 없는 것뿐이었으나 어느 것이나 흥미있고 매력이 있을 뿐만 아니라 그것에 열중할 수 있었고 게다가 끝없이 일이 많았다.

뿐만 아니라 드미트리 이바노비치가 하던 이전의 일들은 언제나 짜증이 나는 그런 종류의 일이었으나 지금 이렇게 남의 일을 하고 보니 대개가 유쾌한 기분이 일어나는 것들이었다.

요즈음 네흘류도프가 하려고 하는 일은 세 가지로 구분할 수 있었다. 그는 그 학구적인 습관으로 일을 나누어 세 개의 서류 가방에 넣어 두었다.

그 첫째는 마슬로바를 돕는 일이었다. 이것은 지금 황제께 청원서를 제출할 수속과 시베리아로 출발하는 준비였다.

둘째는 영지의 정리였다. 파노보 마을에서는 땅값을 그들 농민의 공공 비용으로 충당한다는 조건으로 토지를 분배해 주었다. 그러나 이 협정을 공고히 하기 위해서는 계약서와 유언서를 만들어 서명해 둘 필요성을 느꼈다. 쿠즈민스코예 마을에서는 역시 자기가 정한 대로 그 땅값을 자기가 받기는 하지만, 이것도 기한을 정해 그중 얼마를 생활비로 하고 얼마를 농민들을 위해 남겨 주느냐를 결정하지 않으면 안 되었다. 그리고 시베리아로 가는 데 있어 어느 정도의 비용이 들 것인지도 잘 알 수가 없어 수입을 반으로 줄이는 데까지는 결정했으나 아직 모든 것을 완전히 포기하지는 못했다.

셋째는 차츰 늘어만 가는, 자기에게 도움을 청해 오는 죄수들을 위한 일이었다.

처음 도움을 청해 온 죄수들과 접촉하게 된 당초에는 그들의 고민을 덜어 주기 위해, 뛰어다니면서 노력해 왔지만 부탁이 점차 늘어남에 따라 그 한 사람 한 사람을 상대로 일을 하기에는 도저히 불가능한 일이었기 때문에 부득이 최근에는 네 번째 일이 생기게 되었고, 근래 와서는 그 일에 관심을 기울이게 되었다.

이 네 번째의 일이란 것은, 형사 재판이란 놀라운 제도를 무슨 까닭에, 어디에서 생긴 것인가라는 문제를 풀어 나가는 것이었다. 그는 이 형사 재판 때문에 몇 사람의 수감자들과 친하게 된 감옥이라는 것이 생기게 되었고, 실로 깜짝 놀랄 만한 형법에 희생되어 수백 수천이나 되는 사람들이 페트로파블로브스크의 요새로부터 사할린의 수많은 감옥에서 신음하고 있지 않은가!

죄수들과의 개인적인 접촉과 변호사, 감옥의 교화사, 소장 등에게서 직접 들은 말과 죄수들의 명부를 본 결과, 네흘류도프는 보통 범죄자라고 불리고 있는 죄수들을 다섯 종류의 사람으로 분류해 보았다.

제 1 부류는, 아무 죄가 없음에도 불구하고, 잘못된 재판으로 희생된 사람들로서 이를테면 방화범으로 오인된 메니소프나 마슬로바와 같은 부류의 사람들이었다. 이 부류에 속하는 사람들은 그리 많지는 않았지만 교화사가 보는 바에 따르면 전체의 약 7퍼센트 가량 된다고 하며 이 사람들의 상태가 특히 그의 관심을 유도했다.

제 2 부류는 분노라든가 질투라든가 술주정뱅이들이 특수한 사정 아래에서 저지른 행위 때문에 벌을 받는 사람들로서 이러한 행위는 이들을 재판해서 처벌한

사람들도 그와 같은 처지에 놓이게 되면 틀림없이 저질렀을 그와 같은 일이었다. 네흘류도프의 관찰에 따르면 이런 부류의 사람들은 전체 범죄자 중에 반도 넘었다.

제 3 부류는 자기네들의 해석으로는 보통 있을 수 있는 일로 오히려 훌륭하다고 생각한 일이 그들과는 관계 없는 입법자들 측에서 보면 범죄로 간주되는 그런 행위 때문에 처벌된 사람이었다.

이 부류에 해당하는 사람들은 주류 밀매자라든가, 밀수업자라든가 대지주의 토지나 국유지에서 풀을 베었다든가 나무를 했다고 하는 사람들이었다. 그리고 산적이나 정교를 믿지 않는 사람이라든가 교회의 물건을 도둑질한 사람들도 이 부류에 속하는 것이었다.

제 4 부류는 단지 정신적으로 일반 사회의 수준보다 높기 때문에 죄인 취급을 받게 된 사람들이었다. 이를테면 분리파 신도, 자기 조국을 독립시키겠다고 반란을 일으킨 폴란드 인이나 체르케스 인, 그리고 정치범들——사회주의자, 동맹파업 참가자, 권력에 반항하다 처벌받은 사람들이었다. 네흘류도프가 자세히 조사해 본 바에 따르면 이러한 훌륭한 분자에 속하는 사람들은 엄청난 수에 달했다.

마지막 제 5 부류는 그들이 사회에 저지른 죄보다 사회가 그들에게 좀더 많이 죄가 있는 것 같은 그런 종류의 사람들이었다. 이들은 끊임없는 압박과 유혹 때문에 버림받고 어리석어져서 세상에서 쫓겨난 것 같은 사람들로, 돗자리를 훔친 청년을 비롯하여 그 밖에 네흘류도프가 감옥 안팎에서 보아 온 수백 명의 사람들로서 그들의 환경적인 요인이 범죄가 될 만한 행위를 하지 않을 수 없도록 되어 있었던 것이었다.

네흘류도프의 관찰에 따르면, 요즈음 그들 중에서 직접 교섭을 해 보았던 서너 사람의 도둑과 살인자들이 대개 이 부류에 속했다. 그리고 그는 새로운 범죄학에서 범죄형이라고 이름 붙이고, 이런 범죄형이 사회에 존재하는 것이 형법 및 형벌이 필요한 중요한 근거로 인정하고 있는 이러한 타락하고 부패한 사람들과 더 친밀하게 접촉해 본 결과 이들을 이 부류에 넣게 되었던 것이다.

이러한 소위 타락하고 부패하고 기형적인 타입도 네흘류도프의 견해에 따르면 그들이 사회에 대한 범죄 죄과보다도 사회가 그들에 대해 보다 많은 죄가 있다고 할 만한 사람들에 지나지 않았다. 또한 현재 사회가 그들에 대해 직접적인 죄를 저질렀을 뿐만 아니라 과거에 이미 그들의 부모와 조상에 대해서 죄를 저질렀던 것이었다.

이런 사람들 가운데서 특히 이런 점으로 네흘류도프를 놀라게 한 것은 오호틴이라는 강도 상습범이었다. 그는 매춘부의 사생아로 태어나 주막에서 자라났으며 30세가 될 때까지 헌병보다 더 덕이 높은 사람을 만난 적이 없고 어릴 때부터 도둑패에 끼였다. 그러나 천성적으로 매우 익살맞은 데가 있어 그것으로 주변 사람들의 인기를 끌었다. 그는 네흘류도프에게 도움을 청할 때에도 자기 자신에 대해서도, 감옥에 대해서도, 온갖 법률에 대해서도, 형법뿐 아니라 신의 계율에 대해서까지도 익살을 부리며 비웃기도 했다.

그리고 표도로프라는 또 다른 사람은 미남자로 부하들을 거느리고 어느 늙은 관리를 죽이고 약탈을 했었다. 그는 아주 억울하게 집을 빼앗긴 농부의 아들로서 그 뒤 군대에 징집되었다가 거기서 어떤 장교의 정부와 눈이 맞았기 때문에 단단히 혼이 났던 사내였다. 그는 매력있고 정열적인 성격의 소유자로서 무슨 일이 있더라도 향락만 추구할 수 있으면 된다는 사람이었다. 그는 지금껏 어떤 까닭에서든간에 자기 스스로 향락을 끊었다는 사람을 본 일이 없고 향락말고는 딴 목적이 인생에 있다고 하는 말을 한 번도 들어 본 일이 없는 자였다.

네흘류도프는 본래는 이 두 사람이 좋은 소질을 타고났으나 그대로 방치해 둔 식물처럼 멋대로 자랐기 때문에 병들어 버렸다는 것을 이해했다. 그리고 또 네흘류도프는 그 잔인함과 우매함 때문에 사람들이 외면하는 한 부랑자와 한 여자를 보았다. 그러나 그들의 행동에서도 이탈리아 학파가 주장하는 범죄형은 도무지 찾아볼 수가 없었다. 다만 감옥 밖에 있는, 연미복을 입고 견장을 달고 레이스로 장식을 하고 있는 사람들 가운데에서 흔히 있는, 개인적으로 보기 싫은 사람을 보는 것에 지나지 않았다.

이러한 온갖 종류의 사람들이 감옥 안에서 신음하고 있으며 한편으로는 그와 똑같은 사람들이 자유로이 활보를 하고 재판을 하고 있다는 것은 어찌 된 일인가? 이 문제를 연구하는 것이 그 당시 네흘류도프의 마음을 사로잡고 있는 네 번째의 일이었던 것이다.

네흘류도프는 처음에는 이런 문제에 대한 해답을 책에서 얻을 수 있을 것 같아서 이 문제에 관한 책을 닥치는 대로 사들였다. 롬브로소, 이탈리아의 범죄학자인 가로팔로와 페리, 독일의 경제학자 리트, 영국의 심리학자 모즐리, 타르드 등의 저서를 사다가 열심히 읽어 나갔다. 그러나 그런 서적들은 파고들면 파고들수록 차츰 더 절망감이 느껴질 뿐이었다. 그것은 학계에서 역할을 하기 위해서가 아니라, 즉 글을 쓰고, 논쟁을 하고 가르치기 위해서가 아니라 비슷한 인생 문제를 해결해 보려고 하다가 학문을 대하는 사람이 흔히 절망감에 빠지듯이 역시 그런 실망감에서 오는 환멸이었다. 학문은 형법과 관계가 있는 미묘하고 복잡한 온갖 문제에 대해서 수많은 해답을 내렸지만 그가 요구하는 해답만은 주지 않았다.

지극히 간단한 문제를 그는 묻고 있었다. 그들 자신도 결국은 같은 인간들이면서 대체 어떤 이유로, 무슨 권리가 있어서 어떤 사람들은 다른 사람들을 가두고 고통을 주고 매질하고 유형을 보내고 죽일 수 있는 것인가? 하는 것들이었다. 그러나 그가 얻은 해답은 인간은 의지의 자유를 가진 자인가, 아닌가? 두개골이나 그 밖의 측정으로 범죄성이 있는 자인지, 아닌지를 과연 알 수 있는가? 유전은 범죄 속에서 어떠한 역할을 하고 있는가? 도덕이란 무엇인가? 선천적 배덕성이라는 것은 있는 것일까? 발광이란 무엇인가? 타락이란? 기질이란? 기후, 음식, 무지, 모방, 최면술, 정욕 같은 것이 범죄에 미치는 영향이란 어떤 것인가? 사회란 무엇인가? 사회의 의무란 무엇인가? 등등에 관한 논의였다.

이런 논의는 언젠가 학교에서 돌아오던 초등학교 학생과의 문답을 네흘류도프에게 상기시키게 하였다.

네흘류도프는 소년에게 철자법을 배웠느냐고 물어 보았다. "배웠어요." 하고 그 소년은 대답했다. "그럼 어디 써 봐, 발이라는 자를." "무슨 발을요? 개 발 말인가요?" 소년은 능청스런 표정으로 대답하였다. 네흘류도프가 자기의 유일한 근본적인 질문에 대해 학술 서적에서 발견한 것은 바로 이 소년의 대답과 같은 것이었다.

이 책들 속에는 현명하고, 과학적이고 재미있는 것들이 퍽 많았다. 그러나 중요한 문제, 어떤 권리가 있어서 인간이 인간을 처벌하는가 하는 문제에 대한 답은 없었다. 아니 답이 없을 뿐만 아니라, 모든 논의는 이미 형법은 필요성을 공리에 의해서 인정해 놓고 형법을 설명하고 주장하는 편으로 기울어져 있었던 것이었다. 네흘류도프는 이런 많은 책들을 자주 읽었으므로 해답이 나오지 않는 것은 이러한 피상적인 연구 때문이라고 생각하고 그것을 뒷날로 미루어 버렸다. 그 때문에 요즈음에 와서 차차 해답다운 것이 나오긴 했으나 그 진실성은 아직도 충분하지 않았다.

31

마슬로바를 포함한 죄수의 이동은 7월 5일에 떠나기로 되어 있었다. 네흘류도프도 그녀와 함께 떠나려고 준비를 했다. 출발 전날 밤에 그의 누이가 동생을 만나려고 남편과 함께 시골서 찾아왔다.

네흘류도프의 누이, 나탈리아 이바노브나 라고진스키는 네흘류도프보다 열 살이나 위였다. 그는 어느 정도 누이의 영향을 받고 자라났다. 그녀는 어릴 적부터 그를 퍽 사랑했으며 그 뒤 결혼할 무렵에는 같은 나이 또래처럼 사이가 좋았다. 그 무렵 그녀는 스물다섯 살의 처녀였고 그는 열다섯 살의 소년이었다. 그들 남매는 니코레니카를 좋아하고 있었다. 그들은 그에게서나 자기네에게서나, 모든 사람들과 사람들을 결합시키는 선의를 발견하고 그것을 사랑했던 것이다.

그 뒤로 두 남매는 모두 타락해 버리고 말았다. 그는 군에 들어가 방탕한 생활로 타락했고 그녀는 육체적으로 사랑한 남자와 결혼했다. 실로 이 남편은 지난날 그녀와 그가 가장 신성하고 소중한 존재로 생각하던 모든 것을 사랑하지 않았을 뿐만 아니라 이해조차 하려 하지 않았으며, 그녀가 생활 신조로 삼고 있던 도덕적 완성과 인류에의 봉사에 대한 목마름을 그는 자기대로의 생각으로 자존심과 허영심의 유혹에 지나지 않는 것이라고 해석하고 있었다.

매형 라고진스키는 이름도 없고 재산도 없는 사내였으나 능숙한 일꾼으로 자유주의와 보수주의 사이를 요령 있게 왔다갔다하면서, 이 두 사상의 경향을 이용하여 때와 장소에 따라 자기 생활에 유리한 결과를 가져오는 쪽을 택했고, 특히 여자들의 마음을 사로잡는 데 뛰어난 재주가 있어 재판관이라는 비교적 훌륭한 지위를 쌓아 올렸다. 이미 청춘기가 지났을 무렵, 그는 외국에서 네흘류도프 가족과 알게 되어 그 때 역시 적령기를 지난 나탈리아를 손아귀에 넣어 두 사람의 결혼은 격에 어울리지 않는다는 어머니의 반대에도 불구하고 그들은 결혼을 했던 것이다.

네흘류도프는 전혀 내색하지 않고 그러한 감정과 싸웠으나 매형에게 혐오를 느끼고 있는 것은 사실이었다. 그의 저속하고 자만심이 많고 속이 좁은 점이 네흘류도프의 마음에 들지 않았으나 특히 누이가 그 초라한 사내를 그렇게도 열정적으로, 자기 본위로, 관능적으로 사랑하게 되어 지금껏 가지고 있던 모든 좋은 점을 남편을 위해 없애 버렸다는 것이 몹시 싫었다. 나탈리아가 그런 텁석부리이며 번쩍이는 대머리에다 자존심이 강한 사람의 아내인가 생각하면 네흘류도프는 언제나 마음이 고통스러웠다.

그는 그의 아이들에 대해서도 미운 마음을 가졌다. 그리고 누이가 어린아이의 어머니가 된다는 소식을 전할 때마다 자기들과는 전혀 딴 사람인 이 사내에게서 또 무슨 병이나 옮지 않았나 하고 측은해지는 마음이 들었던 것이었다.

누이 부부에게는 사내아이 하나와 계집아이가 하나 있었으나 아이들은 데려오지 않고 그들 둘이서만이 왔다. 그들은 일류 호텔의 가장 좋은 방에 묵었다. 나탈리아 이바노브나는 곧 돌아가신 어머니의 집으로 갔었으나 동생은 만나지 못하고 아그라페나 페트로브나에게서 네흘류도프는 이미 하숙으로 옮겼다는 말을 듣고 그리로 향했다. 어두컴컴하여 낮에도 램프를 켜고 있는, 눅눅한 냄새가 코를 찌르는 복도에서 만난 더러운 하인이 네흘류도프는 지금 외출 중이라고 말했다.

그녀가 메모지를 남기고 가기 위해 동생 방에 들어가고 싶다고 말하자 하인은 그녀를 네흘류도프의 방으로 안내했다. 두 칸으로 이어 있는 조그만 방으로 들어가면서 그녀는 주의를 하며 여기저기를 살펴보았다. 모든 것은 깨끗하고 빈틈없는 모습이었고, 그녀를 놀라게 한 것은 지금껏 보지 못하던 아주 검소한 가구들이었다. 책상 위에는 눈에 익은 청동 개가 달려 있는 문진(文鎭)이 놓여 있었고 서류철과 서류가 질서 있게 포개져 있었으며 필기 도구와 형법에 관한 책과 헨리 조지의 영문 저서와 타르드의 프랑스 서적 속에는 눈에 익은 활 모양의 상아로 된 페이퍼 나이프가 끼워져 있었다.

그녀는 책상 앞에 앉아 꼭 오늘 안으로 와 달라고 써 놓고, 자기가 본 것에 대해서 놀란 듯이 머리를 흔들면서 호텔로 돌아왔다.

나탈리아 이바노브나는 동생의 신상에 대해서 두 가지 문제에 관심을 가지고 있었다. 그 하나는, 지금은 모든 사람들이 다 알고 있고 자기네들이 살고 있는 거리에서도 그 소문을 들었던 카튜샤와의 결혼 문제였고, 다른 하나는 토지를 농민들에게 분배해 주겠다는 것이었는데 이것 역시 모르는 사람이 없었고 무슨 정치적인 의미가 깔려 있는 위험 사상처럼 생각들을 하고 있었다. 카튜샤와의 결혼 문제는 한편으로 나탈리아 이바노브나의 마음에 들었다. 그녀는 이러한 결단성 있는 동생의 태도를 좋아하였으므로 그 부분에서 결혼 전 그녀가 아직 동생과 같이 행복했던 시절의 자기와 동생의 순수한 모습을 보았던 것이다. 그러나 동시에 자기 동생이 그 무서운 여자와 결혼한다고 생각하자 두려움에 사로잡혔다. 그리고 이 생각은 차츰 더 강해져서 그녀는 어려우리라고 생각은 하면서도 될 수 있는 한 온 힘을 다하여 동생의 마음을 돌이키리라고 굳게 결심했던 것이다.

또 다른 문제인 농민들에게 토지를 나눠 주겠다는 것에 대해서는 그녀는 그다지 실감이 나지 않았다. 그러나 그녀의 남편인 이그나치 니기포로비치는 대단히 못마땅해하며 못 하도록 설득시키라고 요구했다. 그는 그런 행위는 너무나 경솔하고 오만한 것이며 억지로 설명하자면 자기를 과시해서 세상의 평판을 사려는 행위에 지나지 않는 것이라고 떠들어 댔다.

"농민들에게 토지를 주고 그 땅값까지 그들을 위해 쓰는 것이 대체 무슨 의미가 있다는 거야?" 하고 그는 말했다.

"만일 그렇게 하고 싶다면 농민 은행을 통해 팔면 되지. 그러는 편이 오히려 더 의미가 있지. 어쨌든 그건 미친 짓이야."

그는 그 토지 관리 문제를 생각하며 이렇게 말하고 아내에게 동생의 이상한 계획에 대해서 진지하게 말해 보라고 요구했다.

32

네흘류도프가 집으로 돌아와 책상 위에서 누이의 편지를 발견하고 곧 누이에게로 달려간 것은 저녁때였다. 이그나치 니키포로비치는 별실에서 자고 있었기 때문에 나탈리아 이브노브나가 혼자서 동생을 맞이했다. 그녀는 몸에 꼭 맞는 까만 야회복을 입고 가슴에는 나비 모양의 붉은 리본을 달았으며, 검은 머리는 유행에 따라 높이 틀어 올리고 있었다. 같은 나이의 남편에게 젊게 보이려고 무척 애쓰는 듯했다. 동생을 보자 그녀는 소파에서 벌떡 일어나서 비단치마 소리를 사락사락 내면서 재빨리 걸어 나왔다. 두 사람은 입을 맞추고 서로 미소지으면서 얼굴을 마주 보았다. 신비스런, 말로는 표현할 수 없는 의미 심장한 진실이 깃든 눈길을 주고받고 이번에는 아무 의미도 없는 형식적인 말을 나누기 시작하였다. 어머니가 돌아가신 뒤로 이들 남매는 한 번도 만난 일이 없었다.

"누님은 몸이 나고 더 젊어지셨군요." 하고 네흘류도프는 말했다.

누이는 만족스러운 듯이 미소지어 보였다.

"너는 좀 야위었구나."

"그래요, 그런데 매형은?"

"주무신다. 밤차로 오게 되어 통 주무시지를 못하셨어."

꼭 해야 할 말은 많았으나 입은 조금도 그것을 표현해 주지 않았다. 다만 눈만이 못하는 말을 해 줄 뿐이었다.

"네 하숙집에 찾아갔었다."

"네, 압니다. 저는 집을 나왔지요. 제겐 너무 지나치게 커서 혼자서는 쓸쓸해서요. 그리고 저한테는 그런 것이 필요하지 않습니다. 누님이나 가져 가십시오. 가구나 모든 것을."

"응, 그래. 아그라페나 페트로브나도 그런 말을 하더라. 거기에도 들러 봤어. 고맙긴 하지만……."

그 때 여관 하인이 은제 찻잔을 날라왔다. 그들은 하인이 찻잔을 내려놓고 나갈 때까지 가만히 있었다. 나탈리아 이바노브나는 테이블 앞에 놓인 안락 의자에 앉아 묵묵히 차를 따랐다. 네흘류도프도 말이 없었다.

"그런데 말이다, 드미트리! 나는 다 알고 있다." 나탈리아는 결심한 듯 조심스럽게 동생의 얼굴을 물끄러미 바라보았다.

"그러세요? 알고 계신다면 좋습니다."

"그래, 너는 그런 타락한 과거를 가진 여자의 마음을 바로잡을 수 있으리라고 생각하니?" 하고 나탈리아 이바노브나는 말했다.

작은 의자에 기대지도 않고 꼿꼿이 앉아 있던 네흘류도프는 앉아 누이의 말을 잘 듣고 대답을 하려고 열심히 귀를 기울이고 있었다. 마슬로바와의 마지막 면회 때 마음에 일어났던 기분이 지금도 여전히 그의 영혼을 기쁘게 하였고, 그 모든 인류에 대한 따뜻한 마음으로 충만케 해 주고 있었다.

"저는 그녀의 마음을 돌리려고 하는 것이 아닙니다. 제 마음을 돌리고 싶은 겁니다." 하고 그는 대답했다.

나탈리아 이바노브나는 한숨을 지으며 말했다.

"결혼하지 않고도 다른 방법이 있을 텐데?"

"하지만 저는 가장 좋은 방법은 그것이라고 생각합니다. 그뿐 아니라 그녀와 결혼함으로써 저는 더 행복한 세계로 나아갈 수도 있으니까요."

"나는 네가 그런 일로." 하고 나탈리아 이바노브나는 말했다. "네가 행복해

지리라곤 생각할 수가 없다."

"아니, 문제는 내 행복에 있는 것이 아닙니다."

"그야 물론 그렇겠지, 그러나 그녀에게 설사 그런 마음이 있다 치더라도 결코 행복하게 되지는 않을 거다. 그리고 또 바랄 수도 없는 일이야."

"그녀는 바라고 있지도 않습니다."

"그렇겠지, 하지만 인생이라는 것은……."

"인생이 어떻단 말씀이세요?"

"좀더 다른 것을 요구하게 마련이지."

"우리가 마땅히 해야 할 것말고는 인생은 아무것도 요구하지 않습니다." 네흘류도르는 눈과 입가에 잔주름이 잡히긴 했으나 여전히 아름다운 누이의 얼굴을 바라보면서 말했다.

"나는 이해할 수가 없구나." 하고 그녀는 한숨을 지어 보였다.

'가엾게도! 어쩌면 이렇게 많이 달라졌을까?' 네흘류도프는 결혼 전의 누이를 생각하고 그녀에 대한 온갖 어린 시절의 추억이 뒤섞여 감상적인 기분이 되면서 생각했다.

이 때 여느 때와 같이 고개를 뒤로 젖히고, 널찍한 가슴을 내밀고, 경쾌한 걸음걸이로 미소를 머금은 채 안경과 대머리와 검은 턱수염을 번득이면서 이그나치 니키포로비치가 걸어 들어왔다.

"아, 안녕하시오?" 그는 부자연스러운 억양으로 힘을 주어 말했다. 갓 결혼했을 당시에는 '자네'라는 칭호로 대하려 하였으나 결국 '당신'이라고 부르게 되고 말았던 것이다.

두 사람은 악수를 했다. 그리고 니키포로비치는 경쾌하게 안락 의자로 가서 앉았다.

"이야기하는 데 실례가 되지는 않겠소?"

"아닙니다. 저는 하려는 말, 하려는 일을 누구에게나 숨기려 하지 않으니까요."

네흘류도프는 그의 얼굴을 보고, 그 털북숭이 손을 보고 그리고 자만심이 가득 찬 보호자인 척하는 말투를 듣자 부드럽던 기분이 순식간에 사라져 버리고 말았다.

"우리는 지금 동생이 계획하고 있는 일에 대해 이야기를 나누던 참이에요. 차 드시겠어요?" 그녀는 찻잔에 손을 대면서 이렇게 말했다.

"그래, 따라 줘요. 그런데 그 계획이란 뭔데?"

"실은, 제가 죄의식을 느끼고 있는 어떤 여자가 끼여 있는 죄수 이송 부대를 따라 함께 시베리아로 갈까 합니다." 하고 네흘류도프는 입을 열었다.

"내가 알기론 그저 따라가는 것만이 아니라 그 밖에 또 다른 계획이 있다고 들었는데."

"네, 그녀만 허락한다면 결혼할 생각입니다."

"아, 그래 괜찮다면 그 동기를 좀 이야기해 줄 수 없겠소? 나는 도무지 이해할 수가 없으니."

"동기라는 것은 그녀가……그녀가 타락하게끔 된 원인이……." 네흘류도프는 적당한 말이 생각나지 않아 스스로에게 화가 났다. "동기라는 것은 죄는 내가 저질렀는데도 벌은 그녀가 받았다는 것이지요."

"만일 벌을 받았다면 그녀에게도 죄가 없지는 않을 텐데요."

"아니, 그녀에게는 전혀 죄가 없습니다."

그리고 네흘류도프는 쓸데없이 흥분하면서 그 경위를 모두 이야기했다.

"알겠소. 그렇다면 재판장의 실수로군. 배심원들의 대답도 경솔하였소. 그러나 그런 경우가 있기 때문에 대심원이란 게 있지 않소?"

"대심원에선 기각됐습니다."

"대심원에서 기각이라! 상소의 이유가 불충분했던 모양이로군."

니키포로비치는 재판은 신성한 것이라는 가장 평범한 의견을 신봉하는 듯한 어투로 말했다. "대심원에서 사건의 본질에까지 들어가 조사를 할 수는 없을 테니까. 만일 그 판결에 인정을 못한다면 황제께 청원하는 길도 있을 거요."

"수속은 했습니다만 전혀 희망이 보이지 않습니다. 반드시 법무성에 조회할 테고, 또 법무성에서는 대심원에 조회할 테니까요. 대심원은 그 판결을 되풀이

할 겁니다. 결국 죄없는 자가 처벌을 받게 되고 마는 것이지요."

"아니, 그렇지는 않을 거요. 법무성에서 대심원으로 조회할 까닭이 있겠소?" 이그나치 니키포로비치는 너그럽게 웃으면서 말했다. "재판소에서 자세한 조서를 가져다 검토하여 만일 잘못이 발견되면 거기에 따라 새로운 판결을 내리겠지. 그리고 죄없는 사람은 절대로 처벌되지 않소. 설사 있다 하더라도 그건 아주 드문 일이지요, 역시 죄가 있는 자가 처벌받게 마련이니까." 그는 침착하게 만족한 듯한 웃음을 지으면서 말했다.

"그러나 나는 그와 반대라고 믿습니다." 네흘류도프는 매형에게 반감을 느끼면서 말했다. "나는 재판소에서 유죄라고 판결받는 사람들 거의 모두가 무죄라는 것을 알고 있지요."

"그건 또 무슨 뜻이오?"

"다른 뜻 없습니다. 문자 그대로 무죄이니까요. 예를 들어 그녀가 독살 사건에 무죄인 것처럼 말이지요. 또 요즈음 내가 알게 된 농민은 자기가 저지르지도 않은 살인 사건에 대해 무죄이며, 집주인이 저지른 방화 사건에 하마터면 죄를 뒤집어쓸 뻔했던 어떤 어머니와 아들이 무죄인 것처럼."

"그야 물론 재판상의 착오는 과거에도 있었고 또 미래에도 있을 테지. 사람이 만든 제도니까 완전무결하다고는 할 수 없겠지."

"그리고 대부분의 사람들이 무죄라고 하는 것은 자기가 저지른 행위는 그들이 자라 온 특수한 환경 탓이며 범죄라고 생각하지 않기 때문입니다."

"그건 공평한 말이 아니오. 어떤 도둑이라도 도둑질이 나쁘다는 것과 도둑질을 해서는 안 된다는 것과 도둑이 악덕이라는 것쯤은 다들 알고 있소." 하고 그는 침착한 목소리로 자신 있게, 역시 어느 정도 사람을 업신여기는 듯한, 특히 네흘류도프의 마음을 불쾌하게 하는 미소를 지으면서 말했다.

"아니 그들은 모르고 있습니다. 도둑질을 해서는 안 된다고 일러 줄 뿐이지요. 그러나 그들은 공장주가 그들의 임금을 착복하고 그들의 노동을 착취하고 있는 것을 알고 있습니다. 정부가 관리들을 시켜 세금이라는 명목으로 그들의 돈을 착취한다는 것을 잘 알고 있습니다."

"그렇다면 그건 무정부주의로군." 이그나치 니키포로비치는 네흘류도프의 말을 이렇게 은근히 규정 지었다.

"나는 그것이 무엇인지는 모릅니다. 다만 사실을 이야기할 뿐이지요." 하고 네흘류도프는 말을 계속했다. "정부가 그들의 돈을 약탈한다는 것을 그들은 모두 알고 있습니다. 우리들 지주가 오래 전부터 모든 사람들에게 공유되어야 할 토지를 그들에게서 빼앗아 착취하고 있다는 것도 알고 있습니다. 그러나 그들이 이 빼앗긴 땅에서 자기네들의 난로에 지피기 위해 마른 나뭇가지를 가져간다면 감옥에 가둬 두고 도둑이라고 낙인을 찍는다는 것도 그들은 알고 있습니다. 도둑은 자기네들이 아니라 그들의 토지를 빼앗은 자들이며, 빼앗긴 것을 다시 찾는 것은 자기네들의 가족을 위한 의무라는 것을 그들은 알고 있습니다."

"이해할 수 없는 일인데, 설사 이해한다 하더라도 경솔하게 찬성할 수가 없군요. 토지란 누구의 소유가 아니란 법은 없어요. 만약 당신이 토지를 공평하게 분배해 준다면……." 하고 이그나치 니키포로비치는 네흘류도프가 사회주의자라는 것 그리고 사회주의 이론이 요구하는 것이 토지를 공평하게 분배해 줄 것을 주장하는 것이며, 또한 그 분배 방법이 몹시 어리석은 것이므로 그 어리석음을 증명하기란 아주 쉬운 일이라고 자신만만하게 말하기 시작했다.

"만일 당신이 오늘 토지를 공평하게 분배해 준다 하더라도, 내일이면 보다 착실하고 능력 있는 사람의 손으로 넘어가 버릴 거요."

"토지를 공평하게 나눠 주려는 생각은 아무도 할 수가 없습니다. 토지는 누구의 소유도 되어서는 안 되는 것이니까요. 사거나 팔거나 빌려 줄 만한 것이 될 수도 없는 것입니다."

"소유권이라는 것은 인간 본래의 것이오. 소유권이 없다면 토지를 경작하는 데 아무런 흥미조차 없을 거요. 소유권을 폐지해 보시오. 우리는 당장 원시시대로 돌아갈 겁니다." 하고 이그나치 니키포로비치는 토지 소유권을 정당화하는 평범한 논증을 되풀이하면서 위압적인 태도로 말했다. 땅을 갖고자 희망하는 것은 토지가 필요하기 때문이라는 것은 반박할 여지가 없다고 권위자나 되는 것처럼 말했다.

"내 의견은 정반대입니다. 아무도 땅을 소유하지 않게 되는 날이면, 지금과 같이 지주가 건초 더미 위에 누워 자는 개처럼 자기는 아무 일도 하지 않고, 또 토지를 경작할 능력도 없으면서 경작할 수 있는 사람들에게 토지를 사용하지 못하게 하는 일은 없을 테니까, 토지를 그대로 방치해 두는 일은 없을 겁니다."

"이봐요, 드미트리 이바노비치, 그건 미친 사람의 잠꼬대 같은 소리요. 정말 오늘날에 있어 토지의 사유권이 폐지되리라고 생각하는 거요? 그건 먼 옛날부터 당신이 꾸던 꿈에 지나지 않는다는 걸 나는 알고 있습니다. 그러나 솔직하게 충고하면……." 하고 말하는 이그나치 니키포로비치의 얼굴은 창백해지고 목소리가 떨렸다. 틀림없이 그 문제는 그의 정곡을 찔렀던 모양이다. "충고하지만, 나는 그 문제를 가지고 실제적인 해결에 들어가기 전에 당신이 심사 숙고하기를 바랍니다."

"내 일신상의 문제에 대해 말씀하시는 건가요?"

"그렇소. 특별한 지위에 있는 우리들은 모두 이 지위에서 해야 할 의무를 이행함으로써 우리가 조상으로부터 물려받은 주위의 생활 상태를 지켜 가며, 이것을 자손에게 물려줄 책임이 있다고 생각하고 있소."

"그러나 내가 요즈음 느끼는 자신의 책임이라는 것은……."

"실례지만." 하고 이그나치 니키포로비치는 상대방에게 말을 가로채이지 않으려고 계속 말했다. "이런 말을 하는 것은 나와 내 아이들을 위해서 하는 말이 아니오. 내 자식들의 재산은 보장되어 있습니다. 나는 그들이 먹고 살 만한 것을 가지고 있으니까. 아이들도 먹는 데는 어려움을 받지 않고 살 수 있겠지요. 그러니까 처남의 그 분별없는 생각에 대한 나의 항의는 절대로 개인적인 이해관계에서 나온 것이 아니라, 원칙적으로 그러한 주의에 찬성할 수가 없다는 것이지요. 좀더 심사 숙고해서 책이라도 읽으며 연구하기를 바랍니다……."

"아니, 내 문제는 내 자신의 결심에 맡겨 두십시오. 그리고 내가 읽을 책의 선택도 내게 맡겨 두십시오." 얼굴이 창백해져서 네흘류도프는 이렇게 말했다. 그의 두 손은 싸늘해졌으며 자신을 자제할 수 없을 것 같아 더 이상 말하지 않고 잠자코 차를 마시기 시작했다.

33

"그런데 아이들은?" 하고 네흘류도프는 조금 마음이 진정되자 누이에게 물었다.

아이들은 시어머니에게 맡기고 왔다고 누이가 대답했다. 그리고 남편과의 논쟁이 끝난 데 만족을 느끼며, 아이들은 네흘류도프가 어렸을 때 검둥이 인형과 프랑스 여자라고 이름 지어 부르던 인형을 가지고 놀던 시절과 마찬가지로 역시 인형을 가지고 여행 놀이를 하면서 논다고 말했다.

"그런 것까지 기억하고 계십니까?" 네흘류도프는 방긋이 웃으면서 물었다.

"으응, 너와 노는 것이 어찌나 닮았는지 모르겠어."

불쾌한 이야기는 끝났다. 나탈리아는 안도의 한숨을 내쉬었다. 그러나 남편 앞에서 동생만이 아는 이야기를 화젯거리로 삼는 것도 재미가 없는 것 같아 세 사람이 모두 아는 화제를 꺼내려고 페테르부르그의 새로운 사건인, 결투로 외아들을 잃어버린 카멘스카야 부인의 비통해하는 이야기를 시작했다.

이그나치 니키포로비치는 결투로써 살인을 한 사람을 일반 형사범에서 제외하는 제도에는 찬성할 수 없다는 의견을 제시했다.

그의 이런 의견은 또 네흘류도프의 반감을 샀다. 그래서 아직 충분히 논란이 되지 않았던 아까 그 문제가 다시 끄집어 내어졌으나 이번에는 생각대로 다 말하지 않고 서로 상대를 비난하는 자기의 신념을 주장하는 것만으로 그쳤다.

이그나치 니키포로비치는 네흘류도프가 자기를 나무라고, 자기의 활동 모두를 멸시하고 있음을 느끼자 어떻게든지 그 그릇된 판단을 낱낱이 지적해 주고 싶었다. 네흘류도프는 네흘류도프대로 매형이 자기의 토지 처분 문제에 대하여 필요 없는 참견을 하는 것이 매우 못마땅했으나 말로 내색하지는 않았다. '매형과 누이와 그 아이들이 유산 상속자로서 이에 대해 말할 권리를 가지고 있다고는 생각하고 있었다.' 그러나 이 속좁은 사내가 아주 침착하게 자신만만한 태도로, 현재 자기로서는 의심할 여지도 없이 비열한 행위요, 범죄적인 행위라고 여기는 것을 올바르고 합리적인 것이라고 생각하는 것에 대해 참을 수 없는 분노가 치밀어 올랐다. 이 자만심이 그의 비위에 거슬렸던 것이다.

"그러면, 재판소에서는 대체 어떻게 하면 좋겠습니다?" 하고 네흘류도프는 물었다.

"결투로써 사람을 죽인 사람도 보통 살인자로 처벌해야 한다고 생각하지요."

네흘류도프의 손이 다시 싸늘해졌고 못마땅해져서 화를 내며 말하기 시작했다.

"그러면 그 결과가 어떻게 됩니까?"

"그럼으로써 공평하게 유지되지요."

"매형의 말씀은 마치 재판소 활동의 목적이 공평에 있다고 하시는 것처럼 들리는군요." 네흘류도프는 말했다.

"그럼 그 밖에 무슨 목적이 있단 말이오?"

"그건 계급적 이익의 옹호에 지나지 않습니다. 재판소란, 내 의견으로는 우리들 지주 계급에 유리한 현행 제도를 유지하기 위한 행정 기관에 지나지 않는 것이지요."

"그건 참 아주 새로운 의견이군." 조용한 미소를 지으면서 이그나치 니키포로비치는 침착하게 말했다. "일반 재판소에 대해서는 좀 다른 사명이 있다고 생각하지만."

"내가 보고 들은 바에 의하면 이론상으론 그렇지만 실제적으로는 그렇지 않습니다. 재판소의 목적은 다만 현재의 사회 상태를 지켜 나가는 것뿐입니다. 그렇기 때문에 일반 사회의 수준 위에 서서 그것을 향상시키려고 하는, 이른바 정치범이라고 불리는 사람들과 수준 이하의, 소위 범죄자라고 불리는 사람들을 처벌하고 박해하는 것이지요."

"소위 정치범이라고 처벌되는 것은 그들이 수준 이상에 서 있기 때문이라고 하는 말에는 찬성할 수가 없소. 그들 대부분은 역시 다른 데가 있기는 하지만 지금 처남이 수준 이하라고 말하는 범죄자같이 돼먹지 못한 사회의 쓰레기에 지나지 않는 존재들이오."

"그러나 나는 재판관들과는 견줄 수도 없을 만큼 높은 위치에 있는 사람들을 얼마든지 알고 있습니다. 예를 들면 분리파 신도들은 모두 정신적인 지조가 굳은 사람들입니다."

이그나치 니키포로비치는 이야기를 남에게 가로채이지 않으려는 버릇이 있기 때문에 네흘류도프의 말에는 귀도 기울이지 않고 더한층 상대편의 비위를 건드리면서 네흘류도프가 말하는 도중에도 자기 이야기를 계속하는 것이었다.

"또 나는 재판소의 목적이 현행 제도의 유지에 있다고 하는 의견에도 찬성할 수가 없소. 재판소에는 재판소대로 본래의 목적을 추구하고 있으니까. 말하자면 죄인을 바로잡아 준다든가……."

"그렇지요. 감옥에 잡아 넣으면 훌륭하게 바로잡게 되겠지요." 하고 네흘류도프는 입을 다물었다.

"그리고 격리지요." 하고 이그나치 니키포로비치는 끈질기게 말을 계속했다.

"말하자면 사회의 존재를 위협하는 악마 같은 놈들과 완전히 타락해 버린 방탕자들을 격리하는 것이 재판소의 목적이지요."

"그것이 문제입니다. 재판소는 그 어느 것도 실행하지 않으니까요. 우리 사회에서는 그것을 실행할 방법이 없습니다."

"그건 또 무슨 소린지 나로선 이해할 수 없는걸." 억지 웃음을 지어 보이면서 이그나치 니키포로비치는 이렇게 말했다.

"내가 말하고 싶은 것은, 합리적인 형벌은 두 가지밖에 없다는 것입니다. 그것은 옛날에 이용하던 태형과 사형이지요. 그러나 이러한 형벌은 풍습이 달라지고 인간 정신이 대두되면서 차츰 폐지되어 가고 있습니다." 하고 네흘류도프는 말했다.

"이거 참, 처남에게서 이런 말을 들으리라고는 상상치 못했는데."

"벌을 주어 다시는 그런 짓을 못 하도록 만드는 것이 합리적인 방법이지요. 그리고 사회에 해를 주고 위험을 주는 자의 목을 자르는 것도 역시 합리적입니다. 하여튼 이러한 형벌은 합리적인 의의를 지니고 있습니다. 그러나 나태하고, 나쁜 짓을 배우게 되어 타락한 자를 감옥에 집어 넣어 보다 더 타락한 자들 속에 함께 쑤셔 넣어 의식주를 해결해 주어 강제로 게으르게 만드는 것은 대체 무슨 의미가 있을까요? 또한 나라의 많은 돈을 들여――1인당 5백 루블 이상이나 드는데――툴라 현에서 이르쿠츠크 현으로, 쿠르스카야 현에서 또 다른 곳으로 이송하는 것이 무슨 의의가 있습니까?"

"그렇지만 세상 사람들은 이러한 국비 여행을 모두 두려워하고 있지요. 이 국비 여행이라는 것과 감옥 제도가 없다면 우리는 지금과 같이 이렇게 안심하고 편안하게 지낼 수가 없지 않겠소?"

"그러나 감옥이 우리의 안전을 보장해 주는 것은 아닙니다. 왜냐 하면 죄수들은 죽을 때까지 갇혀 있는 것이 아니고 언젠가는 풀려나게 되니까요. 그러므로 사실은 그 반대로 이런 제도 아래서는 도리어 죄수들의 죄악과 타락을 최대한도로 끌어올리는 것이 되므로 결국은 위험을 초래하게 되는 것뿐입니다."

"그러면 징역 제도를 완전하게 해야 한다는 말이오?"

"그건 불가능합니다. 감옥을 완전하게 만들려면 보통 교육비 이상의 돈이 들테니 국민에게 새로운 부담만 줄 뿐이지요."

"그러나 징역 제도에 결함이 있다고 하더라도 재판소 자체가 필요 없는 것이라곤 말할 수 없소."

이그나치 니키포로비치는 또다시 처남의 말은 듣지도 않고 자기 말만 되풀이했다.

"하지만 그것을 고쳐 바로잡을 수는 없지요." 네흘류도프는 목소리를 높여서 말했다.

"그럼 어떻게 하면 된다는 말이오? 다 죽여 버려야만 한단 말이오? 아니면, 어느 정치가가 말한 대로 눈알을 빼 버려야 한단 말이오?" 이그나치 니키포로비치는 입가에 승리의 미소를 떠올리면서 말했다.

"그렇지요. 그것이 잔혹하기는 하지만 목적에는 적합하지요. 현재 행해지고 있는 것은 잔혹하기만 하고 목적에는 알맞지 않은 어리석기 짝이 없는 일입니다. 정신이 올바른 사람이 어째서 이런 우매하고 혹독한 형사 재판을 하고 있는지 참으로 이해하기 어렵습니다.”

“나는 현재 그런 일을 하고 있는데요.” 얼굴이 창백해지면서 이그나치 니키포로비치는 말했다.

“그건 나와 상관없는 당신의 자유입니다. 그러나 나는 이해할 수가 없습니다.”

“비단 그것뿐만 아니라, 모든 점에 있어 이해가 부족하다고밖에 생각할 수 없소.” 떨리는 음성으로 이그나치 니키포로비치는 말했다.

“나는 재판소에서 어떤 검사보가 보통 감정을 가진 사람이면 누구나 동정하지 않을 수 없는 불쌍한 소년을, 모든 힘을 다 바쳐 유죄로 만들려고 하는 것을 보았습니다. 또 어떤 검사는 분리파 신도를 신문하여 복음서를 읽었다는 혐의만으로 죄를 주려는 것을 보았습니다. 요컨대 재판소의 일이라는 것은 모두가 이런 의미없고 잔혹한 행위뿐입니다.”

“진실로 처남 말이 맞다면 나는 이런 데 근무하고 있을 수가 없지 않겠소?” 이그나치 니키포로비치는 이렇게 말하고 일어섰다.

네흘류도프는 매형의 안경 속에서 이상하게 번쩍이는 빛을 보았다. ‘눈물일까?’ 그것은 모욕받은 눈물이었다. 이그나치 니키포로비치는 창가로 걸어가 수건을 꺼내더니 기침을 하면서 안경을 닦기 시작했다. 그리고 안경을 벗어 들고 눈물을 닦아 냈다. 그리고 소파로 돌아오자 담배를 붙여 물고는 아무 말도 하지 않았다. 네흘류도프는 이렇게 매형과 누이의 마음을 괴롭게 한 것이 가슴아프고 부끄러웠다. 더구나 내일 떠나면 다시는 만날 기회가 없을 텐데……. 그는 더 할 수 없이 혼란스러운 심정으로 작별하고 집으로 돌아왔다.

‘내가 한 말이 사실임에는 틀림없어. 적어도 그는 끝까지 나에게 반박을 못 했으니까. 그러나 그렇게까지 말할 필요는 없었는데. 흥분된 감정에 사로잡혀 그를 지독하게 모욕하고 가련하게도 누이까지 가슴아프게 만든 것을 보면 나는 아직 그리 달라졌다고 할 수가 없군.’ 하고 그는 생각했다.

34

마슬로바가 속해 있는 죄수 이송 부대는 오후 3시에 정거장에서 출발할 예정이었으므로 죄수 대열이 감옥에서 나오기를 기다려 정거장까지 같이 가려고 네흘류도프는 12시 전에 감옥에 닿을 수 있도록 서둘러 준비했다.

짐이며 서류를 가방에 정리하고 있는 동안에 네흘류도프는 일기장에 시선을 멈추고 여기저기 훑어보다가 최근에 쓴 몇 부분만을 읽어 보았다. 페테르부르그를 떠나기 바로 전에 쓴 것이었는데 거기에는 이런 내용이 적혀 있었다.

'카튜샤는 나의 희생을 받으려 하지 않고 그녀 자신이 희생되려고 한다. 그녀도 이겼고 나도 이겼다. 그녀의 마음속에 변화가 일어나고 있다는 것이 나를 기쁘게 했다. 믿어도 좋을지 두려운 생각이 들기는 하지만 그녀는 다시 태어나고 있다.' 그리고 또 이런 것이 계속 씌어 있었다. '몹시 괴로운, 아울러 몹시 기쁜 경험을 얻었다. 그녀가 병원에서 불미스런 행위를 했다는 말을 듣고 갑자기 참을 수 없는 괴로움을 느꼈다. 이렇게까지 괴로우리라고는 상상도 하지 못했다. 그래서 그녀와 마주 앉아 얘기할 때에도 혐오와 증오를 느끼면서 나는 그녀와 이야기했다. 그러나 이윽고 자신의 일을 생각하고 지금 내가 그렇게 증오를 느끼는 것과 똑같은 일에 있어 내가 얼마나 죄가 많은가 하는 것을 깨닫게 되자 갑자기 내가 미워짐과 동시에 그녀가 가여운 생각이 들어 마음이 안정되어졌다. 우리가 언제나 적당한 시기에 각자의 잘못을 깨달을 수 있다면 우리는 얼마나 더 선량해질 수 있는 것인가.'

그는 오늘 날짜로 다음과 같이 써 넣었다.

'오늘 나는 누이를 만나러 갔다가 나의 만족 때문에 심술궂은 말을 해서 마음이 무겁다. 그러나 어떻게 하랴! 내일부터는 새로운 생활이 나를 맞이할 것이다. 잘 있거라 영원히, 낡은 생활이여! 온갖 인상이 집중되어 있지만 아직 그것

을 하나로 결합시킬 수가 없다.'

이튿날 아침 눈을 떴을 때 맨 먼저 네흘류도프의 머리에 떠오른 것은 매형과의 충돌에 대한 후회였다.

'이대로 떠날 수는 없어.' 하고 그는 생각했다. '다시 찾아가 사과를 하지 않으면 안 되겠다.'

그러나 시계를 보니 그럴 시간이 없었다. 죄수 이송 부대의 출발에 늦지 않도록 준비를 해야만 했다. 급히 짐을 꾸려서 하숙의 문지기와 같이 떠나기로 한 페도샤의 남편을 짐과 함께 정거장으로 보낸 뒤 네흘류도프는 처음에 눈에 띈 마차를 잡아 타고 교도소로 달려갔다. 죄수 호송 열차는 네흘류도프가 타고 갈 여객 열차보다 두 시간 먼저 출발하기로 되어 있었다. 그는 다시는 돌아오지 않을 작정으로 하숙집의 셈을 모두 지불하였다.

7월의 몹시 무더운 날씨였다. 푹푹 찌는 듯한 어젯밤의 열기가 아직 가시지 않은 거리의 포석과 집집의 돌벽과 함석 지붕들이, 그 열기를 대기로 내뿜고 있었다. 때때로 불어오는 바람은 먼지와 페인트에 결어서 역겨운 냄새가 나는 뜨거운 공기를 후끈 몰아왔다. 거리에는 인적이 드물었다. 이따금 지나가는 사람들은 그늘진 쪽으로만 걷고 있었다. 햇볕에 새까맣게 탄 인부들만이 짚신을 신고 거리 한복판에 서서 지글지글 타는 듯한 모래바닥에 깔린 돌을 망치로 두드리고 있었고, 표백이 잘 안 된 제복에 오렌지색의 권총 끈을 늘어뜨린 침울한 얼굴의 헌병이 다리를 바꾸어 디디면서 길 한복판에 맥없이 서 있었다. 흰 두건을 쓰고 갈라진 틈으로 두 귀가 빠져 나온 말들이 끄는 볕이 쬐는 창문에 포장을 친 철도마차가 방울 소리를 울리면서 거리를 왔다갔다하고 있었다.

네흘류도프가 감옥으로 도착했을 때는 아침 4시부터 시작된 이송될 죄수의 인수 인계 작업이 계속되고 있는 참이었다. 이송대의 인원은 남자 623명에다 여자 64명이었다. 이들을 일일이 명부와 대조하고 환자와 허약자를 골라 호송병에게 넘겨야만 했다. 신임 소장과 부소장 두 사람 그리고 의사와 간호장과 호송 장교와 서기들은 정원 담 밑의 서류와 사무용 도구가 놓인 테이블 앞에 앉아서 한 사람씩 불러 검사를 하고 신문을 하고는 장부에 적어 넣는 일을 하고 있었다.

테이블 위는 벌써 절반이나 햇볕으로 뜨거워져 있었다. 더구나 찌는 듯이 덥고 바람 한 점 없는데다 거기 서 있는 죄수들의 입김으로 숨이 막힐 지경이었다.

"아니, 어찌 된 일이야. 암만해도 끝이 없구." 뚱뚱한 체격에 키가 크고 얼굴이 붉고 어깨가 올라간, 팔이 짧은 호송 장교는 수염으로 가려진 입으로 줄곧 담배연기를 뿜어 대면서 말했다. "제기랄, 어디서 이렇게들 모여들었담! 아직도 많소?"

서기는 명부를 조사해 보았다.

"아직 남죄수 24명에다 여죄수가 모두 남아 있습니다."

"왜 멍하니 섰는 거야? 어서 이리 와!" 호송 장교는 아직 조사가 끝나지 않은 죄수들이 모여 있는 곳을 향해 소리 질렀다.

죄수들은 이미 세 시간 이상이나 그늘도 아닌 뙤약볕 아래 줄을 서서 기다리고 있었다.

감옥 문 밖에는 경비병이 여느 때와 다름없이 총을 메고 서 있었고, 짐이나 몸이 약한 죄수들을 태울 짐마차가 스무 대 정도 대기하고 있었다. 그리고 한 모퉁이에는 죄수들을 전송하고 될 수만 있다면 만나서 안부라도 묻고 필요한 물건을 전하려는 죄수들의 친척과 친구들이 기다리고 있었다. 네흘류로프도 그 무리 속에 끼여 기다리고 있었다.

한 시간이 지나서야 문 안에서 철렁거리는 쇠사슬 소리와 발소리, 몰아치는 소리, 기침하는 소리 등 사람들의 나직한 목소리가 뒤섞여 들려 왔다. 그것이 5분 동안이나 계속되고 있는 동안 간수들이 옆문으로 드나들었다. 이윽고 출발 명령이 내려졌다.

철컹 하고 문이 열리자 쇠사슬 소리가 한층 더 또렷하게 들리고 뒤이어 흰 여름옷에 총을 멘 호송병들이 나와——이런 일에는 이제 익숙한 행동으로——문 앞에 널찍하고 둥근 열을 지어 정연하게 정렬했다. 정렬이 끝나고 다시 명령이 내리자 박박 깎은 머리에 빵 모양의 모자를 쓴 죄수들이 어깨에 배낭을 메고 쇠고랑을 찬 발을 질질 끌면서, 한 손으론 배낭을 붙들고 다른 한 손을 흔들면서 둘씩 나란히 나왔다. 처음에는 남자 죄수들이 나왔는데, 그들은 한결같이 똑같은 잿빛 바지에다 등에 번호가 찍힌 회색 죄수복을 입고 있었다. 그들은 모두——청년도, 노인도, 수척한 자도, 뚱뚱한 자도, 창백한 자도, 얼굴이 붉은 자도, 턱수염을 기른 자도, 수염이 없는 자도, 러시아 인도, 타타르 인도, 유대 인도——모두들 쇠고랑을 쩔렁거리면서 마치 먼 여행이라도 가는 것처럼 위세 좋게 한 팔을 저으면서 나왔다. 그러나 열 발짝쯤 가서는 걸음을 멈추고 네 사람씩 열을 지었다. 그 뒤를 계속해서 역시 머리를 깎고 같은 옷을 입었으나 쇠고랑을 차지 않고 두 사람씩 수갑을 찬 죄수들이 쏟아져 나왔다. 이들은 유형수였다. 그들도 다른 사람들과 마찬가지로 위세 좋게 나와서는 걸음을 멈추고 역시 네 줄로 열을 지었다. 다음으로 나온 것은 농민 조합에서 추방된 농민들이었고, 그 뒤를 이어 여자 죄수들이 나왔다——앞줄에는 회색빛 웃옷에 삼각 수건을 쓴 유형수가 나왔고 다음에는——이주 유형수, 그 뒤를 이어 자진해서 남편과 친척을 따라가는 자유스런 옷차림을 한 여자들이 나왔다. 그들 중에는 젖먹이를 회색빛 윗저고리에 싸서 안은 여자들도 간간이 섞여 있었다.

사내아이와 계집아이들이 여자들과 함께 따라갔다. 이 아이들은 말 무리 속에 망아지처럼 여자 죄수들 사이에 붙어 갔다. 남자 죄수들은 가끔 기침을 했으나 줄이 흐트러지지 않도록 조심하며 어쩌다 말을 하고는 잠자코 서 있었으나 여자 죄수들은 줄곧 잡담을 하듯 지껄이고 있었다. 네흘류도프는 카튜샤가 나왔을 때 곧 그녀인 줄 알았지만 많은 사람들 속에 휩쓸렸기 때문에 눈에 보이는 건 다만 인간다운 행색은 없고 특히 여자다운 데라곤 없이 아이를 데리고 배낭을 짊어지고 남자 죄수들의 뒤를 줄줄 따라가는 잿빛의 무리로만 보였다.

죄수의 인원 파악은 이미 감옥 안에서 끝내고 출발했음에도 불구하고 호송병들은 아까 한 조사와 맞추어 보기 위해 다시 그들을 세기 시작했다. 이 조사가 또 오래 걸렸다. 여러 명의 죄수들이 이리저리 자리를 떠서 인원 조사에 혼란을 주었기 때문이었다. 겉에서 보기에 호송병들은 얌전하지만, 증오에 찬 죄수들을 떼밀고 욕을 퍼부으며 다시 세어 나갔다. 인원 조사가 끝나자 호송 대장이 뭐라고 호령했다. 그러자 죄수의 무리들이 술렁대기 시작했다. 몸이 약한 사내와 여자와 그리고 아이들은 저마다 덤비면서 짐마차 쪽으로 달려가 그 위에다 먼저 배낭을 집어 던지고 올라타기 시작했다. 울부짖는 젖먹이를 안은 여자들과 자리싸움을 하는 활달한 아이들과 침울한 표정의 죄수들은 저마다 자리를 차지하고 앉았다.

호송 대장 곁으로 다가서서 모자를 벗어 들고 몇몇 남자 죄수가 무엇인지 청을 하고 있었다. 네흘류도프가 뒤에 안 일이지만 마차에 태워 달라고 한 것이었다. 호송 대장은 아무 말도 없이 그들을 쳐다보지도 않고 담배를 피우고 있다가 갑자기 그 짧은 손을 죄수 한 사람 앞으로 휙 내둘렀다. 죄수들은 때리는 줄만 알고 흠칫 놀라 머리를 움츠리고 뒷걸음질했다. 네흘류도프는 그 광경을 지켜보고 있었다.

"능청맞은 수작들을 하면 따끔한 맛을 보여 주겠어! 걸을 수 있잖아!" 하고 장교는 소리 질렀다.

호송 대장은 다만 한 사람, 쇠고랑을 차고 비틀거리는 키 큰 노인만을 태우기로 했다. 노인은 빵 모양의 모자를 벗고 성호를 그으면서 마차 앞으로 갔으나 쇠고랑 때문에 노쇠한 힘 없는 다리를 올려놓지 못해 허우적거릴 뿐 좀처럼 마차를 탈 수가 없었다. 마차 위의 여자 하나가 노인의 손을 끌어당겨 주는 것을 네흘류도프는 보았다.

마차는 온통 배낭으로 가득 찼다. 그 배낭 위에 마차 타기를 허락받은 죄수들이 앉았다. 호송 대장은 모자를 벗고 벗어진 이마와 벌겋고 굵직한 목덜미를 수건으로 닦고 나서 성호를 그었다.

"죄수 부대, 앞으로 출발!" 하고 그는 명령을 내렸다. 호송병들은 총을 덜그럭거리며 어깨에 메었다. 죄수들은 모자를 벗었고 왼손으로 성호를 긋는 죄수도 있었다. 전송 나온 사람들이 뭐라고 소리치자 죄수들은 이에 호응하며 대답을 했다. 여자들 중에서는 목이 메어 울음을 터뜨리는 사람도 있었다. 죄수 부대는 흰 옷을 입은 호송병들에 호위되어 쇠고랑 찬 발로 먼지를 일으키며 걷기 시작했다. 맨 앞에는 호송병들이 섰다. 쇠고랑을 찬 죄수들이 쇠사슬 소리를 내면서 네 줄로 서서 그 뒤를 따르고 그 뒤에는 이주 유형수와 둘씩 수갑에 묶인 농민 조합원, 그리고 여죄수 순서였다. 그 뒤에는 배낭과 허약한 죄수들을 잔뜩 태운 마차가 따르고 있었는데, 어떤 마차 위에서는 머리에 수건을 쓴 여자가 높다란 짐 위에 앉아서 그칠 줄 모르고 소리를 지르며 통곡하고 있었다.

35

죄수들의 행렬은 무척 길었다. 그래서 선두가 보이지 않게 되었을 때에야 겨우 배낭과 허약한 죄수를 태운 마차가 조금씩 움직이기 시작했다. 짐마차가 움직이자 네흘류도프는 기다리게 했던 마차를 타고 마부에게 행렬을 앞질러 가라고 일렀다. 그것은 남자 죄수들 가운데에서 얼굴이 익은 자를 알아보기도 하고 여죄수들 중에서 카튜샤를 찾아 내 그녀에게 보낸 물건을 받았는가 알아보기 위해서였다.

더위는 차츰 더해 갔다. 바람은 한 점도 없었으며 천여 개의 발길이 일으키는 먼지는 거리 복판을 걷고 있는 죄수 행렬 위에 줄곧 자욱하게 떠올라 있었다. 죄수들은 빠른 걸음으로 걷고 있었기 때문에 네흘류도프가 탄 마차의 느린 속도로는 쉽게 앞서지를 못했다. 그들은 한 대열 또 한 대열씩, 이상하게 무서운 모양을 한 낯선 사람들의 무리가 모두 원기를 돋우기라고 하는 것처럼 발걸음을 맞추어 한쪽 팔을 내두르면서 같은 옷, 같은 신을 신은 수천 개의 발을 맞추어 행진하고 있었다. 그들은 수가 너무도 많은데다 모두 한결 같은 차림이었으므로 그 모습이 네흘류도프에게는 기이하게도 사람이 아니라 무슨 특이한 무서운 생물처럼 느껴졌다.

이런 인상이 비로소 사라진 것은 네흘류도프가 유형수 가운데서 살인범 표도로프를, 익살꾸러기 오호틴을, 그리고 또 한 사람 자기에게 도움을 청한 일이 있던 부랑자를 보았을 때였다. 죄수들은 거의 모두가 자기들 옆을 지나가는 네흘류도프의 마차를 돌아다보거나 곁눈질을 했다. 표도로프는 네흘류도프를 보았다는 듯이 머리를 아래 위로 끄덕거렸으며 오호틴은 한쪽 눈을 찡긋해 보였다.

그러나 그들은 야단을 맞으리라는 생각에서인지 인사는 하지 않았다. 네흘류도프는 곧 마슬로바를 발견했다. 그녀는 두 번째 줄에 있었다. 줄 끝에는 얼굴이 빨갛고 다리가 짧고 눈이 검은, 옷자락을 추켜 띠에다 찌른 이상한 모양새의 여자가 있었다. 그녀는 아름답게 생긴 멋쟁이 여자였다. 다음은 간신히 발을 끌어서 옮겨 놓는 임신한 여자였고 세 번째가 마슬로바였다. 그녀는 배낭을 어깨에다 메고 침착한 태도로 똑바로 자기 앞을 보고 있었다. 네 번째 여자는 젊고 아름다운 여자로 짧은 죄수복에 시골 여자처럼 머리에 수건을 쓴 페도샤였다. 그녀는 씩씩하게 걷고 있었다. 마차에서 내린 네흘류도프는 마슬로바에게 물건을 받았느냐는 것과 건강 상태를 물어 보기 위해서 여죄수 쪽으로 다가갔다. 그러자 행렬 이 쪽 편으로 걸어가던 호송 하사관이 네흘류도프를 보고 재빠르게 달려왔다.

"안 됩니다. 옆에는 절대로 못 가게 되어 있습니다." 그는 다가오면서 소리질렀다.

그리고 가까이 와서 그가 네흘류도프임을 알자 (감옥에서는 누구나 네흘류도프를 알고 있었다.) 하사관은 거수 경례를 하고 이렇게 말했다.

"지금은 안 됩니다. 정거장에서는 괜찮습니다만 도중에선 절대 엄금입니다. 떨어지면 안 돼! 어서 걸어." 그는 죄수들에게 호통을 치고 더운 줄도 모르고 기운차게 그 멋진 새 장화 발로 뛰다시피하여 자기 자리로 되돌아갔다.

네흘류도프는 인도로 돌아와서 마부에게 뒤따라오라고 이르고 자기는 대열이 보이는 곳으로 걸어갔다. 이 대열은 지나는 곳마다, 동정과 두려움이 뒤섞인 사람들의 관심의 대상이 되었다. 마차를 타고 가던 사람들은 마차 안에서 고개를 살짝 내밀고 죄수들을 보았다. 걸어가던 사람들은 걸음을 멈추고 놀라는 듯한, 무서워하는 듯한 얼굴로 이 무서운 광경을 주시하고 있었다. 그 가운데에는 가까이 다가와서 돈을 주는 사람들도 있었다. 돈은 호송병이 받았다. 또한 마치 최면술에라도 걸린 것처럼 대열을 따라가다가 문득 걸음을 멈추고는 고개를 흔들면서 멍하니 바라보는 사람도 있었다. 곳곳의 건물 입구나 대문 안에서 서로 부르면서 달려나오기도 하고 창으로 머리를 내밀고 말없이 죄수 행렬을 바라보는 사람도 있었다.

어떤 네거리에서 이 대열은 훌륭한 사륜 마차와 마주쳤다. 마부석에는 얼굴에 기름이 번드르르하고 엉덩이가 큰 잔등에 두 줄로 단추를 단 옷을 입은 마부가 앉아 있었고, 마차 안 뒤쪽에는 부부가 자리잡고 있었다. 부인은 여위고 얼굴이 창백한 여자로 산뜻한 모자에 화려한 양산을 쓰고 있었고 남편은 제복에다 밝은 빛깔의 화려한 코트를 입고 있었다. 앞자리에는 그들의 아이들이 마주하며 앉아 있었다. 보기에도 산뜻한 옷을 입고 꽃처럼 아름다운 소녀가 금발 머리를 늘어뜨리고 역시 화려한 양산을 쓰고 있었고, 여덟 살쯤 돼 보이는 사내아이는 가늘고 긴 목과 쇄골이 두드러진 어깨에 긴 리본을 단 해군 모자를 쓰고 있었다.

아버지는 기회를 보아 대열을 앞지르지 못했다고 성을 내며 마부를 꾸짖었다. 어머니는 비단 양산을 푹 내려 얼굴을 가리다시피 하여 햇볕과 먼지를 막으면서 짜증이 난 듯 이맛살을 찌푸리며 눈을 가늘게 뜨고 있었다. 엉덩이가 커다란 마부는 주인이 이 거리로 방향을 정하고서 불평을 하는 데 화가 나 얼굴을 찌푸렸다. 그러고는 털에서 광채가 나고 굴레와 목덜미가 땀에 흠뻑 젖은 검정 수말이 앞으로 나아가려는 것을 겨우 잡아당기며 채찍을 내리치고 있었다.

이 호화로운 마차 주인을 위해 헌병은 죄수들의 행진을 멈추게 하고 마차를 앞서 보내려 하였으나 이 대열 속에는 어떤 훌륭한 부자라도 감히 침범할 수 없는 음울하고도 엄숙한 그 무엇이 있는 것을 느꼈다. 그래서 그는 다만 마차 주인에 대한 존경을 표시하기 위해 손을 들어 경례를 하는 데 그치고 만일의 경우엔 마차의 귀인들을 죄수들로부터 지켜 줄 것을 맹세라도 하듯이 죄수들을 쏘아보았다.

이 마차는 죄수의 대열이 다 지나갈 때까지 기다려야 했으므로 배낭과 죄수들을 실은 마지막 마차가 덜컹덜컹 지나갔을 때에야 비로소 움직일 수 있었다. 그 마지막 마차에 탄 채 눈물을 흘리던 여자는 좀 진정이 되어 있었으나 이 호화로운 마차를 보자 또다시 엉엉 통곡하기 시작했다. 마부가 고삐를 조금 늦추자 두 필의 검정말은 포장길을 뚜벅뚜벅 말굽 소리를 내며 고무바퀴 위에서 가볍게 흔들거리는 사륜 마차를 별장을 향해 끌고 달려갔다. 남편과 아내와 그의 딸, 그리고 목이 가늘고 어깨뼈가 두드러진 소년은 그의 별장으로 놀러 가는 길이었다.

아버지도 어머니도 그들 앞을 지나쳐 간 그 행렬에 대해 아이들에게 아무 말도 하지 않았기 때문에 아까 본 것에 대해 아이들은 저마다 스스로 판단하지 않으면 안 되었다. 딸은 부모의 얼굴 표정으로 그것을 판단했다. 그들은 자기네 부모나 친지와는 전혀 다른 사람이고 틀림없이 나쁜 사람들이니까 저렇게 되었을 것이라고 생각했다. 그리하여 그녀는 무서움에 사로잡혀 있었으므로 그 행렬이 지나가 보이지 않게 되자 안도의 한숨을 내쉬었다.

그러나 눈도 깜박이지 않고 죄수들의 행렬을 조용히 바라보고 있던 목이 긴 사내아이는 이 문제를 달리 생각하고 있었다. 이 사람들도 자기네와 조금도 다름없는 사람일 것이며, 해서는 안 될 나쁜 짓을 안 할 수 없게끔 틀림없이 누군가가 그렇게 만든 것이라고 신의 계시라도 받은 듯이 굳게 믿었다. 그는 그들이 불쌍하게 느껴짐과 동시에 쇠사슬에 묶이고 머리를 깎인 사람들에게도, 쇠사슬을 채우고 머리를 깎게 한 사람들에게도 두려움을 느꼈다. 그 때문에 그의 입술은 금방이라도 울음이 터질 듯이 부풀어 올랐지만 이런 경우에 눈물을 흘린다는 것은 부끄럽게 생각되었으므로 울지 않으려고 무척 노력을 했다.

36

죄수들과 보조를 맞추기 위해 걸음을 빨리 했던 네흘류도프는, 얇은 옷에 여름 코트를 입고 있었음에도 불구하고 몹시 더웠다. 게다가 거리를 온통 뒤덮고 있는 먼지와 그들 언저리를 감돌고 있는 뜨거운 공기 때문에 숨이 콱콱 막히는 것처럼 느껴졌다.

네흘류도프는 이삼백 미터쯤 걷다가 다시 마차를 타고 대열을 쫓아 길 한가운데를 가노라니 더 더운 것 같았다. 그는 어제 매형과 말다툼한 일을 생각해 보았으나 어찌 된 셈인지 오늘 아침처럼 흥분되지가 않았다. 그것은 감옥을 떠나올 때의 인상과 지금 대열에서 받은 인상이 그런 생각을 멀리 사라지도록 만들었기 때문이었다. 게다가 이건 정말로 지독한 더위였다. 어느 돌담 밑에 나무 그늘에서 모자를 벗은 두 실업 학교 학생이, 쭈그리고 앉아 있는 아이스크림 장수 앞에 서 있는 광경이 눈에 들어왔다. 한 학생은 뿔로 된 숟가락을 빨며 입맛을 다시고 있었고, 또 한 소년은 무엇인지 누런 것을 컵에 수북히 담아 주는 것을 기다리고 있는 참이었다.

"이 근처에 뭘 좀 마실 만한 데가 없소?" 네흘류도프는 갈증을 견디다 못하고 마부에게 물었다.

"바로 저기 아담한 식당이 있습니다." 마부는 그렇게 말하면서 모퉁이를 돌아서자 큼직한 간판이 걸려 있는 식당 앞으로 네흘류도프를 안내했다.

카운터에 앉아 있던 루바쉬카 차림의 주인도, 손님이 없어서 따분하게 식탁 옆에 앉아 있던 흰 옷차림의 급사들도 호기심이 가득 찬 눈으로 낯선 손님을 바라보면서 주문을 받았다. 네흘류도프는 탄산수를 주문하고 나서 창가에서 약간 떨어져 있는 더러운 식탁보가 덮인 테이블을 앞에 앉았다.

두 사람의 점원은 차 끓이는 도구와 흰 유리컵들이 놓여 있는 테이블 앞에 앉아서 이마의 땀을 닦으며 무엇인가 계산을 하고 있었다. 그 가운데 한 사람은 대머리였는데, 그 남자를 보자 네흘류도프는 매형과 누이를 한 번 더 만나 보았으면 하는 생각이 났다.

'떠나기 전에 만난다는 것은 힘든 일일 것이다. 그보다도 편지를 쓰는 편이 더 나을 거야.' 하고 그는 생각했다.

그는 편지와 봉투와 우표를 가져오라고 부탁하고 나서 부글부글 거품을 내고 있는 탄산수 컵을 물끄러미 들여다보며 무슨 말을 쓸까 하고 궁리했다. 그러나 그는 마음이 혼란스러워져서 제대로 편지를 쓸 수가 없었다.

'그리운 나탈리아 누님! 어제 이그나치 니키포로비치와 논쟁을 한 괴로운 기억을 그대로 둔 채 이대로는 떠날 수가 없을 것 같군요.' 하고 그는 첫머리를 쓰기 시작했다.

'그 다음엔 뭐라고 쓸까? 어제 내가 한 지나친 표현을 용서해 달라고 쓸까? 아니다. 난 내가 생각한 것을 그대로 말한 것이니까 만일 용서니 무어니 하고 쓰면 그들은 내가 어제 한 말을 스스로 취소했다고 생각하겠지. 그래, 아무래도 그렇게는 쓸 수 없다.'

네흘류도프는 헛된 자만심만 가지고 처남을 전혀 이해해 주려고 하지 않는 남이나 다를 바 없는 매형에 대해 새삼 혐오감이 솟구쳐 오르는 것을 느끼면서 쓰다 만 편지를 그대로 주머니에 쑤셔 넣고 돈을 치른 다음 거리로 나와 다시 마차를 집어 타고 죄수들의 행렬을 따라가기 시작했다.

더위는 더한층 극심해졌다. 마치 벽과 돌들이 뜨거운 숨결을 토해 놓는 것만 같았고 발은 달아오른 아스팔트 때문에 델 것만 같았다. 네흘류도프는 칠을 한 마차의 지붕에 손을 대었다가 하마터면 손을 델 뻔했다.

말은 먼지가 쌓인 울퉁불퉁한 아스팔트 길을 지친 듯이 달리고 있었다.

마부는 꾸벅꾸벅 반쯤 졸고 있었다.

네흘류도프는 아무 생각도 않고 우두커니 앞쪽을 바라보며 마차에 따라 흔들리고 있었다. 내리막길로 접어드는 큰 건물 앞에 많은 사람들이 모여 있고 호송병 하나가 총을 멘 채 서 있는 것이 눈에 띄었다.

"무슨 일인가?" 네흘류도프는 마차를 세우고 마부에게 물어 보았다.

"아마 죄수들이 어떻게 된 모양입니다." 하고 마부가 대답했다.

네흘류도프는 마차에서 내려 사람들이 모여 있는 쪽으로 걸어갔다. 인도 쪽으로 경사진 울퉁불퉁한 돌바닥 위에 머리를 다리보다 낮게 하고 중년의 죄수 한 사람이 쓰러져 있었다. 붉은빛 턱수염과 납작한 코를 한 구릿빛 얼굴에 회색 죄수복 윗도리와 역시 회색 바지를 입은 몸집이 큰 사내였는데, 주근깨투성이의 두 팔은 손바닥을 밑으로 하고 반듯이 누워 있었으며 살찐 가슴은 규칙적으로 헐떡거리고 있었다. 그는 숨을 쌕쌕거리며 핏발 선 눈으로 허공을 멍하니 응시하고 있었다.

이 죄수 곁을 얼굴을 찌푸리고 있는 헌병을 비롯하여 행상인, 집배원, 점원, 양산을 들고 있는 노파, 빈 바구니를 든 까까머리 아이들이 둘러싸고 서 있었다.

"감옥에 갇혀 있었기 때문에 몸이 허약해진 겁니다. 몸이 약할 대로 쇠약해졌는데 이런 무더위에 그냥 거리로 끌고 나오다니 참……." 하고 점원은 마치 누군가를 원망하는 듯한 목소리로 네흘류도프에게 말을 걸었다.

"쯧쯧, 저러다가 죽겠구먼." 양산을 든 노파가 불쌍하다는 듯이 말했다.

"셔츠를 풀어 줘야지." 하고 집배원을 말했다.

헌병은 굵은 손가락을 떨면서 힘줄이 튀어나온 붉은 목덜미의 옷 끈을 서툰 솜씨로 풀어 헤치기 시작했다. 지나치게 당황해 있었기 때문인지 헌병은 무엇부터 해야 좋을지 갈피를 못 잡는 것 같았으나 먼저 밀려드는 사람들을 가로막아야겠다고 판단한 것 같았다.

"저리, 좀 비켜요, 비켜. 바람을 막지 말란 말이야! 그렇지 않아도 더워 죽겠는데."

"의사가 증명해 주어야 합니다. 이렇게 약해진 사람은 마땅히 남겨 두어야 해요. 거의 죽어 가는 사람을 끌어 내니까 이렇게 되는 겁니다." 하고 점원이 자기 법률 지식을 자랑하는 투로 말했다.

헌병은 셔츠의 끈을 다 풀고 나서 허리를 펴고 사방을 둘러보았다.

"어서들 가라니까! 당신네들하고는 상관없는 일이니까, 구경거리가 아니야."

헌병은 도움을 청하려는 듯 네흘류도프를 바라보며 모인 사람들에게 이렇게 소리쳤으나 그가 별로 반응을 보이지 않자 이번에는 호송병 쪽을 쳐다보았다. 그러나 호송병은 헌병의 노고에는 아랑곳없다는 듯이 닳아빠진 군화 뒤축만 내려다보며 딴전을 피우고 서 있었다.

"이게 다 누구 일인데. 책임자가 조금도 걱정을 않고 있다니. 대관절 이렇게 사람을 죽이는 법도 있나? 아무리 죄수라도 다 같은 사람이 아닌가?"

무리 속에서 누군가가 소리쳤다.

"머리를 조금 더 높게 하고 물을 먹이시오." 하고 네흘류도프가 말했다.

"물은 가지러 갔습니다." 죄수의 양쪽 겨드랑이를 붙들어서 허리를 약간 높게 추켜들면서 헌병이 대답했다.

"왜들 이렇게 몰려 서 있나, 응?"

이 때 깨끗한 제복을 입고 한층 더 번쩍거리는 장화를 신은 경찰 서장이 죄수 주위에 모여 있는 무리들 쪽을 향해 성큼성큼 걸어왔다.

"해산하시오! 무엇 때문에 그렇게들 모여 있는 거야!" 하고 그는 왜 사람들이 모여 서 있는지 채 알기도 전에 소리부터 질렀다.

그는 가까이 다가와 죽어 가고 있는 죄수를 보자 있을 수 있는 일이라는 듯이 고개를 끄덕이면서 헌병에게 물었다.

"어떻게 된 거야?"

헌병은 죄수 부대가 지나가는 도중에 이 죄수가 쓰러졌으며 호송병이 그대로 내버려 두라고 부하에게 명령했다고 보고했다.

"그렇다면 할 수 없지. 경찰서로 데려가는 수밖에, 마차를 불러 와!"

"문지기가 부르러 갔습니다." 헌병은 거수 경례를 하면서 대답했다.

"이런 무더위에……." 점원이 말을 꺼내려고 했다.

"그것이 너와 무슨 상관이 있어, 응? 어서 네 갈 길이나 가!"

경찰 서장이 이렇게 몰아세우면서 그를 노려보자 점원은 아무 말도 못 하고 물러갔다.

"물을 먹어야 합니다." 네흘류도프는 말했다. 서장은 날카로운 눈초리로 네흘류도프를 훑어 보았으나 아무 말도 하지 않았다. 문지기가 마침 물을 가져왔으므로 서장은 헌병에게 물을 먹이라고 일렀다. 헌병은 축 늘어진 죄수의 머리를 들어 입에 물을 부어 넣었으나 입은 닫혀진 채로 있었으므로 물은 턱수염 위로 흘러내려서 웃옷의 가슴과 먼지 묻은 삼베 셔츠를 적셨다.

"머리에다 끼얹어!" 하고 서장이 명령했다.

헌병은 죄수의 머리에서 빵 모양의 모자를 벗기고 나서 붉은빛 고수머리와 벗겨진 이마 위로 물을 끼얹었다.

죄수는 깜짝 놀란 듯이 눈을 크게 떴으나 몸은 그대로 움직이지 않았다. 그 얼굴에는 먼지로 더러워진 물이 주르르 흘러내렸으나 입은 여전히 일정한 간격을 두고 헐떡거리고 있었고 몸은 후들후들 떨고 있었다.

"저건 뭐지? 저기다 태우자." 서장은 네흘류도프의 마차를 가리키며 헌병에게 소리쳤다. "이 쪽으로 돌려! 이것 봐!"

"손님이 계십니다." 마부는 거들떠보지도 않고 시큰둥하게 대꾸했다.

"저건, 내 마차입니다." 하고 네흘류도프가 말했다. "그렇지만 쓰도록 하시오. 요금은 내가 낼 테니까." 그는 마부를 돌아보며 이렇게 덧붙였다.

"뭘 멍청하게 서 있어!" 서장은 헌병을 보고 소리를 질렀다. "어서 태우라니까!"

헌병과 문지기와 소송병은 다 죽어 가는 죄수를 들어다가 네흘류도프가 타고 온 마차에 태워 자리에 기대앉혔다. 그러나 그는 몸을 가누지 못했다. 머리가 뒤로 젖혀지고 몸이 자리에서 미끄러져 내렸다.

"옆으로 눕혀 봐!" 서장이 말했다.

"괜찮습니다, 서장님. 제가 이대로 데려가지요." 헌병은 죽어 가는 죄수 바로 옆에 앉아 억센 오른팔로 죄수의 겨드랑이를 껴안으면서 대답했다.

서장이 이 쪽 저 쪽을 둘러보더니 죄수의 헌 모자가 길 위에 떨어져 있는 것을 발견하자 그것을 집어 뒤로 축 늘어진 죄수의 머리에 덮어씌웠다.

"출발!" 하고 그는 소리쳤다.

마부는 화가 난 듯이 뒤쪽을 돌아다보며 머리를 흔들고 나서 호송병의 뒤를 따라 길을 되돌아 경찰서로 가기 시작했다. 죄수 옆에 나란히 앉은 헌병은 죄수의 머리가 몹시 흔들려서 뒤뚱거리는 몸뚱이를 줄곧 바로잡아 앉혔으며 호송병은 마차와 나란히 걸어가면서 떨어지려는 죄수의 다리를 편하게 놓아 주었다.

네흘류도프 역시 마차 뒤를 따라갔다.

37

소방서를 지나 경찰서에 도착한 죄수를 태운 마차는 경찰서의 건물 안으로 들어가 어느 현관 앞에 멈추어 섰다.

안에서는 소방 대원들이 소매를 걷어올리고 큰 소리로 떠들고 웃으면서 소방차를 씻고 있었다.

마차가 멎자 몇 사람의 헌병이 마차를 에워쌌다. 그들은 죽은 듯한 죄수의 겨드랑이와 다리를 마주 들고 삐걱거리는 마차에서 들어 냈다.

죄수를 따라온 헌병은 마차에서 내리면서 팔이 저린 듯 흔들고 나서는 모자를 벗고 성호를 그었다. 죽은 듯한 죄수는 현관 문에서 이층으로 옮겨졌다. 네흘류도프는 그들의 뒤를 따라갔다. 죄수를 데리고 간 좁고 작은 방에는 침대가 네 개 놓여 있었다. 그 가운데 두 침대 위에는 긴 잠옷을 입은 환자 두 명이 앉아 있었는데, 한 사람은 붕대로 목을 감은 입이 비뚤어진 사람이었고 또 한 사람은 폐병을 앓고 있는 환자였다.

나머지 비어 있는 두 침대 중 하나에 그 죄수를 뉘었다. 바로 이 때 반짝이는 눈에 바삐 눈썹을 움직이는 키가 작달막한 사내가 속옷에 양말을 신은 차림으로 끌려온 죄수 옆에 가벼운 걸음으로 달려왔다. 그리고는 죽어 가는 조수를 보고 다음에 네흘류도프를 보더니 큰 소리로 깔깔대고 웃기 시작했다. 이 곳 구호실에 수용되어 있는 미친 사람이었다.

"모두 나에게 겁을 주려는 거지?" 미친 사람은 외쳤다. "그렇게 마음대로는 안 될걸!"

죄수를 옮긴 헌병들 뒤를 따라 서장과 간호장이 들어왔다.

간호장은 죄수 곁으로 다가가서 아직 약간의 체온이 남아 있지만 이미 핏기가 가신 죽은 사람이나 다름없는 주근깨투성이 손을 잡고 있다가 놓았다. 손은 시체의 배 위로 힘없이 털썩 떨어졌다.

"이미 늦었습니다." 간호장은 머리를 좌우로 흔들면서 이렇게 말하고 나서 형식적으로 죽은 사람의 땀에 젖은 더러운 셔츠를 헤치고 귀 언저리의 고수머리를 뒤로 걷어올리면서, 이미 심장의 고동이 멈춰 버린 누런빛의 가슴 위에 귀를 갖다 대었다. 모두들 침묵으로 지켜 보고 서 있었다.

간호장은 몸을 일으키고 다시 머리를 흔들면서 죄수의 부릅 뜬 채 움직이지 않는 파란 눈의 눈꺼풀을 손가락으로 하나씩 감겨 주었다.

"아무리 위협해도 나는 놀라지 않아. 그래도 소용없어." 하고 미친 사람은 줄곧 간호장에게 침을 뱉으면서 말했다.

"어떻게 할 건가?" 서장이 물었다.

"어떻게 하다니요?" 간호장이 되물었다. "시체실로 치워야 합니다."

"잘 보게, 틀림없이 죽었는지." 다시 서장이 재촉하듯 말했다.

"틀림없습니다." 간호장은 무엇 때문에 그러는지 풀어헤쳐진 죄수의 옷깃을 여미면서 대답했다. "마트베이 이바노비치를 불러다가 보이도록 하시지요. 페트로프, 가서 불러 와." 간호장은 그렇게 말하고 나서 죄수에게서 조금 떨어졌다.

"그냥 시체실로 옮겨!" 하고 서장은 말했다. "그리고 자네는 사무실로 와 주게. 서명을 해야 하니까." 그는 죄수의 시체 곁에서 떠나지 않고 있는 호송병에게 명령했다.

"알았습니다." 하고 호송병은 대답했다.

헌병들은 시체를 들어 다시 층계 밑으로 이동했다. 네흘류도프도 따라가려고 했으나 마침 미친 사람이 그의 앞을 가로막았다.

"너도 저 악당들하고 같은 패지? 아니라면 담배를 좀 내놔."

네흘류도프는 담배 케이스를 꺼내어 한 대 주었다. 미친 사람은 바삐 움직이며 몹시 빠른 말로 악당들이 최면술을 써서 자기를 괴롭히고 있다는 이야기를 늘어놓기 시작했다. "놈들이 나를 저주하고 신들리게 해서 괴롭히고 고통을 준단 말이야!"

"실례하겠소." 네흘류도프는 그의 말을 다 듣기도 전에 시체를 어디로 가져

가는지 알고 싶어 부지런히 밖으로 좇아나갔다.

시체를 옮기는 헌병들은 벌써 뜰을 가로질러 지하실 문으로 들어가고 있었다. 네흘류도프가 그 쪽으로 가려고 하자 서장이 가로막고 물었다.

"무슨 볼일이 있습니까?"

"별로, 아무것도." 하고 네흘류도프가 대답했다.

"볼일이 없으면 그만 돌아가 주십시오."

네흘류도프는 서장에게 인사를 하고 자기 마차가 있는 곳으로 돌아갔다. 마부는 꾸벅꾸벅 졸고 있었다. 네흘류도프는 마부를 깨워 다시 역으로 향했다.

마차가 약 백 걸음쯤 갔을 때 그는 총을 멘 호송병이 호송하고 오는 또 하나의 이미 죽은 듯한 죄수가 탄 짐마차와 마주쳤다. 죄수는 짐마차 안에 반듯이 누워 있었는데 허름한 모자로 얼굴에서 코까지 푹 덮여 있었으며 검은 턱수염이 나고 박박 깎은 머리는 마차가 흔들릴 때마다 여기저기 부딪치고 있었다. 두툼한 장화를 신은 짐마차꾼은 말과 나란히 걸으면서 마차를 몰고 있었고 그 옆에서 헌병이 따라갔다.

네흘류도프는 자기가 탄 마차의 마부 어깨를 툭툭 쳤다.

"도대체 이게 무슨 짓이람!" 하고 마부는 마차를 세우며 투덜거렸다.

마차에서 내린 네흘류도프는 짐마차를 따라 다시 소방서 옆을 지나 경찰서 마당으로 들어갔다.

때마침 마당에서는 소방 대원들이 소방차를 다 씻고 난 뒤였다. 그 자리에는 키가 크고 깡마른 소방 대장이 파란 줄을 두른 모자를 쓰고 주머니에 두 손을 찌른 채 서서 엄격한 태도로 소방 대원이 끌고 오고 있는, 목에 살이 토실토실하게 찐 밤색 수말을 바라보고 있었다. 이 말은 앞다리 하나를 절룩거리고 있었다. 소방 대장은 왜 그런지 화가 잔뜩 나서 앞에 서 있는 수위에게 큰 소리로 욕설을 퍼부었다.

그 곳엔 경찰 서장도 있었는데 그는 또 다른 시체가 들어오는 것을 보고 얼른 마차 쪽으로 다가왔다.

"이건 또 어디서 가져왔어?" 그는 못마땅한 듯이 머리를 흔들면서 물었다.

"구 코르바토프스카야 거리에서입니다." 헌병이 대답했다.

"죄수요?" 소방 대장이 다가와서 물었다.

"그렇습니다."

"오늘 벌써 두 사람째로군." 하고 경찰 서장이 투덜댔다.

"정말 큰일이군요. 더구나 이런 삼복 더위에." 하고 소방 대장은 말하고 나서 절룩거리는 밤색 말을 끌고 온 소방 대원에게 소리쳤다. "모퉁이 마구간에 넣어 둬! 말 다리를 부러뜨리다니, 기합을 줄 테니 명심해. 말은 네놈 같은 멍청이보다 훨씬 더 값이 비싸단 말이다!"

시체는 전과 같이 헌병들에 의해 2층 9호실로 옮겨졌다.

마치 최면술에라도 걸린 사람처럼 네흘류도프는 그 뒤를 따라다녔다.

"무슨 볼일이라도 있습니까?" 헌병 한 사람이 물었으나 그는 아무 대답도 하지 않고 무작정 시체를 이동해 간 곳으로 갔다.

미친 사람은 침대에 걸터 앉아 네흘류도프가 준 담배를 피우고 있었다.

"아, 또 오셨구먼!" 그는 또 반갑다는 듯이 깔깔대며 웃어 댔다. 그러나 시체에게로 눈길이 옮겨지자 그는 입을 다물어 버렸다.

"또구나!" 그는 말했다. "이젠 정말 진절머리가 나네. 난 어린아이가 아니란 말이야. 안 그래요?" 하고 그는 대답을 기다리는 듯이 네흘류도프를 바라보며 미소를 지었다.

네흘류도프는 아무 저지도 없이 시체를 볼 수 있었다. 조금 전에는 모자로 가려졌던 죽은 사람의 얼굴이 지금은 모두 드러나 있었다. 먼젓번 죄수는 그리 잘생긴 편이 아니었으나 이 죄수는 뛰어나게 잘생긴 얼굴과 체격을 가지고 있었다. 그는 아주 젊디젊은 사나이였다. 머리의 반쯤이 흉하게 삭발되어 있었지만 그럼에도 불구하고 지금은 생명이 없는 검은 눈 위에 날카로운 선을 그리며 솟은 그다지 높지 않은 이마도, 엷은 코밑 수염 위에 꼿꼿하게 뻗은 큰 매부리코도 무척 잘생겨 보였다. 이미 파랗게 된 입술은 미소 짓듯이 닫혀 있었으며, 많지 않은 턱수염이 얼굴의 아랫부분을 아름답게 덮고, 반쯤 깎은 머리 뒤로는 조그맣고 귀여운 귀가 보였다. 그의 얼굴 표정은 조용하고 엄숙하며 선량해 보였다. 그의 얼굴로 미루어 짐작할 수 있듯이 정신 활동의 기능성을 모두 착취당한 사람이라는 것말고는 그의 손과 고랑이 채워진 발의 골격과 균형이 잘 잡힌 두 팔과 두 다리의 억센 근육으로 보아 그가 얼마나 아름답고 강하며 민첩한 사람이었는가를 충분히 짐작할 수 있었다. 또 설령 동물에 비교해 보더라도 발 병신을 만들었다고 소방 대장이 아까 화를 냈던 밤색 말보다는 훨씬 완벽한 상태였다. 그럼에도 불구하고 우리들은 그를 죽였을 뿐만 아니라 누구 한 사람 서글프게 생각하지도 않고 사람은커녕 그저 허무하게 숨져 간 한낱 일하는 동물로서조차 그의 죽음을 아파해 주지 않고 있었다. 그의 죽음으로 인해 여러 사람들의 가슴속에 일어난 단 하나의 감정은 당장 썩어 버릴지도 모르는 시체의 처리에 대한 성가신 마음뿐이었다.

이 때 의사와 간호장과 본서의 경찰 서장이 구호실 안으로 들어왔다.

의사는 작달막한 사나이로 비단 양복을 입고 있었는데 좁은 바지가 그의 굵은 넓적다리를 꽉 끼고 있었다. 경찰 서장은 키가 땅딸하고 공처럼 둥근 붉은 얼굴에 볼이 불룩하도록 공기를 들이마셨다가 천천히 내뿜는 버릇이 있기 때문에 얼굴이 더한층 둥글게 보였다. 의사는 시체가 놓여 있는 침대 곁에 앉더니 아까 간호장이 하던 것처럼 손을 만져 보기도 하고 심장에 귀를 갖다 대어 보기도 했다. 이윽고 의사는 바지의 주름을 펴면서 천천히 일어섰다. "완전히 신체가 되어 버렸습니다." 하고 의사는 말했다.

서장은 힘껏 공기를 들이마시더니 다시 천천히 내뿜었다.

"대체 어느 감옥에서 왔나?" 그는 호송병에게 물었다.

호송병은 그 질문에 대답하면서 시체의 발목에 아직껏 채워져 있는 쇠고랑을 가리켰다.

"풀어 주도록 하지. 마침 대장장이가 있으니." 하고 서장이 말했다. 그는 또 볼을 불룩하게 만들더니 문 쪽으로 가서 천천히 입김을 내뿜었다.

의사는 안경 너머로 그를 힐끈 쳐다보았다.

"왜 이렇게 됐느냐고요? 일사병으로 죽은 걸 모르시겠습니까? 겨울 동안에 운동도 하지 않고 햇빛도 못 보다가 오늘같이 바람 한 점 없는 무더운 날에 떼지어 행군을 하니까 이렇게 일사병으로 쓰러지는 겁니다."

"그럼 왜 그들을 출발시키는 겁니까?"

"그런 것은 저 사람에게 물어 보시지요. 그런데 대체 댁은 뉘시오?"

"나는 이들 시체와는 아무 상관도 없는 사람입니다만……."

"그렇습니까……실례하겠습니다. 나는 시간이 없어서." 하고 말하면서 의사는 불쾌하다는 듯이 바지를 당겨 내리며 다른 환자에게로 갔다.

"좀, 어떤가?" 의사는 목에 붕대를 감고 입술이 비뚤어진 창백한 사내에게 물었다.

이러는 동안 미친 사람은 자기 침대에 얌전히 앉아 있다가 갑자기 담뱃불을 끄더니 의사를 향해 줄곧 침을 뱉었다.

네흘류도프는 마당으로 내려와서 소방서의 말과 닭의 무리와 철모를 쓴 보초 옆을 지나 문을 나왔다. 그리고는 꾸벅꾸벅 졸고 있는 마부를 깨워 마차를 타고 다시 정거장을 향해 떠났다.

38

정거장에 네흘류도프가 도착했을 때, 죄수들은 이미 쇠창살 문이 달린 화물차에 타고 있었다. 플랫폼에는 몇 사람의 전송객이 서성거리고 있었다. 그들은 열차에 가까이 갈 수가 없었던 것이다. 오늘은 유난히 호송병들에게 괴로운 날이었다. 감옥에서 정거장까지 이동하는 동안 네흘류도프가 본 두 사람말고도 세 사람이 일사병으로 쓰러져 죽었다. 한 사람은 처음의 두 사람과 같이 가까운 경찰서에 수용되었으나 두 사람은 이 역까지 와서 죽었던 것이다.

호송병들의 괴로운 심정은 좀더 살 수 있었을지도 모를 다섯 사람의 죄수가 호송하는 동안에 죽었다는 데에 있지 않았다. 그런 것은 조금도 그들의 마음을 번거롭게 하지 않았다. 그들에게 걱정되는 것은 이런 경우에 있어서의 법률상의 소속——즉 시체를 보내야 할 곳으로 보내는 일, 그들의 서류와 소지품을 당국에 보내는 일, 니지니로 가져가야 할 죄수 명부에서 그 이름을 지우는 일 등을 실수 없이 하지 않으면 안 되는 것이다. 이렇게 무더운 날에 그런 일을 한다는 것은 몹시 괴롭고 귀찮은 일이기 때문이었다.

호송병들은 이런 일들로 무척 바빴다. 그래서 이 일이 모두 마무리되기까지는 네흘류도프를 비롯하여 죄수와의 면회를 청하는 어떤 사람들에게도 면회가 허락되지 않았다. 그러나 호송 하사관에게 돈을 슬쩍 쥐어 주었기 때문에 네흘류도프만은 허락되었다. 하사관은 그에게 장교 눈에 띄지 않도록 얼른 이야기하고 열차 옆을 물러나 달라고 부탁하였다.

화물차는 모두 열여덟 칸이었는데 호송 대장이 탈 차량을 빼놓고는 모두 죄수들로 가득 채워져 있었다. 네흘류도프는 열차의 창을 통하여 안에서 들려 오는 소리에 귀를 기울였다. 어느 칸에서나 쇠사슬 소리와 바스락거리며 움직이는 소리, 무의미한 추잡한 말을 함부로 내뱉는 소리가 들려 왔으나 네흘류도프가 기대하였던, 오는 길에 죽은 동료에 대하여 슬퍼하는 이야기를 하는 사람은 아무도 없었다. 이야기란 거의 배낭과 음료수와 자리 다툼에 대한 것뿐이었다.

어떤 창을 통해서는 가운데 통로에서 죄수들의 수갑을 벗겨 주고 있는 두 사람의 호송병이 보였다. 죄수들이 두 손을 내밀면 호송병 하나가 열쇠로 열어 수갑을 벗겨 주었다. 그러면 또 한 사람의 호송병이 그 수갑을 모으고 다녔다.

네흘류도프는 남자 죄수 차량을 다 지나 여죄수의 차량으로 갔다. 두 번째 칸에서 "아아, 하느님! 아아 죽을 것 같아, 오오!" 하는 신음 섞인 말소리가 들렸다.

네흘류도프는 그 옆을 지나서 호송병이 가르쳐 준 대로 세 번째 옆으로 가서 창에다 얼굴을 갖다 댔다. 창 안에서는 후끈거리는 지독한 사람의 체취가 풍겨 나오고 시끄러운 여자들의 말소리가 들렸다. 어느 의자에서나 블라우스에 죄수복을 겹쳐 입은 땀에 젖은 벌겋게 된 얼굴의 여죄수들이 구석구석에 앉아서 커다란 소리로 떠들고 있었다. 쇠창살에 얼굴을 들이댄 네흘류도프의 얼굴은 여죄수들의 관심을 끌었다. 가까운 곳에 있던 여자들은 하던 말을 멈추고 네흘류도프 쪽으로 다가왔다. 마슬로바는 블라우스 바람으로 머리에 썼던 수건도 벗고 건너편 저 쪽 창가에 앉아 있었으며, 이 쪽 가까이에는 얼굴이 흰 페도샤가 빙그레 미소를 짓고 앉아 있었다. 네흘류도프인 줄을 알자 그녀는 마슬로바를 쿡쿡 찌르며 한 손으로 이 쪽 창을 가리켰다. 그러자 마슬로바는 얼른 일어나 검은 머리에다 수건을 쓰고 땀에 젖어 빨개진 얼굴에 미소를 지으며 창가로 와 쇠창살을 붙들었다.

"날씨가 무척 덥지요?" 카튜샤는 기쁜 듯 방글방글 웃음 지으며 말했다.

"물건은 받았겠지?"

"네, 정말 고마워요."

"뭐, 더 필요한 것은 없어?" 네흘류도프는 마차 벽난로에서 나오는 듯한 뜨거운 열기가 기차 안에서 쏟아져 나와 얼굴에 덮쳐 옴을 느끼며 이렇게 물었다.

"네, 더 필요한 건 없어요." 하고 페도샤가 얼른 말했다.

"참, 마실 것이 좀 있었으면……." 마슬로바가 되뇌었다.

"여긴 물이 없나?"

"있었지만 다 마셔 버렸어요."

"그럼 지금 곧." 네흘류도프는 말했다. "호송병에게 부탁하지. 니지니에 갈 때까지는 만날 수 없을 테니까."

"그럼, 당신도 정말 가실 거예요?" 마치 그것을 몰랐던 것처럼 마슬로바는 이렇게 말하고 기쁜 듯이 네흘류도프를 바라보았다.

"다음 기차로 따라갈 거야."

마슬로바는 아무 말도 하지 않았지만, 잠시 뒤에 깊은 한숨을 푹 내쉬었다.

"나리, 죄수가 열두 명이나 죽었다는데 그게 정말입니까?" 사내와 같은 걸걸한 목소리로 날카로운 생김새의 늙은 여죄수가 물었다. 그녀는 코라브료바였다.

"열두 명이라고 하던데요, 그런 짓들을 하고도 벌을 받지 않을까요? 악마 같은 놈들!"

"여자 가운데선 누구 병든 사람이 없었소?" 네흘류도프는 물었다.

"여자가 오히려 더 세요." 키가 작은 다른 여죄수가 깔깔 웃으면서 말했다.

"그런데 애를 낳으려는 여자가 하나 있어요. 지금 진통을 하고 있지요." 그녀는 아까부터 끊임없이 신음 소리가 들려 오는 옆 차량을 가리키며 말했다.

"당신이 뭐 필요한 건 없느냐고 물으셨지요?" 마슬로바는 기쁜 듯이 입가에 떠오르는 미소를 억지로 참으면서 말했다. "저 여자를 남아 있게 해 줄 수 없을까요? 저렇게 고통스러워하니 가엾어요. 호송 대장에게 말씀 좀 드려 주셨으면 좋겠어요."

"좋아, 말해 보지."

"그리고 또 한 가지, 저 여자를 남편 타라스와 만나게 해 줄 수는 없을까요?"

마슬로바는 웃고 있는 페도샤를 눈으로 가리키면서 "저 여자의 남편도 당신과 같이 가게 될 거예요."라고 덧붙였다.

"이봐요, 이야기하면 안 됩니다." 하는 호송 하사관의 음성이 들렸다. 그것은 네흘류도르에게 허가를 해 준 하사관이 아니었다.

네흘류도프는 그 곳을 떠나 해산기가 있는 여자와 타라스의 일을 부탁하려고 호송 대장을 찾아 두리번거렸으나 찾을 수가 없었다. 호송병에게 물었으나 시원한 대답을 얻을 수가 없었다. 그들은 몹시 바빴다. 어디론지 죄수들을 데려가기도 하고 자기들 식료품을 사기 위해 뛰어다니는 사람도 있었고 자기들의 짐을 차량마다 나누어 싣는 사람도 있었으며, 또 어떤 호송병은 호송 대장이 데리고 가는 부인들의 시중을 들기도 하며 네흘류도프의 질문에는 제대로 대답도 해 주지 않았다.

네를류도프가 호송 대장을 간신히 찾은 것은 이미 두 번째 벨이 울린 뒤였다. 호송 대장은 그 짧은 한 손으로 입을 가린 수염을 쓸고 어깨를 으쓱 올리면서 하사관에게 잔소리를 하고 있었다.

"대체 무슨 일이요?" 하고 그는 네흘류도프에게 물었다.

"저 차 안에 금방 애를 낳을 것 같은 여자가 있는데 어떻게 좀……."

"낳는 대로 내버려 두어요. 어떻게 되겠지요." 호송 대장은 자기 차량으로 걸어가면서 기운차게 그 짧은 손을 내두르며 말했다.

그 때 호루라기를 손에 든 차장이 스쳐 지나갔다. 이윽고 마지막 벨소리와 호루라기 소리가 들려 왔다. 플랫폼에 있던 전송인들과 여죄수 차량에서 울음소리가 터져 나왔다. 네흘류도프는 타라스와 같이 플랫폼에 서서 쇠창살 안쪽으로 머리를 박박 깎은 남죄수들이 가득 들어찬 차량이 지나가는 것을 하나하나 보았다. 그리고 또 쇠창살 안으로 아무것도 쓰지 않은 여죄수의 머리와 수건을 쓴 머리가 보이는 첫째 차량이 지나갔고 해산하려는 여자의 신음 소리가 나는 둘째 차량, 그리고 마슬로바가 탄 셋째 차량이 차례로 지나갔다. 그녀는 다른 죄수와 함께 창가에 서서 네흘류도프를 바라보며 금방이라도 울음을 터뜨릴 듯한 서글픈 미소를 지었다.

39

네흘류도프가 타고 갈 예정인 열차는 아직도 두 시간이나 기다려야 했다. 네흘류도프는 그 동안에 누이를 한 번 더 만나 볼까 하는 생각도 해 보았으나 아침부터 여러 가지 사건으로 몹시 흥분했고 몸도 피곤했으므로 일등 대합실 식당 안의 긴 의자에 앉아 있는 동안 어쩔 수 없는 심한 졸음을 느껴, 모로 누워 뺨에다 손을 댄 채 잠이 들었다.

연미복 가슴에다 휘장을 달고 냅킨을 손에 든 웨이터가 와서 네흘류도프를 깨웠다.

"여보세요, 여보세요, 네흘류도프 공작님이 아니십니까? 어떤 부인이 찾고 계십니다."

눈을 비비며 네흘류도프는 벌떡 일어났다. 그리고 자기가 지금 있는 곳이 어디인가를 깨닫자 아침에 일어났던 모든 일들이 한꺼번에 밀려오듯 생각났다.

죄수들의 대열과 일사병으로 쓰러진 죄수들의 시체, 쇠창살이 달린 열차, 그 안에 갇힌 여죄수들, 그 가운데서 한 여죄수는 아무 도움도 없이 애를 낳으려고 진통에 몸부림치고 또 한 사람 서글픈 미소를 띤 채 쇠창살 밖을 내다보고 있던 카튜샤의 모습이 떠올랐다. 그러나 현실에 있어 그의 눈앞에 나타난 것은 전혀 다른 광경이었다. 여러 가지 포도주병과 꽃병과 촛대와 식기가 놓여 있는 테이블이 있고 그 옆에는 웨이터들이 말쑥한 옷차림으로 날렵하게 왔다갔다하고 있었다. 홀 안쪽 찬장 앞엔 과일을 가득 담은 그릇과 술병을 앞에 늘어놓고 식당 주인이 서 있었고 그 스탠드 앞에는 손님들의 등이 보였다.

네흘류도프는 일어나 자세를 고쳐 앉고 차츰 정신이 들자 홀 안에 있던 사람들이 호기심에 가득 찬 눈초리로 문 쪽에서 일어난 일을 바라보고 있는 것을 알았다. 네흘류도프가 문 쪽을 보니 엷은 베일을 얼굴에 늘어뜨린 귀부인을 안락의자에 태워 데려가는 한 일행이 있었다. 앞쪽을 메고 가는 하인은 어디서 본 듯한 얼굴이었다. 뒤쪽을 멘 모자에 금줄을 두른 제복을 입은 사내도 낯이 익은 문지기였다.

그 안락 의자 뒤로는 고수머리에 앞치마를 두른 멋진 하녀가 핸드백과 가죽 상자에 넣은 무슨 둥그런 물건과 양산을 들고 따라갔다. 뒤로 늘어진 입술에다 중풍환자 같은 굵은 목을 하고 여행복 차림의 가슴을 불룩 내민 코르차킨 공작이 뒤뚱거리며 따르고 그 위에는 미시와 그 사촌 미샤, 그리고 네흘류도프와 만난 적이 있는 목이 길고 결후가 튀어나온, 언제나 쾌활해 보이는 외교관 오스첸이 따르고 있었다. 그는 당당한, 뭔가 의미있는 것처럼, 그러나 약간 농담조로 미소짓고 있는 미시에게 말을 걸고 웃기고 있었다. 맨 끝으로 의사가 화난 듯한 표정으로 담배를 피우면서 따라왔다.

코르차킨 집안 사람들은 근교에 있는 영지에서 니제고로드 철도 가까이에 있는 공작 부인의 여동생 영지로 이사를 가는 길이었다.

의자를 나르는 하인들과 하녀와 의사의 일행은 사람들의 호기심과 존경심을 자아내면서 부인 대합실로 들어갔다. 늙은 공작은 테이블에 앉자 웨이터를 부르다 문 쪽에서 아는 부인을 보고는 그리로 인사를 하러 갔다. 그 부인은 나탈리아 이바노브나였다. 나탈리아 이바노브나는 아그라페나 페트로브나를 데리고 주변을 두리번거리며 식당으로 들어왔다. 그녀는 거의 같은 시간에 미시와 동생을 보았다. 그녀는 동생에게는 그저 고개를 한 번 끄덕해 보이고는 먼저 미시한테로 갔다. 그리고 미시와 입맞춤을 나누고는 곧 동생에게로 왔다.

"아, 이제야 찾았구나." 하고 그녀는 말했다.

네흘류도프는 일어서서 미시와 미샤와 오스첸에게 인사를 하고 선 채로 이야기를 했다. 미시는 네흘류도프에게 자기네 별장에 불이 났기 때문에 어쩔 수 없이 이모집으로 이사를 하게 된 사정을 이야기했다. 오스첸은 이번 화재에 대해 재미있는 이야깃거리가 있다고 말했다.

오스첸의 말에 귀도 기울이지 않고 네흘류도프는 누이를 향해 말했다.

"누님, 와 주셔서 정말 기쁩니다."

"아까부터 와 있었단다." 그녀는 말했다. "아그라페나 페트로브나와 같이."

그녀는 말하며 아그라페나 페트로브나를 가리켰다. 아그라페나 페트로브나는 여름 코트에 모자를 쓰고 있었는데 그들의 이야기에 혹 방해가 될까봐 상냥하면서도 조금 위엄 있는 태도로 멀찌감치 서서 네흘류도프에게 인사를 건넸다.

"한참을 돌아다니며 찾았단다, 너를."

"여기서 잠들어 버렸어요. 와 주셔서 감사합니다." 하고 네흘류도프는 되풀이했다. "누님에게 편지를 쓰려고 했습니다."

" 그래?" 누이는 놀란 듯이 말했다. "무슨 일로?"

미시는 남매 사이에 친밀한 이야기가 오고 가는 것을 눈치채고 사람들을 데리고 자리를 떴다. 네흘류도프는 누이와 함께 누구의 것인지 짐과 체크 무늬의 무릎을 덮는 담요와 상자가 놓인 곁의 우단 소파에 나란히 걸터앉았다.

"저는 다시 누님을 찾아가 사죄를 하려고 했습니다만, 매형이 다시 만나 줄는지 몰라서." 하고 네흘류도프는 말했다.

"매형에게 그런 언짢은 말을 해서 마음이 무척 괴로웠습니다."

"나도 알고 있었다. 또 믿고 있지." 누이는 대답했다. "네가 별 의미 없이 그런 말을 했다는 것도. 너도 알고 있다시피……."

그녀는 눈물이 글썽해서 동생 손 위에다 자기 손을 포개어 놓았다. 누이의 말은 울음 때문에 분명치 못했으나 그 뜻만은 충분히 알 수 있었으므로 그의 마음이 동요됨을 느꼈다.

그 말에는 그녀의 마음을 사로잡고 있는 자기 남편에 대한 사랑 이외에도 동생에 대한 사랑이 얼마나 소중하다는 것, 그리하여 동생과의 불화가 설사 하찮은 데에 있다 하더라도 자기에게는 여간 괴로운 일이 아니라는 뜻이 깃들여 있었다.

"감사합니다, 누님. 그런데 오늘은 아주 굉장한 걸 목격했습니다." 갑자기 죽은 두 죄수의 시체를 본 생각이 떠올라 이렇게 말했다. "죄수가 두 명이나 죽었어요, 오늘."

"죄수가 죽었다고?"

"죽인 거나 마찬가지예요. 이 무더위에 길거리로 끌고 나왔으니까요. 그 때문에 두 사람 다 일사병으로 죽은 겁니다."

"그래! 어떻게 해서? 오늘? 오늘 아침에?"

"네, 오늘 아침입니다. 그 시체를 보고 온 걸요."

"죽이다니? 누가 죽였단 말이니?" 하고 나탈리아 이바노브나는 물었다.

"죄수들을 강제로 끌어 낸 자들이 죽인 거나 다름없지요."

네흘류도프는 누이가 자기 남편과 같은 시선으로 그 사실을 인식하고 있음을 느끼자 못마땅한 말투로 대답했다.

"정말 가엾게도!" 하고 아그라페나 페트로브나가 다가오며 말했다.

"우리는 그런 불행한 사람들이 어떤 취급을 받고 있는지 전혀 모르고 있습니다. 그러나 반드시 알 필요가 있다고 봅니다." 네흘류도프는 늙은 공작을 바라보면서 말했다. 공작은 냅킨을 두르고 샴페인 술잔을 들려다가 네흘류도프를 돌아보았다.

"네흘류도프!" 하고 늙은 공작이 소리쳤다. "어떤가, 한 잔하지 않으련가, 여행 전의 한 잔은 각별한 맛이지."

네흘류도프는 정중히 사양하고 자기 누이 쪽으로 얼굴을 돌렸다.

"그런데 이제부터 어떻게 할 생각이냐?" 나탈리아 이바노브나가 동생에게 물었다.

"할 수 있는 건 뭐든지 하려고 합니다. 무엇을 해야 좋을진 모르겠습니다만 무엇이든 해야 한다고 생각하고 있습니다. 그래서 제가 할 수 있는 것이라면 어떠한 일이든 하려고 합니다."

"나도 그건 잘 알고 있다. 그러나 그 일은 어떻게 할 작정이냐?" 방그레 미소를 짓고 코르차킨 쪽으로 눈짓하면서 말했다. "모두 정리가 되었니?"

"네, 전부. 그리고 저는 아무런 미련도 가지고 있지 않습니다."

"안됐군, 정말 섭섭하다. 나는 저분을 좋아한단다. 그러나 할 수 없는 일이지. 무슨 이유로 너는 자신을 그렇게 가두어 두려는 거냐." 그녀는 무섭다는 듯이 말을 덧붙였다. "무엇 때문에 그런 데로 가려는 거냐?"

"가야 하니까 가는 겁니다." 네흘류도프는 이런 이야기는 그만두고 싶다는 듯이 얼굴빛을 바로하고 냉담하게 대꾸했다.

그러나 그는 곧 누이에 대해 이런 냉정한 태도를 보인 것이 마음 아팠다.

'왜 나는 생각하는 것을 누이에게 모두 말하지 않을까?' 하고 그는 생각했다.

'아그라페나 페드로브나에게도 말해 주자.' 그는 이 늙은 가정 주부의 얼굴을 흘끗 보았다. 아그라페나 페트로브나가 같이 있게 된 것이 누이에게 자기의 결심을 말할 수 있는 용기를 북돋워 주었다.

"제가 카튜샤와 결혼하려는 의도에 대해서 누님은 알고 싶은 거지요? 이미 아시다시피 저는 결혼할 생각이었습니다. 그러나 그녀는 단호히 거절했지요." 그는 이렇게 말했다. 이런 이야기를 할 때마다 그랬던 것처럼 네흘류도프의 목소리는 또다시 떨려 나왔다. "그녀는 나의 희생을 기대하지 않고 자기 편에서 나를 위해 이런 경우에 처한 여자로서의 더할 수 없는 큰 희생을 하려는 겁니다. 그러나 설사 그것이 일시적인 희생이라 할지라도 나로선 그대로 받아들일 수가 없습니다. 그래서 그녀를 따라 그녀가 가는 곳이라면 어느 곳이라도 따라가 힘 자라는 데까지 도와 주고 괴로움을 덜어 줄 생각입니다."

나탈리아 이바노브나는 아무 말도 하지 않았다. 아그라페나 페트로브나는 도무지 알아 들을 수 없다는 듯이 나탈리아를 보면서 머리를 가로저었다. 이 때 부인 대합실에서 공작 부인 일행이 나왔다. 잘생긴 하인 필립과 문지기가 공작 부인을 태워 데려가고 있었다. 공작 부인은 하인들에게 걸음을 멈추게 하고 네흘류도프를 불러 힘없는 모습으로, 어쩌다 힘껏 잡지나 않을까 걱정하면서 하얀 장갑을 낀 손을 그 앞에 내밀었다.

"무덥군요." 하고 그녀는 더위에 관한 인사를 프랑스 말로 했다. "나는 참을 수가 없어요. 이런 더위에는 죽을 것만 같아요." 그리고 그녀는 러시아의 살인적인 날씨에 대해 몇 마디 말을 하고 나서 네흘류도프에게 한번 놀러 오라고 말하고는 하인들에게 가자는 지시를 내렸다. "꼭 와 주세요." 하고 가마 위에서 네흘류도프를 돌아보고 덧붙여 말했다.

네흘류도프는 플랫폼으로 나왔다. 공작 부인 일행은 오른쪽 일등차 쪽으로 가고 네흘류도프는 짐을 진 일꾼과 배낭을 멘 타라스와 함께 왼쪽으로 이동했다.

"이 사람은 제 친굽니다." 네흘류도프가 타라스를 소개하고 삼등 찻간으로 올라 타려 하자 나탈리아 이바노브나가 놀라며 물었다. "어머 너 삼등차로 가니?"

"네, 저는 이것이 좋습니다. 타라스와 같이 가게 되니까요." 하고 그는 대답했다. "그리고 또 한 가지 말씀드릴 것은." 하고 덧붙였다. "쿠즈민스코예 마을에 있는 토지는 아직 농민들에게 주지 않았으니까 만약에 제가 죽으면 누님의 아들이 상속받게 될 겁니다."

"드미트리, 그런 말은 말아라." 나탈리아 이바노브나가 말했다.

"설사 그것을 농민들에게 분배해 준다 하더라도 이것만은 틀림없이 말할 수 있습니다. 토지 밖의 것은 모두 아이들 것이 됩니다. 저는 아마 결혼하지 않을 겁니다. 또 한다고 하더라도 아이는 안 생길 거예요. 그래서……."

"제발 그런 소리는 그만둬라, 드미트리." 누이는 이렇게 말했지만 네흘류도프는 누이가 이런 말을 듣고 기꺼워하는 표정임을 눈치챘다.

앞쪽 일등차 앞에서는 그리 많지 않은 사람들이 코르차긴 공작 부인이 운반되어 들어간 찻간을 들여다보고 있었다. 그 밖의 사람들은 모두 자리에 앉거나 뿔뿔이 흩어졌다. 늦게 온 승객들은 빠른 걸음으로 플랫폼의 널빤지 위를 쿵쾅거리며 달려왔다. 차장들은 문을 닫고 돌아다니면서 전송객들을 차 안에서 내보냈다.

네흘류도프는 햇볕에 달아서 후끈후끈한, 악취가 가득 찬 찻간으로 들어갔으나 곧 승강구로 나왔다.

나탈리아 이바노브나는 한참 유행하는 모자를 쓰고 아그라페나 페트로브나와 나란히 삼등차 앞에 서서 얘깃거리를 찾는 모양이었으나 찾지 못한 듯했다.

"편지해." 하는 말조차 하지 못했다. 왜냐 하면 언젠가 네흘류도프와 같이 여행을 떠나는 사람들의 판에 박은 듯한 그 말을 비웃은 일이 있었기 때문이었다. 재산 문제와 상속에 대한 이야기가 그들 사이에서 모처럼 시작된 다정한 남매다운 관계를 한꺼번에 무너뜨려 버렸기 때문에 서로 남이 된 듯한 서먹서먹한 기분이 들었다. 그래서 나탈리아 이바노브나는 기차가 움직이기 시작하자 슬프나 상냥한 표정을 짓고 고개를 살랑살랑 흔들며 "잘 가, 드미트리!"라고 겨우 한 마디 하고는 한숨을 쉬었다. 그러나 기차가 사라져 버리자 동생이 한 이야기를 남편에게 어떻게 말해야 할까 하고, 그녀는 곧 조심스럽고 심각한 표정이 되었다.

네흘류도프는 역시 누이에 대해 아주 다정한 감정말고는 별다른 감정이 없었고 숨기는 일이란 아무것도 없는데도 누이와 같이 있는 것이 괴롭고 마음 불편하게 생각되어 조금이라도 빨리 그 앞에서 벗어나고 싶었다. 그렇게도 자기와 가깝던 나탈리아의 모습은 사라지고 그녀가 지금은 남이나 다름없는 불쾌한, 검은 털투성이인 남편의 노예에 지나지 않는다고 느꼈다. 그녀는 남편의 관심사인, 농민에의 토지 분배와 상속에 대한 말을 할 때에만 얼굴이 생기있게 빛나던 것을 네흘류도프는 똑똑히 보았다. 그것이 네흘류도프를 몹시 슬프게 했다.

40

하루 종일 햇볕에 익고, 또 승객으로 가득 찬 삼등 찻간은 숨이 막힐 것처럼 더워서 네흘류도프는 찻간으로 들어갈 엄두가 나지 않아 그대로 승강구에 서 있었다. 그러나 거기서도 숨이 막힐 지경이었다. 열차가 도시를 벗어나 달리게 되자 바람이 좀 통하였으므로 네흘류도프는 비로소 가슴 가득히 숨을 들이켰다.

"죽인 거나 마찬가지다." 하고 그는 아까 누이에게 한 말을 혼자 되뇌었다. 그러나 그의 머릿속에는 오늘 받은 인상 가운데서 그 두 번째 죄수의 미소를 띤 듯한 입 언저리와 훤칠한 이마, 깎아서 파랗게 된 머리 아래쪽에 단정해 보이는 귀를 가진 아름다운 얼굴이 유난히 또렷하게 떠올랐다.

'무엇보다도 무서운 것은 죽여 놓고도 누가 죽였는지 아무도 모른다는 사실이다. 그러나 죽인 것은 사실이다. 그를 모든 다른 죄수와 같이 끌어 낸 것은 마슬레니코프의 지시인 것이다. 마슬레니코프는 관청의 관인이 찍혀진 용지에다 언제나 그 서툰 글씨로 서명을 한 것뿐이라고 말할 테고 자기에게 죄가 있으리라곤 더더구나 생각지 않을 것은 뻔한 일이다. 자기의 임무를 다하여 허약자를 가려 냈을 뿐, 이런 더위가 있으리라는 것은 물론 죄수들을 이 더위에 더구나 많은 사람들을 한꺼번에 끌어 내리라곤 미처 생각지 못했을 것이다. 그러면 소장은?……소장은 다만 어느 날 남녀 징역수 몇 명, 유형수 몇 명을 출발시키라는 명령을 받고 그것을 수행했음에 지나지 않는다. 호송병들도 역시 마찬가지로 몇 명을 어디로 넘겨 주라는 직책을 수행한 그 이상의 책임이 있을 까닭이 없다. 그들은 보통 때와 같이 죄수를 호송했을 뿐 자기가 직접 본 그 건강한 두 죄수가 도중에서 쓰러져 죽으리라곤 생각지도 못했을 것이다. 그러고 보면 누구에게도 죄가 없는 것이 된다. 그러나 사람을 죽인 것은 사실이니까 역시 이것은 그 죽음에 대한 책임이 없는 이 사람들에 의해 살해당했다고 할 수밖에 없다.'

'이런 결과가 발생하게 된 것은 모두…….' 하고 네흘류도프는 생각했다. '모든 사람들 즉, 현지사라든가, 소장이라든가, 서장이라든가, 헌병 들이 죄수를 대하는 데 있어 인간다운 태도로 대하지 않아도 좋다는 경우가 존재한다고 생각하는 데서 비롯된 것이다. 그러므로 모든 사람들——마슬레니코프나 감옥의 소장이나 호송병들도 만일 그들이 지사나 감옥의 소장이나 장교가 아니었던들, 이 무더운 날씨에 이토록 많은 사람을 끌어 내는 게 좋을지 나쁠지 스무 번도 더 생각했을 것이요, 또 도중에서도 스무 번쯤 멈추어 서서 만일 한 사람이라도 몸이 약해져서 허덕이는 사람을 보았다면 그 대열에서 분리시켜 그늘로 데려가 물을 먹이고 쉬게 하고 또 만일 불행한 일이 생길 때는 동정을 하거나 했을 것이다. 그러나 그들은 동정을 하기는커녕 남이 동정하려는 것조차 방해했던 것이다. 왜냐 하면 그들이 눈앞에 보고 있는 것이 인간이라 할지라도 인간으로 대하는 것은 자기들의 의무가 아니며, 그들은 인간적인 관계의 요구보다도 직무를 더 중요하게 여겼기 때문이다. 여기에 모든 책임이 있다.' 하고 네흘류도프는 생각했다. '따라서 우리들은, 가령 단 한 시간이라도, 또 무슨 특별한 경우에 있어서라도 인간애의 감정보다 더 소중한 것이 이 세상에 없다는 것을 깨달을 수만 있다면 다른 사람에 대한 죄를 짓고서도 자기에게 죄가 없다고 생각하지는 않게 될 것이다.'

네흘류도프는 너무도 깊이 생각에 잠겨 있었으므로 날씨가 조금 수그러든 것도 깨닫지 못했다. 태양은 낮은 조각 구름 속으로 그 자태를 감추고 서쪽 지평선에서는 연한 잿빛 비구름이 뭉게뭉게 피어오르고 어딘가 먼 들과 숲에는 고맙게도 하얀 빗줄기가 쏟아져 내리고 있었다. 비구름은 빗줄기를 품은 눅눅한 습기를 몰고 왔다. 번개불이 이따금씩 구름을 뚫고 나왔고, 요란한 기적 소리와 우레소리가 함께 뒤섞여 들렸다. 비구름은 점차 가까워져 바람을 타고 빗방울이 옆으로 날아와 승강구와 네흘류도프의 외투에도 떨어지기 시작했다.

네흘류도프는 반대편 승강구로 몸을 피해 습기를 머금은 서늘한 공기와, 오랫동안 비를 기다리던 대지의 밀 냄새를 맡으면서 눈앞을 달려가는 과수원과 숲과 보리가 누렇게 익은 밭과 아직 파란 귀리밭과 꽃이 피어 있는 검푸른 감자밭의 검은 고랑들을 바라보았다. 모든 만물이 칠이라도 한 듯이 생기 있게 빛나고 있었다. 푸른빛은 더욱 푸르러지고 노란색은 더욱 노래지며, 검은빛 역시 더한층

까맣게 짙어졌다.

"어서 오너라, 어서!" 네흘류도프는 이 자애로운 비를 머금고 생기를 되찾는 들과 밭들을 바라보며 중얼거렸다.

갑작스레 내린 소낙비는 오래 계속되지 않았다. 비구름의 일부는 비가 되어 쏟아지고 일부는 그대로 지나가서 축축하게 젖은 대지 위에 마지막 빗방울이 일직선으로 떨어지고 있었다. 태양은 다시 살포시 얼굴을 내밀었다. 만물은 또다시 반짝이며 생기를 되찾기 시작했다. 동쪽 지평선의 그리 높지 않은 곳에 한쪽 끝이 끊어진, 선명하게 제비꽃 빛으로 물든 무지개가 나타났다.

'나는 대체 무얼 생각하고 있는 걸까?' 자연계의 이러한 변화가 끝나고 기차가 높은 경사진 내리막길로 접어들었을 때 네흘류도프는 문득 이렇게 생각했다. '그렇다. 나는 소장이나 호송병들을 생각하고 있었다. 이런 대부분의 관리들은 온화하고 마음이 착한 사람이지만, 단지 직책에 충실하려는 까닭만으로 몰인정한 사람이 된 것이다.'

네흘류도프는 감옥 안에서 일어난 이야기를 할 때 마슬레니코프의 냉담하던 태도와 허약한 죄수를 마차에 태워 주지도 않고 차 속에서 애를 낳게 되어 고통에 떨던 여죄수에게 아무 관심도 가져 주지 않던 호송 대장의 잔인한 태도들을 생각했다.

'이 사람들은 모두 관직에 있다는 이유만으로 동정이라는 아주 평범한 감정에 있어서도 무감각할 수 있고 또 느끼지 못하는 것임에 틀림없다. 그들은 관리이기 때문에 마치 돌을 깐 땅과 비의 관계와 같이 인간애의 감정조차도 느끼지 못하는 것이다.'

여러 가지 빛깔의 돌로 엮은 산비탈의 경사면에서 빗물이 흙에 스며들지 못하고 그냥 흘러내리는 것을 보면서 네흘류도프는 생각했다.

'이런 철로 축대는 돌로 깔 필요가 있을지도 모르지. 그러나 식물이 자랄 수 있는 힘을 빼앗긴 저 땅을 보고 있으면 슬퍼진다. 저 땅도 철로 위에 보이는 땅과 같이 밀과 풀과 수풀과 나무들이 자랄 수 있으리라. 우리들 인간도 이와 마찬가지인 것이다.' 하고 그는 생각했다. '지사라든가, 감옥의 소장이라든가, 헌병이 필요할는지도 모른다. 그러나 사람으로서 중요한 특성——즉, 서로의 사랑과 동정——을 잃은 사람을 보고 있는 것은 정말 무서운 일이다.' 그는 생각을 계속했다. '이를테면 그들은 법칙도 아닌 것을 법칙으로 인정하고 신이 인간의 마음속에다 새겨 놓은 영구 불변의 대법칙을 법칙으로 생각하지 않고 있다. 그러한 이유 때문에 나는 이런 사람들을 만나게 되면 언제나 마음이 서글퍼진다.' 하고 네흘류도프는 생각했다.

'나는 왠지 모르게 그들을 무서워한다. 아니, 실지로 그들은 무서운 사람들이다. 강도보다도 더 무섭다. 강도는 동정이란 감정을 알지만 그들은 동정을 모른다. 저 돌축대에 식물이 자라지 않듯이 그들의 마음에는 동정심이 생겨나지 않도록 억누르는 면역성이 생기고 있는 것이다. 이것이 바로 그들을 무서워하는 까닭이다. 사람들은 곧잘 푸가초프나 스텐카라진(대규모의 난을 일으켜 황제를 위협한 러시아 역사상 유명한 반란자)이 무섭다고들 하지만 그들보다 굉장히 무서운 존재다.'

'만일 우리와 같은 시대의 사람, 예를 들면 기독교도나 자선가나 선량한 일반 사람들로 하여금 그들 자신이 죄가 있다고 느끼지 않으면서 무서운 죄악을 저지르게 하려면 어떻게 해야 하느냐는 심리학적인 문제를 내놓는다면 그 해답은 단 한 가지일 뿐이다. 현재 있는 그대로 하면 되는 것이다. 즉 그들이 현지사가 되고 교도소 소장이 되고 헌병 장교가 되면 되는 것이다. 말하자면 첫째, 관직이라는 것은 사람을 대함에 있어 인간적인, 동포적인 감정으로 대하지 않고 물건과 같이 취급할 수 있는 이른바 국가적인 직무라는 것을 믿고, 둘째로 관직에 있는 사람들이 인간에 대한 그 행위의 결과에 있어서 결코 개개인이 그 책임을 질 필요가 없이 조직되어 있음을 믿으면 되는 것이다. 내가 오늘 본 그런 무서운 일이 생기게 되는 데에는 이런 조건이 반드시 필요한 것이다. 요컨대 이런 일은 모두 사람을 대하는 데 있어 사랑 없이도 대할 수 있는 경우가 있다고 생각하는 데서 기인하는 것이지만 이런 경우란 절대로 있을 수 없는 것이다.

물건에 대해서라면 나무를 찍는다든가, 벽돌을 굽는다든가, 쇠를 달군다든가 하는 일은 사랑이 없이도 가능한 일일 것이다. 그러나 사람에 대해서만은 사랑을 가지지 않고 대할 수 없는 것으로 마치 아무런 주의를 하지 않고 꿀벌을 다룰 수 없는 것과 같다. 주의를 필요로 하는 것이 꿀벌의 근성이다. 그러므로 만일 주의 없이 꿀벌을 다루었다가는 사람도 꿀벌도 모두 피해를 입게 된다. 사람 역시 이와 같으며 다른 것이 아니다. 왜냐 하면 모든 사람 사이의 사랑이야말로 인간 생활의 바탕이 되기 때문이다. 사람은 억지로 일을 할 수는 있어도 억지로 사랑을 강요할 수는 없다. 그렇다고 해서 사랑이 없이 사람을 대할 수 있다는 것이 아니다. 사람에 대해 사랑을 느끼지 못할 때에는 말없이 가만히 앉아서 자기가 좋아하는 것에 깊이 심취하는 것이 좋다. 다만 그럴 때는 다른 사람들을 상대로 해서는 안 된다.' 네흘류도프는 자신을 돌이켜보면서 이렇게 생각했다.

'먹고 싶을 때 먹는 것만이 해롭지 않고 유익한 것처럼 사랑하고 싶은 마음이 생겼을 때에야 비로소 정을 가지고 상대를 대할 수 있다. 어제 내가 매형에게 대했던 것처럼, 또 내가 오늘 목격한 것처럼 사람을 대하게 되면 잔인과 만행은 끝이 없게 되고 내가 오늘까지 내 생애에서 분명히 보아 온 것처럼 자기에 대한 고뇌도 끝이 없게 될 것이다. 그렇다, 정말 그렇다.' 하고 그는 생각했다.

'아, 정말 그런 거야. 훌륭한 결론이다!' 그는 이렇게 되뇌었다. 그리고 그는 찌는 듯한 더위 뒤에 맛보는 시원한 기운과 오랫동안 머리에서 떠날 줄 모르던 문제들이 아주 명확하게 해결되었다는 의식에서 오는 두 가지 기쁨을 만끽했다.

네흘류도프가 타고 있는 찻간은 승객으로 반이나 차 있었다. 하인, 직공, 노동자, 푸줏간 점원, 유대 인, 여자들, 그리고 노동자의 아낙네들이었다. 그 밖에 군인이 하나, 귀부인이 둘 있었다. 그 중 한 여자는 젊었고 또 한 여자는 드러낸 팔에 팔찌를 낀 중년 부인이었다. 또 휘장이 달린 검은 모자를 쓴 엄격한 표정을 한 신사도 있었다. 이 사람들은 모두 자리를 잡고 마음 놓은 듯이 조용하게 앉아 있었다. 해바라기 씨를 까먹는 사람, 담배를 피우는 사람, 옆 손님과 쾌활하게 잡담을 나누는 사람도 있었다.

타라스는 흐뭇한 표정으로 통로 오른쪽에 자리잡고 앉아 네흘류도프의 자리를 지키면서 맞은편에 앉은 모직 반코트의 깃을 열어제친 몸집 좋은 사나이와 열심히 이야기를 나누고 있었다. 네흘류도프가 나중에 안 일이지만 그 사나이는 일

자리를 구하러 가는 정원사였다. 네흘류도프는 타라스가 있는 쪽으로 다가가다가 시골 옷차림의 젊은 여자와 이야기를 주고받고 있는 흰 수염을 드리운 풍채 좋은 노인 옆의 통로에서 발을 멈추었다. 젊은 여자 곁에는 소매 없는 긴 새옷을 입고 흰 머리카락을 머릿수건으로 덮은 일곱 살쯤 되어 보이는 계집아이가 바닥에 닿지 않는 발을 건들건들 흔들며 잇달아 해바라기 씨를 까먹고 있었다. 네흘류도프를 보자 그 노인은 혼자 앉아 있던, 때와 기름으로 번들거리는 의자에서 옷자락을 끌어당기며 친절하게 말했다.

"여기 앉으시오."

네흘류도프는 고맙다고 인사를 건네고 가리키는 대로 거기 앉았다. 네흘류도프가 앉자 여자는 잠시 중단했던 이야기를 다시 이었다. 그녀는 도시에서 일하고 있는 남편에게 다녀오는 길이며 자기를 반갑게 맞아 주던 남편에 대한 이야기를 하던 참이었다.

"사육제 때에도 갔었지만, 하느님의 도움으로 이번에도 만나고 오는 거예요." 하고 그녀는 말했다. "크리스마스 때에 또 다녀올까 해요."

"그래야지." 네흘류도프를 바라보면서 노인이 말했다.

"자주 만나는 것이 좋아. 그렇잖으면 도시 생활을 하는 젊은이들은 못된 버릇이 생기거든."

"아니에요, 할아버지. 그이는 그런 사람이 아니랍니다. 나쁜 짓은 절대로 안 해요. 꼭 새색시같이 얌전한 사람이라 돈을 벌면 한푼도 쓰지 않고 몽땅 보내주어요. 이애를 어찌나 귀여워하는지, 뭐라 말할 수 없을 만큼……." 하고 여자는 싱글벙글 웃으면서 말했다.

해바라기 씨를 깨물어 껍질을 뱉으면서 어머니의 말을 듣고 있던 계집아이는 그 말이 정말이라는 듯이 영리한 눈으로 네흘류도프와 노인을 올려다보았다.

"흠, 아주 똑똑한 사람이군. 그렇다면 더욱 자주 만나러 가야지." 하고 노인이 말했다. "그런데 술을 마시지 않소?" 노인은 통로 건너편에 앉은 직공인 듯한 부부를 가리키면서 물었다.

남편인 듯한 직공은 보드카 병에다 입을 대고 고개를 뒤로 젖힌 채 들이켜고 있었고 아내는 병을 꺼낸 배낭을 손에 그대로 쥔 채 그 남편을 바라보고 있었다.

“아니에요. 그이는 술도 안 마시고 담배도 피우지 않아요.” 노인을 상대로 이야기하던 여자는 또다시 남편을 자랑할 수 있는 기회를 이용하여 이렇게 말했다. “할아버지, 정말 그이 같은 사람은 그리 흔하지 않아요. 좋은 사람이에요.” 하고 네흘류도프 쪽으로 얼굴을 돌리면서 말했다.

“그것 참 좋은 일이군.” 술을 병째로 마시고 있는 직공을 바라보고 있던 노인은 이렇게 되풀이했다.

직공은 조금 마시더니 병을 아내에게 건네 주었다. 아내는 병을 받아 들더니 히죽 웃으며 고개를 흔들고는 자기도 술병을 입에다 갖다 댔다. 네흘류도프와 노인의 눈길이 자기에게로 쏠리는 것을 느끼자 직공은 이 쪽으로 얼굴을 돌렸다.

“이보쇼, 우리들이 술을 좀 마셨기로서니 어떻다는 겁니까? 우리가 일할 때는 거들떠보지도 않다가 이렇게 한잔 하게 되면 모두들 바라보니, 내가 벌어서 내가 마시고 마누라한테도 한턱 쓰고 있는데 무슨 구경 났소?”

“그렇지, 옳은 말이지.” 네흘류도프는 어떻게 대답해야 할지를 몰라 이렇게 말했다.

“정말입니다, 나리. 그래도 제 마누라는 착실하답니다. 나는 아주 만족해하고 있어요. 나를 소중하게 여겨 주니까요. 그렇지, 응? 마브라.”

“자, 당신 어서 더 마셔요. 나는 됐어요.” 남편에게 병을 다시 건네 주면서 그녀는 말했다. “또 쓸데없는 소리를 하셨군요!”

“이렇답니다.” 하고 직공은 말을 계속했다. “참으로 귀여운 여자죠. 그러나 때때로 이렇게 하지 않으면 기름이 떨어진 바퀴처럼 삐걱삐걱 소리를 낸답니다. 그렇지, 마브라?”

마브라는 웃으면서 취한 듯이 손을 내저었다.

“이제 그만두세요…….”

“어떻습니까. 정말 사랑스런 마누라죠? 그러나 그것두 고삐를 잡고 있을 동안에 말이지, 잠시라도 고삐를 늦추는 날에는 무슨 짓을 할지 알 수 없습죠. 그렇지? 흉보지 마십시오. 그만 취하고 나니 어쩔 수 없군요." 이렇게 말하고는 직공은 빙그레 웃고 있는 아내의 무릎을 베고 스르르 잠들어 버렸다.

네흘류도프는 잠깐 노인과 같이 앉아 있었다. 노인은 자기 신세 타령을 하기 시작했다. 그는 50년 동안이나 난로장이로 일해 왔으므로 그 동안 만든 난로가 몇 개나 되는지 헤아릴 수도 없다는 것이었다. 이제는 일을 그만두고 쉬고 싶지만 아직 그럴 여유가 없다고 했다. 이번에 모스크바에 가서 자식들에게 일자리를 얻어 준 다음 친척들의 형편을 살펴보기 위한 마을로 돌아가는 길이라고 했다. 노인의 말을 들은 뒤 네흘류도프는 일어나서 타라스가 잡아 놓은 자기 자리로 갔다.

"자, 나리, 이리 앉으십시오. 배낭은 이 쪽으로 치우지요." 타라스와 마주 앉아 있던 정원사는 네흘류도프를 올려다보며 친절하게 말했다.

"좀 좁기는 하지만 즐겁습니다." 언제나 빙그레 미소를 띠고 있는 타라스가 노래하듯이 말하며, 그 힘센 두 팔로 2파운드나 되는 배낭을 마치 털솜뭉치를 다루는 것처럼 번쩍 들어 창가로 옮겨 놓았다. "자리는 얼마든지 있습니다. 설 수도 있고 의자 밑에 기어 들어갈 수도 있으니까 걱정 없습니다. 쓸데없는 걱정을 할 필요가 없죠." 그는 선량함과 친절함을 얼굴에 드러내며 말했다.

타라스는 술을 마시지 않으면 벙어리처럼 말이 없으나 술만 먹으면 얼마든지 말이 술술 나와서 가만히 있을 수가 없다고 하였다. 사실 그는 술을 마시지 않을 땐 대개 입을 열지 않았다. 그러나 일단 술을 마시고 나면, 그런 일은 아주 드물었지만——또 특별한 경우에는 아주 유쾌하게 이야기했다——그 때는 아주 솔직하고 진실성이 담긴 어조로, 특히 그 선량해 보이는 푸른 눈동자에 친절함을 가득 담고 입가에 미소를 지어 가며 명랑한 얼굴로 이야기를 했다.

타라스는 오늘 그러한 상태에 있었다. 네흘류도프가 옆으로 오자 이야기는 잠시 중단되었다. 그러나 배낭을 치우고 아까와 같이 자리에 앉아 노동자답게 억세 보이는 두 손을 무릎 위에 놓고 똑바로 정원사를 바라보면서 이야기를 계속했다. 그는 새로 사귄 이 친구에게 아내가 유형을 받게 된 사연과 왜 이렇게 아내를 따라 시베리아로 가게 되었는가를 자세하게 이야기했다.

네흘류도프는 이 사건을 자세하게 들은 적이 아직 없었으므로 흥미를 가지고 귀를 기울였다. 그는 그 독살 행위가 있은 뒤, 그것이 페도샤의 소행이라는 것을 집안에서 알게 되었다는 대목부터였다.

"저는 지금 제 슬픈 사연에 대해 신세 타령하고 있던 참입니다." 타라스는 부드러운 태도로 네흘류도프를 바라보면서 말했다. "이렇게 친절한 분을 만나 이야기를 주고받다가 그만 모두 털어놓고 말았습니다."

"아, 그래요. 그거 잘 됐군." 하고 네흘류도프가 말했다.

"그래서 모두 탄로나고 말았습니다. 어머니는 그 독이 든 만두를 가지고 파출소에 가겠다고 하시지 않겠어요? 우리 아버지는 이해심이 많은 분입니다. '그만둬, 여봐요, 할멈. 며느리는 아직 철이 없어 무슨 짓을 했는지 모르고 있으니 우리가 감싸 주어야지. 이젠 저도 정신이 들겠지.'라고 말씀하셨습니다. 그러나 어머니는 참지 못하고 '그런 며느리를 그대로 놔두었다간 집안 사람들을 온통 진딧물과 같이 잡아 죽일 거야.'라고 말씀하시면서 끝내 파출소로 달려갔답니다. 그래서 곧 헌병이 달려오고 증인을 부르는 소동이 일어났습니다."

"그래, 당신은 어떻게 됐소?" 하고 정원사가 물었다.

"나는 말이에요. 나는 배가 아파 뒹굴다 토해 버렸답니다. 오장이 마구 뒤집히는 바람에 말 한 마디 못 했지요. 그러나 아버지는 마차에 말을 매고 페도샤를 태워 지서로 데리고 갔고 거기서 예심 판사에게로 끌려간 것입니다. 그런데 페도샤는 말이죠, 처음부터 순순히 잘못을 인정하고 예심 판사에게 사실대로 차근차근히 고백했습니다. 어디서 쥐약을 얻어 어떻게 만두를 만들었다는 이야기를 했지요. 판사가 왜 그런 짓을 했느냐고 물으니까 '그 사람이 싫어서예요. 그런 사람하고 한평생을 같이 사느니보다는 시베리아로 가는 편이 훨씬 나을 거예요.' 하더래요. 그건 나를 가리키는 말이지요." 타라스는 빙긋이 웃으며 말했다.

"모든 것을 다 자백한 셈이지요. 감옥에 가게 된 것은 뻔한 일이고 아버지는 끝내 혼자 돌아오셨습니다. 그런데 마침내 농사일이 시작되고 집 안에 여자라곤 어머니뿐인데 어머닌 몸이 아프셨어요. 하는 수 없이 어떻게 해서든지 보석으로 빼낼 수 없을까 생각을 했지요. 그래서 아버지가 어떤 높은 관리를 찾아갔지만 쫓겨오고 헛수고를 할 뿐이었지요. 또 여러 사람을 찾아다녔으나 모두 소용이 없었습니다. 그래서 단념하고 있었는데 우연히 중앙 관청에 있는 관리인 듯한 사람이 나섰습니다. 그 사람은 보기 드물게 빈틈없는 사람이었지요. '5루블만 내면 봐 주지.' 하지 않겠어요. 결국 3루블로 합의를 봤지요. 결국 페도샤의 옷가지를 잡혀 그 돈을 마련해 주었습니다. 그는 이런 서류를 써 주더군요." 타라스는 사격 이야기를 할 때처럼 말끝을 늦추었다.

"일은 그 자리에서 해결되었습니다. 그 때는 나도 일어나게 되어 아내를 맞이하러 도시로 나갔습니다. 도시에 도착하자마자 여관에 마차를 맡겨 놓고 서류를 가지고 감옥으로 갔습니다. '무슨 일이오?' 하고 묻기에 이러이러한 일로 이 곳 감옥에 아내가 수감되어 있다고 말했습니다. '서류는 가지고 있소?' 그래서 서류를 얼른 건네 주었더니, 관리는 그것을 읽고 나서 '기다려.' 하기에 나는 의자에 앉아서 기다렸습니다. 이미 정오가 지난 시각이었습니다. 높은 관리가 나와서 물었죠. '바르구소프가 당신이오?' '네, 접니다.' '그럼 데려가시오.' 이어 문이 열리더니 자기 옷을 입은 아내가 끌려 나왔습니다. '자, 집으로 갑시다.' '당신 걸어 오셨어요?' '아니, 마차를 타고 왔지.' 여관에 가서 말 맡긴 값을 치른 다음 말을 마차에 매고 남은 여물을 마대 속에 집어 넣었습니다. 그리고 집으로 향했습니다. 아내도 말이 없었고 나도 말이 없었습니다.

집이 가까워지자 아내는 '시어머님은 안녕하신가요?' 하고 묻더군요. '안녕하시지.' 하고 내가 말했죠. '시아버님은요?' '무사하셔.' '타라스, 저의 바보 같은 짓을 용서해 줘요. 내가 왜 그런 짓을 했는지 나도 모르겠어요.' 나는 '그렇게 걱정할 것 없어. 나는 벌써 용서하고 있으니까.' 하고 말했습니다. 더이상 아무 말도 하지 않았지요. 집에 다다르자 곧 페도샤는 어머니 앞에 무릎 꿇고 앉았습니다. 어머니는 '하느님이 용서하신다.' 하고 말했지요. 아버님은 무사함을 기뻐하시면서 '지나간 일은 잊어버리거라. 하느님께 부끄럼 없도록 이젠 힘껏 살아야지. 지금은 그렇게 울고 있을 겨를이 없어. 추수를 해야 한다. 밭에다 비료를 주었더니 낫을 댈 수 없을 만큼 호밀이 탐스럽게 익어 마치 이불을 깐 듯이 덮여 있다. 곡식을 거둬들여야지. 내일은 타라스와 같이 나가서 거두어들여라.'

이 때부터 아내는 일에 손을 댔습니다. 아내의 일솜씨는 정말이지 놀랄 정도였지요. 내가 빌린 밭들은 그 때 3정보였는데 호밀과 메귀리는 근래에 보기 드문 풍작이었지요. 내가 베면 아내가 묶고 때로는 둘이 함께 베기도 했습니다. 나도 일에는 능숙해서 어떤 일이라도 지지 않았습니다만 아내는 더 날렵하게 어떤 일이라도 잘 해치웠지요. 아내는 정말 재빠른데다 젊어서 원기도 왕성했습니다. 너무나 일에 열심인지라 나는 좀 일찍 끝내도록 했습니다. 집에 돌아오면 손이 붓고 팔마디가 저리고 하여 쉬어야 할 텐데도 아내는 저녁밥도 먹지 않고 헛간으로 달려가 다음날 쓸 단 묶을 새끼를 준비했습니다. 정말 딴 사람이 된 것이지요."

"그럼 당신한테도 친절해졌겠군그래." 정원사가 물었다.

"당연한 일이지요. 나한테 착 달라붙어 한몸이 되듯 결합되었지요. 그 때 나는 잠깐 생각해도 그걸 곧 느낄 수 있었지요. 그렇게 화를 잘 내던 어머니도 '우리 페도샤가 완전히 달라졌구나. 딴 여자가 되었어.' 하고 말씀하셨어요. 한 번은 둘이 마차를 타고 묶은 보릿단을 가지러 갔을 때 우리들은 마부석에 앉아 있었습니다. 나는 말했지요. '페도샤, 왜 그런 짓을 했지?' '왜라니요? 당신하고 같이 살기가 싫어서 오히려 죽는 편이 낫다고 생각했기 때문이지요.' '그럼, 지금은?' '지금은 당신 하나뿐이에요.' 하더군요."

타라스는 신이 나서 싱글싱글 웃으면서 말을 끊었다가 놀란 듯이 머리를 저었다. "보리를 거둬들인 뒤 삼을 적시러 갔다 돌아오니……." 그는 잠시 말을 끊었다가 다시 계속했다. "뜻밖에도 소환장이 와 있지 않겠습니까? 재판을 한다는 거예요. 재판을 왜 받아야 하는지도 잊고 있었지요."

"그야말로 악마의 짓이라고 표현할 수밖에 없었겠군." 정원사가 말했다.

"그렇지 않고서야 사람이 스스로 사람을 죽이려고 생각할 순 없으니까. 우리 마을에도 그런 일이 있었지요……." 하고 정원사는 그 이야기를 꺼내려 했으나 그 때 기차가 정거장에 닿았다.

"야, 정거장이다." 하고 그는 말했다. "어때? 물이라도 마시고 올까?"

이야기는 여기서 끊어졌다. 네흘류도프는 정원사를 따라 비에 축축히 젖은 플랫폼 판자 위로 내려섰다.

42

플랫폼으로 내려서기 전에 이미 차 안에서 네흘류도프는 역 안에서 서너 마리의 살찐 말들이 방울을 울리고 있는 몇 대의 훌륭한 마차를 보았는데, 비에 젖은 거무스름한 플랫폼으로 내려서자 일등차 앞에 모여선 사람들이 보였다. 그 가운데에서 가장 시선을 끈 것은 값비싼 깃털을 꽂은 모자를 쓰고 레인 코트를 입은 키가 크고 뚱뚱한 귀부인과 반짝이는 비싼 목걸이를 두른 커다란 개를 데리고 선, 다리가 가늘고 후리후리한 키에 운전복 차림을 한 청년이었다. 그들 뒤에는 마중 나온, 레인 코트와 우산을 든 하인들과 마부가 하나 서 있었다. 이 사람들에게는 살찐 귀부인을 비롯해서 긴 외투자락을 움켜쥐고 있는 마부에 이르기까지 여유 있는 자기 만족과 넘치는 풍요함의 느긋한 분위기가 있어 보였다. 이 무리들 주변에는 돈 앞에 늘 머리를 숙이는 축들――빨간 모자를 쓴 역장, 헌병, 여름에는 기차가 도착할 때마다 늘 나타나는 러시아 전통 의상을 입은 구슬 목걸이의 깡마른 소녀, 전신 기사, 그 밖의 남녀 여객들이 있었다.

네흘류도프는 개를 데리고 있는 청년이 코르차킨 공작의 중학생 아들이라는 것을 알았다. 뚱뚱한 귀부인은 공작 부인의 동생이었으며, 코르차킨 집안은 이 동생의 영지로 이사 온 것이다. 금줄이 번쩍거리는 옷에 장화를 신은 여객 전무는 찻간 문을 열고 필립과 흰 앞치마를 두른 화물 운반부가 얼굴이 긴 공작 부인을 조립식 의자에 태워 이동하는 동안 경의를 표하며 문을 붙들고 있었다. 자매 사이의 인사가 끝난 뒤 공작 부인을 포장 마차에 태울까, 승용 마차에 태울까 하는 뜻의 프랑스 말이 들리더니 일행은 양산과 짐을 든 고수머리 하녀를 데리고 역을 빠져 나갔다.

네흘류도프는 또 그들과 만나 인사하기가 싫어서 출구까지 가지 않고 서서 그 일행이 지나가기를 기다리고 있었다. 아들을 거느린 공작 부인, 미시, 의사, 하녀가 앞에 서고, 늙은 공작은 처제와 함께 뒤에 남았다. 네흘류도프는 떨어져 있었으므로 그들이 하는 프랑스 말 몇 마디를 드문드문 들었다. 그 말 가운데서 공작이 말한 구절은 그가 늘 하는 말로, 그 목소리나 말투가 웬일인지 네흘류도프의 기억에 뚜렷이 남았다.

"오, 그는 정말 진정한 상류 사회의 인간이야." 공작은 누구를 가리키는 말인지 크고 오만한 어조로 자신 있게 말하면서 겸손하고 친절한 차장과 짐꾼들을 데리고 처제와 나란히 출구 쪽으로 갔다.

그 때 어디에선지 역 한모퉁이에서 반코트에다 배낭을 메고 짚신을 신은 노동자 무리가 나타났다. 노동자들은 활달한 걸음걸이로 첫째 찻간으로 달려가 들어가려고 했다. 한데 곧 차장에게 쫓겨나고 말았다. 노동자들은 물러서지 않고 서로 발을 짓밟으면서 앞을 다투어 다음 찻간으로 가서 문이나 입구 모서리에 배낭을 부딪쳐 가며 있는 힘을 다해 올라타기 시작했다.

다른 차장이 역 입구에서 노동자들의 움직임을 보고 뭐라고 소리쳤다. 노동자들은 다시 재빨리 나와서 여전히 활달한 걸음걸이로 네흘류도프가 타고 있던 찻간으로 몰려갔다. 차장은 또다시 그들을 막아섰다. 그들은 걸음을 멈추고 더 앞으로 가려고 했다. 그 때 네흘류도프가 안에는 자리가 비어 있으니 들어가라고 했다. 그들은 그 말을 듣고 올라타기 시작했다. 네흘류도프도 뒤이어 들어갔다. 노동자들이 자리를 찾아 앉으려고 했으나 휘장이 달린 모자를 쓴 신사와 두 귀부인이 차 안에서 그들이 자리에 앉는 것은 자기들에 대한 모욕이라고 생각하고 완강히 반대하며 몰아 내기 시작했다.

노동자들은 스무 명 정도였는데 노인도 젊은 사람도 모두 햇볕에 그을은 얼굴이 피로에 지친 듯 윤택이 없었으며, 곧 배낭을 좌석과 벽과 문에 부딪쳐 가면서 자기들이 잘못했다고 느꼈는지 다시 차 안의 통로로 우르르 몰려갔다. 이 세상 끝까지라도 가라면 가고, 앉으라면 송곳 위에라도 앉으려는 듯이.

"어디로 가는 거야, 이놈들!" 마주친 다른 차장이 큰 소리로 외쳤다.

"어머 기가 차서. 이런 일은 처음이에요!"

두 부인 중에 젊은 여인이 유창한 프랑스 말로 네흘류도프의 관심을 끌 수 있다고 완전히 믿고 있다는 듯이 이렇게 말했다. 팔찌를 낀 부인은 코를 실룩거리고 이맛살을 찌푸리면서 악취가 풍기는 노동자들과 같이 탄 것에 대해 빈정대는 말로 투덜댔다.

노동자들은 큰 위험에서 벗어난 기쁨과 안도감을 느끼면서 걸음을 멈추어 저마다 자리를 잡고 어깨를 흔들어 메고 있던 무거운 배낭을 내려 좌석 밑으로 처박아 넣었다.

타라스와 아야기를 나누고 있던 정원사는 자기 자리로 돌아갔으므로 타라스의 옆과 맞은편에 빈 자리가 세 군데 생겼다. 그 자리에 세 사람의 노동자가 앉았다. 그러나 네흘류도프가 그 옆으로 다가오자 그의 신사다운 옷차림에 당황한 그들은 일어서서 비켜 나려고 했다. 그러나 네흘류도프는 그대로 있으라고 말리고 자기는 통로 쪽 좌석 팔걸이에 걸터 앉았다.

나란히 앉아 있던 두 노동자 가운데 오십 안팎의 노동자는, 의아스러운 듯 겁먹은 빛을 띠고 젊은 노동자의 얼굴을 바라보았다. 네흘류도프가 다른 신사들이 하는 것처럼 욕하거나 쫓아 내지도 않고 그들에게 자리를 양보해 준 것이 그들을 몹시 놀라게 하고 어리둥절하게 만들었던 모양이었다. 그들은 이 때문에 무슨 화라도 입지 않을까 두려워하기까지 했다. 그러나 별로 아무런 악의의 표정도 없이 네흘류도프가 소탈하게 타라스와 아야기하고 있는 것을 보자 그들은 마음을 놓고 가장 젊은 노동자에게 배낭 위에 앉으라고 하고 네흘류도프를 자기 자리에 앉도록 권했다.

네흘류도프의 맞은편에 앉아 있던 늙은 노동자는 처음에는 짚신을 신은 다리를 움츠리고 네흘류도프에게 닿지 않도록 조심했으나 나중에는 네흘류도프와 타라스와 다정다감하게 이야기도 하였고 특히 그의 주의를 끌고 싶을 때에는 손등으로 네흘류도프의 무릎을 탁 칠 정도가 되었다. 그는 자기의 신세 타령과 이탄지의 작업에 대한 일이며, 거기서 두 달 반 동안 일을 하였으나 노임 중 일부는 미리 선불로 써 버렸기 때문에 지금 10루블 정도의 돈만 가지고 집으로 향하는 길이라고 말했다. 그의 말로는 무릎까지 물에 잠긴 채 해뜰 때부터 해질 무렵까지 노동이 계속되었으며 두 시간의 점심 휴식 시간이 있을 뿐이라는 것이었다.

"익숙하지 않은 사람에게는 그야말로 괴로운 노동이지요." 하고 그는 말했다. "그러나 참고 견디다 보면 아무것도 아니지요. 먹는 음식만 좋다면 말입니다. 처음엔 식사가 형편없었습니다. 그래서 모두들 불만을 토로했기 때문에 식사가 좋아지고 일도 편하게 된 거지요."

그리고 그는 28년 동안 품팔이를 하러 다니며 번 돈을 몽땅 집으로 보냈다는 이야기를 했다. 처음에는 아버지에게 주었으나 그 뒤론 맏형에게 주었는데 지금은 살림을 맡고 있는 큰 조카에게 보내며 자기는 1년 동안 버는 50루블이나 60루블 가운데서 담배값으로 2,3루블을 용돈으로 쓸 뿐이라고만 했다.

"때로는 피로를 잊기 위해 보드카를 조금씩 마시는 일도 있지요." 그는 죄스러운 듯이 웃으면서 덧붙였다.

그는 계속해서 여자들이 그들을 대신하여 집안 살림을 꾸려 가고 있다는 이야기며, 떠나기 전에 고용주가 보드카를 반 통이나 사 주며 한턱 냈다는 이야기며, 친구 한 사람은 죽고 또 한 사람은 병들어 집으로 돌아가는 중이라고 말했다. 그 환자는 이 찻간 한모퉁이에 앉아 있었다. 그는 아직 젊은 남자로 해쓱한 얼굴에 핏기 없는 입술을 하고 있었다. 틀림없이 열병에 걸려 아직 완전히 낫지 않은 듯했다. 네흘류도프가 가까이 다가가자 젊은이는 험악하고 아주 괴로운 듯한 눈초리로 쏘아보았기 때문에 네흘류도프는 여러 가지 질문으로 귀찮게 하지 않으려고 나이 든 노동자에게 키니네를 사 주라고 알려 주며 종이에다 약 이름을 써 주었다. 그가 돈을 주려고 하자 늙은 노동자는 그렇게까지 해 주시지 않아도 좋다고 하며 자기가 돈을 주었다.

"정말이지 세상을 많이 돌아다녀 보았지만 이런 분은 처음 봅니다. 욕지거리도 하지 않고 자리까지 양보해 주셨으니 나리 가운데에도 여러 종류이 사람이 있는 모양이군." 그는 타라스를 보며 이렇게 말을 맺었다.

'그렇다. 정말 새로운 다른 세계다.' 네흘류도프는 이러한 사람들의 메마르지만 늠름한 몸집과 허름한 무명옷과 햇볕에 그을은, 부드럽지만 피곤에 지쳐 있는 얼굴을 보면서 이렇게 생각했다. 그리고 참다운 노동을 하는 사람들에게, 생활의 절실한 이해와 기쁨과 고통을 갖는 정말 새로운 사람들에게 둘러싸여 있는 것을 실감했다.

'바로 이것이야말로 새로운 세계다!' 네흘류도프는 코르차킨 공작이 한 말과 자질구레한 관심밖에 갖지 않고 사치만 부리는 코르차킨 집안 사람들의 생활을 다시 한번 떠올려보면서 이렇게 생각했다.

그리고 그는 새로운, 미지의 아름다운 세계를 발견한 나그네의 기쁨을 천천히 맛보았던 것이다.

제3부

1

마슬로바가 속한 죄수 행렬은 이미 거의 5천 킬로미터나 되는 길을 지나왔다. 페르미까지 마슬로바는 형사범들과 함께 기차와 배를 타고 왔으나, 이 페르미에서 네흘류도프는 가까스로 힘을 써서 보고두호프스카야가 권해 준 대로 그녀가 있는 정치범 쪽으로 마슬로바를 옮겨 줄 수가 있었다.

마슬로바에게 페르미까지의 이송은 육체적으로나 정신적으로나 몹시 괴로운 것이었다. 육체적으로는 비좁고 더러우며 불쾌하게 달라붙어 물어뜯는 벌레들 때문에, 그리고 정신적으로는 벌레들에 못지않은 기분 나쁜 사나이들 때문이었다. 남자들은 숙소에서 쉴 때마다 바뀌지만 어떤 사내든 마찬가지로 끈덕지게 지분거렸으므로 잠시도 편안하게 해 주지 않았다.

여죄수들과 남죄수며, 간수며, 호송병들 사이에서는 음탕한 행동이 당연한 것처럼 인식되어 있었기 때문에 여죄수, 특히 젊은 여죄수들은 만일 여자로서의 입장을 이용하지 않으려면 줄곧 심한 경계를 하지 않으면 안 되었다. 이러한 사라질 줄 모르는 두려움과 저항 상태에 놓여 있다는 것은 정말 괴로운 일이었다.

그녀의 육체적인 매력과 다들 알고 있는 과거 때문에 마슬로바는 특히 이런 공격 대상이 되었다. 그녀가 지분거리는 남자에게 한 결정적인 거절이 남자들에겐 굴욕으로 느껴져서 점점 더 그녀에 대한 증오심까지 가지게 되었다. 이런 상황에 처했을 때 그녀를 구해 준 것은 페도샤와 타라스가 그녀 곁에 있어 준 일이었다. 타라스는 자기 아내가 이런 일로 괴로움을 당하고 있는 것을 알자 아내를 보호하기 위해 일부러 체포되어 니지니부터는 죄수들과 행동을 같이 하게 된 것이었다.

정치범 대열로 이동했다는 것은 모든 면에서 마슬로바의 상태를 안정되게 해 주었다. 정치범들은 식사도 숙소도 좋았고 난폭한 처벌도 덜 받았지만 그보다도 마슬로바를 안정되게 만든 것은 남자들의 끈덕진 지분거림이 없어지고, 이제는 이미 잊어버리고 싶었던 어두운 과거를 생각하지 않고도 지낼 수 있다는 것이었다. 이 곳에 이동함으로써 얻은 가장 큰 수확은 그녀에게 아주 유익한 결정적인 영향을 줄 몇 사람을 알게 되었다는 것이었다.

마슬로바는 숙소에 있는 동안만은 정치범들과 같이 있도록 허락되었으나 건강한 여죄수라는 이유로 이동해 갈 때는 형사범들과 함께 걷지 않으면 안 되었다. 그녀는 톰스크에서부터는 줄곧 걸었다. 그녀와 함께 두 정치범도 걸어가게 되었다. 마리아 파블로브나 시체치니나라는, 보고두호프스카야와 면회할 때 네흘류도프를 놀라게 한 그 양 같은 눈을 한 아름다운 여자와 야쿠츠크 주로 유형되어 가는 시몬슨이라는 남자였다. 이 사람 역시 네흘류도프가 그 면회 때 보았던, 훤칠한 이마 밑에 눈이 움푹 들어간 가무잡잡한 텁석부리 수염의 사나이였다.

마리아 파블로브나가 걸어가는 대열로 옮겨간 것은 마차를 타고 가던 자기 자리를 임신한 형사범 여자에게 양보했기 때문이었고, 시몬슨은 계급적으로 특권을 이용하는 것은 옳지 않은 행위라고 여겼기 때문이었다. 이 세 사람은 짐마차로 늦게 떠나는 다른 정치범들과는 달리 형사범들과 함께 아침 일찍 출발하기로 되어 있었다. 그것은 큰 도시에 들어가기 전 마지막 숙고에서의 일이었다. 죄수부대는 이 큰 도시에서 새로운 호송 대장에게 인계해 주기로 되어 있었다.

날씨가 몹시 흐린 9월의 이른 아침이었다. 이따금 훅 불어오는 바람이 눈과 비를 날라왔다. 남자 죄수 4백 명과 여자 죄수 50명의 조수 부대 전원이 벌써 숙소 뜰 앞에 모여서 일부는 죄수 대표들에게 이틀 분의 식비를 나눠 주는 고참 호송병 부위에 모여 서고, 일부는 숙소의 뜰에 들어온 물건 파는 여자들을 둘러싸고 식료품들을 사고 있었다. 돈을 세는 죄수들의 소리며 상인들의 떠드는 소리가 한데 섞여 아수라장이 되어 버렸다.

마슬로바와 마리아 파블로브나는 두 사람 다 장화를 신고 반코트를 걸치고 밖으로 나와 물건 파는 쪽으로 향했다. 물건 파는 여자들은 울타리 가에 자리잡고 서로 다투어 가며 자기네 물건을 권하고 있었다. 갓 구운 빵, 만두, 건어, 국수, 죽, 간, 쇠고기, 달걀, 우유 등을 늘어놓고 있었는데 어떤 여자는 통째로 구운 돼지새끼까지 팔고 있었다.

시몬슨은 고무를 입힌 점퍼를 입고 털양말 위를 끈으로 질끈 동여맨 고무 덧신을 신고(그는 채식주의자라 짐승의 가죽은 사용하지 않았다.) 역시 뜰로 나가 죄수 부대의 출발을 기다리고 있었다. 그는 입구 층계 옆에 서서 머리에 떠오른 생각을 수첩에다 적었다. 그것은 이런 내용이었다.

'만일 박테리아가 인간의 손톱을 관찰하고 조사했다면 인간을 무기물이라고 인정할지도 모르겠다. 이와 마찬가지로 우리는 지구의 외각을 관찰하면서 그것을 무기물이라고 인정해 왔다. 이것은 옳지 않다.'

달걀과 둥근 빵과 생선과 갓 구운 흰 빵을 사서 마슬로바가 그것을 배낭 속에 넣고 마리아 파블로브나가 돈을 지불하고 있을 때, 죄수들이 웅성거리는 소리가 들리기 시작했다. 모두들 잠자코 줄을 섰다. 호송 장교가 나오더니 출발 전의 마지막 점검이 시작되었다.

모든 것이 보통 때처럼 규칙대로 행해졌다. 인원 점호, 쇠고랑 검사, 그리고 한 쌍씩 수갑이 채워졌다. 그런데 갑자기 거만스러운 호송 장교의 화난 목소리와 따귀를 후려치는 소리와 갓난아이의 울음소리가 들려 왔다. 모두들 한순간 숨을 죽이고 잠잠해졌다. 그러나 죄수들의 행렬에서 웅성거리는 불평 소리가 흘러나왔다. 마슬로바와 마리아 파블로브나는 소란스런 현장으로 발길을 돌렸다.

2

가까이 다가간 마리아 파블로브나와 마슬로바는 다음과 같은 광경을 보았다. 하얀 콧수염을 위로 들어 올린 체격이 좋은 장교가 상을 찌푸리고 남자 죄수의 얼굴을 후려친 오른 손바닥을 왼손으로 주무르면서 줄곧 험악하고 상스러운 욕을 퍼붓고 있었다. 그 앞에는 짤막한 죄수복에 더 짧은 바지를 입은, 머리를 반쯤 깎인 키가 후리후리한 죄수가 한 손으로 피가 나도록 두들겨맞은 얼굴을 누르고 한 손으로 수건에 싸여 울부짖고 있는 조그만 계집아이를 안고 서 있었다.

"네놈에게(여기서 야비한 욕지거리가 들어갔다.) 이치를 가르쳐 주마(또 욕지거리가 계속되었다.) 애새끼는 여자들에게 갖다 주고 와." 하고 대장은 소리쳤다.

"빨리 수갑을 채워!"

장교는 마을 조합에서 쫓겨난 농민에게 수갑을 차라고 요구하고 있었다. 이 농민은 톰스크에서 장티푸스로 죽은 아내가 남긴 이 계집아이를 이 곳까지 안고 온 것이었다. 수갑을 차면 아이를 안을 수 없다고 죄수가 말한 것이 공교롭게도 기분이 좋지 않았던 호송 장교의 비위를 거슬러 당장에 그 말을 따르지 않았다고 죄수를 폭행한 것이었다.

매를 맞은 죄수 앞에 호송병과 한 손에 수갑을 찬 턱수염이 검은 죄수가 버티고 서서 곁눈질로 침울하게 흘끗흘끗 장교와 아이를 안은 죄수를 보고 있었다. 장교는 또 거듭 아이를 죄수에게서 떼어 놓으라고 호송병에게 명령했다. 죄수들의 불평 소리는 차츰 더 높아졌다.

"톰스크에서부터도 수갑을 차지 않고 오지 않았소?" 하는 쉰 목소리가 뒤쪽에서 들려 왔다.

"개새끼가 아닌, 사람의 자식이 아니오?"

"그 어린 것을 어쩌자는 거요?"

"그런 법이 어디 있단 말이야?" 또 누군가가 이렇게 외쳤다.

"지금 말한 게 누구야?" 장교는 죄수들 쪽으로 미친 듯이 달려가면서 외쳤다.

"법이 어쨌다구! 법이 뭐라는 걸 가르쳐 주마. 말한 녀석이 누구야? 너야? 너냐?"

"다들 말했습니다. 왜냐 하면……." 얼굴이 크고 땅달막한 죄수가 말했다.

그는 끝까지 말을 다할 수가 없었다. 호송 장교가 두 손을 쳐들어 그의 얼굴을 후려갈기기 시작했기 때문이었다.

"네놈들은 폭동을 일으킬 작정이군. 폭동을 일으키면 어떤 벌을 받게 되는지 맛을 보여 주마. 개새끼들처럼 총살이다. 상관은 귀찮은 것을 덜게 되어 고마워할 뿐이다. 어린아이를 데려가!"

죄수들은 조용해졌다. 기를 쓰고 울부짖는 아이를 한 호송병이 안자 다른 호송병이 단념하고 순순히 손을 내민 죄수의 한 손에 수갑을 채웠다.

"여자들한테 데려가." 장교는 군도의 띠를 만지작거리면서 호송병에게 소리쳤다.

어린아이는 수건 속에서 조그만 손을 빼내려고 버둥거리면서 얼굴을 새빨갛게 해 가지고 계속해서 울부짖었다. 군중 속에서 마리아 파블로브나가 나오더니 호송병 쪽으로 다가갔다.

"장교님, 제가 이 아이를 데려가게 해 주세요." 호송병은 아이를 안은 채 걸음을 멈추었다.

"너는 누구냐?" 하고 장교가 물었다.

"정치범입니다."

아마, 약간 튀어나온 듯한 이마와 크고 아름다운 눈을 지닌 마리아 파블로브나의 예쁜 얼굴이(그는 인계를 맡을 때 이미 그녀를 눈여겨보아 두었다.) 장교에게 효과를 준 모양이었다. 그는 무언가 궁리하듯이 잠자코 지그시 그녀를 바라보았다.

"나는 상관없어. 원한다면 데려가. 그들을 불쌍히 여기는 것은 좋지만 도망치면 누가 책임을 지지?"

"애를 두고 이 사람이 어떻게 도망갈 수 있어요?" 하고 마리아 파블로브나는 말했다.

"너하고 쓸데없는 잡담을 할 시간이 없어. 데려갈 테면 데려가."

"내줘도 좋습니까?" 하고 호송병이 물었다.

"넘겨 줘!"

"이리 와." 마리아 파블로브나는 어린아이를 받아 안으면서 말했다.

그러나 어린아이는 호송병의 손에서 아버지한테로 가려고 몸을 바둥대며 울부짖을 뿐 마리아 파블로브나에게는 가려 하지 않았다.

"잠깐만, 마리아 파블로브나, 이애는 나한테 올 거예요." 마슬로바는 배낭에서 둥근 빵을 꺼내며 말했다.

여자아이는 마슬로바를 알고 있었다. 그리고 그녀의 얼굴과 둥근 빵을 보더니 그 쪽으로 몸을 내밀었다.

죄수들은 잠잠해졌다. 문이 열리고 죄수들은 밖으로 나가 정렬했다. 호송병들이 다시 한 번 점호를 시작했다. 마차에 실은 배낭을 떨어지지 않게 얽어매고 약한 죄수들이 그 위에 자리잡고 앉았다. 마슬로바는 계집아이를 안고 여죄수들의 행렬에 들어가 페도샤와 나란히 섰다. 아까부터 죽 이 광경을 지켜 보고 있던 시몬슨이 모든 지시를 끝내고 여행 마차를 타려는 장교에게로 성큼성큼 다가갔다.

"당신의 처사는 옳지 않습니다, 장교님." 하고 시몬슨이 말했다.

"자네 자리로 돌아가. 자네와는 아무 상관도 없는 일이다."

"제 볼일은 당신한테 말을 하는 것입니다. 그러므로 당신의 처사는 옳지 못하다고 말했을 뿐이오." 시몬슨은 짙은 눈썹 밑의 날카로운 눈으로 장교를 쏘아보며 말했다.

"준비는 됐나? 조수 부대 출발!" 장교는 시몬슨에게는 개의치 않고 소리치고 나자 마부 노릇을 하는 병사의 어깨를 붙들고 마차에 올라 탔다.

죄수 부대는 움직이기 시작했다.

그리고 긴 행렬을 만들면서 깊은 숲속을 누비듯이 양쪽에 도랑이 있는 수레 바퀴에 짓밟힌 진흙길로 나섰다.

3

6년 동안이나 도시에서 음탕하고 사치스러우며 편하게 지낸 생활과 두 달 동안 감옥에서 형사범들과 같이 생활을 한 뒤인만큼 지금의 이 정치범들과의 생활은 온갖 어려운 상황 아래에 놓여 있음에도 불구하고 카튜샤에겐 멋있는 것으로 여겨졌다. 이틀 행진하고 하루 쉰다는 원칙과 식량도 넉넉하므로 하루에 20킬로미터에서 30킬로미터의 이동은 카튜샤의 몸을 건강하게 만들었다. 또 새로운 동료들과의 교제는 지금까지 전혀 경험하지 못했던 생활의 흥미를 카튜샤 앞에 열어 주었다. 그녀가 지금 행동을 같이 하고 있는 이런 멋진 사람들을(이것은 카튜샤의 말이지만) 그녀는 이제까지 몰랐을 뿐만 아니라 상상할 수조차 없었다.

"판결을 선고받고 울었는데." 하고 그녀는 말했다. "하지만 언제까지나 하느님께 감사해야겠어요. 그렇지 않았던들 평생 동안 모르고 지날 뻔했던 것을 알았으니까요."

마슬로바는 이 사람들을 이끌고 있는 이념을 그리 힘들이지 않고 쉽사리 이해했다. 그리고 자기도 민중의 한 사람이므로 완전히 그들에게 공감을 보였다. 이 사람들이 민중을 위해 귀족들에게 맞서고 있는 것도 그녀는 이해했다. 그리고 이 사람들은 자기가 귀족이면서도 민중을 위해 자기 특권과 자유 생활을 뿌리치고 희생하고 있다는 것이 그녀로 하여금 특히 이 사람들을 존경하게 하고 감격시켰다.

마슬로바는 이러한 새 동료 모두에게 감격했으나 그 가운데에서도 특히 그녀를 감격시킨 것은 마리아 파블로브나였다. 그리고 마슬로바는 그녀에게 감격뿐만 아니라 존경과 기쁨이 깃들인 특별한 애정으로 그녀를 사랑하게 되었다. 이 부유한 장군의 가정에서 태어난 귀한 딸로서 세 나라 말을 할 수 있는 아름다운 여자가 보통 품팔이하는 여자 같은 태도를 취하며 유복한 오빠가 보내 주는 것들을 모두 딴 사람에게 나누어 주고서는 아주 허름한 옷과 신을 신고 자기 옷차림에는 조금도 배려하지 않는 것이 마슬로바를 감동케 했다. 이 특징, 멋을 부리려는 마음이 조금도 없다는 것이 특히 마슬로바를 놀라게 하고 매혹시키기도 했다.

마리아 파블로브나는 자기가 아름답다는 것을 잘 알고 있었으며 그것을 안다는 것은 기분 좋은 일이기도 했다. 그러나 자기 용모가 남자들에게 주는 인상을 좋아하지 않았을 뿐만 아니라 오히려 그것을 두려워하고 사랑을 받는다는 것에 대해 지독한 혐오와 공포심을 느끼고 있다는 것을 마슬로바는 알고 있었다. 그녀의 남자 동료들도 그것을 알고 있었으므로 그녀에게 관심이 있다 하더라도 그것을 겉으로 드러내지 않고 남자 동료라는 인식으로 그녀를 대하고 있었다. 그러나 그것을 모르는 남자들이 곧잘 그녀에게 지분거리는 일이 있었다. 그리고 그녀 자신도 말하고 있었지만 그러한 남자들에게서 그녀를 구해 준 것은 그녀가 특별히 자랑으로 삼고 있는 늠름한 물리적 힘이었다.

"어느 때." 하고 그녀는 웃으면서 이야기했다. "거리에서 어떤 신사가 나를 따라오며 아무래도 안 놔 주려 하지 않겠어요? 그래서 내가 느닷없이 멱살을 쥐고 뒤흔들어 놓았더니 깜짝 놀라 허둥지둥 도망쳐 버리더군요."

그녀가 혁명가가 된 것은, 그녀 자신의 말에 따르면 어릴 적부터 귀족 생활이 싫어서 소박한 사람들의 생활을 사랑하고 객실에 있지 않고 하녀방이나 부엌이나 마구간에서만 놀았기 때문에 늘 꾸지람을 들었던 탓이라고 했다.

"나는 하녀들이나 마부들과 있는 편이 즐거웠어요. 신사나 귀부인들하고 있으면 지루해서 견딜 수가 없었어요." 하고 그녀는 말했다. "그 뒤 철이 들면서부터 우리네 귀족 생활이 아주 좋지 못하다는 것을 깨닫게 되었어요. 나는 어머니가 안 계셨고 아버지는 싫었어요. 그래서 열아홉 살 때 친구와 함께 집을 나와 공장에 들어가 여직공이 되었어요."

그녀는 공장을 그만두고 시골서 살다가 그 뒤 도시로 나와 비밀 인쇄소가 있는 아지트에서 체포되어 유형 판결을 받은 것이었다. 마리아 파블로브나는, 한 번도 자기 입으로 말한 적은 없었지만, 그녀가 유형 판결을 받게 된 것은 가택 수색을 할 때 어둠 속에서 혁명가 한 사람이 총을 쏜 죄를 자기 스스로 뒤집어썼기 때문임을 카튜샤는 다른 사람들의 입을 통해서 알게 되었다.

그녀를 알고부터 카튜샤는 그녀가 어디서 어떤 상황하에 놓여 있다 하더라고 결코 자기에 대한 것을 생각지 않고, 일의 크고 작고를 가리지 않고 누군가의 도움이 되어 주자, 누군가를 구해 주자, 하고 오로지 그것만을 애쓰고 있다는 것을 알았다. 노보드보로프라는 지금의 그녀 동지 중 한 사람이 그녀는 자선이라는 스포츠에 깊이 빠져 있다고 농담조로 그녀를 평한 적이 있었다. 이것은 정말이었다. 그녀 생활의 모든 관심이 사냥꾼이 사냥감을 발견하듯이 다른 사람들에게 봉사할 기회를 찾는 데 열중해 있었다. 그리고 이 스포츠가 습관이 되어 그녀 일생의 사업이 되고 말았다. 그리고 그녀가 그것을 아주 자연스레 행하고 있었으므로 그녀를 알고 있는 사람은 이제 그것을 존중하지 않고 오히려 그것을 요구하고 있었다.

마슬로바가 그들 틈에 끼였을 때 마리아 파블로브나는 처음에 카튜샤에게 혐오와 불쾌감을 느꼈다. 카튜샤는 그것을 눈치챘고, 그러는 동안 마리아 파블로브나가 억지로 제 자신을 누르고 특히 그녀에게 상냥하고 부드럽게 대해 주게 되었다는 것도 알았다. 그리고 이와 같은 훌륭한 여인의 상냥스러움과 부드러움에 카튜샤는 몹시 감동되어 진심으로 그녀에게 관심을 가지게 되었고 무의식중에 그녀의 의견을 받아들여 어느덧 모든 일에 걸쳐 그녀를 흉내내게 되었다. 카튜샤의 이러한 헌신적인 사랑이 마리아 파블로브나를 감동케 하여 그녀도 카튜샤를 아끼게 되었다.

이 두 여자를 친하게 만든 것은 특히 두 사람 다 성적인 사랑에 혐오를 느끼고 있다는 것이었다. 한 사람은 그 모든 두려움을 정확히 알고 있었기 때문에 이 육체의 사랑을 혐오하고 있었지만 또 한 사람을 그 경험은 없었지만 그것을 무엇인지 이해할 수 없는, 아울러 꺼림칙한, 사람의 존엄을 욕되게 하는 것으로 보고 있었기 때문이다.

4

마슬로바에게 있어서 마리아 파블로브나의 영향은 그녀의 마음에 하나의 감화를 주었다. 그것은 마슬로바가 마리아 파블로브나를 사랑한 데서 비롯된 것이었다. 또 하나의 감화는 시몬슨이 준 것이었다. 그리고 이 감화는 시몬슨이 마슬로바를 사랑한 데서 생겨났다.

사람은 누구나 일부는 자기의 사상에 의해서 일부는 다른 사람들의 사상에 의해서 생활하고 행동하는 것이다. 얼마만큼 자기 사상에 따라 생활하고 얼마만큼 남의 사상에 따라 생활하느냐는 점이 사람과 사람 사이의 중요한 차이점이 된다. 어떤 사람들은 많은 경우 지적 유희로써 자기 사상을 이용하고 벨트를 벗긴 제동기와 같이 자기 이성을 다루지만 그 행동에 있어서는 남의 사랑, 관습, 전통, 법률에 따른다. 그런데 어떤 사람들은 자기 사상을 자기의 모든 활동의 원동력으로 생각하고 대개의 경우 자기 이성의 요구에 귀를 기울이고 그것에 따라 행동한다. 그리고 아주 드물게, 그것도 비판을 받고 비로소 다른 사람들에 의해 결정된 것에 따를 뿐이다. 시몬슨은 이와 같은 사람이었다. 그는 모든 것을 이성으로 검토하고 이성으로 결정한 일은 반드시 실행에 옮겼다.

시몬슨이 중학생이었을 무렵, 경리관이었던 아버지에 의해 모아졌던 재산을 부정한 재산이라 단정하고 이것을 민중에게 나누어 주어야만 한다고 아버지에게 말했다. 아버지가 그의 말을 듣지 않았을 뿐 아니라 그를 꾸짖었으므로 그는 집을 뛰쳐나와 아버지의 모든 재산 상속을 포기했다. 현존하는 모든 악은 민중의 무지에서 생긴다고 단정하고 그는 대학을 그만두고 인민파에 합류해 마을의 교사가 되어 자기가 옳다고 생각하는 모든 것을 학생들과 농민들에게 대담하게 보급했으며 거짓이라고 생각되는 것은 모두 부정했다.

그러다가 그는 체포되어 재판을 받게 되었다. 재판을 받을 때 그는 재판관들이 자기를 재판할 권리가 없다고 생각하고 그 재판을 거부했다. 재판관들이 그 발언을 무시하고 재판을 계속하자 그는 한 마디도 답변에 응하지 않기로 마음먹고 모든 질문에 대해 침묵으로 일관했다. 그는 아르한겔리스크 현으로 유형 보내졌다.

그래서 그는 자기의 모든 행동의 결정체라고 할 수 있는 하나의 종교를 꾸며냈었다. 그 종교의 교의란 이 세상의 모든 것은 생명이 있으며 생명이 없는 것은 없다. 우리가 생명 없는 무기물이라고 생각하는 모든 물체는 우리가 꿰뚫어 볼 수 없는 거대한 유기체의 일부에 지나지 않는다. 그러므로 거대한 유기체의 한 단위인 사람의 사명은 이 유기체와 그 모든 살아 있는 부분의 생명을 유지해 나가는 데 있다는 것이었다. 따라서 그는 생물을 죽이는 것을 범죄라 생각하고 전쟁이나 사형, 그 밖에 사람뿐만 아니라 생명에 대한 모든 살해 행위에 반대했다.

결혼에 대해서도 그에게는 독자적인 이론이 있었다. 생식 행위는 사람의 하등적인 기능에 지나지 않으며 고등적 기능은 현존하는, 살아 있는 자에게 봉사하는 일이라는 것이다. 그는 이 생각의 확실한 증거를 피 속에 백혈구가 존재한다는 것에서 찾아 냈다. 독신자들은, 그의 의견에 의하면, 이 백혈구와 같은 것으로서, 그 사명은 유기체의 병약한 부분을 돕는 데 있다는 것이다. 그는 일찍이 젊은 시절 방탕한 생활에 빠진 적도 있었지만 일단 이러한 이론을 확립한 뒤부터는 자신의 신념대로 생활을 해 왔다. 그는 지금 자기를 마리아 파블로브나와 마찬가지로 이 세계의 백혈구라고 생각하고 있었다.

마슬로바에 대한 그의 사랑 역시 이론에서 벗어나지는 않았다. 왜냐 하면 그는 정신적으로 순수하게 사랑하고 있었기 때문이며 이와 같은 사랑은 병약자에 대한 백혈구적 활동을 방해하지 않을 뿐 아니라 차츰 더 고무적으로 되는 것이라고 생각하고 있었다.

그리고 그는 도덕적 문제를 자기 방식으로 해결하고 있었을 뿐만 아니라 실제적 문제의 대부분도 자기대로 해결하고 있었다. 온갖 실제상의 문제에 대해 그는 독자적인 이론을 갖고 있었다. 몇 시간 일을 하고 얼마나 쉬며, 어떤 식사를 하고 어떤 것을 입고, 어떻게 난롯불을 지피며 어떻게 불을 켜느냐 하는 모든 것이 규정되어 있었다.

그러면서도 시몬슨은 사람들에 대해 매우 소심하고 겸손했다. 그러나 일단 무엇인가를 마음먹으면 누구도 그를 가로막을 수는 없었다.

이러한 사람이 마슬로바를 사랑함으로써 마슬로바에게 결정적인 영향을 주었던 것이다. 마슬로바는 여자의 직감으로 그것을 곧 알아차렸다. 그리고 이런 특출난 사람의 가슴에 사랑을 싹트게 할 수 있었다는 마음이 스스로의 가치에 대한 생각을 높여 주었다.

네흘류도프는 너그러운 마음과 과거의 실수 때문에 그녀와의 결혼을 희망했지만, 시몬슨은 현재 있는 그대로의 그녀를 사랑했다. 더구나 사랑을 느꼈기 때문에 순순히 사랑했던 것이다. 거기다 마슬로바는 시몬슨이 그녀를 독자적인 높은 도덕적 자질을 가진 드물게 보는 훌륭한 여자로서 모든 여자들보다 뛰어나다고 생각해 주고 있다는 것을 느끼고 있었다. 그가 어떠한 자질을 그녀에게서 인정하고 있는지 마슬로바는 잘 알지 못했지만, 아무튼 그의 기대에 벗어나지 않기 위해 생각할 수 있는 한의 가장 좋은 자질을 자기 속에서 불러 일으키려고 그녀는 노력하고 있었다. 그리고 이것이 그녀에게 될 수 있는 한 훌륭한 여인이 되려는 믿음을 갖게 만들었다.

이것은 아직 그녀가 감옥에 있었을 무렵, 정치범들의 일반 면회 때 그의 이마와 짙은 눈썹 아래서 더러움을 모르는 선량해 보이는 검푸른 눈이 지그시 자기에게 쏠려 있다는 것을 깨달았을 때부터 그녀의 가슴속에 생긴 것이었다. 그 때 이미 그녀는 그가 보통 사람들과 다르며 각별한 눈으로 그녀를 보고 있다는 것을 깨달았으며, 그리고 동시에 같은 얼굴 속에서 텁수룩한 머리와 찌푸린 눈썹이 보여 주는 엄격함과 눈길의 어린애다운 순진한 선량함이 잘 조화되어 있다는 것을 알고 저도 모르게 놀라움을 느꼈던 것이었다. 그 뒤 톰스크에서 정치범 쪽으로 옮겨졌을 때 마슬로바는 또 그를 보았다. 그리고 그들 사이에는 한 마디도 말은 없었지만 서로 주고받는 시선 속에 그들은 서로를 기억했으며 소중한 사람이라는 깨달음이 있었다. 그 후에도 별로 이렇다 할 대화는 나누지 않았지만 마슬로바는 자기가 있는 데서 그가 말을 할 때 그 말은 그녀에게 향해지고 그녀가 알 수 있게끔 애써 쉽고 상냥하게 말하고 있다는 것을 느끼고 있었다. 그가 형사범들과 함께 보도로 행진하게 되면서부터 특히 두 사람은 가까워졌다.

5

니지니에서 페르미까지 향하는 동안 네흘류도프가 카튜샤를 만나 볼 수 있었던 것은 두 번뿐이었다. 한 번은 니지니에서 죄수들이 철망을 두른 배에 타기 전이었고, 두 번째는 페르미의 이송 감옥 사무실에서였다. 이 두 번의 면회에서 그가 본 그녀의 표정에는 무언가 숨기고 있는 듯한 불길한 예감이 들었다. 기분은 어떠냐, 필요한 것은 없느냐는 그의 질문에 그녀는 난처한 듯이 애매하게 대답했으나, 거기에는 예전에도 그녀에게서 볼 수 있었던 힐난하는 듯한 적의가 담겨 있는 것같이 느껴졌다.

그리고 그녀의 이 어두운 마음이——이것은 그 무렵 그녀를 괴롭히고 있던 남자들의 끈덕진 지분거림에서 생겨난 것에 지나지 않았지만 역시 네흘류도프를 괴롭혔던 것이었다.

그는 이송되어 갈 때 그녀가 처해 있는 온갖 괴롭고 음란한 상황에 짓눌려 그녀가 다시 이전의 자제심을 잃은 절망 상태에 빠져 들어 그에게 화풀이를 하거나, 괴로움을 떨쳐 버리기 위해 닥치는 대로 담배를 피우고 술을 마시게 되지나 않을까 하고 두려워하고 있었다. 그러나 그는 어떻게도 해 줄 수가 없었다. 왜냐 하면 이송의 첫무렵에는 아무리 노력해 본들 그녀를 만날 기회를 가질 수가 없었기 때문이었다.

그녀를 정치범 쪽으로 옮겨 놓고야 비로소 그는 자기의 근심이 기우에 지나지 않는 것임을 확신했을 뿐 아니라, 그녀와 만날 때마다 그녀의 마음속에서 싹트기를 안타까이 바라고 있던 그 내적 변화가 차츰 더 뚜렷해져 가는 것을 알 수 있게 되었다. 톰스크에서의 처음 면회 때 카튜샤는 또다시 출발 전과 같은 태도를 보였다. 그녀는 그를 보아도 눈살을 찌푸리거나 당황하지도 않았다. 오히려 기쁜 듯이 순진하게 그를 맞아들여 그녀를 위해 애써 준 일에 대해 특히 지금 같이 있는 사람들의 일행 쪽에 옮겨 준 데 대해 감사의 말을 건네기도 했다.

이 숙소에서 저 숙소로 옮겨 다니는 두 달 동안의 이송 뒤에 그녀의 내부에 생긴 변화는 그녀의 겉모습에도 드러났다. 그녀는 몸이 긴장되고 볕에 타서 좀 늙은 듯해 보였다. 눈꼬리와 입가에 잔주름이 생기고 이마에 헝클어진 머리를 수건으로 단정히 묶었으며, 옷차림에도, 머리 모양에도, 태도에도 지난날과 같은 교태스런 흔적은 눈에 띄지 않게 되었다. 그녀의 내부에 생긴, 그리고 현재 생기고 있는 이 변화는 네흘류도프에게 말할 수 없는 기쁨으로 가슴 깊이 소용돌이치고 있었다.

요즈음 그는 그녀에 대해 일찍이 경험한 적이 없는 새로운 감정을 맛보고 있었다. 이 감정은 맨 처음 시적인 열중과도, 더구나 그 뒤에 그가 경험한 그 육체적인 사랑의 감정과도, 그리고 그가 재판이 있은 뒤 그녀와의 결혼을 다짐했던 때에 느꼈던 그 자존심과 뒤섞인, 책임을 완수한다는 의식과도 조금도 통하는 데가 없었다. 이 감정은 그가 감옥에서 처음으로 그녀와 면회했을 때 느꼈던, 그리고 나중에 그녀가 병원에서 쫓겨난 다음 그가 마음속의 증오와 싸워 가며 간호장과의 가공적인 추태(그것은 오해에서 비롯되었다는 걸 나중에 알았지만)를 용서했을 때 새로운 힘으로 경험한 그 연민과 감동의 꾸밈없는 감정이었다. 이것은 그것과 거의 동일한 감정이었는데 단지 조금 다른 점이 있다면 그 때는 일시적인 것이었지만 이제는 그것이 이미 영구적인 것이 되었다는 것뿐이었다. 이제 그가 무엇을 생각하건, 어떤 행동을 하건 그의 마음의 기초를 이루는 것은 그녀에게만이 아니라 모든 사람들에 대한 연민과 감동의 감정이었다.

이 감정은 마치 네흘류도프의 마음속에서 지금까지 출구를 찾지 못했던 것이 이제는 만나는 모든 사람들에게 쏟아질 수 있는 사랑의 흐름을 열어 놓은 것 같았다.

네흘류도프는 이 여행을 하는 동안 줄곧 마음의 흥분을 느끼고 있었다. 그리고 마부며 호송병, 감옥 소장이나 현지사까지, 교섭을 가진 모든 사람들에게 스스로도 깨닫지 못하는 사이에 친절하고 신중한 태도를 취하게 되었다. 그 동안 네흘류도프는 카튜샤를 정치범 쪽으로 옮겨 주었기 때문에 많은 정치범들과도 안면이 있게 되었다. 그가 처음으로 그들과 만난 것은 예카제린부르그에서였는데 그들은 큰 감방 안에 모두 같이, 아주 편안하게 수용되어 있었다. 그 다음엔 이송하는 도중이었는데 카튜샤가 새로 들어간 남죄수 5명과 여죄수 4명과 그는 이야기할 기회를 가졌다. 이렇게 하여 네흘류도프가 정치범 유형수들과 만나 대화를 나누었던 것이 그들에 대한 그의 관념을 완전히 바꾸고 말았다.

러시아에 있어서의 혁명 운동은 처음 시작부터, 특히 3월 1일(알렉산드르 2세의 암살의 날) 사건 이후 네흘류도프는 혁명가들에 대해 혐오와 경멸의 감정을 품고 있었다. 그가 혁명가들에게 동조할 수 없었던 것은 무엇보다도 반정부 투쟁에서 그들이 쓰는 수단이 잔혹하고 음성적이었기 때문이며 특히 그들에 의해 저질러진 암살의 잔인성 때문이었다. 그리고 그들 모두 공통되는 특징인 강한 자부심도 그는 견딜 수가 없었다. 그런데 그들에게 가까이 다가가 그들이 정부로 인해 때때로 이유 없는 고통을 받고 있다는 것을 알게 되자 그들이 그와 같은 태도를 취하지 않을 수 없었다는 것을 알게 되었다.

형사범이라고 일컬어진 사람들이 받고 있는 고통이 아무리 부조리한 것이라도 그래도 역시 미결일 때나, 형이 정해졌을 때나 약간은 법의 보호 같은 것을 받고 있었다. 그러나 정치범들에게는 그러한 약간의 관용조차 없었다. 네흘류도프는 그것을 슈스토바에게서 보았고 그 뒤 새로 알게 된 많은 사람들에게서도 보았다. 이 정치범들에 대한 취급은 그물에 걸린 물고기를 다루는 것과 같았다. 그물에 걸린 고기를 죄다 강변에 끌어 올려 놓고 필요한 큰 고기만 골라 내고는 잔고기는 돌아보지도 않고 내버려 둔 채 말라 죽게 만드는 것이나 다름없었다.

정치범들에 대해서도 이와 마찬가지로 틀림없이 아무 죄도 없을 뿐만 아니라 정부에 대해서도 해를 끼칠 수 없는 이러한 몇백 명의 사람들을 때로는 몇 년이고 감옥 속에 가두어 둔다. 그리하여 그들은 폐병에 걸리거나 미치거나 자살을 해 버리고 만다. 게다가 그들을 가두어 두는 것은 단순히 석방할 까닭이 없기 때문이며 감옥 안에 가두어 두면 심리(審理)할 때 어떠한 문제의 해명에 도움이 될지도 모르기 때문이었다.

가끔 정부의 눈으로 보아서도 죄없는 이러한 모든 사람들의 운명은 헌병 사관이니 형사 부장, 탐정, 검사, 예심 판사, 지사, 장관 들의 변덕과 심심풀이와 그날의 기분에 따라 결정되었다. 이러한 관리들은 심심하다든가 또는 성적을 올리고 싶다든가 하면 체포를 하거나, 자기와 아니면 윗사람의 그때그때 기분 하나로 감옥에 가두어 두기도 하고 석방시켜 주기도 하는 것이다. 그런데 장관도 이름을 낼 필요가 있다든가 장관과의 관계를 생각하거나 하여 이 세상 끝으로 유형을 보내기도 하고 독방에 감금하기도 하고 유형이나 징역이나 사형을 선고하기도 하며, 또 어떤 귀부인에게 부탁이라도 받게 되면 석방을 시켜 주기도 한다.

정치범들에 대한 태도는 전쟁 당시와 같은 것이어서 그들도 자기네가 받은 것과 똑같은 수법으로 다루었다.

그리고 군인이라는 것은 언제나 자기네들 행위의 범죄성을 스스로에게 숨길 뿐만 아니라, 오히려 그 행위를 공훈이라 생각하는 군인 사회의 분위기 속에서 살고 있지만, 그것과 마찬가지로 혁명가들에게도 자유와 생명과 인간에게 소중한 모든 것을 잃은 위험 속에서 그들이 결행하는 잔혹한 행위가, 나쁘기는커녕 칭찬할 만한 행위라고 인정하는 동지들 전체의 분위기가 있었다.

생물에게 고통을 주기는커녕 괴로워하는 모습을 보고 있을 수도 없는 착한 기질을 가진 사람들이 태연하게 암살을 준비하고, 그리고 대다수의 사람들이 어떤 특정 경우의 살인 행위를 자기 방어와 모든 사람의 행복이라는 가장 높은 목적 달성의 수단으로 정당하고 공정한 것으로 인정하고 있다는 놀라운 현상을 네흘류도프는 공감하며 이해할 수 있었다. 그들이 자기들의 사업에 부여하고 있는 높은 의미, 따라서 자기 자신들에게 부여하고 있는 높은 평가는, 정부가 그들에게 준 의의와 그들에게 가해진 형벌의 잔혹함이 필연적으로 자아낸 결과에 따른 것이다. 그들이 견디어 온 것을 인내해 낼 수 있기 위해서 그들은 자기를 숭고한 존재라고 스스로 깨달을 필요가 있었던 것이다.

그들을 확연히 알게 되니, 그들이 일부 사람들이 상상하고 있듯이 모두가 악인이 아니고, 또 다른 사람이 생각하듯 영웅도 아닌 보통 사람들로서 그 개중에는 어디서나 마찬가지로 좋은 사람도, 나쁜 사람도, 평범한 사람들도 있다는 것을 네흘류도프는 확인했다. 그들 속에는 자기는 현존하는 악과 싸울 의무가 있다고 진심으로 생각했기 때문에 혁명가가 된 사람도 있었다. 또 이기적인 허영심으로 이 활동을 선택한 사람들도 있었다.

그러나 대개의 사람들은 군대 시절의 네흘류도프에게도 경험이 있는 위험과 모험을 찾는 마음, 스스로의 생명을 희롱한다는 쾌감, 즉 아주 정상적이며 혈기왕성한 젊은이들 특유의 감정에 의하여 혁명에 이끌린 것이었다. 그들과 보통 사람들과의 차이점은 그들 사이의 도덕적인 요구가 그들 동료들 사이에서는 세상 일반 사람들 사이에서 보통으로 인정되고 있는 것보다도 훨씬 높다는 것이었다. 그들 사이에서는 절제력과 엄격한 생활과 성실과 사심이 없는 것뿐만 아니라 공동 사업을 위해 모든 것을, 스스로의 생명까지도 아낌 없이 희생할 수 있는 각오가 의무라고 생각되어 있었다.

그러므로 이들 가운데 중간 이상의 수준에 있는 사람들은 네흘류도프보다 훨씬 더 높았으며 드물게 보는 도덕적 높이에 있는 사람도 있었다. 그러나 중간 이하의 사람들은 그보다도 훨씬 낮았으며 때로는 불성실하고 위선적이고 게다가 자존심이 강하고 오만한 사람들이었다. 그래서 네흘류도프는 새로 알게 된 몇 사람에게는 존경도 하고 또 진심으로 사랑했으나 딴 사람들에게는 완전히 무시하는 태도를 취하고 있었다.

6

마슬로바가 낀 일행 중에서 네흘류도프가 특히 사랑한 것은 크리일리초프라는 폐병 환자인 젊은 징역수였다. 그를 처음 알게 된 것은 네흘류도프가 카제린부르그에 있을 때부터였고, 그 뒤 이송되는 도중에 여러 번 그를 만나 이야기를 주고받았다. 아직 여름이었던 어느 쉬는 날 숙소에서 네흘류도프는 거의 꼬박 하루를 그와 함께 보냈다. 그리고 그는 여러 가지 이야기 끝에 자기 신세 타령과 혁명가가 된 경위를 이야기했다. 감옥에 수감되기까지의 그의 과거는 몹시 짧은 시간에 끝났다. 남쪽 현의 부유한 지주였던 아버지는 그가 아직 어렸을 때 죽었다. 그는 외아들로서 어머니 손에 자랐다. 그는 중학에서 대학까지 별로 힘들이지 않고 수학과를 수석으로 졸업했다. 그는 대학에 남았다가 외국으로 유학하라는 권유를 받았다. 그러나 그는 망설였다. 그에게는 사랑하는 여자가 있었기 때문에 그녀와 결혼한 다음 지방에서 활동할 생각을 하고 있었다. 그는 여러 가지 일을 하고 싶었으나 그 어느 것도 결정하지 못했다.

그 당시 대학 시절의 친구들이 공동 사업을 할 자금을 빌려 달라고 그에게 부탁했다. 그는 그 공동 사업이라는 것이 그 무렵 그가 전혀 관심이 없었던 혁명 사업이라는 것을 알고 있었다. 그러나 우정과 비겁자라는 말을 듣고 싶지 않은 자존심 때문에 그는 돈을 빌려 주었다. 돈을 받은 사람들이 체포되었다. 메모가 발견되어 돈의 출처가 크리일리초프임을 알았다. 그는 체포되어 처음에는 경찰서에 유치되었으나 곧 감옥으로 옮겨져 수감되었다. "내가 수감되어 있던 감옥에서." 하고 크리일리초프는 네흘류도프에게 말했다. 그는 마른 가슴을 오그리고 높다란 침대에 앉아 무릎에 팔꿈치를 짚고 이따금 반짝거리는 아름답고 영리해 보이는 선량한 눈으로 네흘류도프를 지그시 바라보았다.

"그 감옥에서는 그다지 엄격하지 않았습니다. 그래서 우리는 벽을 두드리는 것으로 신호를 했을 뿐 아니라 복도를 걸어다니고 이야기하기도 하며 음식과 담배를 나누어 피우기도 하고 밤마다 합창을 하기도 했습니다. 나는 아주 좋은 목소리를 갖고 있었지요. 그렇지, 만약 어머니가 안 계셨던들——어머니의 실망감은 굉장한 것이었답니다——나의 감옥 생활은 오히려 즐겁고 유쾌했으며 흥미로운 것이었을 겁니다. 거기서 나는 그 유명한 페트로프와 그 밖의 사람들과 알게 되었지요. 그 뒤 페트로프는 요새 감옥에서 유리 조각으로 자살을 하고 말았습니다. 그러나 나는 혁명가는 아니었습니다. 역시 거기서 나는 옆 감방의 두 사람과 알게 되었습니다. 그들은 폴란드 독립 선언 사건으로 붙잡혀 역으로 끌려가는 도중 몰래 도망하려던 죄로 기소된 것입니다. 한 사람은 로젠스키라는 폴란드 사람이었고, 또 한 사람은 유대 인인데 로조프스키라는 이름이었습니다. 그런데 그 로조프스키는 아주 어린 소년이었습니다. 자기 말로는 열일곱 살이라고 했지만 열다섯 살 정도밖에 되어 보이지 않았습니다. 여위고 몸집이 작았으며 빛나는 까만 눈은 총명해 보였고 유대 인답게 매우 음악을 좋아했습니다. 아직 목소리는 트이지 않았지만 노래를 아주 잘 불렀지요. 그렇습니다. 그들은 내가 보는 앞에서 재판소에 끌려갔습니다. 아침에 끌려갔지요. 저녁때 돌아와서 사형 선고를 받았다고 하더군요. 아무도 예상치 못했던 일이지요. 그들이 한 일은 대수롭지 않았습니다. 호송병한테서 도망하려고 했을 뿐이지 누구 한 사람 해치지도 않았습니다. 더구나 로조프스키 같은 어린 소년을 사형시키려 하다니 도저히 용납할 수 없는 일이었습니다. 그래서 감옥에 있던 우리 동지들은 이것이 단순한 위협에 지나지 않으며 그런 판결은 확정될 까닭이 없다고 결론을 내렸습니다. 처음에는 흥분했지만 차츰 가라앉았고 생활은 전대로 계속되었지요. 그렇습니다. 그러던 어느 날 밤의 일이었지요. 내 감방 문으로 간수들이 오더니, 목수가 교수대를 만들고 있다는 것을 몰래 알려 주었습니다. 나는 처음에는 무슨 영문인지, 무엇을 위한 교수대인지 도무지 알지 못했습니다. 그러나 이 늙은 간수가 겁에 질려 있는 것을 본 후에야 나는 그것이 두 사람의 처형 때문이라는 것을 깨달았지요. 나는 벽을 두드려 동료들에게 그 사실을 전달하고 싶었지만 그들이 눈치챌까 봐 걱정이 되었습니다. 동료들도 신호를 보내 오지 않았습니다. 아마 모두들 다 알고 있었던 것이겠지요. 복도나 어느 감방이나 그 날 밤은 죽음 같은 정적이 감돌았습니다. 모두들 벽신호도 보내지 않고 노래도 부르지 않았습니다. 10시쯤 다시 간수가 내 감방으로 오더니 집행인이 모스크바에서 도착했다고 말했습니다. 간수는 단지 그 말만 전해 주고는 사라져 버렸습니다. 나는 다시 간수를 불렀지요. 그 때 갑자기 감방 복도 너머로 말을 거는 로조프스키의 목소리가 들렸습니다. '왜 그래요? 왜 간수를 부르지요?' 나는 간수에게 담배를 부탁하고 싶다는 듯한 애매한 대답을 했습니다. 그러나 그는 눈치를 챘는지 왜 노래를 부르지 않느냐, 왜 벽신호를 하지 않느냐고 나에게 묻기 시작하더군요. 그에게 뭐라고 대답했는지 나는 기억이 없지만 그와의 이야기를 피하기 위해 얼른 문가를 떠났습니다. 그렇습니다, 그건 무서운 밤이었습니다. 나는 밤새도록 조그만 소리도 놓치지 않으려고 귀를 기울이는 데 열중해 있었습니다. 아침녘이 되자 갑자기 복도의 문이 열리더니 누군가 몇 사람이 들어오는 발소리가 들렸습니다. 나는 창가에 다가섰지요. 복도에는 램프가 하나 켜져 있었습니다. 앞선 사람은 소장이었습니다. 무뚝뚝한 사나이로 자신에 가득 찬, 결단성이 있는 사람같이 보였습니다만 안색이 창백하고 겁먹은 듯이 눈을 내리깔고 있었습니다. 그 뒤에 부소장이 따르고——이 사람은 눈살을 찌푸리고 결심을 단단히 한 듯한 태도였습니다. 그 뒤에 간수가 따랐습니다. 그들은 내 감방 문 앞을 지나 옆 감방 앞에 멈추어 섰습니다. 그리고는 부소장이 이상한 목소리로 '로젠스키, 일어나! 깨끗한 셔츠로 갈아 입어!'라고 외치는 소리가 들렸습니다. 이어서 문이 삐걱하며 열리더니 그들이 감방으로 들어가는 소리와 로젠스키의 발소리가 들렸습니다. 그는 복도 맞은편 쪽으로 걸어갔습니다. 내 눈에 보였던 것은 소장이었어요. 그는 파랗게 질린 얼굴을 하고 뚱뚱한 몸으로 버티어 선 채 어깨를 움츠리고 단추를 매만지고 있었습니다. 바로 그 때였어요. 그가 갑자기 무엇에 놀란 듯이 옆으로 물러서더군요. 로젠스키가 불쑥 그 옆을 지나서 내가 있는 감방 문으로 다가왔기 때문이었습니다. 그는 멋진 폴란드 인 타입의 잘생긴 젊은이였습니다. 넓고 잘생긴 이마, 그 위에 모자를 쓴 것처럼 부드럽고 곱슬곱슬한 금빛 머리카락, 곱고 맑은 푸른 눈, 꽃이 핀 것같이 싱싱한 건강미에 넘친 청년이었지요. 그는 나의 감방 문에 섰습니다. 그래서 그 얼굴을 죄다 볼 수 있었어요. 무섭게 야윈 핏기없는 얼굴이었습니다. '크리일리초프, 담배 가지고 있나?' 나는 그에게 담배를 주려고 했습니다. 그런데 부소장은 늦을까봐 겁이 난 듯이 자기 담배를 꺼내어 그에게 주었습니다. 그가 담배를 집어들자 부소장이 성냥을 그어 주었습니다. 그는 담배를 한모금 빨아들이자 명상에 잠긴 것 같았습니다. 그리고는 무엇인가 생각난 듯이 입을 열었습니다. '잔혹하고 부당하다. 나는 아무 죄도 저지르지 않았다. 나는——' 그 희고 싱싱한 목덜미에——거기서 나는 눈을 뗄 수가 없었습니다만——꿈틀하고 경련 같은 것이 스치더니 그는 걸음을 멈추어 섰습니다. 바로 그 때였어요. 로조프스키가 복도 안쪽에서 가는 목소리로 무엇인지 유대 어로 소리쳤습니다. 로젠스키는 담배꽁초를 버리고 문가를 떠났습니다. 그러자 구멍 뚫린 창문에 로조프스키가 나타났습니다. 윤기 있는 까만 눈동자를 가진 그 앳된 얼굴은 아름답게 상기되어 있었습니다. 그도 깨끗한 셔츠를 입었으며 바지가 길어 줄곧 두 손으로 끌어 올리면서 부들부들 떨고 있었습니다. 그는 애처로운 얼굴을 나의 창문에다 갖다 대며 '아나토리 페트로비치, 의사가 나에게 줄 진정제를 지어 놓았다는데 정말일까요? 나는 심장이 나빠 진정제를 먹어야 한다는군요.' 아무도 대답하지 않았습니다. 그래서 그는 대답을 구하듯 내 얼굴과 소장의 얼굴을 번갈아 보았습니다. 그가 무슨 말을 하려 했던 것인지 나도 알 수가 없었습니다. 그렇습니다, 부소장이 갑자기 엄한 얼굴이 되더니 야릇하게 흥분한 소리로 외쳐 댔습니다. '무슨 시시한 소리들을 하고 있어? 어서 가.' 로조프스키는 분명 무엇이 자기를 기다리고 있는지를 몰랐던 모양으로 마치 서둘러 뛰다시피 앞장을 서서 걸어가더군요. 그러나 곧 그는 그 자리에 멈추어 서 버렸습니다——그의, 귀를 찢는 듯한 외침 소리와 울부짖는 소리가 내 귀에 들려 왔습니다. 끌고 가려는 떠들썩한 소리와 쿵쾅거리는 발소리가 일어났습니다. 그는 가슴을 도려 내는 듯한 소리로 울부짖었습니다. 그것이 차츰 멀어지더니——복도의 문이 삐걱거리며 닫히자 갑자기 조용해졌습니다……. 이렇게 하여 교수형에 처해졌던 것입니다. 밧줄로 교살되었지요. 다른 간수가 형장을 보고 와서 나에게 전해 주었는데, 로젠스키는 조용히 형에 복종했으나 로조프스키는 오랫동안 발악을 하고 날뛰었기 때문에 다리를 잡고 억지로 교수대에 끌어올려 강제로 목에 올가미를 씌웠다고 합니다. 그렇지요, 그 간수는 좀 모자라는 사나이였어요. '무섭다는 말을 들었지만 말이죠 나리, 조금도 무섭지가 않더군요. 놈들은 매달리자 말이죠——두 번 남짓 어깨를 이런 식으로.' 그렇게 말하며 그는 심하게 어깨를 아래위로 흔들어 보였습니다. '그리고 사형 집행인이 좀더 올가미 끈이 목에 죄어지도록 잡아당기자 그것으로 끝장이더군요. 꼼짝도 않으니까요. 뭐 무서울 건 아무것도 없어요.’”

크리일리초프는 이렇게 간수 말을 되풀이하고는 웃으려다가 웃는 대신 소리내어 울음을 터뜨리고 말았다.

그 뒤 한참 동안 그는 입을 다물고 있었다. 그리고 몹시 괴로운 듯이 숨을 몰아쉬면서 목구멍으로 치미는 흐느낌을 삼키고 있었다.

“그 때부터 나는 혁명가가 되었습니다. 그렇습니다.” 조금 마음이 진정되자 그는 이렇게 말하고 짤막하게 자기 과거를 끝맺었다.

그는 ‘인민 의지파’에 속해 있었다. 그리고 정부에 대해 폭력 행위를 감행하고 정부 자체가 정권을 포기하고 그것을 인민에게 주게끔 할 것을 목적으로 하는 파괴 공작반의 간부까지 되었다. 이 목적으로 그는 페테르부르그에, 아니면 외국으로 또는 키예프나 오데사로 갔으며, 가는 장소마다 성공을 거두었으나 그가 믿고 있던 사나이가 그를 배반했다. 그는 체포되어 재판을 받았고 2년 동안 감옥에 갇혀 있던 끝에 사형을 선고 받았으나 무기 징역으로 변경되었다.

옥중에서 그는 폐병에 걸렸다. 그리고 지금 이와 같은 상황 아래서는 이제 앞으로 몇 달밖에 생명을 연장하지 못할 것같이 보였다. 그리고 그는 그것을 알고 있었지만 자기가 해 온 일들을 후회하고 있지는 않았다. 그는 다른 또 하나의 생명이 주어진다 할지라도 역시 같은 사업에, 즉 자기가 보아 온 것 같은 그런 존재를 용납하고 있는 현행 질서를 깨뜨리는 데 몸바칠 작정이라고 말하고 있었다.

그 사람과 알게 되고 그의 이야기를 들으면서 지금껏 이해하지 못했던 많은 일들을 네흘류도프는 이해할 수 있게 되었다.

7

여관에서 출발할 무렵에 어린 계집아이로 인해 호송 대장과 죄수들 사이에 충돌이 발생한 날은, 여관에서 투숙해 있던 네흘류도프가 늦게 일어나 책상 앞에 앉아서 현청 소재지에 도착하면 부치리라 생각하며 편지를 쓰고 있었기 때문에 여관을 나선 것이 다른 때보다 늦었다. 그래서 전에 흔히 있었듯이 도중에서 죄인 이송 부대를 따라잡지 못하고 숙소가 있는 마을에 도착했을 때는 이미 해가 저물어 있었다. 하얀 목이 뚱뚱하게 살찌고 놀랄 만큼 굵은 중년 과부가 경영하는 여관에 도착하여 젖은 옷을 말린 다음 네흘류도프는 성상과 그림이 복잡하게 장식되어 있는 깨끗한 방에서 천천히 차를 마시고 호송 대장에게 면회 허가를 얻으려고 그들의 숙소로 갔다.

여태까지의 여섯 군데 숙소에서 호송 대장이 날마다 교대되었는데도 불구하고 어느 한 사람도 네흘류도프를 숙소 안으로 면회를 시켜 주지 않았다. 그래서 그는 벌써 일 주일 이상이나 마슬로바를 만나지 못했다. 이토록 엄격히 단속하게 된 원인은 내무성의 어느 고관이 나가게 되어 있었기 때문이었다. 그러나 그 고관은 숙소를 거들떠보지도 않고 지나쳐 버렸다. 그래서 네흘류도프는 오늘 아침 죄수 부대를 인계받은 호송 대장이 그전의 장교들과 마찬가지로 면회를 허가해 주리라고 기대한 것이었다.

여관집 여주인은 마을 끝에 있는 숙소까지 마차를 이용하라고 권했으나 네흘류도프는 걸어가기로 했다. 물씬물씬 냄새를 풍기는 기름을 듬뿍 칠한 큰 장화를 신은, 어깨가 넓고 보기만 해도 씩씩해 보이는 젊은 하인이 안내했다. 하늘에서부터 내려온 듯한 안개로 주위는 캄캄했으며 젊은이가 창문의 불빛이 비치지 않는 곳에서 세 걸음만 떨어져도 네흘류도프는 그만 그 모습이 눈앞에서 보이지 않아 질척한 진흙길에 철벅거리는 그 장화 소리만 의지하며 따라갔다. 교회가 있는 광장을 벗어나 창문이 환한 집들이 들어서 있는 쭉 뻗은 길을 지나서 네흘류도프는 젊은 안내자와 함께 캄캄한 마을 끝으로 나섰다. 그러나 곧 이 어둠 속에서도 숙소 주위에 켜져 있는 등불이 안개 속에 흐릿하게 보였다. 발그스름하게 번진 불빛이 차츰 커지더니 밝아져 왔다. 울타리며, 왔다갔다하는 보초들의 검은 모습이며, 줄무늬가 있는 횡목과 초소가 눈에 들어오기 시작했다. 보초가 가까이 다가오는 사람에게 늘상 하는 소리로 "누구냐?" 하고 소리쳤다.

그리고 그들의 동료가 아닌 것을 알자 갑자기 엄한 태도로 울타리 옆에서 기다리는 것조차 허락하지 않으려 했다. 그러나 네흘류도프를 안내해 온 젊은이는 보초의 엄한 태도에는 끄떡도 않는 것 같았다.

"여보시오, 뭘 그렇게 화를 내고 있소!" 하고 그는 말했다. "글쎄, 상관한테 말하고 오시오, 여기서 기다리고 있을 테니." 보초는 그 말에 대꾸조차 하지 않고 뭐라고 옆문을 향해 소리치며 걸음을 멈추더니, 불빛을 받아 어깨가 넓은 젊은 안내인이 네흘류도프의 장화에 묻은 진흙을 솔로 털어 주고 있는 것을 노려보고 있었다. 울타리 안쪽에서 떠들썩한 남녀의 소리가 들려 왔다. 3시쯤 지나서 삐그덕거리는 쇳소리가 나더니 옆문이 열렸다. 그리고 어둠 속에서 등불 밑으로 외투를 걸친 하사관이 나와 무슨 용무냐고 물었다. 네흘류도프는 개인적인 용건으로 면회를 희망한다는 뜻을 적은 편지와 명함을 건네 주며 장교에게 전해 달라고 부탁했다. 하사관은 보초보다는 덜 엄격했으나 그 대신 몹시 호기심이 강했다. 그는 네흘류도프가 왜 장교를 만나려는 것이며 누구인가를 꼭 알아내려고 했다. 무슨 이권이라도 개입되어 있을 것 같아서 그것을 놓치지 않으려는 뜻임에 분명했다. 네흘류도프는 특별한 용무가 있으니 사례하겠다고 하면서 편지를 장교에게 전해 달라고 다시 한번 부탁했다. 그것을 받아든 하사관은 끄덕이면서 사라졌다.

그러자 잠시 뒤 다시 삐그덕거리고 옆문이 열리더니 바구니며 상자며 항아리며 자루 같은 것을 든 여자들이 나왔다. 여자들은 독특한 시베리아 사투리로 큰 소리로 떠들어 대면서 차례차례 나왔다. 그녀들은 모두 시골티가 나지 않는 도시 옷차림의 외투나 털외투를 걸치고 있었다. 스커트는 높이 걷어 올려져 짧은 스타일이었고, 머리는 수건으로 감싸고 있었다. 여자들은 문지방 아래 등불 속에 서 있는 네흘류도프와 안내자를 호기심어린 시선으로 돌아보았다.

한 여자는 어깨가 넓은 듬직한 젊은이를 만난 것이 기쁜 듯 곧 시베리아식 상소리를 퍼부으며 애교스레 그를 놀려댔다.

"어머나, 이 숲 귀신이 이런 데서 무슨 나쁜 짓을 하고 있지?" 하고 여자는 그에게 말을 걸어 보았다.

"이 손님을 모시고 왔어." 하고 젊은이는 물었다.

"어머, 고약해라. 그게 무슨 소리람. 이 거짓말쟁이!" 여자는 웃으면서 소리쳤다. "마을까지 같이 안 가겠어요? 바래다 줘요."

안내인이 또 뭐라고 여자에게 음탕한 말을 했는지 여자뿐만 아니라 보초까지 히죽히죽 웃기 시작했다. 그리고 그는 네흘류도프 쪽을 바라보았다.

"어떻습니까? 혼자서 가실 수 있겠어요? 길을 기억하십니까?"

"알고말고. 걱정 말게."

"교회를 지나가면 오른쪽 이층집에서 두 번째 집입니다. 그렇지, 이 지팡이를 당신한테 빌려 드리지요." 하며 그는 가지고 있던 키보다 더 큰 지팡이를 네흘류도프에게 내주고는 큰 장화로 철벅철벅 진흙을 밟으면서 여자들과 함께 어둠 속으로 사라져 갔다.

여자들의 목소리에 섞여 짙은 안개 속에서 안내인의 목소리가 아직도 들리고 있는 동안 다시 옆문이 삐그덕거리는 소리와 함께 열리더니 하사관이 나와서 장교한테로 안내할 테니 따라오라고 네흘류도프에게 말했다.

8

이 숙소는 시베리아로 가는 연안에 있는 크고 작은 숙소와 동일한 구조로, 끝을 뾰족하게 한 통나무 울타리로 둘러싸인 뜰 안에 단층집이 세 채가 세워져 있었다. 가장 큰 집의 창문에는 쇠창살이 끼여 있었는데 죄수들의 숙소로 되어 있었다. 다른 한 채는 호송병들의 숙소이고 또 한 채는 장교의 숙소와 사무실로 되어 있었다. 어느 집에고 항상 그렇듯이 불이 켜져 있고 특히 이러한 곳에서는 환히 켜진 벽 내부가 무엇인지 즐겁고 기분이 좋아 보이는 것처럼 사람의 눈을 속이고 있었다. 집집마다 입구의 층계 앞에는 등불이 환하게 밝혀져 있고 특히 창가에는 5개의 외등이 켜져 있어 뜰을 환히 비추고 있었다.

하사관은 발판으로 깔려 있는 널빤지 위를 걸어서 네흘류도프를 가장 작은 집 입구 쪽으로 안내해 갔다. 3단으로 된 입구의 층계를 올라가자 하사관은 옆으로 물러서며 램프가 하나 켜져 있는 석탄 가스 냄새가 짙게 배어 있는 대기실로 네흘류도프를 먼저 들여 보냈다. 벽난로 앞에서 낡은 셔츠를 입고 넥타이를 매고 검은 바지에 정강이 가죽이 노란 장화를 한쪽만 신은 병사가 허리를 구부린 채 다른 한쪽 장화로 사모바르(러시아 전통의 차 끓이는 주전자)의 불을 붙이려는 듯 부채질하고 있었다. 그는 네흘류도프를 보자 사모바르 곁을 떠나 네흘류도프가 가죽 외투를 벗는 것을 도와 준 다음 방 안으로 들어갔다.

"오셨습니다, 장교님."

"좋아, 들어오시도록 하게." 하는 화난 듯한 목소리가 들렸다.

"저 문으로 들어가십시오." 하고 말한 병사는 다시 사모바르의 불을 피우기 시작했다.

옆방에는 램프가 매달려 있고 먹다 남은 음식과 술병 두 개가 놓여 있는 식탁 너머에 널찍한 가슴과 어깨에 오스트리아식 재킷을 꼭 끼게 입고 멋진 콧수염을 기른 얼굴이 붉은 장교가 앉아 있었다. 방 안은 따뜻한 온기와 담배 냄새말고도 코를 푹푹 찌르는 듯한 악취가 가득했다. 네흘류도프를 보자 장교는 약간 엉덩이를 들며 비웃는 듯한, 의아스러운 눈으로 지그시 노려보았다.

"무슨 일이십니까?" 하고 그는 말했다. 그리고 대답을 기다리지 않고 문 쪽을 향해 소리쳤다.

"베르노프! 무엇 하고 있나? 사모바르는 아직 멀었나?"

"네, 곧 들어갑니다."

"무엇이 곧이냐? 곧 된다는 게 언제부터냐? 맛 좀 볼래?" 하고 장교는 눈을 치켜뜨며 소리쳤다.

"지금 가져갑니다!" 병사는 소리치며 사모바르를 안고 들어왔다.

병사가 사모바르를 놓는 동안 네흘류도프는 가만히 기다리고 있었다. 장교는 병사의 어디를 때려 줄까 마음이라도 먹었는지, 조그마한 심술궂은 눈을 번들거리며 찬찬히 노리고 있었다. 사모바르가 놓이자 장교는 차를 따랐다. 그리고 선

반에서 네모난 코냑 병과 알리베르트의 비스킷을 꺼냈다. 그것들을 테이블 위에 다 늘어놓더니 그는 천천히 네흘류도프 쪽을 바라보았다.

"그래 무슨 용건이지요?"

"어느 여죄수와 면회를 하고 싶어서요." 네흘류도프는 선 채로 말했다.

"정치범입니까? 그렇다면 법률로 금지되어 있습니다." 하고 장교는 말했다.

"그 여죄수는 정치범이 아닙니다." 네흘류도프는 말했다.

"어쨌든 앉으십시오."

네흘류도프는 의자에 앉았다.

"정치범이 아닙니다." 하고 그는 거듭 말했다. "그러나 저의 의뢰에 의해 정치범과 행동을 같이할 것을 당국에서 허가받은 사람이기 때문에……."

"아, 알고 있습니다." 하고 장교는 말을 중단시켰다. "자그마하고 눈이 검은 여자지요? 글쎄, 상관없겠지요. 담배 안 피우시겠습니까?"

그는 네흘류도프 앞으로 담뱃갑을 밀어 놓았다. 그리고 두 개의 컵에다 차를 따르더니 그 하나를 네흘류도프에게 권했다.

"드십시오." 하고 그는 말했다.

"고맙습니다. 하지만 빨리 만나고 싶어서……."

"밤은 깁니다. 걱정할 것 없어요. 그 여자를 불러오도록 이르지요."

"부르는 것보다 제가 그 곳으로 갈 수 없겠습니까?" 하고 네흘류도프는 말했다.

"정치범한테 말입니까? 그건 법률로 금지된 사항입니다."

"지금까지 몇 번 허락을 받았습니다. 만약 제가 무엇을 주지나 않을까 하는 걱정이 되신다면 지금까지라도 그녀를 통해 줄 수가 있었을 겁니다."

"아니, 뭐, 그 여자가 몸 수색을 받을 테니까요." 장교는 음흉한 웃음을 지었다.

"그러시다면 제 몸을 조사해 주십시오."

"뭐, 그럴 것까지는 없겠지요." 하며 장교는 마개를 뽑은 병과 컵을 네흘류도프 잔으로 가져갔다. "한 잔 드시겠습니까? 글쎄, 좋도록 하십시오. 이런 시베리아에서 살고 있으면서 교양 있는 분들을 만난다는 게 다시 없는 즐거움이라고 할까요. 우리들의 일이라는 게 아시다시피 참으로 비참한 것이니까요. 다른 생활에 길들여진 사람이라면 무척 힘들겠지요. 사실 우리 동료는 이런 식으로 보이고 있지요. 말하자면 호송대의 장교 따위는 교양이 없고 거친 사람이라고 말이지요. 이런 일 때문에 태어난 게 아니라는 것은 생각조차 해 주지 않는답니다."

장교의 붉은 얼굴과 향수와 보석 반지와 특히 그 기분 나쁜 웃음이 네흘류도프에게는 언짢았으나 그 동안 여행 중에 그랬던 것처럼 퍽 진지하고 신중한 마음을 유지해 왔으므로 상대가 어떤 사람이든지 경솔하거나 모욕적인 태도를 취해서는 안 되며, 어느 누구와 대화를 나누더라고 자기 마음속의 대화에서 결정했듯이 털어놓고 대화해야 할 필요가 있다는 것을 깊이 깨닫고 있었다.

장교 이야기를 듣고 나서 자기 지배하에 있는 사람들을 괴롭히는 일을 가슴 아프게 생각하고 있는 그의 깊은 마음을 알고 네흘류도프는 진지하게 말했다.

"당신 직무는 사람들의 고통을 조금이라도 덜어 주는 데에서 위안을 찾을 수 있으리라고 생각합니다만." 하고 그는 말했다.

"그들의 고통이란 무엇입니까? 그들은 그런 부류의 사람에 지나지 않잖습니까?

"그런 사람이라니, 뭐 특별한 사람들은 아니잖습니까?" 하고 네흘류도프는 말했다. "모두가 다 같은 사람들입니다. 더구나 그들 중에는 죄없는 사람들도 끼여 있습니다."

"물론 여러 종류의 사람들이 있습니다. 물론 동정을 해 줘야지요. 딴 사람들은 걸핏하면 법률로 다스리기도 하고 경우에 따라서 총살을 하기도 합니다만 나는 동정으로 그들을 감싸 주고 있답니다. 어떻습니까? 드십시오." 그는 다시 차를 따르면서 말했다. "대체 그 여자는 어떤 여자입니까? 당신이 만나시겠다는 그 여자는?" 하고 그는 물었다.

"가엾은 여자입니다. 우연한 일로 창녀로 전락한 여자인데 억울하게 독살죄로 선고를 받았지요. 그러나 그녀는 아주 착한 여자입니다." 하고 네흘류도프는 말했다.

장교는 고개를 가로저었다.

"그렇지요, 흔히 있는 일이지요. 나도 알고 있지만 카자흐에 한 여자가 있었는데 에마라는 이름이었습니다. 태생은 헝가리였는데 눈은 아무리 보아도 페르시아 여자 눈이었지요." 장교는 생각을 하자 웃음을 참을 수 없었는지 싱글싱글 웃으면서 말을 계속했다. "그 여자의 우아한 맵시는 백작 부인을 뺨칠 정도였어요."

네흘류도프는 장교의 말을 가로막고 말머리를 조금 전의 이야기로 돌렸다.

"당신 지배하에 있는 동안 당신은 그 삶들의 심신을 편하게 돌봐 줄 수가 있겠지요. 당신은 그렇게 해 줌으로써 반드시 커다란 마음의 기쁨을 발견하실 겁니다. 나는 그렇게 확신합니다." 외국인이나 아이들을 상대로 말하듯이 네흘류도프는 애써 알기 쉽게 또박또박 말했다.

반짝반짝 빛나는 눈으로 장교는 가만히 네흘류도프를 바라보고 있었다. 그리고 네흘류도프가 말을 끝내기를 짜증스럽게 기다리고 있었다. 그는 추억 속에 생생하게 떠올라, 그 관심을 완전히 삼켜 버린 듯한 페르시아 여인의 눈을 한 헝가리 여인에 대한 이야기를 계속하고 싶었던 것이다.

"네, 그야 그렇겠지요." 하고 그는 말했다. "나는 그들을 동정합니다. 그건 그만두고 나는 그 에마의 이야기를 당신한테 들려 주고 싶었습니다. 그 여자가 어떤 짓을 했는지……."

"저는 그런 것엔 흥미가 없습니다." 네흘류도프는 잘라 말했다. "솔직히 말씀드려서 저도 이전엔 그렇지 않았습니다만 지금에 와선 여자를 그런 식으로 보는 것을 좋아하지 않습니다."

장교는 깜짝 놀라 네흘류도프를 보았다.

"차를 한 잔 더 드시지 않겠습니까?"

"고맙습니다. 이제 그만 들겠습니다."

"베르노프!" 하고 장교가 소리쳐 불렀다. "이분을 바크로프한테 안내해서 정치범 감방으로 모시도록 말해. 점호 때까지 거기 계셔도 괜찮다고 말이다."

9

사병에게 인도되어 네흘류도프는 다시 붉은 등불이 희미하게 비치고 있는 어두운 뜰로 나갔다.

"어디로 가나?" 저편에서 오던 호송병이 네흘류도프를 안내해 가는 사병에게 말했다.

"특별 감방이야. 5호실로."

"이리로는 못 가네. 쇠로 잠겨 있으니까, 저 쪽 입구로 들어가 주게."

"왜 쇠를 걸었지?"

"하사관이 걸었어. 그리고 자기는 마을로 내려갔어."

"할 수 없군. 그럼 이 쪽으로 오십시오."

사병은 네흘류도프를 다른 입구 층계 쪽으로 안내하여 널빤지 발판을 따라 입구로 다가갔다. 뜰을 걷고 있는 동안 벌써 웅성거리는 소리에 섞인 말소리들과 일벌이 죄다 모인 벌통 속 같은 소란한 소리가 들렸으나 네흘류도프가 입구까지 가 문이 열리자 그 웅성거림이 한층 더 커지더니 서로 외치고 욕하고 웃어 대는 소리로 바뀌었다. 철거덕거리는 소리가 들리고 분뇨와 콜타르의 역한 악취가 코를 찔렀다.

이 두 가지의 인상——쇠사슬 소리와 함께 뒤엉킨 목소리들의 수근거림과 이 지독한 냄새는 항상 네흘류도프 자신에겐 어떤 하나의 괴로운 정신적 구토감에 융합되었다. 그리고 그것은 육체적인 구토감으로 옮겨 가는 것이었다. 그리고 이 두 가지 인상은 서로 혼합되어서 차츰 더 심해졌다.

네흘류도프가 '똥통'이라고 불리는 큼직한 통이 놓여 있는 입구의 공터로 들어서자 맨 먼저 눈에 들어온 것은 통 언저리에 웅크리고 앉아 있는 여자였다. 그 앞에 박박 깎은 머리에 납작한 모자를 비스듬히 쓴 남자가 한 사람 서 있었다. 두 사람은 무언지 이야기를 주고받고 있었다. 남죄수는 네흘류도프를 보자 한쪽 눈을 찡긋 감으며 말했다.

"황제라도 오줌은 못 참으니까요."

여자는 죄수복 자락을 내리고 고개를 숙였다.

현관 방부터는 복도로 이어져 있고, 복도를 향하여 감방문이 모두 열어제쳐져 있었다. 맨 앞쪽 감방이 부부들의 방이고 그 다음 넓은 것이 남자 죄수들의 방, 복도 맨 끝에 있는 조그만 방 두 개가 정치범들의 방이었다. 1백 50명을 수용하기로 되어 있는 숙소에 4백 50명이나 수용되어 있으므로 너무 비좁아 감방에 다 들어가지 못한 죄수들이 복도에까지 넘쳐 흘렀다.

바닥에 앉기도 하고 누워 있기도 하는가 하면 빈 주전자나 더운물이 든 주전자를 가지고 왔다갔다하는 사람도 있었다. 그 속에 타라스도 있었다. 그는 네흘류도프에게로 달려와 싱글거리며 인사를 건넸다. 그 선량해 보이는 얼굴의 콧등과 눈 아래가 퍼렇게 멍이 들어 있었다.

"왜 그랬나?" 하고 네흘류도프는 물었다.

"뭐, 그저." 타라스는 빙그레 웃으면서 말했다.

"늘상 싸움만 하고 있으니." 호송병이 멸시하는 태도로 말했다.

"여자 일로 말이죠." 하고 위에서 따라온 죄수가 덧붙였다. "페지카라는 애꾸와 한바탕 했답니다."

"페도샤는 어떻게 되었소?" 네흘류도프는 물었다.

"잘 있습니다. 지금 더운 물을 갖다 주려는 참입니다." 하며 타라스는 부부용 감방으로 들어갔다.

감방 문으로 네흘류도프는 안을 들여다보았다. 감방에는 침대의 위아래 할 것 없이 남녀 죄수들로 가득 차 있어서 젖은 옷이 마르느라고 숨막힐 듯한 김이 서려 있었고 쉴새없이 재잘거리는 여자들 소리가 시끄럽게 들리고 있었다.

그 옆은 남자 죄수들의 감방 문이었다. 여기는 더 혼잡했으므로 많은 사람들이 문 앞에서 복도까지 밀려나와 있었고, 젖은 죄수복을 입은 남자들이 무엇을 주고받기도 하고 의논하기도 하였다.

호송병이 설명한 바에 의하면 그것은 감방장이 죄수들에게 빌린 식대나 그렇지 않으면 식대를 잡히고는 노름을 하여 진 돈을 카드로 만든 전표에 의해서 노름 도구 전부를 빌려 주는 왕초에게 지불하고 있다는 것이었다.

호송병과 네흘류도프를 보자 가까이 있던 죄수들은 입을 다물고 증오에 찬 눈초리로 힐끔힐끔 노려보았다. 무엇인가를 달고 있던 죄수들 가운데서 네흘류도프는 표도로프라는 눈에 익은 징역수를 발견했다. 그 곁에는 언제나처럼 눈썹을 치켜올리고 부은 듯이 살결이 흰 궁상스러운 젊은이가 함께 있었다. 그리고 또 한 사람, 그보다 더 보기 흉한 곰보에다 코가 없는 부랑자도 곁에서 부하나 된 듯이 달라붙어 있었는데, 이자는 도망할 때 밀림 속에서 동료를 죽이고 그 인육을 먹었다는 소문이 있는 사나이였다. 이 사나이는 한쪽 어깨에 축축하게 젖은 죄수복을 걸친 채 복도에 버티고 서서 비키려고도 하지 않고 불쾌한 듯한 대담한 눈길로 네흘류도프를 흘겨보고 있었다. 네흘류도프는 그 사나이를 피해서 지나갔다.

네흘류도프는 이미 이러한 광경에는 너무나도 친숙해져 있었다. 석 달 동안 온갖 상태에 놓여 있는 이들 4백 명의 조수의 모습을 싫도록 보아 왔다. 더위 속에서 쇠사슬을 끌며 흙먼지에 뒤덮인 모습이며, 길가에서 쉬는 모습이며, 숙소의 어두운 마당에서 벌어지는 노골적이고 음란하고 무서운 장면 등을 그는 때때로 목격해 왔다.

그런데도 그는 죄수들 속에 들어올 때마다, 지금처럼 그들의 관심이 자기에게 모아지는 것을 느끼고 그들에 대한 자기의 죄의식과 부끄러움을 느끼지 않을 수 없었다. 그가 가장 괴로운 것은 이 부끄러움과 죄악감에다 더 어쩔 수 없는 혐오와 두려움의 감정이 섞이는 일이었다. 그들이 처해 있는 이러한 힘든 상황 속에서는 그들처럼 되지 않을 수 없으리라는 것을 잘 알고는 있었지만 그래도 그들에 대한 혐오는 아무래도 억누를 수가 없었다.

"저 친구는 상팔자지, 놀고 먹으며 지낼 수 있으니까." 벌써 정치범의 감방 앞까지 다다랐을 때 네흘류도프는 이런 소리를 들었다. "뭐가 어떻게 되건 알 바 아니야, 내 배가 아플 것도 아닐 테니." 하고 누군가가 쉰 목소리로 말하더니 다시 상스러운 욕설을 퍼부었다.

악의에 찬 비웃는 듯한 웃음소리가 왁자하게 들려 왔다.

10

네흘류도프를 안내해 온 하사관은 남자 죄수들의 감방 앞을 지나자 점호 전에 모시러 오겠노라고 말하고 돌아갔다. 하사관이 물러가자 곧 한 죄수가 소리나지 않도록 발고랑을 누르면서 맨발로 재빠르게 네흘류도프 곁으로 다가오더니 지독하게 시큼한 땀내를 풍기면서 비밀인 것처럼 귓속말로 속삭였다.

"도움이 되어 주십시오, 나리. 저 젊은이는 완전히 술 때문에 속아넘어가 있습니다. 바로 오늘 아침 인계 때에도 자기 입으로 제 이름을 카르마노프하고 말해 버리는 형편이랍니다. 제발 도와 주십시오. 우리들로는 어쩔 도리가 없습니다. 잘못하다간 죽게 되지요." 죄수는 뭔가 불안한 듯이 주위를 두리번거리면서 이렇게 속삭이고 곧 네흘류도프 곁을 떠나갔다.

거기에는 이런 사연이 있었다. 카르마노프라는 징역수가 자기 얼굴과 닮은 젊은 유형수를 꾀어서 이름을 바꾸어 자기는 유형수가 되고 젊은이는 징역수로 만들었다는 사건이었다.

지금 이 죄수가 일주일 전에 이미 이 사건을 알려 주었기 때문에 네흘류도프는 그것을 알고 있었다. 네흘류도프는 잘 알았으니 가능한 대로 힘써 보겠다는 표시로 고개를 한 번 끄덕이고 돌아다보지도 않고 앞으로 곧장 걸어갔다.

네흘류도프는 예카제린부르그에서부터 이미 그 죄수를 알고 있었다. 거기서 이 죄수는 자기 아내가 같이 뒤따라올 수 있게 힘써 달라고 그에게 부탁했었다. 그리고 그가 저지른 죄에 대한 이야기를 듣고 네흘류도프는 놀라지 않을 수가 없었다. 그는 중키에 서른 살쯤 되어 보이는 지극히 평범한 농부 티가 나는 사나이로서 강도 및 살인 미수로 징역 판결을 받은 마카르체프킨이라는 사람이었다.

그의 범죄는 참으로 기이한 것이었다. 그가 스스로 네흘류도프에게 말한 바에 따르면 자기 자신이 한 소행이 아니라 악마의 짓이라는 것이었다. 마카르의 말로는 어떤 나그네가 아버지한테 들러 40킬로미터 떨어진 마을까지 2루블로 말이 끄는 썰매를 빌려 달라고 부탁했다. 아버지는 마카르에게 나그네를 안내하라고 일렀고, 마카르는 썰매에 말을 매고 떠날 채비를 끝낸 후 나그네와 함께 차를 마시기 시작했다. 나그네는 차를 마시면서 신붓감을 얻으러 가는 길인데 모스크바에서 번 돈 5백 루블을 가지고 있다고 말했다. 이 말을 듣자 마카르는 뜰로 나가 썰매의 짚단 속에 도끼를 감추었다.

"왜 도끼를 감추었는지 나도 모릅니다." 하고 그는 말했다. "도끼를 가져가." 하는 소리가 메아리처럼 들리기에 나는 도끼를 가져간 것이지요. 우리는 썰매를 타고 떠났습니다. 그 때 나는 도끼에 대한 것은 까맣게 잊어버렸습니다. 이윽고 마을이 가까워져서 겨우 6킬로미터밖에 남지 않게 되었습니다. 마을 길에서 한길로 나오니 길은 비탈길로 올라가고 있었습니다. 나는 썰매에서 내려 뒤에서 걸어가기 시작했지요. 그러자 악마 놈이 말하지 않겠습니까? '너는 뭘 꾸물거리고 있나? 언덕을 다 올라가고 나면 한길에는 사람이 많아지고 곧 마을이 아니냐? 그러면 그놈의 돈은 무사하게 되는 거야. 해치우려면 이 때다. 우물쭈물할 시간이 없어.' 나는 짚을 만지는 척하며 썰매 쪽으로 몸을 구부렸지요. 마치 도끼가 저절로 손에 빨려드는 듯한 느낌이었어요. 나그네가 돌아보더군요. '무얼 하고 있나?'라고 하지 않겠습니까? 나는 빠르게 도끼를 쳐들어 힘껏 내리치려고 했습니다. 그런데 그놈은 어찌나 재빠른 놈인지 썰매에서 펄쩍 뛰어내리더니 다짜고짜 내 손을 움켜잡았습니다. '이 악당놈이, 무슨 짓이야…….'

그리고 갑자기 나를 눈 속에 떠다밀었습니다. 나는 싸우지도 못하고 손을 들고 말았지요. 놈은 내 두 손을 혁대로 묶어서 썰매에 밀어 넣더니 그 길로 곧장 경찰서로 끌고 갔습니다. 그래서 수감되고 재판을 받았지요. 마을 사람들은 착한 사람이라 나쁜 짓을 할 사람이 아니라고 변호해 주더군요. 내가 일하고 있던 집 주인도 변호해 주었습니다. 그러나 변호사를 댈 돈이 없었어요." 하고 마카르는 말했다. "그래서 4년 징역을 선고받은 거지요."

그리고 지금 이 사나이는 한 고향 사람을 구하려고, 이런 말을 하면 스스로의 목숨이 위태롭다는 것을 알면서도 죄수 동료의 비밀을 네흘류도프에게 말했던 것이다. 만일 이런 일이 죄수 조합에 알려지기라도 한다면 그는 틀림없이 죽고 말 것이다.

11

정치범 감방은 조그만 방 두 개로 되어 있었고 문은 둘다 복도의 칸막이 뒤에 있었다. 복도 칸막이 안으로 들어서자 먼저 네흘류도프의 눈에 들어온 것은 시몬슨이었다. 그는 심한 불길에 빨려들어 덜거덕거리고 있는 난로 뚜껑 앞에 언제나처럼 점퍼 차림으로 소나무 장작을 들고 쪼그리고 앉아 있었다.

네흘류도프를 보자 그는 쪼그리고 앉은 채 긴 눈썹 밑으로 상대를 쳐다보며 한 손을 내밀었다.

"마침 잘 오셨습니다. 말씀드려야 할 것이 있어 뵙고 싶었습니다." 그는 똑바로 네흘류도프의 눈을 응시한 채 의미있는 듯이 말했다.

"무슨 일인데요?" 하고 네흘류도프는 물었다.

"조금 있다 말씀드리죠. 지금은 좀 바빠서요." 그리고 시몬슨은 다시 난로 불을 지피기 시작했다. 그는 불을 피우는 데도 열 에너지의 손실을 최소한으로 줄인다는 자기 식의 독자적인 이론을 지키고 있었다.

네흘류도프가 앞쪽에 있는 문으로 들어가려 하자 건너편 문에서 허리를 구부리고 손에 비를 든 카튜샤가 쓰레기와 먼지더미를 난로 곁으로 쓸어 내면서 나왔다. 그녀는 흰 블라우스를 입고, 치맛자락을 걷어 올리고 양말은 신고 있었다. 눈썹 부분까지 먼지투성이가 된 머리는 하얀 수건으로 싸고 있었다. 네흘류도프를 보자 그녀는 허리를 펴고 볼을 붉히면서 환한 표정을 지으며 얼른 비를 놓고 두 손을 치마에다 닦고 그 앞에 멈추어 섰다.

"청소를 하고 있었소?" 네흘류도프는 손을 잡으면서 말했다.

"네, 옛날 일이 생각나서요." 그녀는 웃으며 말했다. "어찌나 더러운지 상상도 못 할 정도예요. 아까부터 쓸고 닦고 하느라 굉장했어요. 어때요? 담요는 다 말랐나요?" 하고 그녀는 시몬슨을 향해 보면서 말했다.

"거의……."

시몬슨은 그녀에게 시선을 보내며 말했는데 그 눈에 담겨진 어떤 특별한 의미를 깨달은 네흘류도프는 흠칫해졌다.

"그럼 난, 그걸 가져가고 털외투 말릴 걸 가져오겠어요. 모두들 다 여기 있어요." 그녀는 가까운 문을 가리키고 복도 안쪽으로 가면서 네흘류도프에게 말했다.

네흘류도프는 비좁은 감방으로 문을 연 후 들어갔다. 방 안에는 침대 위에 놓인 등불이 희미하게 빛을 내고 있었다. 방 안은 춥고 아직 가라앉지 않은 먼지와 습기와 담배 냄새로 가득 차 있었다. 양철 램프가 주위 사람들을 비치고 있었는데도 나무 침대는 그늘에 잠겨 있었고 벽에는 불그림자가 하늘거리고 있었다.

좁은 감방 안에는 더운 물과 음식을 가지러 간 취사 당번인 두 남자를 제외하고는 모두 모여 있었다. 여기에는 네흘류도프와 오래 전부터 안면 있는 베라 보고두호프스카야도 있었다. 그녀는 차츰 더 야위어 얼굴이 누렇게 되고 겁먹은 듯이 눈을 크게 뜨고, 이마에 푸른 심줄이 두드러지고 머리는 짤막하게 잘랐으며, 잿빛 블라우스를 입고 있었다. 그녀는 담뱃가루가 흩어져 있는 신문지 앞에 앉아서 떨리는 손으로 담뱃가루를 종이에 말고 있었다.

거기에는 네흘류도프가 가장 호감을 갖고 있는 정치범 여죄수의 한 사람인 에밀리아 란체바라는 여자도 끼여 있었다. 그녀는 정치범들의 생활의 작은 부분까지 시중을 들며 아무리 어려운 조건 아래서도 여자다운 섬세한 마음씨로 분위기를 기분 좋게 만들고 있었다. 그녀는 램프 옆에 앉아서 소매를 걷어 붙이고 볕에 그을은 아름다운 팔을 바쁘게 놀리며 컵과 찻잔을 닦아서는 침대에 놓은 냅킨 위에다 올려놓고 있었다. 란체바는 젊은 여자로 미인은 아니었으나 영리하고 상냥한 표정을 하고 있었다. 그리고 그 얼굴은 웃으면 갑자기 밝고 쾌활한 매력적인 표정으로 바뀌었다. 그녀는 상냥하게 네흘류도프를 맞았다.

"어머나, 우리는 이제 당신이 러시아로 돌아가 버리신 줄로만 알고 있었어요."라고 그녀는 말했다.

그늘진 한쪽 모퉁이에는 마리아 파블로브나가 금발의 머리칼을 한 어린 계집아이를 상대로 무엇인가 하고 있었다. 계집아이는 귀여운 목소리로 줄곧 무엇인가 재잘거리고 있었다.

"참 잘 오셨어요. 카튜샤를 만나 보셨어요?" 그녀는 네흘류도프에게 물었다.

"우리들에게도 이런 손님이 있답니다." 그녀는 이렇게 말하고 계집아이 쪽을 눈으로 가리켰다.

아나토리 크리일리초프도 있었다. 그는 수척하고 창백한 얼굴을 하고 가죽장화를 신은 채 책상다리를 하고 앉아 등을 구부리고 덜덜 떨면서 침상 한 모퉁이에 걸터 앉아, 짧은 털외투 소매에 두 손을 움츠린 채 열에 들뜬 눈으로 네흘류도프를 바라보고 있었다. 네흘류도프는 그 쪽으로 가려고 생각했으나 문 오른쪽에 안경을 쓰고 빨간 고수머리에 방수복 점퍼를 입은 사나이가 배낭 속에서 무엇인지 찾으면서 생글생글 웃고 있는 그라베츠라는 아름다운 여죄수와 이야기를 주고받고 있었다. 이자는 유명한 혁명가로 노보드보로프라는 사나이였다. 네흘류도프는 얼른 그에게 인사말을 했다. 네흘류도프가 특히 그에게 재빨리 인사를 한 것은 이 정치범 일행 중에서 유난히 이 사나이만이 친근감이 가지 않았기 때문이었다. 노보드보로프는 안경 너머로 파란 눈을 반짝이며 무뚝뚝한 표정으로 그 여윈 손을 네흘류도프에게 내밀었다.

"어떻습니까? 여행은 즐겁습니까?" 하고 그는 다소 빈정대는 투로 말했다.

"네, 즐거운 일이 많습니다." 네흘류도프는 빈정거리는 것을 깨닫지 못하고 그것을 호의로만 생각하는 체하며 대답하고는 크리일리초프 쪽으로 걸어갔다.

네흘류도프도 표면상으로는 냉정을 가장하고 있었지만 내면으로는 노보드보로프에게 심한 적의를 불태우고 있었다. 노보드보로프가 내뱉은 이 말, 기분 나뻔 말을 해 주려는 그 노골적인 의도가 네흘류도프가 느끼고 있던 아름다운 마음의 숭고함을 무너뜨리고 말았다. 그리하여 그는 어둡고 침울한 마음이 되었다.

"어떻습니까, 기분은?" 그는 크리일리초프의 떨리는 차가운 손을 잡으면서 말했다.

"네, 괜찮습니다. 그저 몸이 따뜻해지지 않을 뿐이랍니다. 이렇게 젖어 있어서." 얼른 반코트의 소매 속에 손을 움츠려 넣으면서 크리일리초프는 말을 계속했다.

"게다가 여기는 지독한 추위랍니다. 보십시오, 유리창이 깨져 있습니다." 그는 쇠창살 뒤의, 유리가 두 군데나 깨진 곳을 가리켰다. "무슨 일이라도 있었습니까? 한동안 안 보이시더니."

"면회를 허가해 주지 않았답니다. 장교가 엄격해서……오늘에야 겨우 친절한 장교를 만났지요."

"허, 친절하다구요?" 크리일리초프가 말했다. "마샤한테 물어 보십시오. 오늘 아침에 그놈이 어떤 짓을 했나."

마리아 파블로브나가 자기 자리에 앉은 채 오늘 아침 숙소를 떠날 때 계집아이에게 무슨 일이 있었는지 이야기했다.

"저는 집단 항의를 할 필요가 있다고 생각해요." 베라 보고두호프스카야는 단호한 목소리로 말했으나 그 말과는 다르게 겁먹은 듯한 시선을 하고 사람들의 표정을 살폈다. "시몬슨이 항의를 했지만 그것으로는 충분치 않다고 생각해요."

"어떤 항의를 한다는 거요?" 크리일리초프가 화난 듯이 상을 찌푸리며 말했다. 아마 베라 보고두호프스카야의 솔직하지 못한 부자연스러운 말투와 신경질적인 태도가 벌써부터 그의 신경을 거슬렀던 모양이었다. "카튜샤를 찾고 계십니까?" 하고 그는 네흘류도프 쪽을 돌아보았다. "그녀는 일을 하고 있습니다. 청소를요. 이 남자 방을 다 끝내고 지금은 여자 방을 청소하고 있습니다. 다만 벼룩만은 쓸어 내지 못하니 항상 물리고 있답니다. 마샤는 거기서 무엇을 하고 있소?" 그는 마리아 파블로브나가 있는 구석 쪽으로 고개를 돌리면서 물었다.

"자기 양딸의 머리를 빗겨 주고 있어요." 하고 란체바가 말했다.

"이가 다른 쪽으로 옮겨 가지 않을까?" 크릴리초프가 말했다.

"염려 마세요. 조심할 테니까. 이젠 아주 깨끗해졌어요." 하고 마리아 파블로브나는 말했다.

"잠깐 맡아 돌봐 주지 않겠어요?" 하면서 그녀는 란체바 쪽을 돌아보았다. "가서 카튜샤를 도와 주고 올 테니까요. 그리고 그에게 담요를 갖다 주어야겠어요."

란체바는 계집아이를 받아 안았다. 그리고 어머니 같은 온화한 태도로 계집아이의 드러난 토실토실한 손을 잡고 무릎 위에 앉혀서 사탕 조각을 주었다.

밖으로 나간 마리아 파블로브나는 잠시 뒤에 카튜샤와 함께 더운 물과 음식을 든 두 남자와 들어왔다.

12

두 남자들 중 한 사람은 자그마하고 여윈 젊은 사나이로 모자가 달린 짧은 털 외투를 입고 무릎까지 오는 장화를 신고 있었다. 그는 두 손에 하나씩 김이 무럭무럭 나는 큰 주전자를 들고 수건에 싼 빵을 옆구리에 끼고는 경쾌한 걸음걸이로 들어왔다.

"아니, 우리 공작님도 오셨군요." 그는 주전자를 찻잔 사이에 놓고 빵을 카튜샤에게 건네 주면서 말했다. "놀랄 만할 것을 사 왔어." 그는 반코트를 벗어 사람들 머리 너머로 구석 쪽 침대에다 던지면서 말했다. "마르케르가 우유와 달걀을 샀어요. 오늘 밤은 무도회를 열 수 있을 정도지요. 란체바가 그 미적 청결법이란 것을 실시해 줘서 말입니다." 그는 란체바를 보고 싱글벙글 웃으면서 말했다. "자, 그럼 차라도 끓여 주시오." 그는 그녀에게 재촉하듯 말했다.

이 남자의 온몸, 동작, 목소리, 눈길, 모든 면에 젊은이다운 쾌활함이 넘쳐나고 있었다. 함께 들어온 또 한 사람은——그 역시 자그마하고, 바싹 마른 몸매에, 창백한 얼굴에는 광대뼈가 불쑥 튀어나와 볼이 꺼지고, 양미간이 매우 넓으며 푸른빛 나는 아름다운 눈과 얄팍한 입술을 지니고 있었다. 그러나 그는 반대로 지친 듯이 어두운 얼굴을 하고 있었다. 그는 낡아빠진 솜 외투를 입고 장화에다 덧신을 포개 신고 있었다. 그는 항아리와 바구니를 2개씩 안고 있었는데 그것을 란체바 앞에 내려놓더니 네흘류도프에게 눈길을 돌리고 턱만을 앞으로 내밀어 인사를 했다. 그리고 내키지 않는 듯한 동작으로 땀이 밴 손을 내밀고 악수를 하고는 천천히 바구니에서 음식을 꺼내 늘어놓았다.

이 두 정치범은 평민 출신이었다. 처음 사나이는 농민이었는데 나바토프라 하고 뒷사람은 직공으로 마르켈 콘드라체프라고 했다. 마르켈이 혁명 운동에 참가한 것은 서른 살이 지난 뒤였으나 나바토프는 열여덟 살 때부터 운동에 가담하였다. 나바토프는 재주가 많아 마을의 초등학교를 졸업하고 중학교에 들어가 죽 가정 교사를 지내면서 금메달을 타고 졸업했으나 대학에는 들어가지 않았다. 그것은 그가 7학년 때 이미 잊혀져 있는 많은 동포들을 계몽하기 위해 자기 출신 계급인 농민 속으로 돌아가려고 마음을 다졌기 때문이었다. 그는 그것을 실행에 옮겼다. 처음에는 큰 마을 면사무소 서기로 들어갔으나 얼마 안 되어 농민들에게 책을 읽어 주기도 하고 농업 협동 조합을 조직했기 때문에 체포되었다. 그때는 8개월 동안 수감되었다가 비밀 감시를 받는다는 조건으로 석방되었다. 나오자마자 그는 곧 다른 현의 마을로 가서 교사가 되어 역시 같은 일을 했다. 그는 또 체포되어 이번에는 1년 2개월 동안 투옥 생활을 하게 되었다. 그리고 옥중에서 그는 차츰 더 자기 신념을 굳혀 나갔다.

그는 두 번째의 옥중 생활을 끝내자, 페르미 현으로 추방되었다. 그는 그 곳을 탈출했다. 그리고 다시 붙들려 7개월 동안 감금되었다가 이번에는 아르한겔리스크 현으로 추방되었다. 새 황제에 대한 선서를 거부했기 때문에 그는 거기서 또 야크츠크 현으로 유형되었다. 이렇듯 그는 한창 일할 나이의 반을 감옥과 유형지에서 보냈다. 이러한 편력은 조금도 그의 마음을 허물어뜨리게 하지 않고 또 그의 정열을 약하게도 하지 않았으며 오히려 그것을 더욱 활활 불타오르게 했다.

그는 본래 튼튼한 소화력을 가진 활동적인 사나이로 언제나 변함없이 능동적으고 쾌활하며 혈기 왕성했다. 그는 결코 어떤 일이든 후회하지 않았고 먼 앞날에 대한 것은 아는 것이 없었으나 현실에 대응하는 모든 적응력을 다해서 현재의 시점에서 행동하고 있었다. 자유 사회에 있었을 때 그는 스스로에게 주어진 목적을 위해 일하는 사람, 즉 주로 농민들의 계몽과 단결을 위해 활동했다.

감옥에 갇힌 뒤로는 또 외부 세계와 연락하여 주어진 조건 아래서 자기만이 아니라 동료 모두의 보다 나은 생활을 만들기 위해 정열적이고 실제적으로 활동했다. 그는 무엇보다도 먼저 공동체 속에서 생활하는 사람이었다. 그는 자신을 위해서는 아무것도 필요치 않은 것 같았다. 그리고 그는 아무것도 없더라도 예사롭게 있을 수 있었으나 동지들의 공동체를 위해서는 많은 것을 요구했다. 휴식도, 수면도, 먹지도 않고 어떤 일이건――정신적이건 육체적이건 가리지 않고――할 수가 있었다. 농민들처럼 그는 부지런하고 이해가 빨랐으며 일에 능숙하고 조심스러웠으며 언제나 꾸밈없이 겸손했고 남의 감정에 대해서만이 아니라 의견에 대해서도 신중했다.

그의 늙은 어머니는 무식한 시골 과부로 미신에 대해 강한 믿음을 가지고 있었으며 아직도 살아 있었다. 그래서 나바토프는 늙은 어머니를 도왔으며 감옥 밖에 있을 때 곧잘 어머니를 찾아갔다. 그는 집에 있는 동안 자질구레한 부분까지 늙은 어머니의 생활을 살피고 농사일도 도우며 옛친구의 자식들과의 교제도 계속했다. 그는 동료들과 함께 손으로 만 값싼 담배를 피우기도 하고 힘겨루기도 하면서 그들이 모두 속고 있다는 것이며, 그런 속고 있는 상태에서 절대로 벗어나야만 한다는 것을 알기 쉽게 설명해 주기도 했다.

혁명이 민중에게 미치는 것에 대해 생각하거나 이야기하거나 할 때, 그는 언제나 자기 마을의 민중이 토지를 갖고, 귀족과 관리들이 없어진다는 것뿐, 나머지는 자기가 보아 왔던 것과 거의 동일한 상태로 상상하는 것이었다. 그의 관념으론 혁명이란 민중 생활의 그 기본 형태를 개선해선 안 되는 것이었다. 이 점에서 그는 노보드보로프나 그 추종자인 마르켈 콘드라체프하고 의견이 서로 충돌되었다. 혁명은, 그의 관념으로는 건물 전체를 파괴해서는 안 되며 이 아름답고 튼튼하고 거대한, 그가 몹시 사랑하는 낡은 건물 내부의 배치만을 변화시켜 놓는 일이어야만 한다고 했다.

종교면에서도 그는 전형적인 농민이었다. 그는 형이상학적인 문제나 만물의 기원이나 죽은 뒤의 부활 따위에 대해서는 결코 믿어 본 적이 없었다. 그에게 있어서 신은, 프랑스의 천문학자 아라고와 마찬가지로 오늘날까지 그 필요성을 느낀 적이 없는 가설에 지나지 않았다. 세계가 어떻게 창조되었는지——모세가 주장했던 천지 창조설인지, 아니면 다윈의 진화론이 옳은 것인지 그런 것은 아무래도 상관없었다. 그리고 동료들이 매우 중대시하고 있던 다윈의 이론 따위도 그에게는 엿새 동안에 세계가 창조되었다는 모세의 설과 마찬가지로 단순한 사랑의 유희에 불과했다.

세계의 창조에 대한 문제가 그의 관심을 끌지 못한 것은 어떻게 하여 생활을 개선시켜 나가는가 하는 문제가 늘 그의 앞에 문제시되어 있었기 때문이었다. 미래 생활에 대해서도 그는 한 번도 생각한 적이 없었다. 그리고 마음속에 조상 대대로 이어온 결코 흔들리지 않는 굳은 신념을 간직하고 있었다. 그것은 모든 농민들에게 공통된 신념으로 동식물의 세계에는 결코 끝이 없으며, 줄곧 하나의 형태에서 다른 형태로 변모해 간다는 것뿐이라는 생각이다. 예를 들어 비료가 곡식으로, 곡식이 닭으로, 올챙이가 개구리로, 애벌레가 나비로, 도토리가 떡갈나무가 되듯이 사람도 그와 마찬가지로 죽어 없어지지 않고 단지 변할 뿐이다라는 신념을 그는 믿고 있었다. 그러므로 언제나 힘차게, 그리고 쾌활하게 죽음과 맞서 싸우고 죽음으로 이르는 괴로움을 굳게 참아 온 것이지만, 그는 그것을 입 밖에 내기 싫어했고 또 할 줄도 몰랐다. 그러나 일을 좋아하여 언제나 실질적인 문제에 깊이 몰두하고 있었으며 그러한 실제 문제에 동지들을 끌어들이고 있었다.

이 무리에 속해 있는 평민 출신인 또 한 사람의 정치범 마르켈 콘드라체프는 다른 타입의 사람이었다. 그는 열다섯 살 때부터 공장에 들어가 까닭 모를 굴욕감을 떨쳐 버리기 위해 술과 담배를 배우기 시작했다. 이 굴욕감을 그가 처음 느낀 것은 크리스마스 때 공장주의 아내가 마련한 전나무 축제에 그들 소년공들이 초대되었을 때였다. 그들 소년공들은 1코페이카짜리 피리와 사과와 금가루를 칠한 호두와 말린 무화과를 받았지만 공장주 아들들에게는 마술사의 선물 같은 장난감이 주어졌다. 그것이 50루블 이상이나 되는 비싼 것이라는 것을 그는 나중에 가서야 알게 되었다.

그가 스무 살이 되었을 때 유명한 여류 혁명가가 여직공으로 공장에 입사했는데, 콘드라체프의 뛰어난 재능에 눈독을 들이고 그에게 책과 팜플릿을 주기도 하고 그의 상태를 설명하며 그 원인과 그것을 개선하는 방법 등을 가르쳐 주기 시작했다. 그의 눈에, 자기가 처해 있는 학대받는 상태에서 자기와 다른 사람들을 해방시킬 가능성이 뚜렷하게 보였을 때, 그 상태의 부당함이 전보다 더한층 잔혹하고 무서운 것으로 여겨져서 그는 단순히 해방뿐만이 아니라 이 잔혹한 부정을 자행하고 지켜 온 사람들의 처벌까지도 맹렬히 바라게 되었다.

이 가능성을 그에게 준 것이 지식이라는 설명을 듣자 그는 온 정열을 다해 지식을 얻기에 몰두했다. 어떻게 해서 사회주의 이상 실현이 지식을 통해 이뤄지는지 그는 잘 알지 못했으나 현재 그가 처해 있는 부당한 상태를 지식이 바로잡아 주리라는 것을 믿고 있었다. 뿐만 아니라 지식이 자기를 다른 사람들보다 향상시켜 줄 것같이 여겨졌다. 그래서 술도 담배도 끊고 창고지기가 된 그는 전보다 많아진 자유 시간을 공부에 온힘을 다 바쳤다.

그를 가르친 여류 혁명가는 모든 지식을 소화시키는 그의 놀라운 능력에 경탄했다. 2년 동안 그는 대수, 기하, 역사를 공부했다. 그리고 특히 그는 역사를 좋아했으며 또 문학 작품과 평론, 특히 사회주의 문헌을 탐독했다.

여류 혁명가는 체포되었다. 그와 동시에 콘드라체프도 금지된 책을 소지하고 있었기 때문에 체포되어 투옥되었다가 그 뒤 보로그다 현으로 유형되었다. 거기서 그는 노보드보로프와 알게 되었으며 다시 더 많은 사회주의 문헌을 읽어 지식을 흡수했고 차츰 더 스스로의 사회주의 사상에 대한 확신을 굳혀 나갔다. 유형이 끝난 뒤 그는 노동자들의 대규모적 동맹 파업을 지도했다. 이 동맹 파업 때문에 공장은 파괴되고 공장장은 살해되었다. 그는 또 체포되어 시민권을 박탈당하고 유형을 선고받게 되었다.

그는 종교에 대해서는 현행 경제 제도에 대한 것과 마찬가지로 부정적인 태도를 취했다. 그는 자신에게 뿌리박혀 있는 신앙의 우매함을 깨닫고 스스로를 격려하며 처음에는 공포심을 가졌지만 노력으로 극복하여 드디어 기쁜 마음으로 관습적인 신앙에서 벗어나 자기와 조상들을 얽매고 있던 그 기만에 복수라도 하듯이 끝없이 가시 돋친 독기를 뿜고 사제들과 종교의 교리를 비웃었다.

그는 금욕 생활이 몸에 익숙해져 있었으므로 아주 적은 것으로도 만족했다. 그는 어렸을 때부터 힘든 노동에 익숙해서 근육이 발달되어 있는 모든 사람들이 그렇듯이 힘들이지 않고 재빠르게 어떤 육체 노동이라도 척척 해낼 수가 있었으며 무엇보다도 자유 시간을 아껴서 감옥 안이나 숙소에서 공부를 계속했다.

그는 지금 마르크스의 《자본론》 제 1 권을 탐독하고 있었다. 그리고 마치 보물처럼 그것을 소중히 배낭 속에 고이 간직하고 있었다. 그는 모든 동지들에 대해 겸손하고 냉담한 태도를 취하고 있었으나 노보드보로프에 대해서만은 예외로 무조건 따르고 모든 문제에 대한 그의 판단을 절대적인 진리로 받아들이고 있었다.

여자들에 대해서는, 그 모든 큰일의 결행을 방해하는 것으로 여기고 억누를 수 없는 모멸감을 지니고 있었다. 그러나 그는 카튜샤만은 불쌍히 여기고 그녀를 상류 계급에 의한 하층 계급 착취의 표본이라 보고 그녀에게만 친절한 태도로 대하고 있었다. 이런 이유로 인해 그는 네흘류도프를 좋아하지 않았고 말도 하지 않았으며, 네흘류도프와 인사를 나눌 때도 손을 쥐지 않고 다만 손을 내밀고 상대가 자기 손을 쥐도록 맡기기만 할 뿐이었다.

13

벽난로가 활활 타올라 방 안은 훈훈해지고, 차를 끓여 찻잔에 따르고 흰 우유를 넣고 둥근 빵과 갓 구운 고급 밀가루 빵과 삶은 달걀과 버터와 송아지 머릿고기와 다릿고기 등이 차려졌다. 모두들 식탁 대용인 침대 주위에 모여서 마시고 먹고 이야기를 나누기 시작했다. 란체바는 상자에 걸터 앉아서 차를 따라 주었다. 모두들 그녀를 빙 둘러쌌다. 크리일리초프만은 젖은 반코트를 벗고 마른 담요로 몸을 감싸고는 자기 침대에 누워서 네흘류도프와 이야기를 주고받고 있었다.

이송 도중의 추위와 습기, 가까스로 다다랐을 때 느꼈던 더러움과 난잡함, 그리고 어떻게든 정리정돈하기 위해 소비한 노력, 그리고 그 노력 뒤에 음식과 뜨거운 차를 들고 나니 모두들 이를데 없이 즐겁고 만족스런 기분들이 되어 있었다.

벽 너머에서 들리는 형사범들의 번잡스런 발소리며 외침 소리, 욕하는 소리 등은 그들의 주위에 있는 것을 떠오르게 하기도 했지만, 한편으로는 이 따뜻한 분위기를 한층더 돋우어 주었다. 마치 바닷속의 작은 섬에 있는 것처럼 여기 있는 사람들은 잠시 동안 자기들이 주위의 굴욕과 고민에 싸여 있지 않은 것 같아서 그 때문에 생기있고 흥분된 기분이 되었다. 그들은 여러 가지 이야기를 주고받았으나 자기들의 현재 처해 있는 상황과 자기들을 기다리고 있는 운명에 대해서만은 입에 올리지 않았다. 뿐만 아니라 젊은 남녀 사이에, 특히 그들처럼 강제적으로 동거하고 있는 경우엔 언제나 일어나기 쉬운 일이지만, 그들 사이에는 사모의 정이 피어나고 있었다. 서로 사랑하는 사람도 있고 짝사랑하는 사람도 있어 감정은 가지가지로 얽혀 있었다. 거의 모두가 연애 감정에 사로잡혀 있었다.

노보드보로프는 잘 웃는 아름다운 그라베츠를 사랑하고 있었다. 이 그라베츠는 매우 젊은 여대생으로 별로 깊이 생각하지 않는 편이라 혁명 문제에는 전혀 무관심했다. 그러나 그녀는 시대의 유행에 따라 정부에 거역하는 행위로 인해 유형을 선고받았다.

자유 사회에 있어서 그녀 생활의 주요한 관심거리는 남자의 인기를 끄는 일이었으므로 재판 때도, 옥중에서도, 유형 중에도 여전히 그것을 드러내고 있었다. 현재 이송 도중에서도 노보드보로프가 그녀에게 열중해 있었으므로 자기도 그를 사랑하게 된 것이 그녀의 위안으로 되어 있었다. 베라 보고두호스카야는 무척 잘 반하는 편으로 다정다감했으나, 상대방 마음에 사랑을 싹트게 하지 않는 여자로서 언제나 상대방에게 사랑을 받게 될 것을 기대하면서 나바토프를 사랑하기도 하고 노보드보로프를 사랑하기도 했다. 크리일리초프는 마리아 파블로브나에게 사랑 비슷한 감정을 갖고 있었다. 그는 보통 남자가 여자를 사랑하듯이 그녀를 사랑하고 있었지만 사랑에 대한 그녀의 사고 방식을 알고 있었기 때문에 그녀가 특히 친절하게 시중 들어 준다는 데 대한 감사와 우정이라는 형태의 그늘에다 교묘하게 자기 감정을 숨기고 있었다.

나바토프와 란체바는 매우 복잡한 사랑의 관계를 맺고 있었다. 마리아 파블로브나가 순결한 처녀였던 것과 마찬가지로 란체바는 완전히 정숙한 유부녀였기 때문이다.

아직 여학생 시절인 열여섯 살 때 그녀는 페테르부르그의 대학생이었던 란체프를 사랑했다. 그리고 열아홉 살 때 그와 결혼했다. 그 무렵 그는 아직 대학생이었다. 그녀의 남편은 대학 4학년 때 학생 운동에 휩쓸려들어 페테부르그에서 추방당하고 혁명가가 되었다.

만약 그녀의 남편이 이 세상 모든 사람들 중에서 가장 마음이 아름답고 가장 두뇌가 뛰어난 사람이라고 그녀가 믿고 의지하지 않았던들 그녀는 그를 사랑하지 않았을 것이고 따라서 결혼도 하지 않았으리라. 그러나 이 세상에서 가장 마음이 아름답고 두뇌가 뛰어나다고 그녀가 확신한 사나이를 일단 사랑하고 결혼한 이상 그녀는 마땅히, 그녀가 이 세상에서 가장 마음이 아름답고 가장 두뇌가 뛰어나다고 생각했던 사람이 인생을 이해했듯이 인생과 그 목적을 이해했던 것이다. 처음엔 그가 인생을 공부하고 있는 것이라고 이해하고 있었다. 그러므로 그녀도 그와 같이 인생을 이해했다.

그가 혁명가가 되자 그녀도 혁명가가 되었다. 그녀는 현행 제도는 용납할 수 없는 것이며 모든 사람들의 의무는 이 질서와 싸워서 저마다 자유로이 능력을 향상시킬 수 있는 정치 및 경제 기구의 수립을 지향하는 일이라는 것을 정말 훌륭히 증명할 수가 있었다. 그리고 그녀는 자기가 실제로 그와 같이 생각하며 느끼고 있는 것처럼 생각되었으나 본질적으로는 단순히 남편이 생각하고 있는 것만이 진리라 믿고, 단 한 가지 남편의 마음과 완전한 화합만을 갈구하고 있었으며 그것만이 그녀에게 빈틈없는 정신적 만족을 줄 수 있었다.

남편과 시어머니에게 맡긴 어린아이와의 이별은 그녀에겐 무척 고통스런 일이었다. 그러나 그녀는 이 이별을 냉정히 받아들이고 조용히 참았다. 이것은 남편을 위해서이며, 남편이 봉사하고 있으므로 의심할 여지도 없이 진실된 사업을 위함이라는 것을 알고 있었기 때문이었다. 그녀는 항상 마음속으로 남편과 같이 지냈으며, 전에 그러했듯이 지금도 남편말고는 어느 누구도 사랑할 수가 없었다. 그러나 그녀에 대한 나바토프의 헌신적이고 순수한 사랑은 그녀의 가슴속을 흔들어 놓았다.

그는 남편의 친구이며 도덕심이 굳은 절조가 굳은 사람이었으므로 누이로서 그녀를 대하려 애쓰고 있었지만 그러나 그녀에 대한 그의 태도에는 그 이상의 무엇이 개입되어 두 사람을 놀라게 했다. 아울러 그것은 현재 그들의 괴로운 생활을 아름답게 장식해 주었다.

그러고 보니 이들 중에서 연애 감정에서 완전히 자유로운 것은 마리아 파블로브나와 콘드라체프 두 사람뿐이었다.

14

모두 함께 차와 저녁 식사를 끝낸 뒤에 언제나 그랬듯이 마슬로바와 단둘이서 이야기할 기회를 엿보면서 네흘류도프는 크리일리초프 곁에 앉아서 이야기를 나누고 있었다. 네흘류도프는 이야기 도중에 아까 마카르한테서 부탁받은 것과 마카르의 기묘한 범죄에 대해 말을 했다. 크리일리초프는 또렷히 뜬 눈을 네흘류도프의 얼굴에 박은 채 주의깊게 듣고 있었다.

"그렇습니다." 하고 그는 갑자기 말했다. "나는 이따금 이런 생각에 사로잡힌답니다. 현재 이렇게 하여 우리들은 그들과 행동을 같이하고 있는 셈입니다. 그들이란 누구일까요? 우리들이 구하려 하고 있는 바로 그 민중들이 아닙니까? 그런데 어떻습니까? 우리는 그들을 알 수 없을 뿐만 아니라 알려는 노력조차 하지 않습니다. 더구나 그들은 한 술 더 떠서 우리를 증오하고 적대시하고 있습니다. 이것은 참으로 무서운 일입니다."

"뭐 무서워할 건 없어요." 귀를 기울이고 있던 노보드보로프가 말했다. "민중이란 언제나 권력만 숭배하는 것이오." 그는 날카로운 소리로 말했다. "정부가 권력을 가지면 그들은 정부를 숭배하고 우리를 미워합니다. 내일 우리들이 권력의 자리에 앉게 되면 그들은 우리들을 숭배하게 되지요……."

그 때 벽 건너편에서 터지는 욕설과 심하게 벽에 부딪치는 소리, 철거덕거리는 쇠사슬 소리, 외치는 비명 소리가 들렸다. 누군지 얻어맞으면서 외치고 있었다.

"사람 살려!"

"보십시오, 그들은 짐승입니다! 우리들과 그들 사이에 어떤 공통점이 있을 수 있단 말입니까?." 하고 노보드보로프는 태연히 말했다.

"자넨 그들을 짐승이라고 생각하나? 그런데 지금 네흘류도프 씨한테 들었는데." 하고 크리일리초프는 짜증스럽게 말하며, 마카르가 같은 고향 사람을 구하기 위해 목숨을 걸고 있다는 사실을 이야기했다. "이건 짐승의 행위이긴커녕 훌륭한 헌신적인 행동이 아닌가?"

"감상주의야!" 노보드보로프는 한 마디로 잘라 말했다. "그들의 감정과 행동 동기는 우리들로서는 이해하기 어려운 거야. 자네는 거기에 광대한 마음이 도사리고 있다고 하지만, 거기 있는 것은 그 징역수에 대한 질투인지도 모르지."

"왜 당신은 남의 좋은 점을 조금도 보려고 하지 않지?" 갑자기 발끈해서 마리아 파블로브나가 말했다.(그녀는 누구에게나 친구 같은 말투를 썼다.)

"없는 건 볼 수가 없지 않소?"

"사람이 무서운 죽음의 위험을 무릅쓰고 있는데 왜 없어요?"

"나는 이렇게 생각하는데." 하고 노보드보로프가 말을 꺼냈다. "만일 우리들이 사업을 결행하려 한다면 그 첫째 조건은 (램프 옆에서 책을 읽고 있던 콘드라체프는 책을 놓고 관심 있게 스승의 말에 귀를 기울이기 시작했다.) 공상을 버리고 현실을 있는 그대로 똑바로 봐야 한다는 것이오. 민중을 위해 모든 것을. 하지만 민중에게서는 아무것도 바라지 않소. 민중은 우리의 활동 대상이 되기는 하지만 민중이 현재와 같이 무기력하게 살고 있는 한 우리들의 협력자가 될 수는 없소." 그는 마치 학생들에게 설교하는 듯한 말투로 이야기했다. "그러므로 우리가 그들을 인도하려는 발달 과정, 그 발달 과정에 이르기도 전에 그들에게서 도움을 기대한다는 것은 완전한 헛된 망상에 불과하오."

"발달 과정이 뭐야?" 얼굴이 새빨개져서 크릴리초프는 말했다. "우리는 전제와 독재에 반대한다고 주장하고 있는데 그것이야말로 가장 무서운 독재가 아니고 뭔가?"

"아니, 절대로 독재는 아니야." 하고 노보드보로프는 침착하게 대답했다. "나는 민중이 가야 할 길을 알고 있고 그 길을 가르쳐 줄 수가 있다고 말했을 뿐이야."

"그러나 자네가 가르치는 일이 현명한 길이라고 자네는 어떻게 믿나? 그야말로 종교 재판과 대혁명의 처형을 빚어 낸 독재가 아닌가? 그들도 과학에 의해 유일한 올바른 길을 알고 있었다네."

"그들의 잘못이 곧 나의 잘못에 대한 증명은 되지 않아. 그리고 공론가들의 헛된 망상과 실증적인 경제학 사이에는 큰 차이가 있는 거야."

노보드보로프의 목소리는 감방 안에 쩌렁쩌렁 울렸다. 혼자만 지껄이고 다른 사람은 모두 잠자코 있었다.

"언제나 이론만 중요시하고 있으니." 그가 잠시 말을 끊자 마리아 파블로브나가 말했다.

"당신은 이 문제를 어떻게 생각하십니까?" 네흘류도프는 마리아 파블로브나에게 물었다.

"크리일리초프가 옳다고 생각해요. 민중들에게 우리들의 생각을 강요할 수는 없어요."

"그럼 카튜샤, 당신은?" 네흘류도프는 살며시 미소 지으면서 카튜샤에게 물어 보았다. 그러나 그에게는 카튜샤가 무슨 엉뚱한 소리나 하지 않을까 하는 걱정이 있었다.

"저는 민중이 모욕당하고 있다고 생각해요." 그녀는 아주 흥분하여 말했다. "민중은 너무나도 모욕당하고 있어요."

"옳아, 카튜샤, 옳아요." 하고 나바토프가 외쳤다. "민중은 몹시 모욕당하고 있어. 그런 일이 없도록 해 주어야 해. 거기에 우리들의 모든 과제가 있었지."

"혁명 과제를 이상하게 이해하고들 있군." 노보드보로프는 성난 듯이 입을 다물고 담배를 피우기 시작했다.

"저 친구하고는 말도 할 수가 없어." 조그만 소리로 중얼거리고 크리일리초프는 입을 다물었다.

"말을 안 하는 편이 훨씬 나을 겁니다." 하고 네흘류도프는 말했다.

15

노보드보로프는 많은 혁명가들로부터 대단히 존경을 받고 있었고 퍽 학식이 있고 매우 총명한 사람이라고 생각되고 있었다. 그런데도 네흘류도프는 그를 정신적 자질이 중간 수준 이하로 자기보다도 훨씬 낮은 혁명가 가운데 한 사람으로 생각하고 있었다. 이 사나이의 지력——그의 분자——은 상당히 컸다. 그러나 자만심——그의 분모——은 측량할 수 없을 만큼 커서 그의 지력을 훨씬 능가하고 있었다.

그는 정신적 생활에 있어서, 시몬슨과는 정반대의 인물이었다. 시몬슨은 행동이 사고 활동에서 생기고 사고 활동에 따라 결정 짓는, 주로 사나이다운 성격의 사람이었다. 노보드보로프의 사고 활동은 일부는 감정에 의해 정해진 목적 달성에, 일부는 감정에 의해 발행한 행동의 변동으로 행해지는 주로 여성적인 성격 타입에 속했다.

노보드보로프의 모든 혁명 활동은 그가 아무리 타당한 논증을 들어 그것을 훌륭한 말솜씨로 합리화시킬 수 있다 하더라도 네흘류도프에게는 한낱 타인들보다 뛰어나고 싶다는 소망과 허영심에 따르고 있는 것이라고밖엔 생각되지 않았다. 처음에는 남의 사상을 흡수하고 그것을 정확하게 전할 수 있는 재능 덕분에 그는 학창 시절에는 가르치는 자와 배우는 자들 사이에서, 즉 이 재능이 높이 평가되는 중학과 대학과 대학원에서 뛰어난 재주를 보였으므로 그의 자존심은 만족되었다.

그러나 학교를 졸업하고 공부를 그만두자 이 우수한 위치도 함께 끝났다. 그래서 그는 갑자기, 그를 좋아하지 않는 크리일리초프가 네흘류도프에게 말한 바에 따르면, 새로운 환경 속에서 우위를 확보하기 위해 자기 사상을 180도로 전환하여 점진적 자유주의자에서 과격한 '인민 의지파'로 변심했다는 것이다. 의혹과 망설임을 일으키게 하는 도덕적, 미적 요소가 그에게는 부족했기 때문에 그는 순식간에 혁명가 사이에서 그의 자존심을 만족시킬 수 있는 지도자적 위치를 확보하게 되었다. 일단 방향을 정하면 그는 절대로 의혹을 품지 않았고 망설임도 필요가 없다고 굳게 믿었다. 그러므로 그에게는 모든 일이 어처구니없을 만큼 간단하고도 뚜렷하며, 확실하게 여겨졌다.

그의 좁은 시야와 일면적인 것으로 볼 때, 모든 것은 매우 간단하고 명백했으며, 그의 입버릇처럼 이론적이기만 하면 되었던 것이다. 지나치게 자부심이 강해 사람을 물리치든가 무릎 꿇게 하든가 하는 수밖에 없었다. 그러나 그의 활동은 그의 끝없는 자기 과신을 깊은 사려와 총명이라고 믿고 따르는 아주 젊은 청년들 사이에서 행해지고 있었으므로 대다수의 청년들이 그에게 복종했고 혁명가들 사이에서 빛나는 성공을 거두고 있었다. 그의 활동은 일어날 준비를 하는 일이며 거기서 그는 권력을 잡고 집회를 소집할 예정으로 되어 있었다. 집회에선 그가 작성한 강령이 제출되기로 되어 있었고, 이 강령은 모든 문제를 포함하고 있었으므로 실행되지 않을 까닭이 없다고 그는 완전히 믿고 있었다.

동지들은 그 용기와 결단력 때문에 그를 존경하고 있었지만 사랑하지는 않았다. 그도 역시 누구도 사랑하지 않았으며 뛰어난 사람이라 인정하면 경쟁 의식을 고취시키고 되도록 늙은 원숭이가 어린 원숭이를 상대하듯이 그들을 다루고 싶은 마음뿐이었다. 그는 자기 재능의 발휘를 남에게 방해당하지 않기 위해서라면 내지력과 능력 모두를 빼앗으려고 했다. 그는 자기에게 굽실거리는 사람에게만 호의적으로 대했다. 그래서 이번 이송 중에도 꼼짝없이 그의 선전에 사로잡힌 노동자 콘드라체프와 그에게 반해 있는 베라 보고두호프스카야와 미인인 그라베츠에게만은 친절하게 대하고 있었다.

그는 원칙적으로는 여성 해방 운동에 찬성하고 있었지만 속으로는 모든 여자를 어리석고 무가치한 존재라고 믿고 있었다. 그러나 지금의 그라베츠와 같이 그가 때때로 감상적으로 사랑하는 상대는 예외였다. 그렇게 되면 그는 그러한 상대를 자기만이 그 가치를 인정할 수 있는 뛰어난 여자라고 생각하는 것이었다.

성관계 문제에 있어서도 다른 모든 문제와 마찬가지로 그는 지극히 쉽고도 뚜렷하며 자유 연애의 승인으로 모두 마무리되어 있다고 생각했다.

그에게는 명의상 아내와 진짜 아내가 한 사람씩 있었는데 진짜 아내와는 부부 사이의 참다운 사랑이 없다고 단정하고 헤어지고 말았다. 그리고 지금은 그라베츠와 새로운 자유 연애에 들어가려고 마음먹고 있었다.

그는 네흘류도프를 비웃고 있었는데 그것은 그의 표현에 따르면 카튜샤에 대해 '광대 놀음'을 하고 있다는 것과, 특히 건방지게도 현행 질서의 잘못된 점과 그 개선 방법에 대해서 노보드보로프의 생각대로 받아들이지 않을 뿐만 아니라 자기 식으로, 즉 못난 짓을 하고 있다고 생각하고 있었기 때문이다. 네흘류도프는 그의 그러한 태도를 알고 있었다. 그리고 여행 동안 죽 온화한 기분으로 있었는데도 불구하고 유감스러운 일이지만 이 사나이에게만은 똑같은 태도로 앙갚음을 하고 싶다는 강한 반감을 아무래도 억누를 수가 없었다.

16

하사관 목소리가 옆 감방에서 들려 왔다. 모두들 목소리를 죽였다. 그러자 곧 두 호송병을 거느린 하사관이 들어왔다. 점호 시간이었다. 하사관은 한 사람 한 사람 손가락질을 하면서 인원수를 세었다. 네흘류도프 앞에 이르자 그는 부드럽고 다정하게 말했다.

"공작님, 점호 뒤에 여기 계시면 곤란합니다. 나가셔야 합니다." 네흘류도프는 그 말뜻을 알고 있었으므로 하사관 곁으로 다가서 준비해 두었던 5루블짜리 지폐 한 장을 슬쩍 쥐여 주었다.

"공작님한테는 못 당하겠군요! 좀더 계셔도 좋습니다."

하사관이 나가려 할 때 다른 하사관이 눈이 퉁퉁 붓고 턱수염이 듬성듬성하고 키가 후리후리한 죄수를 데리고 들어왔다.

"실은 딸 때문에." 하고 그는 말했다.

"아, 아빠다!" 갑자기 높은 어린아이 소리가 나더니 란체바 뒤에서 금발의 머리카락을 한 조그만 머리가 불쑥 튀어나왔다. 란체바는 마리아 파블로브나와 카튜샤와 함께 앉아서 자기 치마를 뜯어서 계집아이의 새 옷을 만들고 있던 참이었다.

“그래, 나다. 아빠다.” 부조프킨은 상냥하게 말했다.

“얘는 여기 있는 편이 나아요.” 마리아 파블로브나는 부조프킨의 부은 얼굴을 딱한 듯이 바라보면서 말했다. “여기에 둬 두세요.”

“아줌마들이 새 옷을 만들어 준대요.” 계집아이는 란체바의 손에 있는 것을 아버지에게 가리켜 보이면서 말했다. “빨갛고 예쁜 옷이에요.” 하고 계집아이는 응석부리는 소리를 냈다.

“여기서 아줌아들하고 같이 잘래?” 하고 란체바는 계집아이의 머리를 쓰다듬으면서 말했다.

“응, 아빠도 같이.” 란체바의 얼굴은 밝은 미소로 활짝 빛났다.

“아빠는 안 돼.” 그녀는 말했다. “그냥 여기 놔 두세요.”라고 말하며 그녀는 부조프킨 쪽을 돌아보았다.

“글쎄, 그냥 두는 게 좋겠군.” 하사관은 문 앞에 서서 이렇게 말하고 다른 하사관을 재촉하여 밖으로 나갔다.

호송병들이 나가자마자 나바토프는 부조프킨 곁으로 가서 그의 어깨를 흔들면서 말했다.

“여보게, 카르마노프가 이름을 바꿔치기 한다는데, 그게 정말인가?”

부조프킨의 온화하고 상냥한 얼굴이 갑자기 어둡게 일그러지더니 두 눈은 엷은 막을 씌운 듯이 흐려졌다.

“난 듣지 못했어. 설마.”라고 하며 그는 윤기없는 무표정한 눈으로 말을 덧붙였다. “그럼, 아크슈테, 아줌마들 말씀 잘 듣고 얌전하게 지내야 해.” 그러고는 황급히 문을 나갔다.

“다들 알고 있어. 바꿔치기하는 것이 틀림없어.” 하고 나바토프는 말했다. “당신은 이 일을 어떻게 하시렵니까?”

“시내에 들어가서 담당 관리에게 말하겠소. 나는 두 사람 다 얼굴을 알고 있으니까.” 하고 네흘류도프가 말했다.

이야기가 되풀이되는 것을 두려워하는 듯 모두들 가만히 있었다. 시몬슨은 줄곧 입을 다물고 두 손을 머리 밑에 받치고 구석 쪽 침대에 누워 있더니 무엇인가 결심한 듯이 벌떡 일어나 앉아 있는 사람들을 조심스럽게 피하면서 네흘류도프 쪽으로 다가왔다.

"제 이야기를 들어 주실 수 있겠습니까?"

"좋습니다." 하고 네흘류도프는 그를 따라가려고 일어섰다.

일어난 네흘류도프를 바라보다가 눈이 마주치자 카튜샤는 얼굴을 확 붉히면서 자기도 모르겠다는 듯이 고개를 흔들었다.

"이야기란 이렇습니다." 복도로 나서자 시몬슨은 네흘류도프에게 말했다. 복도에는 형사범들의 시끌벅적한 소리와 고함치는 소리가 한층 더 소란스럽게 들렸다. 네흘류도프는 눈살을 찌푸렸으나 시몬슨은 조금도 개의치 않는 모양이었다. "카테리나 미하일로바에 대한 당신의 마음을 알고 있기 때문에." 그는 그 선량해 보이는 눈으로 네흘류도프의 얼굴을 주의깊게 똑바로 보면서 말을 이었다. "나로서는 말해 둘 의무가 있다고 생각한 것입니다." 그러나 그는 여기서 말을 중단하지 않을 수가 없었다. 그 때 바로 문 옆에서 다투는 두 사람의 목소리가 동시에 외쳐댔기 때문이다.

"그러니까 멍텅구리란 소릴 듣는 거야. 내 것이 아니라고 하잖아!" 또 한 목소리가 외쳤다.

"죽어라, 이 자식아." 하고 다른 쉰 목소리가 외쳤다.

그 때 마리아 파블로브나가 복도로 나왔다.

"시끄러워서 이야기를 할 수 있나요?" 하고 그녀는 말했다. "이 방으로 오세요. 베로치카 혼자뿐이에요." 그녀는 앞장 서서 옆방 문을 열고 들어갔다. 그곳은 독방인 듯한 작은 방으로, 지금은 정치범 여죄수용으로 사용되고 있었다. 침대 위에는 머리까지 담요를 푹 뒤집어쓰고 베라 보고두호프스카야가 드러누워 있었다.

"머리가 아픈 모양이에요. 자고 있으니까 아무 소리도 들리지 않을 거예요! 나는 나갈 테니까." 하고 마리아 파블로브나는 말했다.

"그냥 있어 주십시오." 시몬슨이 말했다. "나는 누구한테도 비밀은 만들지 않습니다. 더구나 당신한테 가질 까닭이 없어요."

"그럼 좋아요." 마리아 파블로브나는 이렇게 말하고 어린아이처럼 몸을 이리 저리 흔들면서 침대에 깊숙이 걸터 앉아 그 양같이 순한 눈을 어딘지 먼 곳으로 향하면서 듣는 자세를 취했다.

"그런데 내 이야기란 것은." 하고 시몬슨은 되풀이했다.

"카테리나 미하일로바와 당신의 관계를 알고 있으므로 나는 그녀에 대한 내 감정을 당신한테 말씀드릴 의무가 있다고 생각한 것입니다."

"그렇다면 무슨 말씀이지요?" 네흘류도프는 시몬슨의 단도직입적인 정직한 말투에 자기도 모르게 끌려들면서 이렇게 되물었다.

"말하자면 나는 카테리나 미하일로바와 결혼하고 싶다는 것입니다……."

"어머나 저런!" 마리아 파블로브나가 시몬슨의 얼굴을 보며 놀란 듯 눈을 동그랗게 떴다.

"……그래서 그 일을, 즉 내 아내가 되어 달라고 그녀에게 청할 결심을 했습니다." 시몬슨은 계속 말을 이었다.

"내가 무엇을 할 수 있겠습니까? 그것은 그녀의 의사 결정에 달렸지요." 하고 네흘류도프는 말했다.

"그렇습니다. 그러나 그녀는 당신한테 의논하지 않고는 이 문제를 결정하지 않겠지요."

"왜요?"

"왜냐 하면, 당신과 그녀의 관계가 깨끗이 정리되지 않은 동안은 그녀는 아무것도 결정할 수가 없을 겁니다."

"내 쪽 문제는 모두 해결되어 있습니다. 나는 내가 해야 한다고 생각하는 것을 하고자 합니다. 그리고 또 그녀의 처지를 편하게 해 주고 싶은 마음뿐입니다. 그러나 어떤 경우라도 그녀를 속박하고 싶지는 않습니다."

"그래요? 그러나 그녀는 당신의 희생을 바라지 않습니다."

"희생 같은 것은 전혀 없습니다."

"나는 알고 있습니다만 그녀의 이 결심은 움직일 수 없으리라고 믿습니다."

"그래요? 그렇다면 나한테 굳이 말할 필요가 없지 않습니까?" 하고 네흘류도프는 말했다.

"그녀에게는 당신한테 그것을 인정받는 것이 필요합니다."

"자기가 의무라고 생각하는 일을 해서는 안 된다고 어떻게 내가 승일할 수 있겠습니까? 내가 말할 수 있는 단 한 가지는, 나는 자유가 없는 몸이지만 그녀는 자유롭다는 것입니다."

생각에 잠긴 듯 시몬슨은 잠시 입을 다물고 있었다.

"좋습니다. 그대로 그녀에게 전하지요. 오해하시면 곤란합니다만 난 그녀에게 단순히 반한 것은 아닙니다." 하고 그는 말을 이었다. "나는 드물게 보는, 마음이 아름답고 많은 고생을 겪어 온 사람으로서 그녀를 사랑하고 있습니다. 나는 그녀에게서 아무것도 원하지 않습니다만 어떻게 해서라도 그녀에게 의지가 되어 주고 싶을 따름입니다. 그녀의 입장을……."

듣고 있던 네흘류도프는 시몬슨의 목소리가 떨리고 있는 것을 감지하고 깜짝 놀랐다. "입장을 편하게 해 주고 싶습니다." 시몬슨은 말을 계속했다. "만일 그녀가 당신의 도움을 원하지 않는다면 나의 도움을 받도록 해 주고 싶습니다. 만약 그녀가 승낙해 준다면 그녀의 유형지로 나도 보내 달라고 청해 볼 작정입니다. 4년이란 그렇게 긴 세월이 아닙니다. 나는 그녀 곁에서 살고 싶습니다. 그러면 다소나마 그녀에게 도움이 되어 줄 수 있을지 모르지요." 그는 다시금 홍분 때문에 말이 중단되었다.

"내가 무슨 말을 할 수가 있겠소?" 하고 네흘류도프는 말했다. "당신 같은 든든한 보호자가 그녀에게 나타나게 된 것을 기쁘게 생각하오……."

"바로 그 말씀을 나는 듣고 싶었습니다." 하고 시몬슨은 말을 계속했다. "내가 알고 싶었던 것은, 그녀를 사랑하고 그녀의 행복을 원하고 있기 때문에 그녀와 나의 결혼을 당신이 좋은 일이라고 인정해 줄 것이냐 하는 문제였습니다."

"네, 인정하고말고요." 네흘류도프는 단호하게 말했다.

"모든 것이 다 그녀를 위해서입니다. 내가 원하는 것은 고난에 지친 그녀의 영혼에 조금이라도 휴식을 갖게 해 주고 싶다는 것뿐입니다." 시몬슨은 그 우울한 얼굴에서는 전혀 생각도 할 수 없는, 어린아이같이 천진스러운 눈으로 네흘류도프를 보면서 말했다.

시몬슨은 일어났다. 그리고 네흘류도프의 손을 잡자 얼굴을 그에게로 갖다 대고 수줍은 듯이 살짝 웃고는 그에게 키스했다.

"그럼, 당신이 말씀하신 그대로 지금 그녀에게 전하겠습니다." 하며 그는 밖으로 나갔다.

17

"글쎄, 이게 어찌된 일일까요?" 마리아 파블로브나는 말했다. "사랑의 포로가 되어 버려 이젠 아주 푹 빠져 버리지 않았겠어요? 이럴 줄은 꿈에도 생각지 못했어요. 블라디미르 시몬슨이 이런 맹목적인 유치한 사랑에 넋을 잃다니. 어이가 없어요. 바로 말해서 슬픈 일이라고나 할까요." 하고 그녀는 한숨을 쉬며 말했다.

"그러나 그녀 쪽은 어떨까요, 카튜샤는? 이 문제를 어떻게 보고 있다고 생각합니까?" 하고 네흘류도프는 물었다.

"그녀요?" 되도록 정확하게 대답을 하려는 듯 그녀는 잠시 말을 끊었다. "카튜샤요? 아시다시피 그런 과거를 가지고 있는데도 천성적으로 굉장히 도덕적인 여자예요……. 그리고 참으로 섬세한 감수성을 지니고 있어요……. 그녀는 당신을 사랑하고 있어요. 아름다운 마음으로 사랑하고 있어요. 그래서 그녀로 인해 당신을 그르치지 않기 위해 하다못해 소극적인 선한 마음에서 당신을 위해 해 드릴 수 있다면 그것으로 그녀는 행복한 거예요. 그녀에게 있어선 당신과의 결혼은 과거의 어떤 일보다도 나쁘고 무서운 타락이 될 거예요. 그래서 그녀는 절대로 그것을 허락하지 않는 거예요. 하지만 당신이 오시면 그녀의 가슴은 흔들림에 떨고 말지요."

"그럼 나는 어떻게 하면 좋습니까? 없어져 버릴까요?" 하고 네흘류도프는 말했다.

마리아 파블로브나는 언제나처럼 귀엽고 소녀다운 미소로 생긋 웃었다.

"글쎄요, 어느 정도는."

"어느 정도 없어진다는 것은 무슨 의미이죠?"

"농담이에요. 하지만 그녀에 대해서 당신한테 꼭 말씀드리고 싶은 게 있었는데, 그녀는 이미 시몬슨의 술에 취한 듯한 사랑의 어리석음을 깨닫고 있을 거예요. (시몬슨은 아직 그녀에겐 아무런 말도 하지 않았다) 그리고 그것을 기분 좋게 생각함과 동시에 두려워하고 있는 것 같아요. 아시다시피 나는 이런 문제를 잘 모르지만, 그의 마음은 가면으로 가려져 있긴 하지만 아주 흔한 남자의 감정이라고 해요. 이 사랑이 그의 생명력을 불태워 준다느니 이 사랑은 플라토닉한 것이니 하고 그는 말하고 있습니다만 저는 알고 있어요. 가령 이것이 예외적인 사랑이라 할지라도 그 밑바닥에 깔려 있는 것은 역시 추한 느낌임에 틀림없어요 ……노보드보로프와 그라베츠의 경우처럼."

마리아 파블로브나는 자기가 좋아하는 화젯거리로 말이 잘못 나와 핵심에서 벗어나고 말았다.

"그러나 나는 어떻게 하면 좋을까요?" 하고 네흘류도프는 물었다.

"제 생각으로는 당신이 그녀에게 분명하게 말씀을 하시는 것이 좋으리라고 보아요. 뭐든지 정확하게 하는 것이 좋으니까요. 그녀에게 말씀하세요. 지금 불러 드릴 테니까. 상관없겠지요?" 마리아 파블로브나는 말했다.

"그렇게 해 줘요." 네흘류도프가 말했다. 마리아 파블로브나는 밖으로 나갔다.

조그마한 감방에 혼자 남게 되자 이따금 괴로운 듯한 신음 소리에 중단되는 베라 보고두호프스카야의 조용한 숨소리와, 두 개의 문 너머에서 줄곧 들려 오는 형사범들의 떠들썩한 소리를 아무 생각 없이 듣고 있는 동안 네흘류도프는 무엇인지 이상한 느낌이 들었다.

시몬슨이 한 말이 자기 몸에 씌워졌던 의무에서 그를 해방시켜 주었다. 이 의무는 마음 약해질 때마다 그에게 무겁고 두려운 것으로 다가왔었다. 그러나 해방감은 있었지만 아울러 그는 무엇인지 불쾌한 생각이 들었을 뿐만 아니라 무척 괴롭기도 했다. 이런 마음속에는 시몬슨의 제안이 그의 행동의 뛰어난 아름다움을 파괴하고 자기의 눈에도 남의 눈에도 자기가 바친 희생의 가치를 깎아 내렸다는 생각이 들었다.

만약 어떤 사나이가, 그것도 그와 같이 훌륭한 사람이 그녀에게 조그만 의무감도 없는데 그녀와 운명을 같이하려고 한다면 그의 희생은 그다지 커다란 의미를 갖지 않는다. 또 단순한 질투 같은 감정이 있었는지도 모른다. 그는 그녀에게 사랑을 받고 있다는 감정에 익숙해져 있었기 때문에 그녀가 다른 사람을 사랑할 수 있으리라는 생각 따위는 용납할 수가 없었다. 거기에는 그녀가 형기를 마칠 때까지 그녀 가까이에서 지내겠다는 모처럼 세웠던 계획이 수포로 돌아갔다는 심정도 개입되어 있었다. 그녀가 시몬슨과 결혼하게 된다면 그가 동행할 필요는 없어져 버리며 새로운 인생 계획을 세울 필요가 생기게 된다. 그가 아직 자기 마음의 분석을 끝내기도 전에 열려진 문으로 한층 더 심해진 형사범들의 요란스런 말소리의 홍수가 밀려들며 카튜샤가 방으로 들어왔다.

그녀는 종종걸음으로 그의 곁으로 다가왔다.

"마리아 파블로브나가 가라고 해서 왔어요." 그의 바로 옆으로 다가서며 그녀는 말했다.

"응, 좀 할 말이 있어서. 자, 앉아요. 지금 시몬슨과 이야기를 했는데."

그녀는 다소곳이 앉아서 두 손을 무릎 위에 포갰다. 그리고 침착하게 앉아 있었지만 네흘류도프가 시몬슨의 이름을 꺼내자마자 얼굴이 새빨개졌다.

"대체 그분이 무슨 말을 했어요?" 하고 그녀는 물었다.

"당신하고 결혼하고 싶다더군."

그녀의 얼굴이 갑자기 흐려지더니 침울한 표정을 지었다. 그녀는 아무 말도 하지 않고 눈을 내리깔 뿐이었다.

"시몬슨은 나의 동의나 조언을 구하고 있소. 모든 것은 당신 마음에 달렸으니 당신이 결정 지어야 한다고 말해 주었소."

"어머나, 그게 무슨 뜻이지요? 왜 그렇지요?" 하고 그녀는 말했다. 그리고 그 야릇한, 언제나 특히 강하게 네흘류도프의 마음을 흔들어 놓는 사팔뜨기 비슷한 눈으로 지그시 그의 눈을 바라보았다. 잠시 동안 그들은 말없이 서로 마주 보고만 있었다. 그리고 그 눈들은 많은 말을 주고받았다.

"당신이 결정해야 해요." 네흘류도프는 거듭 다짐하듯 말했다.

"제가 무엇을 결정해요?" 하고 그녀가 말했다. "모든 것이 이미 결정되어 있는 걸요."

"아니, 당신이 결정해야 하오. 시몬슨의 청을 받아들이느냐 않느냐를." 하고 네흘류도프는 말했다.

"제가 어떻게 남의 아내가 될 수 있을까요, 이런 유형수인 제가? 어째서 저는 시몬슨까지 망쳐야만 하나요?" 그녀는 괴로운 표정으로 눈살을 찌푸리며 말했다.

"그래요? 그러나 만일 특사로 석방이 된다면?" 하고 네흘류도프는 말했다.

"아, 이젠 저를 내버려 두세요. 더 드릴 말씀이 없어요." 하고 그녀는 일어나서 방을 나갔다.

18

네흘류도프가 카튜샤를 따라 남자 죄수 감방으로 돌아오니 거기서는 모두들 흥분으로 술렁대고 있었다. 어디든지 얼굴을 내밀고 누구하고도 친해지며 뭐든지 잘 살피는 나바코프가 모든 사람을 깜짝 놀라게 하는 뉴스를 가져왔던 것이다. 그 뉴스란 페트린이라는 유형 판결을 받은 혁명가가 벽에다 써 남기고 간 글씨를 그가 발견한 것이었다. 모두들 페트린은 이미 카라 강 연안에 가 있는 줄 알았는데 최근에 혼자서 형사범 죄수대에 섞여 이 길을 지나갔다는 것이 분명하게 밝혀졌던 것이다.

'8월 17일, 나는 홀로 형사범들과 함께 출발한다. 네베로프는 나와 같이 있었으나 카자흐의 정신 병원에서 목을 매어 죽었다. 나는 건강하며 원기 왕성, 앞날의 행운을 기대하고 있다.'라고 벽에 씌어 있었다.

모두들 페트린의 상태와 네베로프의 자살 원인을 추측해 보았다. 크리일리초프만은 긴장하여 반짝반짝 빛나는 눈으로 똑바로 앞쪽을 응시하며 생각에 빠져 있었다.

"남편한테서 들은 이야기지만 네베로프는 페트로파블로브스크 요새에 감금되어 있을 무렵부터 벌써 환영을 보고 있었대요." 하고 란체바가 말했다.

"맞았어. 시인이고 공상가야. 그런 사람은 독방에서 참아 낼 수가 없는 거야." 하고 노보드보로프가 말했다. "내가 독방에 갇혔을 땐 상상이란 것을 도두 떨쳐 버리고 나의 시간이라는 것을 아주 규칙적으로 나눠 가졌지. 그 덕분에 나는 잘 버틸 수가 있었어."

"왜 견디지 못할까? 나는 독방에 갇히는 것을 오히려 찬성했는데." 나바토프가 침울한 기분을 몰아 버리려는 듯 씩씩한 음성으로 말했다. "감옥 밖에 있을 때는 줄곧 경계를 하며 잡히지나 않을까, 남을 휘말고 들어가지나 않을까, 일을 망치지나 않을까 하고 노심초사했었지만, 감옥에 갇히고 보면 그것으로 책임은 끝이라 마음 놓고 쉴 수가 있거든. 안심하고 편히 앉아 담배도 피울 수가 있단 말이야."

"당신은 그이를 잘 알고 있었나요?" 갑자기 바뀐 크리일리초프의 해쓱한 얼굴을 불안스레 바라다보면서 마리아 파블로브나는 물었다.

"그가 공상가라고?" 크리일리초프는 오랫동안 소리쳤거나 노래를 부른 뒤처럼 가쁘게 숨을 몰아쉬면서 갑자기 말을 꺼냈다. "네베로프는 말이야, 우리들 아파트의 문지기가 말하던 것처럼 '세상에 나타나기 힘든' 그런 위인이었어……그렇지……그는 온몸이 수정으로 만들어진 것 같은 사람이었어. 모든 것이 투명하게 보였지. 응……거짓말을 못 할 뿐 아니라, 꾸밀 줄도 모르는 사나이였어. 응, 피부가 얇다는 것이 아니라 마치 온몸의 피부가 죄다 벗겨져 신경이 모두 노출된 것 같았어. 그렇지……복잡하고 풍부한 천분을 타고났어. 당치도 않지……그러나 새삼스레 이런 말을 해 본들 무슨 소용이 있나……." 그는 잠시 입을 다물었다.

"우리는 토론만 하고 있거든. 늘상 어느 쪽이 더 나으냐 하고." 화난 듯이 눈살에 힘을 주면서 그는 말했다. "먼저 민중을 계몽하고 그런 뒤에 생활 형태를 개선해야 하느냐 아니면 먼저 생활 형태를 개선시키고 난 뒤에 어떻게 싸워 나가야 하느냐, 평화적인 선전에 의해서냐, 폭력에 의해서냐? 하고 토론만 하고 있어. 그러나 그들은 토론을 하지 않아. 그들은 자기네들이 할 일을 잘 알고 있거든. 수십 명, 수백 명의 사람들이 죽든 말든, 그게 누구건 그들은 아랑곳하지 않는단 말이야! 오히려 그들은 우수한 인재들이 죽기를 바라고 있소. 그렇지, 게르첸이 말했는데 12월 당원이 사회에서 사라졌을 때 사회의 일반 수준이 떨어졌다더군. 물론 그럴 수도 있겠지. 그 뒤, 게르첸과 그의 무리는 멸망되었어. 그리고 이제 네베로프 같은 사람들이……."

"완전히 뿌리뽑힐 수는 없지." 나바토프가 힘찬 목소리로 말했다. "역시 번식용 씨앗만은 남는 법이야."

"아니야, 만약 우리가 그들을 용납하는 날에는 씨앗도 남아나지 않을 거야." 크리일리초프는 말을 가로채이지 않으려고 목소리를 높여 말했다. "담배 한 대 주지 않겠소?"

"하지만 몸에 해로워요, 크리일리." 하고 마리아 파블로브나가 걱정하듯 나무랐다. "부탁이니 제발 피우지 마세요."

"괜찮으니까 내버려 둬." 하며 그는 화난 듯이 담배를 피워 물었으나 곧 기침을 했다. 그리고 금방이라도 토할 것만 같았다. 침을 탁 뱉고 그는 말을 이었다. "우리가 하고 있는 일은 틀렸어. 응, 틀렸단 말이야. 이러쿵저러쿵 토론만 하고 있지 말고 모두 단결을 해야 해……그리고 그들을 없애야 해."

"그러나 그들도 역시 인간이 아닌가요?" 하고 네흘류도프는 말했다.

"아니, 그놈들은 인간이 아닙니다. 지금 그들이 하고 있는 것 같은 짓을 할 수 있는 놈이 무슨 인간입니까?……아니고말고. 듣자니 폭탄과 기구(氣球)라는 것이 발명되었다지 않습니까? 그렇지, 기구를 타고 하늘에 날아올라가 빈대라도 모조리 박멸할 듯이 그들에게 폭탄의 비를 뿌려 줘야지. 모두 근절될 때까지……그렇고말고. 왜냐 하면…….” 그는 말하다가 얼굴이 새빨개져서 차츰 더 심하게 기침을 하더니 입에서 왈칵 피를 토했다.

나바토프가 눈을 퍼 오려고 뛰어나갔다. 마리아 파블로브나는 약초에서 채취한 진정제를 꺼내서 권했다. 그러나 그는 눈을 감고, 희고 가느다란 손으로 그것을 밀치고 괴로운 듯이 숨을 헐떡거리고 있었다. 크릴리가 눈과 냉수로 진정되어 침대에 눕어진 것을 본 다음 네흘류도프는 그들에게 작별 인사를 하고 자기를 데리러 아까부터 와서 기다리고 있던 하사관과 함께 출구 쪽으로 걸어갔다.

형사범들도 이제 조용해지고 대부분이 잠을 자고 있었다. 죄수들은 감방 안의 나무 침대 위에도, 아래에도, 통로에까지 누워 있었으나 그래도 다 들어가지 못해 복도에까지 나와서 배낭을 베개삼아 젖은 죄수복을 뒤집어쓰고 누워 있는 사람도 있었다.

감방문에서도 복도에서도 코고는 소리와 신음 소리와 잠꼬대가 들려 왔다. 사방은 죄수복을 뒤집어쓴 사람의 모습으로 꽉 차 있었다. 남자 죄수들의 감방에서는 아직도 몇 명이 자지 않고 한쪽 구석에서 촛불을 둘러싸고 앉아 있다가 하사관을 보자 얼른 불을 껐다. 복도의 램프 아래서도 노인 한 사람이 일어나 있었다.

노인은 발가벗고 앉아서 셔츠의 이를 잡고 있었다. 정치범 감방의 더러운 공기도 가슴을 조여 오는 듯한 이 곳의 악취에 비하면 훨씬 청결하게 여겨졌다. 그을린 램프가 마치 안개 속에 있는 것처럼 흐릿하게 보여서 숨도 쉴 수 없을 정도였다. 자고 있는 자를 밟지 않고 발에 걸리지 않도록 복도를 지나가려면 앞을 잘 보고 빈 자리를 살폈다가 그 자리에 발을 디디고 다시 걸음을 옮길 장소를 찾아야만 했다.

세 남자가 복도에서도 밀려났는지 판자 틈새로 똥물이 새어나오고 있는, 악취로 코가 비뚤어질 것 같은 용변통 바로 곁에 누워 있었다. 한 사람은 네흘류도프가 이송 도중에 가끔 보았던 그 노인이었다. 한 사람은 열 살쯤 되어 보이는 소년인데 두 죄수 사이에 끼여서 한 손을 볼 밑에 괴고 한 죄수의 다리를 베고 잠들어 있었다.

네흘류도프는 문을 나서자 발길을 멈추고 가슴을 활짝 편 채 한동안 얼어붙은 듯한 차가운 공기를 깊숙이 들이마셨다.

19

유난히도 하늘은 별들로 가득했다. 아직 군데군데 진 땅이 남아 있긴 했지만 꽁꽁 언 길을 걸어서 숙소로 돌아오자 네흘류도프는 어두컴컴한 창문을 두드렸다. 그러자 어깨가 떡 벌어진 하인이 맨발로 나와 입구의 문을 열어 주었다. 입구의 오른편에 있는 하인 방에서 마부들의 드르렁거리며 코고는 소리가 심하게 들렸다. 문 너머 안뜰 쪽에서는 많은 말들이 귀리를 씹는 소리가 들렸다. 왼편에는 깨끗한 객실로 통하는 문이 있었다. 깨끗한 객실에는 쑥냄새와 땀냄새가 진동하고 칸막이 뒤에서는 누군지 코고는 소리가 규칙적으로 들렸으며, 성상 앞에는 빨간 유리 등잔불이 켜져 있었다.

웃옷을 벗은 네흘류도프는 고무를 입힌 소파 위에 담요를 깔고 여행용 가죽 베개를 베고 누워 오늘 보고 들은 것을 모조리 마음속에 되새겨 보았다. 오늘 본 것 중에서 네흘류도프가 가장 무섭게 생각되었던 것은 악취를 풍기며 새어나오는 오물 위에서 죄수의 발을 베고 자고 있던 그 소년의 모습이었다. 오늘 밤 시몬슨과 카튜샤에 대해 주고받은 이야기는 뜻밖이었고 중대했음에도 불구하고 그는 이 사건에는 마음을 쓰지 않았다.

이 문제에 대한 그의 태도는 너무나 복잡하고 아울러 막연했다. 그래서 그는 일부러 이 문제에서 잠시 떠나 생각하고 싶었다. 그리하여 더욱 그는 생생하게 질식할 것 같은 공기 속에서 헐떡이면서 용변통에서 흘러나오는 오물 위에 누워 자고 있던 불행한 사람들, 특히 죄수 발을 베고 잠자고 있던 순진한 얼굴의 소년을 떠올렸다. 이 소년의 모습은 그의 뇌리에서 떨쳐지지 않았다.

어딘지 먼 곳에서, 어떤 사람이 딴 사람을 괴롭히고 온갖 타락과 비인간적인 굴욕과 고통으로 빠뜨리고 있다는 것을 말로만 듣는 것과, 석 달 동안이나 그 어떤 사람들에 의한 다른 사람들의 이 굴욕과 고통의 생생한 현상을 줄곧 목격하는 것은 전혀 다른 별개의 문제로 인식되었다.

네흘류도프는 그것을 경험했다. 그는 이 석 달 동안 몇 번이고 스스로에게 물어 보았다. '남이 못 보는 것을 보고 있는 내가 미친 것일까. 아니면 내 눈에 보이는 것을 예사로 보고 있는 그들이 미친 것일까?' 그러나 사람들은……특히 이런 사람들이 매우 많이 있었는데……그를 이토록 놀라게 하고 두려워하게 한 것을, 이것은 그렇게 하지 않으면 안 될 뿐 아니라 그렇게 하는 것이 지극히 중요하고 유익한 일이라는 흔들림 없는 확신을 가지고 행하고 있었다. 그렇다면 이러한 모든 사람들을 미치광이라고 몰아세울 수는 없었다. 그러나 그는 자기 생각이 틀림없이 옳다는 것을 깨닫고 있었기 때문에 자기를 미치광이라고 인정할 수도 없었다. 그래서 그는 의욕에 사로잡혀 있었다.

이 석 달 동안 네흘류도프가 본 것은 다음과 같은 형태로 그의 마음에 새겨졌다. 자유로운 사회에서 생활하고 있는 모든 사람들 가운데 가장 신경이 예민하고 혈기 왕성하며 흥분 잘하고 재능이 뛰어나며 튼튼하고 늠름하며 딴 사람보다 교활함과 신중함이 부족한 사람들이 재판이나 행정 따위의 수단으로 분별된다. 더구나 이러한 사람들은 자유로운 사회에 남아 있는 사람들보다 절대로 사회를 위해 죄가 있다든가 위험하다는 것은 아니다.

하지만 첫째로 감옥과 유형수 숙소와 유형지에 감금되어 몇 달이고 몇 년이고 온전하게 허송 세월을 보내며 물질적 보장 아래 자연과 가족과 노동에서 격리된 생활을 하게 된다. 즉 인간으로서 누구나 가져야 할 자연적이고 도덕적인 온갖 생활 조건의 범위 밖으로 제외되고 마는 것이다.

둘째로 이 사람들은 이러한 시설 속에서 온갖 불필요한 굴욕을 당한다. 즉 쇠사슬과 삭발과 창피한 죄수복 따위다. 그리고 소문을 염려한다든가, 부끄러움이라든가 인간의 존엄에 대한 의식이라든가, 마음 약한 사람들의 선량한 생활의 주요한 동력이 모두 빼앗긴다.

셋째로 일사병과 익사와 화재 같은 예외적인 경우는 제외하고라도 감금 장소에 붙어다니는 전염병과 심한 피로감과 구타 따위로 줄곧 생명의 위험 속에 처해 있기 때문에 이런 사람들은 아주 선량한, 도덕적인 사람마저 자기 보존의 감정에서 무서운 잔혹 행위를 행하여 다른 사람들을 해치지 않을 수 없는 그런 상황 아래 언제나 놓여지는 것이다.

넷째로 이들은 생활 환경에——특히 이러한 시설에 의해——극단적으로 타락한 부랑아나 살인자나 악당들과 강제적으로 함께 생활하고 있기 때문에 이 악당들은 지금껏 사용되었던 여러 종류의 수단을 써서 아직 그다지 타락되지 않은 모든 선량한 사람들에게 반죽에 묻은 효모균 같은 작용을 하는 것이다.

그리고 다섯째, 마지막으로 이런 작용 아래 놓여 있는 모든 사람들에게 가장 확실한 방법으로 한 가지 일이 가르쳐진다. 그것은 그들 자신에 대한 온갖 비인간적인 행위라는 방법인데, 예를 들면 부녀자나 노인에 대한 고문이라든가 구타라든가, 태형이라든가, 도망자를 산 채로 또는 시체라도 잡아다 바친 자에겐 상을 준다든가, 부부를 떼어서 남의 아내나 남편을 붙여 주기 위해 동거시켜 주는 제도라든가, 총살이라든가, 교수형이라든가——이러한 가장 확실한 방법에 의해 온갖 종류의 폭력, 잔인, 야만적인 행위가 금지되어 있지 않을 뿐 아니라 그것이 정부에 유리하다면 무엇이든지 정부에 의해 허용되고 있다.

그러므로 감옥 안에서 빈궁과 결핍에 허덕이고 있는 사람들은 그러한 행위가 허용되는 것이 더할 나위 없이 당연하다는 것을 배우게 된다.

모든 것은, 다른 어떤 조건 아래에서도 형성되지 못할 가장 짙은 농도로 졸여진 타락과 악덕의 원액을 만들어 놓았다가 나중에 그것을 온 민중들 사이에 광범위하게 뿌리기 위해 일부러 고안된 것과 다름없는 시설이었다. 마치 가장 뚜렷한 최선의 방법으로 되도록 많은 사람들을 타락시키려면 어떻게 해야 하느냐는——과제가 주어진 것 같다——감옥과 숙소에서 행해지고 있는 일에 생각을 돌리면서 네흘류도프는 이렇게 생각했다. 몇십만 명이라는 사람들이 날마다 끌려가서 타락을 강요당하고 그들이 완전히 타락한 뒤에는 옥중에서 몸에 붙인 타락을 민중들 사이에 퍼뜨리기 위해 풀어 주는 것이다.

튜멘, 예카테린부르그, 톰스크 등의 감옥이나 유형수들의 숙박소에서 사회가 스스로 세운 것 같은 이 목적이 훌륭히 달성되어 가고 있는 것을 네흘류도프는 보아 왔다. 러시아의 시민, 농민, 그리스도교적인 도덕심을 지닌 소박한 보통 사람들이 그러한 관념을 버리고, 개인의 인격에 대한 온갖 욕설과 폭력, 인격의 모든 말살이, 그것이 유리하기만 하다면 허용된다는 생각 속에 새로운 감옥의 관념을 몸에 익히는 것이다.

감옥 안에서 생활하고 있는 사람들은 그들에게 행해지고 있는 것에 의하여 판단할 때 교회의 사제나 도덕 선생들에 의해 설명되고 있는 사람들에 대한 존경과 동정 따위의 모든 도덕률이 현실에서는 폐지돼 버리고 있다. 그러므로 그런 것은 지켜 나갈 필요가 없는 것이라고 뼈저리게 느끼고 있다.

네흘류도프는 자기가 알고 있는 모든 죄수들에게서 그것을 보았다. 표도로프에게서도, 마카르에게서도, 타라스에게서도 보았다. 타라스는 이송하는 두 달 동안 숙소에서 지내면서 비도덕적인 사고 방식으로 네흘류도프를 놀라게 했다.

도중에서 네흘류도프는 부랑자들이 동료들을 충동질해서 몰래 도망쳤다가 뒤에 그 동료를 죽이고 그 고기를 먹었다는 이야기를 들었다. 그는 현재 고발되어서 그 무서운 범행을 자백한 사람을 보았다. 더구나 무엇보다도 네흘류도프를 무섭게 만드는 것은, 이 사람 고기를 먹었다는 사건이 한 번뿐이 아니라 줄곧 반복되고 있다는 것이었다.

이러한 시설에서 벌어지는 악덕의 특수한 배양 방법에 의해서만이 러시아 인을 이 부랑자 같은 야수의 상태에까지 빠뜨릴 수가 있는 것이다. 이 부랑자들은 니체의 최신 사상에 앞질러서 모든 것이 가능하며 아무것도 금지되어 있지 않다고 생각하고 이 사상을 먼저 죄수들 사이에, 이어서 온 민중들 사이에 퍼뜨리는 것이다.

이러한 모든 행위의 유일한 설명은, 형법 관계 서적에 씌어 있는 바로는 방지, 위협, 교정 및 합법적인 복수로 되어 있다. 그러나 현실에는 이 네 조항의 어느 것과도 비슷한 것이 없다. 방지 대신에 범죄의 보급이 있을 뿐이다. 위협 대신 범죄자들에 대한 지향이 있을 뿐이다. 더구나 이러한 범죄자들의 대다수는 부랑자들처럼 자진해서 감옥에 들어온 무리들이다. 교정 대신 온갖 악덕의 조직적 감염이 있을 뿐이다. 복수의 필요성도 정부의 처벌에 의해서 완화시키지 못했을 뿐만 아니라 그런 것이 없었던 민중들 사이에까지 배양되는 결과를 가져온 것이다.

'그럼, 그들은 왜 이런 짓을 하는 것일까?' 하고 네흘류도프는 스스로 물어보았으나 해답을 구하지는 못했다.

그리고 가장 그를 놀라게 한 것이 결코 우연도 아니고, 오해에서 비롯된 것도 아니고, 한 번뿐이 아니며 수백 년 전부터 시행되어 온 것이라는 사실이었다. 그 차이라고 하면 옛날에는 코를 도려 내거나 귀를 자르거나 했던 것이 그 뒤에는 낙인과 매질로 바뀌었고, 지금은 수갑을 채우고, 호송하는데 짐마차 대신 기차나 기선이 사용되게 되었다는 정도였다.

네흘류도프의 감정을 자극시킨 것은 감옥과 유형지 설비의 불완전함이었다. 새로운 양식의 감옥을 만들게 되면 그런 것은 모두 새롭게 개조할 수 있다는 관리들의 말도 네흘류도프를 만족시킬 수는 없었다. 왜냐 하면 그의 분개가 감금 장소의 그 설비가 불완전하다는 데에서 비롯된 것이 아니라는 것을 그는 깨닫고 있었기 때문이다. 그는 벨 경보기를 한 완전한 감옥이나, 타르드가 추천하는 전기 의자에 의한 처형에 대해서 읽었었다. 그리고 그 완성된 폭력이 차츰 더 그를 분노하게 만들었던 것이다.

네흘류도프를 몹시 분노하게 한 것은 주로 재판소나 관청에 버젓이 앉아 있는 관리들이, 민중에게서 짜낸 엄청난 봉급을 받으면서 같은 관리들에 의해, 같은 동기에 의해 만들어진 법령을 참조하여 법률에 위반되는 사람들의 행위로 억지로 조문에 맞추어 다시 볼 수 없는 먼 곳으로 유배해 버린다는 것이었다. 그러한 몇백 만 명이라는 사람들이 그 유형지에서 잔인하고 야수적인 사람으로 변한 감옥 소장과 간수와 호송병 들의 완전한 권력 아래에 놓여져서 정신적으로 육체적으로 파멸해 버리는 것이다.

네흘류도프는 감옥과 숙소를 더 잘 알게 되자 죄수들 사이에 퍼져 가는 모든 악덕, 즉 음주, 도박, 잔혹, 죄수들에 의해 벌어지는 모든 무서운 범죄, 게다가

인육을 먹는 것까지도 완고한 학자들이 말하고 있듯 우연의 현상도 아니며 변질자나 범죄 타입의 정신적 불구자의 현상도 아니며 사람이 사람을 벌할 수 있다는 불가해한 착오의 필연적인 결과라는 것을 알게 되었다.

이러한 식인 행위가 밀림에서 시작된 것이 아니라 정부나 위원회나 여러 관청에서 비롯된 것이 밀림 속에서 끝난 것에 지나지 않는다는 것을 그는 알았다. 예를 들어 그의 매형부터 시작해서 정리에서 장관에 이르는 모든 사법 관계의 관리들도, 그들이 입버릇처럼 말하고 있는 정의라든가 민중의 복지에는 조금도 관심을 기울이지 않으며, 그들에게 필요한 것은 이 타락과 고뇌를 자아내는 모든 일을 하는 데 대해 그들이 받고 있는 봉급뿐이라고 네흘류도프는 생각했다. 그것은 확실이 명백한 일이었다.

'그렇다면 정말 이러한 모든 것이 단지 오해에 의해 생겨났다고 말할 수 있을까? 어떻게 하면 그들 모든 관리들에게 지금의 봉급과 상여금을 보장해 주면서 그러한 일들을 행하지 않도록 할 수 있을까?' 하고 네흘류도프는 생각했다. 그는 이런 일을 생각하면서 닭이 두 번이나 홰를 친 뒤에야, 약간만 몸을 움직여도 벼룩이 마치 분수처럼 몸 주변을 튀는 것을 무릅쓰고 깊은 잠에 빠져 버렸다.

20

네흘류도프가 잠에서 깨어났을 때는 마부들은 이미 오래 전에 떠난 뒤였으며, 여주인은 차를 다 마시고 손수건으로 땀이 밴 굵은 목을 닦으면서 들어와 숙소의 호송병이 편지를 가져왔다고 알렸다. 편지는 마리아 파블로브나에게서였다. 그녀는 크리일리초프의 발작은 그들이 생각했던 것보다 심각하다고 썼다.

우리는 한때 그를 남겨 놓고 우리도 함께 간호를 하기 위해 남아 보려고 했으나 허가가 떨어지지 않아 데리고 갑니다만 어떻게 될 것인지 걱정이에요. 부디 도회지에 그가 남게 되거든 우리들 일부 중에서 누군가가 간호를 하기 위해 남을 수 있도록 힘써 주세요. 만약 그 때문에 제가 그이와 결혼을 해야 한다면 저는 그렇게 할 각오입니다.

네흘류도프는 마차를 부르러 젊은이를 역으로 보내고 서둘러 떠날 채비를 시작했다. 그가 두 잔째의 차를 미처 다 마시기도 전에 벌써 세 필의 말이 끄는 역마차가 방울 소리도 요란하게 얼어 붙은 진흙길 위로 바퀴 소리를 덜거덕거리면서 현관 앞에 닿았다. 목이 굵은 주인에게 셈을 치르고 나서 그는 빨리 밖으로 나가 마차에 올라 앉아 죄수 부대를 따라가기 위해 가능하다면 빨리 달리라고 마부에게 일렀다.

목장 문을 조금 지났을 때, 그는 배낭과 환자를 가득 실은 짐마차의 행렬을 따라 잡을 수 있었다. 짐마차의 행렬은 조금 녹기 시작하는 진흙길을 덜거덕거리면서 가고 있었다. 지휘 장교는 없었다. 그는 훨씬 앞쪽에 가고 있었다. 호송병들은 한 잔 했는지 명랑하게 지껄이면서 죄수들을 따라 뒤와 길 양편을 걷고 있었다. 짐마차의 수는 많았다. 안쪽 짐마차에는 병약한 형사범이 여섯 명씩 꼭 끼어 앉아 있었고 뒤쪽 마차 세 대에는 정치범이 세 사람씩 앉아 있었다. 맨 뒤쪽의 마차에는 노보드보로프, 그라브, 콘드라체프, 뒤에서 두 번째에는 란체바, 나바토프, 그리고 마리아 파블로브나가 자리를 양보해 준 신경통 환자인 여죄수, 세 번째에는 마른 풀 위에 자리를 마련하고 크리일리초프가 누워 있었다. 그 곁 마부석에는 마리아 파블로브나가 앉아 있었다. 크리일리초프 곁에까지 간 네흘류도프는 마차를 내려 그 쪽으로 걸어갔다. 얼큰하게 취한 호송병이 손을 내저으며 네흘류도프를 막아 섰다. 그는 돌아보지도 않고 마차 곁으로 가까이 가서 횡목을 붙들고 나란히 걷기 시작했다.

털외투에 양피 모자를 쓰고 손수건으로 입을 가린 크리일리초프는 더욱 창백하고 해쓱해 보였다. 그 고운 눈이 한층 더 커지고 열을 띠고 반짝거리고 있는 듯이 보였다. 길이 울퉁불퉁했기 때문에 기운 없이 몸을 이러저리 흔들리면서 그는 눈길을 돌리지 않고 지그시 네흘류도프를 바라본 채 좀 어떠냐는 물음에 눈을 감고 화난 듯이 머리를 가로저었을 뿐이었다. 그의 모든 힘은 틀림없이 마차의 흔들림 때문에 차츰 더 소모되는 듯했다. 마리아 파블로브나는 맞은편에 앉아 있었다. 그녀는 크리일리초프의 병상에 대한 불안을 나타내는 의미 있는 눈길을 네흘류도프에게 보내고는 곧 일부러 명랑한 목소리로 이야기를 시작했다.

"아마 장교도 마음이 찔렸던 모양이지요?" 하고 그녀는 바퀴소리 때문에 안 들릴까 봐 큰 소리로 네흘류도프에게 말했다.

"부조프키의 수갑을 벗겨 주었어요. 그는 손수 계집아이를 안고 카튜샤와 시몬슨과 나를 대신한 베라와 같이 갔어요."

크리일리초프가 마리아 파블로브나를 눈짓으로 가리키면서 무슨 말을 했지만 힘없는 소리라 들리지 않았다. 그리고 기침을 참으려고 미간을 찌푸리며 머리를 흔들었다. 네흘류도프는 머리를 갖다 대고 그의 말소리를 들으려 했다. 그러자 크리일리초프가 입에서 손수건을 떼고 속삭이듯이 말했다.

"이제 한결 낫습니다. 단지 감기가 들지 않도록 해야 할 텐데."

네흘류도프는 고개를 끄덕여 보이고 마리아 파블로브나와 마주 보았다.

"그래, 삼체(三體)의 문제는 어떻게 되었습니까?" 하고 크리일리초프는 다시 네흘류도프에게 속삭이고 괴로운 듯이 미소를 지었다. "해결은 어렵겠지요?"

네흘류도프는 무슨 말인지 알 수 없었으나, 마리아 파블로브나가 이것은 태양과 달과 지구의 삼체에 대한 관계를 결정 짓는 유명한 물리학상의 문제인데, 크리일리초프가 농담삼아 네흘류도프와 카튜샤와 시몬슨과의 관계에 비유한 것이라고 설명했다. 크리일리초프는 마리아 파블로브나가 그의 농담을 올바르게 설명했다는 표시로 고개를 끄덕여 보였다.

"결정 짓는 것은 내가 아닙니다." 하고 네흘류도프는 말했다.

"편지는 받아 보셨나요? 힘써 주시겠죠?" 하고 마리아 파블로브나는 물었다.

"네, 꼭." 하고 네흘류도프는 말했다. 그리고 크리일리초프의 얼굴에 나타난 고통스러운 표정을 깨닫자 자기 마차로 돌아가 등나무로 엮은 허름한 자리에 기어올라 울퉁불퉁한 길에 흔들리는 마차 난간을 붙들고, 쇠고랑을 찬 죄수들과 수갑으로 두 사람씩 채워진 죄수들의 잿빛 죄수복과 짧은 외투가 구불구불 1킬로미터나 이어진 행렬을 앞질러 갔다. 길 반대편 행렬 속에서 네흘류도프는 푸른 수건을 쓴 카튜샤와 베라 보고두호프스카야의 까만 외투와 시몬슨의 점퍼와 털실로 뜬 모자와 샌들처럼 고무끈으로 묶어 맨 하얀 털양말을 보았다. 시몬슨은 여자들과 나란히 걸으면서 무엇인지 열심히 이야기하고 있었다.

네흘류도프를 보자 여자들은 고개를 끄덕해 보였으나 시몬슨은 거만스레 모자를 약간 쳐들었다. 아무런 할 말이 없었으므로 네흘류도프는 마차를 멈추지 않고 그대로 앞질러 갔다. 다시금 평탄한 길로 나서자, 마부는 마차를 빨리 몰았는데 길 양쪽에 길게 이어지는 마차의 행렬을 앞지르기 위해서는 줄곧 평탄한 길에서 벗어나지 않으면 안 되었다.

바퀴자국이 깊숙히 팬 길은 어두운 침엽수 숲 속을 향해 달리고 있었는데 양편에 군데군데 자작나무와 낙엽송의 잎이 밝은 황갈색을 띠고 있었다. 두 역 사이의 중간쯤에서 숲이 사라지더니 양쪽에 밭이 펼쳐지고 수도원의 금빛 십자가와 둥근 지붕이 보였다. 하늘은 활짝 개어 구름이 흩어지고 숲에 떠올라 젖은 잎새와 물 웅덩이와 수도원의 십가가와 둥근 지붕이 햇빛을 머금고 반짝이고 있었다. 오른편 앞쪽의 연둣빛으로 흐린 먼 저편에는 아담한 산맥이 하얗게 솟아 있었다.

세 필의 말이 끄는 트로이카가 산기슭의 큰 마을로 들어갔다. 마을 길에는 사람들이 떼를 지어 있었다. 러시아 인도 있었고 낯선 모자를 쓰고 이상하게 헐렁한 가운을 입은 이민족도 끼여 있었다. 술에 취한 사람과 취하지 않은 남녀 농민들이 가게와 여인숙과 선술집, 그리고 짐마차 근처에 득실거리고 있었다. 도시가 가까워짐을 느낄 수 있었다.

오른쪽 말에 채찍질을 하고 고삐를 당기고, 고삐가 오른쪽으로 오도록 마부석에 비스듬히 자세를 고쳐 앉은 마부는 뽐내듯이 속도를 줄이지 않고 큰길로 달려 말을 강가의 나루터로 몰았다. 나룻배는 물살이 빠른 강 한복판에서 이 쪽을 향해 건너오고 있었다. 이 쪽 강가에는 스무 대 가량의 짐마차가 기다리고 있었다. 네흘류도프는 별로 기다리지 않아도 되었다. 상류 쪽으로 방향을 잡은 나룻배는 빠른 물살을 타고 삽시간에 선창가의 다리께에 닿았다.

짧은 코트에 가죽신을 신은, 키가 크고 어깨가 떡 벌어진 몸집이 늠름하고 무뚝뚝한 사공들이 능숙한 솜씨로 재빠르게 밧줄을 던져 말뚝에 묶어 매자, 빗장을 뽑아 배 위의 짐마차를 내려놓고 기다리고 있던 마차를 싣기 시작했다. 순식간에 나룻배는 짐마차와 물을 보고 놀라는 말로 가득 찼다. 빠른 물살이 뱃전을 치며 밧줄이 팽팽하게 당겨졌다. 그러는 동안 나룻배는 꽉 찼고, 네흘류도프의 마차와 멍에에서 풀려진 말이 여기저기에서 짐을 밀치면서 한구석에 실리자 사공들은 빗장을 지르고 미처 타지 못한 사람들의 불만스런 소리 따위는 들은 체만 체 밧줄을 풀고 떠나갔다. 나룻배 안은 조용해졌으며 인부들이 발소리와 발을 구르며 바닥을 치는 말발굽 소리만 들릴 뿐이었다.

21

네흘류도프는 뱃머리에 서서 넓은 강물을 바라보고 있었다. 그의 머릿속에는 번갈아 두 개의 모습이 떠올랐다. 짐마차의 흔들림에 따라 힘없이 흔들리는 빈사 상태의 크리일리초프가 고통스러워하는 얼굴과 행렬을 따라 시몬슨과 나란히 의기 양양하게 걸어가는 카튜샤의 모습이었다. 하나의 인상——죽음에 이르러서도 죽음을 맞을 준비가 되어 있지 않은 크리일리초프의 인상은 답답하고도 매우 슬픈 것이었다. 또 하나의 인상——시몬슨 같은 남자의 사랑을 발견하고, 지금은 확실한 행복의 길에 들어선 기운 찬 카튜샤의 인상은 기뻐해야 할 일이었지만 네흘류도프에겐 역시 마음이 무거웠으며 그는 이 고통을 견디어 낼 수가 없었다.

거리 쪽에서 교회의 큰 종소리와 그 금속성의 메아리가 강을 타고 들려 왔다. 네흘류도프 옆에 서 있던 마부와 짐마차의 마부들이 차례차례 모자를 벗고 성호를 그었다. 뱃머리에 가장 가까이 서 있던 조그마하고 푸석한 머리카락을 한 노인은——네흘류도프는 처음에 이 노인을 보지 못했다——성호를 긋지 않고 반대로 머리를 들어 네흘류도프를 흘끗 쏘아보았다. 이 노인은 누덕누덕 기운 농사꾼 외투에 나사 바지를 입고 역시 누덕누덕 기운 닳아빠진 가죽신을 신고 있었으며, 조그만 배낭을 어깨에 메고 머리에는 털이 닳아빠진 모자를 쓰고 있었다.

"노인은 왜 기도를 하지 않소?" 하고 네흘류도프를 태운 마부가 모자를 고쳐 쓰면서 말했다. "노인은 그리스도 교도가 아닌가요?"

"기도를 하다니 누구에게?" 커다랗게 대들듯이 빠른 말로 푸석한 머리카락의 노인은 말했다.

"뻔하잖소, 하느님께 하는 거지." 마부는 비웃기라도 하듯 말했다.

"그럼, 보여 주구려. 어디 있지? 그 하느님이?"

노인의 말에는 무엇인지 따지는 듯한 날카로움이 있었기 때문에 마부는 만만찮은 상대라고 눈치채고는 약간 겁을 먹었으나 그런 내색은 조금도 하지 않고 말이 막혀 거기 있는 여러 사람들 앞에서 망신을 당하지 않으려고 용기를 내어 재빠르게 대답했다.

"어디냐고요? 뻔하지 않소, 하늘에 있지."

"그럼 자네는 하늘에 올라가 봤나?"

"올라가 보든, 안 가 보든 하느님께 기도해야 한다는 건 누구나 다 알고 있는 일이지."

"누구 한 사람 아무 데서도 하느님을 본 사람은 없소. 아버지인 하느님의 품속에 계시는 단 한 분의 독생자가 그것을 나타내 준 거요." 하고 매섭게 얼굴을 찌푸리며 역시 빠른 말로 노인은 말했다.

"영감은 그리스도 교도가 아니로군. 사교도일 테지. 구덩이에나 기도하라지."라고 말하고 마부는 채찍을 허리에 꽂고 말의 가죽 띠를 매만지기 시작했다.

누군가가 히죽히죽 웃는 소리가 들렸다.

"그래, 영감님, 당신의 종교는 무엇이오?" 하고 구석에 있는 마차 쪽에 있던 중년 남자가 물었다.

"나에겐 종교 같은 건 없소. 아무도 믿지 않는단 말이오. 나밖에는 말이지."

노인은 역시 빠른 말로 단호하게 대답했다.

"그런데 어째서 자신은 믿나요?" 네흘류도프는 참견을 했다. "잘 못하는 일도 있을 텐데요."

"아니, 절대로 없소." 머리를 세차게 흔들면서 노인은 단호하게 부정했다.

"그렇다면 왜 여러 가지 종교가 있을까요?" 네흘류도프는 또 물었다.

"종교가 여러 가지 있는 것은 남을 믿고 자기를 믿지 않기 때문이오. 나도 남을 믿다가 그 때문에 숲 속을 헤매듯이 길을 잃고 해맸던 것이오. 완전히 길을 잃어버려 벗어날 수가 없다고 생각했소. 구교도, 신교도, 안식교도, 편신교도, 사교파 교도, 무사교파, 오스트리아 교도, 모르간 교도, 고행파 교도 등 어느 파든간에 제 자랑만 하거든. 그래서 모두 눈먼 강아지처럼 저마다 흩어져 버리지. 종교는 많지만 영혼은 단 하나뿐이야. 당신에게나, 나에게나, 저 사람에게도. 그래서 모두 자기 영혼을 믿는다면 다 하나로 뭉쳐지는 거요. 모두가 자기를 믿는다면 다 하나로 결합될 수 있단 말이오."

노인은 가능하면 많은 사람들에게 들리게 하고 싶은 듯 사방을 둘러보면서 큰 소리로 말했다.

"그렇다면 당신은 꽤 오래 전부터 그런 신앙을 가지고 있었소?" 네흘류도프는 물었다.

"나요? 벌써 오래 전부터지요. 이십삼 년 동안이나 나는 쫓겨다니고 있으니까."

"쫓기다니? 그게 무슨 뜻이오?"

"그리스도가 쫓겼듯이 나도 쫓기고 있는 거요. 나는 체포되어 재판에 걸리기도 하고 사제에게 보내지기도 하고 학자들에게, 바리새 교도에게 여기저기 끌려다니다가 결국 정신 병원에 갇히기도 했소. 그러나 나를 어쩔 수는 없었지. 나는 자유니까 말이오. '네 이름은 뭐냐?' 하고 묻더군. 놈들은 내가 무슨 이름이라도 갖고 있는 줄 알았던 모양이지. 그러나 나는 아무것도 받아들이지 않았소. 나는 모든 것을 거부했거든. 나에겐 이름도, 주소도, 조국도 없소. 아무것도 없단 말이오. 나는 오로지 내 자신이오. 이름이 뭐냐고 묻기에 사람이오라고 대답해 주었지. '나이는?' 나는 말해 주었지. 세어 본 적이 없고 또 셀 수도 없소. 왜냐 하면 늘 살아 있었고 앞으로도 영원히 살 것이니까. '아버지와 어머니는?' 하기에 나는 말해 주었지. 아버지도 어머니도 없소. 나에겐 하느님과 땅만이 있을 뿐이라고 말이오. 하느님이 아버지고 땅이 어머니요. '그럼 황제를 인정하지 않는가?' 하고 묻기에 무엇 때문에 인정하지 않겠소. 황제는 자기 자신에 대해 황제이고 나도 내 자신에 대해 황제요. 그러자 '너 같은 놈하고는 말을 할 수가 없다.'고 하기에 나도 말해 달라고 청한 일이 없노라고 해댔지. 그랬다가 지독한 변을 당했지요."

"그래, 지금부터 어디로 가는 길이오?" 하고 네흘류도프가 물었다.

"하느님이 인도하는 곳으로 가지요. 일을 하는 거죠. 일이 없으면 구걸을 할 뿐이지." 하고 노인은 말을 맺었다. 그리고 배가 강가에 가까워진 것을 보자 으쓱해서 주위 사람들을 돌아다보았다. 배가 강가에 닿았다. 네흘류도프는 지갑을 꺼내 노인에게 돈을 주려고 했다. 노인은 거절했다.

"나는 돈은 받지 않겠소. 빵이라면 모르지만." 하고 노인은 말했다.

"그래요? 미안하게 되었소."

"뭐 사과까지 할 것은 없소. 나에게 창피를 준 것도 아닌데. 나에겐 창피를 줄 수도 없지만." 그러자 노인은 배낭을 어깨에 짊어지기 시작했다. 그러는 동안 마차가 강가에 끌어 올려져서 말이 매어졌다.

"저따위 녀석과 말을 하다니, 나리도 호기심이 많으시군요." 마부는 믿음직한 사공에게 술값을 주고 마부석에 올라타는 네흘류도프에게 말했다.

"저자는 쓸모 없는, 머리가 돈 부랑자랍니다."

22

비탈진 언덕을 올라서자 마부가 돌아보며 물었다.

"어느 호텔로 가실까요?"

"어디가 좋은가?"

"시베리아 호텔이 가장 낫겠지요. 아니면 듀크도 좋구요."

"어디든지 좋은 데로 가지."

마부는 다시금 비스듬히 앉아 말을 몰아 댔다. 도시는 어느 곳이나 다름없었다. 다락이 있는 초록빛 지붕의 집들이 늘어서고 똑같은 모양의 성당과 점포, 큰 길가의 가게도 다른 도시에 있는 것과 마찬가지였다. 다만 집은 대개가 목조 건물이고 길은 포장이 되어 있지 않았다. 마부는 가장 번화한 거리의 한 호텔 앞에서 마차를 세웠다. 그러나 이 호텔에는 빈 방이 없어서 다른 호텔로 가지 않으면 안 되었다. 그 호텔에는 빈 방이 있었다. 그래서 네흘류도프는 두 달 만에 겨우 비교적 산뜻하고 가구가 잘 갖추어진, 눈에 익은 조건 속에 몸을 맡길 수가 있었다. 네흘류도프가 안내된 방은 그리 훌륭하다고는 볼 수 없었지만 마차와 주막과 휴식소에서 지내 온 터라 그는 크나큰 안식을 느꼈다. 무엇보다도 먼저 죄수 숙박소를 방문한 뒤로는 한 번도 완전하게 떨쳐 버릴 수가 없었던 벼룩과 이한테서 해방될 수 있다는 것이 다행스러웠다.

짐을 풀자 그는 곧 목욕을 하고 도시인의 복장을 하고 풀기 있는 셔츠에 깨끗이 다림질된 바지와 프록 코트에 외투를 입고 지방 장관을 방문하기로 했다. 호텔 문지기가 불러 준 살찐 키르기스 말에 끌려온 덜컹거리는 마차가 네흘류도프를 태우고 위병과 헌병이 서 있는 웅장하고 아름다운 건물 앞에 도착했다. 건물 앞 뒤에는 공원이 있고, 거기엔 발가숭이 가지를 드러낸 백양목과 자작나무 사이에 전나무와 소나무가 짙은 녹색 잎을 풍성하게 펼치고 있었다.

지방 장관은 몸이 편치 않다면서 방문객을 거절했다. 네흘류도프는 그래도 명함을 전해 달라고 하인에게 부탁했다. 잠시 뒤 하인이 반가운 회답을 가지고 들어왔다.

"들어오시랍니다." 현관 대기실, 하인, 전령, 층계, 윤이 나게 닦여진 조각나무를 깐 홀——모든 것이 페테르부르그와 비슷했으나 단지 그보다는 좀 촌스럽고 다소 과장스러웠다. 네흘류도프는 서재로 안내되었다.

장관은 납작코를 하고 이마와 벗겨진 머리에 혹 같은 것이 불룩하게 튀어나왔으며 눈덩이는 처지고 뚱뚱하게 살이 찐데다 얼굴이 붉은 사나이로 타타르식 비단 가운을 입고 편히 앉아서 한손에 담배를 들고 은접시에 받친 컵으로 차를 마시고 있었다.

"잘 오셨습니다. 공작! 이런 흉한 꼴로 실례합니다. 그러나 만나 뵙지 않는 것보다는 나을 것 같아서." 그는 뒷덜미에 주름 잡힌 굵고 짧은 목에 가운의 깃을 세우면서 말했다. "아무래도 몸이 좀 불편해서 밖에 나가질 않는답니다. 그런데 어쩐 일이십니까? 이런 먼 곳까지 다 오시고?"

"나는 죄수 부대를 따라왔습니다. 그 가운데 퍽 가까운 사람이 있어서." 하고 네흘류도프는 말했다. "이렇게 각하를 찾아뵌 것도 실은 그 사람과 또 한 사람의 사정에 대해 각하에게 부탁드릴 것이 있어서입니다."

장관은 몸을 밀쳐 내며 차를 한 모금 마시고 담배를 공작석으로 만든 재떨이에 비벼 끄고는 부석부석하고 가늘게 반짝거리는 눈을 네흘류도프의 얼굴에 고정시키고 진지하게 듣고 있었다. 장관은 담배를 피우지 않겠느냐고 권하기 위해 네흘류도프의 말을 가로챘다.

장관은 자유주의와 인도주의를 자기 직업과 화합시킨다는 것이 가능하다고 생각하고 있는 학식 있는 군인 타입에 속했다. 그러나 천성적으로 총명하고 마음 착한 위인이었으므로 그는 곧 이와 같은 화합의 불가능을 알아차렸다. 그리고 자기가 줄곧 빠져 있는 그 내적 모순에서 눈길을 돌리기 위해 군인 사회에 널리 퍼지고 있는 음주 습관에 점점 더 빠지게 되어 완전히 이 습관에 젖어 버렸기 때문에 35년에 해당하는 군대 생활 뒤에 의사들이 알코올 중독자라고 부르는 상태까지 되고 말았다. 그는 온몸이 술에 절어 있었다. 그래서 알코올 성분이 없더라도 무엇이든지 물 종류를 마시기만 하면 술에 취한 것 같은 상태가 되고 말했다.

그에게 있어서 술을 마신다는 것은, 살기 위해서 절대로 피치 못할 상황이었다. 그 때문에 그는 날마다 저녁때가 되면 잔뜩 취해 있었으나 이 상태에 워낙 몸이 습관이 들어 있어서 비틀거리거나 특히 바보 같은 주정을 지껄이진 않았다. 어쩌다 그가 쓸데없는 말을 했다 할지라도 가장 중요한 지위를 차지하고 있었기 때문에 그것이 아무리 어리석은 말이라도 사람들에겐 총명한 말로써 받아들여졌다. 다만 아침 시간에만——네흘류도프는 마침 아침 시간에 그를 만났는데——그는 이지적인 사람답게 되어서 들은 말을 이해할 수가 있고 '취해서 현명하다면 이 이상 더 좋은 일은 없다.'고 그가 즐겨 입에 담는 속담을 실지로 다소나마 효과적으로 실행할 수가 있었다.

정부에서는 그가 대주가라는 것을 알고 있긴 했지만, 그래도 그는 다른 사람보다는 교양이 있고(하긴 그 교양도 그가 술에 빠졌을 때부터 정지되고 말았지만) 대담하며 실수가 없고 풍채가 훌륭하고 취중이라도 예절을 지킬 줄 알았기 때문에 그를 현재의 중요한 책임 있는 자리에 임명하고 다른 사람으로 바꾸지도 않은 채 그대로 두었던 것이었다.

네흘류도프는 자기가 관심을 가지고 있는 죄수는 여자이며 억울한 누명을 입고 있다는 것, 그리고 거기 대해서는 황제에게 청원서가 제출되어 있다는 것을 그에게 말했다.

"그렇습니까, 그래서?" 하고 장관은 말했다.

"페테르부르그에서의 연락에 따르면 그 여자의 운명에 관한 통지가 늦어도 이 달 안으로 이 곳에 도착하게 되어 있습니다만……."

장관은 네흘류도프에게서 눈을 떼지 않고 손가락이 짧은 손을 테이블 쪽으로 뻗쳐 초인종을 누르고 담배를 빨고는 한바탕 기침을 크게 하면서 그대로 잠자코 이야기를 들었다.

"그래서 부탁드리고 싶은데, 될 수만 있다면 청원서의 회답이 올 때까지 그 여자를 이 곳에 머무르게 해 주셨으면 하고요."

그 때 군복 차림을 한 당번병이 들어왔다.

"안나 바실리예브나가 일어났는지 물어 봐." 하고 장관은 당번병에게 말했다. "그리고 차를 한 잔 더 가져와. 그 밖에 다른 용건이 있습니까?" 하고 장관은 네흘류도프를 보며 물었다.

"또 다른 청은." 하고 네흘류도프는 말을 계속했다. "이 죄수 부대와 동행하고 있는 한 정치범에 대한 일입니다만."

"그래요?" 장관은 알겠다는 듯이 고개를 끄덕이면서 말했다.

"그는 중태입니다. 다 죽어 가고 있습니다. 아마 이 곳 병원에 남게 될 겁니다. 그래서 정치범인 한 여죄수가 간호를 하기 위해 남기를 희망하고 있습니다만."

"그 여죄수는 환자하고는 어떤 사이인가요?"

"남남입니다. 하지만 결혼하는 방법말고는 남을 방법이 없다면 결혼해도 좋다고 합니다."

장관은 빛나는 눈초리로 지그시 상대방을 주시한 채 가만히 듣고 있었다. 그리고 이 눈길로 상대방을 당황케 하려는 듯이 담배만 피우고 있었다.

네흘류도프가 말을 끝내자 그는 책상에서 책 한 권을 집어 들어 얼른 손가락에 침을 발라 가며 재빠르게 책장을 넘기면서 결혼에 관한 조항을 찾았다.

"그 여자는 어떤 형을 받았습니까?" 하고 그는 책에서 눈을 떼고 물었다.

"여자는 유형수입니다."

"그렇다면 그 남자 죄수는 결혼을 한다 해도 상태가 호전되지는 않겠군요."

"네, 하지만……."

"잠깐, 만약 그 여자가 자유인과 결혼했다 하더라도 역시 형기만은 마쳐야 합니다. 그러나 여기에 한 가지 문제가 있습니다. 둘 중에 어느 쪽이 더 형이 무겁습니까?"

"두 사람 다 유형입니다."

"하긴, 그렇다면 문제가 되지 않습니다." 하고 장관은 웃으면서 말했다.

"하여튼 마찬가집니다. 그는 병 때문에 남게 될지도 모르지요." 장관은 말을 이었다. "그리고 물론 치료를 하기 위해 되도록 노력은 하겠습니다. 그러나 그녀는 비록 결혼한다 할지라도 이 곳에 머무를 수 없는데요……."

"부인께선 지금 차를 들고 계십니다." 하고 당번병이 알렸다.

장관은 고개를 끄덕이고 말을 이었다.

"그러나 좀 생각해 보지요. 그들의 이름을 여기다 적어 주십시오."

네흘류도프는 썼다.

"그것도 어렵겠는데요." 병자와 면회를 하게 해 달라는 네흘류도프의 청에 대해 장관은 말했다.

"물론 내가 당신을 의심하고 있는 것은 아닙니다만." 하고 그는 말을 이었다.

"그러나 당신은 그 죄수나 다른 정치범들에게 동정을 하고 계시는 것 같고, 또 당신은 돈도 많이 가지고 계십니다. 이 곳은 돈이면 다 되는 고장이니까요. 뇌물을 뿌리 뽑아야 한다는 말은 항상 듣고 있습니다만 모두가 뇌물을 좋아하는 사람들뿐이니 어떻게 근절시킬 수가 있겠습니까? 지위가 낮은 관리일수록 더 심하지요. 5천 킬로미터 밖까지 어떻게 감독할 수가 있겠습니까? 말단 관리들도 현지에서는 왕이나 마찬가지니까요. 마치 여기 있는 나처럼." 그리고 장관은 빙그레 웃었다. "당신은 아마 정치범을 면회했겠지요? 돈을 쥐여 주니 들여 보내 주었지요?" 그는 웃으면서 말했다. "그렇지요?"

"네, 그건 사실입니다."

"잘 알고 있습니다. 당신은 틀림없이 그렇게 하셨을 겁니다. 당신은 정치범과 만나고 싶어하고 그들에게 동정을 하고 계십니다. 그런데 간수나 호송병들은 돈이 필요하거든요. 왜냐 하면 겨우 40코페이카밖에 안 되는 봉급으로 가족을 부양하고 있으니까 말이죠. 뇌물을 받지 말라는 편이 무리지요. 그러니 그들이나 당신의 처지가 된다면 나 역시 같은 행동을 하겠지요. 그러나 실제적으로 나는 법률이라는 엄격한 조항에서 벗어나는 일을 스스로에게 허락하지 않습니다. 왜냐 하면 나 역시 사람이니까 동정심에 끌릴 수가 있을지도 모르니까요. 나는 맡은 일에 충실한 사람이라 복무 규정에 의해 신임을 받고 있으니 이 신임에 보답을 해야 하지요. 그러니 이 문제는 이것으로 끝내도록 합시다. 자, 이번에는 당신 쪽에서 수도 이야기나 해 주십시오."

그리고 장관은 최근의 소식을 아는 동시에 자기의 지식과 인도주의를 보이고 싶었는지 여러 가지를 묻기도 하고 말하기도 했다.

23

"지금 어느 여관에서 묵으십니까? 듀크입니까? 그건 좀 좋지 못한데. 한 번 식사하러 오시지 않겠습니까?" 장관은 네흘류도프를 배웅하면서 말했다. "다섯 시에 식사합니다. 영어는 하실 줄 압니까?"

"네, 좀 합니다."

"그거, 잘 됐군요. 실은 영국인 여행가가 이 곳에 체류하고 있습니다. 그는 시베리아의 유형지와 감옥을 연구하고 있습니다. 그가 오늘 집에서 식사를 하게 되어 있어요. 당신도 꼭 오십시오. 식사는 다섯 시에 시작합니다. 아내는 특히 시간 관념이 철저해서요. 그 때 여죄수를 어떻게 할 것인지 그리고 환자에 대한 것도 말씀해 드리지요. 아마 간호하기 위해 누군가를 남길 수 있게 될지도 모르지요."

장관에게 작별 인사를 하고 나자 네흘류도프는 한층 더 기운이 솟구치고 상쾌한 기분이 된 것을 느끼면서 우체국으로 마차를 돌렸다.

나직한 건물의 우체국은 둥근 천장으로 된 방이었다. 몇 사람의 직원이 책상에 앉아서 창구에 서 있는 많은 사람들을 상대하고 있었다. 한 직원이 고개를 숙이고 포개 놓은 봉투를 솜씨 좋게 밀어 내면서 쉴새없이 스탬프를 찍어 대고 있었다. 네흘류도프는 많이 기다리지 않았다. 그의 이름을 듣자 꽤 많은 양의 우편물을 내주었다. 거기에는 우편 송금표도 있었고 몇 통인가의 편지와 책도 있었고 《유럽 소식》이라는 최근 잡지도 있었다. 우편물을 받아 든 네흘류도프는 옆에 있는 나무 의자 쪽으로 갔다. 그것에는 한 병사가 앉아서 책을 들고 무엇인지 기다리고 있었다. 네흘류도프는 그 옆자리에 앉아서 몇 통인가의 편지를 훑어보았다. 그 속에 한 통의 등기 우편이 있었다. 그것은 아름다운 봉투에 선명한 붉은 봉납으로 꼼꼼하게 봉인되어 있었다. 겉봉을 뜯고 셀레닌의 편지와 무엇인지 공문서 같은 것을 보자 네흘류도프는 얼굴이 확 달아오르고 가슴이 꽉 죄는 듯한 느낌이 들었다. 이것은 카튜샤 건에 대한 결정이었다. 그것은 어떠한 결정일까? 역시 기각일까? 네흘류도프는 알아 보기 힘든 글씨체로 자잘하게 씌어진 편지를 빨리 읽어 내려갔다. 그리고는 '휴' 하고 안도의 숨을 내쉬었다. 결정은 만족할 만한 것이었다.

'친애하는 벗이여!' 하고 셀레닌은 첫머리를 쓰고 있었다.

마지막으로 나눈 우리들의 이야기는 나에게 강렬한 인상을 남겼소. 마슬로바 건에 관해서는 당신이 옳았소. 세밀하게 조서를 검토한 결과 그녀에 관해 분개할 만한 부정이 행해졌다는 것을 알았소. 이것을 고칠 수 있는 것은 당신이 청원서를 제출한 청원 위원회뿐이었소. 나는 다행히 그 위원회의 이 사건 해결에 협력할 수가 있었소. 그리고 지금 특사 지령서의 사본을 카테리나 이바노브나 백작 부인이 알려 주신 당신 주소로 보냅니다. 정식 서류는 재판 때 그녀가 구류되었던 감옥으로 발송될 텐데 아마 곧 시베리아 총독부에 보내어질 것입니다. 먼저 기쁜 소식을 당신에게 알리는 바입니다. 우정을 보내오.

당신의 벗 셀레닌

특사 지령서의 내용은 다음과 같았다.

황제 폐하 직속 청원 사무국. ×부 ×과 ×계 ×년 ×월 ×일. 황제 폐하 직속 청원 사무 국장의 명에 의하여 여기 평민 예카테리나 마슬로바에게 다음과 같이 통고함. 황제 폐하께서는 상신된 보고에 의하여 마슬로바의 청원에 원판결의 유형을 취소하며 시베리아의 원격지가 아닌 지방으로의 이주형으로 변경시킬 것을 명령하셨음을 통고함.

이 소식은 기쁘고도 중대한 것이었다. 카튜사를 위해 그리고 자기 자신을 위해서 바랄 수 있던 모든 것이 성취된 것이다. 그녀의 입장이 이렇게 바뀌면 그녀에 대한 관계가 새로운 복잡성을 띠게 될 것은 분명했다. 그녀가 유형수였을 동안은 그가 원하는 결혼은 터무니없는 것으로서 그녀의 입장을 완화한다는 의의만 있었다. 그러나 이제는 두 사람의 결혼 생활을 방해할 그 아무것도 없어졌다. 거기에 대해 네흘류도프는 마음의 준비가 되어 있지 않았다. 뿐만 아니라 그녀와 시몬슨의 관계는? 그녀가 어저께 한 말 속에 어떤 의미가 담겨 있었던 것일까? 그리고 그녀가 시몬슨과 맺어지는 것에 동의했다면 그것은 좋은 일일까, 아니면 나쁜 일일까? 그는 이러한 생각을 아무래도 쉽게 매듭 지을 수가 없었다. 그래서 지금은 그것을 생각하지 않기로 했다.

'이것은 언제가는 틀림없이 마무리될 것이다.' 하고 생각했다. '지금도 되도록 빨리 그녀를 만나서 이 기쁜 소식을 알려 주고 그녀를 해방시켜 주는 것이 먼저 해야 할 문제다.' 그러면 지금 손에 있는 사본만으로도 충분하다고 그는 생각했다. 그래서 우체국을 나오자 그는 마차를 감옥으로 달리게 했다.

오늘 아침 장관은 그에게 감옥 방문을 허가하지 않았지만 그래도 네흘류도프는 경험에 의해 상부에서 도저히 받아 낼 수 없었던 허가를 하급 관리들에게서 쉽게 받아 낼 수 있는 경우가 흔히 있다는 것을 알고 있었으므로, 지금 감옥문의 통과를 시도해 보려고 결심한 것이었다. 그는 카튜사에게 반가운 소식을 전해 주고 싶었고, 어쩌면 곧 그녀를 자유로이 해 줄 수 있을지도 몰랐으며 동시에 크리일리초프의 병세도 알아보고 그와 마리아 파블로브나에게 장관이 말한 것을 알려 주고 싶었다.

소장은 몹시 키가 크고 뚱뚱한 사나이로 콧수염을 기르고 구레나룻을 양쪽으로 입가를 향해 비틀고 있었다. 그는 매우 엄격한 태도로 네흘류도프를 맞으며 외부인에 대한 면회는 장관의 허가가 없으면 허락할 수 없다고 딱 잡아떼었다.

네흘류도프가 수도에서도 면회를 허가 받았다는 말을 하자 그는 대답했다.

"그럴 수도 있겠지요. 그러나 나는 허락할 수 없습니다." 하고 그는 말했으나 그의 말투는 이렇게 말하는 것 같았다. '당신네 도시 사람들은 우리를 위협해서 어리둥절케 하려 하고 있다. 그러나 우리는 동부 시베리아에 있지만 질서라는 것을 엄격히 지키고 있으니 당신들에게 그것이 어떤 것인지 한번 보여 줄까?'

황제 폐하의 직속 사무국에서 보내 온 특사 지령서의 사본도 소장에게는 아무런 효력이 없었다. 소장은 네흘류도프를 감옥 안으로 들여 보내는 것을 단호히 거절했다. 이 사본의 제시에 의해 마슬로바가 풀려날 것이라는 단순한 예상에 대해서도 소장은 단지 비아냥거리는 미소를 지을 뿐 누구든 죄수의 석방을 위해서는 직속 상관의 명령이 없으면 안 된다고 무뚝뚝하게 잘라 말했다. 소장이 약속해 준 것은 마슬로바에게 특사가 내렸다는 것을 전해 주는 것과 직속 상관에게서 명령이 떨어지면 한시도 지체함이 없이 곧 석방시킨다는 것뿐이었다.

크리일리초프의 병세에 대해서는 그는 일체 언급을 거부했으며 그와 같은 죄수가 있다는 것마저 말할 수 없다고 잡아뗐다. 아무 성과도 없이 네흘류도프는 기다리게 해 놓았던 마차를 타고 호텔로 돌아왔다.

소장의 엄격한 태도는 수용 인원이 정원의 두 배나 불어난 데다 마침 그 때 티푸스가 떠돌고 있었기 때문이었다. 마차의 마부는 네흘류도프에게 이런 이야기를 했다.

"감옥에선 죄수들이 마구 죽어 가고 있어요. 무슨 나쁜 전염병이 돈다면서 하루에 스무 명씩이나 매장되고 있어요."

24

네흘류도프는 그러한 실패에도 불구하고 여전히 기분이 좋아서 마슬로바의 특사 지령서가 이송되어 왔는지 어떤지 알아보기 위해 현청으로 마차를 몰았다. 그 곳에는 특사 지령서는 와 있지 않았다. 그래서 네흘류도프는 호텔로 돌아가서 서둘러 이에 관한 것을 셀레닌과 변호사 앞으로 썼다. 편지를 다 쓰고 나서 시계를 보니 벌써 장관 집에 식사하러 갈 시간이었다.

가는 길에 카튜샤가 특사를 어떻게 받아들일까 하는 생각이 또 머리에 스쳤다. 그녀는 어디로 이주하게 될까? 자기는 그녀와 어떻게 지낼 수 있게 될까? 시몬슨은 어떻게 될까? 그에 대한 그녀의 태도는? 그에게는 그녀에게 생긴 변화가 생각났다. 아울러 그는 그녀의 과거도 떠올렸다.

'잊어버려야지, 생각하지 말도록 하자.' 그는 이렇게 생각하며 다시 얼른 그녀에 대한 생각을 머리에서 지워 버렸다. '곧 알게 되겠지.' 그는 스스로에게 이르고 장관에게 할 말을 생각하기 시작했다.

장관 댁의 만찬은 네흘류도프에게 익숙한, 부유한 사람들이나 주요 고관들 생활의 모든 사치를 다한 것이라, 오랫동안 호사는커녕 상류 사회의 분위기에서 떠나 있던 네흘류도프에게는 특히 기분 좋게 여겨졌다.

부인은 페테르부르그의 옛 시대 귀부인으로 니콜라이 1세의 궁녀로 있었던 사람인데 프랑스 어는 퍽 유창했으나 러시아 말이 아주 서툴렀다. 그녀는 유난히 상체를 똑바로 했으며, 두 손을 움직이는데도 팔꿈치를 옆구리에서 떼지 않았다. 그녀는 남편에 대해선 존경의 태도를 보였으며 그 태도는 조용하고 다소 수심의 빛을 띠었으나 손님에 대한 응대는 상대에 따라 뉘앙스의 차이는 있었지만 몹시 상냥했다. 그녀는 네흘류도프를 집안 식구처럼 맞아들여 특히 세심하게, 친절을 베풀어 주었으므로 네흘류도프는 새삼스레 자기의 지위를 느끼게 되어 기분 좋은 만족을 느꼈을 정도였다. 그녀는 넌지시 시베리아까지 찾아온 그가 약간 괴짜이긴 하지만 성실한 인품임을 잘 알고 있으며 그를 흔히 볼 수 없는 위인이라 생각하고 있다는 것을 네흘류도프에게 느끼도록 했다. 그 세심한 친절과 장관 댁 생활의 세련된 호사스러운 분위기는 네흘류도프에게 기분 좋게 스며들어 그를 완전히 아름다운 환경과, 맛있는 음식과, 정든 상류 사회의 교양 있는 사람들과 경쾌한 응대에 대한 만족에 잠기게 해 버렸기 때문에 이 몇 달 동안 그의 생활을 에워싸고 있던 것이 모두 꿈같이 여겨지고 그는 지금 비로소 참다운 현실로 돌아온 것만 같은 느낌이 들었다.

만찬 자리에는 장관의 딸 부부와 부관 등 집안 사람들 외에 영국 사람, 금광 경영자, 그리고 먼 시베리아의 도시에서 온 사장 등이 초대되어 있었다. 이러한 사람들 모두가 네흘류도프에겐 행복하기만 했다. 영국인은 건강하고 얼굴이 붉은 사나이로 프랑스 어는 몹시 서툴렀지만 자기 나라 말인 영어는 아주 훌륭하게 웅변조로 감명 깊게 했으며, 그는 매우 견문이 넓어 미국, 인도, 일본, 시베리아 등에 관한 그의 얘기는 듣는 이의 마음을 매혹시켰다.

젊은 금광 경영자는 농민의 아들로, 런던에서 마련한 멋진 연미복을 입고 셔츠의 소매를 다이아몬드 커프스 단추로 꾸몄으며 커다란 서재를 갖고 있었고 자선 사업에도 많은 돈을 기부했는데 유럽의 자유주의 사상의 소유자로서 크게 네흘류도프의 관심을 끌었다. 그는 건전한 농민 기질의 어린 나무에다 유럽 문화를 접목한 교양인으로서 정말 새롭고 훌륭한 타입의 인간이었다.

먼 도시의 시장은 전에 어떤 국의 국장이었던 사나이로 네흘류도프가 페테르부르그에 지내고 있을 때 그토록 소문이 자자했던 그 장본인이었다. 그는 숱이 적은 고수머리에 부드럽고 파란 눈을 한, 뚱뚱하게 살찐 사나이로 아랫배가 몹시 튀어나왔으며, 희고 고운 손가락에 반지를 잔뜩 끼고 웃는 얼굴이 매우 인자해 보였다. 이 시장은 뇌물을 받는 많은 사람들 속에서 그 혼자만이 청렴하다 해서 장관의 두터운 신임을 얻고 있었다. 부인은 몹시 음악을 좋아하며 자기가 능란하게 피아노를 치기 때문에, 그가 음악에 재능이 있어 자기와 피아노를 합주할 수 있다는 점에서 그를 높이 평가하고 있었다. 네흘류도프의 마음은 한결 부드러워졌으므로 이 사내까지도 지금의 그에게는 기분 좋게 여겨졌다.

활달하고 정력적이며 면도질한 턱수염 자리가 새파란 부관은 어떤 일이든 기꺼이 승낙했으므로 그 선량한 마음이 네흘류도프에게 호감을 주었다.

무엇보다도 가장 네흘류도프의 마음을 흐뭇하게 한 것은 젊고 사랑스러운 장관의 딸 부부였다. 딸은 미인은 아니지만 순진한 젊은 여인으로서 두 어린아이에게 온갖 정성을 다 기울이고 있었다. 그녀의 남편은, 그녀가 부모와 오랫동안 싸운 끝에 마침내 연애 결혼을 한 상대로서 모스크바 대학을 나온 겸손하고 명석한 자유주의 사상의 소유자이며 관청에 근무하면서 통계에 흥미를 가지고 있었다. 특히 그는 이민족 문제에 열의를 갖고 그들을 연구하며 애정을 갖고 멸망에서 구출하려고 온갖 노력을 아끼지 않았다.

모두들 네흘류도프에게 호의를 가지고 친절히 대했을 뿐만 아니라 틀림없이 흥미있는 새로운 인물로서 그의 내방을 기뻐하고 있는 것 같았다. 장관은 군복 차림으로 목에 하얀 십자 훈장을 걸고 만찬의 자리에 나오더니 옛친구처럼 네흘류도프에게 인사를 건네고 곧 손님들을 전채(前菜)와 보드카가 마련된 테이블로 안내했다. 오늘 아침 여기서 돌아간 뒤 무엇을 했느냐는 장관의 질문에 네흘류도프는 우체국에 가서 아침에 말한 사람이 친구한테서 온 소식으로 특사되었다는 것을 알았다는 말을 하고 다시 감옥 방문의 허가를 부탁한다고 덧붙였다.

장관은 만찬 자리에서 사무적인 이야기를 하는 것이 불쾌한 듯 얼굴을 찡그리고 아무 말도 하지 않았다.

"보드카를 안 드시겠소?" 하고 장관은 다가온 영국인에게 프랑스 어로 말했다. 영국인은 보드카를 마시고 나자 오늘 사원과 공장을 방문한 데 대해 이야기하고 이번에는 큰 이송 감옥을 방문하고 싶다고 말했다.

"그럼, 마침 잘 됐습니다." 장관은 네흘류도프를 돌아보면서 말했다. "같이 가시면 상관없습니다. 이 두 분에게 통행증을 드리게." 그는 부관에게 말했다.

"당신은 언제 가시겠습니까?" 네흘류도프는 영국인에게 물었다.

"저는 오늘 밤에 가는 것이 좋겠는데요." 영국인이 말했다. "모두들 감방 안에 있을 테고, 게다가 사전에 준비도 필요 없을 테니까 있는 그대로를 보는 것이 좋을 것 같습니다."

"허, 가장 흥미있는 장면을 보고 싶다는 말씀이군요? 좋습니다. 내가 몇 번인가 감옥 개선에 대해 글도 썼지만 아무도 곧이듣지를 않습니다. 글쎄 외국 신문에서라도 실상을 알아 주는 것이 좋겠지요." 장관은 이렇게 말하고 식탁 쪽으로 걸어갔다. 거기서는 부인이 손님들에게 자리를 정해 주고 있었다.

네흘류도프는 부인과 영국인 사이에 앉았다. 그의 맞은편에는 장관의 딸과 시장이 앉았다.

식탁에서의 이야기는 가끔씩 이어졌는데 영국인이 인도에 대한 이야기를 하기도 했고, 통킹 원정 이야기가 나오자 장관이 매섭게 비판하기도 하고 시베리아의 일반적 관리들의 폐단인 사기와 뇌물 이야기가 나오기도 했다. 그러나 식사 후 객실에서 커피를 마시면서 네흘류도프와 영국인과 부인 사이에 글래드스턴에 관한 매우 흥미 있는 이야기가 나왔다. 네흘류도프는 여러 가지 핵심을 찌른 슬기로운 의견으로 그들을 감탄시킨 것 같은 기분이 들었다. 그리고 그는 맛좋은 식사와 포도주를 마신 뒤에 커피를 마시면서 안락한 소파에 편히 앉아서 온화하고 교양 있는 사람들에게 둘러싸여 차츰 더 마음이 느슨해져 가는 것을 느꼈다. 부인이 영국인의 간청으로 지난날의 국장과 나란히 피아노 앞에 앉아 그들이 연습해 둔 베토벤의 '교향곡 제5번'을 치기 시작했을 때 네흘류도프는 이미 오랫동안 잊고 있었던 완전한 자기 만족감에 도취된 느낌이었다. 그리고 이제야 비로소 자기가 얼마만큼 감성이 풍부한 사람이었나 하는 것을 절실히 깨달은 듯한 느낌이 들었다.

피아노도 훌륭했거니와 교향곡의 연주 솜씨도 훌륭했다. 이 교향곡을 잘 알고 좋아하고 있던 네흘류도프에겐 적어도 그렇게 느껴졌다. 아름다운 안단테를 들으면서 그는 자기 자신과 자기의 모든 미덕에 대한 감동으로 인하여 코끝이 시큰해지는 감정을 느꼈다.

오랫동안 잊고 지내던 감동을 되찾았다는 것에 대해 부인에게 감사의 말을 한 네흘류도프가 작별 인사를 하고 돌아가려 하자 장관의 딸인 젊은 부인이 머뭇거리는 마음을 뿌리치는 듯한 표정으로 네흘류도프 앞에 다가와 얼굴을 붉히며 말했다.

"저, 제 아이들에 대해서 물어 보셨지요. 보시겠어요?"

"얘는 누구나 제 아이를 보고 싶어하는 줄 아나 봐요." 하고 어머니는 딸의 순진한 행동에 웃으면서 말했다. "공작님은 그런 것에 조금도 흥미를 갖지 않으신단다."

"천만에요. 꼭 보고 싶습니다." 넘칠 듯한 행복한 모성애에 감동되어 네흘류도프는 말했다.

"어서 보여 주십시오."

"어린아이를 보이기 위해 공작님을 모셔 가는군." 하고 장관은 사위와 금광 경영자와 부관과 같이 앉아 있던 카드 테이블에서 웃으면서 말했다.

"의무라 생각하고 봐 주십시오."

젊은 부인은 그 말에는 아랑곳없이 아이들이 어떤 평을 받게 되려나 싶어 마음이 흥분되었는지, 앞장 서서 총총 걸음으로 방 쪽으로 걸어갔다. 흰 벽지를 바른 천장이 높은 세 번째 방에 들어가니 희미한 등피를 단 조그마한 램프 불빛이 비쳤으며 어린애들의 침대가 두 개 나란히 놓여 있고, 그 사이에 하얀 숄을 걸치고 시베리아 인답게 광대뼈가 튀어나온 소박한 얼굴의 유모가 앉아 있었다. 유모는 일어서서 인사를 했다. 젊은 어머니는 앞에 있는 어린이용 침대를 들여다보았다. 거기에는 두 살짜리 계집아이가 조그마한 입을 벌리고 긴 고수머리를 베개 위에 흐트러뜨린 채 조용히 잠들어 있었다.

"이 아이가 카자예요." 젊은 어머니는 이불 끝에서 조그만 하얀 발바닥이 내다보이는, 털실로 짠 줄무늬 이불을 매만지면서 말했다. "귀엽지요? 이제 겨우 두 살밖에 되지 않았어요."

"무척 귀엽습니다!"

"얘는 바슈크예요. 할아버지가 지어 준 이름이에요. 전혀 다른 타입으로 시베리아형 아이지요. 그렇죠?"

"잘생긴 아이군요." 엎드려서 자고 있는 토실토실하게 살찐 사내아이를 찬찬히 바라보면서 네흘류도프는 말했다.

"그렇지요?" 하고 젊은 어머니는 의미 있는 흐뭇한 미소를 지으면서 말했다.

네흘류도프는 쇠사슬과 까까머리와 구타와 타락과 죽어 가는 크리일리초프와 온갖 어두운 과거를 가진 카튜샤에 대한 것을 떠올려 보았다. 그러자 그는 느닷없이 부러운 마음이 들며 이와 같이 우아한, 지금의 그에겐 깨끗한 것으로 여겨지는 행복을 자기도 누리고 싶어졌다.

몇 번이나 어린아이를 칭찬한 네흘류도프는 그 칭찬의 말을 한 마디도 놓치지 않고 가슴에 간직하려는 젊은 어머니를 다소나마 만족시키고 나서 그녀를 따라 객실로 돌아왔다. 거기에는 영국인이 약속한 대로 감옥을 찾아가기 위해 일찍부터 그를 기다리고 있었다. 늙은 부부와 젊은 부부에게 작별 인사를 건네고 네흘류도프는 영국인과 함께 장관 댁의 현관을 나왔다.

밖의 날씨는 완전히 바뀌어 있었다. 솜같이 탐스러운 함박눈이 펑펑 내리고 있어 이미 길에도, 지붕에도, 뜰의 나무들에도, 마차 대기소에도, 마차 위에도, 말잔등에도 하얗게 쌓여 있었다. 영국인은 자기 마차를 기다리게 해 놓았으므로 네흘류도프는 그 마부에게 감옥으로 가라고 이르고 자기는 혼자 자기 마차를 타고 불쾌한 의무를 수행한다는 무거운 기분에 잠기면서 영국인의 뒤를 따라 자기 마차를 몰았다. 마차 바퀴는 눈에 파묻히면서 천천히 달려갔다.

25

감방의 문가에는 희미한 등불이 비추어 있고, 위병이 서 있는 감옥의 음산한 건물은 마차를 대는 곳도, 지붕도, 벽도 지금은 온통 하얗고 깨끗한 눈으로 단장하고 있었으나 그래도 건물 앞쪽 긴 창문에 모두 등불이 켜져 있는 게, 아침보다 오히려 더 스산한 인상을 주었다.

풍채 좋아 보이는 소장이 문에서 나와 등불 밑에서 네흘류도프와 영국인이 내민 통행증을 보더니 의아스러운 듯이 다부진 두 어깨를 으쓱해 보였다. 그러나 명령에 거역할 수는 없었으므로 따라오라는 몸짓으로 방문객을 안내했다. 그는 먼저 안뜰을 지나 오른편 문을 열고 층계를 올라가서 사무실로 안내했다. 그리고 두 사람에게 앉으라고 권한 다음 그는 두 사람의 용건을 물었다. 네흘류도프가 마슬로바를 만나고 싶다는 청을 하자, 그는 마슬로바를 데려오라고 간수에게 명령했다. 그리고 곧 영국인이 네흘류도프를 통역으로 삼아 말하기 시작한 물음에 답할 자세를 취했다.

"이 감옥의 규정 수용 인원은 몇 명입니까?" 하고 영국인이 물었다. "지금 몇 명의 죄수가 수용되어 있습니까? 남자 죄수는 몇이고 여죄수는 몇 명이며 아이들은 몇 명 있습니까? 징역수, 유형수, 그리고 자기 스스로 따라와 있는 자는 저마다 몇 명씩입니까? 환자는 몇 명이나 됩니까?"

네흘류도프는 말뜻은 생각지도 않고 그저 습관적으로 영국인과 소장의 말을 통역했다. 그것은 자기로서도 전혀 뜻밖의 일이었지만 눈앞에 닥친 면회에 그는 흥분된 마음을 진정시킬 수가 없었다. 그리고 영국인에게 통역을 해 주고 있는 중간에 사무실로 다가오는 발소리를 들었으며 사무실 문이 열리고 지금까지 몇 번이나 그랬듯이 간수를 따라 머리에 수건을 쓰고 죄수복을 입은 카튜샤가 들어온 것을 보았을 때, 그는 마음이 무겁게 가라앉는 것을 느꼈다.

'나도 생활을 하고 싶다. 가정을, 아이를 갖고 싶다. 사람다운 생활을 하고 싶다.' 카튜샤가 눈을 내리깐 채 종종걸음으로 방에 들어왔을 때 이런 생각이 퍼뜩 그의 머리에 스쳤다.

그는 일어나서 두세 걸음 그녀 쪽으로 다가갔다. 그러자 그에게는 그녀의 얼굴이 험악하게 일그러져 있는 것처럼 보였다. 그것은 그녀가 그를 힐책했을 때의 표정이었다. 그녀는 얼굴이 붉어졌다 파래졌다 하면서 떨리는 손으로 죄수복 자락을 만지작거리며 그를 바라보는가 하면 곧 다시 눈을 내리깔았다.

"들었소, 특사가 내린 것을?" 하고 네흘류도프는 말했다.

"네, 간수한테서 들었어요."

"그러니까 정식 서류가 오는 대로 당신은 이 곳을 나가 원하는 곳에서 살 수가 있소. 우리 잘 생각해 봅시다……."

그녀는 재빨리 네흘류도프의 말을 가로막았다.

"제가 생각할 무엇이 있다는 거예요? 저는 시몬슨이 가는 곳으로 따라가겠어요."

흥분으로 가슴이 몹시 물결치고 있었으나 그래도 그녀는 네흘류도프를 똑바로 쳐다보면서 틀림없이 자기가 말하려는 것을 미리 준비해 두었던 것처럼 이렇게 말을 해 버렸다.

"그래?"

"그렇잖아요? 드미트리 이바노비치, 그이가 저더러 함께 살자고……."

그녀는 깜짝 놀란 듯이 말을 멈추었다가 고쳐 말했다. "곁에 있어 달라고 말하는 걸요. 저로서는 이보다 더 좋은 일이 어디 있겠어요? 저는 이것을 행복이라고 생각하지 않으면 안 돼요. 이 밖에 어떤 것을 제가 원할 수 있겠어요."

'두 가지 가운데 하나다. 하나는 그녀가 시몬슨을 사랑하게 되어 내가 그녀에게 바치려고 생각한 희생을 전혀 필요로 하지 않게 되었거나, 아니면 역시 나를 사랑하고 있어 나의 행복을 위해 나에게서 멀리 떨어져 자기 운명을 시몬슨과 맺음으로 해서 영원히 나와의 인연을 끊어 버리려고 생각하거나.' 하고 네흘류도프는 생각했다.

그러나 그는 부끄러워졌다. 그는 얼굴이 빨개짐을 느꼈다.

"만약 당신이 그를 사랑하고 있다면……."

"사랑을 한다느니 안 한다느니 그게 무슨 의미가 있을까요? 저는 이미 그런 것은 버렸어요. 그리고 시몬슨은 특별한 사람이에요."

"그야 물론." 하고 네흘류도프는 말을 시작했다.

"그는 훌륭한 사람이지. 그래서 내 생각은……."

카튜샤는 그가 쓸데없는 말을 하지나 않을까, 자기가 하려는 말을 다 못 하지나 않을까 하고 겁을 먹은 듯이 그의 말을 가로막았다.

"아니에요. 드미트리 이바노비치. 당신의 소망과 틀리는 것을 제가 하고 있다면 용서하세요." 하고 그녀는 독특한 사팔뜨기의 무언지 모를 비밀스러운 눈으로 가만히 네흘류도프를 바라보면서 말했다.

"그렇지만 아마 이렇게 될 운명인가 봐요. 당신도 생활을 하셔야 하니까요."

방금 그녀는 그가 스스로에게 한 말과 똑같은 말을 했다. 그러나 이제 이미 그는 그것을 생각하고 있지 않았다. 그는 전혀 딴 것을 생각하고 있었고 또 느끼고 있었다. 그는 부끄러워졌을 뿐만 아니라 그녀와 더불어 잃었던 모든 것들이 아까워서 견딜 수가 없었다.

"당신한테 그런 말을 들을 줄은 생각도 못 했어." 하고 네흘류도프는 말했다.

"하지만 뭣 때문에 당신은 이런 생활로 인해 괴로워해야 하나요? 지금까지 당신은 충분히 고생하시지 않았어요?" 하고 말하며 그녀는 야릇한 웃음을 지어 보였다.

"난 고생은 하지 않았소. 오히려 편한 기분이었소. 그리고 만약 될 수만 있다면 좀더 당신을 도와 주고 싶소."

"우리는……." 그녀는 우리라고 말해 버린 다음 흘끗 네흘류도프를 쳐다보았다. "아무것도 필요없어요. 당신은 이미 너무나 많은 일을 저를 위해 해 주셨어요. 만일 당신이 안 계셨더라면……." 그녀는 무슨 말인지 계속하려다가 목소리가 떨려서 말이 끊어졌다.

"나는 인사 같은 것을 받을 처지가 못 되오." 네흘류도프는 말했다.

"어떻게 청산을 하면 좋을까요? 우리들이 빚진 것은 하느님이 다 갚아 주실 거예요." 하고 그녀는 말했다. 그러자 그 까만 눈에 눈물이 글썽였다.

"당신은 정말 훌륭한 여인이오!" 하고 그는 말했다.

"제가 훌륭하다고요?" 그녀의 눈물을 머금은 음성으로 반문했다. 그리고 가슴에 조여드는 듯한 슬픈 미소가 그녀의 얼굴을 밝게 빛내 주었다.

"다 됐습니까?" 하고 영국인이 말을 걸었다.

"네, 곧." 네흘류도프는 그 쪽으로 대답하고 크리일리초프에 대한 것을 그녀에게 물었다.

그녀는 흥분을 가라앉히고 알고 있는 대로 조용히 알려 주었다. 크리일리초프는 이송 도중에 너무나 허약해져서 이 곳에 당도하자마자 병원에 수용되었고 마리아 파블로브나가 몹시 걱정을 하고, 간호하기 위해 병원으로 보내 달라고 청했으나 아직 허가를 얻지 못했다는 것이었다.

"그럼, 저는 이만 실례하는 것이 좋지 않겠어요?" 영국인이 기다리고 있는 것을 보고 그녀는 말했다.

"작별 인사는 하지 않겠소. 다시 한 번 만날 테니까." 하고 네흘류도프는 말했다.

"용서하세요." 그녀는 들릴락말락한 소리로 말했다. 두 사람의 눈이 잠시 마주쳤다. 그리고 그녀가 '안녕히 가세요.'가 아니라 '용서하세요.'라고 했을 때 야릇하게 빛나던 사팔뜨기 같은 눈과 가슴에 조여 오는 듯한 슬픈 미소에 네흘류도프는 그녀가 결심한 이유에 대한 예상 가운데 후자가 옳다는 것을 확신했다. 그녀는 네흘류도프를 사랑하고 있었다. 그리고 자기를 그와 결합시킨다면 그의 생활을 망치고 말지만, 시몬슨과 떠난다면 그를 자유롭게 해방시켜 줄 수 있다고 생각하고 지금 자기의 슬픈 결심을 실행한 데 대한 기쁨을 느낌과 아울러 그와 헤어진다는 것에 대한 안타까운 고통을 느끼는 것이었다.

그녀는 그의 손을 잡았다가 몸을 홱 돌려 빨리 나가 버렸다.

네흘류도프는 함께 가려고 영국인을 돌아다보았다. 영국인은 수첩에다 줄곧 무엇인지 써 넣고 있었다. 네흘류도프는 방해가 되지 않도록 벽가에 있는 나무 의자에 가만히 앉았다. 그러자 갑자기 심한 피로감을 느꼈다. 그가 피로한 것은 잠이 모자라는 때문도, 여행 때문도, 흥분 때문도 아니었다. 그는 자기의 모든 생활에서 지쳐 버렸다는 것을 느끼고 있었다. 그는 의자 등받이에 기대고 눈을 감자 자기도 모르는 사이에 깊은 잠에 빠지고 말았다.

"어떻습니까? 지금부터 감방을 돌아보지 않겠습니까?" 하고 소장이 물었다.

깜짝 놀라 눈을 뜬 네흘류도프는 이런 곳에서 자고 있었다는 것에 놀랐다. 영국인은 메모를 끝내고 감방을 둘러보고 싶다고 말했다. 네흘류도프는 지쳐서 마음이 내키지 않았으나 그 뒤를 따라갔다.

26

소장과 영국인과 네흘류도프는 간수에게 안내되어 입구의 층계를 지나 속이 뒤집힐 것 같은 악취가 풍기는 복도로 들어서다가, 놀랍게도 두 죄수가 마룻바닥에 대고 오줌을 누고 있는 광경을 목격하였다. 그들은 눈살을 찌푸리면서 첫 번째 징역수 감방으로 들어갔다.

그 감방은 한복판에 나무 침대가 놓여 있고 죄수들은 이미 모두 누워 있었다. 70명 정도였다. 그들은 머리와 머리를 맞대고 옆구리와 옆구리를 맞대듯이 하고 누워 있었다. 참관인들이 들어서자 그들은 쇠사슬을 철거덕거리면서 일어나 반쯤 빡빡 민 머리를 반짝이며 침대 앞에 나란히 섰다. 그러나 두 사람만은 그대로 누워 있었다. 한 사람은 젊은 남자로 열이 있는지 새빨간 얼굴을 하고 있었고, 또 한 사람은 노인인데 줄곧 신음 소리를 내고 있었다.

젊은 죄수는 언제부터 앓고 있느냐고 영국인이 물었다. 소장은 젊은 죄수는 오늘 아침부터이지만 노인은 복통을 일으킨 지 벌써 상당한 날들이 지났는데도 병원이 초만원이기 때문에 수용할 곳이 없다고 대답했다. 영국인은 비난하듯이 머리를 흔들고 이 사람들에게 몇 마디 하고 싶으니 통역을 해 달라고 네흘류도프에게 부탁했다. 이 곳에 들어와서 안 일이지만 영국인의 여행 목적은 시베리아 유형지나 감옥에 대한 기록말고도 또 한 가지――신앙과 속죄에 의한 구제의 전도라는 목적이 있었다.

"이 사람들에게 전해 주십시오. 그리스도는 당신네들을 불쌍히 여기시고 사랑하신다고." 그는 말했다. "그리고 여러분들을 위해 죽었으며, 만약 여러분들이 이것을 믿는다면 구원받을 것이라고." 그가 말하는 동안 죄수들은 두 손을 바지 솔기에다 축 늘어뜨리고 잠자코 침대 앞에 서 있었다.

"이 책 속에 그런 것이 모두 씌어 있다는 것을 제발 이 사람들에게 말해 주십시오." 그리고 그는 이렇게 말했다. "책을 읽을 줄 아는 분은 없습니까?" 읽을 수 있는 사람이 스무 명 이상이나 된다는 것을 알았다. 영국인은 가방 속에서 몇 권의 신약성서를 꺼냈다. 그러자 손톱을 새까맣게 기른 다부진 손들이 허름한 소매 속에서 내밀어지더니 서로 상대방을 밀치듯이 하며 영국인 쪽으로 뻗쳐졌다. 영국인은 이 감방에다 두 권의 복음서를 전해 주고 다음 감방으로 이동했다.

다음 감방도 역시 마찬가지였다. 역시 답답했으며 악취가 심했다. 마찬가지로 정면 창과 창 사이에 성상이 걸려 있고 문 왼편에 용변통이 놓여 있었으며, 역시 죄수들은 옆구리를 맞대듯이 하고 불편하게 누워 있었는데 모두들 벌떡 일어나서 늘어섰으나 여기서도 또한 일어나지 않은 사람이 세 명 있었다. 두 사람은 몸을 일으켜 침대 위에 앉았으나 한 사람은 누운 채 들어온 사람 쪽을 거들떠보려고도 하지 않았다. 이 세 사람은 역시 환자였다.

영국인은 역시 같은 말을 하고 두 권의 복음서를 주었다.

세 번째 감방에서는 외침 소리와 시끄러운 소리가 들리고 있었다. 소장이 문을 두드리며 "조용히들 해!" 하고 소리쳤다. 문이 열리자 역시 죄수들은 침대 앞에 늘어섰으나 몇 명의 환자는 누운 채였으며, 두 명의 죄수가 안중에도 없다는 듯이 맞붙어 싸우고 있었다. 두 사람 다 일그러진 무서운 형상을 하고 한 사람은 상대방의 머리를, 한 사람은 턱수염을 움켜쥐고 있었다. 간수가 곁으로 달려가자 그들은 겨우 손을 뿌리쳤다. 한 사람은 코를 얻어맞아 콧물과 침과 피가 줄줄 흘렀는데 그것을 웃옷 소매로 문지르고 있었다.

또 한 사람은 쥐어뜯긴 턱수염을 모으고 있었다.

"감방장!" 하고 소장은 엄격하게 소리쳤다.

얼굴이 잘생긴 억센 사나이가 나왔다.

"도저히 말릴 수가 없었습니다, 소장님." 하고 기분 좋은 듯한 눈으로 웃으면서 감방장은 말했다.

"내가 말려 주지." 소장은 상을 찌푸리고 말했다.

"그들은 왜 싸웠습니까?" 영국인이 물었다.

네흘류도프는 왜 싸우게 되었느냐고 감방장에게 물었다.

"덮는 것 때문이지요. 남의 것을 덮었거든요." 감방장은 여전히 싱글싱글 웃으면서 말했다.

"이 녀석이 추근거리니까 상대방이 덤벼든 겁니다."

네흘류도프는 그것을 영국인에게 통역했다.

"나는 이 사람들에게 몇 마디 하고 싶습니다." 감방장 쪽을 보면서 영국인이 말했다.

네흘류도프는 통역을 했다. 소장은 "하십시오."라고 말했다. 그래서 영국인은 가죽 표지로 된 자기 복음서를 꺼냈다.

"이 말을 좀 통역해 주십시오." 그는 네흘류도프에게 말했다. "여러분들은 말다툼을 하고 싸웠습니다. 그러나 우리들을 위해 돌아가신 그리스도는 우리에게 싸우지 않고 해결하는 방법을 가르쳐 주셨습니다. 이 사람들에게 물어 봐 주십시오, 그리스도의 계율에 따르면 우리들을 모욕하는 사람들에게 어떤 태도를 취해야만 하는지 알고 있느냐고."

네흘류도프는 영국인의 말과 질문을 통역했다.

"소장님에게 하소연하면 판결을 내주겠지요." 하고 풍채 좋은 어떤 사람이 소장 쪽을 곁눈질하면서 미심쩍은 말투로 대답했다.

"후려갈기는 거지. 두 번 다시 그런 짓을 못 하게 말이죠."

또 한 사람이 말했다.

주위에서 그 말이 옳다는 듯이 몇 사람이 킬킬거리며 웃는 소리가 들렸다. 네흘류도프는 그들의 대답을 영국인에게 통역했다.

"이 사람들에게 말해 주십시오. 그리스도의 계율에 따르면 전혀 반대의 행동을 취하지 않으면 안 됩니다. 한쪽 뺨을 맞으면 다른 한 쪽 뺨을 내미십시오." 하며 영국인의 자기 뺨을 내미는 시늉을 했다.

"다른 뺨까지 얻어맞으면 다음에는 무엇을 내주지?" 누워 있는 병자 하나가 말했다.

"그러다간 녹초가 되어 뻗어 버리게."

"이유는 그만두고 한 번 해 봐요." 뒤에서 누군가가 놀리고는 낄낄 웃었다. 감방 안의 모든 사람들이 도저히 참을 수 없다는 듯이 웃는 소리가 울려 퍼졌다. 콧등을 얻어맞은 죄수까지 피와 침을 뱉면서 웃어댔다. 환자들도 웃었다.

그러나 영국인은 당황하지 않았다. 그리고 불가능이라고 여겨지는 것도 믿는 자에게는 가능하고 쉬운 일이 된다는 것을 그들에게 전해 달라고 부탁했다.

"그리고 술을 마시느냐고 물어 봐 주십시오."

"당연히 먹다마다요." 하고 누군가가 말했다. 그러자 또 낄낄거리는 웃음소리가 일어나더니 왈칵 폭소가 터졌다.

이 감방 안에는 환자가 네 명 있었다. 왜 환자들은 한 감방에 모아 돌보지 않느냐는 영국인의 물음에 병자들 자신이 희망하지 않는다고 소장은 대답했다. 이들 환자는 전염병 환자가 아니며 간호병들이 진찰을 하고 치료를 해 주고 있다는 것이었다.

"벌써 두 주일 동안이나 간호병 얼굴을 볼 수가 없어." 하고 누군가가 말했다.

그 말에는 소장은 대답하지 않고 손님들을 다음 감방으로 안내했다.

또다시 문이 열리고 죄수들이 늘어서고 조용해지자 또 영국인이 복음서를 나누어 주었다. 다섯 번째도, 여섯 번째도, 오른편 감방에서도, 왼편 감방에서도 어디나 같은 일들이 반복되었다.

징역수 감방에서 강제 이주 죄수 감방으로 갔다가 다시 집단 이주 죄수와 스스로 따라가는 자들의 감방으로 옮아 갔다. 어디나 마찬가지였다.

어느 곳이나 추위에 떨고 굶주리고 지겨움에 지치고 병에 감염되고 모욕받고 감금당한 사람들이 마치 들짐승 같은 모습을 드러내고 있었다.

영국인은 예정한 만큼의 복음서를 나누어 주고 나자 이제는 복음서를 더 주지도 않았고 설교도 하지 않았다. 답답한 광경과 무엇보다도 숨을 죄어드는 듯한 공기가 이 영국인의 힘을 빼앗아 버렸는지 어느 감방에 어떤 죄수가 수용되어 있다는 소장의 설명에 단지 "네, 네." 하고 대꾸했을 뿐 묵묵히 이 감방에서 저 감방으로 돌아다녔다. 네흘류도프는 거절하고 돌아올 힘조차 없이 녹초가 되도록 지쳐서 절망감에 사로잡힌 채 마치 몽유병 환자처럼 그들의 뒤를 힘없이 쫓아 다녔다.

27

유형수가 있는 감방에서 네흘류도프는 놀랍게도 오늘 아침 나룻배에서 본 그 괴상한 노인을 발견했다. 푸석한 머리에 온 얼굴이 주름투성이인 노인은 어깨가 찢어진 더러운 잿빛 셔츠를 입고 같은 잿빛 바지를 입었을 뿐 맨발로 침대 곁의 마룻바닥에 앉아서 엄하고 꾸짖는 듯한 눈초리로 들어온 손님들을 쏘아보고 있었다. 더러운 셔츠의 찢어진 곳으로 들여다보이는 그 말라 비틀어진 몸은 고목처럼 비참했지만 얼굴은 나룻배 위에서 보았을 때보다 더 긴장되어 있어 엄숙한 생기가 흘러 넘치고 있었다. 죄수들은 모두 다른 감방과 마찬가지로 소장이 들어오는 것을 보자 벌떡 일어나 줄지어 섰다. 그러나 노인은 그래도 일어나려 하지 않았다. 그 눈은 분노로 이글이글 타오르고 눈썹은 화난 듯이 찌푸려져 있었다.

"일어섯!" 하고 소장이 노인에게 소리쳤다.

역시 노인은 꼼짝도 하지 않고 업신여기는 듯한 엷은 웃음을 지을 뿐이었다.

"당신 앞에 서 있는 것은 당신 하인들이야. 그러나 나는 당신의 하인이 아니야. 당신 이마에도 낙인이 찍혀 있군." 하고 노인은 소장의 이마를 가리키면서 말했다.

"뭐라고?" 위협하듯이 외치면서 소장은 노인 앞으로 다가섰다.

"나는 이 사람을 알고 있습니다." 하고 네흘류도프는 재빨리 소장한테 말했다.

"왜 체포되었습니까?"

"여권이 없다는 이유로 경찰서에서 보내 온 것입니다. 보내지 말라고 부탁했는데 늘 이리로 보내 와서 난처해하고 있습니다.” 소장은 화난 듯이 노인을 곁눈으로 노려보면서 말해다.

“당신도 아마 반(反) 그리스도군이었었군.” 네흘류도프를 쏘아보면서 노인은 말했다.

“아니오, 나는 참관자일 뿐이오.” 하고 네흘류도프는 말했다.

“그럼, 반 그리스도군이 백성을 괴롭히는 꼴을 보고 싶어서 놀러 왔다는 말이오? 자, 잘 보구려. 백성들은 이마에 땀을 흘리고 노동으로 빵을 얻어야 하는데, 반 그리스도 놈들은 이렇게 처넣어 놓고 돼지처럼 일도 시키지 않고 처먹이기만 하고 백성들을 짐승으로 만들려고 한단 말이오.”

“지금 무슨 말을 하고 있습니까?” 하고 영국인이 물었다.

네흘류도프는 사람들을 가두어 두는 데 대해서 노인이 소장을 비난하고 있는 것이라고 설명했다.

“그럼, 법률을 지키지 않는 사람들을 어떻게 취급하면 좋겠느냐고 노인에게 물어 봐 주시지 않겠습니까?” 영국인이 말했다.

네흘류도프는 질문을 통역했다.

노인은 깨끗한 이를 드러내 보이면서 이상야릇한 웃음을 지어 보였다.

“법률이라고?” 하고 노인은 비웃는 듯이 되풀이했다.

“자기네들이 먼저 백성들한테서 토지를 약탈해 몽땅 가로채고 온갖 재산을 빼앗아서 자기 것으로 만들어 놓은 다음, 거역하는 자는 모조리 죽여 놓고 자기들 것이 도둑맞지 않게끔, 살해되지 않게끔 하기 위해 법률이라는 걸 만들어 놓은 것이오. 법률이라는 건 그러기 전에 만들었어야 하는 것이오.”

네흘류도프는 통역을 했다. 영국인은 씁쓸히 웃었다.

“그렇다면 도둑이나 살인자들을 어떻게 처리해야 좋은지 그것을 물어 봐 주십시오.”

네흘류도프는 또 질문을 통역했다. 노인은 매섭게 이맛살을 찌푸렸다.

“그 사람한테 말하시오. 자기 이마에서 반 그리스도의 낙인을 떼라, 그러면 그 사람 주위에는 도둑도 살인자도 사라진다고 말하시오.”

"좀 머리가 돈 모양이군요." 네흘류도프가 노인의 말을 통역하자 영국인은 이렇게 말하고 어깨를 으쓱해 보이며 감방에서 나갔다.

"사람은 자기 일만 하면 되는 거야. 남의 일에는 참견할 것이 없어. 누구든지 자기 자신이 주인인 거야. 누구를 벌하고 누구를 동정해야 하느냐는 것은 하느님만 알고 계시오. 우리가 알 바 아니오." 하고 노인은 말했다. "자기 스스로가 주인이 되는 것이오. 그러면, 다른 주인은 필요없게 되지. 가시오, 어서 가시오." 노인은 화난 듯이 눈살을 찌푸리고 감방 안에 머뭇거리고 있는 네흘류도프에게 번쩍거리는 눈길을 보내면서 말했다. "반 그리스도의 종들이 백성들에게 이를 기르게 하고 있는 것을 잘 보았겠지요. 가시오, 어서 가시오!"

네흘류도프가 복도로 나가자 영국인이 빈 방의 열린 문 앞에 서서, 이것은 무슨 방이냐고 묻고 있었다. 소장은 이 방은 시체 안치소라고 말했다.

"오!" 네흘류도프의 통역을 들은 영국인은 이렇게 말하며 들어가 보고 싶다고 청했다.

시체 안치소는 보통의 조그마한 감방이었다. 벽에는 조그마한 램프가 하나 켜져 있어 모퉁이에 쌓여 있는 자루와 장작과 오른쪽 침대에 놓여 있는 네 구의 시체를 희미하게 비추어 주고 있었다. 가장 앞에 있는 시체는 너절한 셔츠와 바지를 입은 키가 큰 사나이로서 뾰족한 턱수염을 기르고 머리는 반쯤 깎여 있었다. 시체는 이미 싸늘하게 굳어 있었다. 검푸른 손은 가슴에 포개 놓았던 모양인데 지금은 풀려 있었다. 드러난 발도 벌려져서 발바닥이 따로따로 삐져 나와 있었다. 그 옆에 주름살투성이의 누렇고 조그만 얼굴에 코가 뾰족하고 숱이 적은 짧은 머리를 조그맣게 땋아 늘인 노파가 맨발에 머릿수건도 없이 흰 블라우스에 짧은 치마 차림으로 누워 있었다. 노파 너머에는 보랏빛 옷을 입은 남자 시체가 있었다. 이 빛깔이, 네흘류도프는 본 기억이 있는 듯한 생각이 들었다.

그는 가까이 다가가서 그 시체를 찬찬히 살펴보았다.

위로 뻗친 뾰족하고 조그만 턱수염, 우뚝하고 아름다운 코, 잘생긴 흰 이마, 숱이 적은 고수머리. 그는 낯익은 윤곽을 살펴보았으나 자기 눈을 의심하지 않을 수가 없었다. 그는 어제 이 얼굴을 노여움에 불탄, 고민하는 얼굴로서 보았던 것이다. 이제 그 얼굴은 온화하고 움직이지도 않으며 소름이 끼칠 만큼 아름다웠다.

그렇다, 이것은 크리일리초프였다. 적어도 그의 물질적 존재가 남긴 흔적이었다.

왜 그는 괴로워했을까? 무엇 때문에 그는 살아 왔을까? 그것을 그는 지금 깨달았을까? 하고 네흘류도프는 생각해 보았다. 그리고 그 대답은 없는 것같이 여겨졌다. 그러자 네흘류도프는 갑자기 심한 현기증을 느꼈다.

네흘류도프는 영국인에게 작별 인사도 하지 않고 간수에게 마당으로 안내해 달라고 부탁했다. 그리고 이 곳에서 오늘 밤 목격한 것을 곰곰이 생각하기 위해 혼자 있고 싶어서 그는 호텔로 마차를 달렸다.

28

네흘류도프는 잠자리에 들지도 않고 오랫동안 방 안을 서성거렸다. 카튜샤와의 문제는 끝났다. 그는 카튜샤에겐 이미 필요없는 사람이었다. 그리고 이것은 그로서는 슬프기도 하고 수치스럽기도 했다. 그러나 지금 그를 고통 속에 빠뜨리고 있는 것은 그런 것이 아니었다. 또 하나의 다른 문제가 아직 해결되지 않았을 뿐 아니라 지금까지의 어느 때보다도 한층 더 강하게 그를 괴롭히고 그의 행동을 요구하고 있었다.

그가 요 몇 달 동안, 특히 오늘 밤 감옥 안에서 본 그 무서운 악이, 사랑스러운 크리일리초프까지도 죽음으로 몰아간 그 악의 모든 것이 그에게 승리를 자랑하고 그를 지배하고 있었다. 그리고 그것을 이길 가능성은커녕 이길 방법을 아는 가능성조차도 그는 찾아 낼 수가 없었다. 그의 뇌리에는 그 더러운 공기 속에 감금되어 있는 몇백, 몇천 명의 치욕을 당한 사람들——냉담한 장관과 검사와 감옥 소장들에 의해, 살아 있으면서 매장하고 있는 사람들의 모습이 생생하게 떠올랐다.

정부의 죄를 고발한 자유분방한 노인이 미치광이로 취급받고 있는 모습이, 그리고 시체 사이에 누운, 분에 못 이겨 죽은 크리일리초프의 온화한 얼굴이 생각났다. 그러자 자기, 즉 네흘류도프가 미치광이냐 아니면 스스로를 명석하다고 여기고 이 모든 악을 행하고 있는 사람들이 미치광이냐 하는, 전부터 생각하고 있던 문제가 새로운 힘으로 그의 앞에 고개를 쳐들고 해답을 요구했다.

네흘류도프는 거니는 것과 생각하는 것에 지쳐서 램프 앞에 있는 소파에 앉아 아무 생각 없이 테이블 위에 있는 성경을 집어 들었다. 이것은 영국인이 기념으로 준 것이었는데 아까 주머니 안을 정리할 때 꺼내어 테이블 위에 던져 놓았던 것이었다. '여기 모든 해결이 있다고 말했는데.'라고 생각하며 그는 성경을 펼쳐 그 펼친 곳을 읽어 나가기 시작했다. 마태오 복음 제18장이었다.

1. 그 때에 제자들이 예수께 나아가 가로되 천국에서는 누가 크나이까 — 하고 그는 읽기 시작했다.

2. 예수께서 한 어린아이를 불러 그들 가운데 세우시고 말씀하셨다.

3. 진실로 너희에게 이르노니 너희가 돌이켜 어린아이와 같이 되지 않으면 결코 천국에 들어가지 못하리라.

4. 그러므로 누구든지 이 어린아이와 같이 자기를 낮추는 이가 천국에서 큰 자이니라.

'그렇다, 확실히 그렇다.' 그는 자기를 낮추었을 때만 평온함과 생활의 기쁨을 경험했던 것을 떠올리면서 이렇게 생각했다.

5. 또 누구든지 내 이름으로 이런 어린아이 하나를 영접하면 곧 나를 영접함이니,

6. 누구든지 나를 믿는 보잘것없는 사람들 중에 하나를 실족게 하면 차라리 그 목에 연자 맷돌을 달고 깊은 바다에 던져지는 것이 나으리라.

이것은 무슨 뜻일까? 누가 받아들인다는 것일까? 그리고 어디로 받아들인다는 것일까? 내 이름이라고 했는데 이것은 무슨 뜻일까? 이런 말이 그에게 아무것도 얘기해 주지 않는다는 것을 느끼면서 그는 스스로에게 물었다. '맷돌을 목에 달리운다든가, 바다의 깊이라든가 하는 것을 무얼 뜻하는 걸까? 아니다, 이것은 무언가가 잘못되어 있다. 정확하지 않다. 너무도 애매하다. 그는 지금까지 몇 번인가 성경을 읽다가는 늘 이런 애매한 대목에 걸려서 집어 던졌던 것을 떠올리면서 이렇게 생각했다. 그는 다시 7, 8, 9, 10절을 읽었다. 거기에는 죄의 유혹과 그 유혹이 반드시 이 세상에 온다는 것과 사람들이 받게 될 지옥의 불에 의한 벌과 하늘에 계신 아버지의 얼굴을 우러르는 어린 천사들에 대한 것이 적혀 있었다. '유감스럽지만 너무나 모순투성이군.' 하고 그는 생각했다. '그러나 무언지 좋은 말을 하고 있다는 것을 알 것 같군.'

11. 사람의 아들은 잃어버린 사람을 찾아 구원하러 왔기 때문이다.

그는 계속해서 읽어 나갔다.

12. 너희 생각은 어떠하냐? 만일 어떤 사람이 양 백 마리가 있는데, 그 가운데 하나가 길을 잃었다면 그 아흔아홉 마리를 산에 두고 가서 길잃은 양을 찾지 않겠느냐?

13. 진실로 너희에게 이르노니, 만일 찾으면 길을 잃지 않은 아흔아홉 마리보다 이것을 더욱 기뻐하리라.

14. 이와 같이 하늘에 계신 너희의 아버지께서는 이 보잘것없는 자들 가운데 하나라도 망하는 것을 원하시지 않는다.

'그렇다, 그들이 멸망하는 것은 아버지의 뜻이 아니었다. 그러나 현재 몇백 명, 몇천 명의 사람들이 죽어 가고 있지 않은가. 더구나 그들을 구할 방법이 없다.' 하고 네흘류도프는 생각했다.

21. 그 때에 베드로가 나아가 가로되 "주여, 형제가 내게 죄를 범하면 몇 번이나 용서해 주리이까, 일곱 번까지 하오리까?"

22. 예수께서 이렇게 대답하셨다. "일곱 번뿐 아니라 일흔 번씩 일곱 번이라도 할지니라."

23. 이러므로 천국은 그 종들과 회개하려 하던 어떤 임금과 같으니

24. 회개할 때에 1만 달란트나 돈을 빚진 사람이 왕 앞에서 끌려왔다.

25. 갚을 것이 없는지라 왕은 네 몸과 처와 자식들과 모든 소유를 다 팔아 갚으라 하셨다.

26. 그 종이 엎드려 절하며 가로되 "조금만 참으소서. 다 갚아 드리겠습니다." 하거늘

27. 왕이 불쌍히 여겨 빚을 탕감하여 주었더니

28. 그 종이 나가서 제게 백 데나리온 빚진 동료 하나를 만나 붙들어 목을 잡고 가로되 빚을 갚으라고 호통을 쳤다.

29. 그 동료는 엎드려 꼭 갚을 테니 조금만 참아 주게 하고 애원하였다.

30. 그러자 그는 허락하지 아니하고 오히려 그 동료를 끌고 가서 돈을 갚을 때까지 옥에 가두어 버렸다.

31. 다른 종들이 그것을 보고 심히 민망하여 왕에게 고하니

32. 왕이 그 종을 불러다가 말하되, 악한 종아, 네가 빌기에 나는 네 빚을 전부 탕감하여 주었거늘

33. 내가 너를 불쌍히 여김과 같이 너도 네 동료를 불쌍히 여김이 마땅치 아니하냐

"하지만 과연 그것만으로서 괜찮은 것일까?" 성경의 이 대목은 읽고 나서 네흘류도프는 갑자기 소리내어 말했다. 그러자 그의 모든 존재 내부의 소리가 말했다. 그렇다, 그것만으로도 좋은 것이다.

그러자 정신 수양을 하고 있는 사람들에게 이따금 일어나는 일이 네흘류도프

에게도 벌어졌다. 즉 처음에는 기이한 일, 역설, 농담처럼 여겨지던 생각이 차츰 빈번하게 생활 속에 그것을 증명하는 확증을 보게 되어, 그러는 동안 갑자기 매우 단순한, 의심할 여지 없는 명백한 진리로서 마음의 눈에 비치는 일이 흔히 있는 것같이, 지금 네흘류도프는 사람들을 괴롭히고 있는 그 무서운 악에서 구원될 단 한 가지의 확실한 방법은, 사람들이 늘 자기를 신에 대해 죄인이라고 생각하고 따라서 남을 처벌하거나 바르게 할 만한 힘이 자기에게는 없는 것이라고 깨닫게 하는 것뿐이라는 것을 뚜렷하게 알았던 것이다.

지금이야말로, 그가 감옥과 군대에서 목격한 그 무서운 악은 그 악을 행사하고 있는 사람들이 자기가 악인이면서도 악을 바르게 고쳐 보려는 그 불가능한 일을 하려 하기 때문에 발생하다는 것을 그는 똑똑히 알았다. 죄 지은 사람들이 죄 있는 사람들을 가르쳐 바르게 하려고 물리적인 방법에 의해 그것이 성취되어 진다고 생각했던 것이다. 그리고 그러한 결과, 생활이 어려운 사람들과 많은 사람들이 그 그릇된 벌과 교정을 자기의 직업으로 삼아 자기도 이 이상 더 견딜 수 없는 데까지 타락하고, 자기가 괴롭히고 있는 사람들까지도 끊임없이 타락시키고 있는 것이다. 이제야말로 그가 보아 온 이 모든 공포가 무엇에서 비롯되었고, 또 그것을 뿌리 뽑기 위해서는 무엇을 어떻게 해야 하는지가 분명해졌다.

그가 알아내지 못하고 있던 답은 다름아닌 그리스도가 베드로에게 준 대답 그것이었다. 즉 죄없는 사람은 없고, 따라서 벌을 주거나 바르게 가르치거나 할 수 있는 그러한 사람들도 없기 때문에 언제든지 누구나 용서하며 끝없이 용서한다는 것이었다.

'그러나 이것은 이토록 간단히 해결된다는 것은 있을 수 없다는 일이다.' 하고 네흘류도프는 스스로에게 말했으나 그 말하는 이면으로, 그와 반대의 것을 보아 온 그에게는 이것이 처음에는 몹시 이상하게 여겨졌지만, 그것이 의심할 수 없는 진리이며 단순히 이론적일 뿐 아니라 가장 실제적인 문제의 해결이라는 것을 확실하게 깨달았다. 악인들을 어떻게 해야 할 것이냐, 이대로 벌을 받지 않게 내버려 두어도 좋으냐 하는, 언제나 그를 화나게 하던 반발은 이제 그의 마음을 어수선하게 흩뜨러뜨리지 않게 되었다. 이러한 반발은 형벌이 범죄를 줄어들게 하고 죄인들을 바르게 한다는 것이 증명되어야만 의미를 찾을 수 있다. 그러나 전혀 반대의 일이 입증되고 남을 바르게 할 권리가 없다는 것이 명백해지고 보니 유일하고 현명한 방법은 이롭지 못할 뿐만 아니라 오히려 해로운 데다가 비도덕적이고 잔인한 것에서 손을 떼는 것이었다. '너희들은 몇백 년 동안이나 범죄자라고 인정하는 사람들을 처벌해 왔다. 그런데 어떠냐? 범죄자는 근절되었을까? 근절되기는커녕 차츰 더 늘었을 뿐이다. 형벌에 타락된 범죄자들, 그들 범죄자들 앞에 버젓이 앉아서 사람들을 처벌하고 있는 재판관과 검사와 예심 판사와 형무관, 이러한 패들에 의해 차츰 더 늘어날 뿐이다. 네흘류도프는 이제야 비로소 사회와 질서가 이대로나마 유지되고 있는 것은 남을 재판하고 처벌하거나 하는, 법률로 보호된 이들 범죄자들이 있기 때문이 아니고 이러한 타락에도 불구하고 역시 사람들이 서로 동정하고 사랑하기 때문이라는 것을 알았다.

네흘류도프는 이 생각의 확증을 성서 속에서 찾아 내고자 다시 처음부터 읽어 가기 시작했다. 그는 언제나 감동을 느끼는 산상수훈을 읽어 보고, 비로소 이 가르침 속에서 추상적인 아름다운 사상과 대부분이 과장된 비현실적인 말만의 요구가 아니라, 단순하고 명쾌하고 특히 실지로 실행할 수 있는 계율이 있음을 발견한 것이었다. 이러한 계율이 이뤄진다면——이것은 정말 가능한 일이었지만——인간 사회의 아주 새로운 조직이 결성되고 이 조직 아래에서 이토록 네흘류도프를 화나게 한 모든 폭력이 저절로 사라져 버릴 뿐만 아니라 인류가 얻을 수 있는 최고의 행복, 이 땅에 있어서의 지상천국을 누릴 수 있는 것이다.

그 계율은 5조항이었다.

제1의 계율 《마태오 복음》 제5장 제21~26절은, 사람을 죽여서는 안 될 뿐만 아니라 형제에 대해서 화를 내어도 안 되고 누구든지 보잘것없는 '어리석은 사람'이라고 생각해서는 안 된다. 만약 누구하고 싸운다면 신에게 공물을 바치기 전에, 즉 기도하기 전에 그 사람과 화해를 해야 한다는 것이었다.

제2의 계율 《마태오 복음》 제5장 제27~제32절은, 인간은 간음을 해서는 안될 뿐만 아니라 정욕을 품고 여자를 보는 것도 피해야만 한다. 또 일단 한 여자를 아내로 맞았으면 절대 배반을 해서는 안 된다는 것이었다.

제3의 계율 《마태오 복음》 제5장 제33～제37절은, 인간은 무슨 일에서나 맹세를 하고 약속을 해서는 안 된다.

제4의 계율 《마태오 복음》 제5장 38절～42절은, 인간은, 눈을 눈으로 갚는 식의 복수를 해서는 안 되며, 오른쪽 뺨을 맞으면 왼쪽 뺨도 내주어야 한다. 또 모욕을 용서하고 점잖게 그것을 참고 남들이 네게 바라는 일을 절대 거절해서는 안 된다는 것이었다.

제5의 계율 《마태오 복음》 제5장 제43～제48절은, 인간은 원수를 미워하거나 원수와 싸워서는 안 되며 원수를 사랑하고 돕고 그들에게 봉사하지 않으면 안 된다는 것이었다.

네흘류도프는 타고 있는 램프 불빛에 눈길을 고정시키고 그대로 얼어붙은 듯이 꼼짝도 하지 않았다. 인간 생활의 온갖 추태를 떠올리면서, 만약 사람들이 이 다섯 가지 계율에 의해서 길들여진다면 이 생활은 어떻게 되어 나갈까, 하는 것을 선명하게 머릿속에 그려 보았다. 그러자 오랫동안 잊혀졌던 감격이 그의 마음을 사로잡았다. 마치 그는 오랜 실망과 고뇌 끝에 갑자기 안식과 자유를 발견한 듯한 느낌이었다.

네흘류도프는 밤새도록 자지 않았다. 그리고 성경을 읽은 많은 사람들이 경험하듯이 그는 성경을 읽으면서 지금껏 몇 번이나 반복해 읽어도 알지 못했던 말의 의미를 비로소 모두 깨닫게 되었다. 해면이 물을 흡수하듯이 성경 속에서 그의 마음의 눈에 계시된, 필요하고 중요하고 기꺼운 것을 그는 정신없이 흡수하였다. 그리고 그가 읽은 모든 것은 오래 전부터 이미 다 알고 있었던 것같이 편안하게 느껴졌다. 그가 전부터 알고는 있었으나 확연하게 인식하지 못하고 믿지 않았던 것이 의식의 빛에 비쳐 뚜렷이 확인된 듯한 기분이었다. 이제야말로 그는 충분히 인식하고 또 믿게 된 것이다.

더욱이 그는 인간들이 이러한 계율을 실행함으로써 인간으로서 바라고 기대하는 최고의 행복을 누릴 수 있다고 인식하고 믿었을 뿐만 아니라, 이제 사람들은 이 모든 계율을 실행하는 것말고는 아무것도 할 것이 없고 이 실행 속에 바로——인간 생활의 오직 하나의 합리적인 뜻이 있으며 거기서 벗어나는 것은 모조리

즉시 벌을 초래하는 잘못이라고 인식하고 믿었다.

이것은 모든 가르침에서도 표현되어 있었지만 포도원 농부들의 우화 속에 특히 뚜렷하고 힘차게 나타나 있었다. 농부들은 주인의 사업을 위해 보내어진 포도밭을 자기네 것이라고 생각해 버린다. 그리고 그들은 포도밭 안의 설비는 모두 그들을 위해 만들어진 것이며 그들의 일은 다만 이 포도밭 안에서 자기네들의 생활을 즐기는 것이라고만 생각하며 주인에 대한 것은 잊어버리고 주인과 주인에 대한 그들의 의무에 대한 말을 전하러 온 자들을 모두 죽여 버린다.

'이것과 동일한 일을 우리들도 하고 있는 것이다.'라고 네흘류도프는 생각했다. '확실히 우리는 자기 자신이 생활의 주인이다. 생활은 우리들의 향락을 위해 우리들에게 주어지는 것이라고 어리석게 믿고 있다. 그러나 이거야말로 정말 어리석은 일이 아닌가. 왜냐 하면 우리가 누군가에 의해 이 땅에 보내졌다면 그것은 누군가의 뜻으로 어떤 목적을 위해 보내졌을 것이다. 그런데 우리는 스스로의 쾌락만을 추구하기 위해 살고 있는 것이라고 제멋대로 생각하고 있다.'

'그러므로 주인의 뜻을 실행하지 않는 농부들이 비참한 최후를 맛보게 된 것과 마찬가지로 우리도 좋지 못한 결과를 빚어내게 되는 것은 당연하다. 주인의 의사는 이 계율 속에 표현되어 있다. 사람들이 이 다섯 가지 계율을 실행하기만 한다면 이 땅에 신의 나라가 건설되고 사람들은 그들이 누릴 수 있는 최대의 행복을 누리게 될 것이다.'

'너희는 먼저 하느님의 나라와 그 진실을 구하라. 그러면 다른 모든 것은 너희에게 돌아가리니.' 그런데 우리들은 다른 것만을 찾고 있다. 그러므로 발견될 까닭이 없는 것이다.

'그렇다, 바로 이것이 내 일생의 사업이다. 한 가지 일이 끝났는가 싶었더니 곧 다른 일이 시작되었구나.'

그 날 밤부터 네흘류도프에게는 전혀 새로운 인생이 시작되었다. 그것은 그가 새로운 생활 조건 속에 들어갔기 때문이라기보다, 이 때부터 그의 신변에 일어났던 모든 일이 그에게 있어 현재까지와는 전혀 다른 의미를 지니게 되었기 때문이었다.

그의 인생의 새로운 날들이 어떠한 모습으로 끝날 것인지, 그것은 미래가 알려 줄 것이다.

1899년 12월 17일 모스크바에서

■ 작가와 작품해설

· 작품 줄거리

카튜샤 마슬로바는 떠돌이 집시와 농노인 어머니 사이에서 여섯 번째 사생아로 태어난다. 3살 때 어머니가 죽고, 할머니조차도 외면하자 여지주 자매가 그녀를 맡았는데 반은 하녀처럼 반은 양딸처럼 키워져 카튜샤 카챠(비칭)라든가, 카체니카(애칭)가 아닌 그 중간의 카튜샤로 불려진다.

16살이 되던 해 카튜샤는 검은 눈에 아름답고 순진한 처녀가 되어 있었다. 그때 네흘류도프는 고모인 지주 자매를 방문하던 중에 카튜샤를 유혹하고, 돈을 준다. 그 뒤 카튜샤는 임신을 하고 저택을 나와 하녀생활을 전전하다 뚜쟁이 할멈의 주선으로 매춘의 길을 택하게 되고 살인사건에까지 휘말리게 된다.

어느날 네흘류도프는 지방 재판소의 배심원으로 법정에 출두한다. 법정에는 독살사건을 시작으로 피고인들이 등장하는데 네흘류도프는 그들 가운데에서 카튜샤를 발견하게 된다. 청년시절 고모의 저택에서 유혹한 뒤 돈을 주므로써 일을 마무리했다고 생각했는데 그 처녀가 자신으로 인해 타락의 길을 걷다가 매춘부가 되어 이번 독살사건으로 아무 죄 없이 징역 4년 형을 언도받고 시베리아로 보내지게 된것이었다. 이에 네흘류도프는 카튜샤에 대해 깊은 죄책감을 느끼고 그녀를 구해 보기로 결심한다. 그는 형무소로 가서 그녀에게 용서를 빌고, 변호사를 고용하고 유력인사에게 도움을 청하게 된다. 그러나 판결된 재판을 번복할 수는 없었다. 마침내 네흘류도프는 화려한 귀족 생활을 버리고 카튜샤를 따라 시베리아로 가게 된다.

시베리아에서 어렵게 판결 취소를 얻어낸 그는 카튜사에게 그녀가 이제 자유의 몸이 된 것을 알리고 결혼을 청한다. 그러나 카튜샤는 정치범인 시몬손에게 감화되어 그와 결혼하기로 이미 정해 버렸다. 자신이 네흘류도프에게 방해가 될 것을 염려했기 때문이었다.

네흘류도프는 이제 더 이상 자신이 카튜사에게 필요없는 인간임을 느끼며 복잡한 심정이 된다. 우연히 집어든 성서를 읽고는 죄 · 악 · 벌 · 타락을 용서할 수 있는 것은 서로 동정하고 사랑하기 때문이라는 것을 알게 되고, 계율에 따라 살아갈 것을 결심한다.

• 〈부활〉에 대해

〈부활〉은 톨스토이의 3대 장편 중 하나이며 그의 나이 71세에 발표된 작품이다. 이 작품은 작자의 사상, 종교, 예술의 모든 것이 구현되고, 결정된 하나의 예술작품으로뿐 아니라, 이른바 톨스토이즘이란 현대의 새로운 믿음을 낳은 문호이자 사상가의 모든 면을 들여다볼 수 있는 가장 중요한 자료라고 할 수 있다. 또 어떤 의미에서는 톨스토이의 예술적 성경이며 그가 마지막으로 내뿜은 열정이었다. 그가 〈부활〉을 쓰게 된 직접적 동기는 친구인 A. F 코니라는 법률가의 이야기를 듣고 흥미를 느끼면서부터였다.

작품에서 카튜샤와 네흘류도프와의 상호관계는 당시 러시아의 상류계급과 하류계급의 유기적 형태를 잘 반영하고 있다. 특히, 하류계층의 가난한 농민생활이 농노해방 후에도 조금도 개선되는 조짐없이 오히려 더 빈곤해 가는 현실상을 그대로 보여주고 있다. 또한 재판과 형무소의 실태에서 '사람을 재판하지 말라'는 톨스토이식 복음서의 해석이 적나라하게 드러나고 있다.

• 작가에 대하여

19C 러시아의 작가이자 사상가인 레프 톨스토이는 명문 백작 집안에서 태어나 10세가 되기도 전에 부모를 여의고, 1844년 카잔 대학에 입학했으나 대학생활에 실망을 느끼고 고향으로 돌아온다. 1851년에 형의 권유로 사관후보생이 되어 군에 간 그는 처녀작 〈유년시절〉을 익명으로 발표, 문단의 시선을 끌었다.

1855년 군을 제대하고 돌아올 무렵, 그는 이미 청년작가의 지위를 확고히 하고 있었다. 톨스토이는 1862년 궁정의인 베르스의 딸과 결혼, 더욱 문학에 열중하여 나폴레옹의 모스크바 침입을 배경으로 한 〈전쟁과 평화〉를 구상하게 된다. 1869년 완성된 이 작품은 죽음의 공포와 삶의 무상함을 종교에 의존하여 정신적 안정을 찾으려 하고 있다.

1875년 《러시아 통보》에 발표한 〈안나 카레니나〉는 1877년 완성되었다. 당시 농노제 개혁 등 시대 격변에는 휩싸여 있어 사람들의 관심이 정치와 사회에 쏠리고 있을 때 그는 결혼 생활을 즐기고 있었고 이야말로 개인의 인간성의 충실함이 전체적인 조화를 이룬다고 보았다.

1880년 〈교의신학비판〉을 시작으로 〈요약복음서〉, 〈참회록〉, 〈교회와 국가〉, 1884년 〈나의 신앙〉을 발표함으로써 그의 사상은 체계화되어 갔다.

1882년 모스크바 번민굴을 돌아본 후 톨스토이는 종교, 윤리적 문제에 대한 사상 번민을 사회제도로까지 확대, 사유재산을 부정하게 되었고, 이때부터 부인과 자주 불화를 일으켰다.

톨스토이는 러시아국교가 아닌 성령부정파교도와 친교하면서 미주할 비용 마련을 위해 작품 〈부활〉을 만들었다. 이 작품은 〈안나 카레니나〉를 발표한 지 20년 만의 대작이다.

톨스토이는 재산과 많은 책의 저작권을 포기하면서 부인과의 불화가 점점 심화되었는데, 이 문제로 두 사람 사이엔 분쟁이 끊이지 않았다. 그의 내면에 번민이 선명하게 부각되기 시작하였다.

이런 가정사의 모순 해결을 위해 가출을 결행했던 그는 1910년 가출한 그 해 병을 얻어 현재 페르 톨스토이 역이 되어 있는 아스타포보의 역사에서 82세로 사망했다.

■ 작가 연보

1828 8월 28일, 톨스토이 백작 집안의 넷째 아들로 야스나야 폴랴나에서 태어나다.

1830 (2세) 8월 7일, 어머니 마리야 니콜라예브나가 여동생 마리야를 낳은 산욕으로 죽다.

1836 (8세) 톨스토이 집안이 모스크바로 이사하다.

1837 (9세) 6월 21일, 아버지 니콜라이 일리이치마저 툴라현의 거리에서 뇌일혈로 급사하다. 숙모인 오스텐 사켄 부인이 남은 아이들의 후견인이 되다.

1838 (10세) 할머니 펠라게야 니콜라예브나 죽다.

1841 (13세) 가을에 후견인이던 숙모가 죽자 레프는 세 형들과 함께 카잔에 살고 있는 펠라게야 일리이치나 유시코바 고모 댁으로 가다.

1844 (16세) 9월 20일, 카잔 대학에 입학하다.

1847 (19세) 4월 12일 카잔 대학의 중퇴, 고향인 야스나야 폴랴나로 돌아가 새로운 농업경영과 소작인의 계몽과 생활개선에 노력했으나 농노제도 사회에서 그의 이상은 실현되지 못했다. 후에 〈지주의 아침〉 속에서 그 시대의 일을 그리다.

1848 (20세) 페테르스부르크 대학의 학사시험에 합격, 법학사의 칭호를 받다. 이 해부터 23세까지 도박사 주색에 빠진 방탕생활을 계속하다.

1851 (23세) 3월, 〈어제 이야기〉. 5월 맏형 니콜라이가 있는 카프카스(코카서스) 포병대에 사관후보생으로 입대하다.

1852 (24세) 군무에 종사하면서 3월 17일 단편 〈침입〉 쓰기 시작하다. 6월, 〈유년시절〉 탈고하다. 네크라소프의 인정을 받아 그가 주재하는 잡지 《현대인》에 익명으로 9월부터 연재, 작가로서 첫발을 내딛다. 9월, 중편 〈지주의 아침〉 쓰기 시작. 12월

〈침입〉 완성. 중편 〈카자크 사람들〉 쓰기 시작하다.

1853 (25세) 각지로 다니며 전쟁. 〈크리스마스의 밤〉, 〈소년시절〉, 〈나무를 베다〉, 〈득점 계산자의 수기〉 쓰기 시작하다.

1854 (26세) 1월, 장교로 승진하여 고향에 돌아가다. 3월 다뉴브 파견군에 종군하고, 크리미아군으로 옮겨 세바스토폴리 전투에 참가하다. 〈소년시대〉, 〈러시아 군인은 어떻게 죽는가〉 발표하다.

1855 (27세) 3월, 〈청년시절〉 쓰기 시작하다. 8월, 흑하(黑河)의 전투에 참가하다. 11월 페테르스부르크로 돌아가 투르게네프, 네크라소프, 곤차로프, 오스트로프스키, 페트 등 《현대인》 동인들의 환영을 받다. 〈득점 계산자의 수기〉, 〈12월의 세바스토폴리 이야기〉, 〈5월의 세바스토폴리 이야기〉, 〈나무를 베다〉 완성하다. 투르게네프와의 사이가 나빠지다.

1856 (28세) 3월, 셋째형 드미트리 죽다. 11월 제대하다. 〈1855년 3월의 세바스토폴리〉, 〈눈보라〉, 〈두 경기병〉, 〈지주의 아침〉 완성하다.

1857 (29세) 1월 유럽으로 여행을 떠나 7월에 귀국, 야스나야 폴랴나에 살며 농사를 짓다. 〈류체른〉, 〈알베르트〉, 〈청년 시대〉.

1858 (30세) 〈한 소녀 바니카가 별안간 어른이 된 이야기〉 쓰다.

1859 (31세) 농민의 아이들을 위해 야스나야 폴랴나에 학교를 세우다. 〈세 죽음〉, 〈결혼의 행복〉 쓰다.

1860 (32세) 교육문제에 깊은 관심을 갖고 〈국민 교육론〉을 기초하다. 7월 외국 교육제도를 시찰할 목적으로 여행을 떠나다. 9월, 맏형 니콜라이가 죽어 몹시 슬퍼하다. 〈폴리쿠시카〉 쓰기 시작하다.

1861 (33세) 유럽 여러 나라의 교육시설을 시찰하고 4월에 귀국하다. 야스나야 폴랴나에 학교를 설립하고, 교육에 관한 많은 논문을 기초하다. 투르게네프와의 불화가 절정에 이르다.

1862 (34세) 교육 분야의 논문 〈국민교육에 관하여〉, 〈읽고 쓰기 교육방법에 관하여〉, 〈누가 누구에 관하여 쓰는 것을 배우는가〉 발표하다. 9월 시의(侍醫) 베르스의 둘째 딸 소피야 안드레예브나(당시 18세)와 결혼하다. 〈꿈〉, 〈목가〉 쓰다.

1863 (35세) 6월, 맏아들 세르게이 태어나다. 《야스나야 폴랴나》 마지막 호 발행하다. 〈진보와 교육의 정의〉, 〈카자크〉, 〈폴리쿠시카〉 발표하다. 〈12월당(黨)〉 쓰기 시작하다. 〈전쟁과 평화〉 집필을 위해 나폴레옹 전쟁시대의 연구를 시작하다.

1864 (36세) 9월, 맏딸 타치야나 태어나다. 사냥하다 말에서 떨어져 오른손을 다쳐 모스크바에서 수술을 받다. 회복됨과 동시에 〈전쟁과 평화〉(당시엔 〈1850년〉이라는 제목을 붙였었다) 착수하다. 〈톨스토이 저작집〉 제 1, 2권 간행하다.

1865 (37세) 〈전쟁과 평화〉의 첫 부분(1～28)을 《러시아 통보》에 싣다.

1866 (38세) 〈니힐리스트〉, 〈전쟁과 평화〉 제 2편 발표하다. 5월, 둘째아들 일리야 태어나다. 샤프닌 사건을 변론하다.

1867 (39세) 가을 〈전쟁과 평화〉의 집필을 위해 모스크바로 가다. 브로지노의 옛 싸움터에 가보다. 〈전쟁과 평화〉 전 3권 초판 간행하다.

1868 (40세) 3월, 〈전쟁과 평화에 대하여〉를 《러시아 기록》에 발표하다.

1869 (41세) 셋째 아들 레프 태어나다. 쇼펜하우어, 칸트에 열중하다. 〈전쟁과 평화〉 완간하다.

1871 (43세) 〈초등교과서〉 쓰기 시작하다.

1872 (44세) 〈초등교과서〉, 〈카프카스의 포로〉, 〈신은 진실을 놓치지 않는다〉, 〈표트르 1세〉 쓰다. 농민 자녀들의 교육을 위한 사숙을 저택 안에 마련하다.

1873 (45세) 3월, 〈안나 카레니나〉 착수하다. 가족 모두를 데리고 사마라 지방으로 가 빈민구제사업에 힘을 기울이다. 〈읽고 쓰기 교육

법에 관하여〉, 〈사마라 지방의 굶주림에 대하여〉를 《모스크바 신문》에 각각 싣다. 〈톨스토이 저작집〉 제 1 권부터 제 8 권가지 출판하다. 아카데미 회원이 되다.

1874 (46세) 〈국민교육론〉 출판하다. 〈새 초등교과서〉 쓰기 시작하다.

1875 (47세) 〈안나 카레니나〉《러시아 통보》에 연재 시작하다.

1877 (49세) 〈안나 카레니나〉 완성하다.

1878 (50세) 12월당 연구를 위해 모스크바와 페테르스부르크에 가다. 투르게네프와 화해하다. 5월 〈최초의 기억〉을 쓰기 시작하다. 투르게네프가 야스나야 폴랴나를 방문하다. 〈참회〉 집필하다.

1879 (51세) 〈참회〉의 첫 부분을 발표하여 러시아 내에서는 금지되었으나 계속 집필하다. 장편 〈12월당〉은 완성시키지 못하 채 단념하다.

1880 (52세) 〈교의 신학 비판〉 쓰다.

1881 (53세) 〈사람은 무엇으로 사는가〉, 〈요약복음서〉 간행하다.

1882 (54세) 모스크바의 민세조사(民勢調査)에 참가하여 빈민들의 생활상을 보고 괴로워하다. 〈참회〉를 완성하여 《러시아 사상》에 발표, 발행이 금지되다. 〈모스크바의 민세조사에 대하여〉, 〈악을 악으로 갚지 말라〉, 〈교회와 국가〉를 발표하다.

1884 (56세) 〈나의 종교〉를 발표했으나 발행금지되다. 〈광인의 수기〉, 〈그러면 우리는 무엇을 할 것인가〉 쓰기 시작하다.

1885 (57세) 헨리 조지의 〈토지 국유론〉을 읽고 깊은 감명을 받아 사유재산을 부정함으로써 아내와 의견 대립이 되다. 그 결과 모든 저작권을 아내에게 양도. 〈그러면 우리는 무엇을 할 것인가〉 출판하다. 〈이반 일리이치의 죽음〉 쓰기 시작하다. 아내의 힘으로 〈톨스토이 저작집〉 12권 간행되다. 민화 〈악마의 행위는 아름답고 신의 행위는 견실하다〉, 〈두 형제와 황금〉, 〈소녀는 늙은이보다도 현명하다〉, 〈불을 소홀히 하면〉, 〈사랑이 있는

곳에 신이 있다〉, 〈양초〉, 〈두 노인〉, 〈바보 이반〉 쓰다.

1886 (58세) 작품을 쓰는 한편 두 딸(타치야나와 마리야)를 데리고 농사를 짓다. 달구지에서 떨어져 2개월 간 드러눕다. 〈인생론〉 쓰기 시작하다. 10월, 희곡 〈어둠의 힘〉이 발행 및 상연금지되었으나, 곧 금지가 취소되어 3일 동안 25만 부나 팔리다. 〈이반 일리이치의 죽음〉 출판하다. 민화 〈작은 악마가 빵을 갚은 이야기〉, 〈회개하는 죄인〉, 〈사람들에게는 얼마나 땅이 필요한가〉, 〈세 은둔자〉, 〈달걀만한 낟알〉.

1887 (59세) 〈어둠의 힘〉 저작권을 버리다. 3월부터 육식을 먹지 않다. 9월, 은혼식을 올리다. 〈인생론〉을 발간했으나 발행금지되다. 음주반대동맹운동을 일으키다. 〈빛이 있는 동안에 빛 속을 걸어라〉, 〈숲의 시작〉, 〈엉터리 사내 예멜리안과 빈 북〉, 〈세 아들〉.

1888 (60세) 담배를 끊다. 2월에 아들 일리야 결혼식 올리다. 막내아들 바니치가 태어나다. 〈고골리론〉 착수하다. 본다레프의 〈농민의 승리〉에 서문을 쓰다. 코롤렌코가 처음으로 찾아오다. 국민학교 교사가 되기 위해 원서를 제출했으나 당국으로부터 거절당하다.

1889 (61세) 논문 〈1월 12일의 기념제〉, 희극 〈문명의 열매〉, 〈예술이란 무엇인가〉 쓰기 시작하다. 〈크로이체르 소나타〉, 〈악마〉, 〈각성할 때이다〉, 〈신을 섬겨야 하는가, 혹은 황금을 섬겨야 하는가〉, 〈손의 노동과 지적(知的) 노동〉.

1890 (62세) 〈크로이체르 소나타 뒷이야기〉, 〈성욕론〉, 〈술과 담배〉, 〈지배계급의 이취(泥醉)〉, 〈빛은 어둠 속에서 빛난다〉, 〈빵가게 주인 표트르〉, 〈신부 세르게이〉 쓰기 시작하다.

1891 (63세) 아내 소피야가 발행금지되었던 〈크로이체르 소나타〉의 공표 허가를 얻어내다. 〈니콜라이 파르킨〉을 제노바에서 출판하다.

4월, 재산을 나누다. 〈첫째 단계〉 집필 시작하다. 이해 중앙 아시아와 동남 아시아에 걸쳐 기근이 일어나자 농민구제를 위해 활약하다. 〈기근의 보고〉, 〈무서운 문제〉, 〈법원에 대하여〉, 〈어머니 이야기의 예언〉, 〈어머니의 수기〉. 모든 저작권을 버리다. 〈신의 왕국은 그대들 속에 있다〉 쓰기 시작하다.

1892 (64세) 굶주림에 허덕이는 사람들을 구제하기 위해 많은 활약을 했으나 당국의 방해를 받다.

1893 (65세) 〈무위〉를 《러시아 통보》에 발표하다, 〈종교와 국가〉 집필하다. 노자의 번역에 몰두하다. 〈기독교와 애국심〉, 〈부끄러워하라〉. 〈태형 반대론(笞刑反對論)〉, 〈노동자 여러분에게〉, 〈헤이그 만국 평화회의에 대하여〉 쓰다.

1891 (66세) 모스크바 심리학회의 명예회원으로 뽑히다. 알렉산드르 3세 죽다. 〈주인과 하인〉 쓰기 시작하다. 〈카르마〉, 〈불사에 대한 마치니〉, 〈모파상 저작집의 서문〉, 〈신의 고찰〉, 〈젊은 황제〉 쓰다.

1895 (67세) 〈주인과 하인〉 탈고하다. 두호보르 교도와 친교를 맺고 있었기 때문에 4천 명 교도의 병역거부운동이 일어나자 그 지도자로 지목되어 당국의 박해를 받다. 체호프 찾아오다. 〈세 우화〉, 〈12사도에 의하여 전해진 왕의 가르침〉 쓰다.

1896 (68세) 병역의무 거부운동을 찬양하는 〈종말이 가깝다〉를 국외에서 발표하다. 〈그리스도의 가르침〉, 〈복음서는 어떻게 읽는가〉, 〈현대의 사회조직에 대하여〉.

1897 (69세) 3월, 병상에 있는 모스크바의 체호프를 방문하다. 〈예술이란 무엇인가〉 출판. 〈하지 무라드〉, 〈헨리 조지의 사상〉, 〈국가와의 관계〉 쓰다.

1898 (70세) 툴리스카야, 오를로프스카야 두 현의 빈민구제를 위해 활동하

다. 두호보르 교도를 돕기 위한 자금 마련을 위해 〈부활〉을 완성하기로 결심하다. 8월 26일 톨스토이 탄생 70주년 기념 축하회를 열다. 〈신부 세르게이〉 완성하다. 〈종교와 도덕〉, 〈톨스토이즘에 관하여〉, 〈기근이란 무엇인가〉, 〈두 전쟁〉, 〈카르타고를 파괴하지 말라〉, 〈러시아 통보의 편집자에게 부친다〉 쓰다.

1899 (71세) 3월, 〈부활〉을 발표하여 주목을 끌다.

1900 (72세) 1월, 아카데미 예술회원에 뽑히다. 고리키 찾아오다. 희곡 〈산 송장〉, 〈애국심과 정부〉, 〈죽이지 말라〉, 〈현대의 노예제도〉, 〈자기 완성의 의의〉 쓰다.

1901 (73세) 그리스 정교에서 파문되다. 〈파문의 명령에 대한 종무원에의 회답〉 쓰기 시작하다. 9월, 크리미아에서 티푸스와 폐렴으로 중태에 빠지다. 〈황제와 그 보필자에게〉, 〈유일한 수단〉, 〈누가 옳은가〉, 〈신앙의 자유를 인정할 것〉 쓰다.

1902 (74세) 니콜라이 2세에게 러시아의 현상태를 호소하는 글을 올리다. 5월, 코롤렌코 찾아오다. 8월 6일, 문학활동 50주년 기념축하회가 열리다. 〈지옥의 부흥〉, 〈종교론〉 쓰다.

1903 (75세) 1월, 〈유년시절의 추억〉 쓰기 시작하다. 〈성현의 사상〉 편찬에 착수하다. 단편 〈무도회가 끝난 뒤〉 탈고하다. 8월 28일, 탄생 75주년 축하회 열다. 9월, 〈셰익스피어론〉 집필하다. 〈노동과 병과 죽음〉, 〈아시리아 왕 아살하돈〉, 〈세 가지 의문〉, 〈그것은 너다〉, 〈정신적 본원의 의의〉, 〈인생의 의의에 대하여〉 쓰다.

1904 (76세) 전쟁반대론 〈반성하라〉. 6월, 〈유년시절의 추억〉 탈고하다. 〈해리슨과 무저항〉, 〈과연 그렇지 않으면 안 되는가〉, 〈하지 무라드〉 출판하다.

1905 (77세) 국민의 폭동에 정부의 탄압이 가해지자 괴로워하다. 〈알료샤

고르쇼크〉, 〈코르네이 바실리예프〉, 〈표트르 쿠지미치의 수기〉, 〈기도〉, 〈딸기〉, 〈불타(佛陀)〉, 〈큰 죄악〉, 〈러시아의 사회운동〉, 〈세기의 종말〉, 〈가짜 수표〉, 〈푸른 지팡이〉 쓰다.

1906 (78세) 〈1일 1장 인생독본〉, 〈셰익스피어론〉을 《러시아의 말》에 싣다. 〈유년시절의 추억〉, 〈신의 행위와 사람의 행위〉, 〈러시아 혁명의 의의〉, 〈꿈에서 본 것〉, 〈라메네〉, 〈표트르 헬리치키이〉, 〈파스칼〉 쓰다.

1907 (79세) 야스나야 폴랴나의 학교를 부응시키다. 〈참다운 자유를 인정하라〉, 〈우리의 인생관〉, 〈서로 사랑하라〉 쓰다.

1908 (80세) 탄생 80주년 축하회. 〈폭력의 법칙〉, 〈사형반대론〉, 〈그냥 둘 수 없다〉 쓰다. 〈어린이를 위하여 쓴 그리스도의 가르침〉, 〈보스니아와 헤르체고비나의 병합에 관하여〉 쓰다.

1909 (81세) 탄생 80주년 기념 톨스토이 박람회가 페테르스부르크에서 열리다. 〈피하기 어려운 대변혁〉, 〈세상에 죄인은 없다〉, 〈사형과 기독교〉, 〈시간의 1호〉, 〈유일한 장막〉, 〈고골리론〉, 〈유랑자와의 대화〉, 〈마을의 노래〉, 〈돌〉, 〈대웅성〉, 〈어린이의 지혜〉, 〈꿈〉 발행하다.

1910 (82세) 10월 28일 새벽, 아내에게 마지막 글을 써놓고 집을 나가다. 도중에 사형을 논한 〈효과 있는 수단〉을 집필하다. 10월 31일 여행중 병이 들어 랴잔 우랄선(線) 중간의 시골 조그만 역 아스타포프에서 내리다. 11월 3일 최후의 감상을 일기에 쓰다. 11월 7일 오전 6시 5분 역장 집에서 눈을 감다. 11월 9일 야스나야 폴랴나에 묻히다.

역자 장정희

이화여자대학교 졸업
전문번역가
현재 헝가리에서 수학중
역서로 〈아낌없이 주는 나무〉, 〈사람은 무엇으로 사는가〉 등 번역

BESTSELLERWORLDBOOK 60

부활(하)

펴낸날 | 1997년 7월 8일 초판 1쇄
2003년 1월 5일 초판 7쇄

지은이 | 톨스토이
옮긴이 | 장정희
펴낸이 | 이태권
펴낸곳 | 소담출판사
서울시 성북구 성북동 178-2 (우)136-020
전화 | 745-8566~7 팩스 | 747-3238
e-mail | sodam@dreamsodam.co.kr
등록번호 | 제2-42호(1979년 11월 14일)

ISBN 89-7381-215-7 00890
89-7381-213-0 (전2권)
● 책 가격은 뒤표지에 있습니다